MERIT NIEMEITZ

No Longer Alone

Mulberry Mansion

MERIT NIEMEITZ

NO LONGER ALONE

MULBERRY **MANSION**

Roman

LYX

LYX in der Bastei Lübbe AG

Die Bastei Lübbe AG verfolgt eine nachhaltige Buchproduktion. Wir verwenden Papiere aus nachhaltiger Forstwirtschaft und verzichten darauf, Bücher einzeln in Folie zu verpacken. Wir stellen unsere Bücher in Deutschland und Europa (EU) her und arbeiten mit den Druckereien kontinuierlich an einer positiven Ökobilanz.

MIX
Papier | Fördert gute Waldnutzung
FSC® C014496

Originalausgabe:

Dieses Buch wurde vermittelt von der Literaturagentur erzähl:perspektive, München (www.erzaehlperspektive.de)

Textredaktion: Stephanie Röder
Umschlaggestaltung: © Zero Werbeagentur GmbH, München, unter Verwendung eines Motivs von © Igor Ivander / Shutterstock.com
Satz: Greiner & Reichel, Köln
Gesetzt aus der Adobe Caslon
Druck und Verarbeitung: GGP Media GmbH, Pößneck

Printed in Germany
ISBN 978-3-7363-1812-0

3 5 7 6 4

Weitere Informationen unter:
lyx-verlag.de
luebbe.de | lesejury.de

Liebe Leser:innen,

dieses Buch enthält potenziell triggernde Inhalte.
Deshalb findet ihr auf der letzten Seite eine Triggerwarnung.

Achtung: Diese enthält Spoiler für das gesamte Buch!

Wir wünschen uns für euch alle
das bestmögliche Leseerlebnis.

Eure Merit und euer LYX-Verlag

Für Theresa.
Für diese eine Februarnacht,
ohne die es dieses Buch nicht geben würde.
Und für unser allerbestes Manchmal.

Playlist

Curls – Bibio
Me And I, Hand In Hand – Benjamin Amaru
Dark Four Door – Billy Raffoul
Nothing To Me – AVEC
I'm with You – Vance Joy
The Walls Are Way Too Thin – Holly Humberstone
Thought It'd Be Easy – Emanuel
that way – Tate McRae, Jeremy Zucker
The Girl With No Eyes – LOKI
Next to You – John Vincent III
Would That I – Hozier
I'll Still Have Me – Cyn
tonight – LIE NING
Habits – Genevieve Stokes
Mess It Up – Gracie Abrams
Close Behind – Noah Kahan
Fire – MAVICA
i miss myself – renforshort
TV – Billie Eilish
Weird Goodbyes – The National, Bon Iver
this is me trying – Taylor Swift
Caves – Gregory Alan Isakov
Smiling All The Way Back Home – Tom Odell
It's Been a Year – Tom Rosenthal
Petrichor – Keaton Henson, Ren Ford

Du wurdest auserwählt für eine Chance auf die Ewigkeit

Dir wird hiermit die Ehre zuteil, an den diesjährigen Herausforderungen der *Silent Storms Society* teilzunehmen, um ein Mitglied unserer Studentenverbindung zu werden.

Wer wir waren:
In der griechischen Mythologie gibt es eine Ära, die der der Götter vorhergeht. Eine Ära, die wir heute als Goldenes Zeitalter beschreiben, da sie nie wieder in ihrer Herrlichkeit übertroffen wurde. Sie wurde regiert von den zwölf Titanen: sechs männlichen und sechs weiblichen Gottheiten, die noch mächtiger waren als jene, die ihnen folgten. Heute symbolisieren diese sechs männlichen Titanen für uns jene Anführer, die dafür auserkoren waren, sich dem gewöhnlichen Leben zu entziehen und etwas Größeres – etwas Ewiges – zu erleben. Ein Dasein ohne Angst, ohne Schwäche, ohne Probleme, ohne Irrelevanz, ohne Vergehen.

Wer wir sind:
Die *Silent Storms Society* wurde 1819 von unseren sechs Gründerbrüdern ins Leben gerufen, um in die Fußstapfen jener Titanen zu treten. Sie bildeten eine Einheit, die seither das Beste der Windsbury University vereinigt und weit über den Universitätsabschluss hinaus zusammenhält. Insgesamt verbindet die Society

mehrere Hundert ehemalige Mitglieder, welche in allen bedeutenden Bereichen der britischen Gesellschaft wirken und einander durch unerschütterliche Brüderlichkeit ein Leben voller Chancen ermöglichen.

Wer du sein könntest:
Du wurdest auserkoren, an den diesjährigen Herausforderungen teilzunehmen, da wir in dir das Potenzial sehen, einer von uns zu werden. Um dies zu beweisen, werden wir dich im kommenden Semester vor sechs Prüfungen stellen, durch die du gesellschaftliche und persönliche Grenzen überwinden musst. Das Meistern dieser qualifiziert dich für eine Mitgliedschaft – letztlich entscheiden jedoch wir, ob du geeignet bist, in unseren Kreis einzutreten.

Sechs Titanen,
sechs Anwärter,
sechs Prüfungen
und eine Chance,
einer von uns zu werden.

Δείξε μου τους φίλους σου και θα σου πω ποιός είσαι.
Zeige mir deine Freunde und ich sage dir, wer du bist.

Zeig uns, wer du bist:
Erweist du dich im Jetzt als würdig genug
für eine Ewigkeit mit uns?

Silent Storms Society
Windsbury University

1. Kapitel

WILLOW

Ich fing an, Nächte zu lieben, als ich das erste Mal von der Wolfsstunde hörte.

Mein Vater war derjenige, der das Wort damals mir gegenüber benutzt hatte. Ich war vierzehn, als ich mir nachts gegen halb vier ein Glas Wasser aus der Küche holen wollte und ihn am Küchentisch sitzen sah. Mit einer Tasse Tee vor sich, dessen Dampffäden den schwermütigen Ausdruck auf seinem Gesicht halbwegs verschleierten. Als ich ihn fragte, warum er noch wach war, lächelte er auf diese gebrochene Weise und sagte: *»Das ist die Wolfsstunde. Vielleicht bin ich jetzt ein einsamer Wolf.«*

Ich hatte es gehasst, ihn so traurig zu sehen, aber dieses Wort, das hatte ich auf Anhieb geliebt. Denn anders als Dad dachte ich bei Wölfen nicht an Einsamkeit. Ich dachte an den vollen weißen Mond, der eine Sonne für die war, die nicht auf die Wärme anderer angewiesen waren, und ich dachte an die Art von Rennen, bei der man so schnell war, dass man sich selbst zurückließ.

Ich dachte an Freiheit.

Der Begriff »Wolfsstunde« bezeichnet die Zeitspanne von drei bis vier Uhr nachts, in der viele Menschen aufwachen und Probleme damit haben, wieder einzuschlafen. Die Ursache dieser Schlafstörung liegt im Hormonspiegel, der um diese Uhrzeit so durcheinandergerät, dass negative Gedanken hartnäckiger an die Oberfläche kommen und sich dort festbeißen können. Der Name wiederum, den Forschende ihr gegeben haben, beruht darauf, dass man früher davon ausgegangen war, dass zu dieser Uhrzeit mehr Wölfe als Menschen auf den Straßen unterwegs waren.

Die letzten Jahre hatten mich gelehrt, dass das auf schräge Weise stimmte. Menschen benahmen sich anders bei Nacht. Ungefilterter, roher, ehrlicher. Als hätten sie keine Angst davor, sich nackt zu zeigen, weil es sowieso dunkel war. Manchmal war das gut, manchmal eher weniger.

Ich schlüpfte durch das Tor, das die Mulberry Mansion von der Straße abgrenzte, und rieb mir genervt über den Hals. Die Stelle über meiner Schlagader wummerte. Ich brauchte keinen Spiegel, um zu wissen, dass sich die Haut bereits verfärbte. Ein fransiges Mal aus Rot und Blau und Falsch, Falsch, Falsch. *Knutschfleck* sagten manche dazu, *Liebesfleck* andere, *Brandmarkung* ich.

Ich hasste es, wenn Männer dachten, bedeutungsloser Sex würde ihnen erlauben, Abdrücke auf mir hinterlassen zu dürfen. Als wollten sie unbedingt dafür sorgen, dass etwas von ihnen an mir haften blieb, wenn ich schon klarmachte, dass alles andere eine einmalige, flüchtige Sache war. Hätte dieser Vollidiot mir vorher zugehört, als ich gesagt hatte, dass ich solche Spielchen nicht mochte, hätte ich mich nicht dazu gezwungen gesehen, unseren Abend vorzeitig zu beenden.

Es war so komisch: Die meisten Typen fühlten sich offenbar herausgefordert, wenn man von vornherein klare Regeln aufstellte. Ich sagte Sachen wie: *»Ich will nicht über persönliche Dinge sprechen, ich will nicht darüber diskutieren, ob ein Kondom nötig ist, wenn ich eh die Pille nehme, ich will nicht unten sein, ich will nicht, dass du mich so grob anfasst, dass ich morgen noch irgendwas* *davon sehe, ich will nicht, dass du nach meiner Nummer fragst, ich will nicht, dass du mich hiernach wochenlang in der Uni anstarrst mit diesem trägen Schlafzimmerlächeln, das einfach nur peinlich aussieht. Ich. Will. Nicht.*«

Die Kerle hörten zu, nickten, antworteten: »*Ja, klar, kein Problem, alles, was du willst.*« Und insgeheim dachten sich vier von fünf: »*Haha, ich wette, du überlegst dir das noch anders.*«

Anders konnte ich mir nicht erklären, dass Aron es gerade für nötig gehalten hatte, sich so heftig an meinem Hals festzusaugen, dass ich mir die nächsten Tage keinen Zopf würde machen können. Sein Pech. Denn wenn jemand ignorierte, was ich wollte, war meine Antwort jedes Mal dieselbe: »*Haha, ich wette, du siehst mich nie wieder.*«

Missmutig stapfte ich auf das Gebäude zu, das sich wie der buckelige Körper einer alten Frau hinter den Maulbeerbäumen erhob. Das Mondlicht wurde schwach in den Scheiben reflektiert, ansonsten war die Fassade dunkel.

Der Anblick ließ meine Wut abklingen. Nachts löste er immer ein seltsam intensives Gefühl von Zuneigung in mir aus, vielleicht, weil ich die Villa so zum ersten Mal gesehen hatte. An dem Abend, nachdem die Universität die Zusagen für das Wohnprojekt rund um die Mulberry Mansion verschickt hatte, waren Maxton und ich zusammen hergekommen. Wir hatten eine Ewigkeit schweigend auf dem Kiesplatz vor der Haustür gestanden und dieses riesige und trotzdem gemütlich wirkende Gebäude betrachtet, das bald unser neues Zuhause werden sollte. Es war so bemerkenswert gewesen. Ein bisschen heruntergekommen, angeknackst und verwahrlost – aber durch und durch einzigartig und charakterstark. Und genau das hatte ich von Anfang an gemocht.

Das war über ein Jahr her, und obwohl wir viel an der Mulberry Mansion gearbeitet hatten, hatte sie sich ihren Charakter erhalten – zum Glück. Unsere Villa war eine unperfekte Schönheit, und ich liebte jede Macke an ihr mehr als jeden gerade sitzenden Stein. Ich liebte die undichten Fenster, durch die es ab und zu reinregnete, die zugigen Flure, in denen das Holz ächzte, als wäre jeder unserer Schritte eine Zumutung, die dunklen, rissigen Tapeten, die Ornamente an den Decken, deren Farbe verblasste, die Samtmöbel, deren Polster längst aufgeraut waren. Sie war absolut makelhaft, sie war genau richtig.

Je näher ich der Mulberry Mansion kam, desto mehr zerfransten ihre Umrisse im Himmel, als hätte jemand sie mit Tinte auf Pergament gezeichnet. Aber womöglich lag das auch nur an den Drinks, die ich im *Cinematic* getrunken hatte, bevor ich mit Aron zu ihm gegangen war. An der Haustür zögerte ich. Es war halb vier, mitten in der Wolfsstunde, und ich wusste, dass die meisten meiner Mitbewohnenden schon schliefen. Mit einer Ausnahme vielleicht.

Kurz entschlossen stieg ich die Stufen vor der Tür wieder hinab und lief am Haus vorbei in den Garten. Die Nacht verschluckte seine warmen Farben, die er sich auf dem Weg zum Herbst hin angeeignet hatte, doch man konnte sie noch riechen: das Rot der Dahlien, das Gelb der Rudbeckien, das Lila der Astern. Und natürlich das Grün, das einen umschlang, kaum dass man ein paar Schritte ins weiche Gras getan hatte. Es war Mitte September, und der Sommer schleppte sich mit trägen Schritten durch Windsbury, kurz davor, stehen zu bleiben und sich in einen goldgelben Frühherbst zu verwandeln. Selbst nachts waren es noch fast zehn Grad, dennoch fröstelte ich. Mein Top war feucht vom Tanzen, und meine dünne Jacke bot keinen Schutz gegen den Wind, der durch die Zweige der Bäume hindurchwehte.

Ich machte diesen Abstecher so gut wie immer, wenn ich nachts nach Hause kam. Nicht, weil ich mich dem Garten so verbunden fühlte, sondern weil ich in den meisten Fällen nicht die einzige nächtliche Besucherin war. Bei den wenigen Ausnahmen, in denen ich ihn hier nicht finden konnte, machte ich einen zweiten Abstecher in das Zimmer, das an meines grenzte. Ich war nicht sicher, wann oder warum das angefangen hatte, ich wusste nur, dass ich schlecht schlief, wenn ich es nicht tat.

Ich schob die Zweige eines Apfelbaums auseinander, hinter denen sich der Pavillon aus einem Nest aus Gras und mehreren Haselnusssträuchern erhob. In einiger Entfernung standen die Kalkstatuen: weiße reglose Schemen, von denen ich mich jedes Mal beobachtet fühlte, wenn ich an ihnen vorbeilief. Mit zusammengekniffenen Augen fokussierte ich mich auf den Pavillon. Letztes Jahr hatten wir mehrere der Säulen ersetzen müssen, weswegen sie sich in Farbe und Material minimal unterschieden. Im Nachtschwarz waren die Umrisse verschieden hell, jedoch allesamt leuchtender als der der Person, die auf den Stufen saß.

Ein erleichtertes Grinsen schob sich auf meinen Mund. »Na, Dracula?«

Maxton drehte den Kopf zu mir, nicht im Geringsten überrascht wirkend. Wir redeten nie darüber, dass wir uns so oft hier draußen trafen, wenn ich heimkam, aber manchmal fragte ich mich, ob er auch darauf wartete. Auf mich.

»Du bist heute früh dran«, stellte er fest, als ich mich mit etwas Abstand neben ihn setzte. Seine Stimme klang heiser, vermutlich war er seit Stunden hier, ohne einen Ton von sich gegeben zu haben.

Maxton konnte so still und in sich ruhend sein, dass die Zeit schlichtweg vergaß, ihn mitzunehmen. Sie perlte an ihm ab, als wäre er kein Teil von ihrem Einflussgebiet. Er kam regelmäßig zu spät zu Verabredungen, weil er über seinen Zeichnungen saß, er verpasste seine Haltestellen, weil er im Bus in einem seiner komischen Botanik-Bücher versank, und wenn wir alle zusammen essen wollten, musste ich ihn ständig im Garten aufsammeln. Einmal war ich mit ihm in einem Pflanzencenter und letztlich kurz davor gewesen, ihn ausrufen zu lassen, weil er zur verabredeten Zeit weder bei den Kassen aufgetaucht noch ans Handy gegangen war. Schließlich hatte ich ihn zwischen meterhohen Baumsetzlingen gefunden, wo er mit hoch konzentrierter Miene Blätter gestreichelt hatte.

»Wie kommt's?«, hakte er jetzt nach, als ich nicht auf seine Bemerkung einging. Aus gutem Grund. Ich machte keinen Hehl daraus, wo oder *wie* ich meine Nächte verbrachte, aber ausführlich darüber reden musste ich auch nicht. Zumindest nicht vor Maxton. Er war nicht der Typ für diese Art von Detailbericht.

Ich seufzte theatralisch. »Die Party war lahm. Nicht genügend Intellekt, um mich unterhalten zu können. Das kommt davon, wenn du mich nie begleitest.«

»Verstehe.« Trotz des schalen Mondlichts sah ich, wie sein Blick über mein Gesicht strich und an meinem Hals innehielt. Seine Augenbrauen zogen sich zusammen, und ich wusste, dass er es *wirklich* verstand.

Maxton war einer dieser Menschen, die Details wahrnahmen, die anderen verborgen blieben. Ich fragte mich manchmal, ob das daran lag, dass er seine Freizeit größtenteils mit Pflanzen verbrachte. Das ganze Grünzeug, mit dem er sich umgab, teilte seine Bedürfnisse auf ziemlich stille Art mit, aber Maxton verstand es, als würde es ihn in einer Geheimsprache anschreien. Er konnte völlig gleich aussehende Samen anhand ihrer Schale auseinanderhalten, winzige Schädlinge auf den ersten Blick bestimmen und einzelne Blätter komplizierten lateinische Begriffen zuordnen. Wenn Maxton Pflanzen *beobachtete*, dann lag in seinen Augen wirklich diese greifbare *Achtung* – in doppelter Hinsicht: Vorsicht und Wertschätzung in Reinform. Er nahm Dinge wachsamer und genauer wahr als andere. Er sah viel mehr als andere. Etwas, das ich mochte und oft irgendwie auch hasste. Denn manchmal sah er *zu viel.*

Beiläufig strich ich mir die Locken über die Schultern, sodass sie meinen Hals bedeckten, doch da wandte Maxton sich schon wieder ab und blickte hinaus in den Garten. Ich rutschte mit dem Rücken gegen die Säule und verschränkte die Arme vor der Brust, damit er nicht bemerkte, dass ich eine Gänsehaut hatte. Er würde mir seine Sweatjacke anbieten, ich ablehnen, er es nicht kommentieren, aber kurz zögern, worin ich einen Gedanken erahnen konnte, was mich dazu bringen würde, irgendwas Albernes zu sagen, damit er ihn nicht vertiefen konnte.

So war das mit Maxton und mir. Wir waren seit über zwei Jahren befreundet, und es gab niemanden, mit dem ich so viel sprach wie mit ihm, aber *viel* bedeutete nicht *immer*, und es bedeutete nicht *über alles*. Manche Dinge machte ich nicht mal mit mir selbst aus – dann ganz sicher nicht mit einem anderen Menschen. Unsere Freundschaft war ein hell beleuchtetes Zimmer mit stockfinsteren Ecken, und das war auch gut so.

Vielleicht waren Nächte deswegen unser Ding. Weil das mit den Schatten etwas war, das uns beiden lag. Wolfsstunden waren das, was wir teilten, und das, was unsere Unterschiede am meisten hervorhob. Weil ich jemand war, dem die Straßen um diese Uhrzeit gehörten und der sich nirgends so wohlfühlte wie in diesen dunklen Momenten, und er jemand, der eigentlich nichts mehr hier draußen verloren hatte und im Grunde auch nicht hier sein wollte.

Maxton war kein Wolf. Er war ein Mensch, dessen Körper das mit dem Biorhythmus irgendwie nicht ganz hinbekam. Seit ich ihn kannte, schlief er beschissen. Seit ich Wand an Wand mit ihm wohnte, wusste ich, *wie* beschissen. Es gab kaum eine Nacht, in der er vor mir ins Bett ging, und das, obwohl ich selten vor zwei das Licht ausmachte. Oft lag ich wach und konnte dabei zuhören, wie er in seinem Zimmer herumlief, und in den meisten Nächten öffnete sich seine Tür irgendwann. Ich war ihm nie gefolgt, doch manchmal ging ich auf den Balkon unseres Badezimmers und beobachtete ihn dabei, wie er das Haus über die Veranda verließ und im schwarzblauen Dickicht verschwand.

»Bist du immer noch wach oder schon wieder?«

Er zog die Füße eine Stufe höher. »Immer noch.«

Ich fragte nicht nach. Ein paarmal hatte ich das getan, ganz am Anfang, aber mittlerweile wusste ich, dass Maxton nicht darüber reden wollte, und das konnte mir nur recht sein.

Ich hatte meine dunklen Ecken, er seine. Und ein wichtiger Bestandteil unserer Freundschaft war: Wir richteten keine Taschenlampen dorthin, wo der andere bewusst kein Licht aufgestellt hatte.

»Du solltest aufhören, so viel Kaffee zu trinken, und stattdessen endlich den Baldrian nehmen, das ich dir besorgt habe«, meinte ich stattdessen, wissend, dass die Packung ungeöffnet auf seinem Schreibtisch lag, wo ich sie vor drei Wochen platziert hatte.

Maxton verdrehte die Augen. »Sag das nicht so, als wäre das eine Droge, die du für mich beschafft hast. Die Wirkung von Baldrian ist nicht mal wissenschaftlich nachgewiesen, genauso gut könnte ich mir Tic Tacs einwerfen.«

»Nur zu, vielleicht hilft es ja. Ist doch egal, ob Placebo-Effekt oder nicht.« Er sah mich unbeeindruckt an. Ich seufzte. »Meine Güte. Du bist manchmal so ein …«

»Realist?«, kam er mir trocken zur Hilfe.

»Griesgram«, korrigierte ich und musterte ihn erneut.

Neben seinem Schoß lag ein Notizbuch – Fake-Leder, dunkelgrün, rissiger Einband. Maxton schleppte ständig so eins mit sich herum, meistens, um zu zeichnen. Diesmal konnte ich keinen Stift entdecken, dafür ragte eine Papierecke mittendrin hervor. Ich kniff die Augen zusammen, gerade so, dass ich die feinen Ornamente darauf erkennen konnte. Ein Briefumschlag, ein ziemlich edler noch dazu.

»Was ist das?«

Auch ohne meinem Blick zu folgen, schien er zu spüren, was ich meinte. Mit einer Bewegung schob er die Ecke tiefer ins Buch. »Nichts Wichtiges.«

Ich verzog spöttisch den Mund. »Echt jetzt?«

Er kannte mich zu gut, um zu denken, dass ich darauf reinfiel. Maxton machte die Dinge gern mit sich aus, aber ich konnte ihm in der Regel anmerken, wenn ihn etwas belastete. In den meisten Fällen musste ich ihm nur ein bisschen auf die Nerven gehen, bevor er einknickte und es mir erzählte. Doch diesmal wusste ich noch bevor er antwortete, dass ich keine Chance hatte. Da war etwas in seinem Blick, das anders war als sonst. Eine leichte Gereiztheit, die nicht zu ihm passte.

»Echt jetzt«, erwiderte er ungerührt, ohne auch nur in meine Richtung zu sehen. Seine Finger hatten sich um die Ecke des Buchs geschlossen, als würde er damit rechnen, dass ich versuchte, es ihm wegzunehmen. Was ich zwar am liebsten getan hätte, aber nicht tun würde. Ich testete gern die Grenzen anderer aus, aber ich respektierte sie, wenn ich erkannte, dass sie standfest waren.

Mühsam schluckte ich alle Widerworte herunter. Auch wenn das etwas war, das mir wirklich nicht lag. *Dunkle Ecken*, beschwor ich mich und ließ den Kopf gegen die Säule sinken.

Eine Weile saßen wir still da, Maxton betrachtete den Garten aus Schattentönen, ich sein regloses Profil. Ein harter Zug bildete sich um seine Mundwinkel, die zwei Leberflecke im rechten waren in der Dunkelheit kaum auszumachen. Normalerweise verschwanden sie nur aus seinem Gesicht, wenn er lächelte. Normalerweise beruhigte es mich außerdem immer, mit Maxton zusammenzusitzen. Aber normalerweise strahlte er auch nicht diese unterschwellige Anspannung und gleichzeitig greifbare Verschlossenheit aus.

»Du bist irgendwie komisch in letzter Zeit«, stellte ich fest. »So … schweigsam.«

»Falls es dir in den letzten Jahren nicht aufgefallen ist: Du bist der kommunikativere Part von uns beiden.«

Ich schnaubte. »Trotzdem. Du wirkst abwesend seit ein paar Wochen. Vielleicht hängst du zu viel mit Eden rum. Grübeltum färbt bestimmt ab.«

»Grübeltum ist kein Wort.«

»Ablenkung aber schon.« Ich stieß ihm mit der Schuhspitze gegen den Fußknöchel. Er war wieder mal barfuß, und das, obwohl das Gras feucht war.

Sichtlich widerwillig wandte er mir das Gesicht zu. »Es ist alles gut. Bin nur gestresst wegen der Uni und allem.«

Ich nickte langsam. Die Uni hatte erst diese Woche wieder angefangen, aber sie beeilte sich jedes Semester mehr, die Ferienentspannung zu vernichten. Für Maxton brach die zweite Hälfte des Masters an. Obwohl er seine Kursverteilung über die Semester gestreckt hatte, um mehr Zeit für den Garten der Villa zu haben, blieben ihm nur noch anderthalb Jahre. Eine Tatsache, die ihn vielleicht mehr beschäftigte, als er bisher hatte durchscheinen lassen. Genauso gut konnte es aber auch sein, dass ihn irgendetwas ganz anderes belastete. Maxton gut zureden zu wollen war oft mit ziemlichem Herumstochern im Dunkeln verbunden.

»Wird schon alles«, meinte ich trotzdem betont positiv.

»Bald bist du durch, kannst losziehen und bei Gartenwettbewerben in aller Welt abräumen.«

»Ja«, sagte er nur.

Ein paar Sekunden lang beobachtete ich ihn wachsam, dann gab ich mir einen Ruck und erhob mich. »Okay, gut. Ich merke, wenn ich unerwünscht bin. Dann lass ich dich jetzt mal allein mit deinen grünen Freunden und versuche, die Schmach zu überspielen, die ich empfinde, weil ich durchaus spüre, dass du sie lieber hast als mich.«

Ich war schon mit ein paar Schritten im Gras, da hielt mich seine Stimme zurück. »Catkin?«

Ich stöhnte, aber war zu müde, um mit ihm darüber zu diskutieren, dass ich verdammt noch mal nichts mit einem Weidenkätzchen gemein hatte, nur weil meine Eltern mich nach einem Baum benannt hatten. Maxton hatte mir diesen absolut dämlichen Spitznamen verpasst, als er mich das erste Mal in meiner flauschigen Samtjacke gesehen hatte, und trotz ziemlich kreativer Gewaltandrohung ließ er sich seitdem nicht davon abbringen, ihn zu benutzen.

»Was ist?« Mit hochgezogenen Augenbrauen drehte ich mich zu ihm um. Sein Blick lag nicht mehr auf dem Garten, sondern auf mir. Direkt auf meinem Hals. Und obwohl meine Locken eine schützende Schicht aus Goldblond zwischen seinen Augen und dem dumpf pochenden Bluterguss bildeten, glaubte ich trotzdem, sie darauf zu spüren.

»Passt du auf dich auf?«

Ich verzog keine Miene. »Hab immer Kondome dabei.«

»Du weißt, was ich meine.«

Wir sprachen nie über diese Dinge, doch mir war klar, dass Maxton wusste, was ich tat, wenn ich ausging und oft erst morgens heimkam. Es störte mich nicht, warum auch, aber ich mochte es trotzdem nicht, wenn er mich so ansah. So …

nachdenklich. Dabei hatte meine Abendgestaltung in der Regel nichts mit Denken zu tun, nur mit Fühlen. Ich machte, was ich wollte, und ich wollte, was ich machte, und wenn ich etwas nicht wollte, brach ich es ab. So einfach war das mit mir und den Nächten, den Tagen, dem Leben.

Ich hätte ihm sagen können, dass es ihn nichts anging, dass ich allein klarkam. Bei jedem anderen hätte ich das getan, und auch nach zwei Jahren Freundschaft mit Maxton konnte ich dem Impuls ab und zu nicht widerstehen. Doch egal, wie ruppig und unfreundlich ich werden konnte, Maxton hörte nicht auf, diese Dinge zu fragen. Immer neutral, nie vorwurfsvoll oder angreifend, sehr subtil verpackte Sorge.

Also bemühte ich mich diesmal auch um Gelassenheit in Buchstabenform und sagte schlicht: »Ich lass mir nicht wehtun, Max. Von niemandem.«

»Ja«, sein Blick glitt an mir vorbei, »ich weiß.«

Ich verschränkte die Arme vor der Brust und hob das Kinn. »Dir lass ich auch nicht wehtun, das weißt du ebenso, oder? Wenn Eden dich doch zu einem Schweigegelübde oder so gezwungen hat, sag mir Bescheid, und ich reiße seinen Lieblingsbüchern vor seinen Augen die Seiten raus, bis er dich daraus entlässt.«

Maxton seufzte. »Gute Nacht, Willow.« Da war ein sachtes Heben seiner Mundwinkel. Genug, um ein Grinsen auf meine Lippen zu schieben.

»Gute Nacht, Maxton.« Ich deutete eine Verbeugung an, ehe ich zwischen den Zweigen des Apfelbaums verschwand.

Es war seltsam: In Märchen und in der Mythologie galt der Wolf oftmals als Symbol der Grausamkeit. Aber nachdem ich eine seiner Stunden mit Maxton verbracht hatte, fühlte ich mich meistens so friedlich wie sonst nie.

2. Kapitel

WILLOW

Ein pastellvioletter Schleier hing über den abgeernteten Feldern, als ich aus dem Bus stieg. Mittlerweile hatte ich mich an die kleine Wanderung zwischen der Haltestelle und der Mulberry Mansion gewöhnt. Etwa nach der Hälfte der Strecke gabelte sich der Weg zu einem kiesigen Pfad, der an den Feldern entlang in Richtung Villa führte, und zu einem Gatter, hinter dem sich ein an den Wald angrenzendes, ungepflegtes Grundstück auftat, durch das man deutlich schneller zum Haus kam.

Ich warf einen prüfenden Blick über meine Schulter, dann stemmte ich mich mit beiden Händen am Gatter hoch, schwang die Beine über das Holz und landete auf der anderen Seite prompt in einer schlammigen Pfütze.

Immerhin vervollständigten die Spritzer auf meiner Jeans mein Outfit: Mein ehemals weißes T-Shirt war nämlich seit gut einer Stunde mit dem grünen Handabdruck eines Siebenjährigen verziert. Ein ganz gewöhnliches Mitbringsel von einem Nachmittag im Hort.

Ich hatte diesen Nebenjob schon lang genug, um zu wissen, dass es ein Fehler war, dafür saubere Sachen anzuziehen. Eigentlich war ich als Lernassistenz eingestellt worden, insbesondere für die Kinder mit Lernschwächen wie Dyskalkulie und Legasthenie. Laut Vertrag bestand meine Arbeit darin, mit ihnen Inhalte aus dem Unterricht zu wiederholen, für deren

Verinnerlichung sie eine andere und intensivere Herangehensweise benötigten als andere. Trotzdem ließ ich mich von den Kindern am Ende meiner Schicht so gut wie jedes Mal dazu überreden, noch zum Spielen zu bleiben.

Ich liebte diese Arbeit. Kinder waren direkt, ehrlich und einfach sie selbst, weil die Welt noch nicht genug Zeit gehabt hatte, sie in eine Form zu pressen. Vielleicht spürte ich deswegen einen so ungebändigten Respekt für sie – weit mehr als für viele Erwachsene.

Um ehrlich zu sein, hatte ich mein Studium damals relativ willkürlich ausgesucht, als ich nach Windsbury gekommen war. Ich hatte keine Ahnung gehabt, was ich tun wollte, und mir deswegen die Studiengänge ohne schwierige Bewerbungsbedingungen angesehen. Mein Blick war sofort an Sonderpädagogik hängen geblieben – oder eher mein Herz. Kindern, die in irgendeiner Form der sogenannten Norm entfielen, wurde so oft von der Welt weisgemacht, sie wären zu kompliziert oder zu … viel. Die Aussicht, mit ihnen arbeiten und zeigen zu können, dass das ein Fehler der Welt war und nicht ihrer, gab mir zum ersten Mal seit Langem das Gefühl, etwas bewirken zu können. Ich war noch nicht sicher, was genau ich mit dem Abschluss machen wollte, aber je länger ich im Hort arbeitete, desto sicherer war ich, auf dem richtigen Weg zu sein.

Ich schloss die Cordjacke über der getrockneten Farbe und lief um die nächste Pfütze herum. Manchmal versuchte ich, die anderen von dieser Abkürzung zu überzeugen, doch meistens stieß ich dabei auf Widerstand. Helen und Avery wurden davon abgeschreckt, dass an dem Gatter »Privatweg« stand, May hatte Sorge, den Besitzern Umstände zu bereiten, wenn sie über ihr – wohlbemerkt *völlig unbewohntes* – Grundstück lief, Beckett und Sienna würden es nicht zugeben, hatten aber definitiv zu viel Angst, in einem Sumpf stecken zu bleiben, und

Eden … ich konnte mich nicht daran erinnern, jemals allein mit ihm in einer solchen Situation gewesen zu sein. Obwohl ich ihn neben Maxton am längsten von allen meiner Mitbewohnenden kannte, hatte ich das Gefühl, ihn am wenigsten zu *kennen*. Zeit hatte nicht zwangsläufig etwas mit Intensität zu tun, und obwohl wir uns seit gut zweieinhalb Jahren gelegentlich sahen und seit über einem Jahr zusammenwohnten, hatten Eden und ich ein recht oberflächliches Verhältnis. Immerhin hatte er seine Kommunikation uns gegenüber in den letzten Monaten zunehmend über die Zwei-Wort-Grenze hinaus erweitert, doch selbst jetzt hatte ich nicht das Gefühl, unseren Buchjungen richtig zu verstehen. Am Anfang hatte mich das frustriert, mittlerweile hatte ich mich damit abgefunden.

Manchmal stellte ich mir vor, dass man mit jedem Menschen, den man traf, in ein eigenes Wasserbecken sprang. Es gab die, mit denen man auch nach Jahren der Bekanntschaft an der Oberfläche schwamm, in so weiten Kreisen umeinander herum, dass man nicht Gefahr lief, einander auch nur zu streifen. Diese Beziehungen waren unkomplizierter, aber auch unbedeutender. Sie hinterließen keine Spuren, wenn man das Becken wieder verließ. Die Erinnerungen an sie verblassten so schnell wie Wasserabdrücke auf Bikinistoff.

Ab und zu wünschte ich mir, es gäbe nur diese Art von Bekanntschaften. Aber die anderen Fälle waren trotzdem da: die, bei denen im Bruchteil eines Moments beide entschieden, unterzutauchen. Einfach so, ohne unsicheres umeinander Herumschwimmen, ohne tiefes Luftholen, ohne Schwimmflügel oder Sauerstoffmaske. Ohne Angst.

Mit manchen Menschen war Tauchen ein Instinkt. Dieses Gefühl war intensiv, fast berauschend und verdammt gefährlich. Ich wusste, was passieren konnte, wenn man ihm nachgab. Wie schmal der Grat zwischen Tauchen und Untergehen war. Was es einen kosten konnte, dieses Risiko einzugehen. Je tiefer man sank, desto schwieriger war es, sich an den Weg zur Oberfläche zu erinnern und mit ihr an die Möglichkeit, das Becken zu verlassen. Und das Schlimmste war: Wenn man erst einmal den Boden berührt hatte, ließ man einen Teil von sich dort, selbst dann, wenn man es zurück nach oben geschafft hatte. Genau deswegen hielt ich mich seit Jahren in den meisten meiner Becken am Rand fest – insbesondere in denen, worin ich den Drang zu tauchen am stärksten verspürte. Ich war eine Meisterin der Oberflächenfreundschaften geworden, indem ich gelernt hatte, für andere da zu sein, ohne mich selbst herzugeben. Nur in einem Becken hatte ich mich sinken lassen, nicht bis nach unten, aber deutlich tiefer als sonst. Es war keine bewusste Entscheidung gewesen. Mit Maxton waren die Dinge einfach von Anfang an so gewesen, wie sie eben waren. *Anders.*

Vielleicht hatte es mich deswegen nie überrascht, dass er der Einzige war, der immer einwilligte, diese Abkürzung zu nehmen. Jedes Mal hielt er am Zaun inne, um sich Schuhe und Socken auszuziehen, jedes Mal erklärte er mir auf dem Weg, welche Pflanzen um uns herum wuchsen, jedes Mal vergaß ich ihre Namen, bis wir durch das Tor auf der anderen Seite gegangen waren, aber nie, wie zufrieden er dabei aussah, wenn er die komplizierten Begriffe nannte. Ich sagte das nie laut, aber diese Male mit ihm, das waren die besten Male.

Sobald ich am Weiher vorbeikam, an dem einige meiner Namensvetterbäume standen, beschloss ich, Maxton zu schreiben. Als ich die App öffnete, wurden mir neue Nachrichten in drei Chats angezeigt. Eine von meiner Kommilitonin Lauren: *Paul (du weißt schon: groß, blond, Gitarrist in einer Band, uuunverschämt heiß) hat mich nach deiner Nummer gefragt. Hab sie ihm gegeben, denke, das war in deinem Interesse?* Eine von besagtem Paul, einem Freund von Lauren, den ich letztes Wochenende beim Feiern kennengelernt und mit dem ich maximal fünf Minuten geredet hatte, bestehend aus einem *Hey* und einem nichtssagenden Smiley.

Ich beschloss, es auf später zu verschieben, beiden zu antworten. Lauren, dass es egal war, wie *heiß* jemand war, sie mich dennoch fragen musste, bevor sie meine Nummer rausgab; Paul, dass er, was auch immer er gerade dachte, es vergessen konnte. Ich traf mich nicht mit Freunden von meinen Freunden. Das würde nämlich dazu führen, dass man sich weiterhin über den Weg laufen würde, nachdem die Dinge ihr unausweichliches Ende gefunden hatten.

Stattdessen öffnete ich die Nachricht von meinem Vater. Es war eine Antwort auf das Foto von dem Bild, das ich vorhin im Hort gemalt hatte, bevor ich mit Fingerfarbe attackiert worden war: eine sehr abstrakte Obstschüssel.

Ich speichere dich direkt als Willow Picasso Pierce ein.

Ich musste lachen und schickte ihm ein Herz zurück, ehe ich den Chat aufrief, der so gut wie immer ganz oben stand.

Bereit für eine neue Anekdote aus dem Hort? Kleiner Teaser: Was kommt heraus, wenn man Siebenjährige mit Fingerfarbe, ein weißes T-Shirt und mangelnde Autorität bei der Teamassistenz zusammenbringt?

Kaum dass ich die Nachricht abgeschickt hatte, kam Maxton online. Die Häkchen an meiner Nachricht färbten sich blau, und ich wartete auf die drei Punkte, die seine Antwort ankündigten. Stattdessen ging er einfach wieder offline.

Ich zog die Augenbrauen zusammen.

Sag nicht, dass dir dein Grünzeug wichtiger ist als diese nervenaufreibende Geschichte.

Diesmal kam er gar nicht mehr on, obwohl ich sicher war,

dass er sein Handy vibrieren spürte. Maxton ignorierte mich nie bewusst. Er versuchte manchmal, mich mit halbherziger Genervtheit loszuwerden, aber er schickte mich nie wirklich weg. Ich hielt unter den Zweigen einer Buche inne, um eine weitere Nachricht zu tippen.

Okay, von mir aus. Brich mir ruhig das Herz. Ich werde mich mit einem wahnsinnig detaillierten Bericht heute Abend rächen, ich weiß nämlich, wo du wohnst, Craven!

Wenn ihm etwas eine Reaktion entlocken würde, dann das. Ebenso wenig wie ich seinen Spitznamen für mich, konnte Maxton meinen für ihn leiden. Seit ich eine Ausgabe von *Der geheime Garten* in seinem Zimmer gefunden hatte, neckte ich ihn manchmal mit dem Namen des Protagonisten Colin Craven. Dass *craven* außerdem *feige* bedeutete, war ein netter Bonus.

Ich war mir sicher, dass Maxton die Nachricht auf seinem Sperrbildschirm las, und konnte sein Augenverdrehen förmlich vor mir sehen, doch er blieb offline. Mit einem Schnauben drückte ich mir die Kopfhörer in die Ohren, wählte eine meiner Playlists aus, *Sommerleichtigkeit*, und machte mich auf den Weg zur Villa.

Es gab Gerüche, die man erst lieben lernte, wenn man sie mit Erinnerungen auflud. Früher hatte ich den Duft von Lavendel als kopfschmerzfördernd empfunden, aber seit ich in der Mulberry Mansion lebte, konnte ich an keinem Seifengeschäft mehr vorbeilaufen, ohne ein Gefühl von Behaglichkeit wahrzunehmen. Ich wusste, woran das lag: an den getrockneten Sträußchen, die May neben anderen Kräutern und Blumen überall im Haus verteilt hatte. Der Geruch, der durch die Flure schwebte, bestand aus so vielen Nuancen, dass ich sie kaum auseinanderhalten konnte. Zusammengesetzt ergaben sie eine einzigartige Mischung, die jedes Mal ein gleichermaßen flaues und weiches Gefühl in mir auslöste. Es roch so, wie sich ein Zuhause anfühlte.

Als ich die Villa heute betrat, wurde er allerdings überlagert von einem anderen Duft: dem von frisch gebackenem Kuchen. Mein Magen knurrte verräterisch, während ich meine Turnschuhe auszog und nachlässig auf den Haufen neben der Garderobe warf. Helen machte sich zwar ständig die Mühe, ein System hineinzubringen, doch meistens hielt das nur ein paar Tage an. Viel zu oft schlüpfte ich versehentlich in Averys abgetragene Sneakers oder Siennas Boots oder bemerkte erst an der Haustür, dass ich Becketts Jeansjacke trug, die denselben Farbton wie meine hatte.

Trotz sieben Mitbewohnenden wusste ich, noch bevor ich über die Schwelle der Küchentür trat, wen ich dort finden würde. Der Geruch von Kuchen war nach einem Jahr Zusammenwohnen unweigerlich an einen Namen geknüpft worden.

»Hab ich dir schon mal gesagt, wie unsagbar gern ich dich hab, May Little?«

May drehte sich zu mir um und lächelte. Ihr ovales Gesicht war von der Hitze des Ofens gerötet, der Kranz, zu dem sie ihr Deckhaar geflochten hatte, wirkte zerzaust. »Jedes Mal, wenn ich gebacken habe.«

»Ich bin eben einfach gestrickt.« Grinsend stellte ich meinen Beutel ab und lief zum Tresen.

Würde ich Menschen freiwillig zur Begrüßung umarmen, wäre May die Erste. Sie war die Sonne in unserem Villenkosmos. Ich kannte niemanden, dessen Ausstrahlung auf so pure Weise warm und hell war. May war mehr Herz als Mensch.

»Neues Shirt?«, fragte sie belustigt, ehe sie zum Küchenfenster ging, an dem der Zwetschgenbaum kratzte, und es öffnete. Vor ein paar Wochen hatten wir seine Früchte zu Blechkuchen und Marmelade verarbeitet. Wobei ich zugeben musste, dass ich mich eher für die darauffolgenden Aufgabenbereiche begeistern konnte. Ich war keine gute Köchin oder Bäckerin, allerdings eine hervorragende Esserin.

»Nein, nur gewohnt freche Kinder.« Umständlich zog ich mir Maxtons Cordjacke aus und hängte sie über einen der Hocker. Seine Sachen waren die einzigen, die ich mir bewusst auslieh. Ich mochte den Geruch nach Garten und das Gefühl, im weiten Stoff zu versinken. Zwar hatte ich ihn nie um Erlaubnis dafür gebeten, aber er hatte auch nie etwas dazu gesagt, wenn er mich darin sah. Vermutlich war es ihm egal. Maxton waren viele Dinge egal, weil er sich mit allem irgendwie arrangieren konnte.

»Verstehe. Du kommst jedenfalls genau richtig. Ich hab was Neues ausprobiert, Whisky-Schokoladen-Kuchen. Ich fürchte, er ist ein bisschen zu beschwipst geraten.«

Begeistert setzte ich mich. »Klingt perfekt.«

Es war schräg, doch manchmal dachte ich, dass May in meinem Leben das war, was einer Mutterfigur am nächsten kam. Seit meine eigene Dad und mich für ihren Chef verlassen hatte, als ich vierzehn gewesen war, hatten wir nur noch sporadisch Kontakt. Aber auch davor hatte sie sich nicht unbedingt durch Kuchengeruch, liebevolles Nachfragen und Verständnis ausgezeichnet, wie meine Mitbewohnerin es tat.

»Ich dachte mir, dass du das sagst.« Sie nahm einen geblümten Teller aus dem Schrank und griff nach einem Kuchenmesser. Auf ihren Wangen war ein Mehlstreifen zu sehen, darunter lugten bronzefarbene Sommersprossen als Überbleibsel der vergangenen Sonnenmonate hervor.

May hatte immer geleuchtet, aber seit sie mit Wesley Hastings zusammen war, strahlte sie. Ich hatte noch nie jemanden erlebt, dem man das Verliebtsein so sehr ansehen konnte wie ihr. Außer ihm natürlich. Wes hatte diese Art, May permanent anzustarren, als würde er sie zum ersten Mal treffen und sich völlig überfordert fragen, wie etwas so Schönes existieren konnte. Es war echt niedlich, aber, Gott, auch anstrengend. Die beiden waren fast schwerer zu ertragen als unser Hauspärchen, und das, obwohl Avery und Eden beide hier lebten und deswegen öfter vor unseren Augen aufeinander gluckten. Ich freute mich für sie alle und spürte trotzdem immer dieses Engegefühl in der Brust, wenn ich sie zusammen sah.

Ich seufzte genüsslich, als May mir den Teller vorsetzte, teilte ein Stück Kuchen mit den Fingern und schob es mir in den Mund. Der Teig war warm und süß, gleichzeitig schmeckte ich eine herbe Note Alkohol heraus.

»Perfekt«, urteilte ich. »Vor wem muss ich den verstecken, damit ihn mir niemand wegisst?«

May lächelte und wischte ein paar Krümel auf der Arbeitsplatte mit dem Geschirrtuch zusammen. »Du hast keine große Konkurrenz zu fürchten. Beckett ist im Wohnzimmer, aber er hat keinen Hunger. Er hat schlechte Laune, ich glaube, Audrey und er haben sich wieder gestritten.«

Sie warf einen bekümmerten Blick zur Tür, ich verdrehte nur die Augen. Es war nichts Neues, dass Beckett sich mit seiner *Nenn-sie-nicht-meine-Freundin-wir-sind-nicht-zusammen-auch-wenn-wir-uns-fünfmal-die-Woche-sehen-und-ich-stündlich-ihr-Instagramprofil-stalke*-Bekanntschaft in die Haare bekam. Beckett war einer dieser Menschen, die sich einredeten, ein unverbindliches Liebesleben haben zu wollen, obwohl sie gar nicht dafür gemacht waren. Unter seiner Fassade aus guter Laune und frechen Sprüchen befand sich ein ziemlich romantischer Kern. Das war einer der Gründe, warum ich von Anfang an nie darauf eingegangen war, wenn er mit mir flirtete. Ganz abgesehen davon, dass es – wie erwähnt – sowieso der größte Fehler war, etwas mit jemandem anzufangen, dem man nicht aus dem Weg gehen konnte.

»Und die anderen?«

»Sienna und Helen sind noch unterwegs, Avery und Eden sind oben und … beschäftigt.« Ein zarter Röteschleier legte sich über Mays Wangen, ich grinste.

»Dann bist du wieder aus deinem Zimmer geflüchtet, weil die Wände zu dünn sind, was?«

Avery und Eden hatten sich als Teenager kennengelernt, und seit sie wieder zusammen waren, hatte ich oft das Gefühl, dass sie erneut in diesen Zustand verfielen. Damit meinte ich nicht nur, dass sie sich ständig berühren mussten, sondern vor allem, dass es immer so wirkte, als wären sie sich ihrer gemeinsamen Zukunft unerschütterlich sicher. Dabei waren wir alle in unseren Zwanzigern und sollten mittlerweile wissen, dass Beziehungen nicht ewig hielten. Auch dann nicht, wenn Eden Avery *Ever* nannte, wenn er dachte, wir würden es nicht hören.

»Du könntest ihnen mal sagen, dass sie dir permanent eine Liveshow bieten«, schlug ich May mit vollem Mund vor.

Sie klopfte das Geschirrtuch über der Spüle aus. »Ich bringe Menschen aber nicht so gern in Verlegenheit wie du.«

»Soll ich es ihnen sagen?«

»Nein.« May sah mich streng an. »Wir sagen beide nichts und freuen uns einfach für sie, okay?«

»Von mir aus.« Ich zuckte mit den Schultern und drückte den Daumen auf die Krümelreste, um ihn anschließend abzulecken. »Wer wäre ich, wenn ich jemandem seinen täglichen Orgasmus nicht gönne?«

Noch mehr Farbe schoss in Mays Wangen, sie warf mir einen Blick zu, der irgendwo zwischen belustigt und peinlich berührt lag. »Willow, bitte.«

Ich lachte. May redete ungern über solche Dinge. Sie machte

sie trotzdem, das wussten wir alle. Ich hätte ihr sagen können, dass Avery mir schon oft im B-Club Gesellschaft geleistet hatte, wenn Wes bei May zu Besuch war und Avery das Gefühl hatte, die beiden bei etwas zu intimen Dingen zu belauschen, aber ich ließ es sein. Ich wusste, dass alle glaubten, dass ich immer sagte, was ich dachte, ohne Rücksicht auf die Gefühle anderer zu nehmen, aber das stimmte nicht. Ich war ehrlich und direkt, doch das bedeutete nicht, dass ich nie den Mund halten konnte. Zumindest gab ich mir Mühe.

»Schon gut«, meinte ich deshalb nur und winkte ab, so doll, dass ein paar Krümel auf den Boden flogen. Wenn mich nicht alles täuschte, war ich sowieso heute fürs Putzen der Gemeinschaftsräume eingeteilt. »Wo wir schon beim Thema sind, wo ist Hastings?«

»Ich hatte dich gebeten, ihn nicht so zu nennen.«

»Und das tue ich vor ihm auch nicht mehr. Aber er ist eben ein Hastings, auch wenn er das oft vergessen will.«

May seufzte, doch sie widersprach nicht. Wes war zwar ein sehr bodenständiger Millionärssohn, aber das änderte nichts daran, dass er einer war. Er hatte sich in seinem Leben nie Sorgen um die nächste Miete oder seine berufliche Zukunft machen müssen. Der Name seiner Familie war das Sicherheitsnetz, das sich mit seiner Geburt unter ihm aufgespannt hatte. Ich hätte ihn mehr dafür verachtet, wenn er May nicht so glücklich machen würde.

»Er unternimmt was mit Luke.« May deutete auf meinen Teller. »Noch eins?«

»Nicht für mich, aber ich würde Max eins in den Garten bringen.« Mein Blick wanderte zum Fenster, hinter dem die Lücken der Zwetschgenzweige grünes Dickicht offenbarten. »Wie ich ihn kenne, ist er seit Stunden da draußen, ohne was zu essen. Wenn wir nicht aufpassen, kippt er uns irgendwann um. Und, sind wir ehrlich, niemand außer Maxton selbst könnte sich in dem Gestrüpp so gut orientieren, als dass wir ihn wiederfinden würden.«

»Maxton ist nicht hier.«

Verwirrt blickte ich zu der Uhr über der Tür. Es war nach fünf, und Maxtons letztes Seminar war vor drei Stunden vorbei gewesen. Eigentlich kam er nach der Uni meist sofort zur Villa. Schon bevor wir uns für das Wohnprojekt beworben hatten, waren Eden und ich seine besten Freunde gewesen, und auch wenn er mittlerweile mit unseren anderen Mitbewohnenden eng befreundet war, hielt er mit dem Rest seiner Bekannten eher oberflächlichen Kontakt. »Sondern?«

May holte eine Karaffe mit Zitronenlimonade aus dem Kühlschrank und goss uns ein. »Keine Ahnung, aber er meinte, er isst heute nicht mit uns.«

Dankend nahm ich eins der Gläser entgegen, während mein Verstand versuchte, ihr zu folgen. Maxton hatte mir nicht gesagt, dass er heute etwas unternahm. Es war nicht so, als würden wir unsere Tagespläne absprechen, aber irgendwie wussten wir trotzdem immer, wo der andere gerade steckte. Er, weil ich ihm ständig schrieb, ich, weil er eben neunzig Prozent seiner Freizeit im Garten verbrachte. In den letzten Wochen war es öfter vorgekommen, dass er irgendwie … weg war. Ich suchte ihn draußen, um später zu erfahren, dass er noch gar nicht zu Hause war, ich klopfte an seine Tür, nur um das Zimmer verlassen vorzufinden, ich saß mit den anderen am Esstisch und starrte seinen leeren Platz an. Später sagte er meistens, er hätte etwas für die Uni erledigen müssen oder wäre unterwegs gewesen, in dieser typischen Stimmlage, die klarmachte, dass er keine Lust hatte, darüber zu reden. Und ich respektierte das so gut ich konnte, doch es stieß mir trotzdem unangenehm auf. Die Tatsache, dass er meine Nachrichten seit Stunden ignorierte, aber May erzählt hatte, dass er heute weg war, störte mich mehr, als ich erklären konnte.

»Und wo steckt er?«, fragte ich gepresst.

»Er ist *dein* bester Freund, oder? Wenn er es dir nicht gesagt hat, dann mir erst recht nicht.«

Ich schnaubte und wischte Zitronenfasern vom Glasrand. »*Mein bester Freund*, der sich in letzter Zeit echt rarmacht. Sonst muss ich ihn tagelang anbetteln, damit er mich außerhalb seiner vier grünen Wände begleitet, und jetzt ist er so oft unterwegs und … ja, was? Hängt in der Uni rum? Trifft sich mit Menschen, die er uns nicht vorstellen will?«

»Vielleicht solltest du ihm diese Fragen stellen, nicht mir.« Gott, ich hatte May echt gern, aber ihr sanfter, verständnisvoller Tonfall ließ mich nur gereizter werden.

»Als hätte ich das nicht schon getan. Du weißt doch, wie gesprächsfaul er sein kann.«

»Hm.« May rieb sich das Mehl von der Wange und zögerte. »Vielleicht ist *faul* nicht das richtige Wort. Vielleicht will er nicht darüber reden, weil er ahnt, wie du darauf reagieren würdest.« Mit einem Räuspern wandte sie sich ab und ging zur Spüle. Zu spät.

Ich hatte ein Gespür für Geheimnisse, für die Dinge, die jemand auf der Zunge hatte, aber lieber herunterschluckte als ausspuckte, für das Geflüsterte hinter Wänden und das Gedachte hinter Blicken. Ich verstand nicht immer, was da war, doch ich bemerkte, wenn da etwas war. Und hier war etwas. Etwas Großes, Grellrotes, Wichtiges. Es saß direkt da, hinter Mays leicht gerunzelter Stirn.

Mit Schwung stand ich auf und ging zu ihr. »Raus damit. Was weißt du?«

»Gar nichts.«

»May, du bist die schlechteste Lügnerin auf dem Planeten.

Und ich bin die hartnäckigste Person in diesem Haus. Uns ist beiden klar, wie das hier ausgehen wird.«

Widerwillig drehte sie sich zu mir. »Ich weiß es aber wirklich nicht. Es ist nur … Wes hat etwas angedeutet.«

»Und was?« In meiner Brust bildete sich ein kleiner Knoten, ich spürte ihn ganz deutlich – ein Fadenknäuel aus Unruhe, Neugierde und Anspannung. Wes hing noch nicht lang mit uns allen rum – welche Information konnte er über Maxton haben, die uns nicht bekannt war?

»Sagt dir die *Silent Storms Society* was?«

Verwirrt starrte ich sie an. Dieses Stichwort lag so weit von allem entfernt, was ich mit Maxton verband, dass ich es schlichtweg nicht in einen Gedanken mit ihm bringen konnte.

»Diese lächerlichen Typen, die sich selbst als ›Elite der Universität‹ bezeichnen? Klar, die leben ja dafür, dass man von ihnen hört – nur um dann allen zu verbieten, über sie zu reden, weil sie angeblich eine *Geheimgesellschaft* sind.«

Zugegeben, ich wusste vermutlich mehr über diese Studentenverbindung als der Großteil am Campus, was daran lag, dass ich mich gern mit Menschen unterhielt. Und etwas, worüber man nicht reden durfte, war auf Partys das beliebteste Gesprächsthema überhaupt. Ich wusste nicht genau, wer in dieser Verbindung war, aber ich war mir sicher, dass ich mit keinem von ihnen Kontakt herstellen wollte. Es gab Menschen, die ihren kleinen Finger dafür gegeben hätten, in so eine elitäre Gruppe reinzukommen – und es gab Menschen, die ihr höchstens den Mittelfinger gezeigt hätten, wenn sie das Angebot dafür erhielten. Ich zählte mich zu Letzteren.

»Wes kennt ein paar Leute, die da Mitglied sind.«

»Wie überraschend.« Wenn es jemanden gab, den eine Studentenverbindung voller reicher Typen vermutlich gern in ihren Reihen willkommen geheißen hätte, dann Wesley

Hastings. Im Grunde war es ihm anzurechnen, dass er offensichtlich kein Interesse daran gehabt hatte.

»Er ist selbst auch kein Fan von dem, was die so treiben, aber einige seiner alten Freunde sind dort eingetreten. Vor ein paar Wochen hat er einen von ihnen, Keenan Hall, auf dem Campus gesehen – und zwar mit Maxton.«

Ich wartete auf mehr, May sah mich allerdings nur abwartend an. Dabei verstand ich immer noch nicht, worauf sie hinauswollte. »Das bedeutet doch nichts. Ich meine, Maxton ist zwar kein Menschenmagnet, aber es kommt durchaus mal vor, dass er mit anderen redet.«

Sie zupfte an der zartgelben Schlaufe ihres Kleides herum. »Schon klar. Nur ... Wes meint, dass Maxton komisch reagiert hätte, als er ihn auf Keen angesprochen hat. Und letztens, als Wes und ich aus Paris zurückgekommen sind, da kam Maxton gerade nach Hause. Und er war voller Tinte.«

»Was?« Mir war an diesem Tag nur aufgefallen, dass Maxton zu spät gekommen war. Ich hatte gedacht, er hätte im Garten die Zeit vergessen, aber nicht, dass *... ja, was?*

»Es sah aus, als hätte man ein Fass über ihm ausgeleert. Er ist nicht drauf eingegangen, als ich nachgefragt hab, aber Wes meinte später, dass er so was schon mal gesehen hätte. Die *Silent Storms Society* verkündet ihre Anwärter manchmal auf diese Weise.«

Ich verzog angewidert den Mund. »Indem sie ihnen Tinte über den Kopf kippen?«

May nickte nur und sah mich wieder an – als wartete sie darauf, dass ich endlich begriff, worauf sie hinauswollte. Ich tat es, langsam und widerwillig, weil sich alles in mir sträubte, diesen abwegigen Gedanken zuzulassen.

»Das ist völlig absurd«, schaffte ich es schließlich zu sagen. »Ich meine, wir reden hier von Max. Unserem Max. Dem Max, der seine Zeit lieber mit Pflanzen als mit Menschen verbringt. Dem Max, der mit Ohrstöpseln zeichnet, weil ihm *das Haus* zu laut ist. Dem Max, den ich seit über zwei Jahren nicht dazu überreden kann, mit mir in einen Club zu gehen. Dieser Typ würde niemals Interesse daran haben, einer Verbindung beizutreten, die ihn dazu verpflichtet, seine Freizeit in einer Herde elitärer Idioten zu verbringen.«

»Ich finde es auch schwer vorstellbar, und vielleicht ist ja gar nichts dran. Es war nur irgendwie komisch, das ist alles.« May winkte ab, doch da hing immer noch dieser Besorgnisschatten in ihren grünen Augen.

Das war an sich nichts Neues, May machte sich ständig Sorgen, aber diesmal spürte ich, wie etwas von dem Gefühl auf mich übersprang. Weil es um Maxton ging. Und weil Maxton eigentlich niemand war, um den man sich Sorgen machen musste – einfach, weil *er* sich so gut wie nie welche machte.

»Hast du ihn darauf angesprochen?«

»Nein. Ich hatte nicht das Gefühl, dass er darüber reden möchte, und wollte ihm nicht zu nahe treten. Wenn er uns etwas dazu sagen will, wird er auf uns zukommen, oder?«

»Hm.« Ich zwirbelte eine meiner Locken und dachte daran, dass ich im ersten Jahr unserer Freundschaft nicht gewusst hatte, wann Maxton Geburtstag hatte. Hätte ich nicht zufällig einen Blick auf seinen Ausweis erhascht, wüsste ich es vermutlich bis heute nicht. Ich dachte auch daran, dass ich von seiner Weisheitszahn-OP letztes Jahr im Frühling nur erfahren hatte, weil ich nach zwei Tagen seltsam sporadischen Kontakts unangemeldet in seinem Wohnheim aufgetaucht war und ihn mit geschwollenem Gesicht aufgefunden hatte. Beide Male hatte ich ihn gefragt, warum er daraus so ein Geheimnis gemacht hatte, beide Male hatte er augenverdrehend gesagt: *»Es war kein Geheimnis, es war nur unwichtig.«*

Das war Maxton. Er hatte, auf sich selbst bezogen, das am weitesten gefasste Definitionsspektrum von »unwichtig«, das ich kannte. Er machte die Dinge gern mit sich aus, er tat sie lieber, als groß darüber zu reden, er fragte nur nach Hilfe, wenn er wusste, dass er sie wirklich brauchte. Maxtons innere Sicherheit war ein so starkes Grundgerüst, dass er niemanden sonst brauchte, um es aufrechtzuhalten.

Genau deswegen mischte ich mich bei ihm seltener ein und hakte weniger nach, als mir lieb war. Aber das hier, das war etwas anderes. Solang es auch nur den Hauch einer Chance gab, dass Maxton in irgendeiner Verbindung zu dieser abgehobenen Geheimgesellschaft stand, konnte ich das nicht ignorieren. Vielleicht hatte May recht und Maxton wollte tatsächlich nicht darüber reden. Unglücklicherweise hatte er sich dafür die falsche beste Freundin ausgesucht.

May beobachtete mich wachsam und seufzte dann leise. »Du wirst ihn darauf ansprechen, oder?«

Ich grinste nur und griff nach dem Messer, um mir ein weiteres Stück Kuchen abzuschneiden. Für den Verlauf dieses Abends würde ich dringend Nervennahrung brauchen.

3. Kapitel

MAXTON

Im Schach gab es etliche verschiedene Eröffnungszüge, trotzdem musste man sich zu Beginn der Partie im Grunde immer dieselbe Frage stellen: *Was bin ich bereit zu opfern, um ans Ziel zu gelangen?*

Ich musste seit anderthalb Stunden daran denken. An den Preis, den mich das hier kostete. Meine Zeit, meine Würde, meine Nerven und meine Selbstbeherrschung, weil ich konstant zwischen Gähnen, Lachen und Schnauben schwankte.

Je länger ich dem Typen vorn in dem aschgrauen Hemd zuhörte, desto absurder schien mir alles an dieser Situation. Mein Blick tastete von dem Stickemblem auf seiner Brusttasche – ein sechseckiges Wappen, in dessen Mitte ein geschwungenes S prangte – über die Lehnen seines Holzstuhls, hin zu der Säule, die sich neben ihm bis zur Raumdecke erstreckte. Sie war mit cremefarbenen Ornamenten verziert und erinnerte mich an die Decken der Mulberry Mansion.

Ich war nicht der Typ für Heimweh, aber in diesem Augenblick wäre ich am liebsten aufgestanden und gegangen. Ich hätte dieses Gebäude verlassen, das bis vor ein paar Wochen nur ein flüchtig wahrgenommenes Bild aus dunkelrotem Backstein, Wildem Wein und einer wuchtigen Eingangstür am Rand des Campus gewesen war. Ich wäre mit dem Bus bis zur Stadtgrenze gefahren und von dort in den Wald gelaufen, hätte mir die Schuhe ausgezogen und unter den Zehen gespürt, wie aus dem erdigen Weg ein Dickicht aus Moos, Blättern, Ästen und Bodenflechten wurde, bis ich schließlich das Anwesen der Villa und damit das satte Gras des Gartens erreicht hätte. Ich hätte mit den Fingern über die letzten blühenden Köpfe der Duftwicken gestrichen und die Handinnenfläche gegen die Rinde der Apfelbäume gedrückt, bis ihre Rauheit die meiner Gedanken verdrängt hätte.

Ich wäre *nach Hause* gegangen.

Stattdessen zwang ich mich dazu, den Blick auf dem Gesicht des Typens zu fixieren, der seit einer halben Stunde ununterbrochen auf uns einredete – auf mich und die sechs anderen jungen Männer, die um mich herum auf Stühlen saßen. Ihre Mienen schwankten zwischen Konzentration, Faszination und Angst, und ich fragte mich, warum ich nichts davon fühlte. Warum ich schon wieder irgendwie gar nichts fühlte.

Je feierlicher die Tonlage des Mannes wurde, desto stärker wurde der Drang in mir, die Augen zu schließen. Und die Ohren gleich mit. Normalerweise war ich gut darin, Menschen reden zu lassen. Es machte mir nichts aus, wenn Leute über Dinge sprachen, die mich nicht interessierten, oder wenn mir ihre Meinung nicht gefiel. Es war einfacher, das Zuhören zu beenden, als jemanden dazu bringen zu wollen, das Reden sein zu lassen. Das Problem war nur, dass ich mir hierbei nicht erlauben konnte, ganz abzudriften. Dazu war es zu wichtig. Oder zumindest sollte es das sein.

Mit aller Kraft lenkte ich meinen Fokus zurück auf den blonden Typen, der mittlerweile aufgestanden war und vor uns auf und ab lief: Sebastian »Bash« Allington, vierundzwanzig Jahre alt, Wirtschaftsingenieurwesen-Student im Master, jüngster Sohn der Familie, der eines der erfolgreichsten Bauunternehmen Englands gehörte. Ich wusste das, weil er und seine *Brüder* sich vorhin vorgestellt hatten, bevor sie sich gegenüber von mir und den anderen hingesetzt hatten. Eine Linie aus Grau und Geld, fünfzehn junge Männer in aschfarbenen Hemden und mit fast identischen Gesichtsausdrücken, die zwischen Langeweile und Feierlichkeit wechselten: die amtierenden Mitglieder der *Silent Storms Society*.

Bis zum letzten Semester war dieser Name für mich nur ein Wortschatten gewesen, den ich gelegentlich auf dem Campus vorbeihuschen gesehen hatte. Keiner, nach dem ich mich je umgedreht hätte, weil mich seine Konturen viel zu wenig interessiert hatten. Eine halbgeheime Studentenverbindung, die in den Erzählungen anderer so gut wie immer mit elitärem Verhalten und überzogenen Aufnahmeritualen zusammengebracht wurde – das klang nach Drama, Problemen und Lärm. Drei Dinge, die ich hasste. Hätte mir jemand vor sechs Monaten gesagt, dass ich eines Tages in ihrem Verbindungshaus sitzen und an einem ersten Aufnahmegespräch teilnehmen würde, hätte ich es nicht geglaubt. Eigentlich glaubte ich es immer noch nicht. Trotzdem war ich jetzt hier.

»Ich bezweifle, dass einer von euch sich mit der griechischen Mythologie auskennt?« Bash machte eine Pause und ließ den Blick über unsere Gesichter schweifen. Niemand blinzelte auch nur, als hätten sie Sorge, damit gegen eine unausgesprochene Regel zu verstoßen und rausgeschmissen zu werden. Dabei wussten wir alle dank des Briefs, den wir vor wenigen Wochen erhalten hatten, auf welchen abenteuerlichen Mythos diese Rede hinauslaufen würde.

»Das Dasein beginnt in der griechischen Mythologie mit dem Gott Chaos, der die ersten anderen Götter zum Leben erweckte. Eine davon war Gaia, die Erdgöttin, die Uranos, den Himmel, erschuf und mit ihm die zwölf Titanen bekam. Sechs männliche, sechs weibliche Gottheiten, die ihrem Vater ein

Dorn im Auge wurden. Er versuchte, sie loszuwerden, wurde aber schließlich von seinem jüngsten Sohn, Kronos, entmachtet. Dieser übernahm mithilfe seiner Geschwister die Herrschaft über die Welt. Man spricht von dieser Epoche als dem Goldenen Zeitalter. Eine Ära des Glücks, die endete, als die Titanen von ihren eigenen Nachkommen besiegt wurden. Als unsere Gründerbrüder mit dem Gedanken spielten, diese Verbindung ins Leben zu rufen, fiel ihnen der Mythos in die Hände. Sie waren damals genau zu sechst, so wie die männlichen Titanen, und sie nahmen diesen Zufall als einen Anreiz. Einen Anreiz dafür, sich nicht mit dem gewöhnlichen Leben zufriedenzugeben. Einen Anreiz dafür, mehr zu wollen, mehr zu *sein*. Und sie hatten das Zeug dazu, denn so wie alle von uns waren sie Götter unter den Männern.« Noch eine künstliche, betont andächtige Pause.

Ich strich mir beiläufig über den Mund, weil meine Lippen zuckten. Unter anderen Bedingungen wäre ich davon ausgegangen, dass diese Metapher ein Witz war, aber ein Blick auf die Gesichter der Verbindungsbrüder und die der Anwärter machte mir klar: Sie meinten das ernst.

»Also, was unterscheidet einen Menschen von einem Gott?« Bash lehnte sich gegen die Säule schräg vor mir.

Von Keenan wusste ich, dass es das zweite Jahr war, in dem Bash den Vorsitz der Verbindung innehielt. Man konnte seiner monotonen Stimme anmerken, dass er diese Rede bereits öfter gehalten hatte.

»Ich könnte jetzt über Ruhm und Macht reden, über Stärke und Zusammenhalt. Aber wir lassen euch lieber selbst herausfinden, was es bedeutet, einer von uns zu sein. Die Herausforderungen, vor die wir euch stellen werden, werden euch dazu zwingen, euch über gesellschaftliche Konventionen und eure eigenen Ängste hinwegzusetzen. Sechs Herausforderungen, sechs Leitersprossen, die erklommen werden müssen, um am Ende vielleicht zu etwas Höherem aufzusteigen. Vorweggesagt: Das alte Selbst hinter sich zu lassen geht mit Schmerzen einher. Physischen, aber vor allem psychischen. Ihr müsst erkennen, dass euch euer altes Leben zu klein geworden ist, und bereit sein, euch aus dieser Hülle herauszuschälen.«

Ich nahm es zurück: Das konnte unmöglich ihr Ernst sein. Ich presste die Hand fester auf meinen Mund, während Bash die Metapher noch unnötiger und dramatischer aufbauschte. Gerade, als ich das Lachen in meiner Kehle kitzeln spürte, vibrierte mein Handy in der Hosentasche. Ich tastete danach und öffnete die App reflexartig, sobald mein Blick über Willows Namen stolperte. Sie schickte mir täglich etliche Nachrichten, und die meisten davon waren im Grunde sinnlos, aber sie waren trotzdem immer bedeutend.

Bereit für eine neue Anekdote aus dem Hort?

Meine Mundwinkel verzogen sich zu einem Lächeln, und diesmal ließ ich es schutzlos zu. Bevor ich den Rest lesen konnte, ertönte ein Räuspern von links. Der Student auf dem Stuhl neben mir zog genervt die Augenbrauen zusammen, ohne mich eines Blickes zu würdigen.

So wie die fünfzehn Männer dort vorn gehörten auch diejenigen, die wie ich zum ersten Mal hier waren, zu irgendeiner Sparte der britischen Oberschicht oder stammten zumindest aus Verhältnissen, die man als wohlhabend bezeichnen könnte. Das war die Art Mensch, die erkannte, wenn man nicht zu ihr gehörte. Und das tat ich nicht, niemandem war das mehr bewusst als mir.

Das Leben war eine Aneinanderreihung von Weggabelungen. Aber nur, weil ein Weg sich teilte, hieß das nicht immer, dass die Abzweigungen in komplett gegensätzliche Richtungen verliefen. Es gab auch die Trampelpfade daneben, die den

Kurs beibehielten, auch wenn sie steiniger, unbequemer und verwilderter waren. Auf diesen konnte man ab und zu einen Blick durch das Dickicht auf die Hauptstraße werfen. Und dann blitzte es immer wieder auf, dieses zerfranste Bild von etwas, das dein Leben hätte sein können, wenn du nicht abgebogen wärst – ganz gleich, ob freiwillig oder gezwungenermaßen. Hier zu sitzen war ein langer Blick zur Seite, so intensiv, dass sich das Bild in meinen Augen einbrannte, selbst als ich versuchte, mich wieder auf meinen Weg zu konzentrieren. Auch wenn ich momentan nicht das Gefühl hatte, ihn unter all den Wurzeln noch zu erkennen.

Ich schaltete die Vibrationsfunktion meines Handys aus und wollte das Display sperren, als eine weitere Nachricht ankam. Von einer Nummer, die mir kein Lächeln entlockte, dafür ein unangenehmes Ziehen in der Brust. Es wurde schlimmer, als ich den Text überflog.

Bin gespannt, was du nachher berichtest. Mach uns stolz, ja?

Mein Kragen wurde enger, ich zog daran, ehe ich das Handy zurück in meine Hosentasche schob. Mir war bewusst, dass vermutlich beide, vor allem aber Willow, das nicht einfach hinnehmen würden. Mir war allerdings auch bewusst, dass ich ihr nicht antworten konnte. Nicht nur, weil ich von einem Haufen angespannter Typen umgeben war und Keenans Blick auf mir spüren konnte, vor allem, weil sie mich früher oder später fragen würde, wo ich steckte. Und es gab einen Grund dafür, dass ich ihr nichts hiervon erzählt hatte. Weder von diesem Treffen noch von denen, die ich mit Keenan in den vergangenen Monaten gehabt hatte, oder von dem Vorfall mit dem Eimer Tinte vor ein paar Wochen. Sie würde nach einer Erklärung verlangen, und ich konnte ihr keine geben, die für sie logisch klingen würde.

Für mich tat sie das oft auch nicht. Trotzdem war es die beste Option, der leichteste Weg, das kleinste Übel.

»Normalerweise haben wir exakt sechs Anwärter auf eine Mitgliedschaft«, sagte Bash, als ich es schaffte, ihm wieder zuzuhören. Eine kurze Pause, sein Blick streifte mein Gesicht. »Dieses Jahr seid ihr sieben, das bedeutet nicht, dass wir mehr aufnehmen als sonst. Wir sind nur an den maximal drei von euch interessiert, die sich als würdig erweisen. Dabei geht es nicht nur um euer Benehmen oder um die Art, wie ihr die Herausforderungen meistert. Es geht in erster Linie darum, wer ihr seid. Ob ihr gut genug seid, um zu uns zu gehören. Und ich sage es euch gleich: Die meisten von euch sind es nicht.«

Bashs Blick streifte mich erneut, ich musste mein Lächeln stärker unterdrücken. Seine unverhohlene Abneigung mir gegenüber war so durchschaubar, dass ich sie nicht ernst nehmen konnte. Wenn es ihnen um einen tadellosen Charakter ginge, würde sich die Society ihre Anwärter sicher nicht nach dem Geschlecht und Kontostand der Familie aussuchen.

»Eins muss euch klar sein: Der Eintritt in unsere Mitte ist ein Versprechen, das für immer gilt. Wer Teil von uns wird, geht einen Lebensbund ein. Ihr solltet euch darüber bewusst sein, was für eine Ehre, aber auch was für eine Pflicht es ist, einer von uns zu sein. Teil der *Silent Storms Society* zu sein, heißt Teil von etwas Großem zu sein. Niemand, der uns von außen sieht, wird je begreifen, was wir füreinander tun oder sind und wofür wir stehen. Niemand, der es nicht erlebt hat, wird je begreifen, wie es sich anfühlt, Mitglied einer Familie zu sein, die die bedeutendsten Persönlichkeiten dieser Universität umfasst und auf eine jahrhundertealte Geschichte zurückblickt.«

Mit jedem Wort schwoll Bashs Stimme an, bis der feierliche Ton fast von den Steinwänden widerhallte. Der Typ schräg vor mir erschauderte, in den Augen von dem, der neben mir saß, leuchtete etwas auf, das nach einer ungesunden Mischung aus Gier und Sehnsucht aussah. Bash drehte sich zur Seite und nickte einem seiner Freunde zu, der aufstand und zu dem Schreibtisch am Ende des Zimmers ging. Beim Zurückkommen hielt er einen Pappkarton in den Händen, mit dem er zu uns kam. Bash wartete, bis jeder von uns ein Smartphone daraus genommen hatte.

»Auf diesen Handys werdet ihr die Anweisungen für eure Herausforderungen erhalten. Jeder von euch bekommt andere, jeder von euch ist dazu verpflichtet, sie ohne die Hilfe Dritter zu meistern. Wenn wir erfahren, dass ihr gegen diese Regel verstoßt, hat das Konsequenzen, die über euren Ausschluss vom Bewerbungsverfahren hinausgehen. Und glaubt mir, wir erfahren immer davon.«

Ich musste dem Drang widerstehen zu fragen, welche Konsequenzen das sein sollten. Ganz egal, wie wichtig sich diese Studenten nahmen, sie waren letztlich auch nur ein paar Männer in ihren Zwanzigern mit überdurchschnittlich viel Geld und einem Hang zum Pathos. Was sollten sie tun, uns in Tinte ertränken?

»Die Prüfungen verteilen sich über das ganze Semester. Wenn ihr bei einer scheitert, seid ihr raus. Wenn ihr durchhaltet, kommt ihr in die engere Auswahl. Am Ende des Semesters werden wir verkünden, wen von euch wir in unseren Reihen begrüßen. Der Rest wird augenblicklich vergessen, dass er je in unserer Nähe gewesen ist. Denn das ist es, worum es hier im Grunde geht: endgültiges Vergessen- oder ewiges Erinnert-werden.«

Erleichtert registrierte ich, dass das offensichtlich das Schlusswort gewesen war. Während Bash zurück zu seinen Verbindungsbrüdern ging und sich alle um mich herum erhoben, betrachtete ich für einen Moment die Reflexion meines Gesichts im Handydisplay. Sommergebräunte Haut, helle Augen und dunkle Ringen darunter. Keine Ahnung, ob ich mir je so fremd vorgekommen war wie in diesem Moment.

Beim Aufstehen tastete ich mit der Hand routiniert nach dem Kragen meines Shirts, das genau aus diesem Grund ein bisschen ausgeleiert war. Ich hatte mir zwar den Platz am Fenster ausgesucht, der Luftzug, der durch den geöffneten Spalt hereinkam, war jedoch nur schwach. Mit jeder Sekunde in diesem Raum spürte ich, wie das Atmen schwerer wurde. Ich musste hier endlich raus.

»Irving«, hielt mich eine Stimme zurück, bevor ich die Tür erreichen konnte.

Resigniert schloss ich die Augen und zwang mir ein Lächeln aufs Gesicht, ehe ich mich umdrehte.

Keenan ging zwischen den leeren Stühlen hindurch, direkt auf mich zu. »Komm«, sagte er gedämpft, als er vor mir innehielt. »Gehen wir noch was trinken und unterhalten uns ein bisschen.«

Mehr Enge in meiner Brust, mehr Falschheit in meinem Lächeln. Ich nickte. »Klar. Gern.«

Ich konnte mit Pubs nicht viel anfangen. Es lag nicht an dem dämmrigen Licht, der Musik oder dem Alkohol. Ich trank gern ab und zu, auch wenn ich darauf achtete, dass es nicht so viel wurde, dass ich die Kontrolle verlor. Diesen Sommer hatte es etliche Abende gegeben, an denen ich mit den anderen im Garten der Villa gesessen hatte, manchmal mit Wein, Bier oder viel zu süßen Cocktailkreationen, die Willow mir vor die Nase hielt, bis ich nachgab. Offiziell, damit sie Ruhe gab, inoffiziell, damit sie auf diese bestimmte Weise lächelte, die alles besser machte.

Ich erwischte mich bei dem Gedanken, dass ich mir wünschte, sie wäre hier. Willow hatte eine Art an sich, absolut unangenehme Situationen erträglicher zu machen, einfach, indem sie da war. Mit Keenan allein spürte ich mit jeder Minute, wie die Enge in meiner Brust größer wurde. Ich versuchte, sie mit einem Schluck Bier zu vertreiben.

Keenan hatte einen Platz im hinteren Raum des *Epilogue* ausgewählt. Keine Fenster, nur dunkel gestrichene Wände und schlichte Holzmöbel. Draußen hatte es auf dem Weg zum Pub gedämmert, hier drinnen gab es nur das flackernde Licht der Wandlampen und das der Kerze, die zwischen uns stand.

Keenan hatte unterwegs sein Society-Hemd gegen ein Shirt getauscht, und mit dem Verbindungswappen war auch eine Spur dieser künstlichen Feierlichkeit aus seinen Zügen gewichen. Ernst wirkte er trotzdem, während er mich musterte. Ich gab mir keine Mühe, ein Gespräch anzufangen. Dafür kannte ich ihn mittlerweile gut genug und wusste, dass wir nicht grundlos hier waren. Er wollte etwas loswerden.

Die Frage, die er schließlich als erste stellte, überraschte mich dennoch. »Kannst du boxen?«

»Hab es mal gemacht, aber das ist schon eine Weile her«, erwiderte ich zögerlich und dachte an den Sportkurs vor fast drei Jahren, den ich an der Uni besucht hatte. Eher zufällig, weil das der einzige gewesen war, in dem ich noch einen Platz bekommen hatte. Es war nicht meins gewesen. Die Halle war zu stickig gewesen, viele der Teilnehmenden zu verbissen. Ich war kein Wettbewerbsmensch, ich hatte keine Ambitionen, in irgendetwas besser oder begabter zu sein als andere. Ein weiterer Grund, warum alles an meiner momentanen Situation ironisch war. Nach einem Semester hatte ich das mit dem Boxen wieder sein gelassen. Bis heute geblieben waren nur das Wissen, wie man zuschlug, ohne sich die Hand zu brechen, und die um einiges wertvollere Freundschaft mit Eden, den ich dort kennengelernt hatte.

»Dann wäre jetzt ein guter Zeitpunkt, es mal wieder aufzufrischen.« Keenan sah mich vielsagend an.

Ich runzelte die Stirn. »Wird in Verbindungen nicht gefochten?« Als mir klar geworden war, was dieses Semester auf mich zukommen würde, hatte ich recherchiert. Das war auch der Grund dafür gewesen, dass mich die Art der Auswahlbestätigung erleichtert hatte. Ich hatte eher mit einem Eimer aus Schweineblut gerechnet als mit einem aus Tinte.

Keenan lächelte verächtlich. »Diese Zahnstocherakrobatik ist nichts für uns. Es gibt keine ehrlichere und wirksamere Waffe als die Faust eines Mannes.«

Meine Gesichtszüge wurden zentnerschwer, sodass es mich alles an Kraft kostete, sie am Entgleisen zu hindern. Ich räusperte mich. »Also trainiert ihr zusammen?«

Er nickte, strich sich das Haar zurück und legte damit eine Blessur an seiner Schläfe frei. »Manchmal veranstalten wir auch Wettkämpfe gegen andere Unis, aber meistens bleiben wir unter uns. Es geht nicht so sehr ums Boxen an sich, eher darum, was man damit preisgibt. Du lernst viel über einen Menschen, wenn du ihn im Ring siehst. Und über dich selbst auch.«

Sein Finger tippte auf den fransigen Fleck, und ich musste unwillkürlich an den denken, der sich vor ein paar Tagen auf Willows Hals gebildet hatte. Ich hatte ihn nur kurz gesehen, ein flüchtiger Schatten, kaum auszumachen in der Nacht. An den Tagen danach hatte Willow darauf geachtet, dass ihre Locken ihn verbargen. Trotzdem konnte ich nicht aufhören, den Bluterguss zu sehen. Dieser Knutschfleck hatte sich genauso in meine Netzhaut gebrannt wie in ihre Haut. Alles daran war falsch. Und beschissen. Absolut beschissen.

Ich konzentrierte mich mühsam wieder auf das Gespräch. »Dann testet ihr eure Anwärter auf diese Art?«

Keenan wog den Kopf. »Ich sage nur, dass es nicht schaden würde, dir einen Vorteil zu verschaffen, indem du deine Fitness auf Vordermann bringst. Machst du sonst Sport?«

»Ich geh laufen, manchmal ein bisschen Krafttraining. Nichts Besonderes.« Ich verzichtete darauf, ihm zu sagen, dass das Gärtnern effektiver war als jeder Sport, den ich bisher ausprobiert hatte. Meine Armmuskeln hatten nach keiner Trainingseinheit mehr wehgetan als nach dem Beschneiden unserer Apfelbäume. Meine Waden waren trainiert wie nie, seit ich täglich etliche Kilometer durch den Wald und Garten zurücklegte. Und mittlerweile konnte ich Stunden in der Hocke sitzen, bevor meine Oberschenkelmuskulatur zu schmerzen begann. Ich war so fit wie nie zuvor, hatte Muskeln, die ich mir nicht absichtlich antrainiert hätte, weil es mir dafür einfach nicht wichtig genug war. Doch der Garten in der Mulberry Mansion, der war mir wichtig. Ich nahm noch einen Schluck Bier, um den Drang zu unterdrücken, endlich zu ihm zurückzukehren.

»Okay.« Keenan zögerte, dann senkte er die Stimme, obwohl die Tische um uns herum frei waren. Etwas, das Keenan sicher beabsichtigt hatte, weil er nicht mit mir gesehen werden wollte – oder durfte. Er hatte mir schon vor Wochen gesagt, dass die anderen Anwärter nicht von meinem persönlichen Kontakt zu einem der Mitglieder erfahren sollten. Dabei hätte ich das zwischen Keenan und mir nicht mal so beschrieben. Wenn es nach uns gegangen wäre, hätten wir mit Sicherheit nie ein Wort miteinander gewechselt. Aber das war die bedeutendste Gemeinsamkeit, die ich bisher zwischen uns hatte erkennen können: die Bereitschaft, unseren eigenen Willen dem anderer unterzuordnen. Und womöglich war ich damit genau der Richtige für eine Studentenverbindung.

»Hör mal. Ich will dich nicht anlügen. Es war ziemlich schwer, die anderen davon zu überzeugen, dir eine Chance zu geben«, fuhr er gedämpft fort.

Ich lächelte müde. »Kann ich mir vorstellen.«

»Glücklicherweise schuldet Bash mir noch was. Aber er wird ein besonderes Auge auf dich haben. Beim kleinsten Fehltritt wird er die anderen dazu bringen, für deinen Rauswurf zu stimmen, egal, was ich sage. Und die Leute hören immer auf Bash. Er ist der geborene Anführer.«

»Das merkt man.« Meine Stimme klang ehrlicher und damit spöttischer als beabsichtigt. Ich räusperte mich und tastete beiläufig nach der Stelle an meinem Oberarm, die immer leicht pochte, wenn ich sie berührte. Dabei war die Tinte unter dem Stoff meines Shirts deutlich älter als die, die ich vor einer Weile über den Kopf bekommen hatte.

Es waren feingezeichnete Umrisse, insgesamt nicht größer als ein halber Finger, aber jedes Mal, wenn ich es sah oder auch nur daran dachte, war da die Erinnerung an diese Worte: *»Ein kluger Spieler denkt nach, bevor er zieht. Also sei klug und denk nach, bevor du handelst. Denk immer nach.«*

Ich atmete durch. »Dann gebe ich mir besser Mühe, ihm keinen Grund zu geben, mich loswerden zu wollen.« *Keinen weiteren außer der Tatsache, wer ich bin, versteht sich.*

»Ganz genau.« Keenan musterte mich, während ich das Bier in zwei Zügen zur Hälfte austrank. »Wegen der Herausforderungen würde ich mir die geringsten Sorgen machen, das wird ein Leichtes für jemanden wie dich.«

Ich fragte nicht nach, wie er zu diesem Schluss gekommen war. Es hätte mich nicht gewundert, wenn die Society ausreichend Kontakte hätte, um ihre potenziellen Anwärter gründlich durchchecken zu lassen. »Du wirst mir trotzdem nicht sagen, wie diese Prüfungen aussehen, oder?«

Er hob die Hände. »Sorry, ich habe einen Schwur geleistet.«

»Schon klar. Adel verpflichtet, ich erinnere mich.« Ich verzog den Mund und kaschierte es mit noch einem Schluck. Der Alkohol zerrte meinen inneren Kragen tatsächlich etwas weiter, trotzdem nahm ich es überdeutlich wahr: Keenans Nasenflügel blähten sich.

Ein Detail an seiner Mimik, das so unscheinbar auftrat, dass andere es vermutlich übersehen hätten. Mir hingegen fielen oft Kleinigkeiten an Personen oder Situationen auf, die nicht für mich bestimmt waren. Manchmal war das hilfreich, meistens wollte ich es gar nicht bemerken. Aus dem einfachen Grund, dass es mich nichts anging.

Mimik, Gestik, Stimmen, Blicke, selbst die Art, wie man Luft holte, lief oder schwieg – all das verriet mehr, als Worte es konnten. Ich fühlte mich jedes Mal wie ein Eindringling, wenn ich durch solche unabsichtlich offenbarten Risse einen Einblick hinter die Maske eines Menschen erhaschte. In etwas, das er nicht hatte teilen wollen. Vielleicht war ich genau deshalb so gut im Schweigen. Wenn man ungewollt Geheimnisse entdeckte, musste man dazu in der Lage sein, sie für sich zu behalten.

Deswegen erwiderte ich auch jetzt Keenans forschen Blick und versuchte, seine Maskenrisse zu ignorieren. Blähende Nasenflügel, schnelle Atmung, verkrampfter Griff um die Bierflasche: Keenan war verärgert.

Ich verstand, wieso. Ich war wirklich gut im Schweigen, dafür umso schlechter im Schauspielern. Es fiel mir nicht schwer, freundlich und ruhig zu bleiben, aber es lag mir nicht, starke Emotionen vorzutäuschen. Seit Keenan angeboten hatte, mich für die Society vorzuschlagen, wartete er offensichtlich darauf, dass ich ausdrückte, wie dankbar ich war und aufgeregt und euphorisch und … keine Ahnung, was sonst noch angebracht gewesen wäre. Das Ding war nur, dass ich nichts davon fühlte.

Keenan neigte sich über den Tisch. »Wenn du das nicht ernst nimmst, sag es besser gleich, Irving. Ich hab getan, was meine Eltern wollten, und mich echt weit aus dem Fenster gelehnt, damit wir die Kriterien für dich lockern. Lass mich das nicht bereuen.«

Der Spott versickerte in meinem Hals, sofort zog sich dieser wieder enger. »Keine Sorge. Ich weiß, worum es geht, und ich werde das nicht vermasseln.«

»Das hoffe ich.«

Ich auch, dachte ich. Aber ich nickte nur und zwang mich, aufmerksam zuzuhören, als er weitersprach. Die ganze Zeit über drückte ich zwei Finger in den Oberarm, bis das Pochen der Haut darunter und die Stimme in meinem Kopf zurück waren. Ganz egal, was ich von alledem hielt, ich hatte mich darauf eingelassen. Es wurde Zeit, mich dementsprechend zu verhalten. Klug sein und nachdenken, immer, weil schon der nächste Zug entscheidend sein könnte.

Im Schach brauchte es im schlimmsten Fall nur eine Handvoll Züge, um matt gesetzt zu werden. Wenn man am Anfang unkonzentriert war, könnte die ganze Partie verloren sein. Ich hatte nicht selbst entschieden, in dieses Spiel einzusteigen, aber ich war derjenige, der vor dem Brett saß und auf die Figuren starrte. Ich war der Spieler, ich war für jeden weiteren Zug verantwortlich.

Die einzige Frage, die ich mir stellen musste, war: *Was bin ich bereit zu opfern, um an ein Ziel zu gelangen, das nicht meines ist?* Ein Teil von mir ahnte, dass es nur eine Antwort darauf geben konnte. Ich kannte sie, auch wenn sie mir nicht gefiel: *alles*.

4. Kapitel

WILLOW

Wenn Augen die Fenster zur Seele waren, glaubte ich, dass das eigene Zimmer deren Eingangsbereich war.

Von Maxtons Raum ging wie von ihm selbst eine greifbare Ruhe aus. Ein kleines Universum, das aus gedeckten Tönen und zarten Akzenten bestand. Die schwarz gestrichene Wand über seinem Schreibtisch war bedeckt von Papieren: Bleistift- und Buntstiftzeichnungen, Skizzen aus Fineliner-Linien oder Kopien aus seinen liebsten Botanik-Büchern. Neben ihren Papiergeschwistern standen überall im Raum verteilt Pflanzen in Terrakottatontöpfen oder hingen in Kübeln von der Decke. Jedes Mal, wenn ich die Flügeltür öffnete, die unsere Zimmer miteinander verband, war es, als würde ich ein Fenster zu einem kleinen Garten aufmachen. Das Grün schwemmte aus Maxtons Zimmer in meines – frisch und gleichzeitig herb. Ich hätte das nie ausgesprochen, aber ich mochte diesen Geruch lieber als den des Gartens hinter der Villa.

Mein eigener Raum hingegen wirkte immer chaotisch, egal, wie aufgeräumt es war. Ich nutzte Zeitschriftentürme als Tischersatz und ein Kissenlager in der Ecke als Sofaalternative. Mein Schrank bestand aus einer Handvoll frei stehender Kleiderstangen, deren Bügel die meiste Zeit leer waren, weil ich die Sachen einfach darüberschmiss. Ich hatte keinen Schreibtisch, da ich sowieso lieber auf dem Boden saß, dafür einen Polstersessel vom Dachboden, der direkt vor dem Fenster stand. Über meinem Paletten-Bett hingen Ausschnitte aus Reisekatalogen an einer dunkelgrün gestrichenen Wand. Wenn Maxton in meinem Zimmer war, behielt er immerzu diese Farbe im Blick. Ich vermutete, dass er sie am liebsten mochte, weil sie ihn an seine Pflanzen erinnerte. Unsere Zimmer lagen genau nebeneinander und waren so unterschiedlich wie wir selbst.

Es war nach zehn, als ich die Schritte auf dem Flur hörte. Ich stand in dem Moment von meiner Matratze auf, in dem sich nebenan Maxtons Tür öffnete. Kurz darauf sah ich dabei zu, wie er seinen Rucksack aufs Bett warf.

Mit verschränkten Armen ging ich auf den offenen Durchgang zu. »Hallo, Fremder.«

Maxton zuckte nicht mal zusammen. Er seufzte nur, während er sich zu mir umdrehte. »Wie oft haben wir darüber geredet, dass die Tür zubleibt, wenn einer von uns nicht da ist?«

»Oft.« Auch wenn ich diese Regel nie verstanden hatte. Maxton setzte bei Privatsphäre seltsame Prioritäten. Es schien ihn nicht zu stören, wenn ich anklopfte und sofort darauf den Kopf hereinstreckte oder wenn ich mir Sachen aus seinem Kleiderschrank lieh, ohne zu fragen. Er zog seine Grenze erst, sobald ich einen Abstecher in sein Zimmer machte, solang er nicht da war. Genau genommen hatte ich das aber auch nicht getan, ich war brav auf meiner Seite geblieben. Zumindest bis jetzt.

Gemächlich schlenderte ich in den Raum. »Das Ding ist nur, dass ich gar nicht mehr wissen kann, wann du da bist. Neuerdings bist du ein wandelndes Geheimnis, ein Mysterium auf zwei Beinen, ein Fall für *Akte X*.« Ich setzte mich auf seine Matratze und zog die Füße in einen Schneidersitz.

»Wovon redest du?«, hakte er nach, noch immer ruhig, aber eine Spur … wachsam, vielleicht.

Ich lächelte ihn unschuldig an. »Na ja, ich muss mich immerzu fragen … bist du hier, bist du nicht hier? Triffst du dich mit ein paar netten Kommilitonen oder doch mit ein paar unsympathischen Schnöseln? Bist du frisch geduscht oder eher … mit Tinte überschüttet?«

Wir starrten einander an, während meine Worte zwischen uns verblassten und dabei die Farbe aus Maxtons Wangen mitnahmen. Es war komisch: Ich hatte nicht daran gezweifelt, dass May die Wahrheit erzählt hatte, trotzdem hatte mein Verstand nach anderen Erklärungen gesucht. Doch allein die Art, wie er jetzt reagierte, nämlich gar nicht, sagte alles.

Sekunden verstrichen, auf dem Flur waren Siennas Lachen und Geräusche aus ihrem Tablet zu hören, in meinem Zimmer tickte die Wanduhr, und Maxton und ich starrten uns nur an. Ich war nicht gut im Schweigen, aber ich war noch schlechter im Nachgeben. Und das wusste er.

Schließlich wandte er sich ab und ging zum zweiflügeligen Fenster. Die Scharniere quietschten, als er beide Seiten öffnete. Es wunderte mich, dass er so lang damit gewartet hatte. Maxton hasste abgeschlossene Räume und hielt es selten in einem Zimmer aus, in dem keinerlei Verbindung nach draußen bestand. Ich vermutete, dass er deswegen so viele Pflanzen hier drin hatte und bis in den Winter hinein bei offenem Fenster schlief.

»Wer war es? May oder Wes?«, fragte er nach ein paar Sekunden. Dabei drehte er sich zu mir um und lehnte sich mit dem Rücken gegen den Fensterrahmen. Sein Gesichtsausdruck wirkte wie immer unerschütterlich gelassen. Es war sehr schwer, Maxton aus der Fassung zu bringen oder ihm überhaupt eine Emotion abzuringen. Es sei denn natürlich, man war eine seltene Ableger-Art.

»Ich habe meine Quellen überall. Allerdings bin ich mir nicht sicher, wie verlässlich sie sind. Immerhin ergibt die Vorstellung, dass du dich freiwillig auf alberne und gefährliche Rituale einlässt, um Teil von einer völlig bescheuerten Gruppe zu werden, absolut keinen Sinn.«

»Wenn du das sagst.«

Ich verdrehte die Augen und hievte mich aus Maxtons Bett. Zwei Schritte vor ihm blieb ich stehen – nicht nah genug, dass wir einander berührten, aber so, dass er meinem Blick nicht länger ausweichen konnte. »Also, ist da was dran? Hast du wirklich Interesse daran, dieser Sekte beizutreten?«

»Das ist keine Sekte. Es ist eine Studentenverbindung.«

»Das ist ein Ja, oder?«, stellte ich nüchtern fest.

Maxton hob die Schultern und ging an mir vorbei zum Schreibtisch.

Fassungslos sah ich ihm dabei zu, wie er sich auf den Stuhl setzte und begann, einen Stapel Skizzenblätter zurechtzurücken. Mir war klar, dass er mir zu verstehen geben wollte, dass das Thema beendet war, doch ich ließ mich davon nicht beeindrucken. Ich lehnte mich gegen den Schreibtisch und starrte ihn so lang an, bis er widerwillig zu mir aufsah.

»Also ein Ja. Verrätst du mir jetzt noch das Warum?«

»Studentenverbindungen haben eine Menge Vorteile, deswegen halten sie sich seit Jahrhunderten. Es könnte mir berufliche Perspektiven eröffnen, die richtigen Leute zu kennen.« Seine Stimme klang emotionslos, als hätte er die Worte geprobt.

Ich kaufte ihm das nicht ab. Das ergab keinen Sinn. Maxton und ich redeten zwar nicht oft darüber, was wir nach der Uni tun wollten, aber er hatte nie so gewirkt, als würde er sich Sorgen über die Zukunft machen. Sein Studium passte perfekt zu ihm. Er war gut darin, räumlich zu denken, die Planung und Durchführung von Projekten lagen ihm, und er hatte ein Gespür für das Potenzial unerschlossener Gebiete. All das hatte er mit seinem Umgang des Gartens der Mulberry Mansion mehr als bewiesen. Für Maxton war er nie ein undurchschaubares Dickicht gewesen, sondern von Anfang an eine Schönheit voller Möglichkeiten, die nur gepflegt werden musste. Seine Noten waren gut, obwohl er nicht so viel lernte wie einige unserer Mitbewohnenden. Er ging an den Uniabschluss so gelassen heran wie an alles, was er tat. Vielleicht, weil er selbst wusste, dass er in vielen Jobs glücklich werden würde, solang er etwas mit der Natur machen konnte. Ebenso wenig Sinn, wie dass Maxton Interesse an der Society hatte, ergab es aber auch, dass sie Interesse an *ihm* hatte. Soweit ich wusste, nahm die Verbindung nur Studenten auf, deren Familien in irgendeiner Form Wohlstand oder Berühmtheit vorweisen konnte. Und auch wenn Maxton und ich nicht über alles sprachen, war ich sicher, er hätte erwähnt, wenn er zu einem alten Adelsgeschlecht gehören würde.

Ich schluckte die ersten Antwortmöglichkeiten herunter. Es würde nichts bringen nachzubohren. Maxton zeigte es zwar nicht oft, doch er konnte fast so stur sein wie ich. »Wieso hast du mir nichts gesagt?«, fragte ich stattdessen und setzte mich auf den Schreibtisch.

Maxton griff an mir vorbei, um das Schachbrett hinter mir zurückzuschieben. Seine Hand streifte meine Taille, ich spannte mich an. Sofort zog er sich zurück und rückte mit seinem Stuhl nach hinten, sodass mehr Platz zwischen uns war. »Hast du dir in den vergangenen Minuten mal zugehört?«

Gut, Punkt für ihn. Ich warf einen Blick über meine Schulter auf das Brett. Seit unserem Einzug stand es an genau derselben Stelle. Sogar die Figuren verharrten seit über einem Jahr auf denselben Positionen – mitten auf dem Brett verteilt, als würde das Spiel noch laufen. Ich hatte aufgegeben, Maxton eine Erklärung dafür entlocken zu wollen.

In diesem Moment kam mir dieses Schachbrett wie ein Symbol vor, das für all die dunklen Ecken stand, in die Maxton niemanden blicken ließ. Ich fragte mich, wie viel sich darin verbarg. Und was. Denn nichts, was ich mir vorstellen konnte, könnte diese Situation erklären. Es sei denn, ich schätzte die *Silent Storms Society* falsch ein. Ich konnte aus Erfahrung sagen, dass der Überschneidungsraum von Gerüchten und Wahrheit oft hauchdünn war. Vielleicht war der Ruf der Studentenverbindung genauso lügenverziert wie meiner in manchen Gruppen der Uni.

»Machen die das immer noch mit diesen bescheu…«, ich brach ab und räusperte mich, »*besonderen* Herausforderungen?«

Maxtons linke Augenbraue wanderte nach oben. Das war auch etwas, das er gut beherrschte, aber selten einsetzte. »Ja.«

»Und du willst daran teilnehmen? Im vollen Bewusstsein darüber, dass das komplett übertriebene, waghalsige und irgendwie … dumme Aktionen sind?«

Die andere Augenbraue kletterte nach oben, sein Blick sagte: *Du machst es schon wieder.*

Ich hob die Hände. »Wenn du das echt willst, akzeptiere ich das.«

»Ach, echt?«

»Klar.« Ich zupfte an meinen Locken, obwohl ich am liebsten die kleine Gießkanne, die auf dem Schreibtisch stand, über seinem Kopf geleert hätte. Vielleicht würde das die Reste der Tinte wegwaschen und er wieder zu Verstand kommen. »Was sind das für Herausforderungen diesmal?«

Maxton beobachtete mich wachsam. Ich war sicher, dass er wusste, wie viel Mühe es mich kostete, derart sachlich zu bleiben. »Das erfährt man erst nach und nach. Hab heute einen Hinweis auf die erste bekommen.«

Er zögerte, dann zog er ein Handy aus seiner Hosentasche.

Ein schwarzes Smartphone, etwas kleiner als sein eigenes. Er entsperrte den Bildschirm, tippte etwas an und hielt es mir hin. Mein Blick flog über die Nachricht, die nur aus einem Datum und einem Wort bestand: *Iapetos.*

»Was bedeutet das?« Ich runzelte die Stirn, während er das Handy umgedreht auf den Tisch legte.

»Hat was mit griechischer Mythologie zu tun.«

Und damit war das mit der Selbstbeherrschung auch wieder vorbei. Ich lachte laut. »Ach was, zieht die Aufnahme eine Konvertierung nach sich?«

Maxton schwieg und sah mich abwartend an. Vermutlich, weil er genau wusste, dass das bei mir jetzt leider eine Weile dauern würde.

Ich tippte mir ans Kinn. »Vielleicht können wir den Pavillon im Garten als Tempel umgestalten. Allerdings lege ich schon mal mein Veto ein, wenn du auf die Idee kommst, hier künftig Tieropferungen abzuhalten. Ich möchte, dass dieses Haus für Versailles ein geschützter Raum bleibt.«

Er legte den Kopf in den Nacken und schloss die Augen.

Ich schnappte theatralisch nach Luft. »Oh, soll ich dir ein paar von meinen alten Bettlaken geben? Dann kannst du dir eine Tunika daraus binden.«

Maxton blinzelte zu mir auf. »Bist du bald fertig?«

»Na, hör mal, ich möchte mich darauf vorbereiten, was das für uns bedeutet. Muss ich Altgriechisch lernen, damit du weiterhin mit mir sprechen kannst?«

»Willow, ich bin kurz davor, die Kommode vor die Tür zu stellen.« Sein strenger Tonfall wurde durch das Heben seiner Mundwinkel relativiert. Der Ausdruck auf seinem Gesicht wirkte immerhin weniger angespannt als zuvor.

Ich grinste zufrieden. »Witzig, dass du immer noch denkst, das würde mich abhalten herzukommen. Aber gut, jetzt bin ich fürs Erste fertig. Also, was musst du für dieses *Iapetos*-Ding tun?«

Das halbe Lächeln auf seinem Mund verflüchtigte sich, er fuhr sich durch die Haare. »Weiß ich noch nicht. Jeder bekommt andere Herausforderungen. Ich erhalte am Tag selbst über dieses Handy weitere Anweisungen.«

Anweisungen. Es gab kaum ein Wort, das mir so bitter aufstieß wie dieses. Allein die Vorstellung, mir von einem Haufen fremder Typen sagen zu lassen, was ich zu tun hatte, war lächerlich. Für mich war aber auch das ganze Konzept von Aufnahmeritualen komplett bescheuert. Ich begriff nicht, warum man Teil einer Gruppe sein wollte, deren Aufmerksamkeit man sich erkämpfen musste. Entweder man mochte mich oder eben nicht. Es war nicht meine Aufgabe, anderen zu beweisen, dass ich ihrer Gesellschaft würdig war. Es war niemandes Aufgabe. Und ganz bestimmt nicht Maxtons. Da ich ihm das jedoch offensichtlich nicht klarmachen konnte, deutete ich nur auf das Handy. »Also geht's an dem Datum los?«

Er nickte. »Freitag.«

»Bist du aufgeregt?«

Ich beäugte ihn aufmerksam. Da Maxton so gut wie nie nervös war, waren die Anzeichen dafür nur schwer lernbar gewesen. Trotzdem fiel mir auf, dass er sich gerade zum dritten Mal in wenigen Minuten mit der Hand durch die Haare fuhr. Er ging so unregelmäßig zum Friseur, dass sie eigentlich immer ein bisschen verwildert aussahen. Ich zog ihn oft damit auf, dass sie seine Ohren zugewachsen hatten, wenn er mich draußen wieder mal nicht hörte, aber insgeheim gefielen sie mir. Die dichten Strähnen wirkten ähnlich ungezähmt wie unser Garten.

»Wird schon nicht so dramatisch werden«, meinte er nach ein paar Sekunden und ließ die Hand wieder sinken. Ein Wirbel oberhalb seiner Stirn stand ab, in mir zuckte der Reflex auf, ihn glatt zu streichen. Ich umfasste die Schreibtischkante fester.

»Das hoffe ich doch. Immerhin hasst du Drama.«

Maxtons Blick wanderte zu meinem Gesicht. Kurz sah er mich nur an, dann hob er die Schultern. »Manches ist das Drama wert.«

Die Worte hörten sich weich an, aber irgendetwas in mir begann zu jucken. Das passierte manchmal, wenn Maxton Sachen aussprach, die klangen, als hätte er sich dabei mehr gedacht als gesagt. Ich war daran gewöhnt, dass ihm Details auffielen, die anderen entgingen, mir hingegen fiel oft einfach nur auf, *dass* mir etwas entging.

»Und das ist so was?«

»Scheint so.« Er glättete sorgsam die Papierkante einer Skizze, an der er die letzten Abende gearbeitet hatte.

Ich hätte nie die Geduld dafür besessen, so viel Mühe in eine Zeichnung zu stecken, die letztlich nur für meine eigenen Augen an der Wand hing. Maxton jedoch befand eine Skizze erst dann für fertig, wenn jede Blattfaser, jedes Härchen am Stiel, jede Wölbung der Blüte präzise und realistisch ausgearbeitet war. Er war der geduldigste und bedachteste Mensch, den ich kannte. Und wirklich der Letzte, dem ich es zutraute, sich Hals über Kopf in riskante Aktionen zu stürzen, ohne sich dabei das Genick zu brechen. Allein bei dem Gedanken, was ihm dabei zustoßen könnte, zog sich mein Magen zusammen.

»Schaffst du das allein?«, fragte ich beiläufig.

Maxton seufzte. »Vergiss es.«

»Ich hab doch gar nichts gesagt.«

»Das musst du auch nicht. Ich kenne dich.«

»Und ich kenne dich«, konterte ich. »Die Vorstellung, dass du irgendwas Gefährliches oder Illegales machst, ist absurd. Du bist für so was nicht geeignet.«

Diesmal zog er beide Augenbrauen hoch. »Wieso?«

Ich machte eine ausufernde Handbewegung, die sein ganzes Zimmer und damit auch seine Persönlichkeit einschließen sollte. »Weil du Maxton bist. Du bist weder spontan noch risikobereit noch abenteuerlustig. Du bist …«

»Langweilig?« Das Wort klang emotionslos, aber in seinen Augen erkannte ich dennoch den Anflug eines Gefühls, das ich dort so gut wie nie sah. Kränkung.

»Nein.« Ich zögerte. »Es sei denn, man betrachtet dieses Wort als Gegenteil von schnelllebig. Dann vielleicht schon?«

Maxtons Wangen zuckten. »Vielen Dank.«

»Du weißt, wie ich das meine«, beeilte ich mich zu sagen. »Ich mach mir einfach Sorgen um dich.«

»Ich komme klar. Lass uns das Thema vergessen.«

»*Das Thema* wird aber in den nächsten Monaten ziemlich wichtig werden, wenn du das echt durchziehst.«

»Für mich, nicht für dich.«

Für dich und deswegen für mich, wollte ich erwidern, doch als er sich wegdrehte, schluckte ich den Satz herunter.

Manche konnten andere mit Blicken zum Schweigen bringen, bei Maxton war es diese spezielle Weise, wie er mich *nicht mehr* ansah, die mir zeigte, dass er in Ruhe gelassen werden wollte. Das hier war eine Grenzziehung auf Maxton-Art. Er würde mich nicht wegschicken, aber er hatte sich bereits von mir entfernt.

Wortlos rutschte ich vom Schreibtisch und ging auf mein Zimmer zu. Als ich genau auf der Schwelle stand, ließ mich seine Stimme innehalten. »Willow.«

»Was ist?« Ich warf einen Blick über meine Schulter, doch Maxton wandte mir immer noch den Rücken zu.

»Mach die Tür zu, okay?«

Als wäre sie nicht längst zu, dachte ich frustriert, aber ich zog schweigend beide Flügel ins Schloss. Das Holz ächzte, und dann war da wieder diese Wand zwischen unseren Räumen. Zwischen uns. Wie immer und trotzdem anders, weil ich das Gefühl nicht loswurde, dass da irgendwie noch mehr war.

Irgendwie mehr als sonst.

Irgendwie zu viel.

Irgendwie nichts, was mir gefiel.

5. Kapitel

WILLOW

Schon als Kind hatte ich ein Faible für Detektivgeschichten. Ich liebte Geheimnisse und Rätsel, das Verborgene und Heimliche. Zugegeben, in den Geschichten, die ich früher gelesen hatte, hatten die Ermittlungen in der Regel aufregender angefangen als diese hier.

Das Zielobjekt war aber auch nie mein bester Freund gewesen, der entgegen all seiner üblichen Verhaltensmuster an einem Freitagabend ausgegangen war. Allerdings nicht in eine Bar oder einen Club, sondern zu einer Touristenattraktion rund eine Stunde Fahrtzeit entfernt von Windsbury: das *Waterstone Castle*, eine jahrhundertealte Burg, die mittlerweile als Museum genutzt wurde.

Ich verlagerte mein Gewicht, sodass ich einen Blick an der Säule vorbei auf den jungen Mann werfen konnte, der in der Mitte des Saals stand. Kapuzenjacke, strubbeliges Haar, Stoffhose. Ein dunkler Fleck direkt vor einem Meer aus goldgelben Sonnenblumen. Es wunderte mich nicht, dass Maxton ausgerechnet vor diesem Gemälde innegehalten hatte. Es wunderte mich nur, dass er überhaupt hier war.

Hätte ich vorhin nicht zufällig in der Villa am Fenster gestanden, als er losgefahren war, hätte ich es nicht mal bemerkt. Und wenn ich ihm nicht schnell genug gefolgt wäre, wäre ich niemals darauf gekommen, wo er hinwollte. Ich hatte nicht mal

Zeit gehabt, Beckett darum zu bitten, mir sein Auto zu leihen. Stattdessen war ich auf gut Glück in seinen Wagen gestiegen und hatte erleichtert festgestellt, dass sein Schlüssel wieder mal steckte.

Bei der Erinnerung an Beckett tastete ich nach meinem Handy und starrte prompt auf einige Nachrichten von ihm.

Hey, Darling. Ich hoffe, du hast einen wundervollen Abend. Nur so aus Neugierde, weil ich gerade in die Stadt fahren wollte und das lustigerweise nicht möglich war … WO ZUM TEUFEL IST MEIN AUTO??? Bei allem, was mir heilig ist, wenn du auch nur einen Kratzer an ihr hinterlässt, bringe ich dich um!

Ich verzog den Mund und scrollte weiter runter zu der Nachricht, die gut zehn Minuten später angekommen war.

Bevor ich dich umbringe, gib mir mal Bescheid, ob alles okay ist. May hat zehn potenzielle Situationen aufgezählt, in denen du mein Auto gebraucht haben könntest, und jetzt bin ich wütend UND mache mir Sorgen. Scheißkombi für einen Freitagabend.

Ich wich zwei Mädchen aus, die einander vor einem Meergemälde fotografierten, und antwortete.

Sorry, sorry, sorry! War ein Notfall, aber mir geht's gut. Du bekommst dein Auto (eine Sie, ernsthaft?) unversehrt in ein paar Stunden zurück. Übernehme auch deinen nächsten Abwaschdienst, damit du nicht wieder über schrumpelige Finger klagen musst. SORRY!

In der Sekunde, in der ich auf Senden klickte, kam Beckett online. Sekunden verstrichen, dann begann er zu tippen.

Ihr Name ist Kate, sei verdammt noch mal gut zu ihr.

Die Worte trugen so deutlich seinen säuerlich resignierten Gesichtsausdruck, dass ich lächeln musste.

Bist der Beste, Beck.

Ich verstaute mein Handy wieder in der Umhängetasche, die denselben Blauton wie der Kapuzensweater hatte, den ich mir von Sienna geliehen hatte. Zusammen mit meinen lockeren Jeans und den weißen Turnschuhen hatte ich mich vorhin im Spiegel selbst kaum erkannt. Es war erschreckend, wie einfach es war, nicht aufzufallen. Vieles an mir war irgendwie durchschnittlich. Ich war eins siebzig groß, weder auffallend dünn noch besonders kurvig, mein Gesicht eine Zusammenstellung aus gewöhnlichen Merkmalen. Seit ich mich selbst schön fand, dachte ich nicht mehr oft darüber nach, ob ich schön aussah, aber ich wusste, dass ich niemand war, der auf den ersten Blick sonderlich herausstach. Höchstens, weil meine Locken zu wirr waren oder meine Stimme lauter war als die von anderen. Aus diesem Grund hatte ich meine Haare heute zu einem Zopf geflochten und eine Schirmmütze übergezogen, und den Mund seit einer Stunde nur geöffnet, um zu gähnen. Ein genau solches Gähnen blieb mir im Hals stecken, als ich erneut an der Säule hervorlugte.

Das Meer von Sonnenblumen war noch da, aber Maxton war weg. Hastig scannte ich die gesamte Halle ab, doch bis auf ein altes Ehepaar war niemand mehr zu sehen.

Ein Blick auf meine Uhr bestätigte meinen Verdacht: Es war kurz vor acht, und damit endete die Öffnungszeit des Castles in wenigen Minuten. Ich hatte befürchtet, dass es hierauf hinauslaufen würde. Anfangs hatte ich noch gedacht, Maxton hätte vielleicht den Auftrag erhalten, eins der Gemälde mit Farbe zu beschmieren, nackt durch den Burghof zu laufen oder irgendetwas anderes, völlig Dummes. Doch je länger er ziellos durch die Räume geschlendert war, desto größer war meine Vermutung geworden, dass er auf etwas wartete. Darauf, dass sie zumachten. Und sofern die Society es nicht als Herausforderung ansah, sich ein bisschen mit Kultur zu beschäftigen, konnte das nur einen Grund haben.

Hastig verließ ich den Raum und sah den Flur hinab. Während es links hinunter ins Erdgeschoss ging, führte rechts hinter einer Ecke eine Treppe nach oben. Instinktiv ging ich dorthin und atmete erleichtert durch, als ich Maxton am Treppenabsatz stehen sah. Direkt vor einem Sicherheitsangestellten.

»Wir schließen gleich«, sagte dieser gerade. »Sie müssen gehen.«

»Okay, ich wollte nur …« Maxtons Stimme stockte, als wüsste er selbst nicht genau, was er wollte.

Ohne weiter nachzudenken, lief ich auf ihn zu. »Da bist du ja. Hast du dich schon wieder verlaufen? Wir wollen los und warten alle auf dich.« Maxton starrte mich so schockiert an, dass ich mich zusammenreißen musste, um nicht zu lachen. Stattdessen tätschelte ich seinen Arm und lächelte den Sicherheitsmitarbeiter an. »Entschuldigen Sie, aber unsere Familie wartet oben auf meinen Cousin und mich. Wir wollten den anderen Ausgang nehmen, damit unsere Grandma es nicht so weit zum Parkplatz hat. Ich fürchte, wenn wir nicht dorthin kommen, finden wir uns nie wieder. Würden Sie uns noch mal hoch lassen?«

Er nickte. »Aber in zehn Minuten beginnen wir mit den Rundgängen, bis dahin sollten Sie weg sein.«

»Da sind wir schon längst verschwunden, versprochen. Wenn Tante Carol nicht bald ihren Aperol Spritz bekommt, wird sie unleidlich, wissen Sie?« Ich packte Maxton am Ärmel und zog ihn am Wachmann vorbei zur Treppe.

»*Unleidlich?*«, wiederholte Maxton, kaum dass wir dort angekommen waren und der Mitarbeiter außer Hörweite war. Offensichtlich hatte mein bester Freund sich bereits damit arrangiert, mich hier zu sehen. Er wirkte eher milde irritiert als verärgert.

»Ich gebe der Rolle ihren Raum. Gehe ich richtig in der Annahme, dass du hierbleiben musst, wenn sie schließen?« Er presste die Lippen aufeinander, ich nickte bestätigt. »Also ja. Dann komm mit.«

»Was …«

»Sch.« Ich warf ihm einen warnenden Blick zu und führte ihn an der Treppe vorbei in einen Flur. Von hinten waren Schritte zu hören, ich umfasste Maxtons Handgelenk und zerrte ihn zu einer weiteren Treppe, die ich vorhin entdeckt hatte. Er folgte mir zögerlich über das Absperrband und ließ sich die Stufen hinunterziehen, bis sie eine Kurve nahmen. Weiter unten endeten sie in einem schmalen Gang, von dem aus man in das Verlies des Castles gelangte.

»Willow, warte.« Maxton griff nach meinem Handgelenk. Ich blieb stehen und zog reflexartig an meinem Arm, bis er losließ. »Was tust du hier?«

»Dich davor bewahren, erwischt zu werden, bevor du dazu kommst, das zu tun, wofür du hier bist.«

»Du weißt doch gar nicht, wozu ich hier bin.«

Ich stieß ihm gegen die Brust. »Maxton, ich kenne dich jetzt seit über zwei Jahren. Wie oft warst du seitdem in einer Burg, einem Museum oder einer ähnlichen Institution?« Er schwieg, ich nickte. »Ganz genau. Außerdem ist heute *der* Freitag, und mein Gedächtnis ist leistungsstärker als mein Geduldsfaden, also sparen wir uns das. Und jetzt komm, bevor sie hier runterschauen und ich erklären muss, warum ich mit meinem angeblichen Cousin in einer dunklen Ecke herumlungere.« Ohne ihm die Chance zu geben, zu antworten, drehte ich mich um und lief die Stufen hinab. Maxton fluchte unterdrückt, folgte mir jedoch.

Im Gewölbe war es lichtlos, sodass ich mir den Kopf an den Stäben stieß, als ich mich in eine der Zellen schob. Ich war vorhin schon hier gewesen, und dabei war mir die Nische aufgefallen, die sich im hinteren Bereich verbarg. Der einzige Ort, den man im Vorbeigehen nicht einmal mit einer Taschenlampe sehen könnte. Und so schmal, dass wir gerade so zu zweit hineinpassen würden. Mir wurde flau, als ich Maxton zu mir winkte, ehe ich mich ganz nach hinten in die Ecke stellte, um ihm wenigstens die Öffnung im Rücken zu lassen. Ich wusste, dass uns das hier beiden nicht behagte. Wenn auch auf verschiedene Arten.

Maxton lehnte sich schräg vor mir gegen die Wand und kniff sich in die Nasenwurzel. Ich fokussierte mich auf seine Brust, die sich ein wenig zu schnell hob und senkte. Würde ich solche Dinge tun, dann hätte ich ihn jetzt berührt, damit er sich daran erinnerte, dass ich da war. So stand ich nur da und beobachtete wachsam, wie sich seine Atmung allmählich beruhigte. Das Gemäuer war kühl, die Steine drückten durch den Stoff der Sweatjacke, und ich konnte fast spüren, wie sich der muffige Geruch in die Fasern grub.

Erst, als Maxton die Hand vom Gesicht nahm, gab ich mir einen Ruck. »Du willst das also echt durchziehen?«

Er seufzte. »Willow, ich hab dafür jetzt keine Nerven.«

»Nein, schon gut. Ich meine, ich finde es nicht gut, dass du dich von denen derart herumkommandieren lässt, aber im Grunde geht es mich nichts an. Deine Entscheidung.«

Auch ohne die Feinheiten seines Gesichts erkennen zu können, war ich sicher, dass er gerade wieder eine Augenbraue anhob. »Wieso bist du dann hier?«

»Du weißt, wieso.«

»Und du weißt, dass ich schon gesagt habe, dass du das vergessen sollst.« Er machte Anstalten, sich rückwärts aus der Nische zu schieben, ich hielt ihn am Ärmel fest.

»Jetzt hör mir zu. Du willst in diese Verbindung, und deswegen willst du diese Herausforderungen mit bestmöglichem Erfolg durchziehen, oder? Das bedeutet aber auch, deine Herangehensweise zu überdenken. Ich wollte dich letztens nicht beleidigen, als ich gesagt habe, dass ich nicht glaube, dass das hier unbedingt dein Ding ist. Und ich bin sicher, du würdest das irgendwie auch allein hinbekommen, aber ich bin noch sicherer, dass du es um einiges leichter haben könntest: Wenn du begreifst, dass du das nicht musst.« Ich zupfte an seinem Ärmel. »Komm schon. Im Schach gibt es auch mehr als eine Figur. Der König verteidigt sich nicht allein. Du hast mir selbst gesagt, dass die stärkste Figur im ganzen Spiel die Dame ist, richtig? Lass mich deine Dame sein und dir bei diesen Herausforderungen helfen.«

Maxton war der einzige Mensch auf der Welt, der skeptisch atmen konnte – ich musste ihn nicht sehen, um den Widerwillen in seinem ganzen Körper zu spüren. »Das ist nicht erlaubt.«

Das war immerhin kein Nein. Ich biss mir auf die Lippe, weil ich fast sicher war, dass Maxtons Detailblick auch ein winziges Lächeln im Dunkeln erkennen würde. »Ich hatte nicht vor zu fragen. Wir lassen uns einfach nicht erwischen.«

»Angeblich finden sie es heraus, wenn man gegen die Regeln verstößt.«

»Die wollen euch doch nur einschüchtern. Denkst du echt, die haben Zeit und Lust, jeden von euch zu überwachen?«

»Ich komme klar, Willow.«

Ich ließ ihn los und verschränkte die Arme. »Ich will dir trotzdem helfen.«

»Wieso?«

Ich biss die Zähne aufeinander. »Weil wir *Freunde* sind, Maxton. Wenn dir diese Sache – warum auch immer – so wichtig ist, dann unterstütze ich dich dabei. Ich will nicht, dass du dich allein in so ein Chaos stürzt.«

»Dann lieber mit dir zusammen?« Gut möglich, dass da ein Schmunzeln an den Worten hing.

Meine Mundwinkel kletterten ebenfalls hinauf. »Ganz genau.«

Er setzte zu einer Antwort an, als in der Ferne Schritte aufkamen. Automatisch drückte ich mich fester gegen den Stein, genau in dem Moment, in dem Maxton eine Bewegung auf mich zu machte. Sein Atem streifte meine Stirn, seine Knie meine Oberschenkel. Ich presste die Handflächen gegen die Wand, während der Fluchtinstinkt in meinen Muskeln mit jeder Sekunde anschwoll. Hastig schloss ich die Augen und konzentrierte mich auf den Geruch, der mich umgab. Ausgekühlter Stein, sandiger Boden, metallene Stäbe, Erde und Wald und Grün, weil Maxton ein Stück Garten mit sich nahm, egal, wohin er ging.

Es dauerte nur ein paar Minuten, dann verebbten die Schritte. Jenseits des Zellenflurs fiel eine Tür zu, vermutlich einer der Ausgänge bei der alten Küchenanlage.

Maxton brach die Stille zwischen uns zuerst. »Ich will nicht, dass du wegen mir riskierst, Ärger zu bekommen. Keine Ahnung, was für Prüfungen das noch werden, aber wenn es schon mit so was losgeht, kann das ziemlich riskant werden. Wir wissen beide, was man sich über diese Herausforderungen erzählt. Sollte was schiefgehen, und wir werden tatsächlich erwischt, hast du eine Anzeige am Hals. Oder Schlimmeres.«

Als hätte ich diesen Gedanken noch nicht gehabt. Ich hatte kein Problem damit, mich gelegentlich in rechtlichen Grauzonen aufzuhalten, aber ich passte trotzdem auf, es nicht zu weit zu treiben. Eine Anzeige wegen Hausfriedensbruchs, Einbruchs oder Diebstahls wäre etwas, das künftige Arbeitgeber nicht allzu locker sehen würden. Insbesondere, wenn man mit Kindern arbeiten wollte, hatte man eine gewisse Verantwortung. Das verlangte nach Pflichtbewusstsein, in allem, was man tat. Das Ding war nur, dass ich für Maxton etwas spürte, das sich ähnlich anfühlte. Es hatte nichts mit Pflicht zu tun, aber es war dennoch ein … Bewusstsein. Ich war mir einfach darüber *bewusst*, dass ich ihn das hier nicht allein machen lassen konnte.

»Nett von dir, aber wie gesagt: Wir lassen uns nicht erwischen. Und wenn doch, ist das nicht deine Schuld. Ich entscheide selbst, wofür oder für wen ich etwas riskiere.«

»Willow, ich …«

»Herrgott, Maxton James Irving.« Ich unterbrach mich selbst, weil meine Stimme zu laut wurde, und atmete tief durch. »Sag einfach Ja und Danke, verstanden?!«

»Dafür, dass du es falsch findest, dass ich mich von denen herumkommandieren lasse, war das ein ziemlicher Befehlston. Du könntest deine eigene Studentinnenverbindung gründen. Den *Crazy Curls Club* oder so was.« Mit zwei Fingern griff er nach einer meiner Locken, die sich aus meinem Zopf geschlichen hatte und sich auf meiner Schulter kringelte. Er hielt sie zwei Sekunden lang fest, ehe er sie wieder losließ und gleichzeitig eine Bewegung nach hinten machte.

»Pass bloß auf, Irving. Ich sperre dich gleich hier ein.« Die Aussage verlor an Kraft, weil ich das Grinsen selbst aus meiner Stimme heraushörte. Nicht nur, weil er es trotz Anspannung schaffte, mich aufzuziehen. Sondern vor allem, weil zumindest ein Teil von ihm offensichtlich das Bedürfnis hatte, sich über die Society lustig zu machen.

Maxton grinste ebenfalls, seine Zähne helle Schemen im Dunkel. Einen Moment lang schwiegen wir, während das Castle um uns herum atmete. Die Geräusche, die es von sich gab, erinnerten mich an die unserer Villa. Nur, dass die Mulberry Mansion selbst in ihrem Knarren und Ächzen sanfter klang. Holz statt Stein, Gemütlichkeit statt Leere. Beim Gedanken daran, dass die anderen vermutlich gerade am Esstisch saßen, überkam mich dasselbe nagende Gefühl, das ich jedes Mal spürte, wenn ich nicht dabei war. Dieser unangenehme Druck auf meinem Brustkorb war der Grund dafür, dass ich mich jede Woche dazu zwang, mehrere Essen zu verpassen.

»Danke«, sagte Maxton nach einer Weile leise.

Mein Lächeln wurde wieder breiter. »Bedank dich vielleicht erst, wenn mein Plan aufgegangen ist.«

»Du hast einen Plan?«

»Klar. Schritt eins: dafür sorgen, dass eine der Türen nicht ganz geschlossen ist, bevor sie den Alarm einschalten. Das hab ich vorhin schon erledigt. Ich hab die Verriegelung bei einem der Seitenausgänge, der nicht benutzt wird, so verschoben, dass die Tür nicht richtig schließt. Hoffen wir mal, dass das dem Wachdienst beim Rundgang nicht auffällt.« Maxton sah mich verwirrt an, ich schnaubte. »Was hast du denn gedacht, wie du später rauskommst?«

»Irgendwann müssen sie ja wieder aufmachen.«

»Du wolltest die ganze Nacht in einem verlassenen Castle verbringen?«, fragte ich entgeistert.

Er schmunzelte hörbar. »Angst vor Gespenstern, Catkin?«

»Eher vor einer Blasenentzündung. Es ist verdammt kalt hier drin.« Ich rieb über meine Unterarme, auf denen sich unter dem Stoff eine Gänsehaut gebildet hatte. Ich hatte zwar seit heute Morgen mein Undercover-Outfit an, aber nicht bedacht, dass ich am Ende des Tages in einem verlassenen Verlies enden könnte.

Maxton zupfte am Reißverschluss seiner Kapuzenjacke. »Jacke?«

»Hose.«

»Was?«

»Ich dachte, wir zählen wahllos Kleidungsstücke auf.«

Meine Stimme klang belustigt, aber ich wusste, er nahm auch den Ernst darin wahr. Ich hätte mir lieber ein paar Finger abgefroren, als in einer Situation, in der uns beiden kalt war, Maxtons Jacke anzunehmen.

»Du weißt, wie ich das meinte.«

»Und du weißt, dass ich das nicht will.«

»Ja.« Er legte den Hinterkopf an der Wand ab und blickte an die Decke. »Ich weiß nur nicht, wieso. Sonst ziehst du meine Sachen ständig an.«

»Das ist was anderes.«

»Hm.« Kurz wirkte er so, als wollte er das Thema vertiefen, dann blinzelte er zu mir hinüber. »Wo wir schon dabei sind: Mütze?«

Amüsiert tippte ich an den breiten Schirm. »Ich brauchte eine Verkleidung, damit du mich nicht erkennst.«

»Und da fiel deine Wahl auf die Kapitänsmütze, die Eden und Avery letztes Jahr vom Dachboden geholt haben?«

»Ich dachte, die passt gut zu meinen Segelohren.«

Maxton schüttelte den Kopf. Er sagte nicht so was wie: *Du hast keine Segelohren.* Wir wussten beide, dass das gelogen wäre, und auch, dass mir diese Tatsache nichts ausmachte. Oder doch, sie machte etwas aus: *mich.* Jeder Mensch war ein Bild, das aus Pixeln bestand. Aus für sich alleinstehend unspektakulären, unvollkommenen Einzelheiten, die zusammen betrachtet ein einzigartiges und absolut richtiges Ganzes ergaben.

Stattdessen verlagerte er das Gewicht, sodass sein Knie sacht gegen meins drückte. »Ich würde dich immer erkennen, Willow. Ich muss dich dafür nicht mal sehen.«

»Wie meinst du das?« Stirnrunzelnd versuchte ich, sein Gesicht zu fokussieren, aber die Dunkelheit legte einen trüben Schleier darüber.

»Räume verändern sich, wenn du da bist. Ihr Zentrum verschiebt sich. Vorhin … ich hab's bemerkt, irgendwie. Dass es etwas gibt, das interessanter, das wichtiger ist als all die Gemälde da oben. Ich hab dich nicht gesehen, aber ich hab dich bemerkt. Das tu ich immer.«

Sein Knie berührte mich noch, ich fragte mich, ob sich meine deswegen so weich anfühlten. Körpergewicht und Wortgewicht, jede Silbe sackte tief in mein Bewusstsein. Unwillkürlich drehte ich mich zur Seite, stützte mich mit der Hüfte am Stein ab und bemühte mich um einen trockenen Tonfall. »Das wäre jetzt total schmeichelhaft, wenn ich nicht wüsste, dass du Monet nicht von Picasso unterscheiden kannst, Max.«

Er schwieg kurz, dann verschränkte er die Arme vor der Brust. »Und Schritt zwei?«

Ich spürte einen Stich von Erleichterung, ohne zu begreifen, wieso. »Das tun wir gerade. Abwarten, bis die Wachleute ihren ersten Rundgang beendet haben. Das Verlies schließt eine halbe Stunde vor den anderen Räumlichkeiten, ich hab vorhin beobachtet, dass sie hier zuerst durchgehen. Wenn alles gut läuft, kommen sie nicht noch mal her.«

»Es ist gruselig, wie gut du hierin bist.«

Ich grinste. »Danke. Schritt drei folgt, wenn wir sicher sein können, dass sie fürs Erste weg sind. Bei der Anzahl der Wachleute und der Größe dieses Castles würde ich mit mindestens fünfundvierzig Minuten für einen Rundgang planen, eine Stunde, wenn wir sichergehen wollen. Sobald die Luft rein ist, können wir tun, wofür auch immer sie dich herbestellt haben.«

»*Erkenne dich selbst.*«

»Was?«

»Das stand in der Nachricht, die ich bekommen hab, als ich ihnen ein Bild vom Castle geschickt hab. Dazu noch die Uhrzeit nach Schließung.«

»Mehr nicht?«

Maxton schüttelte nur den Kopf.

Ich stöhnte. »Super. Das ist ja so gar nicht vage.« Kurz schwiegen wir, während ich gedanklich erneut durch das Castle lief und diese drei Worte über jeden Raum legte. So lang, bis es sich plötzlich anfühlte, als würden sie sich in eine Schablone einfügen. »Sich selbst erkennen, bedeutet erst einmal, sich gründlich anzusehen, oder?«

Maxton stutzte, dann atmete er laut aus. »Und zufällig gibt es hier einen ganzen Raum voll von Spiegeln, richtig?«

Ich lachte leise. Ein Rätsel zu lösen machte immer noch genauso viel Spaß wie als Kind. »Richtig.«

Das Spiegelkabinett lag im ersten Obergeschoss. Die Halle war kleiner als die mit den Gemälden, doch durch die verspiegelten Wände wirkte der Raum größer und heller. Nur durch das Tiefblau, das durch die Fenster hineinsah, wurde mir bewusst, dass es mittlerweile nach einundzwanzig Uhr war. Alle Lichter waren aus, unsere Handytaschenlampen fluteten den Raum mit einem silbrigen Schimmer. Immerhin schien es in diesem Raum keine Überwachungskameras zu geben.

»Komisch, irgendwie«, meinte ich, während wir hindurchliefen. »Ich hätte eher an die Schmiede gedacht. Dass du dir da das Zeug zusammenschweißen musst, mit dem sie dich in Ketten legen können, oder so. Immerhin galt Iapetos doch als der Titan der Handwerkskunst.«

Maxton blieb beim Fenster stehen. »Woher weißt du das?«

»Ich hab ihn natürlich gegoogelt.«

»Natürlich.« Lächelnd fuhr er mit den Fingerspitzen über das leicht staubige Fensterbrett. »Er ist auch der Titan des sterblichen Lebens. Der Vater der Menschheit.«

»Du hast auch recherchiert«, stellte ich überrascht fest. Ich hatte gedacht, Maxton würde diese Sache genauso gelassen auf sich zukommen lassen wie alles andere.

Er hob die Schultern und sah sich im Raum um. »Allerdings weiß ich nicht, wie mir das jetzt helfen soll. Ich meine … ›Erkenne dich selbst‹ und weiter?«

»Vielleicht musst du dich vor den Spiegel stellen und dreimal den Namen der Society sagen, damit er sich öffnet und du in ihr geheimes Bandenquartier kommst.«

»Oder es ist nur die Gravur auf einem alten Tonkrug«, erwiderte Maxton so nüchtern, dass ich mich sofort zu ihm umdrehte. Er stand mittlerweile in einer Ecke vor einem Sockel, auf dem tatsächlich ein Krug platziert war.

»Das wäre viel zu …«, setzte ich skeptisch an, da griff Maxton schon hinein und holte einen Beutel heraus.

Mit langen Schritten war ich bei ihm und linste auf den Zettel, den er aus dem Stoff gezogen hatte. Maxton überließ ihn mir und beugte sich erneut über die Tasche.

»›Etwas Neues finden, heißt etwas Altes verlieren‹«, las ich vor. »Was soll das bedeuten?«

»Ich schätze, dass ich künftig weniger Badzeit brauche.«

Verständnislos sah ich auf. Maxton drehte einen schwarzen Apparat in den Händen, den ich erst erkannte, als ich ihn in meine eigenen nahm. Ein elektrischer Rasierer. Ich wollte lachen, aber mir rutschte nur ein kläglicher Ton heraus. »Das ist ein schlechter Scherz. Die können nicht erwarten, dass du dir die Haare abrasierst, nur weil sie das sagen.«

»Darum geht's doch bei diesen ganzen Herausforderungen, oder? Darum zu zeigen, was man bereit ist zu tun.«

»Und du bist bereit, das zu tun? Das kann doch unmöglich dein Ernst sein.«

Maxton hob den Blick. »Es sind nur Haare, Willow.« Er wirkte nicht im Geringsten genervt oder auch nur überrascht.

Stattdessen nistete in seinen Augen ein Ausdruck tiefer Resignation. Als hätte er damit gerechnet, einen Teil von sich aufgeben zu müssen, um zu einem von ihnen zu werden.

Fassungslos sah ich ihm dabei zu, wie er in Richtung der Spiegel lief. Die Tatsache, dass er nicht einmal zögerte, traf mich mehr, als ich gedacht hatte. Ich hatte gehofft, er würde einen Rückzieher machen, wenn die Herausforderungen zu absurd wurden. Sich in einem Castle einschließen zu lassen war eine Sache. Sich die Haare abzurasieren, eine ganz andere. Das war eine Wahl, deren Konsequenzen er über diesen Abend hinaus tragen würde. Haare wuchsen nach, aber die Entscheidung, sich nach den Wünschen anderer zu formen, ließ sich nicht rückgängig machen. Niemand wusste das besser als ich.

»Aber … es sind *deine* Haare. Du solltest dir von niemandem sagen lassen, wie du sie zu tragen hast«, versuchte ich es erneut.

»Erzählst du mir nicht seit einem Jahr, dass du den Verdacht hast, dass eine Mäusefamilie sich darin niedergelassen hat, weil sie so zottelig geworden sind?«

»Zottelig hab ich nie gesagt. Außerdem weißt du, dass ich dich damit nur aufziehen wollte. Es sind deine Haare, sie gehen weder mich noch die was an.«

»Genau. Deswegen kann ich auch entscheiden, sie mir abzurasieren.« Er streckte mir die Hand entgegen. »Gib her.«

Ich schüttelte den Kopf. »Max …«

»Unterstützt du mich jetzt hiermit oder nicht?«

Ich konnte mich nicht daran erinnern, dass er mich jemals so entschieden unterbrochen hatte. Sein Blick bohrte sich in meinen, mein Herz wummerte. Ich wollte das nicht zulassen, aber er hatte recht. Das war nicht meine Entscheidung. Ich war nur hier, um ihm zu helfen. »Okay, schon gut. Aber dann lass es mich machen.«

Ein Ausdruck von Skepsis huschte über sein Gesicht, als ich näher kam. »Hast du Erfahrung damit?«

Herausfordernd hob ich die Augenbrauen. »Und du?«

Maxton zögerte, doch schließlich nickte er und setzte sich auf einen Holzstuhl, der an der Seite des Raums stand. Mit beiden Händen umfasste er die Lehne, während ich mich hinter ihn stellte und zögerlich in sein Haar griff. Ich hatte es noch nie so berührt. So aufmerksam, dass ich bemerken konnte, wie weich die Struktur war und dass man die Wirbel sogar nachspüren konnte.

Ich ließ einen davon zwischen zwei Fingern hindurchgleiten, bis sie an seinen Nacken stießen. Die Härchen dort stellten sich auf, und es war so still in der Halle, dass ich Maxton schlucken hörte. Vielleicht lag es an den Spiegeln um uns herum, aber es fühlte sich an, als würde seine ungewohnte Nervosität auf mich zurückgeworfen werden.

»Soll ich es vielleicht erst mal auf halbe Länge …«

»Willow«, unterbrach er mich drängend.

»Na gut. Wie du willst.« Mit einem tiefen Atemzug schaltete ich den Rasierer an und zuckte zusammen, als das Geräusch die Stille zerriss. Alles in mir drängte, ihn auszuschalten und wegzurennen. Stattdessen zwang ich mich, Maxtons Kopf nach hinten zu ziehen. Unsere Blicke trafen sich kurz, dann schloss er die Augen. Und ich setzte den Rasierer an seinem Haaransatz an und machte es einfach.

Ich rasierte Maxton den Kopf.

Strähne für Strähne, bis seine Schultern und der Boden mit dunkelbraunem dichtem Haar bedeckt waren. Meine Sicht verschleierte mehrmals, ich kniff die Augen fester zusammen, tastete mit den Fingern über seine Kopfhaut, bevor ich die Klinge darüberfahren ließ.

»Du erwartest hoffentlich nicht, dass ich meine auch abrasiere«, sagte ich, als das Gröbste erledigt war und ich die Bahnen nur noch sorgfältig nachzog. »So weitgreifend meinte ich das mit der Unterstützung eigentlich nicht.«

Sein Lächeln war deutlich hörbar. »Keine Sorge, mir gefallen deine Locken. Und das, obwohl sich darin mindestens zwei Mäusefamilien verstecken könnten.«

»Pass bloß auf, Irving«, erwiderte ich ebenfalls grinsend. »Provoziere nie eine Frau, die einen Rasierer an deine Kopfhaut hält. Mit ein bisschen Kreativität könnte das eine wirkungsvolle Waffe sein.«

Diesmal lachte er wirklich – nur leise und kurz, trotzdem entfernte ich die Klingen sicherheitshalber ein Stück. »Als bräuchtest du eine Waffe, um gefährlich zu sein.«

»Ich nehme das als Kompliment.« Behutsam setzte ich die Maschine wieder an und rasierte seinen Nacken aus.

»Hab nichts anderes gemeint«, erwiderte er und schwieg dann, bis ich fertig war und den Rasierer abschaltete.

Ich ließ die Hände über seinen Kopf wandern, strich die verbliebenen Härchen fort, fühlte die Stoppel unter meinen Fingerspitzen. Zehn Millimeter, mehr war nicht übrig geblieben. Die Rauheit kroch als Gänsehaut über meine Arme, ich löste mich hastig von ihm und trat zurück.

»Fertig.«

Maxton stand auf und beugte sich nach vorn, fuhr sich mehrmals über den Schädel. Eine Wolke aus feinen Härchen rieselte zu Boden, als er sich die Schultern abklopfte. Der Anblick seines kurz geschorenen Kopfs fühlte sich so falsch an, dass ich mich wegdrehte und die Haare notdürftig mit den Schuhen zusammenschob. Die Verwaltung des Castles würde sicher keine DNA-Analyse durchführen, um herauszufinden, wer das gewesen war, aber nett kam es mir trotzdem nicht vor, den Raum so zu hinterlassen.

»Meinst du, wir sollten …« Meine Stimme verebbte, als ich mich zu ihm umdrehte.

Maxton stand an der Ecke, an der mehrere Spiegel aneinandergrenzten. Sie zerlegten sein Abbild in Einzelteile: sein Gesicht, von links, von rechts, von schräg hinten, von ganz vorn. Seine reglosen Züge, sein Profil, sein Hals, sein Kehlkopf, der sich hob und senkte, als er schluckte. Dabei wirkte sein Blick nicht geschockt, eher nachdenklich, ein bisschen irritiert. Ich fühlte mich auch so, verwirrt und überfordert, als hätte man mir mit der flachen Hand gegen die Stirn geschlagen.

Das spärliche Licht ließ den Haarflaum auf Maxtons Kopfhaut dunkler wirken und legte Schatten auf seine Gesichtszüge. Seine Wangenknochen stachen markant hervor, seine Augen waren noch größer und heller und tiefer als zuvor. Sein Spiegelbild suchte nach meinem Blick.

»Was?«

Ich wusste nicht mehr, was ich hatte sagen wollen. Weil alles, was ich denken konnte, war: *Er hat eine schöne Kopfform. Er hat ein schönes Gesicht. Er ist schön.*

Der Gedanke war nicht völlig fremd, immerhin verging seit über zwei Jahren kaum ein Tag, an dem ich ihn nicht sah. Ich hatte immer gewusst, dass Maxton irgendwie attraktiv war. Er hatte symmetrische Züge, einen klar definierten Kiefer, diese seltsam geradlinig angeordneten Leberflecke auf der Schläfe und im Mundwinkel, eine Handvoll kaum sichtbarer Sommersprossen auf dem Nasenrücken. Und er hatte diese Augen. Diese Augen, die fast unecht aussahen, weil sie groß und dichtbewimpert waren und eine Farbe hatten, die unnatürlich kräftig war. Kein verwaschener Ton, sondern einer, der immer zu leuchten schien. Aquamarinblau, Sommerhimmelblau, Meeram-Morgen-Blau. Maxton-Blau, weil ich den Ton nicht mehr sehen konnte, ohne an ihn zu denken.

Mir war natürlich aufgefallen, wie er aussah. Bisher hatte ich diesen Gedanken nur nie einfach so gehabt. Die Erkenntnis war eher in Momenten gekommen, in denen etwas passierte. Wenn er einen Schmetterling aus der Wassertonne fischte und ihn auf seiner Handinnenfläche trocknen ließ, bis er fortfliegen konnte, wenn er Erdbeeren pflückte und dabei konzentriert zwischen den Blättern hindurchstrich, wenn er zeichnete und nichts von dem, was um ihn herum geschah, mitbekam, wenn er inmitten des Gartens saß und so ruhig und ... geerdet wirkte wie seine Pflanzen. Dann sah ich ihn manchmal an und dachte: *Verrückt, wie schön er ist.*

Und jetzt machte er gar nichts, er stand nur vor den Spiegeln und musterte sich selbst – ein Dutzend Maxtons, die einander stumm fixierten –, und ich dachte es wieder.

Verrückt, wie schön er ist. Verrückt, verrückt, verrückt.

Der Gedanke gefiel mir nicht. Es fühlte sich so an, als wäre wirklich etwas verrückt – etwas in mir, etwas zwischen uns.

»Was?«, wiederholte Maxton.

Ich zögerte. Es gab keinen Grund, ihm etwas vorzumachen. Eigentlich war es das Normalste der Welt: Die Menschen, die man gernhatte, würden immer die Schönsten sein, oder? Mein Mund ließ sich trotzdem nur langsam öffnen. »Nichts. Es steht dir irgendwie. Du siehst ... gut aus.«

»Danke für den überraschten Unterton.«

»So meinte ich das nicht. Nur ...«

»Was?«, fragte er zum dritten Mal.

Ja, was? Wieso fühlte ich mich so überfordert? Wieso machte mir dieser Anblick mehr Angst als die Tatsache, dass wir uns unerlaubterweise in einem geschlossenen Museum befanden? »Keine Ahnung, da ist jetzt so viel ... Gesicht.«

Maxton schüttelte den Kopf und fuhr sich erneut mit den Handflächen über den Schädel.

Ich rieb mir über die Wange, die ein bisschen warm war, obwohl der Raum um uns herum kühl war. »Gefällt es dir denn?«, fragte ich, um irgendetwas zu sagen.

Maxton zuckte mit den Schultern. »Spielt keine Rolle. Es ist, wie es ist. Lass uns aufräumen und verschwinden.«

Eine halbe Stunde später verließen wir das Castle durch den Nebenausgang. Maxton hatte die Überreste seiner Haare so gut es ging mit den Händen zusammengeschoben und im Beutel verstaut, ich hatte den Rasierer in meine Tasche gesteckt. Es lief alles fast zu leicht. Maxton hatte noch im Spiegelkabinett das geforderte Foto an die unbekannte Nummer geschickt, und wenn wir nichts Wesentliches übersehen hatten, war die Herausforderung damit abgeschlossen.

Im angrenzenden Park blieben wir stehen. Die angeleuchtete Fassade des Castles stach deutlich aus dem tiefen Nachtblau hervor, das sich über uns ausgebreitet hatte. Ich unterdrückte ein Frösteln und verschränkte die Arme vor der Brust. Mein Blick glitt immer wieder zu Maxtons Kopf, obwohl er sich die Kapuze übergestreift hatte.

»Lass uns noch was machen«, schlug ich kurz entschlossen vor. »Ich finde, wir sollten darauf anstoßen, dass Läuse keine Chance mehr bei dir haben.«

»Du weißt, dass ich nicht so auf Pubs oder Clubs stehe.«

»Schon klar.« Wenn es etwas gab, das ich wusste, dann das. Mittlerweile fragte ich ihn kaum noch, ob er mit mir ausgehen wollte. Nur so oft, dass er wusste, dass ich mich über ein Ja freuen würde, wenn er es sich anders überlegen sollte. »Aber vielleicht können wir uns auf einen Kompromiss einigen. Diese neue Bar hat aufgemacht, nicht weit von der Uni entfernt. Die haben wirklich gute Cocktails und einen offenen Innenhof. Also keine stickige Luft und keine Leute, die dir zu nah rücken. Und jetzt das Beste: Weißt du, wie sie heißt?« Maxton zog die Augenbrauen hoch, ich strahlte. »*Cupid.* Du weißt schon, wie Amor, der römische Gott der Liebe. Ich meine, schon klar, römische und griechische Mythologie sind nicht dasselbe, aber es ist nah dran. Außerdem: Was für eine Pflanze hast du die letzten Abende gezeichnet?«

Seine Mundwinkel zuckten. »*Cupid's dart.* Amorpfeile.«

»Genau. Klingt das nicht so, als hätten die Moiren da ihre Finger im Spiel?«

»Die ... was?«

»Die Moiren. Die Schicksalsgöttinnen der griechischen Mythologie. Ich sagte doch, ich habe recherchiert.«

Maxtons Gesichtsausdruck schwankte zwischen Irritation und Belustigung. Schließlich schüttelte er den Kopf, ehe er sich umdrehte und den Hügel zum Parkplatz hinunterlief.

Mit einem triumphierenden Grinsen folgte ich ihm. Ich kannte ihn gut genug, um zu wissen, wann er nachgab.

6. Kapitel

WILLOW

Kaum dass wir das *Cupid* betreten hatten, begriff ich, dass ich mich mit meinem Versprechen eventuell zu weit aus dem Fenster gelehnt hatte. Immerhin war es einer der letzten Freitage des Spätsommers, und das steinerne Zentrum der Stadt strahlte selbst nachts noch die gespeicherte Wärme aus.

Die meisten der Gäste in der gut besuchten Bar waren Studierende, einige kannte ich vom Sehen und belanglosem Small Talk. Ich winkte ein paar von ihnen zu, während Maxton und ich uns zwischen den Tischen hindurch zum Hinterausgang bewegten.

»Ich hol uns was zu trinken«, sagte ich, als wir fast da waren. »Du kannst schon rausgehen. Ich komm nach, okay?«

»Okay.« Sein Blick wanderte durch den Raum und verfing sich an den Holzbalken, von denen Efeututen hinabhingen. Sofort entspannte sich seine Miene ein wenig. Pflanzen und Fenster, Maxtons persönliche Exit-Zeichen.

»Wenn du dich unwohl fühlst, können wir jederzeit …«

»Alles bestens, Willow«, unterbrach er mich. »Jetzt geh schon.«

Ich schnitt ihm eine Grimasse, ehe ich zur Bar lief. Sie war ebenfalls aus Holz zusammengezimmert, und von dem Balken, der quer über dem Tresen entlanglief, hingen etliche Windspiele hinab. Ich stieß mir an einem davon den Kopf, als ich mich zur Barkeeperin vorbeugte. »Einen Gin Basil Smash und einen Moaning Orgasm, bitte.«

Sie nickte und drehte sich zu den Flaschen in ihrem Rücken, genau in dem Moment, in dem sich jemand neben mich an den Tresen lehnte.

»Wenn dir der nicht schmeckt, könnten wir nachher zusammen nach Alternativen suchen«, sagte eine warme Stimme.

Ein paar Sekunden lang starrte ich nur fassungslos in das grinsende Gesicht neben mir. Es gehörte zu einem Typen Mitte zwanzig, der mir völlig fremd war.

»Dein Ernst?«, brachte ich dann hervor.

»Absolut. Mir würden viele Möglichkeiten einfallen, dich zum Stöhnen zu bringen. Und du siehst so aus, als würde dir das gefallen.« Er beugte sich zu mir vor, sodass ihm das Haar in die Stirn fiel. Mir war klar, dass er wusste, wie gut er aussah. Allein das war vermutlich der Grund, aus dem er dachte, das hier wäre nicht total widerlich.

Ich richtete mich auf. »Hast du eine Schwester?«

Er blinzelte irritiert. »Ähm. Ja?«

»Wie alt ist sie?«

»Gerade achtzehn geworden.«

Ich fasste mir lächelnd ans Herz. »Wie schön. Ich erinnere mich daran, wie es ist, wenn man endlich machen kann, was man möchte. Es gibt kein vergleichbares Gefühl als das, wenn du zum ersten Mal in einen Club gehst. Du fühlst dich, als würde sich das Leben vor dir auffächern und sagen: *Du kannst sein, was du willst, du kannst tun, was du möchtest.*« Ich machte eine Pause, nur kurz, um die Worte sacken zu lassen, nicht lang genug, als dass er auf die Idee kommen könnte, etwas zu erwidern. »Weißt du, wie lang dieses Gefühl anhält? Bis du das erste Mal auf der Tanzfläche eine Hand an deinem Hintern spürst, die zu einem Typen gehört, den du noch nie gesehen hast. Bis du an einer Bar stehst und dir irgendein Kerl einen Anmachspruch reindrückt und dich dabei anfasst, als wäre deine bloße Anwesenheit eine Aufforderung dazu. Bis dir auf dem Nachhauseweg hinterhergepfiffen wird, dass jemand dich gern ficken will, weil du wie eine geile Schlampe aussiehst. Bis dir der Typ, mit dem du nur rumknutschen wolltest, erklärt, dass du eine absolut *ungeile* Schlampe bist, weil du nicht auf der Clubtoilette mit ihm vögeln willst. Bis dir Männer Dinge sagen wie ›Warum bist du so verklemmt?‹ oder ›Wenn du das nicht willst, dann zieh dich anders an, dann verhalte dich anders, dann sei anders‹. Mit jedem dieser Momente verlierst du Teile deines Selbstbildes. Und plötzlich bist du ein Mosaik aus den Meinungen fremder Kerle, denen ihr Schwanz und ihr Ego wichtiger sind als jeder Funken von Respekt.«

Meine Stimme wurde immer lauter und rauer, weil die Lautstärke um mich herum Ton von ihr abrieb. Der Typ wirkte mittlerweile nur noch unangenehm berührt. Mit Sicherheit aber nicht, weil er sich für das, was er gesagt hatte, schämte. Sondern für mich.

»Und bevor du irgendwas sagst, rate ich dir, dich zu fragen, wie du es finden würdest, wenn jemand mit deiner Schwester so umgeht wie du gerade mit mir. Ich rate dir, dich das ab jetzt immer zu fragen, bevor du etwas zu einer Frau sagst oder vor ihr tust. Frag dich: *Wäre das, was ich gleich vorhabe, gut genug für sie?* Ich bin sicher, dass du dann plötzlich sehr viel stiller wärst.«

Ich brach ab und sah ihn abwartend an. Es war nicht das erste Mal, dass ich eine solche Rede hielt, und die Reaktion war immer ähnlich. Entweder die Typen erwiderten etwas wie »Nicht mal einen Spaß kann man noch machen«, sie versuchten es mit einem weiteren Spruch oder sie ließen mich genervt stehen. Ein »Tut mir leid« hatte ich noch nie gehört, aber ich rechnete damit auch nicht. Ich redete mir auch nicht ein, dass ich damit etwas verändern konnte, dass diese Kerle danach Frauen mit mehr Respekt entgegentraten. Ich wusste, dass die meisten von ihnen mich vergessen hatten, bevor sie bei der Nächsten innehielten. Und das war scheiße, klar, aber im Grunde machte ich das eh nicht für sie, sondern für mich. Weil diese Worte nicht nur daran erinnerten, wie meiner Meinung nach Männer Frauen behandeln sollten, sondern auch, wie Frauen *sich* behandeln lassen sollten. Wie ich mich behandeln lassen *wollte*.

Der Kerl vor mir schwankte sichtlich zwischen Option eins und drei, entschied sich schließlich für letztere. Mit einem Kopfschütteln wandte er sich ab und ging.

Ich straffte die Schultern und drehte mich wieder zum Tresen. Die Barkeeperin schob gerade die Drinks über das Holz auf mich zu. »Wie viel macht das?«

Sie lächelte mir zu, ein bisschen grimmig, sehr aufrichtig. »Geht aufs Haus.«

In diesem Moment spürte ich etwas, das ich nur selten wahrnahm. Ich machte es nicht *nur* für mich. Ich machte es auch für die Frauen, die es zufällig hörten. Die es, vielleicht, manchmal, hören *mussten*. Natürlich war nicht jeder Mann ein sexistisches, übergriffiges Arschloch, allerdings hatte jede Frau schon einmal Bekanntschaft mit so einem gemacht. Nicht *alle* Männer waren gleich, aber *alle* Frauen hatten irgendwann, irgendwie, wegen irgendwem schon einmal das gleiche Gefühl gehabt. Jede, die ich kannte, hatte schon einmal den Drang verspürt, etwas in diese Richtung zu erwidern – und sich dann doch dazu entschieden, sich möglichst leise der Situation zu entziehen. Ich verurteilte keine dafür, so zu handeln. Ich hatte selbst lang so gehandelt. Nicht nur, weil man schwer einschätzen konnte, wie schnell eine Situation eskalierte, auch, weil uns von klein auf beigebracht wurde, dass gute Mädchen nett und freundlich waren. Als wären wir nur liebenswert, wenn wir sanft und süß waren. Und selbst wenn man erkannte, wie falsch das war, kostete es einiges an Kraft, aus dieser Rolle zu schlüpfen.

Mit einem Lächeln bedankte ich mich. Ich hielt die Gläser über meinen Kopf und bahnte mir einen Weg in Richtung Hinterausgang. Überall saßen und standen Menschen in kleinen Gruppen zusammen. Tische waren mit zusammengewürfelten Stühlen auf dem Asphalt verteilt, eine Holztreppe erhob sich an einer weinüberwachsenen Hauswand. Maxton hielt sich unter dem breiten Ast einer Kastanie auf, an dem Windspiele aus Spiegelscherben und Federn hingen. Ich wurde langsamer, als ich erkannte, dass er nicht allein war.

Bei ihm war eine Frau. Ich konnte ihr Profil nur schwach sehen, auf ihrer Haut bewegte sich ein Mosaik aus den Lichtreflexionen der Scherben über ihrem Kopf. Es reichte aus, um zu erkennen, wie anziehend sie war. Attraktivität hatte für mich viel mit Selbstbewusstsein zu tun, und diese Frau war sich ihrer selbst sehr bewusst. Vielleicht ein bisschen zu sehr, sonst würde sie nicht denken, dass Maxton nichts dagegen hatte, wenn sie ihm so nah kam.

Ich blieb stehen, als sie ihm mit der Hand über den rasierten Kopf strich und sie dann in seinem Nacken liegen ließ. Maxton hob die Schultern, doch statt zurückzuweichen, lehnte er sich gegen den Stamm in seinem Rücken, sodass sie auf Augenhöhe waren. Sie machte einen Schritt auf ihn zu, zog spielerisch am Reißverschluss seiner Jacke. Und er unternahm nichts, um sie daran zu hindern. Er stand einfach da und sah sie an, während sie auf ihn einredete. Mit einem Lächeln, das so vielsagend war, dass ich mir selbst aus der Entfernung die Ohren zuhalten wollte.

Ich war kurz davor, zu ihnen zu gehen und meine Rede von eben in anderer Form zu wiederholen. Denn genauso beschissen wie Männer, die Frauen als Objekte ansahen, waren Frauen, die Männer so behandelten. Nur weil man vielleicht körperlich unterlegen war, war Bedrängung oder Belästigung nicht weniger schlimm.

Ich war sicher, dass Maxton jederzeit freundlich, aber bestimmt ihre Hände entfernen und zurückweichen würde. Er war nicht der Typ für so was. Für unbedeutende Flirts, für wildfremde Frauen, die ihn anfassten, als müssten sie dafür nicht um Erlaubnis bitten, für Spontanität und unkontrolliertes Wollen. Maxton war nicht wie ich, er …

Mein Herz stolperte, als er die Hände hob. Nicht, um ihre wegzuziehen, sondern, um ihr Gesicht zu umfassen.

Okay, das ist typisch Maxton. Er ist höflich, er sagt ihr freundlich, dass er kein Interesse hat, er … Meine Gedankenstimme fiel in sich zusammen, als Maxton die Frau an sich heranzog und küsste. Einfach so. Direkt auf den Mund, direkt in diesem Barhinterhof, direkt vor meinen Augen.

In meinem Magen verknotete sich etwas. So ruckartig und fest, dass ich einen Schritt zurücktaumelte. Ich dachte: *Autsch.* Der Gedanke brannte sich in jede Herzfaser.

Autsch, autsch, autsch.

Maxton küsste diese schöne, mir völlig fremde Frau, und nichts, absolut gar nichts daran sah so aus, als würde er das zum ersten Mal tun. Es war nicht so, als hätte ich gedacht, dass Maxton noch nie jemanden geküsst hatte. Ich meine, ich hatte nie wirklich darüber nachgedacht, aber vermutlich war mir insgeheim bewusst gewesen, dass er Erfahrungen gesammelt hatte. Doch die Art, wie eingespielt ihre Körper aufeinander reagierten, machte deutlich, dass er sie auch *mit ihr* gesammelt hatte.

Die Gespräche der Menschen um mich herum bauten sich über mir auf. Wellen aus Worten und Lachen und Musik brachen über mir zusammen, alles rauschte. Jemand stieß gegen meine Schulter, etwas Cocktail schwappte auf meine Hand. Ich regte mich nicht, ich stand einfach da, starrte sie an und fragte mich, was ich jetzt tun sollte.

Vielleicht wäre es das Richtige abzuwarten, bis sie fertig waren, um dann zu ihnen zu stoßen und mich vorstellen zu lassen. Vielleicht wäre es das Richtige reinzugehen, bis Maxton nach mir suchen kam, um so tun zu können, als hätte ich es nie gesehen. Vielleicht wäre es das Richtige, abzuhauen und die beiden den Rest des Abends miteinander verbringen zu lassen. Vielleicht hätte es hundert Optionen gegeben, um mit dieser Situation *richtig* umzugehen. Das Problem war nur: Ich war kein Vielleicht-Mensch und sicher kein Ich-mache-immer-das-Richtige-Mensch. Wenn ich handelte, dann nicht mit Punkt-Punkt-Punkt-Aktionen, sondern mit Ausrufezeichen. Ich machte öfter das Falsche als das Richtige, aber wenigstens machte ich niemandem etwas vor. Und wenigstens küsste ich keine Männer, die ich vor meinem besten Freund geheim gehalten hatte, während ich eigentlich mit ihm unterwegs war.

Ich schloss die Augen und atmete durch, dann ging ich auf die Kastanie zu. Mit jedem Schritt, den ich auf Maxton und diese Frau zulief, schwächte das Rauschen in meinem Kopf und meiner Brust ab. Bis da nichts mehr war. Ein dumpfes Zischen, ein taubes Brennen, mehr nicht.

Zwei Meter neben ihnen blieb ich stehen und räusperte mich. Maxton bemerkte mich zuerst. Fast ruckartig löste er sich von ihr und zog seine Hände zurück. Sein Blick legte sich auf mein Gesicht, doch ich erwiderte ihn nicht. Andernfalls könnte ich das spöttische Lächeln niemals aufrechterhalten.

»Hier«, meinte ich freundlich und hielt der Frau nicht nur Maxtons, sondern auch meinen Drink hin. Ihre Augen hatten ein helles Grün. Farngrün, Maxtons Lieblingsgrün. Dieses Detail zog den Knoten in meinem Magen fester zu.

Sie sah mit gerunzelter Stirn auf die Gläser und griff so langsam danach, als rechnete sie damit, ich würde ihr den Inhalt ins Gesicht schütten.

Stattdessen zwinkerte ich ihr zu. »Das war sehr heiß. Ihr beide habt die Erfrischung sicher nötiger als ich.«

Bevor einer von ihnen etwas sagen konnte, drehte ich mich um. Ich musste hier weg.

An den Wochenenden im Sommer litt Windsbury ebenso unter einer Schlafstörung wie Maxton. Überall vor den Bars standen Leute, rauchten, tranken, lachten, aus ein paar geöffneten Fenstern drang Musik. Auf dem Asphalt lag ein dünner Regenfilm, das Blinklicht wartender Taxis wurde darauf reflektiert. Meine Turnschuhe rutschten mehrmals auf rotgoldenem Laub aus, ich wurde trotzdem nicht langsamer. Je weiter ich mich vom *Cupid* entfernte, desto mehr verpuffte die Taubheit in mir. Zurück blieb nur die Wut. Brennend und schrittbeschleunigend und viel, zu viel, viel zu viel.

»Willow.« Ich ignorierte Maxtons Stimme hinter mir und drängte mich durch eine Gruppe biertrinkender Leute hindurch. »Willow, jetzt bleib stehen.«

Selbst in dieser Situation schaffte Maxton es, völlig ruhig zu klingen. Gott, ich hasste das so! Ohne mich umzudrehen, verließ ich den überfüllten Bürgersteig und lief auf die Straße.

Der Schemen in meinem Augenwinkel war zu schwach, um meine Muskeln innehalten zu lassen. Bevor ich begriff, was passierte, packte mich jemand am Oberarm und zog mich zurück. Das Taxi hupte, als es an uns vorbeifuhr, Wasser spritzte auf meine Jeans, mein Herz pochte heftig. So wie mein Arm an der Stelle, an der Maxton mich festhielt.

»Was tust du denn?«, fragte er ungehalten.

Ich riss mich los und wich nach hinten, bis ich gegen eine

Motorhaube stieß. »Geh zurück«, zischte ich kalt. »Du warst doch beschäftigt.«

»Jetzt komm schon.« Er machte einen Schritt auf mich zu, so nah, dass ich ihn unmöglich weiter ignorieren konnte. Maxton wartete, bis ich seinen Blick erwiderte, dann nickte er langsam. »Also ... tut mir leid, ich dachte, du wärst länger weg. Das war Scheißtiming, aber ich hätte dir Lillian vorgestellt, wenn du nicht abgehauen wärst.«

Er sagte ihren Namen ganz weich, als hätte er ihn schon so oft im Mund gehabt, dass die Kanten allesamt abgerundet waren. Alles daran verstärkte das Brennen in meinem Inneren.

»Schöner Name. Wie die Lilie, hm? Suchst du dir deine Frauen danach aus?«

Maxton reagierte auf meine Bissigkeit mit einem unterdrückten Seufzen, was mich nur noch gereizter werden ließ. Mir war bewusst, dass wir immer noch auf der Straße standen, direkt zwischen den parkenden Autos, mitten in einer Spur Abwasser, ein paar Meter entfernt von einer vollen Bar. Das hier war nicht der richtige Ort, ich war nicht in der richtigen Stimmung, nichts daran war richtig. Aber ich musste es trotzdem wissen.

»Wie lange geht das schon?«

Er bewegte den Unterkiefer, dann hob er die Schultern. »Seit etwa einem Jahr.«

Autsch. Das Brennen war zurück, und es brachte alles in mir so zum Glühen, dass ich Maxton kaum noch fixieren konnte. *Autsch, autsch, autsch.*

Ich stieß einen Ton aus, der mich selbst überraschte – Lachen, Schnauben und Knurren in einem. Es war schwer, mich sprachlos zu machen. Eigentlich wusste ich immer, was ich sagen sollte. Jetzt wusste ich nicht einmal, was ich fühlen oder denken sollte. Was war eine passende Reaktion darauf, wenn man erfuhr, dass der Mensch, mit dem man am allermeisten teilte, dem man mehr vertraute als jedem anderen, einen seit *etwa einem Jahr* anlog?

Wie oft hatte ich nach ihm gesucht und mich gefragt, wo er steckte, während er mit ihr zusammen war? Wie oft hatte er eine Nachricht vor mir gelesen und so getan, als wäre es jemand aus der Uni, wenn es sie gewesen war? Wie oft hatte ich wissen wollen, wo Maxton den Abend verbracht hatte, und er hatte mir verschwiegen, dass er bei ihr gewesen war?

Ich fühlte mich hintergangen und verraten, am liebsten hätte ich auf dem Absatz kehrtgemacht und wäre losgerannt. Weg von Maxton, weg von der Erinnerung an ihn und sie, weg von diesem Gefühl, das mein Inneres zernagte.

Maxton musterte mich einen Moment lang und senkte dann die Lider. »Jetzt sieh mich nicht so an.«

Der vertraute, resignierte Tonfall half mir dabei, meine Stimme wiederzufinden. »Wie denn? Als wäre ich überrascht, dass du seit einem Jahr eine Frau triffst, von der ich noch nie gehört habe? Ich meine … seid ihr zusammen?«

Er schüttelte den Kopf. »So ist das mit uns nicht.«

»Aber du fickst sie.« Es war keine Frage, weil ich die Antwort in dem Augenblick gewusst hatte, in dem die beiden sich geküsst hatten. Das war die Art von Kuss gewesen, die ein Mehr implizierte, die einen auszog, obwohl man seine Kleidung anbehielt. Der Gedanke drängte Magensäure nach oben, ich schluckte verkrampft.

Maxton hob die Mundwinkel zu einem unechten Lächeln. »Manchmal fickt sie auch mich. Sie ist eher der dominante Typ, weißt du?«

Fassungslos starrte ich ihn an. »Ist das dein Ernst?«

»Was, Willow?«, erwiderte er in einem Ton, der gar nicht zu Maxton passte. Pure, rohe Wut. »Weswegen bist du pissig? Seit

Jahren vögelst du quasi jede Woche mit einem anderen Typen, und ich hab nie was dazu gesagt, weil es mich auch nichts angeht, verdammte Scheiße! Und jetzt – ja, was? Jetzt fängst du bei mir mit Slutshaming an? Oder bei ihr?«

Mit jedem Wort wurde seine Stimme tiefer und lauter, kletterte die Häuserfassaden neben uns hinauf und fiel von ganz oben auf mich hinab. Ich zuckte unter ihr zusammen, mein Herzschlag hämmerte in meinen Ohren. »Nein«, erwiderte ich ebenso laut. »Tu ich nicht. Es ist nur …«

Er machte eine Bewegung auf mich zu. »Was?«

Schon wieder dieses Wort, schon wieder diese brennende Leere, auf die es in mir stieß. *Ja, Willow, was?*

Ich schluckte und blickte auf seine geballten Fäuste, dann auf den Asphalt zwischen uns, die Regenpfützen, Maxtons Spiegelgesicht aus Grau und einem undefinierbaren, verwässerten Ausdruck. »Wieso hast du nie was erzählt?«

Er gab einen Laut von sich, der dem ähnelte, den ich vorhin ausgestoßen hatte. »Hättest du es denn hören wollen?«

»Natürlich. Wieso auch nicht? Wir sind Freunde, Max. Beste Freunde. Oder nicht?« Meine Stimme knickte bei den letzten Worten weg. Sie waren wahr, und eigentlich bedeuteten sie alles, aber irgendwie fühlten sie sich in diesem Moment stumpf und blass an.

Maxton sah mich an, aus diesen dichtbewimperten Augen, die aufgrund der kurzen Haare so viel eindringlicher wirkten. »Doch. Klar«, sagte er dann knapp und blickte an mir vorbei. »Tut mir leid. Es kam mir einfach nicht wichtig vor. Wir reden auch nie darüber, mit wem du …« Er brach ab und zuckte mit den Schultern.

Ich schluckte erneut, es schmeckte sauer und bitter zugleich. »Willst du denn darüber reden?«

»Nein.« Er vergrub die Hände in den Hosentaschen. Geballte Fäuste, angespannte Oberarme. »Ich meine … es spielt keine Rolle, oder? Das hat nichts mit uns zu tun.«

Mein Gefühl sagte: *Falsch*, meine Stimme: »Richtig.«

»Dann haben wir das geklärt? Alles wieder gut?«

Nichts war gut. Ich war immer noch wütend, gekränkt und verwirrt. Wegen Maxton, wegen *Lillian*, wegen mir selbst. Keine Ahnung, was schlimmer war: dass er mir nichts erzählt hatte oder dass es mich so traf, davon zu erfahren. Maxton hatte recht, im Grunde ging es mich nichts an, mit wem er schlief. Das war eine weitere Ecke unserer Leben, die wir in der Nähe des anderen nicht beleuchteten. Ich durfte nicht wütend auf ihn sein wegen etwas, das ich selbst auch machte.

Trotzdem ertrug ich es plötzlich nicht mehr, ihn anzusehen. Ich hatte mich vorhin nicht getäuscht. Etwas war heute Nacht *verrückt*. Der Typ, der vor mir stand, war nicht mehr nur der Maxton, den ich seit über zwei Jahren meinen besten Freund nannte. Das war Maxton, der sich ohne zu zögern die Haare abrasiert hatte, um ohne ersichtlichen Grund Teil von einem elitären Club zu werden. Das war Maxton, der seit einem Jahr mit einer Frau schlief, die er mir verschwiegen hatte. Das war Maxton, der mir nach heute weniger vertraut vorkam als zuvor. Und das war ich, die nicht wusste, wie ich damit umgehen sollte, weil ich nicht mal wusste, wie ich dazu stand. Was wollte ich? Dass er mir in Zukunft von diesen Dingen erzählte? Dass er mir die Frauen vorstellte, mit denen er schlief? Bei dem Gedanken spürte ich, wie sich mein Magen erneut zusammenzog.

Ich wusste nicht, was ich wollte. Ich wusste nur, dass ich das hier nicht wollte. Nicht mal konnte. Ich musste hier weg. Weg von diesem Moment, weg von diesem Gefühl.

Mit ganzer Kraft wandte ich mich ab und sagte: »Ja«.

Eine Lüge, die stimmen sollte. Wir hatten alles geklärt. Trotzdem fühlte sich unser Uns trüb an, als wäre das Wasser in unserem Becken nach diesem Abend weniger durchsichtig. Vielleicht machte die Wahrheit es eben nicht immer klarer, sondern manchmal alles nur viel komplizierter.

7. Kapitel

WILLOW

Missmutig stieß ich die Flügeltür meines Instituts auf und trat hinaus in die kühle Oktoberluft. Der Herbst befand sich gerade an der Schwelle zwischen warmem Gold und kühlem Silber, der Campus war ein Mosaik aus Regenpfützen, blühenden Fuchsien und Abelien.

Ich mochte diese Jahreszeit eigentlich: die Willkür, mit der das Wetter umschlug, und die tiefen Farben, die sich über alles legten. Doch in den letzten Tagen fühlte ich mich in der einsetzenden Gemütlichkeit um mich herum seltsam fehlplatziert. Ich war schlecht gelaunt, ohne dass es dafür einen Grund gab, und kam mir vor wie ein düsterer Pixelfehler auf einem Campus bestehend aus burgunderroten Mänteln und karierten Wollschals.

Heute war es besonders schlimm.

Ich warf einen Blick auf mein Handy, während ich mir einen Weg zur Mensa bahnte, um das Hungergefühl zu bekämpfen, das seit Stunden in meinem Magen rumorte. Mehrere neue Nachrichten in verschiedenen Chats – keine in dem, den ich seit Tagen anstarrte. Maxton hatte mit Sicherheit eine Tafel Schokolade dabei, die er sowieso nur für mich eingepackt hatte, mir aber erst geben würde, wenn ich zumindest einen halben Apfel gegessen hätte. Kurz spielte ich mit dem Gedanken, ihm zu schreiben. Er würde mir sagen, wo er war, und mir seine dämliche Blechdose hinhalten, bevor ich mich gesetzt hatte. Wir würden über Vitaminbedarf diskutieren, irgendwann würde ich ihn mit einem Apfelstück bewerfen, und er würde die Augen verdrehen – auf diese gelassene, belustigte Art, mit der nur er mich hinnahm, wenn andere mich längst *anstrengend* fanden.

Ich hätte ihm gern geschrieben – wegen der Schokolade, aber vor allem einfach, um mit ihm zu reden, brachte es jedoch nicht über mich.

Die erste Herausforderung war nun zwei Wochen her, und obwohl wir seitdem nicht mehr über den Abend oder seinen Ausgang gesprochen hatten, hatte ich das Gefühl, dass er zwischen uns stand. Ich hatte die Redewendung vom Elefanten im Raum nie verstanden, doch seit diesem Freitag spürte ich tatsächlich ein tonnenschweres Gewicht auf meinem Brustkorb, wenn ich mit Maxton allein war. Hätte ich gewusst, woher es kam, hätte ich etwas getan, um es abzuschütteln. Da es aber nichts gab, was ich ansprechen konnte, schwieg ich die meiste Zeit. Und das auf die aussagekräftigste Weise: indem ich verschwand.

Ich hielt mich in der Überbrückungszeit zwischen den Seminaren und meinem Job im Hort in der Uni auf, traf mich an meinen freien Nachmittagen mit Bekannten in Cafés, ging viel spazieren und kam meist erst nach Hause, wenn die anderen schon ins Bett gegangen waren. Ich redete mir ein, dass Zeit, die man freiwillig allein verbrachte, nie einsam war. Doch wenn ich ehrlich war, fühlte ich mich in den letzten Tagen isolierter von allen als je zuvor. Und, was am schlimmsten war, auch von mir selbst.

Als die Mensa vor mir auftauchte, stöhnte ich. Die Schlange führte bis auf die Terrasse hinaus. Ich wollte gerade kehrtmachen und mir an einem der Snackautomaten eine Handvoll Schokoriegel kaufen, da bemerkte ich May, die mir von einem Tisch aus zuwinkte.

Kurz zögerte ich, dann gab ich mir einen Ruck und ging auf sie zu. Bis auf Maxton und Helen waren alle da, sogar Wes. Mich überkamen Gewissensbisse, als ich an Mays Nachricht von heute Morgen denken musste, in der sie uns gefragt hatte, ob wir mittags zusammen essen wollten. Ich hatte es nicht mal über mich gebracht zu antworten.

Trotzdem strahlte sie mich gewohnt herzlich an. »Hallo, Fremde. Hast du doch Zeit für uns?«

»Klar, wenn Sienna ihren Freund woanders hinsetzt.« Vielsagend deutete ich auf die gruselige Pappmaschee-Puppe, die neben ihr auf der Bank saß. Sienna hatte dieses Semester einen Bühnenbildkurs belegt und schleppte ständig Bastelmaterialien in die Villa. In unserem Flur schwebte permanent ein Geruchsfilm aus Kleber und Terpentin.

»Sein Name ist William«, verkündete Sienna und stellte ihn behutsam neben die Bank.

»Süß.« Ich tätschelte seinen Kopf, während ich mich setzte. »Wir sollten ihn mit Becketts Auto Kate verkuppeln. Das Königshaus wird vor Neid erblassen.«

»Schön zu hören, dass du noch die Alte bist«, meinte Avery, die mir gegenüber Apfelschnitze in eine Reihe legte. Eine ihrer ordnungsliebenden Angewohnheiten, die etwas leicht Zwangsgesteuertes hatten. Eden saß neben ihr und rührte zwei Zuckertütchen auf einmal in seinen Kaffee.

»Ihr tut so, als hätten wir uns seit Ewigkeiten nicht gesehen«, sagte ich.

»Fühlt sich auch so an.« May musterte mich mit Sorgenfältchen auf der Stirn. »Alles gut bei dir?«

Ich grinste, meine Mundwinkel ziepten. Alles daran war unecht, aber ich wusste, dass man das nicht sehen konnte. Ich hatte es jahrelang vor dem Spiegel geübt. »Alles absolut fantastisch. Hatte nur eine harte Woche.«

Beckett lachte und ließ seine Gabel sinken, auf der ein Stück Ananas steckte. »Oh, das haben wir uns schon gedacht.«

May stieß ihn warnend in die Seite. »Beck.«

»Was denn? Uns ist doch allen aufgefallen, dass sie ständig erst mitten in der Nacht nach Hause kam.«

»Mir war nicht klar, dass du mich dermaßen vermisst.« Ich warf ihm einen spöttischen Blick zu, ehe ich mir eine Erdbeere aus seinem Obstsalat stibitzte. Wenn niemand etwas Süßes dabeihatte, musste ich mich eben damit zufriedengeben.

Beckett schlug mir sacht mit der Gabel auf den Handrücken. »Immer, Darling. Aber solang das nicht zwangsläufig bedeutet, auch mein Auto zu vermissen, kann ich damit umgehen. Trotzdem könntest du den Typen mal mit zu uns bringen. Damit wir wissen, in wessen Keller wir anfangen müssen zu suchen, wenn du irgendwann nicht mehr heimkommst.«

Ich schob mir die Erdbeere in den Mund, um nicht sofort antworten zu müssen. Es wäre einfach gewesen, offen zu sagen, dass ich die letzten Nächte bei gar keinem Typen gewesen war. Ja, ich war ein paarmal ausgegangen und hatte einmal sogar in einer Bar rumgeknutscht – mit Paul, Laurens Kumpel, um genau zu sein. Ich wusste selbst nicht, wieso ich das gemacht hatte, und eigentlich hatte ich es schon bereut, während es passiert war. Die Abende danach hatte ich bei Freunden aus der Uni verbracht, an einem Essay in der Bibliothek gearbeitet, bis sie zumachte, und mir dreimal allein eine Spätvorstellung im winzigen Stadtkino angesehen. All das nur, um nicht zu Hause sein zu müssen. Es war mir lieber, wenn meine Mitbewohnenden dachten, ich hätte jeden Abend in einem anderen Bett verbracht, als das zuzugeben.

Und genau deswegen erwiderte ich nach dem Schlucken mit einem anzüglichen Lächeln: »Es sind verschiedene Keller.«

Beckett verschluckte sich an einem Stück Mandarine. »Ernsthaft?«, brachte er nach einem Husten hervor. »Allein diese Woche drei verschiedene?«

Ich zog die Augenbrauen zusammen. »Ein Problem damit?«

Er winkte ab. »Nichts als Hochachtung. Wo lernst du die immer kennen? Und wieso erzählst du uns nie was?«

»Wusste nicht, dass ich mir eine Erlaubnis abholen muss, wenn ich vorhabe, mit jemandem zu schlafen.«

»Du holst dir ja nicht mal eine Erlaubnis, wenn du mein Shampoo benutzt«, warf Sienna belustigt ein.

May stupste mit der Hand gegen meine, die ich unbewusst zu einer Faust geballt hatte. »Wir wollen dir nichts vorschreiben. Wir vermissen dich einfach, Willow.«

Ich rang mir ein Lächeln ab und zog meine Finger zurück, presste sie flach auf meinen Oberschenkel. »Du weißt, du musst mich nur anrufen, wenn ich einen Kuchen für dich vernichten soll.«

Die Wahrheit, die ich nicht aussprechen konnte, war: Ich vermisste sie auch. Die Abende in der Villa, die Stunden, die wir miteinander verbrachten, auf diese besondere Weise, die aus simplen Nebeneinanderher-Leben etwas Gemeinsames formte. Die Art, wie die Dämmerung in die Nacht hineinkroch, wie es draußen abkühlte, aber sich über und in uns träge Wärme ausbreitete. Diese Momente, in denen man förmlich dabei zusehen konnte, wie die Abdrücke der Alltagssorgen sich aus der Mimik der anderen verflüchtigten, je länger wir einfach … zusammen waren. Je öfter ich mich aus diesen Situationen ausklinkte, desto mehr vermisste ich sie. Und je mehr ich sie vermisste, desto größer wurde der Drang, das Gefühl zu verstärken. Es erdrückte mich, also lud ich mehr davon auf mich, in der Hoffnung, dass ich irgendwann taub werden würde. Ich wollte lieber nichts spüren als das.

Denn wenn ich eines in den letzten Jahren gelernt hatte, dann das: Man konnte Gefühle überwinden, wenn man sie ertrug. Selbst Vermissen. Selbst … Liebe.

May sah aus, als wollte sie weiter nachfragen, da zuckte ihr Blick an mir vorbei. Ich folgte ihm, hin zum Weg, der von den Naturwissenschaftsinstituten zur Mensa führte. Hin zu Maxton, der mir gleichzeitig fremd und so vertraut vorkam, dass ich einfach lächeln musste. Fremd, weil auch die Kapuze über seinem Kopf den kurz rasierten Haaransatz nicht verdecken konnte. Vertraut, weil er einen Setzling in einem Topf unter dem Arm trug. In Maxtons Studiengang tummelten sich pflanzenvernarrte Leute, und ab und zu verschenkten sie Ableger untereinander.

»Maxton«, rief May, und er sah auf – so schnell, dass ich nicht wegschauen konnte. Unsere Blicke trafen sich, mein Lächeln verkroch sich in den Tiefen meiner Mundwinkel und zerrte sie hinab.

Bevor er auf uns zukommen konnte, schloss jemand zu ihm auf und legte ihm eine Hand auf die Schulter. Ich musste das dazugehörige Gesicht nicht sehen, ich wusste auch so, dass es einer von *ihnen* war. Und ich war sicher, die anderen begriffen es ebenfalls.

Als Maxton am Morgen nach der ersten Herausforderung mit seiner neuen Frisur zum Frühstück gekommen war, waren alle so geschockt gewesen, dass er schließlich von der Society und seinem Versuch, in sie aufgenommen zu werden, erzählt hatte. In knappen, sachlichen Worten, die so unvollständig und nichtssagend geklungen hatten, dass all unseren Mitbewohnenden deutliche Fragezeichen im Gesicht gestanden hatten. Richtig nachgefragt hatte trotzdem niemand, bis heute nicht. Dennoch hatte ich das Gefühl, dass der Name der Verbindung seitdem in der Luft lag, wann immer wir zusammen waren.

Er war eine tief hängende Gewitterwolke in einem Himmel, der eigentlich immer nach goldgelber Abendsonne aussah. Er passte nicht in unser Zuhause, ebenso wenig wie Maxton zu diesem Typen passte, der ihm auf den Rücken klopfte und zu einem Tisch am anderen Terrassenende deutete. Maxtons Blick flatterte kurz zu uns, und er hob die Hand. Eine unverbindliche Geste, die auch nicht zu ihm passte. Oder eben doch, keine Ahnung.

Ich schob mir noch eine Erdbeere aus Becketts Obstsalat in den Mund, um die aufsteigende Bitterkeit zu überdecken. Er bemerkte es nicht, weil er mit zusammengekniffenen Augen Maxton und seinem neuen Freund – oder vielleicht bald *Bruder* – hinterher sah. »Das ist Keenan Hall, oder? Ich hab einen Statistik-Kurs mit ihm.«

Wes nickte langsam. »Und das dahinten sind Sebastian Allington, Ezra Heaton und Firat Bari. Ich hab die Eltern von denen schon auf Feiern meines Vaters gesehen.«

Avery runzelte die Stirn. »Ich kann mich einfach nicht an Maxtons Haare gewöhnen.«

Obwohl ich es nicht wollte, drehte ich mich um und sah dabei zu, wie sich Maxton mit Keenan zu den drei anderen Typen setzte. Ich hatte gehört, dass die Society-Mitglieder gelegentlich mit einer Art Bandenshirt herumliefen, aber eigentlich brauchten sie das gar nicht. Ein Blick zu ihrem Tisch, der zwischen den anderen stand und trotzdem unerreichbar wirkte, machte deutlich, dass sie etwas für Außenstehende Unsichtbares verband. *Ich kann mich an nichts davon gewöhnen*, dachte ich, aber nahm mir nur einen von Averys Apfelschnitzen und knabberte die Schale ab. Ich hätte ihn viel lieber nach Maxton geworfen.

»Wes hat gehört, dass einer der Anwärter schon wieder raus ist.« May zupfte an dem Haarband herum, das ihre dunklen Strähnen aus der Stirn hielt.

»Er wurde dabei erwischt, wie er versucht hat, in einen Edel-Friseursalon in London einzubrechen«, führte Wes aus.

Avery rümpfte die Nase. »Das ist doch lächerlich. Wenn es ihnen nur um die Haare ging, hätten die Anwärter sich doch auch zu Hause die Köpfe rasieren können?«

»Wo wäre da das Risiko, das diesen Idioten beweist, dass du zu allem bereit bist, um an diesem Tisch sitzen zu dürfen?«, fragte Sienna spitz.

»Es fühlt sich falsch an, so über die Verbindung zu reden.« Mays Sorgenfältchen waren längst tiefe Gräben. »Immerhin ist einer unserer Mitbewohner vielleicht bald ein Teil davon.«

Beckett ließ sein Handy sinken, auf dem er schon wieder Audreys Chat angestarrt hatte, ohne ihr zu schreiben. »Und du denkst, dass er unser Mitbewohner bleibt? Sind wir dann nicht irgendwie unter seiner Würde?«

»Kommt schon. Wir reden hier immer noch von Maxton. Er ist wirklich nicht der Typ, der seine Freunde einfach so fallen lässt«, sagte Avery entschieden. »Stimmt doch, oder, Willow?«

Ich verschluckte mich fast an dem Apfelstück. »Was?«

»Du kennst ihn doch am besten von uns allen.«

Eigentlich hatte ich kein Problem damit, im Mittelpunkt zu stehen. Meiner Meinung nach sollte man das immer irgendwie tun, weil man in seinem eigenen kleinen Universum das Zentrum sein musste. Wenn andere mich statt sich selbst ansahen, dann war das nicht mein Problem. Doch jetzt lagen sechs Blicke auf mir, und jeder einzelne kratzte so unangenehm auf meiner Haut, dass ich es kaum aushielt. Mit einem unechten Lächeln klaute ich mir einen weiteren Apfelschnitz und stand auf. »Eden kennt ihn länger als ich, also verlasst euch besser auf seine Einschätzung. Ich muss jetzt eh los.«

»Warte, ich komm mit.«

Ich wäre fast zusammengezuckt, als ich Edens Stimme hörte. Das passierte manchmal: Ich vergaß, dass er da war, weil er die Angewohnheit hatte, sich aus einer Situation zu ziehen, während er sich eigentlich mittendrin befand. Ungläubig sah ich dabei zu, wie er Avery auf die Stirn küsste, seinen Kaffeebecher nahm und aufstand.

»Wirklich?«

Er warf sich den Rucksack über eine Schulter und schlug den Weg in Richtung Terrassentreppe ein. »Schlimm?«

»Nein, nur verdächtig. Normalerweise würdest du eher einen Umweg gehen, statt mit mir allein zu sein.«

»Wie kommst du darauf?«

Ich schnaubte und blieb auf der obersten Stufe stehen, während er hinunterstieg. »Eden, als Maxton uns das erste Mal zusammengebracht hat, hast du dich nach einer halben Stunde ans andere Ende vom Raum gesetzt, um nicht in meiner Nähe sein zu müssen.«

Er sah zu mir auf. »Du hast ununterbrochen geredet. Und Chips gegessen. In einer Bibliothek.«

»Ich hätte sie mit dir geteilt, wenn du nicht so grummelig gewesen wärst.«

Er verdrehte die Augen, aber da war ein Lächeln in seinen Mundwinkeln, als er weiterlief. Zögerlich folgte ich ihm. Das Gras auf den Wiesen des Campus wurde kürzer und rauer, die Baumkronen leuchteten in warmen Gelb-, Rot- und Goldabstufungen. In der Ferne gabelte sich der Weg zu unseren Instituten, als Eden sich räusperte. »Hast du dich mit Maxton gestritten?«

Ich spannte mich unwillkürlich an. »Hat er das gesagt?«

»Nein. Aber er redet sowieso nie viel über diese Dinge.«

»Welche Dinge?«

»Dinge, die euch betreffen.« Sein Seitenblick kitzelte mich

an der Schläfe, ich starrte stur geradeaus. »In letzter Zeit redet er eh weniger als sonst.«

»Ja, ist mir auch aufgefallen.« Ich hörte selbst, wie verbittert ich klang, diesmal gab ich mir keine Mühe, es zu verbergen. Im Grunde stimmte es, was ich gerade den anderen gesagt hatte: Eden kannte Maxton länger als ich. Und auch wenn ich ihre Freundschaft nie ganz begriffen hatte, wusste ich, wie viel sie Maxton bedeutete. Wenn es jemanden gab, mit dem ich über das alles sprechen konnte, dann Eden. Ich gab mir einen Ruck. »Also … so unter uns. Wie findest du das alles?«

Ein paar Schritte lang schwieg er, als hätte er darüber noch kein Urteil gefällt. »Ganz ehrlich? Ich verstehe es nicht. Aber er sagt, er will das, und das ist letztlich das, worauf es ankommt. Er wird schon wissen, was er tut.«

Unzufrieden verschränkte ich die Arme vor der Brust. Es wunderte mich nicht, dass Eden so dachte, immerhin war er wahnsinnig begabt darin, sich aus Dingen herauszuhalten. Es war nicht so, als hätte er keine Meinung, er entschied sich nur oft dafür, sie nicht kundzutun. Eden war auf eine Weise zurückhaltend, bei der ich mich immer fragte, was von sich er tatsächlich *zurückhielt*. Wenn Menschen Bilder waren, dann war das, das ich von Eden hatte, auch nach Jahren noch verpixelt. In diesem Moment wünschte ich mir dennoch, ich wäre ein bisschen mehr wie er. Dann wäre es gerade wahrscheinlich leichter gewesen, Zeit mit Maxton zu verbringen.

»Ich hab ein mieses Gefühl dabei.«

»Maxton meinte, du hilfst ihm bei den Herausforderungen.«

»Ja. Ändert nichts daran, dass ich es für eine schlechte Idee halte. Aber solang er mir nicht sagt, warum er das tun will, weiß ich auch nicht, wie ich es ihm ausreden soll.«

Der Weg gabelte sich, doch Eden lief unbeirrt auf dem weiter, der zu meinem Institut führte. Ein Zeichen mehr, dass dieser Spaziergang nicht zufällig zustande gekommen war. »Ich glaube nicht, dass man jemandem etwas ausreden kann. Nicht, wenn die Person tief drinsteckt. Nicht nur mit dem Kopf, sondern mit dem ganzen Ich. Wenn es nur Gedanken sind, helfen Worte vielleicht, aber wenn du mit deinen Gefühlen und deinem ganzen Wesen darin verankert bist, dann … reichen sie nicht. Dann reicht nichts, was von außen kommt, um dich da rauszuholen.«

Die letzten Silben waren winzige Splitter, die sich in meine Brust bohrten. In diese bestimmte Stelle hinter meinem Rippenbogen, ganz nah beim Herzen. Seit ich ein Kind war, hatte ich diesen ziehenden Schmerz immer wieder. Dank einer Arzt-Odyssee wusste ich, dass er auf Verspannungen zurückzuführen war, die vermehrt bei Stress auftraten. Trotzdem hatte ich früher Stunden damit verbracht, im Internet nach einer Ursache zu suchen, und war dabei auf ein Symptom bei Herzinfarkten gestoßen. Heftige Schmerzen, die plötzlich auftraten und Hilflosigkeit und Todesangst auslösten – sogenannte *Vernichtungsschmerzen*.

Ich musste jedes Mal daran denken, wenn mein Herz auf diese Weise zu ziehen anfing. Weil ich jedes Mal an die Zeit denken musste, in der ich zuletzt fast jeden Morgen damit aufgewacht war. Weil ich jedes Mal an *ihn* denken musste. Mittlerweile tauchte dieses Gefühl nur noch selten auf, und wenn es das tat, war ich beinahe dankbar dafür. Es war eine Mahnung, eine Erinnerung, die so schmerzhaft war, wie das, für das sie stand. Mein persönlicher Vernichtungsschmerz.

»Ja.« Beiläufig presste ich eine Hand auf die Stelle, an der es unter dem Pullover wummerte. »Es fühlt sich trotzdem alles nicht richtig an. Ihn damit allein zu lassen, ihn dabei zu unterstützen … keine Ahnung. Als könnte man es nur falsch machen.«

»Ja.« Eden lächelte schwach und doch unsagbar schwer. »Ich wünschte, ich würde das nicht so gut verstehen.«

»Es ist, als würde ich ihn nicht mehr richtig kennen.« Meine Stimme war nur noch ein Flüstern. »Das, was er gerade tut, das passt nicht zu dem Bild, das ich von ihm habe.«

Eden zögerte, dann hob er die Schultern. »Okay, aber Menschen sind keine Bilder. Sie sind ja nichts Flaches, Unveränderliches. Wenn überhaupt, sind sie Filme. Und ich glaube, es ist normal und wichtig, dass uns bestimmte Sequenzen darin überraschen, vor allem, wenn wir dachten, die Handlung voraussehen zu können. Ich meine, egal, wie gut wir jemanden kennen, da wird immer etwas von ihm sein, das wir noch nicht gesehen haben. Eigentlich ist das ja auch schön. Sonst wären Beziehungen jeder Art nach kurzer Zeit langweilig, oder? Wahrscheinlich wäre das ganze Leben langweilig, wenn wir uns selbst und die Menschen um uns herum vorhersehen könnten.« Er lächelte erneut, ein bisschen leichter jetzt. »Und ich dachte, du hasst Langeweile.«

Ich brummte nur. Natürlich waren Menschen nichts Statisches, trotzdem wollte ich nicht einsehen, dass ich Maxton nicht so gut kannte, wie ich gedacht hatte. Beständigkeit, Kontinuität, Routine – das waren alles Worte, die mir in den letzten Jahren nur mit ihm verknüpft erträglich vorgekommen waren. Und das war nicht langweilig gewesen, nur … ruhig. In unserem Becken war es windstill gewesen, doch vor zwei Wochen waren plötzlich Wellen aufgetaucht. Hohe Wellen, gefährliche Wellen. Mit Maxton zu tauchen war natürlich und irgendwie schön, aber mit ihm unter Wasser gedrückt zu werden, machte mir Angst. Weil ich nicht wusste, was am Boden auf mich wartete, und weil ich mich davor fürchtete, es herauszufinden.

Was, wenn ich im Laufe dieser Herausforderungen merken

würde, dass ich mich in ihm – in uns – geirrt hatte? Ich wollte nicht verlieren, was wir hatten. Aber vielleicht war ich längst dabei, weil ich ihm seit zwei Wochen aus dem Weg ging. Und wenn ich ganz ehrlich war, dann lag das weniger an der Herausforderung als an dem, was danach geschehen war.

Bevor ich es verhindern konnte, öffnete sich mein Mund. »Redet Max mit dir über … seine Frauengeschichten?«

»Frauengeschichten?« Edens Silberaugen flackerten, ich war nicht sicher, ob aus Irritation oder Belustigung.

»Ich kann ins Detail gehen, wenn du willst«, konterte ich ungerührt. »Ich rede von den Dingen, die du und Avery seit geraumer Zeit unter unserem Dach macht, wenn ihr …«

»Schon gut. Und nein, nicht wirklich.« Auf das letzte Wort folgte ein auffällig ausdrucksloser Blick in meine Richtung. Eden war gut darin, seine Gefühle aus seiner Mimik zu verbannen. Doch die Tatsache, dass er das gerade tat, verriet schon alles, was ich wissen musste.

Ich blieb stehen. Mein Institut war nur noch ein paar Meter entfernt, und vorm Eingang standen zu viele Menschen für dieses Gespräch. »Aber du weißt von ihr.« *Lillian.* Es war unmöglich, ihren Namen auszusprechen, weil ich jedes Mal, wenn ich ihn nur dachte, wieder hörte, wie er aus Maxtons Mund geklungen hatte.

Eden hielt zwei Schritte vor mir inne und drehte sich zu mir um. Seine Hand wanderte flüchtig zu seinem Nacken, dann durch seine schwarzen Haarwirbel. »Ja. Hab's aber eher zufällig erfahren.«

Irgendetwas ließ mich ahnen, dass sein Zufall meinem ganz ähnlich gewesen war. Ich nickte langsam. »Es ist nur … Maxton sagt, das geht seit einem Jahr. Niemand schläft mit derselben Person so lang, wenn er nichts für sie empfindet, oder? Weißt du, ob er … ist er verliebt in sie oder so?«

Er öffnete den Mund und schloss ihn sofort wieder. »Das solltest du ihn selbst fragen«, erwiderte er schließlich gedehnt, auf diese Weise, die klarmachte, dass er durchaus eine Antwort hatte. Das Ungesagte kletterte auf meine Brust, und mir war bewusst, dass sich der Elefant zwischen Maxton und mir damit maximieren würde.

»Ist eigentlich auch egal. Es geht mich nichts an.« Wenn ich es oft genug sagte, begriff mein Inneres das vielleicht endlich. »Ich war nur neugierig, und Maxton tut immer so, als wäre ihm alles gleichgültig. Er ist eh nicht der Typ für so was, oder? Für Beziehungen oder romantisches Gedöns. Er ist zu pragmatisch für solche Dinge. Wenn er überhaupt etwas richtig liebt, dann ist es sein Garten.« Ich lächelte schwach und sah in Edens Gesicht – das einen seltsamen Ausdruck angenommen hatte. Schon wieder konnte ich nicht deuten, ob es Unglauben, Belustigung oder Resignation war. »Wieso guckst du so komisch?«

Er hob den linken Mundwinkel. »Ich musste nur daran denken, dass wir letztens in einem meiner Seminare über Misskommunikation in Romanen diskutiert haben. Darüber, dass Schreibende das oft als eine Art Plotkleber nutzen, weil sich Probleme zu schnell in Luft auflösen würden, wenn die Charaktere mit offenen Karten spielen würden. Beim Lesen fragt man sich dann ständig, warum die Leute nicht einfach miteinander reden. Aber das Ding ist … Menschen reden tatsächlich oft nicht richtig miteinander. Weil sie Angst vor den Konsequenzen haben, weil sie fürchten, dass ihre Wahrheiten nicht zueinander passen, oder weil sie schlicht gar nicht wissen, was sie überhaupt sagen sollen – weil sie nicht mal erkennen, was sie eigentlich fühlen.«

Ich runzelte die Stirn, während ich versuchte, ihm zu folgen. Edens Denkweise war so mit seinen Büchern verwoben, dass ich oft das Gefühl hatte, seine Sätze hatten zu viele Interpretationsschichten für ein einfaches Gespräch. »Du meinst also … die beiden müssten nur offen miteinander sprechen, dann wären sie längst zusammen?«

Der zweite Mundwinkel kletterte hinauf, er wich nach hinten. »Frag das alles Maxton selbst.«

Ich schnaubte. »Na dann, danke für nichts.«

Er lächelte breiter, seine Augen wirkten dennoch ernst. »Und … rede überhaupt mal wieder richtig mit ihm. Jedes Mal, wenn du abtauchst, macht er sich Sorgen um dich. Er hat die letzten Tage noch schlechter geschlafen als sowieso schon.«

»Hat er das gesagt?«

Ich war mir nicht sicher, ob mich der Gedanke wütend machte oder irgendwie besänftigte. Am allermeisten fühlte er sich von Schuld umspannt an. In den letzten Nächten hatte ich beim Nachhausekommen nie im Garten nach Maxton gesucht. Zwar hatte ich immer noch jedes Mal einen Blick in sein Zimmer geworfen, allerdings nur dann, wenn ich sicher gewesen war, dass das Licht aus war. Ein paarmal hatte ich ihn schlafend im Bett vorgefunden, ein paarmal war der Raum verlassen gewesen. Das dumpfe Drücken in meiner Brust war ohnehin gleich geblieben, als ich die Tür leise hinter mir ins Schloss gezogen hatte.

Eden schüttelte den Kopf. »Und wir wissen beide, dass er es dir auch nicht sagen würde, weil er genau weiß, dass du es hasst, wenn man sich Sorgen um dich macht. Aber er ist auch mein bester Freund, und deshalb erzähle ich es dir.« Er drehte sich um und hielt dann doch wieder inne, sah über seine Schulter zurück zu mir. »Weißt du, immer, wenn ich zumache oder irgendwie unfair werde, sagt Maxton so was wie: *Wir sind besser als das.* Und er hat recht. Wir sind besser als das. Und ihr seid das auch. Also rede mit ihm.«

Mein Mund war so trocken, dass ich schlucken musste, bevor ich antworten konnte. »Irgendwie war es leichter, als du nichts mit mir zu tun haben wolltest, Kane.«

Das Lächeln wanderte von seinem Mund zu seinen Augen. »Wie immer: Ich dich auch, Pierce. Bis später.«

Ich sah ihm nach, während er die Wiese überquerte und schließlich zwischen den Instituten verschwand. Mir war bewusst, dass es stimmte. So, wie es gerade zwischen Maxton und mir lief, konnte es nicht weitergehen – ich wollte nicht, dass es so weiterging. Ja, ich hatte Angst, dass sich die Dinge zwischen uns veränderten, aber das taten sie momentan ohnehin. Denn das, was ich in den letzten zwei Wochen getan hatte, war sowieso schon anders. Es war falsch. Eden hatte recht: Maxton und ich, wir waren besser als *das*.

Kurz entschlossen griff ich nach meinem Handy und wählte Maxtons Chat aus. Allein wie weit ich dafür runterscrollen musste, tat weh. Meine Finger huschten über das Display, obwohl ich sicher war, dass er die Nachricht nicht sofort lesen würde. Immerhin war er gerade *beschäftigt*. Bevor der Gedanke mich abhalten konnte, klickte ich auf Senden.

Heute ist Freitag.

Ich hielt die Luft an, als Maxton Sekunden später online kam. Stieß sie laut aus, als die drei Pünktchen auftauchten. Und musste lachen, als ich seine Antwort las.

Danke für die Info.

Ist heute ein griechischer Freitag?

Diesmal brauchte er für seine Nachricht länger. Vielleicht, weil er sichergehen musste, dass seine Sitznachbarn nichts davon mitbekamen.

Schätze schon.

Ich schüttelte den Kopf und antwortete, bevor er wieder offline gehen konnte.

Und wann wolltest du mir das sagen?

Er fing an zu tippen, hörte auf, setzte wieder an. Ich wusste, wieso. Er stand an einer Schwelle zwischen zwei Möglichkeiten, mit unserer Kontaktstille umzugehen. Ansprechen oder ignorieren. Verstecken oder konfrontieren.

Wusste nicht, ob wir momentan überhaupt reden.

Mein Herz pochte wieder ein bisschen zu sehr. Mir war bewusst gewesen, dass Maxton wahrnahm, wie ich mich von ihm zurückzog, aber es hatte mich nicht gewundert, dass er nichts dazu gesagt hatte. Weil er so war: Er nahm die Dinge hin, wie sie waren. Er nahm *mich* so hin, wie ich war. Und obwohl mich das manchmal kirre machte, wurde es vielleicht trotzdem Zeit, dass ich es ihm gleichtat.

Doch, tun wir. Und komm nicht auf die Idee, mich wieder dazu zu zwingen, dir heimlich zu folgen. Beckett bringt mich um, wenn ich noch mal sein Auto klaue. Also, was steht heute Abend an? Intimzonen-Waxing?

Ich hätte darauf gewettet, dass ich ihn damit zumindest zum Lächeln brachte.

Nicht ganz.

Wieder ein Zögern, tanzende drei Punkte, und schließlich sechs Wörter, die ein nervöses Ziehen in meinem Bauch auslösten: Neugierde, Unruhe und Vorfreude in einem.

Hast du was Schickes zum Anziehen?

8. Kapitel

WILLOW

Das Glas meines Spiegels war alt und leicht nach vorn gewölbt, meine Gesichtszüge wurden verzerrt. Ich sah trotzdem, dass sie mehr als angespannt waren. Der Grund dafür lag schräg vor mir auf den Dielen und gehörte Avery.

Mein eigenes Glätteisen hatte ich an jenem Abend entsorgt, an dem ich Canterbury verlassen hatte. Ich hatte es am Taxistand in einen Mülleimer geworfen, weinend darüber, dass ich es überhaupt eingepackt hatte. In diesem Moment hatte ich mir geschworen, nie wieder so ein Ding in die Hand zu nehmen. Fast zweieinhalb Jahre lang hatte ich mich daran gehalten und war nicht mal gedanklich in die Nähe davon gekommen. Bis Maxton mir vorhin geschrieben hatte.

Denn so sehr ich meine Locken auch liebte: nicht mal ein schickes Kleid könnte über ihre Wildheit hinwegtäuschen. Heute Abend könnte das hinderlich werden. Also blieb mir nur die Option, mir die Haare doch abzurasieren, oder … das zu tun, von dem ich mir geschworen hatte, es nie wieder zu tun.

Die letzten Jahre hatte ich meine Locken nicht geglättet, weil ich das Gefühl gehabt hatte, sie mir so zurückzuerobern. *Mich* auf diese Weise zurückzuerobern. Doch wenn sie jetzt wieder mir gehörten, wieso tat ich mich dann so schwer damit, das Glätteisen auch nur anzufassen?

Weil du Angst hast, flüsterte eine Stimme in meinem Kopf.

Weil du Angst hast, dass alles, was zu diesen glatten Haaren gehört hat, noch in dir ist. Ich wollte nicht, dass sie recht behielt, also kniff ich die Augen zusammen und nahm das Eisen in die Hand.

Eine Stunde später stand ich vor meinen Kleiderstangen, als es an der Verbindungstür zu Maxtons Zimmer klopfte. »Komm rein«, rief ich und griff nach einem Kleid mit tiefem Rückenausschnitt, während die Tür sich öffnete, »auch wenn ich enttäuscht bin. Ich dachte, du stellst dich unten an die Treppe, siehst mir mit Tränen in den Augen entgegen und steckst mir ein Ansteckstäußchen an.«

»Ich könnte dir eine Distel aus dem Garten anbieten, aber …« Maxton brach ab, als er mich entdeckte. Im nächsten Moment wandte er sich zur Seite. »Dir ist klar, dass ich klopfe, damit wir solche Situationen vermeiden?«

Ich sah flüchtig an mir hinab. Meine Unterwäsche bestand zugegebenermaßen mehr aus Spitze als aus Stoff, aber das war nichts, was er noch nie vor Augen gehabt hatte. Belustigt sah ich dabei zu, wie er sich ganz zur Wand drehte. »Komm schon, du hast mich schon oft so gesehen. Früher hat dich das nicht gestört. Kann es sein, dass du mit zunehmendem Alter prüder wirst?«

»Das hat damit nichts zu tun.«

»Sondern?« Ich zog das Kleid über meinen Kopf. Der Stoff raschelte, als er bis zu meinen Fußknöcheln hinabfiel.

Maxton schwieg, ich konnte seinem Profil ansehen, dass seine Kiefermuskeln arbeiteten. Und plötzlich fühlte ich mich wieder, als hätte man mir ins Gesicht geschlagen. So fest, dass die Puzzleteile aneinander klickten. Erstens: Maxton schaute mich seit rund einem Jahr nicht mehr richtig an, wenn ich in Unterwäsche ins Bad lief. Zweitens: Maxton schlief seit rund einem Jahr mit Lillian. Zusammen führte das zu einer

Schlussfolgerung, die meine Wangen unangenehm zum Brennen brachte: Ihm ging es nicht darum, mir zuliebe anständig zu sein – sondern *ihr* zuliebe.

Ich hätte ihn darauf ansprechen sollen, aber ich brachte es nicht über mich. Ich konnte nicht als Erstes über Lillian sprechen, wenn wir überhaupt erst seit heute wieder miteinander redeten. »Schon gut, ich verlagere meine leicht bekleideten Auftritte von nun an in den ersten Stock. Beck beschwert sich nie darüber«, sagte ich bemüht locker und strich den Stoff glatt. »Du kannst dich umdrehen.«

Er wartete noch ein paar Sekunden, bis er es tat. Dann glitt sein Blick über mich, er öffnete den Mund und schloss ihn sofort wieder.

Ich legte den Kopf zur Seite. »Was?«

»Nichts. Nur … ich glaube, ich weiß jetzt, wie es für dich war, mich mit kurzen Haaren zu sehen.«

»Schockierend?«

»Verwirrend.«

»Gib's zu. Ich sehe gut aus.«

Ich lachte unsicher. Nicht, weil es mir wichtig war, was er darüber dachte, eher, weil ich nicht sicher war, was *ich* darüber dachte. Oder fühlte. Das Gewicht meiner Haare drückte bis in mein Inneres, und das behagte mir nicht.

»Du siehst immer gut aus«, erwiderte er nüchtern. »Und das weißt du auch.«

»Richtige Antwort.« Meine Stimme stockte, als ich ihn genauer ansah. Maxtons Kleidung zeichnete sich meistens dadurch aus, dass sie etwas abgetragen und schmutzig war. Nach jedem Waschtag dauerte es nur Stunden, bis der Garten seine Spuren darauf hinterließ, als wollte er deutlich machen, dass Maxton zu ihm gehörte. Ich hatte heute maximal mit einem Hemd gerechnet. Sicher nicht … damit.

Der Anzug, den er trug, bestand aus einer schwarzen Hose und einem Jackett sowie einem elfenbeinweißen Hemd. Er passte nicht perfekt: Die Jackenärmel waren ein Stück zu kurz und um die Schultern zu locker, und die Krawatte hing offen um seinen Hals. Trotzdem sah es … gut aus. Sehr gut sogar.

Mein Mund wurde trocken, ich senkte den Blick. »Wo hast du den her?«

Maxton öffnete den obersten Hemdknopf, als würde er den Druck der Krawatte auch im offenen Zustand spüren. »Wes hat ihn mir geliehen. Er hat ungefähr ein Dutzend davon.«

»Steht dir.« Ich lächelte verkrampft und griff nach meiner Handtasche. »Dann los. Statten wir dem Titan des Ozeans einen Besuch ab.«

Unschlüssig betrachtete ich den Steg. Das Wasser vor uns glitzerte im Abendlicht und den rot blinkenden Lichtern des Riesenrads. Es befand sich direkt hinter uns, und allein beim Anblick der schaukelnden Gondeln in dieser unmenschlichen Höhe zog sich alles in mir zusammen.

Mit Mühe konzentrierte ich mich wieder auf Maxton, der unentschlossen aufs Wasser schaute. »Lies es noch mal vor.«

Er musste das Handy nicht hervorholen. *»Okeanos. 20:45, London Eye Pier, Dresscode: festlich.«*

Sicherheitshalber warf ich einen Blick auf mein Smartphone. Wir hatten die Villa vor rund zweieinhalb Stunden verlassen und waren mit Maxtons Wagen hergefahren. Geparkt hatten wir abseits der Innenstadt, um anschließend zu einer der größten Touristenattraktionen der Hauptstadt zu laufen. Es war 20:30 Uhr, wir standen am London Eye Pier und waren völlig overdressed. Trotzdem konnte ich beim besten Willen nicht absehen, was wir hier tun sollten. Es war für die Society vermutlich keine ausreichende Challenge, adrett gekleidet Riesenrad zu fahren – auch wenn es für mich dank meiner Höhenangst definitiv eine gewesen wäre.

»Meinst du, es ist schon eine Prüfung, herauszufinden, was diese Dep…« Ich brach ab, als ich Maxtons vielsagenden Ausdruck bemerkte, und räusperte mich. »Diese … *edlen Gentlemen* von einem wollen?«

»Kann gut sein. Oder die Herausforderung ist, sich in einem Anzug nicht wie ein arroganter Snob zu fühlen.«

»Ich glaube nicht, dass das in ihrem Interesse wäre. Du sollst ja zu ihnen passen«, erwiderte ich arglos.

Maxton seufzte, doch seine Mundwinkel zuckten verräterisch. Ich biss mir auf die Unterlippe und ließ den Blick abermals über den Pier wandern. Eine Gruppe Teenager saß am hinteren Ende, eine Fähre hatte daneben angelegt, würde aber nicht mehr losfahren. Das war's.

Ich setzte gerade an, etwas zu sagen, als mir der weiße Fleck auffiel, der auf dem Wasser auftauchte und die trübe Dämmerung durchriss. Es dauerte kurz, bis er nah genug am Pier war, damit ich ihn erkennen konnte. Es war ein Schiff, sah jedoch eher aus wie eine Yacht. Groß und weiß, zu schick für diese Gegend Londons. An Deck liefen ein paar Kellner herum, ansonsten war von hier unten nichts auszumachen. Mein Blick wanderte über die Fassade, während es am Pier anlegte und mit einem Tau befestigt wurde.

»Wie heißt der griechische Gott des Meeres noch mal?«

»Poseidon, wieso?«

Wortlos deutete ich auf den Schiffsbug, auf dem exakt dieser Name stand.

Maxton ließ den Blick über das Deck wandern und stieß die Luft aus. »Scheiße.«

»Du sagst es«, erwiderte ich und zog ihn beiseite, als eine Gruppe lachender Frauen den Steg entlangkam. Sie trugen allesamt Kleider, die meines billiger aussehen ließen, als es gewesen war. Stumm beobachteten wir, wie sie auf das Schiff zuliefen, das bereits eine Treppe heruntergefahren hatte. Ein Typ stand an ihrem Ende und nahm ihnen die Einladungen ab, die sie ihm hinhielten.

»Das sieht nicht unbedingt wie eine Veranstaltung aus, für die man im Touristenbüro Tickets kaufen kann. Also, wie kommen wir auf ein Schiff, auf dem sich heute Nacht offensichtlich die High Society trifft?«

»Wir …« Ich brach ab, als der Einlasskontrolleur zur Seite ging, sodass sein Gesicht ins Licht einer Laterne fiel. Ein Lachen schlüpfte mir über die Lippen, so laut, dass ein vorbeigehendes Paar im Smoking uns einen pikierten Blick zuwarf. Ich wartete, bis sie beim Schiff angekommen waren, dann wandte ich mich an Maxton.

»Was auch immer für ein Gott hier gerade mitmischt«, meinte ich mit einem breiten Grinsen, »er ist auf jeden Fall auf unserer Seite.«

»Was …«, setzte Maxton an, aber da lief ich schon los und bedeutete ihm, mir zu folgen.

Der junge Mann blickte noch den beiden Smoking-Trägern nach, als wir vor ihm innehielten. Erst, als ich mich räusperte, drehte er sich zu uns um.

Weißblondes Haar, blassgrüne Augen, bestechend lange Wimpern. *Heiß*, hatte Lauren mir zugeraunt, als sie mir Paul vor einigen Wochen vorgestellt hatte. *Langweilig*, hatte ich gedacht, als er mir kurz darauf einen dreißigminütigen Monolog über seine Indie-Band gehalten hatte. Menschen waren immer schön, wenn sie über Dinge sprachen, die sie liebten, aber es gab selbst in dieser Art der Schönheit Unterschiede. Ich hatte Paul sofort angemerkt, dass er wusste, wie attraktiv es ihn machte, dass er dieser Leidenschaft folgte, statt einen sichereren Weg einzuschlagen. Das war der Punkt: Er redete nicht über seine Liebe zur Musik, weil er dafür brannte, sondern um seinem Gegenüber ein Gefühl zu entlocken: Interesse, Anerkennung, Bewunderung. Und wenn Liebe als Mittel eingesetzt wurde, war sie letztlich nur eine Fassade.

Die ganze Zeit, während Paul gesprochen hatte, hatte ich an Maxton gedacht. Daran, wie er mit diesem stillen Lächeln im Garten saß und zusammenzuckte, wenn ich fragte, was ihm durch den Kopf ging. Daran, wie er die unscheinbarsten Blüten auf seinem kleinen Finger bettete und begutachtete, als hätte er nie etwas Schöneres gesehen. Daran, dass er stundenlang übers Gärtnern sprechen konnte und dabei so in seinen Gedankenwellen versank, dass er mich fast vergaß. Maxtons Pflanzenliebe hatte nichts Inszeniertes. Sie war das beste Beispiel für eine Liebe, die ohne Grund bestand, die einfach nur … da war.

Ich konnte selbst nicht sagen, warum ich beim nächsten Mal, als ich Paul wiedergesehen hatte, trotzdem zu ihm gegangen war. Oder warum ich darauf *eingegangen* war, als er versucht hatte, mich zu küssen. Warum ich mich auf seinen Schoß gesetzt und zugelassen hatte, dass er seine Hände unter den Stoff meines Kleides schob, während ich nur daran hatte denken können, wie Lillian dasselbe mit ihren unter Maxtons Jacke getan hatte. Ich hatte mich die vergangenen Tage bemüht, diesen Abendaussetzer mit Paul zu verdrängen, jetzt könnte er vielleicht doch noch etwas Gutes bewirken.

Ich rang mir ein Lächeln ab, während Paul mich musterte. Er brauchte offenbar kurz, bis ihm klar wurde, wer vor ihm stand. Dann stieß er einen Pfiff aus. »Willow. Hab dich fast nicht erkannt wegen der Haare. Du siehst … umwerfend aus.«

Mein Lächeln verkrampfte, ich widerstand dem Drang, wenigstens meinen Mittelscheitel zu verwuscheln, um ein bisschen Chaos zurückzubekommen. »Was machst du hier, Paul?«

Er deutete mit dem Daumen über seine Schulter zum Schiff. »Ich wurde als Einlasskontrolleur gebucht. Ich hab dir erzählt, dass ich für eine Service-Agentur jobbe.«

Ich nickte langsam. »Ja, klar.«

Er neigte den Kopf. »Du erinnerst dich nicht.«

»Ich war eventuell ein bisschen betrunken, als wir uns … unterhalten haben.« Meine Schläfe brannte, so deutlich spürte ich Maxtons Blick darauf. Hastig räusperte ich mich. »Ich bin eh ziemlich schusselig. Das ist auch der Grund dafür, dass ich unsere Einladungen zu Hause vergessen habe. Wir haben es erst bemerkt, als wir hier waren.«

»Ich kann euch nicht ohne Einladung rauflassen. Aber du kannst die Gastgeber anrufen, damit euch jemand abholt.«

»Gute Idee, nur … mein Handy hab ich auch vergessen.«

Er schmunzelte. »Verstehe.«

Ich zögerte kurz. Flirten als Mittel für ein Ziel einzusetzen war nichts, das ich gern machte. Schon gar nicht, wenn Maxton mich dabei beobachtete. Andererseits wollte er auf dieses Schiff, und das hier war unsere beste Option. Außerdem wusste ich, dass Paul jemand war, der das eher schmeichelhaft als manipulativ auffasste.

Ich machte einen Schritt auf ihn zu. »Würdest du ein Auge zudrücken und uns trotzdem hochlassen?« Beiläufig zupfte ich einen imaginären Fussel von seinem Kragen und lächelte zu ihm auf.

Er verzog den Mund. »Sieh mich nicht so an. Ich kann das echt nicht machen, Willow. Die Agentur wirft mich raus, wenn ich bei so einem Event Mist baue.«

»Tust du doch gar nicht. Denkst du, ich würde mich so zurechtmachen, wenn ich keine Einladung hätte?« Ich deutete an mir hinunter, wissend, dass sein Blick zwei Sekunden zu lang am Ausschnitt des Kleides hängen blieb. »Komm schon, ich bin doch keine Kriminelle. Du kennst mich.«

Er zog die Augenbrauen zusammen. »Ich hätte dich zumindest gern kennengelernt. Dann bist du allerdings abgehauen, als ich gerade dachte, dass wir uns ganz gut verstehen.«

Innerlich verdrehte ich die Augen, äußerlich lächelte ich breiter. »Richtig.«

»Und du hast danach weder von dir aus geschrieben noch auf meine Nachrichten reagiert.«

»Auch richtig.«

Er zögerte und warf einen Blick über seine Schulter, den Pier hinunter und schließlich wieder in mein Gesicht. »Überlegst du es dir anders, wenn ich mich für zehn Sekunden zur Seite drehe und das Licht auf dem Wasser bewundere, sodass ich mit Sicherheit nichts anderes mitbekomme?«

»Komm schon, wir wissen beide, dass du es verdienst, mehr zu sein als die Einhaltung eines Deals«, erwiderte ich bemüht diplomatisch. »Aber ich finde, das Wissen, dass du in mir eine Freundin gewinnen könntest, sollte es dir trotzdem wert sein, kurz diesen Anblick zu genießen. Ich bin eine herausragende rein platonische Freundin. Stimmt doch, Max?«

Ich wagte es, einen Blick zu ihm zu werfen, aber er sah an mir vorbei aufs Wasser. »Die beste«, sagte er knapp.

Ich wandte mich wieder an Paul. »Hörst du das?«

Ein paar Sekunden lang stand er noch unschlüssig da, dann seufzte er tief und machte zwei Schritte beiseite. »Lasst euch nicht erwischen.«

Grinsend ging ich auf die Leiter zu. »Tun wir nie.«

9. Kapitel

WILLOW

Das Deck war übersät mit Stehtischen, Blumenbouquets und Kellnern, die Champagnergläser auf Tabletts balancierten. Maxton und ich stellten uns an die hintere Reling, die mit Lichterketten umwickelt war, und sahen dabei zu, wie sich das Schiff innerhalb weniger Minuten füllte. Mit jeder Person, die hinaufkam, entspannte ich mich ein wenig, während Maxton ein ums andere Mal zum Knoten seiner Krawatte griff. Für mich bedeuteten diese Leute eine Schutzschicht zwischen uns und den Gastgebern, die sofort wissen würden, dass wir hier nichts zu suchen hatten – für Maxton waren es Menschen, denen er nicht aus dem Weg gehen konnte. Zumindest nicht, wenn er nicht ins Wasser springen wollte.

Kurz entschlossen nahm ich zwei Gläser Champagner vom Stehtisch neben uns und reichte eins davon Maxton. »Versuch, nicht so auszusehen, als würdest du etwas Illegales tun.«

Er verzog den Mund, trank aber einen Schluck und wandte sich zur Seite, sodass er das Wasser im Blick hatte. Ich ließ meine Augen über die Gäste wandern. Fließende Kleider, gut sitzende Anzüge … was auch immer das hier für eine Veranstaltung war, es war offensichtlich, dass die Anwesenden sich vermutlich allesamt ein Schiff wie dieses leisten könnten.

In den nächsten Minuten schwollen die Gespräche und das Gelächter um uns herum an, bis wir um Punkt einundzwanzig Uhr ablegten. Maxton griff nach dem Handy, das er von der Society bekommen hatte. Er machte ein Bild vom Deck, schickte es ab und lehnte sich gegen die Reling in seinem Rücken. Die Leuchtköpfe der Lichterkette spiegelten sich im Wasser und zunehmend im Himmel wider, je weiter wir Londons trübes Grau hinter uns ließen.

»Meinst du, das war's schon?« An Bord zu kommen wäre sicher komplizierter gewesen, wenn ich Paul nicht gekannt hätte, aber nicht unmöglich.

Maxton setzte an, etwas zu sagen, als das Handy aufblinkte. »›Hinterlasse eine bleibende Erinnerung und nimm im Austausch dafür eine mit‹«, las er stirnrunzelnd vor.

Bevor ich etwas sagen konnte, ergriff ein Mann Ende zwanzig auf der anderen Seite des Decks ein Glas und schnippte mit dem Finger dagegen, sodass es klirrte. »Hört mal kurz her!« Er machte eine Pause, bis die Umstehenden verstummt waren. »Als bester Freund von Tobin ist es meine Aufgabe, euch mit einer kitschigen Rede auf die Nerven zu gehen. Aber ich verspreche, ich werde das erst machen, wenn wir alle genug getrunken haben. So viel schon vorab: Wir freuen uns sehr, dass ihr heute hergekommen seid, um die Verlobung von Tobin und Anna zu feiern.« Er deutete auf ein Paar, das einige Meter neben ihm stand und freudestrahlend in die Runde winkte. Die nächsten Worte des Sprechers gingen in einer Welle aus Klatschen und Rufen unter. Das Schiff bebte – etwas in mir auch.

Das hier war nicht irgendeine Party. Es war eine *Verlobungsfeier*. Mein Magen verkrampfte sich, ich tastete nach der Reling in meinem Rücken.

Sag es, Willow.

Ich presste die Augen zusammen, bis die fremde Stimme in meinem Kopf zerbröselte. Der Rest der Rede zerfiel mit ihr, ich bekam nichts mehr davon mit.

Erst als um mich herum erneut Stimmen laut wurden, schaffte ich es, mich zusammenzureißen. Sekundenschnell scannte ich das Schiff nach dieser Person ab, die einfach irgendwo sein musste. In diesen Kreisen fanden keine Verlobungsfeiern statt, ohne dass sie für die Außen- und Nachwelt dokumentiert wurden. Als ich sie entdeckte, seufzte ich erleichtert. »Komm mit.«

Maxton stellte sein leeres Glas im Vorbeigehen auf einem Stehtisch ab. »Was hast du vor?«

»Eine bleibende Erinnerung schaffen«, erwiderte ich entschlossen. Je schneller wir diese Aufgabe erledigten, desto eher konnten wir von hier verschwinden. Sobald das Schiff wieder anlegte, zumindest. Irgendwo gingen Musikboxen an, ein schnelles Pop-Radiolied spielte, mein Puls passte sich dem Beat an. In meinem Nacken sammelte sich Schweiß, obwohl es immer kühler wurde, je weiter wir auf die Themse hinausfuhren.

Die Fotografin machte gerade ein paar Bilder vom Deck, als wir neben ihr innehielten. »Hey. Würdest du vielleicht jetzt schon ein Foto von meinem Freund machen? Wenn er ein Glas zu viel trinkt, wird sein Blick immer so glasig, weißt du?« Ich lachte gekünstelt.

Die junge Frau lächelte und klemmte sich eine grau gefärbte Haarsträhne hinter das Ohr. »Klar, dafür bin ich hier.« Sie deutete auf die Reling hinter sich.

»Willst du nicht mit drauf?«, fragte sie mich, nachdem sie ein paar Fotos von einem wenig begeistert wirkendem Maxton gemacht hatte.

Ich zögerte. Ich konnte nicht mit auf die offiziellen Fotos dieses Abends. Wenn die Society später herausfand, dass ich mit Maxton hier gewesen war, würden sie das sicher als Regelverstoß werten. Andererseits gefiel mir der Gedanke, ebenfalls eine Erinnerung hiervon zu haben. Ich bezweifelte, dass ich Maxton jemals wieder im Anzug sehen würde.

»Kannst du vielleicht eins mit meinem Handy machen?«, fragte ich und holte es aus meiner Umhängetasche.

Sie nahm es mir ab. »Klar.«

Ich zuckte schwach zusammen, als Maxton seinen Arm am Geländer hinter mir abstützte. Seine Hand berührte flüchtig meinen Rücken unter der Satinjacke, die sich im Wind blähte.

»Siehst du, jetzt bekommst du doch noch deinen Abschlussball-Moment«, murmelte er, so nah an meinem Kopf, dass sein Atem meinen Scheitel streifte.

Ich musste lächeln und sah zu ihm auf, genau in der Sekunde, als die Fotografin abdrückte. Das Blitzlicht kribbelte in meinen Augen, etwas anderes in meinem Bauch. Etwas Warmes, Weiches, das es tatsächlich schaffte, meinen Puls zu senken. Einfach nur, weil Maxton mich so gelassen anlächelte, obwohl mir klar war, dass er sich hier selbst nicht sonderlich wohlfühlte. Ich wusste nicht, wie ihm das gelang. Ob *für mich* – weil er spürte, dass ich nervös war –, oder *wegen mir*, weil ich … da war.

»Prima«, meinte ich, sobald die Fotografin mir das Handy zurückgegeben hatte und weitergegangen war. »Und jetzt kümmern wir uns um deine bleibende Erinnerung zum Mitnehmen.« Mein Blick wanderte über das Deck, bis er an einem Beistelltisch ein paar Meter neben uns hängen blieb.

Ich winkte Maxton hinter mir her und drückte ihm kurz darauf den Blumenstrauß gegen die Brust, der dort in einer Vase gestanden hatte. Er war üppiger und bunter als die schlichten Bouquets, die das Deck dekorierten – vermutlich war das so was wie ein Verlobungsstrauß.

Maxton betrachtete ihn und rümpfte die Nase. Ich wusste, dass ihm gekaufte Blumen nicht gefielen. Die einzigen, die er mochte, waren die, die wir auf den Feldern oder im Garten pflückten, um sie vor dem Rasenmäher zu retten.

»Ich glaube, ich nehme einfach einen von denen hier mit«,

meinte er, gab ihn mir zurück und holte stattdessen einen Flyer aus der Halterung vom Stehtisch. Das Cocktailangebot auf der einen Seite, ein Foto des angehenden Brautpaars auf der anderen. Bei dem Anblick ihrer Hand mit dem Diamantring beschleunigte sich mein Puls erneut.

»Wir sollten die Blumen zurückstellen«, fuhr Maxton fort.

Ich drehte den Strauß zwischen den Händen. »Hm. Oder …« Kurz zögerte ich noch, dann drehte ich mich um und warf ihn in hohem Bogen über Deck. Das Wasser nahm ihn geräuschlos auf und überlagerte seine Farben innerhalb von Sekunden mit Schwärze. Ich fühlte ein bisschen davon in meinem Kopf. Da waren diese trüben Schatten, die an den Ecken meines Bewusstseins zerfransten.

»Klar. Das war absolut die nächstliegende Option.« Maxtons nüchterner Tonfall half mir, mich zu konzentrieren.

»Die beste«, korrigierte ich. »Ich will nicht dafür verantwortlich sein, dass eine Frau heute einen Antrag bekommt, nur weil sie diesen dämlichen Blumenstrauß fängt.«

»Erstens glaube ich nicht, dass man den Verlobungsstrauß wirft. Und zweitens«, er zögerte und lehnte sich gegen die Reling, »manche Menschen wollen gern heiraten.«

Ich stieß ein Lachen aus. Es klang auch schattig, kühl und dunkel. »Nur weil man es vielleicht will, heißt das nicht, dass man es *sollte*. Die Ehe ist ein so überholtes Konzept. Frauen brauchen keinen Mann mehr, um gut durchs Leben zu kommen. Und wenn du den ökonomischen Faktor abziehst, dann ist Heiraten eigentlich nur noch ein sozialer Stempel. Jemandem einen Ring an den Finger zu stecken, das ist, als würdest du einer Kuh eine Marke durchs Ohr schießen.« Meine Stimme wurde mit jedem Wort hitziger, Maxtons Blick ungläubiger.

»Heiraten hat doch nichts mit Besitz zu tun.«

»Womit denn dann?«

»Mit … Liebe?« Pause, dann etwas trockener: »Und Steuervorteilen.«

Ich musste grinsen. »Ich dachte nicht, dass du Pragmatiker mal heiraten wollen würdest.«

»Keine Ahnung, aber die Vorstellung, einen Menschen zu finden, von dem du dir in diesem Maße wünschst, dass er in deinem Leben bleibt, und der dasselbe über dich denkt … das ist doch schön.«

Mein Herz wurde weich, weil er in diesem Moment so aufrichtig und … verletzlich wirkte. Als würde diese Aussage viel mehr über ihn preisgeben, als mir und ihm selbst bewusst war. Ich stupste mit dem Fuß gegen seinen. »Soll ich dir die Illusion lassen oder Scheidungsquoten auflisten?«

»Immer vom Schlechtestmöglichen auszugehen schützt dich nicht davor, es zu erleben, Willow«, sagte er, so leise, dass ich es im Trubel um uns herum kaum hören konnte. »Es zerstört dir nur die Chance auf das Bestmögliche.«

Sanfte Worte hatten manchmal am meisten Hall. Ich brauchte kurz, bis ich es schaffte, das seltsame Gefühlsecho zu unterdrücken und etwas darauf zu erwidern. »Wenn das Bestmögliche so aussieht, dass ich mich auf ewig an einen Menschen binde, dann kann ich darauf verzichten.«

Maxton blieb ein paar Sekunden lang ganz ruhig, dann atmete er laut aus und drehte sich um. Er umfasste die Reling und blickte hinunter aufs Wasser. »Also … Paul?«

Irritiert runzelte ich die Stirn. Diesen Themenwechsel hatte ich nicht kommen sehen. »Was ist mit ihm?«

»Ich frag mich nur, warum du ihn nie erwähnt hast, wo doch solche Details angeblich so wichtig sind unter *rein platonischen* Freunden.«

»Ich kenne ihn kaum.«

»Klang vorhin anders.«

»Ich schlafe jedenfalls nicht seit einem Jahr mit ihm. Ist es das, was du wissen willst?« Meine Stimme wurde ein bisschen zu scharf, ein Paar wenige Schritte neben uns sah interessiert in meine Richtung.

Maxton nahm eine Hand vom Geländer und drehte sich so, dass sein Rücken sie von uns abschirmte. »Ich will gar nichts darüber wissen. Ich find es einfach nicht … fair.«

»Was findest du nicht fair?«

Er zögerte kurz, schüttelte dann den Kopf. »Schon gut, vergiss es.«

Aber es war nicht gut. Natürlich wusste ich, worauf er anspielte. Darauf, dass es für mich nicht okay gewesen war, auf diese Art von Lillian zu erfahren – und er heute mehr oder minder auf dieselbe von Paul gehört hatte. Auch wenn man das nicht vergleichen konnte. Bei mir bedeuteten diese Dinge nichts, und das wusste Maxton. Trotzdem … auch wenn ich noch immer gekränkt war, konnte ich einsehen, dass ich mich nicht fair verhalten hatte.

»Es tut mir leid, dass ich die letzten Tage so auf Abstand gegangen bin.«

Maxton blinzelte. Das allumfließende Dunkelblau von Himmel und Meer verdüsterte die Farbe seiner Iriden. »Du musst dich nicht dafür entschuldigen, was du brauchst.«

»Ich hab's nicht gebraucht. Ich hab's nicht mal gewollt. Es war nur …« Ich brach ab, weil ich es selbst nicht erklären konnte, und zuckte mit den Schultern. »Erzähl mir das nächste Mal einfach, wenn du jemanden hast, okay?«

»Wieso?«

»Was?«

»Ich meine, ich kann es dir sagen, wenn du das willst. Aber *wieso* willst du das? Und sag jetzt nicht wieder, weil wir Freunde sind, Willow. Weil ich mir nämlich sicher bin, dass du zum

Beispiel nicht genau weißt, was in Siennas Liebesleben so abgeht.«

Ich runzelte die Stirn. Es war eine Weile her, dass Sienna und ich uns über solche Dinge unterhalten hatten, auch wenn sie diejenige im Haus war, die am wenigsten Probleme damit hatte, bei dem Thema ins Detail zu gehen. Seit ein paar Monaten traf sie sich aber, soweit ich wusste, mit einer Frau aus ihrem Theaterkurs. »Sie hat immer noch dieses On-off-Ding mit Samara, oder?«

»Du meinst Samira. Und das ist schon seit über einer Woche vorbei.«

Gut, das war neu für mich. »Woher weißt du das?«

Maxton lockerte die Krawatte, obwohl sie längst schief an seinem Hals hing. »Hab ihr nachts Eis gekauft, als Samira ihr gesagt hat, dass sie wieder mit ihrem Ex zusammen ist. Anschließend saßen wir alle die halbe Nacht im Wohnzimmer und mussten uns ihre Top drei der schlechtesten Filme aller Zeiten ansehen. Und die waren wirklich schlecht.«

»Oh.« Ich versuchte krampfhaft, mich daran zu erinnern, etwas davon mitbekommen zu haben. Alles, was mir einfiel, war, dass Sienna in den letzten Tagen ruhiger gewesen war. Und Beckett netter zu ihr. Mich überkam der Anflug eines schlechten Gewissens, als ich daran dachte, dass ich sie vor zwei Tagen noch damit aufgezogen hatte, dass Samira in unserem Badezimmer mehr Haargummis vergessen hatte, als ich in meinem Leben besessen hatte.

»Wo war ich da?«, fragte ich ungewollt kleinlaut.

»Unterwegs.« Maxton hob eine Augenbraue. »Vielleicht mit *Paul*?«

Ich spürte ein Kribbeln in meine Wangen steigen und war dankbar dafür, dass das Licht in dieser Ecke so spärlich war. Londons künstliche Farben waren verblasst, wir wurden nur noch beleuchtet vom Schein der Schiffsbeleuchtung und dem der milchigen Sterne. »Ich hatte nicht … ich hab nicht mit ihm geschlafen.«

Maxton blinzelte, dann senkte er den Blick zu meinem Hals. Genau auf die Stelle, an der vor kurzer Zeit der Schatten eines Blutergusses gelegen hatte. »Du musst dich vor mir nicht erklären«, sagte er leiser.

»Du musst dich vor mir auch nicht erklären, nur …«

»Nur?«, hakte er nach, kaum dass ich ins Stocken geriet.

Mir wurde immer wärmer, mein Puls beschleunigte sich wieder. Und ich wusste nicht, wieso. Wieso ich mich plötzlich so in die Ecke gedrängt fühlte, obwohl er mir eine simple Frage stellte. *Weil sie nicht simpel ist*, schoss es mir durch den Kopf. *Weil sie so kompliziert ist, dass ich die Antwort nicht einmal denken kann.*

»Was willst du hören, Max?«, fragte ich frustriert.

Er hob den Blick. »Die Wahrheit. Komm schon. Sag es, Willow.«

Es gab Menschen, die behaupteten, Worte hätten keine Macht. Sie hatten keine Ahnung, wie sehr sie sich damit irrten. Drei winzige Worte und der Moment zersplitterte. Das letzte bisschen Selbstkontrolle, das mich in den vergangenen Minuten davor bewahrt hatte, durchzudrehen, zerbrach mit ihm. Die Wärme in meinen Wangen verpuffte, zurück blieb eine taub pochende Kälte, die aus meinem Gesicht in meine Glieder sackte und meine Muskeln lähmte. Meine Hand auf dem Geländer erschlaffte, meine Knie begannen zu zittern. Mein Atem setzte kurz aus, nur um sich dann schlagartig zu beschleunigen. Meine Sicht verschleierte, um mich herum war so viel tiefes Blau, aber ich fühlte nur stechendes Rot. Panik hatte eine Farbe, Panik hatte auch einen Namen, bestehend aus drei Worten: *Sag es, Willow.*

»Willow.« Maxtons besorgter Basston kroch in mein Ohr,

dann legten sich seine Finger an meinen Oberarm. Nicht grob, aber es fühlte sich an, als würde er zudrücken. Nicht nur auf meiner Haut, auch darunter. Ich bekam kaum noch Luft und konnte gleichzeitig nicht aufhören, schneller zu atmen.

»Fass mich nicht an.« Meine Stimme war ein hauchdünnes Fauchen. Ich schüttelte meinen Arm noch aus, als Maxton mich längst losgelassen hatte. Denn so war das mit manchen Berührungen: Sie ließen dich *nie wieder* ganz los.

»Was ist mit dir?« Sein Gesicht verschwamm vor meinen Augen, den alarmierten Ausdruck in seinen Zügen nahm ich trotzdem vage wahr.

»Nichts, ich muss nur …«

Weg, dachte ich, aber weg ging nicht, weil da kein Weg war. Trotzdem stieß ich mich vom Geländer ab und lief über das Deck, hinein in die Menge. Um mich herum war gar nichts, außer von allem zu viel: flackerndes Licht, basshämmernde Musik, Menschen und Wasser. Überall dieses Wasser. Endlosschwarz, endlostief, endlosverschlingend.

Wir sind lose Enden ohneeinander, Willow. Und deswegen sind wir miteinander endlos.

Magensäure kroch meine Kehle hinauf, es brannte. In meinem Hals, in meinem Kopf, in meiner Brust. Ich schob mich zwischen tanzenden Pärchen vorbei, trat auf die Schleppe von einem Abendkleid, fing mich an einem Beistelltisch ab, kippte fast ein Glas Champagner um. Das ganze Deck war ein Meer aus fließenden Stoffen. Satin und Seide und Spitze, dreimal ein S wie in *Silent Storms Society*, doch ich dachte nur an: *Sag, sag, sag.*

Sag es, Willow.

Ich musste hier weg. Und wenn ich nicht weg von dieser Yacht konnte, dann musste ich weg von mir selbst. Weg von dieser Stimme in meinem Kopf.

Ich stolperte über mein eigenes Kleid, während ich den Flur im Schiffsinneren entlanghastete. Der Teppichboden war dunkelgrau, und ich wünschte, er wäre heller, hell genug, um mich zu blenden, damit ich das Dunkel, das sich in mir ausbreitete, nicht mehr sehen musste. Wahllos drückte ich Klinken herunter und hätte fast vor Erleichterung geweint, als eine nachgab und die Tür aufschwang. Die Suite war überraschend groß, trotzdem stieß ich mit dem dritten Schritt gegen einen Sessel. Übelkeit stieg in mir auf, als mein Blick über ihn hinweg zum Bett schwang. Rosenblätter in Herzform auf dem Laken, eine kitschige Geste, die mir auf den Magen schlug.

Dreihundert rote Rosen, *hundert für jedes Jahr*, ein Ring, achtzehn Karat Gold, *für alle, die noch folgen*. So viele Erinnerungen, überlegt von dieser Stimme, überlegt von einem Gefühl, das mir die Luft abschnürte.

Sag es, Willow. Sag einfach Ja.

Ich presste eine Hand vor den Mund und riss die Tür zum Bad auf. Mit beiden Händen stützte ich mich am Waschbecken ab, sah in den Spiegel darüber.

Meine dunklen Augen, der verschmierte Lippenstift, meine blassen Wangen. Und meine langen, glatten, goldblonden Haare. Keine Locken, nicht mal mehr unruhige Wellen. Nur gezähmtes, ordentliches Haar.

Siehst du, wie perfekt du sein kannst, wenn du auf mich hörst?

Die Stimme presste sich so heftig gegen meine Augenlider, dass ich die Tränen nicht länger zurückhalten konnte. Wie hatte ich mir das hier wieder antun können? Ich hätte den Spiegel nicht gebraucht, um zu erkennen, was ich getan hatte. Dieser ganze Moment war ein Spiegel, und er zeigte mir eine Version von mir, die ich vor langer Zeit versucht hatte loszuwerden. Doch das Problem war, dass man sich selbst nicht zurücklassen konnte – man konnte seine Vergangenheit nie abschütteln. Man blieb immer ein Teil der Versionen, die man gewesen war.

Ich ertrug das nicht. Ich ertrug *mich* nicht. Ich musste verschwinden. Diese Version von mir, die ich gerade war, musste verschwinden. Mein Körper begann zu glühen, ich zerrte mir die Jacke über die Schultern und warf sie weg.

In der Sekunde, in der ich den Schrank über dem Waschbecken aufriss, öffnete sich die Tür. Maxton atmete schwer, ich hörte es mehr, als dass ich es sah, weil mein Blick über die Regalbretter schnellte.

»Was ist los, was tust du hier?« Maxtons Körper war ein warmes Prickeln neben meinem. Ich ignorierte ihn, riss die andere Schrankseite auf. »Rede mit mir. Du machst mir Angst.« Seine Hand berührte meinen Arm, ich schlug sie weg.

»Dann hau ab.«

»Willow.«

»Ich meine es ernst, verschwinde.« Ohne ihn anzusehen, drängte ich ihn beiseite, um an den Unterschrank des Waschbeckens zu gelangen. Irgendwo hier musste es sein.

»Ich werde dich nicht …«

»HAU AB!« Ich schrie jetzt, so heiser, dass ich das Gefühl hatte, Reste vom Ton blieben auf meiner Zunge liegen. Es schmeckte bitter.

»Nein! Nicht, bevor du dich beruhigt hast.«

Ich stieß einen erleichterten Schluchzer aus, als meine Finger endlich gegen eine Ledertasche stießen. Noch im Aufstehen zerrte ich das Nageletui auf und riss die kleine Schere aus der Halterung.

Maxton holte tief Luft. »Was hast du vor?«

Ich wollte nicht antworten, aber mein Mund öffnete sich wie von selbst. »Ich hätte sie mir nicht glätten dürfen. Ich hab mir geschworen, das hier nie wieder zu tun – zu *sein*. Weil er dann gewonnen hätte. Er gewinnt immer noch, und das ist krank.«

Meine Augen verhakten sich im Spiegel mit ihrem Abbild. Vielleicht waren sie selten so dunkel gewesen wie in diesem Moment, und vielleicht ergab das nur Sinn, weil das hier das Düsterste war, das meine Seele zu bieten hatte. Das hier war ein Geheimnis, das ich seit Jahren vor mir selbst zu verbergen versuchte – obwohl ich eigentlich immer gewusst hatte, dass das unmöglich war.

Jeder Mensch ist für etwas bestimmt. Und du bist hierfür bestimmt. Für mich.

»Von wem sprichst du?« Maxtons Stimme war dicht neben meinem Ohr, trotzdem leiser als die in meinem Kopf.

»Das ist alles *so krank*. Er ist krank, und ich bin krank, weil ich ihn immer noch höre. Und fühle. Ich fühle ihn, und ich ertrag das nicht. *Ich ertrag das nicht.*« Ich presste die Augen zusammen und griff in mein Haar.

Er packte mein Handgelenk. »Hör auf! Lass die Schere los.«

Ich riss die Augen auf und an meinem Arm, aber ich konnte Maxton weder richtig fixieren noch mich von ihm lösen. »Wieso? Wieso darfst du dir die Haare abrasieren und ich darf sie mir nicht abschneiden?«

»Weil du offensichtlich gerade durchdrehst und nicht weißt, was du da tust.« Er zog mich näher an sich, ich riss heftiger an meinem Arm.

»Also findest du mich verrückt, ja? Das denkst du? Dass ich *irre* bin? Dass ich *zu laut* bin? Dass ich *zu viel* bin? Ist es das, was du sagen willst?«

»Ich will nichts davon sagen. Bitte, atme tief durch. Komm runter, okay? Und lass die Schere los.« Seine Stimme wurde lauter und gleichzeitig weicher, eine Mischung aus Befehl und Flehen, nichts, was wirklich zu mir durchdringen konnte.

»Sag mir nicht, was ich tun soll! Geh einfach weg!«

Beim nächsten Ruck kratzten Maxtons Fingernägel über meine Pulsader. Ich stöhnte, er zuckte zusammen, aber er ließ nicht los. Stattdessen griff er mit der anderen Hand nach meinen Fingern, die die Schere umklammert hielten. Er versuchte, sie aufzubiegen. Schmerz schoss in meine Knöchel, ich keuchte.

Maxton gab einen erstickten Ton von sich. »Scheiße. Ich will dir nicht wehtun, okay? Bitte, hör auf. *Bitte, Catkin.*«

Das letzte Wort zwickte leicht in meine Wahrnehmung. Da war dieser Impuls zu tun, was er sagte. Aber er war nicht stark genug. Das durfte er nicht sein. Ich konnte nicht aufhören. Aufhören hieß aufgeben, und ich hatte mir geschworen, nie wieder lautlos unterzugehen, weil ich beim nächsten Mal nicht wieder auftauchen würde.

Also schrie ich, kratzte und trat nach ihm, aber Maxton hielt mich so fest, dass ich mich selbst mehr als ihn traf. Die Schere rutschte aus meinen Fingern in seine, kurz darauf klirrte es, als er sie ins Waschbecken warf.

»Scheiße, tut mir leid.« Seine Stimme klang brüchig, sein Griff blieb fest. In einer einzigen Bewegung drehte er mich um und presste mich gegen seinen Bauch.

Zum ersten Mal realisierte ich ganz und gar, wie Maxton gebaut war. Mir war immer bewusst gewesen, wie groß er war – fast zwei Meter waren nichts, das man leicht übersah –, aber während er zu Beginn unserer Freundschaft eher schlank als muskulös gewesen war, hatte sich sein Körper innerhalb des letzten Jahres verändert. Ich spürte, wie sich sein Bauch in meinem Rücken anspannte, als ich die Ellbogen hineinstieß, ich spürte seine Armmuskeln an meinem Brustkorb und meiner Taille, als er mich anhob und vom Waschbecken wegtrug. Der Krawattenknoten rieb an meiner Schulter, irgendwo darunter pochte Maxtons Herz an meiner nackten Haut – viel zu schnell, viel zu nah.

Meine Fußknöchel schlugen gegen den Keramikrand der Duschkabine, als Maxton mich darüber schwang. Einer meiner Schuhe fiel ab, meine Kleiderträger waren längst über die Schultern gerutscht. Maxton ließ mich immer noch nicht los.

Seine Wange presste sich an meine Schläfe, als er an mir vorbeigriff. »Es tut mir leid, aber ich muss das tun.«

Die Kälte kam so heftig und unerwartet, dass ich es nicht mal schaffte zu schreien. Ich schnappte nur nach Luft und stemmte mich gegen seinen Griff – vergebens. Maxton drückte mich fester an sich, während das eiskalte Wasser auf uns hinabprasselte.

Die ganze Zeit über hörte er nicht auf, diesen einen Satz in Endlosschleife zu sagen, leise und tonlos: »Es tut mir leid. Es tut mir leid. Es tut mir leid.«

Darüber legten sich, in einer tieferen Tonlage, andere Sätze: *Meinst du nicht, du solltest dich bei mir entschuldigen? Tut es dir wenigstens leid? Muss ich dir wirklich sagen, was du getan hast? Wieso musst du es einem so schwer machen, dich zu lieben?* Ein ewig laufendes Band, weil ich es zwar nicht denken wollte, es aber stimmte: Ein Teil von uns war endlos.

Es dauerte lang. Ich wusste nicht, wie lang, nur, dass ich irgendwann überall zitterte. Mein Kleid klebte an meinem Körper, mein Haar an meinem Gesicht, meine Gedanken aneinander, bis die Kälte des Wassers auch bei ihnen ankam und sie langsam abwusch. Das Glühen nahm ab und zog sich aus meinem Kopf zurück, bis er nur noch prickelte. Meine Bewegungen waren immer schwächer geworden, jetzt gaben meine Muskeln nach, und ich sackte gegen Maxtons Körper.

Ein paar Sekunden verharrten wir so, dann drehte Maxton das Wasser ab und lockerte seinen Griff, um mich sanft zu sich herumzudrehen. Sofort verfing sich mein Blick an seinem

Hals, an drei kleinen Kratzern. Meine Fingernägel pochten, mein Gewissen ebenfalls, und dieses Gefühl löste auch noch das letzte bisschen des Panikschleiers. Die Erkenntnis, was gerade passiert war, war noch mehr Eiswasser über mir. Gott, was hatte ich getan?

»Hey. Sieh mich an.« Maxton umfasste meinen Kopf mit einer Hand. Daumen unter dem Kinn, vier Finger an meiner Wange. »Ist alles okay?«

Ich konnte ihn nur anstarren. Sein Gesicht war nass und nah. Das weiße Hemd klebte an seiner Brust, die sich schnell hob und senkte, und obwohl wir beide durchnässt waren, spürte ich seine Wärme. Sein Körper berührte meinen an so vielen Stellen, doch in diesem Augenblick störte es mich nicht. Vielleicht, weil sich meiner so anfühlte, als hätte man ihn mit Watte ummantelt. Vielleicht auch nur, weil ich urplötzlich so müde war, dass ich nicht sicher war, ob ich allein stehen könnte.

Ich fixierte die Tropfen, die von seinem Kinn über seinen Hals perlten, und begriff erst, was ich tat, als sich meine Finger in mein Sichtfeld schoben. Vorsichtig strich ich über die Kratzer. »Ich hab dir wehgetan.«

Der Gedanke hinter diesen Worten war so groß, dass ich für ein paar Sekunden das Gefühl hatte, mein Kopf würde daran zerplatzen. Und es war seltsam und passte nicht in diese Situation, aber alles, was ich in diesem Moment wirklich wusste, war, dass dies das Letzte war, was ich wollte. Wenn es nur eines gab, was ich mein Leben lang *nicht* tun wollte, dann war es, Maxton wehzutun.

Seine Finger legten sich über meine. »Alles okay. Mir ist nur wichtig, dass es dir gut geht.«

Der Gedanke fiel in sich zusammen, und mein Verstand kämpfte sich mühsam an meine Bewusstseinsoberfläche zurück. Mit ihm nur ein Impuls: *Reiß dich zusammen.*

»Ja, ich bin auch … okay.« Ich räusperte mich und zog an meiner Hand. Diesmal ließ er mich los und sah wachsam dabei zu, wie ich bis an den Rand der Duschkabine zurückwich.

Meine Knie zitterten, mein Körper fühlte sich wund an, mein Inneres auch. Die letzten Minuten begannen bereits jetzt, in meinen Gedanken zu zerfransen. Unscharfe Bilder von etwas, das einfach nicht hätte passieren dürfen.

Die einzige Person, die jemals mitbekommen hatte, wie ich so ausgerastet war, war mein Vater. Und das war schon lang her. In den letzten Jahren hatte ich nur in den schwachen Momenten, wenn mir jemand zu nah gekommen war oder ich mich zu weit von mir selbst entfernt hatte, einen Anflug dieser Panik gespürt. Nie so viel, als dass ich die Kontrolle verloren hätte.

Und jetzt war mir das ausgerechnet *so* passiert. Auf einem Schiff, während einer Verlobungsfeier Fremder, vor diesem einen Menschen. Diesem Menschen, der mich mehr als gut kannte, und mich nun ansah, als würde er mich zum ersten Mal sehen. Nicht schockiert oder genervt, nur … besorgt und nachdenklich. Das war eine schlimmere Kombination, weil sie nicht mit einem Ausrufezeichen endete, sondern mit einem Fragezeichen. Ich wusste, dass ich ihm keine Antworten geben konnte. Niemals. Ich konnte nicht über etwas sprechen, das ich nur vergessen wollte.

»Danke. Dass du mir eine neue Frisur erspart hast, meine ich.« Ich grub die Finger in mein nasses Haar, bis ich die Struktur meiner Locken fühlen konnte. »Keine Ahnung, was in mich gefahren ist, ich …«

»Von wem hast du gesprochen?«

Ich umklammerte meine Unterarme. Grub die Fingernägel fest in meine Haut, bis ich es schaffte, meine Stimme unter Kontrolle zu bekommen. »Was meinst du?«

»Du hast gesagt, *er* würde gewinnen. Wer ist *er*?«

Ich bin alles, was du brauchst, Willow.

Durchatmen, mit den Schultern zucken, lächeln. »Niemand Bestimmtes. Ich … bin irgendwie durchgedreht. Ich hab nichts gegessen, bevor wir los sind, und der Champagner ist mir direkt in den Kopf gestiegen. Vergiss es einfach.«

»Willow …«

Ich hob eine Hand und zwang mich, seinen Blick zu erwidern. So fest ich konnte. »Ich sagte: *Vergiss es.* Okay?«

Ohne ihm die Chance zu geben, etwas zu erwidern, stieg ich über den Rand der Dusche und lief zur Tür. Mein Kleid hinterließ eine Tropfenspur, mein ganzer Körper zitterte. Ich war so erschöpft, dass ich mich am liebsten ins Bett verkrochen hätte – trotz der Rosenblätter und der Tatsache, dass es vermutlich das war, in das sich das Verlobungspaar später zurückziehen würde.

»Willow«, setzte Maxton hinter mir erneut an, aber da war ich schon bei der Tür der Suite und riss sie auf.

Und blickte unmittelbar in das Gesicht einer Frau.

Ihre Rehaugen vergrößerten sich, je länger sie mich musterte. »Wer bist du?« Sie sah zu ihrer Begleitung, die einen Arm um ihre Schultern gelegt hatte und mich ebenso verständnislos anstarrte. »Tobin, wer ist das?«

Mein Gehirn arbeitete noch immer verlangsamt, erst mit dieser Frage erkannte ich sie. Anna und Tobin. Das Verlobungspaar, die Gastgeber des Abends.

»Ich hab sie noch nie gesehen.« Tobins irritierter Blick wanderte über meine Schulter. »Oder ihn.«

Ich spürte Maxtons Anwesenheit in meinem Rücken, und allein diese unverkennbare Ruhe, die er selbst jetzt noch ausstrahlte, machte es mir möglich, zu reagieren.

Holprig lachte ich auf. »Wir können das erklären.«

Anna runzelte argwöhnisch die Stirn. »Ach, ja?«

»Na ja.« Ich zögerte, ging im Kopf alle Optionen durch und kam zu dem Schluss, dass es nur eine gab, die eventuell funktionieren könnte. Ich lächelte schief. »Nein, vermutlich nicht.« Und damit wich ich zurück und knallte ihr die Tür vor der Nase zu. Schon bevor sie empört aufschrie, hatte ich den Schlüssel umgedreht. Gerade noch rechtzeitig, ehe von draußen an der Klinke gerüttelt wurde.

»Scheiße.« Maxton klang selbst jetzt noch so nüchtern, dass ich lachen musste.

»Schon, ja.«

»Und jetzt?«

Mein Blick glitt durch die Suite. Bis auf die Tür zum Bad gab es nur noch einen schmalen Balkon, der hinter der Wand des Bettes anschloss. Während ich darauf zulief, nahm ich aus dem Augenwinkel wahr, wie Maxton den Sessel vor die Tür stellte, gegen die immer wieder geschlagen wurde. Ich öffnete die Schiebetür und trat hinaus. Der Abstand zum schwarz glänzenden Wasser war nicht groß, mein Magen zog sich dennoch zusammen. Ich wandte die Augen ab, bevor die Angst sich bis zu meinen Muskeln ausdehnen und sie daran hindern konnte zu tun, was nötig war. Mit zwei Schritten war ich wieder in der Suite.

»Du bist ein guter Schwimmer, oder?«, fragte ich.

Maxton sah von mir zur geöffneten Balkontür und wieder zurück. »Das ist verrückt.«

»Das oder«, ich nickte zur Tür, hinter der es so laut war, dass Tobin und Anna mit Sicherheit bereits Gesellschaft hatten, »das.«

Maxton sah ebenfalls dorthin, dann wieder zu mir. Da waren drei, vier flüchtige Sekunden, in denen sich seine Miene noch mehr anspannte, während sein Blick gleichzeitig weicher wurde. Und ich begriff, dass er die nächste Entscheidung nicht für sich traf, sondern für mich. Er fluchte unterdrückt und zerrte den Krawattenknoten ganz auf. »Wir sind eh schon nass.«

»Da ist der Pragmatismus ja wieder«, erwiderte ich besser gelaunt, als ich mich fühlte.

Bei dem Gedanken, gleich in herbstkaltes Wasser zu springen, zog sich alles in mir zusammen. Doch es war immer noch besser, als darauf zu warten, dass das Sicherheitspersonal hereinkam. Ich hörte Avery selten zu, wenn sie aufzählte, welche Strafen für die lächerlichsten Vergehen drohten, aber ich war sicher, dass Hausfriedensbruch teuer werden konnte. Und vor allem war er etwas, das ich nicht in meiner Akte stehen haben wollte.

Ich streifte meine Schuhe ab und streckte die Hand nach Maxton aus. »Gib mir deine Wertsachen.« Er reichte mir sein Portemonnaie, die Autoschlüssel und beide Handys, die ich gerade noch so in meiner kleinen Handtasche unterbekam. Bis auf etwas Feuchtigkeit schienen sie die Dusche unbeschadet überstanden zu haben. »Und jetzt zieh das Jackett aus.«

»Wieso?«, fragte er verwirrt, aber da lief ich schon ins Bad und riss erneut den Schrank auf.

Als ich kurz darauf mit einer Plastiktüte für Hygiene-Artikel zurückkam, hatte er trotz der unbeantworteten Frage getan, was ich gesagt hatte. Mein Blick huschte reflexartig zu seinem Oberkörper, an dem sich seine Muskeln deutlich unter dem nassen Stoff abzeichneten. Ich hatte schon viele Männer nackt gesehen, einige davon mit weitaus trainierteren Körpern als Maxtons, und es hatte mich nie sonderlich interessiert. Die Zeiten, in denen ich mich von Aussehen oder Auftreten hatte einschüchtern lassen, waren vorbei. Nacktheit brachte mich nicht in Verlegenheit. Eigentlich. Denn uneigentlich stand in diesem absolut unpassenden Augenblick mein bester Freund in einem nassen Hemd vor mir, und mir passierte etwas absolut Untypisches. *Ich wurde rot.*

Scheiße, was war heute bloß los mit mir? Hastig fokussierte ich mich auf die Plastiktüte, in der ich meine Handtasche verstaute, ehe ich sie fest zuknotete. »Damit es dich nicht runterzieht«, erwiderte ich viel zu spät. »Es ist nicht weit bis zum Ufer, aber sicher ist sicher.«

Maxton verzog den Mund und hängte das feuchte Jackett über die Bettlehne. »Wes wird begeistert sein.«

»Ihm gehört halb England, er wird es verkraften. Jetzt komm mit.« Ich lief zur Schiebetür und trat auf den Balkon. Das Schiff bewegte sich nicht schnell, trotzdem fuhr mir der Wind mit kühlen Fingern sofort durch das feuchte Haar und über das Kleid, das sich eng an meinen Körper schmiegte.

Maxton kam neben mich und atmete laut aus, als die Luft ihn umhüllte. »Bist du sicher, dass die Themse hier tief genug ist?«

»Klar. Es ist ja nicht hoch, und hier fahren regelmäßig Schiffe durch. Wir lassen das mit dem Kopfsprung lieber, ansonsten wird schon nichts passieren.« Ich fühlte mich nicht halb so sicher, wie ich klang, aber ich wusste, dass Maxton nicht springen würde, wenn ich auch nur einen Funken Zweifel äußerte. Er würde sich eher stellen und behaupten, mich gegen meinen Willen auf diese Feier verschleppt zu haben, als zu riskieren, dass mir etwas zustieß. Und ich würde lieber von einem fahrenden Schiff springen, als zu riskieren, dass er festgenommen wurde. Wir mussten uns das nicht sagen. Wir wussten beide, wie unsere Freundschaft funktionierte. Wenn es anders wäre, wären wir nicht in dieser Situation.

Ich umfasste das Geländer und schwang die Beine nacheinander herüber. Meine nackten Zehen umklammerten den Vorsprung, meine Finger die Stäbe. »Du springst, wenn ich springe, oder, Jack?«, fragte ich mit Blick über meine Schulter. Als Maxton mich nur irritiert ansah, seufzte ich. »Ernsthaft? *Titanic*, Max.«

Maxton schnaubte, während er mir über die Reling folgte. »Du weißt, wie dieser Film ausgeht?«

»So wie alle Liebesgeschichten ausgehen. Beschissen. Freundschaft hingegen … na ja, du weißt schon. *Friendship Never Ends.*«

»Oscar Wilde?«, riet Maxton halbherzig, während sein Blick über die schwarze Wasseroberfläche hin zum Ufer wanderte. Es war nicht weit, zwanzig Meter vielleicht, aber in diesem Augenblick kam es mir fast unerreichbar vor.

»Heiße ich Eden? Das ist ein Lied von den Spice Girls. Wir müssen dringend an deinem popkulturellen Wissensschatz arbeiten.«

»Willst du echt *jetzt* darüber diskutieren?«

Unsere Finger waren so dicht nebeneinander, dass es mir vorkam, als würden wir uns berühren. Vielleicht dachte ich das aber auch nur, weil ich das Gefühl hatte, dass er mich seit dem Moment in der Dusche nicht losgelassen hatte.

»Nein. Ich will, dass du mit mir springst.«

Maxtons kleiner Finger zuckte an meinem, ich drückte meinen leicht dagegen. »Das könnte die beschissenste Idee sein, die du je hattest.«

»Als jemand, der versucht, in eine Verbindung einzutreten, die solche bescheuerten Aktionen veranlasst, solltest du dich mit deiner Wertung zurückhalten.«

Seine Mundwinkel zuckten erneut. »Du bist unmöglich.«

Ich lachte auf, und dann sagte ich drei Worte, die ich noch nie so direkt ausgesprochen hatte, obwohl ich wusste, dass sie wahr waren: »Du liebst mich.«

Wir sahen uns an, flüchtig und doch sehr spürbar. Maxton

wandte sich zuerst ab, ich sah dennoch das sanfte Lächeln in seinen Mundwinkeln, gegen das er sich nicht länger wehrte. »Ändert nichts an der Tatsache.«

Ich nickte grinsend aufs Wasser hinaus. »Bereit?«

»Keine Ahnung«, antwortete er trocken.

Mein Haar flatterte im Fahrtwind, mein Herz auch, so stark, dass ich kurz dem Drang nachgab und meine Hand über Maxtons schob. »Tun wir es trotzdem?«

»Klar.«

Wir sahen einander noch einmal kurz an, die Blicke schwankend zwischen durch Adrenalin hervorgerufener Euphorie und verzweiflungsgetränkter Unsicherheit. Und dann, dann löste ich meine Hand von seiner und ließ das Geländer los. Ich sprang, mit gerecktem Kinn und meiner Tasche in der hoch erhobenen Hand, ich sprang mit rasendem Herzen und dennoch einem unangebrachten Gefühl von Ruhe im Bauch. Aus dem einfachen Grund, dass ich nicht allein sprang. Und vielleicht war das alles, was ich in dieser Situation bekommen würde. Keine Gewissheit dafür, wie die Landung sein würde, keine Garantie für ein Danach. Nur das Wissen, dass ich das, was geschah, mit jemandem teilte.

Der Gedanke war zart und seltsam tröstlich, und er hielt exakt vier Sekunden lang an. So lang dauerte es, bis mein Körper auf die Wasseroberfläche traf. Ein hartes Brennen schoss in meine Beine, dann in meinen Oberkörper und meinen Nacken hinauf. Mein Kopf tauchte unter, nur mit Mühe konnte ich die Tasche über der Oberfläche halten. Beißende Kälte auf meiner Haut, ein taubes Prickeln in meinen Muskeln, ein einziges Wort in meinem Kopf.

»Scheiße!« Es klang verwässert und heiser, in meiner Kehle kratzte der Geschmack des Flusses und irgendein Gefühlsgemisch. Panik, Erleichterung, Unglauben.

Mein Blick tastete fahrig zur Seite, wo Maxton ebenfalls wieder aufgetaucht war und sich über das Gesicht fuhr. Sein Hemd ein weißer Schimmer im nächtlichen Wasser, seine Augen winzige Sommerhimmel umgeben von dem des Herbsts.

»Ich sag ja, wirklich *beschissene* Idee«, stieß er stockend hervor, und ich musste so sehr lachen, dass ich Wasser schluckte.

Ich spuckte und hustete und lachte gleichzeitig, bis Maxton auch zu lachen anfing. Das Schiff entfernte sich von uns, ein winziger Kosmos aus Licht und Musik, der uns in trüber Schwärze zurückließ und dennoch irgendwie alle Schatten, die ich auf ihm gefühlt hatte, mit sich nahm.

Es war absurd, weil mir so kalt war, dass ich meinen Körper nicht mehr spürte, aber dafür spürte ich eben etwas anderes umso mehr. Ich spürte Maxton, ich spürte uns. Dieses Uns, das ich in den letzten Tagen so vermisst hatte. Dieses Uns, das seit über zwei Jahren jede Situation besser machte.

Ich musste an das Bild mit dem Freundschaftsbecken denken, und daran, dass ich heute Mittag geglaubt hatte, zu viel Angst davor zu haben, mit Maxton unter Wasser gedrückt zu werden. In diesem Augenblick wusste ich nicht, wieso ich mich jemals davor fürchten sollte, irgendetwas mit Maxton zu tun. Wenn ich mitten in der Nacht mit ihm in die Themse springen und trotzdem noch lachen konnte, dann gab es vermutlich nichts, das mit ihm unmöglich war.

10. Kapitel

MAXTON

Behutsam tastete ich über die Rinde des Kirschbaums, ehe ich den Pinsel in den Eimer tunkte. Die weiße Farbe des Branntkalks würde hoffentlich das Wintersonnenlicht reflektieren und so Spannungsrisse im Holz verhindern, die durch zu große Temperaturunterschiede entstanden. Ich hatte den Baum erst vor wenigen Wochen eingepflanzt und würde alles dafür tun, dass er seinen ersten Winter überstand.

Die meisten Leute dachten, ein Garten würde in der letzten Jahreszeit kaum noch Arbeit machen, tatsächlich fühlte ich die Verantwortung umso mehr auf mir lasten, je mehr die Sonne sich aus ihrer zurückzog. Bis zum Frosteinbruch blieb noch so viel zu tun, dass ich jetzt, Mitte Oktober, so gut wie jede Minute draußen verbrachte. Es machte mir nichts aus, aber ich wünschte, ich würde schneller vorankommen. Ich wünschte, ich könnte mich besser konzentrieren.

Resigniert drehte ich mich um und sah zu Willow hinüber, die ausgestreckt auf dem Rücken auf einer alten Steppdecke lag. Ihr Rucksack stand neben ihr, weil sie nach der Uni ohne einen Abstecher in die Villa direkt hierhergekommen war. Etwas, das sie öfter machte, wenn sie einen anstrengenden Tag gehabt hatte. Diese Besuche waren der Grund dafür, dass wir im Schuppen mittlerweile einen Vorrat an Schokolade liegen hatten. Eden hatte mich mit diesem auf vielsagendste Weise ausdruckslosen Blick angesehen, als ich sie in einer Schublade neben den Werkzeugen verstaut hatte. Ich war nicht darauf eingegangen, wir waren über den Punkt hinaus, dass wir bestimmte Dinge laut sagen mussten, um uns darüber bewusst zu sein.

Willow und ich hatten auch nie darüber geredet, warum sie das machte, ebenso wenig, wie wir über ihre nächtlichen Besuche im Garten sprachen. Ich wusste, dass sie das verschreckt hätte. So war das mit Willow von Anfang an gewesen. Je mehr sie gesehen hatte, dass ich ihre Nähe nicht suchte, desto weiter war sie auf mich zugekommen. Sie war nie scheu gewesen, nur vorsichtig. Als müsste sie erst austesten, ob hinter ihr eine Tür zufiel, wenn sie auf mich zulief. Ich verstand das, immerhin hielt ich es in keinem Raum lang aus, in dem nicht mindestens ein Fenster geöffnet war.

Ich fluchte, als der Kalk vom Pinsel auf meine nackten Zehen und ins Gras tropfte. Normalerweise gab es nichts, was mich mehr entspannte, als mich mit dem Garten zu beschäftigen, aber wie gesagt: Momentan war ich unkonzentriert. Ich wusste, woran das lag. Weder an dem Essay für mein Naturschutz-Seminar, das ich morgen abgeben musste, noch an der Einladung zu einer Party im Verbindungshaus in rund drei Wochen, für die mir bisher keine Absage eingefallen war, die sie mir nicht als Ausrede auslegen würden. Es lag nur an Willow.

Seit Tagen erwischte ich mich ständig dabei, wie ich versuchte, sie wahrzunehmen. Ich horchte auf jedes Wanken ihrer Stimme, auf jedes Zurückzucken vor beiläufigen Berührungen, auf die Liedauswahl in ihrem B-Club und jeden Moment der Stille.

Ich konnte es nicht genau benennen, doch das, was letzten Freitag auf dem Schiff passiert war, hatte etwas ausgelöst. Ich hatte es bemerkt, noch während wir am Ufer der Themse entlang zurück nach London und zu meinem Auto gelaufen waren. Willow war eigentlich ein lauter Mensch – in dem, was sie tat, in dem, was sie sagte, und vor allem in dem, wie sie einfach war. Doch seit der letzten Prüfung wirkten all die Nuancen ihres Charakters eine Spur leiser. Sie versuchte, es zu überspielen, indem sie noch mehr herumalberte, noch lauter lachte, noch schnellere Lieder hörte, noch … *mehr* war als sonst. Doch unter dieser Fassade aus *So viel* brodelte etwas anderes. Irgendetwas, das derart an ihr nagte, dass sie in allem minimal weniger wurde. Schwach nur, wahrscheinlich nicht von Dauer, trotzdem so beunruhigend, dass ich an kaum etwas anderes denken konnte.

Ich konnte nicht vergessen, wie sie in diesem Schiffsbad vor mir gestanden hatte. Mit diesen großen dunklen Augen, in denen sich pure Angst ausgebreitet hatte. Als hätte jemand Tausende Paniksamen in ihrem Inneren ausgestreut, die in diesem Moment allesamt gekeimt hatten. Vielleicht war ich zu weit gegangen mit dem, was ich getan hatte, um sie runterzubringen. Ich hatte sie noch nie so bestimmend berührt und mich dafür gehasst, während ich es getan hatte – aus vielen Gründen: Manche hatten damit zu tun, was sie nicht wollte, andere damit, was ich zu sehr wollte.

Obwohl wir seitdem nicht mehr darüber geredet hatten, suchte ich immer wieder in ihrem Blick nach einem Rest von Panik. Ich wusste, dass sie noch irgendwo war. Ängste waren kein oberflächliches Unkraut, das man herausreißen konnte. Ängste hatten so tiefe Wurzeln, dass sie das ganze Ich durchwucherten. Und es machte *mir* Angst, nicht zu wissen, wo ihre den Ursprung hatten. Es machte mich unruhig, und ich hasste Unruhe. Würden wir solche Dinge tun, würde ich sie danach fragen, aber auch hier kannte ich sie zu gut: Wenn ich zu weit auf sie zukäme, würde sie umdrehen und wegrennen. Also behielt ich sie nur im Auge und suchte in ihren Details nach Hinweisen auf ihre Stimmung.

Ich wünschte, ich könnte so tun, als wäre meine Sorge um sie der einzige Grund, aus dem ich nicht aufhören konnte, sie anzusehen. Noch so ein Ding mit Willow war aber leider: Es war die leichteste Sache der Welt, mit ihr zusammen zu sein, und deswegen gleichzeitig die schwerste.

Vorhin hatte ich eine Weile neben ihr gesessen, doch irgendwann hatte ich es nicht mehr ausgehalten. Ihr Geruch hatte sich mit dem des Gartens verwoben, Erde mit schwarzer Johannisbeere, reife Haselnüsse mit Zimt, Moos mit Zeder. Ihr Parfum hieß *The Scent*: der Duft. Ich hatte nie etwas Passenderes gehört als das, weil Willow diesen einen Duft hatte, der sich so in mein Bewusstsein eingebrannt hatte, dass ich das Gefühl hatte, alle anderen zu vergessen. Selbst in einem Garten voller Gerüche, die ich liebte, nahm ich nur noch sie wahr. Sie war so lebendig, dass ich manchmal glaubte, jedes bisschen meiner Vernunft würde in ihrer Nähe einfach absterben.

Andernfalls würde mein Blick nicht schon wieder wie von allein über sie wandern. Das Top, das bis zum Bauchnabel hochgerutscht war, der Sonnenschimmer auf ihrer Haut, die Locken, die sich um ihren Kopf ausfächerten, und in die das Nachmittagslicht Goldfäden flocht. Als eine Windböe aufkam, lief ein Frösteln durch ihren Körper: Die feinen Härchen auf ihrem Bauch stellten sich auf, mir wurde heiß. Am liebsten hätte ich ihre Jacke geschlossen, aber abgesehen davon, dass ich so was nicht tun konnte, hätte das alles nur schlimmer gemacht. Sie trug nämlich wieder mal meine, und ich hasste es, weil ich es so sehr mochte.

Menschen kennenzulernen war wie puzzeln. Man fand jeden Tag Kleinigkeiten über den anderen heraus, die nach und nach das Bild seines Wesens vervollständigten. Und wenn man es irgendwann annähernd komplett in der Hand hielt und betrachtete, löste dieser Anblick etwas in einem aus. Das Begreifen, welches Gefühl dieser Mensch in einem hervorrief: Sympathie, Abneigung, Gleichgültigkeit, Hass, Liebe. Ich war ein guter Puzzler, ich brauchte nie lang, um genug Teile zusammenzuhaben, um ein Bild, ein Gefühl zu finden.

Meine Menschenkenntnis ließ mich so gut wie nie im Stich: Ich hatte gewusst, dass ich Eden mögen würde, sobald wir uns das erste Mal gesehen hatten, und das, obwohl er anfangs kaum ein Wort mit mir gewechselt hatte. Ich hatte beim ersten Gespräch mit May geahnt, dass ich nie wieder einen so herzensguten Menschen treffen würde wie sie. Ich hatte beim ersten gemeinsamen Gartenmorgen mit Avery gespürt, wie entspannt und ehrlich die Freundschaft mit ihr werden würde. Ich hatte Keenan kennengelernt und gewusst, dass wir einander nie verstehen würden, weil wir zu verschieden tickten. Und ich hatte eine halbe Stunde mit Willow auf einer Parkbank gesessen und gespürt, dass diese Begegnung etwas Bleibendes, etwas Bedeutendes auslösen würde. Ich meinte das nicht auf einer spirituellen Ebene, ich glaubte nicht an Vorherbestimmung oder diesen ganzen Kram. Die meisten Dinge im Leben passierten aus einem Zufall heraus, aber das bedeutete nicht, dass es sich nicht nach Schicksal anfühlen konnte. Wenn etwas passte, dann wusste man das.

Das Ding war nur, dass man nie wirklich aufhörte zu puzzeln. Das bedeutete: Egal, wie lang man sich kannte, das Bild veränderte sich. Und natürlich beeinflusste das auch das Gefühl, das es hervorrief. Manchmal war das was Gutes, weil man sich mit jedem Detail noch vertrauter wurde. Manchmal war es schmerzhaft, weil man irgendwann feststellen musste, dass einen das neue Gefühl von diesem Menschen entfernte. Und manchmal war es nur grausam. Denn manchmal bedeutete das, sich in den einzigen Menschen auf der Welt zu verlieben, in den man sich unter keinen Umständen verlieben sollte. Wollte. Durfte. Was auch immer.

Willow streckte die Arme über dem Kopf aus, und ich wünschte wirklich, sie würde das lassen. Ihr Top war so weit hochgerutscht, dass die Spitze ihres BHs darunter hervorblitzte, und ich hasste mich dafür, dass ich ganze zehn Sekunden auf diese Stelle oberhalb ihrer Rippen starrte, ehe ich es schaffte, mich abzuwenden.

Es hatte keinen Auslöser gegeben, keinen Aha-Moment, kein Klick, mit dem der Schalter umgelegt wurde. Da waren einfach immer mehr Puzzledetails gewesen, die mir aufgefallen waren. Die flüchtigen Bilder, wenn ich an unserem Badezimmer vorbeilief und sie durch den geöffneten Spalt tanzen sah – eine unscharfe Silhouette aus Lichterkettenlicht und Locken. Die Art, wie sie sich sonntags grummelnd unter der Decke zu einer Kugel zusammenrollte, wenn ich in ihr Zimmer ging, um sie zum Frühstück zu holen. Die Farbveränderung in ihren Augen, wenn sie über etwas sprach, das sie freute – eine Nuance tieferes Braun, das an Schwarz grenzte und mir trotzdem wie die wärmste Farbe der Welt vorkam. Die Angewohnheit, dass sie sich manchmal an ihrem eigenen Lachen verschluckte, weil es zu heftig war – und zu ansteckend, um sich nicht wenigstens ein bisschen besser zu fühlen, wenn man es hörte. Und, am verheerendsten: die Tatsache, dass sie in einen Raum kam und sich die Atmosphäre veränderte. Nicht, weil sie immer gut drauf gewesen wäre, sondern weil sie in all ihren Launen einfach intensiv war. Weil in ihrer Nähe *alles* intensiv war. Als würde ihre Anwesenheit die Farben, Gerüche und Geräusche der ganzen Welt aufdrehen. Ich verstand, dass es Leute gab, die damit überfordert waren. Wenn man es nicht gewohnt war, konnte Willows Nähe sich nach einer Reizüberflutung anfühlen. Für mich war sie eine permanente Erinnerung daran, wie extrem das Leben sein konnte. Extrem schön, extrem anstrengend, extrem besonders. Ich fühlte mehr, wenn sie da war.

All diese Details hatten mein Bild von ihr kontinuierlich verändert und damit auch das Gefühl, das ich mit ihr verband. Ich hatte eine Weile gebraucht, ihm ein Wort zuzuordnen, und ich hätte es am liebsten vermieden, aber ich war nicht gut darin, mir selbst etwas vorzumachen. Und die Wahrheit war eben: Ich war verliebt in meine beste Freundin.

Es war ein ätzendes Klischee, es war anstrengend und zermürbend, es machte alles kompliziert, und ja, es tat weh. Es war kein physischer Schmerz, ich glaubte eh nicht an die Sache mit den gebrochenen Herzen, er war tiefergehender. Meine Gedanken taten weh, meine Instinkte, meine Impulse. Mein Ich tat weh, weil es zerfressen davon war, sie zu wollen.

Es war scheiße, aber im Grunde auch okay. So war das mit dem Leben: In den allermeisten Fällen bekam man nicht, was man wollte. Die Welt wäre nicht voll von Geschichten über Liebeskummer, wenn er nicht so universell gewesen wäre. Ich war kein Freund davon, unangenehme Dinge zu romantisieren, aber auch nicht davon, sie zu dramatisieren. Manchmal verliebte man sich eben in jemanden, der einen nicht zurückliebte.

In meinen rationalen Momenten war ich mit der Situation halbwegs im Reinen. Verliebtsein beruhte auf Chemie, auf Hormonen, auf einer Mischung aus menschlichen Trieben und in der Gesellschaft verwurzelten Illusionen. Solche Gefühle verblassten mit der Zeit. Was bleiben würde, war die Tatsache, dass ich sie darüber hinaus schon länger auf eine andere Weise liebte. Als Mensch, als Freundin, als Mitbewohnerin, als Familie. Diese Art von Liebe war beständiger, sie war mehr wert. Der Rest würde vergehen.

Ich bemerkte erst, dass mein Blick immer noch auf ihr lag, als mein Handy in der Hosentasche summte und Willow zu mir hinüberblinzelte. Mit schwer pochendem Herzen wandte ich mich ab, griff nach dem Smartphone und öffnete die Nachricht von Lillian.

Sehen wir uns heute? Ich hatte die beschissenste Woche aller Zeiten.

Ich musste lächeln. Lillian hatte so gut wie jede Woche die »beschissenste Woche aller Zeiten«. Das war einer der Gründe, warum wir uns so regelmäßig trafen.

Es ist erst Mittwoch.

Eben, kam prompt die Antwort. *Sei ein guter Freund und hilf mir, Kraft für den Rest zu sammeln. Ich wärme dir danach auch Lasagne auf.*

Ich machte zwei Schritte von Willow weg. Es fühlte sich schräg an, vor ihr mit Lillian zu schreiben. Vor allem, seit Willow von ihr wusste. Wäre es nach mir gegangen, wäre es nie dazu gekommen. Willows Reaktion hatte verdeutlicht, dass das auch besser gewesen wäre. Sie hasste es, wenn ich ihr etwas verschwieg, aber bei allem, was ich seit geraumer Zeit vor ihr geheim halten musste, hatte das mit Lillian für mich keine Rolle gespielt.

Du bietest mir Lasagne für Sex?

Es dauerte keine zehn Sekunden, bis ihre Antwort kam.

Du hast mir letztes Mal einen zerquetschten Müsliriegel in deinem Auto angeboten, also beschwer dich nicht.

Womit sie recht hatte. Es war um einiges komfortabler, wenn wir uns bei ihr treffen konnten. Da ich sie nie in die Villa einlud, waren die Möglichkeiten außerhalb ihrer Wohnung begrenzt und eher unbequem.

Unschlüssig drehte ich mein Handy zwischen den Fingern. Es war eine Weile her, dass wir uns gesehen hatten, und ich hatte in den letzten Tagen selbst mit dem Gedanken gespielt, ihr zu schreiben. Aber irgendetwas hatte mich daran gehindert. Vermutlich nicht etwas, sondern jemand. Die Person, deren Aufmerksamkeit ich in diesem Moment auf mir spüren konnte, als würde sie mich berühren. Denn so war das mit Willows Intensität: Ihre Blicke waren der Ersatz für die Umarmungen, die sie nicht über sich brachte.

Mit jemandem zu schlafen, um nicht darüber nachdenken zu müssen, wie es wäre, mit einer anderen Person zu schlafen, war erbärmlich, aber es half. Währenddessen und direkt danach hatte ich manchmal die Hoffnung, dass es diesmal geklappt haben könnte. Dass ich nicht nur meine Gedanken losgeworden wäre, sondern auch meine Gefühle. Und dann passierte irgendwas richtig Kleines: Willow schickte mir ein Foto von sich mit einer Pappkrone, die ihr die Kinder aus dem Hort gebastelt hatten, ich betrat die Villa und hörte ihr Lachen oder kam in mein Zimmer und fand einen ihrer Pullover auf meinem Bett, weil sie wieder mal ungefragt rübergekommen war – und schon war dieses Nagen zurück. Es war so anstrengend, dass ich geradezu süchtig nach diesen kurzen Auszeiten geworden war. Das war ein weiterer Grund, warum Lillian und ich uns so regelmäßig sahen.

Noch bevor ich mich für eine Antwort entscheiden konnte, wurden die Zweige des Apfelbaums auseinandergezogen.

»Endlich!« Das Nachmittagslicht wurde in Siennas Brille reflektiert, sie schob sie in ihr Haar und blieb neben Willows Decke stehen. »Gott, ich plädiere echt für Wegweiser in diesem Garten, ich hab mich schon wieder verlaufen. Habt ihr gerade Zeit?«

»Wofür?« Ich schob das Handy in meine Hosentasche.

»Ich bräuchte eure Hilfe bei einem Projekt. Es geht um die Wahrnehmung der Ästhetisierung von Erotik in Filmen.«

Willow stützte sich auf die Unterarme und blinzelte zu ihr auf. »Heißt, du willst einen Porno mit uns gucken?«

»Keinen Porno. Einen Film, in dem es auch um Sex geht.«

»So was macht ihr in der Uni?« Meine Stimme klang beachtlich neutral dafür, dass es sich anfühlte, als hätte jemand den Kragen meines Shirts enger geschnürt. Manche Vorstellungen waren Räume, und diese hier hatte kein Fenster.

»Klar. Einer der Gründe, aus denen ich mein Studium liebe. In der Kunst gibt es keine Tabus.«

»Und wieso brauchst du dazu unsere Meinungen?« Willow setzte sich auf und zog ihr Top nach unten. Ich hätte fast erleichtert geseufzt.

»Weil Menschen mit verschiedenen Erfahrungshorizonten unterschiedlich auf so was blicken. Es wäre hilfreich, eure Meinungen zur Darstellung von Lust zu hören.«

Ich rührte die Farbe im Eimer, um die beiden nicht ansehen zu müssen. »Kann das nicht jemand anders machen?«

»Der Einzige, dem ich das noch zutrauen würde, ohne rot anzulaufen, ist Beck, aber der ist mal wieder bei Audrey.«

Willow lachte. »Du weißt, dass du ihren Namen immer noch so aussprichst, als würde er auf deiner Zunge verfaulen?«

»Solang sie mich so komisch anstarrt, wenn sie hier ist, werde ich damit auch nicht aufhören.«

»Sie ist nur eifersüchtig.« Ich drehte mich zu ihnen um. »Es ist offensichtlich, dass Beckett dich liebt.«

Ich hatte nichts gegen Audrey, aber ich musste zugeben, dass es anstrengend war, wie angespannt sie sich in der Nähe unserer Mitbewohnerinnen verhielt. Das Problem war aber eigentlich, dass Beckett nicht aufhörte, vor ihr mit Frauen zu flirten, mit denen er eh nie etwas anfangen würde.

»Er liebt uns *alle*«, konterte Sienna dementsprechend ungerührt. »Er ist der große Bruder, den nie jemand wollte. Meine

Güte, wenn sie nicht damit klarkommt, dass er Freundinnen hat, soll sie sich jemand anderen suchen.« Sie verdrehte die Augen. »Also, was ist jetzt? Helft ihr mir?«

Willow hievte sich auf die Knie und stand auf. »Klar. Schlimmer als der Film über Unterwasserpflanzen, den ich letztens mit Max für sein Seminar gucken musste, kann es nicht werden.«

Ich hob die Augenbrauen. »Musstest? Du kamst ungefragt in mein Zimmer und hast dich auf mein Bett gelegt.«

»Vielleicht gucken wir diesen Film jetzt lieber nicht in Maxtons Bett. Ich will euch ja nicht in Versuchung führen.« Siennas Blick verhakte sich direkt mit meinem. Und obwohl sie ihre Brille nicht auf der Nase trug, war ich fast sicher, dass sie für den Bruchteil von Sekunden mehr darin erkannte, als ich zeigen wollte.

Mir war bewusst, dass jeder in diesem Haus seine eigene Theorie zu Willows und meiner Beziehung hatte. Und auch, dass einige davon der Wahrheit näher kamen, als mir lieb war. Trotzdem sagte nie jemand etwas dazu und mehr konnte ich vermutlich nicht verlangen.

»Oh, keine Sorge«, kam Willow mir zuvor. »Dagegen sind wir immun. Bei besagtem Film bin ich eingeschlafen und hab auf sein Kopfkissen gesabbert.« Sie lachte, und alles in mir zog sich zusammen. Gefühle entstanden im Gehirn, es war die absurdeste Sache der Welt, dass das Lachen eines anderen Menschen im Bauch wehtun konnte.

»Na dann. Was ist mit dir, Maxton?«

Ich musste mich davon abhalten, den Mund zu verziehen. Ich hätte Sienna gern geholfen und ich war der Letzte, der ein Problem damit hatte, über Sex zu sprechen. Wenn es nur sie gewesen wäre, hätte ich nicht gezögert, Ja zu sagen. Aber so … nicht. Ich konnte keinen Erotikfilm mit Willow schauen. Aus dem gleichen Grund, aus dem ich es nicht mehr ertrug, sie in Unterwäsche zu sehen, und aus dem ich jedes Mal an die äußerste Kante der Matratze rutschte, wenn sie in mein Bett kam. Ich war nicht komplett selbstzerstörerisch.

»Ich«, setzte ich an und brach wieder ab, als mein Handy zu vibrieren begann. Die Erleichterung hielt so lang an, bis ich den Namen auf dem Display sah. »Das ist meine Mutter, da muss ich dran.« Ich ging zur Seite und wartete, bis ihre Stimmen vom Gartendickicht verschluckt wurden. Dann nahm ich den Anruf an. »Hey, Mum.«

Kurz war es still. Vielleicht war sie überrascht, dass ich tatsächlich dranging. Die letzten Male hatte ich ihre Anrufe verpasst oder das Handy bewusst klingeln lassen.

»Endlich erreiche ich dich«, sagte sie schließlich in diesem gestressten Tonfall, der mich jedes Mal dazu brachte, das Telefon vom Ohr zu entfernen. »Wie geht's dir?«

»Gut.« Die einfachste Lüge der Welt. »Und euch?«

»Wie immer.« Sie zögerte, damit ich nachfragen konnte.

Stattdessen schwieg ich und setzte mich auf die morsche Gartenbank. Ich kannte die Antwort eh, sonst würde ich nicht tun, was ich tat. Durch das Handy konnte ich in der Ferne das Geräusch von vorbeifahrenden Autos hören. Vermutlich stand Mum auf dem winzigen Balkon der Wohnung und rauchte.

Sie atmete laut aus und hustete. »Und, wie ist es?«

In mir flammte der Drang auf, diese Frage zu beantworten, wie es in anderen Familien angemessen gewesen wäre. Ich hätte von der Uni erzählen können, von der Mulberry Mansion, von dem Schachspiel auf meinem Schreibtisch oder von Grandpas Worten, die ich immer noch so deutlich wahrnehmen konnte, als würden wir einander seit sieben Jahren gegenübersitzen. Ich hätte davon erzählen können, dass ich seit Monaten keine Nacht mehr als vier Stunden geschlafen hatte, und dass ich so eine schlimme Phase seit damals nicht mehr gehabt hatte. Ich hätte sagen können, dass ich seit Wochen nichts von Isla gehört hatte und nur durch ihren Instagram-Account wusste, dass es ihr in Australien gut ging. Dass es mich traurig machte, dass wir nie von meiner Schwester sprachen, als wäre ihre Entscheidung auszuwandern, gleichzeitig die gewesen, aus der Familie zu treten. Ich hätte sagen können, dass ich letztens ein Zitat von F. Scott Fitzgerald an Edens Zimmerwand gesehen hatte, das ich nur zu gut verstanden hatte: *I can't exactly describe how I feel but it's not quite right. And it leaves me cold.* Dass mir alles zu viel und deshalb egal war. Dass ich müde war. Auf eine Weise, die sich nicht mehr nur nach Schlafentzug anfühlte, sondern nach etwas Chronischem, weswegen ich insgeheim Sorge hatte, dass es schon kein Zustand mehr war, sondern allmählich ein Charakterzug wurde.

Ich tat es nicht, nichts davon. Weil das hier nicht irgendeine Familie war, sondern meine, und weil es in dieser nur eine Sache gab, die derzeit von Interesse war.

»Zwei von sechs sind durch.«

»Wie viele sind noch dabei?«

Ich legte den Kopf in den Nacken und ließ mir von den Ästen Schatten aufs Gesicht zeichnen. »Mit mir sechs. Einer wurde erwischt und wegen versuchten Einbruchs und Sachbeschädigung angezeigt.«

Zumindest war es das, was Keenan und die anderen letztens beim Mittagessen erzählt hatten. Sie hatten weder betroffen noch schuldbewusst gewirkt, eher belustigt und … zufrieden. Bei der Erkenntnis, dass sie solche Konsequenzen nicht nur hinnahmen, sondern sogar herbeisehnten, war mir so schlecht geworden, dass ich keinen Bissen herunterbekommen hatte.

»Das ist doch gut«, sagte Mum.

»Gut?«

»Gut für dich, oder? Gut für uns.«

»Klar. Absolut großartig mitanzusehen, wie sich jemand seine Zukunft für diesen edlen Zweck verbaut.«

Sie seufzte tief, etwas knirschte. Vermutlich drückte sie die Zigarette in einem der Töpfe aus, die ich bei meinem letzten Besuch zu Hause auf dem Balkon angebracht hatte. Ich musste nicht nachfragen, um zu wissen, dass die Pflanzen darin längst verkümmert waren. Bei dem Gedanken an die vertrockneten Lebewesen fühlte ich mich schuldig.

»Sei nicht so zynisch, Maxton. Du weißt, was für uns auf dem Spiel steht. Es geht hier um unser Leben.«

Müde blinzelte ich in das Licht. »Weiß ich.«

»Mach uns stolz, ja?«

Die Balkontür quietschte, als sie sie zuzog. Es war absurd, aber ich spürte die Enge der Zweizimmerwohnung durch das Telefon hindurch.

Reflexhaft zerrte ich an meinem Kragen. »Ich versuch's.«

Nachdem wir aufgelegt hatten, saß ich noch eine Weile da und grub die nackten Zehen in das Gras zu meinen Füßen.

Damals, als ich gelernt hatte, wie es sich anfühlte, von jetzt auf gleich entwurzelt zu werden, hatte ich angefangen, viel barfuß herumzulaufen. Ein kindischer, permanent bekiffter Teil von mir hatte sich vorgestellt, ich könnte mit dem Erdboden verwurzeln, wenn ich nur lang genug darauf stehen blieb. Vielleicht war das auch der Grund dafür, dass ich im Garten die meiste Zeit über auf Schuhe verzichtete. Weil ich mich danach sehnte, für immer hierzubleiben. In dieser Ruhe, die nicht still war, und in der ich das Gefühl hatte, mich selbst zu hören. Nicht das, was andere in mir sahen oder vermissten. Nicht das, was ich sein sollte oder vielleicht könnte, nur das, was ich war. Nur mich.

Erst als meine Zehen blau anliefen und der Himmel sich orangerot färbte, zog ich mir die Schuhe wieder an. Auf meinem Handy waren zwei Nachrichten: verschiedene Absender, derselbe Inhalt. Ein Fragezeichen von Lillian, eins von Willow. Sehr, sehr viele in meinem Kopf.

Wie es aussah, waren meine Alternativen entweder in die Villa zu gehen und mir einen Film mit Willow anzusehen, der mich nur daran erinnerte, was ich mir endlich aus dem Kopf – und dem Gefühl – schlagen musste, oder etwas zu tun, das zumindest kurz dabei half, genau das zu schaffen.

Fast von selbst rief ich den Chat mit Lillian auf und begann zu tippen.

Wie wäre es mit gleich?

11. Kapitel

WILLOW

Die Eingangstür fiel hinter uns ins Schloss, der Herbstwind huschte gerade noch hinein und zerpflückte die Geräusche, die den Flur hinunter aufkamen. Musik und Lachen und Stimmen: ein Lautmosaik, das zu bunt für die Eingangshalle wirkte. Der Boden bestand aus Stein, nur die Treppe ein paar Meter entfernt war mit rotem Teppich ausgelegt. Bis auf etliche Jacken, die über dem Geländer hingen, wirkte das Innere des Backsteingebäudes aufgeräumt und kühl.

Es lag am Rande des Campus, in der Nähe des Flusses, der das Unigelände vom Stadtkern abgrenzte. Abseits der Institute hatten die Vereine und Clubs der Uni ihre Sitze. An der Tür, die wir soeben durchschritten hatten, stand »Debattierclub« auf einem Messingschild. In zwei Jahren Studium an der Windsbury University hatte ich noch nie von einem Debattierclub gehört. Jetzt wusste ich auch, wieso.

Ich drängte das bittere Gefühl in mir beiseite und drehte mich um. »Ich bin enttäuscht.«

»Jetzt schon?« Maxton stand noch immer dicht bei der Tür, als würde er abwägen, umzudrehen und dem Einlasskontrolleur zu sagen, er hätte es sich anders überlegt.

»Dafür reicht ein Blick. Übermorgen ist Halloween.« Ich machte eine ausufernde Geste. »Wenn sie schon keine Mottoparty daraus machen, hätten sie wenigstens dekorieren können.«

»Ich bin sicher, wir finden ein paar Spinnenweben, wenn wir uns bemühen.« Sein Blick huschte die Treppe hinauf, als würde er tatsächlich mit dem Gedanken spielen, in die entgegengesetzte Richtung des Lärms zu fliehen.

Nicht, dass es mich überraschte. Die einzige Party, auf der ich Maxton je erlebt hatte, war unsere Einweihungsfeier in der Villa gewesen. Und selbst da hatte er die meiste Zeit über auf der Veranda gesessen, immer den Garten im Blick.

»Vergiss es, hier wird nicht gekniffen.« Ich hängte meine Jacke über das Geländer zu den anderen.

Maxton warf seine daneben. Mein Blick glitt automatisch an ihm hinab, über Shirt und Hose in demselben ausgewaschenen Schwarz, hin zu seinen schmutzigen Turnschuhen. Sein Aussehen löste ein warmweiches Gefühl in mir aus und gleichzeitig Sorge. Ich war mir sicher, dass der Großteil der Anwesenden in diesem Gebäude sich anders anzog für eine *Exklusivparty*.

Das war die Wortwahl in der Einladung, die ich nur zu hören bekommen hatte, weil ich Maxton so lang genervt hatte, bis er sie mir vorgelesen hatte. Ich war mir nicht sicher, ob er mich sonst eingeladen hätte mitzukommen. Nicht, wenn ich nicht gefragt hätte, was er heute machte, und sein Zögern sofort richtig interpretiert hätte. Immerhin hielt ich mir seit der ersten Herausforderung alle Freitage frei, und auch, wenn das heute Abend keine der sechs offiziellen Prüfungen war, fühlte es sich trotzdem wie eine an.

In den letzten Jahren hatte ich auf dem Campus manchmal von den Partys gehört, die die Society veranstaltete. Hinter vorgehaltenen Händen auf dem Flur, in Flüstergesprächen in der Mensaschlange, in unbeabsichtigt mitbekommenen Telefonaten auf der Uni-Toilette. Diese Partys waren ein ebenso schlecht verheimlichter Teil dieses Möchtegern-Geheimbunds wie seine Existenz selbst. Jeder wusste, dass sie stattfanden. Allerdings wusste man nicht, wann oder wie man dazu eingeladen wurde.

Ich hätte es bestimmt herausfinden können, aber es hatte mich nie interessiert. Wenn etwas so exklusiv war, dass nicht alle daran teilnehmen durften, wollte ich nicht zu denen gehören, die davon profitierten. Ich brauchte niemanden, der mir sagte, dass ich besonders genug für irgendetwas war. Schon gar nicht dafür, um zu einer Party einer Studentenverbindung eingeladen zu werden, die sich offiziell als Debattierclub ausgab, um Uni-Gelder abzugreifen. Ich hatte kein Problem damit, die Regeln zu beugen, aber das war daneben. Insbesondere, weil sie es nur dafür ausgaben, sich selbst zu bereichern. Während wir vergangenes Semester darum hatten kämpfen müssen, ausreichend Geld von der Universität für die Mulberry Mansion zu bekommen, um nicht vor unseren undichten Fenstern zu erfrieren, schmissen diese Typen es regelrecht aus einem solchen, indem sie ihre erschlichenen Fördergelder für so was nutzten.

Trotz meines Unmuts zwang ich mich dazu, Maxton hinter mir herzuwinken. Der Raum, in dem die Feier stattfand, lag am hinteren Ende des Flurs: eine Halle, deren Wände aus unverputztem Backstein bestanden. Die Fenster waren mit Stoffen verhangen, die Decke auch, Scheinwerfer warfen Lichtsprenkel dagegen. Sofas und einige Stehtische standen am Rand der Halle, eine Bar war am anderen Ende aufgebaut, die freie Mitte wurde als Tanzfläche genutzt.

Es waren weniger Menschen hier, als ich aufgrund der Lautstärke erwartet hätte, aber mehr, als in diesem Raum angenehm waren. Die Hitze der Anwesenden drückte sich mir entgegen, das flackernde Licht stach mir in den Augen.

An einem Stehtisch hielten wir inne. Ich griff nach zwei geschlossenen Bierflaschen aus einem Kübel und öffnete sie aneinander. »Wo sind deine neuen Freunde?«, fragte ich. Die

Musik war nicht allzu laut eingestellt, vermutlich, damit man sich unterhalten konnte, ohne schreien zu müssen.

Maxton ließ den Blick schweifen. »Keen ist dahinten. Schätze, ich sollte mit ein paar Leuten reden. Willst du mitkommen?«

Seine Hand wanderte immer wieder zum Kragen seines Shirts, der ohnehin schon ausgeleiert war. Am liebsten würde ich seine Finger festhalten, stattdessen reichte ich ihm ein Bier. »Nein, lass mal. Du bekommst das allein hin.«

»Ja?« Er klang so skeptisch, dass ich einen Schritt auf ihn zutrat und ihm warnend in die Augen sah.

»Maxton, du bist der aufmerksamste Mensch, den ich kenne. Ich bin mir sicher, dass du jeden in diesem Raum besser einschätzen kannst, als er sich selbst. Also nutze das, und sei einfach ein Mimet und keine Mimose.«

Er ließ seinen Kragen los. »Ein … Mimet?«

»Die Pflanzen und Tiere, die andere Organismen nachahmen und sich dadurch einen überlebenstechnischen Vorteil verschaffen?«

Kurz war ich mir unsicher, ob ich einen Begriff verwechselt hatte. Ich gab mir wirklich Mühe, mir alles zu merken, was Maxton über seine Pflanzenwelt erzählte, aber Biologie war nicht meine größte Stärke. Um ehrlich zu sein, hätte mich das meiste davon nicht interessiert, wenn es nicht … Maxton interessiert hätte.

Ein Lächeln huschte über seine Lippen, seine Schultern sackten ein Stück hinab. »Ich weiß, wie Mimikry funktioniert, ich bin nur überrascht, dass du so was sagst.«

»Ich kann mich eben auch anpassen.« Ich nickte ihm zu. »Und jetzt geh und sei ein Feilenfisch.«

»Ein …?«

Ich lachte und stieß mit der Bierflasche gegen seine Brust. »Jetzt geh schon, Max.«

Kurz zögerte er, dann wich er zurück. »Okay, aber das musst du mir irgendwann noch erklären.«

Die nächste Stunde versuchte ich, mich zu verhalten, als wäre das hier ein gewöhnlicher Abend. Es machte mir nichts aus, allein zu sein. Insbesondere auf Partys überkam mich das Gefühl, im Grunde wäre jeder irgendwie allein. Man konnte auf der vollsten Tanzfläche der Welt stehen, aber wenn man genau hinsah, tanzte jeder doch für sich. Menschenmengen gaben mir ein Gefühl von universeller Einsamkeit, und ich mochte das. Vielleicht ging ich deswegen so gern aus. Weil ich in Momenten wie diesen erkannte, dass die Sehnsucht nach Nähe nur eine Illusion war. Ein Mechanismus, den die Evolution uns antrainiert hatte, damit wir uns an andere ketteten, indem wir uns fortpflanzten. Nichts, was wir benötigten. Am Ende waren wir sowieso alle allein.

Nur heute fiel es mir schwer, mich in dieses Gefühl hineinfallen zu lassen. Immer wieder schweifte mein Blick zu Maxton, der in einer Traube von Typen stand, deren Zusammengehörigkeitsfassade so stark war, dass sie sich innerhalb weniger Minuten auf ihn ausdehnte. Als wäre sie überzogen von einer Kletterpflanze, die ihre Ranken nach Maxton ausstreckte, und ihn zum Teil von etwas machte, das ich unter all den Blättern nicht erkennen konnte.

»Welcher der Jungs hat dich eingeladen?«

Ich zuckte zusammen. Eine junge Frau stand neben mir an eine Säule gelehnt und rührte mit ihrem kleinen Finger in einem Kristallglas.

»Der ... *Jungs*?«, wiederholte ich gedehnt.

Es gefiel mir ebenso wenig, erwachsene Männer *Jungs* zu nennen wie erwachsene Frauen *Mädchen*. Ich wusste, dass viele Frauen das mochten, aber für mich fühlte es sich an, als würde man uns ein Stück Autorität absprechen. Wir waren alt genug, um eigene Entscheidungen zu treffen und deren Konsequenzen zu tragen. Und das galt auch für *Jungs*, die seit Jahren volljährig waren. *Die Jungs meinen es nicht böse, es sind halt Jungs, Jungs machen so was eben …* Ich wusste nicht, wie oft ich diese Sätze schon gehört hatte, wenn Leute sich um Rechtfertigungen für Männer bemühten, weil sie wussten, dass sie keine andere Entschuldigung von ihnen erhalten würden.

Die Frau nippte an ihrem Drink. »Du musst entweder direkt mit einem der Verbindungsbrüder kommen oder eine personalisierte Einladung vorweisen. Ich bin Haven, ich bin über Bash hier. Wir studieren zusammen.« Sie nickte zu einer kleinen Gruppe hinüber, die am Rand des Raums stand.

Ich erkannte Sebastian Allington flüchtig wieder, der Rest war mir fremd. Der Blick, mit dem Haven zu ihnen hinübersah, machte deutlich, dass sie sie alle kannte. Bash besonders gut. Vermutlich auch ohne das alberne Club-Hemd. Vermutlich ganz ohne Kleidung. »Im Hörsaal oder im Bett?«

Haven stutzte und brach dann in Lachen aus. Die Musik war in unserer Ecke so leise, dass es unangenehm in meinen Ohren schrillte. »Du bist direkt, was? Gefällt mir. Und die Antwort lautet beides, das Zweite lieber als das Erste.«

Nachdenklich ließ ich den Blick über die Anwesenden wandern. Bis auf die Verbindungsmitglieder waren nicht allzu viele Typen da. Fünfzehn, vielleicht zwanzig, dafür sicher über vierzig Frauen. »Wieso sind hier so wenige Männer?«

Haven schmunzelte. »Weil die Jungs wissen, was sie wollen. Was denkst du, warum sie auf diesen Dresscode bestehen?«

»Was für ein Dresscode soll das sein?« Als Maxton mir die Einladung vorgelesen hatte, hatte er nichts von einem Dresscode erwähnt. Ich hatte ihn gefragt, was seiner Meinung nach ein passendes Outfit wäre, aber er hatte nur gemeint: *»Zieh an, was du willst.«* Mein Blick tastete erneut über die Anwesenden.

Die meisten Typen trugen schlichte, aber teuer aussehende Sachen, die Frauen körperbetonte Kleider.

»Na: *Summertime without Sadness.* Eine Lana-Del-Rey-Anspielung. War meine Idee.«

Ich fokussierte mich auf Haven. »Und was heißt das?«

»Na, was bleibt, wenn du dem Sommer alles Negative entziehst?« Verständnislos starrte ich sie an, sie kicherte. »Hitze, Süße.«

»Man kommt hier also nur rein, wenn man … *heiß* ist?« Das Entsetzen kroch aus meiner Stimme in mein Gesicht.

»Na ja, wenn du nicht heiß bist, wirst du gar nicht erst eingeladen. Aber wenn du nichts Heißes anhast, wirst du nicht reingelassen.«

»Das ist«, ich zögerte, suchte nach einem freundlicheren Wort und fand keins, »ekelhaft. Findest du etwa nicht?«

Sie zuckte mit den Schultern. »Wieso? Wir kommen ja freiwillig her, oder? Niemand zwingt uns zu einer der exklusivsten Partys des ganzen Semesters zu gehen.«

Ich schaffte es nicht, etwas zu erwidern, das halbwegs nett klang, also ließ ich es. Mit einem Mal fühlte ich mich unwohl in meinem Kleid. Jeder Zentimeter nackte Haut kam mir vor wie ein Verrat an mir selbst. Ich hatte es angezogen, weil ich es selbst gewollt hatte, jetzt wurde mir klar, dass jeder in diesem Raum dachte, ich hätte es getan, weil es auf einer Einladung gestanden hatte. Auf der Einladung einer Society, die Frauen einlud, damit sie als *heiße* Dekoration dienten.

»Also, wie heißt du und durch wen bist du hier?«

»Willow. Ich bin mit Maxton gekommen«, antwortete ich widerwillig. »Er ist einer der Anwärter dieses Jahr.« Ich deutete dorthin, wo Maxton schräg neben der Bar mit zwei Typen aus der Verbindung stand.

Haven folgte meinem Blick. »Das mit dem Dresscode muss

er noch üben, aber ansonsten sehr lecker. Ein Hoch auf die Jungs und ihr Eingangsritual, was?«

»Wie bitte?« An dieser Antwort gab es so viel auszusetzen, dass ich nicht wusste, wo ich anfangen sollte.

»Jedes Jahr, wenn sie sich die Haare abschneiden, nimmt man Kerle auf dem Campus wahr, die man sonst nicht mal bemerkt hätte, wenn sie direkt vor einem gestanden hätten.«

»Ich hab ihn immer bemerkt.« Meine Stimme klang heiser, in mir brannte irgendetwas.

»Sorry, ich wollte nicht fies werden. Hatte wohl schon zu viel hiervon.« Sie deutete auf ihre Handtasche, aus der ein Flachmann hervorlugte, während sie mich interessiert musterte. »Also, ist er dein Freund?«

»Ja.« Das Wort war gesagt, bevor ich realisierte, wie sie das meinte. »Also … nicht so. Er ist mein bester Freund.«

»Ist wahrscheinlich auch besser so.«

»Was meinst du?«

»Keiner der Jungs hat eine feste Freundin. Zumindest nicht, wenn sie in die Verbindung eintreten. Eine Kommilitonin von mir war mit Ezra zusammen, als er letztes Jahr an den Prüfungen teilgenommen hat.« Sie deutete auf einen der Typen, mit denen Maxton sich unterhielt. Hellbraunes Haar, silbernes Emblem auf der Brust. »Kurz bevor er aufgenommen wurde, hat er Schluss gemacht. Aus dem Nichts, zwei Wochen, bevor sie zusammenziehen wollten. Er meinte, sie würde nicht mehr in sein Leben passen.«

Ich schnaubte. »Klingt ja echt charmant.«

»Dabei war er früher so ein lieber Kerl. Demi sagt, sie erkennt ihn nicht mehr wieder, seit er zur Society gehört. Sie ist immer noch total fertig.«

»Und trotzdem hängst du mit diesen Leuten ab?« Es gab nicht vieles, was mir weniger gefiel, als wenn Menschen illoyal waren. Selbst in meinen Oberflächenfreundschaften würde es mir nie in den Sinn kommen, mit Leuten rumzuhängen, die einer Freundin von mir wehgetan hatten.

Haven schien daran nichts Verwerfliches zu sehen. »Bash ist nicht Ezra. Und wir sind nicht zusammen. Wir haben nur Spaß.«

Ich warf erneut einen Blick zu der Gruppe um Sebastian Allington und verzog sofort den Mund. »Dann wirst du gleich was zu lachen haben, er kommt nämlich rüber.«

Bash hatte eine Art, sich zu bewegen, als würde er über einen roten Teppich laufen, den nur er sehen konnte. Oder vielleicht konnte nur *ich* ihn nicht sehen, denn als er zwischen den Umstehenden hindurch- und auf uns zuging, wichen die Leute bereitwillig auseinander. Er war groß und blond und auf diese Weise muskulös, die verriet, dass er seine Freizeit in irgendeinem Fitnessclub verbrachte. Sein Nasenrücken war breit, als wäre er mehrfach gebrochen worden, aber was bei anderen vielleicht grob gewirkt hätte, strahlte bei ihm etwas Verwegenes aus.

»Da bist du ja, Babe.« Er legte Haven einen Arm um die Schultern, und während sie auf die Zehenspitzen wippte, um ihn zu küssen, hätte ich mich gern übergeben.

Es gab keinen schlimmeren Kosenamen als diesen. Wenn ein Typ eine Frau *Babe* nannte, machte das in einem Wort deutlich, welchen Stellenwert sie an seiner Seite einnehmen sollte. Ein süßes Anhängsel, um das er sich gütigerweise kümmerte, solang sie es nicht wagte, ihren eigenen Willen durchsetzen zu wollen.

Ich hatte meine Gesichtszüge noch nicht unter Kontrolle, als er sich auf mich konzentrierte. »Jemand Neues?«

»Ihr Name ist Willow«, stellte Haven mich vor. »Sie ist die beste Freundin von einem eurer Welpen.«

Interessiert musterte er mich. Allein das ließ mein Kleid noch enger werden, und ich wusste instinktiv, dass ich es nach heute Abend nicht mehr würde tragen können. Ich fühlte mich nicht mehr schön angezogen, sondern auf hässlichste Weise ausgezogen.

»Wessen?«, fragte er dann.

»Maxtons«, sagte ich knapp. Meine Worte hatten immer nur eine sehr dünne Höflichkeitsschicht, aber Bashs prüfender Blick und das Wort *Welpen* zogen sie gänzlich ab.

»Wirklich? Das überrascht mich. Er wirkt nicht wie jemand, der zu dir passt.«

Es war nicht das erste Mal, dass ich so etwas hörte. Es fiel den meisten Menschen schwer, Maxton und mich zusammenzudenken. Wir waren so verschieden, dass sie uns als zwei Seiten einer Münze wahrnahmen – und die konnte man nicht gleichzeitig betrachten. Mich kümmerte das nicht. Das, was wir waren, musste nicht von anderen gesehen oder begriffen werden, um echt zu sein.

Ich lächelte süffisant. »Tja, du wirkst auch nicht wie jemand, der zu ihm passt. Scheint so, als würde Maxton uns alle überraschen.«

»Scheint so.« Seine Mundwinkel zuckten, dann winkte er jemanden heran. »Keen. Kennst du Maxtons beste Freundin?«

Ich wich einen Schritt beiseite, als sich jemand neben mich schob. So dicht, dass ich sein herbes Aftershave riechen konnte. Das, und den Geruch von Gras. Nicht die Art, die ich mit Maxton verband. Nichts an Keenan wirkte natürlich, weder sein gestyltes tiefbraunes Haar noch seine Oberarmmuskulatur, über die sich sein albernes Bandenhemd spannte, oder die Art, wie er mich anlächelte. »Bedauerlicherweise nicht. Obwohl du mir bekannt vorkommst.«

»Dafür hab ich schon viel von dir gehört.«

»Ach?«

Ich nickte. »Aber nicht von Max, sondern von Wesley Hastings. Er ist nicht dein größter Fan. Könnte daran liegen, dass du im Sommer versucht hast, seine betrunkene Freundin anzumachen. Die übrigens meine Mitbewohnerin und Freundin ist, also erwarte von mir auch keine Begeisterung.«

»Ah.« Keenan grinste breit, nicht im Geringsten unangenehm berührt. »Daher kenn ich dich. Du bist eins von den Waisenkindern.«

»Ich … was?« Verständnislos sah ich von Keenan zu Bash, der immer noch auf nachdenkliche Weise belustigt wirkte, hin zu Haven, die schweigend an ihrem Drink nippte, als wäre ihr Redeanteil mit dem Auftritt der *Jungs* beendet.

»Noch nie gehört?« Keenan machte eine Bewegung auf mich zu, ich zwang mich, nicht weiter zurückzuweichen. »So nennen manche in der Uni die armen Gestalten, die in dieser heruntergekommenen Villa wohnen. Und zu denen gehörst du doch, wenn du mit Wes' Freundin zusammenwohnst, oder?«

»Ich glaube nicht, dass ihr wissen wollt, wie sie euch nennen.« *Arschlöcher ist die Variante, die mir momentan am ehesten in den Sinn kommt.* Es kostete mich alles an Kraft, diesen Satz zurückzuhalten, und ich hasste mich ein bisschen dafür, es überhaupt zu versuchen.

Die Art, wie Bash die Augenbrauen hochzog, ließ mich ahnen, dass man ihn mir trotzdem ansehen konnte. »Du bist ganz schön bissig, kann das sein?«

»Tut mir echt leid, ich hab den Dresscode nicht gelesen, stand da was von einem Maulkorb?«

»Nett.« Keenan grinste und tauschte dann einen Blick mit Bash, den ich nicht ganz deuten konnte. Die Belustigung darin war dunkel gefärbt, irgendein Schatten lag darüber.

Ein seltsames Gefühl stieg in mir auf: Übelkeit, Wut und

Beklemmung. Bevor ich etwas dazu sagen konnte, spürte ich, wie jemand neben mich trat. Auch ohne aufzusehen, wusste ich, dass es Maxton war. Da war diese samtene Decke, die sich über mein Inneres legte und meine Gefühlswellen glättete. Nur er konnte das.

»Irving. Wieso hast du uns deine *beste* Freundin noch nicht vorgestellt?« Bash sagte das winzige Wort mit so viel Spott, dass ich die Fäuste ballte.

Maxtons kleiner Finger strich flüchtig über meinen Handrücken. Ich zuckte schwach zusammen, er vergrub die Hände in seinen Hosentaschen. »Wenn ich eines weiß, dann dass Willow sich selbst vorstellt, wenn ihr danach ist.«

»Richtig, tut *sie*. Und sie sagt auch, wenn sie was zu trinken braucht, also entschuldigt sie.« Ohne eine Antwort abzuwarten, ging ich in Richtung Bar.

Mein Inneres bebte, etliche Gefühle rutschten durcheinander. Nichts war mehr da, wo es hingehörte, weil *wir* nicht waren, wo wir hingehörten. Maxton gehörte nicht auf solche Partys und ganz sicher nicht zu diesen Leuten, die ihn behandelten, als würden sie ihn kennen, obwohl sie rein gar nichts über ihn wussten. Ich umfasste den Tresen und hoffte, dass der Typ hinter der Bar, der ebenfalls eines der Society-Hemden trug, eine Weile brauchen würde, um mich zu bemerken. Mir war gerade danach, fünf Shots zu exen, gleichzeitig wusste ich, dass ich dann mit Sicherheit Streit anfangen würde. Über die Gelder, die sie von der Uni abzweigten, über die Frauenquote an diesem Abend, über diese waghalsigen Aktionen, die sie von ihren Anwärtern verlangten. Über irgendwas. Über *alles*.

»Ist alles okay?« Maxtons Stimme kam so plötzlich neben mir auf, dass ich wieder zusammenzuckte.

Ich fixierte die Flaschen auf der Regalwand hinter dem Tresen. »Keine Sorge, ich war nett.«

Sogar aus dem Augenwinkel nahm ich sein Lächeln wahr. »Warst du nicht.«

»Netter, als sie es verdient haben.«

Maxton zögerte. Jemand drängte sich neben ihn, sein Arm wurde zur Seite gestoßen und streifte meinen. »Haben sie was gemacht?«

Ja, wollte ich sagen, aber noch während ich den Mund öffnete, wurde mir klar, dass ich Maxton nichts Neues erzählen konnte. Er hatte gewusst, was für eine Art von Verbindung das war, und trotzdem entschieden, Teil von ihr werden zu wollen. Also hob ich langsam die Schultern. »Es geht nicht darum, was sie machen, sondern *wie* sie es machen. Ich hab einfach ein blödes Gefühl bei diesen Leuten.«

Meine Wut war verpufft und zu etwas Seichterem geworden. Etwas, das meine Nasenspitze und Augen zum Kribbeln brachte, auf eine Weise, die mir nicht behagte.

Die Erkenntnis kam zäh, und sie gefiel mir überhaupt nicht: Ich war kurz davor zu weinen. Und das, obwohl ich seit Jahren nicht mehr geweint hatte. Nicht mehr auf diese Art, wegen eines bloßen Gefühls. Doch jetzt stand ich hier, auf einer elitären Party, während mein bester Freund leise sagte: »Vielleicht bist du ein bisschen voreingenommen?«, und musste dagegen ankämpfen, in Tränen auszubrechen.

Mein erster Impuls war, es zu verneinen. Ich war nicht voreingenommen, wenn alles, was ich an dieser Verbindung hasste, auf Tatsachen beruhte. Doch im nächsten Moment begriff ich, dass es darum nicht ging. Es ging nicht darum, wer sie waren oder was sie machten. Es ging allein um Maxton.

Natürlich wusste ich, dass ich nicht entscheiden konnte, wohin er gehörte oder nicht gehörte – trotzdem wurde ich das Gefühl nicht los, dass jeder Schritt in ihre Richtung einer von mir weg war. Und das war … falsch.

Ich drehte mich zu ihm. »Wirst du ausziehen?«

»Was?«, fragte er perplex.

»Wenn du aufgenommen wirst. Wirst du dir dann eine eigene Wohnung suchen? Näher bei denen und weiter weg von … uns?«

»Wie kommst du denn darauf?«

»Sag schon. Wirst du uns verlassen, um mehr Zeit mit deinen neuen *Brüdern* zu verbringen?« Mein Herz wummerte, ich schaffte es kaum, ihn anzusehen. Ich hatte das Gefühl, dass meine Augen längst glasig waren, und fragte mich, ob Maxtons Detailblick unterdrückte Tränen sehen konnte.

»Catkin, das ist doch …« Er hob die Hand und ließ sie wieder fallen, schüttelte den Kopf. »Ich würde euch nie eintauschen. Ich meine, ich hab schon eine Familie. Und dann hab ich noch euch. Was anderes will ich nicht. Nur das hier. Nur das Zuhause, das wir haben, das wir … sind.«

Er machte eine Bewegung auf mich zu. In meinem Rücken war eine Wand aus Backstein, vor mir eine Wand aus Nähe, und für ein paar Sekunden konnte ich mich nicht entscheiden, gegen welche davon ich mich lehnen wollte.

»Okay. Gut.« Ich strich mir über die trockenen Augen, während mein Puls sich langsam beruhigte.

Schlagartig war mir alles an den vergangenen Minuten unangenehm. Mir war selbst nicht klar, was mit mir los war. In Maxtons Nähe waren meine Gefühle mir immer geordneter vorgekommen. Doch seit ein paar Wochen war nichts zwischen uns mehr leicht oder glatt. Die Sorge über Maxtons Alleingang bei den Herausforderungen, die Wut über die Sache mit Lillian, die Panik auf dem Schiff, diese diffuse Angst eben … das alles passte nicht zu dem Ich, das ich sonst bei ihm war. Es fühlte sich an, als würde nicht nur er mir entgleiten, sondern ich mir selbst. Aber wie hätte ich ihm das erklären können, wenn ich es selbst nicht verstand? Die Wahrheit wäre verwirrender gewesen als jede Lüge. Deswegen nutzte ich lieber eine von ihnen. Die, die ich am besten beherrschte: ein breites Lächeln.

»Wie läuft's denn? Hältst du es noch aus?«

»Was meinst du?«

»Komm schon, ich weiß, wie sehr du alles hieran hasst.« Ich deutete von dem flackernden Licht hin zu der Tanzfläche und zurück zu seinen Zügen, die seit unserer Ankunft angespannt wirkten. So wie das Lächeln, das er jetzt aufsetzte. Maxton war ein viel schlechterer Lügner als ich, selbst darin.

»Das stimmt nicht.« Sein Blick wanderte über mein Gesicht, dann senkte er ihn. »Nicht alles.«

Ich sah über seine Schulter hin zu der Gruppe rund um Keenan, Bash und Haven. Ein paar andere Leute standen mittlerweile bei ihnen, und mindestens die Hälfte starrte zu uns hinüber. »Sie beobachten dich. Den ganzen Abend schon.«

Maxton nickte. »Ich weiß.«

»Geben sie euch Punkte am Ende der Party?«

»Ich würde gern darüber lachen, aber ich hab mich schon dasselbe gefragt. Ich fürchte nur, dass ich bei so was nie gut abschneiden werde.«

Ich hätte ihm am liebsten widersprochen, aber dass ich gut lügen konnte, hieß nicht, dass ich es gern machte. Stattdessen kratzte ich mit den Fingern über eingebranntes Wachs auf dem Tresen. »Du wirst mir immer noch nicht erklären, warum wir hier sind, oder?«

»Vielleicht gibt es keinen Grund.«

»Es gibt für alles einen Grund, Max. Für alles, was wir tun, und für alles, was wir sind. Ich sage nicht, dass er immer tiefgründig sein muss, nicht mal, dass er logisch sein muss. Wenn du mir erklären würdest, dass du einfach das Gefühl hast, dich selbst herausfordern zu müssen, dass du Angst hast, auf der

Stelle zu verharren, weil du nichts Neues ausprobierst, dann … würde ich das verstehen. Ich fände es immer noch schwachsinnig und würde dir sagen, dass das hier nicht der Weg sein muss, trotzdem … würde ich es verstehen. Aber *irgendetwas* muss da sein. Gib mir die Chance, das hier zu kapieren.«

Ich bemerkte selbst, dass mein Tonfall verzweifelt klang. Das hier hatte nichts mehr mit Neugierde zu tun. Ich wollte das nicht für mich verstehen, sondern für ihn.

Maxton schwieg und legte die Unterarme auf dem Tresen ab. »Und wenn da was ist und ich nicht drüber reden will?«, fragte er dann, so leise, dass ich ihn kaum hören konnte.

»Weil du denkst, dass ich es nicht verstehen würde?«

»Weil ich denke, dass es nichts ändert, wenn ich es ausspreche. Und weil ich momentan all meine Kraft dafür brauche, diesen Abend … diese ganze Sache zu überstehen.«

Ich wartete darauf, dass er mehr sagte, doch er starrte nur gegen die Wand aus Flaschen. Das bunte Licht des Saals brach sich in ihrem Glas, und ich hatte das Gefühl, etwas in mir brach ebenfalls. Denn zum ersten Mal, seit ich Maxton kannte, wirkte seine Stille nicht gelassen, sondern … traurig. Mein Herz zog sich zusammen, und ich streckte die Hand aus, legte sie neben seine auf den Tresen. Zwei Zentimeter Holz zwischen uns, er spürte die Berührung trotzdem und sah auf.

»Dann würde ich sagen, dass wir nicht reden müssen. Wir können stattdessen tanzen.«

»Was?«, fragte er entsetzt.

Ich verdrehte die Augen. »Wenn du willst, dass sie dich mögen, solltest du wenigstens so tun, als wüsstest du, wie man sich auf Partys benimmt.«

»Willow …« Er brach ab und rieb sich mit der flachen Hand über das Kinn. Ich konnte ihm ansehen, dass er nach einer Ausrede suchte.

»Ist es … willst du lieber mit jemand anderem tanzen? Das wäre okay. Ich wäre hochgradig beleidigt, weil ich wirklich gut darin bin, aber es wäre okay.«

»Das ist es nicht, nur …« Wieder hörte er mitten im Satz auf und verzog den Mund.

»Hör mal«, versuchte ich es sanfter. »Ich hab gesagt, ich helfe dir hiermit, richtig? Genau das versuche ich gerade. Und schon klar, du stehst nicht auf so was, aber mal ernsthaft, es gibt echt Schlimmeres, als mit mir zu tanzen.«

Immerhin hoben sich seine Mundwinkel. »Bin nicht sicher. Ich hab mitbekommen, wie du in unserem Badezimmer fast die Steckdose rausgerissen hättest, als du dich beim Tanzen in der Lichterkette verheddert hast, schon vergessen?«

Ich musste lachen. »Umso besser. Du bist doch gerade dabei, herauszufinden, dass das Leben wild und gefährlich ist, *Craven*.«

Maxton sah mich noch kurz abwägend an, dann schloss er die Augen und nickte. »Na gut. Komm her.« Er stieß sich vom Tresen ab und hielt mir eine Hand hin.

»Komm her?«, wiederholte ich belustigt. »Wenn hier jemand führt, dann ja wohl ich.«

Ich nahm trotzdem seine Hand. Nicht nur das Handgelenk, nicht den Unterarm, sondern wirklich seine Hand. Es war das erste Mal, dass wir das machten, aber meine Finger schlüpften wie selbstverständlich zwischen seine.

»Vielleicht überrasche ich dich«, meinte Maxton, während wir uns einen Weg zur Mitte der Tanzfläche bahnten.

Ich lachte noch einmal, obwohl sich der Gedanke flau anfühlte. »Träum weiter.«

Ich konnte mich nicht daran erinnern, Maxton jemals tanzen gesehen zu haben. Ein paarmal hatte ich versucht, ihn dazu zu bringen, mir im B-Club Gesellschaft zu leisten, doch jedes

Mal lehnte er sich nur für wenige Minuten in den Rahmen und sah mir still zu, bis er sich irgendwann umdrehte und verschwand. Umso mehr überraschte es mich, als Maxton mitten auf der Tanzfläche stehen blieb und mich näher an sich heranzog, bevor er anfing, sich im Takt der Musik zu bewegen. Nicht schnell, aber im Rhythmus, ein bisschen zögerlich, aber nicht im Geringsten unbeholfen.

Das Lied war eigentlich zu schnell für diese Art von Tanz, doch Maxtons Nähe verlangsamte nicht nur meinen Herzschlag, sondern auch, was um uns herum passierte. Auf gute Weise, weil ich so alles genau wahrnehmen konnte. Seine Hände, die ein wenig verkrampft auf meinen Hüften lagen, sein Atem, der meine Schläfe streifte, weil er das Gesicht von mir wegdrehte, der Stoff seines Shirts, der über den Satin meines Kleides rieb und eine Gänsehaut auslöste, obwohl es heiß im Raum war.

Ich legte die Arme um Maxtons Hals und sah zu ihm auf. »Du hättest auch Lillian statt mir mitnehmen können. Vielleicht wäre dir das hier mit ihr leichter gefallen.«

»Wir machen solche Dinge nicht. Ausgehen und so was.«

»Also ist es echt nur Sex?«

Ich wollte nicht fragen, aber ich musste. Weil ich immer noch nicht sicher war, was das zwischen Maxton und Lillian war, und deshalb nicht einschätzen konnte, was das für uns bedeutete. Ich wollte mich nicht zwischen sie drängen, aber dafür musste ich wissen, woran ich war.

»Wir hängen schon manchmal rum. Im Grunde sind wir einfach Freunde.«

»*Einfach Freunde* haben nicht ständig Sex.«

Langsam drehte er mir das Gesicht zu. Das flackernde Licht über uns legte ein Muster auf seine Züge, etliche Quadrate aus Farben, darunter ein suchender Ausdruck. »Wolltest du mit mir tanzen, weil du dir Gedanken über Lillian gemacht hast?«

»Wie meinst du das?«

Er neigte den Kopf, sein Atem wanderte meinen Wangenknochen entlang. »Du bist komisch, seit du von ihr erfahren hast. Keine Ahnung, wenn ich nicht wüsste, dass das Unsinn ist, würde ich denken, du bist eifersüchtig.«

Reflexartig spannte ich mich an. Sofort lockerte sich sein Griff, aber als er sich zurückziehen wollte, festigte ich den Druck um seinen Hals und stieß ein Lachen aus. »Gott, nein. Ich bin doch nicht …« Das Wort zerfiel auf meiner Zunge. »Ich meine, ich hab keinen Grund dafür, oder? Das, was wir haben, das hast du nicht mit ihr, oder?«

Oder, oder, oder? Das Wort wummerte in meinem Brustkorb. Ein zweites Herz aus Unsicherheit, das ich bis zu diesem Moment nicht mal wahrgenommen hatte.

Maxtons Daumen strich über meine Nackenwirbel. »Das, was wir haben, habe ich mit keinem anderen Menschen, Catkin. Werde ich auch nie.« Er ließ diese zwei Sätze einfach so stehen, und ich hatte das Gefühl, er hätte sie direkt in mir abgestellt. Hell und warm und so groß, dass ich einen Moment brauchte, um Worte an ihnen vorbeizuschieben.

»Okay. Gut. Ich auch nicht.« Ich senkte den Blick auf die zwei Leberflecken in seinem Mundwinkel. »Wahrscheinlich auch besser, dass du sie nicht beeindrucken musst. Mit Tanzen wird das nämlich schon mal nicht klappen. Du bist so steif.«

»Ich bin nicht steif.« Als würde er sich selbst davon überzeugen wollen, rückte er ein Stück näher an mich heran. Seine Brust streifte meine, er spannte sich an und brachte sofort wieder etwas Abstand zwischen uns.

»Du hast Angst, mich anzufassen«, stellte ich fest.

Maxton seufzte. »Vielleicht, ja.«

»Aber … es liegt nicht an Lillian?«

»Es liegt an *dir*, Willow. Ich will einfach nichts machen, das dir unangenehm ist. Normalerweise ist es dir schon zu viel, wenn ich dich aus Versehen berühre. Wie soll ich dich dann richtig anfassen, ohne mir scheiße vorzukommen?«

Es war das erste Mal, dass er das so direkt ansprach. Mir war klar, dass Menschen, die mir nahestanden, auffiel, dass mir körperliche Nähe schnell zu viel wurde. Trotzdem löste es ein Gefühl von Zuneigung in mir aus zu erkennen, dass Maxton dermaßen bewusst Rücksicht darauf nahm.

»Das ist was anderes«, erwiderte ich. »Tanzen ist … ein bisschen wie Sex, weißt du? Berührungen, die man dabei austauscht, haben etwas mit dem Körper zu tun, nicht mit etwas Tiefergehendem. Es bedeutet nichts.«

Er schwieg kurz, dann grinste er. »Dann war das, was du mit der Lichterkette gemacht hast, Vorspiel?«

»Pass bloß auf, Irving.« Ich musste lachen. Wie von allein presste sich mein Gesicht an seine Halsbeuge. An diese bestimmte Stelle, wo ich seinen Puls fühlen konnte, der es immer schaffte, meinen zu beruhigen. Als ich mein Gesicht wieder von ihm löste, bemühte ich mich um einen strengen Blick. »Und jetzt tanz richtig mit mir.«

Er zögerte nicht länger. Seine Hände an meiner Hüfte festigten sich, und er zog mich näher an sich, bis ich seinen Körper an meinem spürte. Ich schloss die Augen und atmete tief durch. Wir brauchten ein paar Minuten, aber mit jeder Sekunde Körperkontakt fiel etwas von der Befangenheit ab. Es war, als löste sich eine Schicht zwischen uns. Als wäre da etwas, das hundertmal lackiert worden war, und sich jetzt nach und nach entblätterte, bis nur noch der Kern übrig war. Nicht Maxton und Willow, nur er und ich. Nur zwei Menschen.

Und dann war alles ganz einfach.

Denn das hier war etwas, das ich wirklich gut konnte. Tanzen, loslassen, aufhören zu denken. Ich bewegte mich mit dem Takt, ich berührte Maxton, wie ich ihn unter anderen Umständen nie berührt hätte. Ich vergaß, dass um uns herum etliche andere Leute waren, ich vergaß, dass uns die Mitglieder der Verbindung mit Sicherheit beobachteten, ich vergaß, dass Maxton keiner der Männer war, mit denen ich so tanzen konnte, weil ich vergaß, wer er war, und nur noch wahrnahm, *wie* er in diesem Moment war.

Sein Geruch nach Garten, selbst jetzt noch, nach Stunden in diesem stickigen Raum. Seine Hände, die von meiner Hüfte über meinen Rücken wanderten und auf meiner erhitzten Haut verweilten, so sicher und so fest, ehe er eine wieder tiefer schob und mich knapp oberhalb des Hinterns etwas näher an sich drückte. So nah, dass sein Shirt an meinem Kleid rieb und ich erschauderte, als ich die feinen Muskeln unter dem Stoff wahrnehmen konnte. So nah, dass ich auf die Zehenspitzen wippte, weil es mir plötzlich falsch vorkam, dass unsere Gesichter das Einzige waren, das sich nicht berührte. Meine Nasenspitze streifte seinen Hals, ich spürte ihn schlucken, ich spürte ihn atmen, ich spürte *ihn*. Bis tief in meinen Bauch hinein.

Mein ganzer Körper war erhitzt, die Luft zwischen uns nicht länger künstlich beleuchtet, sondern golden. Alles verschwamm, alles, was ich dachte, alles, was ich fühlte, alles, was ich war. Mein Körper war nur noch ein Körper, mein Herz nur ein Pochen, das sich stetig beschleunigte. Und es gefiel mir. Genau das war der Grund, wieso ich es liebte, auszugehen, zu trinken, mit Fremden zu lachen, zu reden, zu tanzen. Weil solche Augenblicke einem das Gefühl gaben, nur noch aus Wollen oder Nicht-Wollen zu bestehen.

Und das hier, das wollte ich. Sehr.

Ich hob den Blick, die Konturen des Raums zerliefen wie flüssige Wasserfarbe ineinander, die des Gesichts vor mir auch. Nur eines war noch klar auszumachen, ein Fixpunkt in einem Strudel aus Momentbruchteilen: dieser Mund.

Schön geschwungen, feine Kerben, die perfekte Mischung aus sanft und rau. An seinen Wangen war ein Bartansatz, den ich erst jetzt bewusst registrierte, und unwillkürlich fragte ich mich, wie es wäre, ihn zu berühren. Von ihm berührt zu werden. Wie sich das Kratzen auf meiner Wange anfühlen würde, an meinem Hals, an meinem Bauch, an meinen Hüften. Und tiefer. *Sehr viel tiefer.* In meinem Unterleib breitete sich ein Kribbeln aus, das in meine Glieder schoss.

Küss ihn.

Die zwei Wörter waren erst klein in meinem Kopf, dann plötzlich, gingen sie auf und nahmen alles in mir ein. Hefeworte, Hefeherz. Ich fühlte sein Pochen überall, ich bestand nur noch daraus.

Küss ihn, küss ihn, küss ihn.

Der Gedanke war ein Impuls, ein Drang, ein Befehl. Ein Luftholen, das unvermeidlich war, ein Aussetzer im Denken und Ausschlagen im Gefühl. Meine Augen waren geschlossen, mein weiches Herz so offen, als ich das Gesicht drehte. Langsam ließ ich die Fingerspitzen über seinen Hals zu seinen Wangen gleiten.

Sein Atem stockte, er wisperte: »Willow.« Nicht warnend, nicht verwirrt, nur … sehnsüchtig. Das Gefühl aus seiner Stimme kroch in meine Brust, mein Mund schwebte vor seinem.

Ich dachte an: *Lippen auf Lippen.*

Ich spürte: *Ellbogen im Rücken.*

Jemand rempelte mich im Vorbeigehen so heftig an, dass mein Körper gegen den vor mir stieß. Den des Typen, den ich fast geküsst hätte. Den, der zu meinem besten Freund gehörte. Maxtons Körper. *Maxton.*

Die Erkenntnis war wie eine Ohrfeige. Das Brennen in meinem Körper wurde zu einem spitzen Schmerz. Ich riss den Kopf zurück und stieß Maxton im selben Augenblick gegen die Brust. Sofort ließ er mich los und wich zurück. Die Musik spielte noch immer, die anderen tanzten, redeten und lachten, aber über uns breitete sich innerhalb von Sekunden Ruhe aus. Eine tiefblaue Kuppel, die diesen Moment auf uns reduzierte.

Ich konnte sie regelrecht sehen, genauso wie das Verstehen in Maxtons Blick, das in mir reflektiert wurde. Es tat weh – im Kopf, in der Brust, in jeder Zelle meines Körpers und meines Bewusstseins.

Wir begriffen zeitgleich, was gerade fast passiert wäre. Wir begriffen, was *ich* beinahe getan hätte. Und wir begriffen, dass *er* mich nicht daran gehindert hätte.

Mein Hals schmerzte, ich schluckte. Vielleicht war mein Hefeherz bis dorthin gequollen.

»Ich muss …«, setzte ich an, und wusste nicht, wie ich den Satz beenden sollte. Vielleicht: *Ich muss das irgendwie rückgängig machen.*

»Ja.« Maxton nickte, fuhr sich über den Bartschatten, dann über die Stirn, als wären dahinter weitere Schatten. Die nächsten Worte musste ich mehr von seinen Lippen ablesen, als dass ich sie hören konnte. »Lass uns gehen.«

Wir schwiegen auf dem Heimweg. Der Taxifahrer setzte uns am Ende der Landstraße ab, weil die Feldwege durch den Regen der letzten Tage schlammig geworden waren. Die Tür der Villa war wie immer unverschlossen, auf dem Beistelltisch neben der Treppe brannte Licht. Ich war sicher, dass die anderen die Lampe für uns angelassen hatten, und aus irgendeinem

Grund verstärkte das den Druck auf meine Brust, den ich fühlte, seit wir die Party verlassen hatten.

Ich stand schon auf der ersten Treppenstufe, als ich bemerkte, dass Maxton mir nicht folgte. Fragend drehte ich mich zu ihm um. »Ist alles okay?«

Er verharrte im Eingangsbereich zwischen dem Haufen Schuhe und der Garderobe, die vor Winterjacken überquoll. »Ja, es ist nur«, er verschränkte die Arme, »ich wünschte, wir hätten das nicht getan.«

»Was? Das Tanzen?« Meine Stimme ging fast in dem Knarren meiner Schritte auf den Dielen unter. Ich hielt einen Meter vor ihm inne und suchte seinen Blick. Er schwieg und starrte an mir vorbei, grub die Finger fester in seine Unterarme. Mit einem Mal fühlte ich mich nicht nur befangen, sondern auch schuldig. »Tut mir leid, wenn ich dich zu etwas gedrängt habe. Ich wollte nicht …«

»Du hast nichts falsch gemacht«, unterbrach er mich. »Das ändert nichts daran, dass es nicht richtig war.«

»Wie meinst du das?«

Kurz blieb es still. Nur das Ticken der Uhr aus dem Wohnzimmer war hörbar, das Ächzen des Hauses, der Wind, der sich von draußen gegen die Fenster drängte – mehr nicht. Es war so ruhig, dass ich sogar hören konnte, wie Maxton seinen Mut zusammenfasste, um die nächsten Worte auszusprechen. Drei schnelle Atemzüge, zweimal Schlucken, ein Fingerknöchelknacken, als er die Hand zur Faust ballte.

»Zwing mich nicht, weiterzusprechen, Catkin«, meinte er dann doch nur tonlos. »Es ist spät, ich bin angetrunken, und dieser Abend war echt … viel. Wenn ich weiterspreche, dann ist es für immer gesagt.«

»Und das wäre schlimm?« Ich machte einen reflexartigen Schritt auf ihn zu – er sofort einen von mir fort.

Das Licht flackerte, Maxtons Gesicht lag im Schatten. »Sehr schlimm, fürchte ich.«

Ich wusste nicht, ob ich verstand, wie er das meinte. Ich wusste nur, dass ich es nicht verstehen wollte. Es fühlte sich jetzt schon schlimm an. Das alles zwischen uns. Und ich wollte nicht, dass wir so auseinandergingen, nicht einmal für eine Nacht. »Gehst du schlafen?«

»Noch nicht. Ich geh noch raus.«

»Soll ich mitkommen?«

»Nein.« Er lächelte, aber seine Augen waren glasig, und ich wusste, dass das nicht am Alkohol lag. Ich wusste, dass das an diesem Gefühl lag, das ich auch spürte. Taubes Prickeln, dumpfes Stechen, unendliche Hilflosigkeit. Unser Blickkontakt war ein Nacheinander-Greifen, in dem Wissen, dass wir nur Luft zu fassen bekommen würden.

Er wandte sich ab, hielt inne und drehte sich wieder zu mir. »Du meintest, Berührungen beim Tanzen bedeuten nichts.«

Ich wusste es, noch bevor etwas passierte: Bunte Club-Floors bedeuteten tatsächlich weniger als dunkle Hausflure. Das, was jetzt geschehen würde, wäre schwieriger zu verdrängen als alles zuvor. »Ja?«

»Ich will nur ganz kurz etwas …« Er brach ab, seine Hand wanderte zu meinem Handgelenk, ein hauchzarter Hautkontakt. »Ist das okay?«

Ich wollte wieder Ja sagen, aber meine Stimme versagte. Das Wort wurde zu einem sachten Nicken und einem Augenschließen. Maxtons Hand strich federleicht über meinen Arm, meine Schulter entlang. Fingerkuppen an Halsschlagader, mein Puls hatte ein Kolibriherz. Er ließ die Finger über meiner Wange schweben, sein Daumen zeichnete kaum merklich den Bogen meines Ohrs ab. Ich kam mir gehalten vor, ohne dass er mich berührte. Sein Mund war dicht vor meinem, meine Lippen pochten unter seinem Atem. Ich spürte das Ungesagte darin wispern, aber ich hörte nicht hin. Ich wollte nicht denken, ich wollte nur fühlen. Nur ganz kurz.

Maxtons Körper war warm und nah, seine Lippen Millimeter von meinen entfernt. In meiner Magengrube lag ein Flattern, das mir keine Angst machte. Das war kein Fallen, es war sanftes zu Boden segeln, die letzten Meter vor dem sicheren Landen.

Dieser Moment war so dünn, dass ich sicher war, mit dem nächsten Atemzug würde er zerplatzen. Ich wollte nicht, dass er das tat. Vielleicht, weil ich mich schon lang nicht mehr so zerbrechlich gefühlt hatte und weil ich zum ersten Mal seit einer Ewigkeit den Gedanken hatte, dass es ein Zeichen von Stärke war, dieses Gefühl zulassen zu können.

Vielleicht hätte ich nichts gesagt, wenn er mich jetzt geküsst hätte. Vielleicht hätte ich stillgehalten, weil Stille mir in diesen diffusen Sekunden keine Angst machte, solang ich sie mit ihm teilte. Vielleicht hätte ich ihn zurückgeküsst, weil ich an nichts anderes denken, nichts anderes fühlen konnte als diesen Kuss, der keiner war.

Aber Vielleichts spielten keine entscheidende Rolle. Weil es nur darauf ankam, was man tat, und nicht darauf, was man eventuell tun würde, wenn alles anders wäre. Denn Fakt war: Maxton küsste mich nicht. Er ließ die Hand sinken und wich zurück. Wort- und nahezu lautlos, als würde er ignorieren, dass er diesen Moment nicht verlassen konnte, ohne über seine Scherben zu laufen.

Ich hielt die Augen geschlossen, bis ich die Verandatür zufallen hörte. Erst dann blinzelte ich und tastete über meinen pochenden Mund. Ich stand einfach da und horchte einem Vielleicht nach, das nie sein würde.

Denn es kam eben wirklich nicht darauf an, was man eventuell tun würde, wenn alles anders wäre. Nicht, wenn man nichts daran ändern konnte, wie es gewesen war. Man konnte Gefühle überwinden, aber niemals die eigene Vergangenheit. Sie war das Einzige, auf das man keinen Einfluss hatte, und manchmal trotzdem das, was einen am stärksten beeinflusste.

12. Kapitel

WILLOW

»Du bist definitiv ihr neuer Liebling.« Kopfschüttelnd ließ ich den Blick über das nächtliche Grün wandern, das sich vor uns ausbreitete.

Der Botanische Garten, der an das Unigelände grenzte, wirkte gezähmter als der der Mulberry Mansion. Die winterharten Stauden und Büsche bildeten ein grün-braun gewebtes Tuch, das sich über die karge Erde der angelegten Beete und das kurz gemähte Gras der Wiesen bettete.

Ich hatte ihn erst ein paarmal besucht, wenn Maxton für ein Projekt seiner Uni-Kurse da gewesen war und ich ihm in den Pausen Gesellschaft geleistet hatte. Nachts war ich noch nie hier gewesen, auch wenn das Tor zu dem öffentlichen Bereich nie abgeschlossen wurde. Maxton hingegen bewegte sich auch im Dunkeln so selbstverständlich durch die von Ästen gesäumten Wege, dass ich mich fragte, ob ihn seine Schlaflosigkeit zu Wohnheimzeiten vielleicht manchmal hergetrieben hatte.

Jetzt lächelte er nur. Es wirkte genauso verkrampft wie alles zwischen uns seit dreizehn Tagen. So lang war die Party im Verbindungshaus her. Die Momente, die ich seitdem mit Maxton allein gewesen war, konnte ich an einer Hand abzählen. Diesmal allerdings nicht, weil ich ihm aus dem Weg ging, sondern andersherum. Er ließ sich kaum noch bei den gemeinsamen Essen in der Villa blicken, tauchte in jeder freien Minute im Garten ab und kam erst auf sein Zimmer, wenn ich mich schon hingelegt hatte. Ich hörte ihn trotzdem jedes Mal, aber ich versuchte nie, mit ihm zu reden.

Wenn wir darüber schwiegen, was wir getan – *fast* getan – hatten, konnte ich mir einreden, dass es keine Bedeutung hatte. Und immerhin hatte er mir die Nachricht zur neuen Prüfung sofort weitergeleitet. Wieder nur ein Datum und ein Name: *Koios.* Der Titan des Intellekts, wie Google mir verraten hatte. Inwiefern es auch immer die Intelligenz herausforderte, nachts in den Botanischen Garten zu fahren.

Schweigend lief ich hinter Maxton eine niedrige Steinmauer auf und ab, während er ein Foto vom Gewächshaus an die Society schickte. Es dauerte keine zwei Minuten, bis sein Handy summte.

»›Die Boten der Götter verwahren eine Nachricht für dich‹«, las er vor.

Ich sprang von der Mauer und stellte mich vor ihn. »Bote der Götter? Ist das der Typ mit den Flügelschuhen?«

»Hermes, ja, aber das ist nur einer. Und ich bezweifle, dass sich in der Nähe ein Paketshop versteckt«, erwiderte Maxton, während er sein eigenes Handy herausnahm und den Internetbrowser aufrief.

Ich linste auf das Display, während er verschiedene Suchbegriffe ausprobierte und schließlich bei einem Ergebnis anhielt. Bevor ich den Artikel überfliegen konnte, senkte Maxton das Handy schon. »Ich glaub, ich weiß es.«

Mit wenigen Schritten verschwand er zwischen herabhängenden Kieferästen, sodass mir nichts anderes übrig blieb, als ihm zu folgen. Fünf Minuten später standen wir direkt vor einem Gatter, das mehrere Kräuterbeete vom Gehweg abgrenzte. Maxton öffnete es und betrat einen Pfad, der zwischen den winterkargen Erdflächen hindurchführte. Sein bläuliches

Handylicht reichte kaum aus, um das Nachtschwarz zu durchbrechen. Deswegen konzentrierte ich mich nur darauf, seinen Schritten zu folgen, und bemerkte unser Ziel erst, als wir erneut innehielten. Auf dem schmalen Wiesenstreifen zwischen den Kräuter- und den dahinterliegenden Blumenbeeten stand ein brauner hüfthoher Kasten.

»Was ist das?«

Maxtons Hand wanderte zu seinem Kragen. »Ein Bienenstock. Ein Projekt der Biologie-Studierenden.«

Skeptisch betrachtete ich den Kasten. »Können sie im Winter draußen überleben?«

»An sich schon, ja. Sie bilden eine Traube, sobald es kalt wird, und wandeln Honig in Wärme um. Ich fürchte nur ... ich muss sie gleich stören.«

Ich brauchte einen Moment, bis ich verstand, worauf er hinauswollte. »Was? Das sind die Boten der Götter?«

Maxton nickte schwach. »Und Honig galt bei den alten Griechen als Mittel der Weisheit. Passt alles, oder?«

»Schon, aber ... du willst da wirklich reinfassen?« Allein bei dem Gedanken, schlafende Bienen zu stören, wurde mir flau. Unruhig wippte ich von einem Fuß auf den anderen.

Maxton bemerkte es und lächelte auf diese gelassene Weise, die zu sagen schien: *Alles wird gut.* Normalerweise beruhigte mich das. Normalerweise kostete ihn diese Geste aber auch keine sichtliche Anstrengung. Da waren zarte Fältchen zwischen seinen Augenbrauen, als würde es ihm körperlich wehtun, mich anzusehen. »Bienen stechen nur, wenn sie sich oder ihren Schwarm verteidigen wollen. Sie passen auf sich auf. Eigentlich sind sie dir ein bisschen ähnlich.«

Ich wusste, dass er mich nur ablenken wollte, trotzdem ging ich darauf ein. »Inwiefern?«

»Zum einen tanzen sie, um zu kommunizieren. Sie haben

verschiedene Choreografien, mit denen sie sich Dinge mitteilen. Zum anderen können sie sich betrinken. Wenn es zu warm wird, entsteht aus dem Blütennektar Alkohol, der sie benebelt macht. Und außerdem können sie ihr Zuhause aufwärmen, indem sie sich bewegen. Sie zittern sich mit ihrer Flugmuskulatur quasi warm. Mit ihrer eigenen Kraft.«

Er stupste mit dem Finger gegen meine geballte Faust, die sich reflexartig öffnete. Es gab niemanden sonst, der mich mit so etwas Banalem wie Bienen-Fakten beruhigen konnte.

Ich rang mir ein Grinsen ab. »Sehr schmeichelhaft. Sie sind aber auch wie du, weißt du? Sie haben nämlich fünf Augen und können dadurch viel facettenreicher sehen als Menschen. Mehr Infos kann ich leider nicht bieten. Woher weißt du das überhaupt alles?«

»Ich hatte mal überlegt, bei uns im Garten einen Bienenstock anzulegen.«

»Warum hast du es nicht getan?«

»Helen hat Angst vor ihnen. Ich wollte nicht, dass sie sich zu Hause unwohl fühlt. Und außerdem … keine Ahnung, wer nach uns in die Villa zieht, oder? Es käme mir falsch vor, Lebewesen anzusiedeln, ohne zu wissen, ob sich später jemand um sie kümmern würde.«

Mein Herz klopfte so stark, dass ich sicher war, er könnte es spüren, obwohl wir uns nicht berührten. Wir sprachen selten darüber: über das Leben, das nach der Zeit in der Villa kommen würde. Nach der Zeit, in der wir Wand an Wand wohnten, nach der Zeit, in der wir denselben Ort und irgendwie auch einander Zuhause nannten. »Denkst du manchmal schon daran? Ans Gehen?«

Wir sahen einander an, dann senkte er den Blick auf eine meiner Locken, die sich aus dem Zopf gelöst hatte. »Ich versuche, es nicht zu tun. Ich meine, ich weiß, dass nichts im

Leben bleibt. Und trotzdem … wünsche ich mir manchmal, dass ich mich irre.«

Das letzte Wort war kaum raus, da wandte er sich ab und zog sich den Pullover über den Kopf. Und das, obwohl er eh schon zu dünn angezogen war für eine Novembernacht. Mit der kalten Luft huschte ein Schaudern über seinen Körper, dennoch machte er keine Anstalten, den Pullover wieder überzuziehen. Stattdessen legte er ihn auf den Boden.

»Warum tust du das?«

»Ich hab mir vorhin aus Versehen Dünger über die Ärmel gekippt. Bienen haben einen sensiblen Geruchssinn.« Er ging in die Hocke, seine Rückenmuskulatur spannte sich an. Mein Bauch kribbelte, ich schluckte und konzentrierte mich auf seine Hände, in denen er Thymian aus dem Beet neben sich zerrieb. Als er auf den Bienenstock zuging und ich ihm folgen wollte, drehte er sich zu mir. »Bleib weg, okay?«

»Wieso?«

Er seufzte nur.

Unzufrieden verschränkte ich die Arme. »Ich kann den Mund halten.«

»Ich kann mich nicht konzentrieren, wenn du so nah bist.«

Wärme plusterte sich in meinem Brustkorb auf, ich presste die Arme fester dagegen. »Wegen der Bienen?«

Er zögerte, dann drehte er sich weg. »Weswegen sonst?«

Ich wollte noch etwas sagen, aber in diesem Moment hielt er vor dem Bienenstock inne, und ich verkniff mir jedes weitere Geräusch. Kurz stand er reglos da, schließlich atmete er tief ein und hob den Deckel an.

Ich kniff die Augen zu, weil ich es nicht sehen wollte. Es reichte mir, das tiefe Summen zu hören, das sich innerhalb von Sekunden erhob, Maxtons Atemzüge, die unregelmäßig wurden, das Ächzen der Bäume in meinem Nacken.

Die Minuten verstrichen, doch gerade, als ich es nicht mehr aushielt, klackte es. Ich blinzelte und sah, wie Maxton den Kasten schloss und vom Stock zurücktrat. Mit langsamen Schritten, bis er dicht vor mir stehen blieb und sich umdrehte. »Alles gut. Keine Stiche, nur ein Zettel.«

Ich atmete erleichtert aus und musste dem Drang widerstehen, ihn zu umarmen. »Und was steht darauf?«

Er reichte ihn mir, unsere Finger streiften sich. Kühle Haut, erhitztes Bauchgefühl.

»Dass wir ins Gewächshaus müssen.«

Es war kein Einbruch, nicht wirklich. Maxton kannte die Zugangsdaten für die Schlüsselanlage von der Uni. Drinnen wurden wir von sanfter Wärme und dem Geruch nach Sommergrün empfangen. Der Winter prallte an der Glaskuppel ab, die den Garten eingrenzte. Die Bewegungsmelder ließen die Notfallbeleuchtung angehen, goldgelbes Licht brach aus altmodischen Laternen, die ab und an den Weg säumten. Eine Kugel aus Glas, Grün und Licht inmitten des kargen Gartens.

Auf dem Zettel stand eine Aufforderung, die bei mir Fragezeichen ausgelöst hatte: *Bring uns die Lieblingspflanzen unserer Lieblingsgötter: Morpheus, Ares, Apollon, Hades.* Es hatte mich nicht mal überrascht, dass Maxton die Namen aus dem Kopf heraus mit Pflanzen verknüpfen konnte: Klatschmohn, Veilchen, Lorbeer, Silberpappel.

Maxton entspannte sich mit jedem Schritt, den wir uns zwischen brusthohem Farn und schwer duftenden Büschen bewegten. Neben einem gelb blühenden Geißblatt blieb er stehen und krempelte die Ärmel seines Pullovers hoch. Ich war unangenehm erleichtert darüber, dass er ihn wieder angezogen hatte.

»Hattest du Angst vor den Bienen?«, fragte ich, um die Stille zwischen uns zu brechen.

»Nein.« Er zögerte. »Nur keine Lust auf eine allergische Reaktion.«

Perplex starrte ich ihn an. »Du hast eine Allergie? Bist du wahnsinnig?«

Maxton seufzte. »Keine schlimme. Bis auf Juckreiz, Schwellungen und Ausschlag wäre vermutlich nichts passiert.«

»*Vermutlich?* Maxton, du bist so …«, ich brach ab, weil mir nicht mal ein Wort dafür einfiel. Bei der Vorstellung, was gerade alles hätte passieren können, überkam mich eine unangenehme Mischung aus Angst und Wut – auf die Society, aber auch auf Maxton, weil er das Risiko einfach hingenommen hatte. »Wieso hast du mich das nicht machen lassen?«

»Weil du mit Sicherheit gestochen worden wärst«, entgegnete er ruhig. »Und weil das keine Option ist, Catkin. Ich hab gesagt, ich lasse dich mir helfen, aber nicht zu dem Preis, dass dir was passiert.«

Skeptisch erwiderte ich seinen Blick. Das Licht brach über uns durch dünne Blätter, die das Muster ihrer Adern auf Maxtons Gesicht warfen. »Und ich dachte, ich bin hier, um auf dich aufzupassen.«

»Ich lass dich sehr gern in dem Glauben.« Er lächelte mich verschmitzt an. Ich liebte dieses Lächeln. Dieses Lächeln, das er nicht zeigte, um andere zu beruhigen, sondern einfach, weil er es wollte. Kein Lächeln aus Mitgefühl, eines aus seinen Gefühlen.

Ich stupste ihm gegen den Oberkörper. »Sei ehrlich. Ohne mich hätten die Wachleute im Castle dich sofort entdeckt. Und ohne mich wärst du auch nie auf das Schiff gekommen, und sicher wärst du nicht runtergesprungen.«

Er umfasste meine Hand an seinem Brustbein. Zwei Herzschläge Stille, sehr kräftige Herzschläge, einer von ihm, einer von mir, dann ließ er mich los. Sein Lächeln wackelte, meine

Knie auch. »Okay, ich gebe es zu. Ich wäre aufgeschmissen ohne dich.«

»Brav.« Ich reckte das Kinn und lief an ihm vorbei, bevor er sehen konnte, dass meine Hand bebte. In einigen Metern Entfernung führte eine Treppe in einen unterirdischen Raum hinunter, in dem Pflanzen wuchsen, die ein wärmeres Klima benötigten. Als wir die erste Stufe erreicht hatten, sah ich zu Maxton hinüber. »Sag mir nur noch eins: Wussten Keenan und die anderen, dass du eine Bienenallergie hast?«

Seine Miene verhärtete sich. »Was denkst du wohl?«

Ich wünschte, es hätte mich mehr überrascht. Ich stieß einen Ton aus, der Lachen und Knurren zugleich war. »Das ist widerlich, das weißt du, oder?«

»Was willst du jetzt hören, Willow?«

»Immer noch den Grund dafür, dass du Menschen gefallen willst, die dir so was antun.«

»Das alles hat nichts damit zu tun, was *ich* will.«

»Wie meinst du das?«

Er winkte ab und stieg die Stufen hinab. »Lass uns einfach nicht darüber reden.«

Gott, ich konnte das nicht mehr hören. Dieses unausgesprochene Kapitulieren, das er an den Tag legte, seit ich ihn das erste Mal auf die Verbindung angesprochen hatte. Ich hatte mir wirklich Mühe gegeben, diese dunkle Ecke von ihm zu akzeptieren. Aber wie sollte ich das, wenn ich nicht wusste, was ihm dort alles zustoßen könnte? Ich konnte Dunkelheit hinnehmen, wenn sie Maxton schützte. Nicht, wenn sie ihn verletzte.

»Unsere Spezialität, nicht?«

Maxton drehte sich zu mir um. Innerhalb von Sekunden wurde seine Mimik undurchdringlich. »Was meinst du damit?«

Ich zuckte mit den Schultern und blieb an der Glastür stehen, hinter der sich die künstliche Dunkelheit so dicht verwebt hatte, dass man nicht hindurchsehen konnte.

Anstatt weiterzugehen, starrte Maxton mich an. Seine Kiefermuskulatur zuckte angespannt. »Wird das jetzt immer so sein, Willow?«

»Was meinst du damit?«, imitierte ich seinen Tonfall. Ich wollte nicht so sein, doch die vergangenen zwei Wochen nagten zu sehr an meinem Geduldsfaden. Er war *so* dünn – ich wusste genau, er könnte jederzeit reißen. Jeder andere Mensch hätte dafür nur den Mund aufmachen müssen, aber Maxton war … eben Maxton.

Statt mich weiter zu provozieren, sackten seine Schultern hinab. Seine Miene wurde weicher, erschöpft. »Ich hasse das. Dass wir streiten, ohne zu streiten.«

Etwas besänftigt ließ ich mich gegen den Türrahmen sinken. »Ich will nicht streiten.«

»Ich auch nicht. Wieso tun wir es dann?«

Vielleicht lag es an der Dunkelheit, die unsere Züge verwischte, aber ich hatte plötzlich keine Kraft mehr auszuweichen. Was auch immer bei der Party fast passiert wäre – dieses Fast hatte gereicht, um etwas zu verändern. »Weil alles andere noch komplizierter wäre«, flüsterte ich.

»Was wäre das andere?« Maxtons Augen wirkten nachthimmelblau im schalen Licht, doch sein Blick säte pochende, glühende Punkte auf meiner Haut.

»Das, was letztens passiert ist … der Tanz und das danach, das zu Hause. Bereust du es?« Die Dunkelheit war in meine Stimme gekrochen, und sie zog sich in meine Brust, als Maxton ohne zu zögern antwortete.

»Ja.«

Dieses kleine Wort tat auf eine Art weh, die ich nicht begreifen konnte. Oder wollte. »Das war eindeutig.«

Maxton stellte sich mir gegenüber in den Türrahmen. »Guck dir doch an, wie es seitdem ist. Wir können einander nicht mal mehr in die Augen sehen.«

Ertappt blinzelte ich und zwang mich, den Blick zu heben. »Das stimmt doch gar nicht. Wir hatten nur Spaß. Das hat nichts bedeutet.«

Selbst im Dunkeln konnte ich sehen, dass er den Mund zu einem unechten Lächeln verzog. »Klar.«

Er versuchte, an mir vorbeizugehen, ich hielt ihn am Arm fest. »Jetzt komm mir nicht wieder so. Sag, was du sagen willst. Ich möchte es hören.«

»Möchtest du nicht«, erwiderte er gepresst.

»Möchte ich doch!« Ich drückte ihn gegen den Rahmen, stellte mich vor ihn. Mir war klar, dass wir uns an einer Schwelle befanden, hinter der eine ähnliche Finsternis schwebte wie hinter der, vor der wir tatsächlich standen. Und obwohl ich Angst davor hatte, was uns erwarten würde, wusste ich, dass es keine Option war, dauerhaft an diesem Punkt innezuhalten. Nicht, wenn sich Stillstand seit fast zwei Wochen plötzlich nach Rückzug anfühlte.

»Du hast dich eben darüber beschwert, dass wir streiten, ohne zu streiten. Weißt du, woran das liegt? An dir! Weil du jedes Mal ruhig wirst, wenn ich laut werde. Weil du dich nicht traust, mir das an den Kopf zu werfen, was du denkst. Dabei wäre es wichtig, dass du das tust! Wir können diskutieren und streiten und Dinge sagen, die uns später vielleicht leidtun. Das ist Freundschaft. Wir müssen nur ehrlich miteinander sein, auch wenn das mal unbequem wird, okay?«

Maxtons Kiefer spannte sich erneut an, doch gerade, als ich dachte, er würde die Worte nur wieder herunterschlucken, nickte er hart. »Okay, du willst es hören?«

»Ja, verdammt!«

Er richtete sich auf. Zwanzig Zentimeter vor mir, nah und so groß, fast zwei Meter aus Wut und Intensität, die mir einen Schauer über den Rücken jagten, noch bevor er anfing zu reden. »Das im Verbindungshaus. Das waren nicht *wir*. Das waren du und irgendein Typ, mit dem du rummachen wolltest, weil du es gewohnt bist, Dinge zu tun, wenn du Bock darauf hast. Du hast dich aus einer Laune heraus zu mir hingezogen gefühlt und keine Sekunde darüber nachgedacht, was es bedeuten würde, wenn du das durchziehst. Was für ein Chaos es auslösen könnte, wenn du mich küsst. Weil du das Chaos gewohnt bist, weil du das Chaos *bist*, Willow. Und weil es dir scheißegal ist, dass manche nicht so gut darin sind, im Chaos zu leben wie du.«

Kurz war ich so perplex, dass ich nicht reagieren konnte. Einiges an dem, was er sagte, stimmte. Ja, ich war versucht gewesen, ihn zu küssen. Und ja, ich hatte nicht darüber nachgedacht, ich hatte es einfach … gefühlt. Weil ich so war. Weil ich in Clubs ging, um für ein paar Stunden mit dem Denken aufzuhören und mich meinen Impulsen und Emotionen hinzugeben. Weil ich nur in dieser Zeit, in der alles um mich herum und in mir drin laut und hell war, vergessen konnte, welche Stimme diese Leuchtfarbenabdrücke in meinem Kopf und meinem Herzen hinterlassen hatte, die auch nach Jahren noch ab und zu aufglommen, wenn es in mir zu dunkel und ruhig wurde. Das alles stimmte, aber bei etwas Entscheidendem irrte er sich: Es war mir nicht egal, wenn ich andere dadurch verletzte. Insbesondere nicht, wenn Maxton dieser Jemand war. Denn … Maxton war mir nicht egal. Und allein die Vorstellung, er könnte das denken, machte mich traurig – und wütend.

»Das ist nicht wahr«, schoss ich zittrig zurück.

Er lachte unangenehm bitter. »Ach nein? Was daran willst

du leugnen? Dass du mich küssen wolltest oder dass es dir nichts bedeutet hätte?«

Ich konnte nicht antworten, weil ich an einem kleinen Wort festhing. »Hätte es dir denn etwas *bedeutet*?«

Er lachte noch einmal, kurz nur, fast brüchig. »Nein. Natürlich nicht.«

»Und warum machst du dann so einen Aufriss deswegen?«

»Weil …« Er brach ab. Fuhr sich mit der Hand über die Schläfe, als wollte er die Leberflecke dort zerreiben und die ebenso dunklen Gedanken dahinter gleich mit.

Ich wusste, er war kurz davor, etwas zu sagen, das dieses Gespräch erneut beenden sollte, aber ich war nicht bereit dafür. Nicht, wenn sein Verhalten der letzten Tage deutlich machte, dass es eben doch etwas *bedeutet* hatte.

Herausfordernd machte ich eine Bewegung auf ihn zu. »Du hast selbst gesagt, du schläfst mit Lillian, ohne dass eure Beziehung über Freundschaft hinausgeht. Also bist du offenbar jemand, für den körperliche Nähe nicht unbedingt mit romantischen Gefühlen verknüpft sein muss, oder?«

»Ich …« Er brach wieder ab. Wir waren uns so nah, dass ich seine Wärme wahrnehmen konnte, und das rot stechende Gefühl, das in seinen blauen Iriden aufleuchtete. Wut und Hitze und … irgendetwas, das ich nicht greifen konnte.

»Wieso wirst du dann bei dem Gedanken, dass ich dich küssen wollte, so verdammt wütend? Und vor allem – wenn ich dich auf der Party fast geküsst hätte, was hättest du dann zu Hause fast getan?«

Maxton holte tief Luft, sein Brustkorb hob sich so stark, dass er meinen Körper streifte. Ich wich dennoch nicht zurück. »Du hast doch keine Ahnung«, sagte er leise.

Diesmal lachte ich auf – ebenso unecht wie er vorhin. »Aber du, oder was? Ganz ehrlich, eigentlich ist es doch egal, wer von uns was fast getan hätte. Vielleicht ist dieses *Fast* ja genau unser Problem. Wenn es dir auch nichts bedeuten würde, dann lass es uns doch tun. Vielleicht löst das endlich diese beschissene Spannung zwischen uns.«

Ich wusste selbst nicht, woher die Worte plötzlich kamen. Ich wusste nur, dass ich es nicht aushielt, dass Maxton und ich seit Tagen umeinander herumschlichen, dass sich jedes Gespräch nach einer Aneinanderreihung von Lügen anfühlte und sich in meiner Brust dieses schwarze Loch bildete, je länger er mir nicht in die Augen sah. Ich wollte, ich *musste* etwas tun, und wenn Reden nicht funktionierte, dann eben etwas anderes. Irgendetwas, um die Hitze in mir zu löschen.

Maxton starrte mich an und wich zurück, stieß mit dem Rücken gegen die Tür. »Hörst du dir gerade selbst zu?«

»Ja, und ich meine es ernst. Wenn du dir absolut sicher bist, dass es dir auch nichts bedeuten würde, wenn du keine Angst oder Bedenken oder Zweifel hast, dass es etwas an unserer Freundschaft ändern könnte, dann tu es.«

»Was?« Er sah mich an, als wäre ich unzurechnungsfähig. Trotzdem glaubte ich, irgendwo in seinem Blick noch etwas anderes zu erkennen als Schock oder Unglauben. Einen dünnen Schleier aus Erinnerungen, der verriet, dass dieser Gedanke bereits mehrmals in ihm aufgekeimt war.

Und vielleicht war das ja auch normal. Ich glaubte, dass Männer und Frauen nur befreundet sein konnten, doch ich glaubte auch, dass man in Freundschaften manchmal über ein Mehr nachdachte. Das bedeutete nicht, dass die Freundschaft nicht viel war. Nur, dass man sich ab und zu fragte, ob sie genug war. Maxton hatte mir gegenüber nie etwas in diese Richtung angedeutet, aber ich wusste, wie gut er darin war, Dinge mit sich selbst auszumachen.

Ich reckte das Kinn. In mir keimten leise Zweifel auf, als

ich die Worte auf der Zunge schmeckte. Aber ich war kein Mensch mehr, der einen Rückzieher machte. Und ich fing jetzt nicht wieder damit an. »Küss mich.«

»Du spinnst.« Maxton wandte den Kopf zur Seite und rieb sich mit der flachen Hand über das kurze Haar.

»Wieso? Wenn wir beide wissen, dass da nichts ist, dann können wir es tun, oder? Sex bedeutet dir doch nichts.«

Er sah mich immer noch nicht an. »Also was, soll ich dich küssen oder ficken?«

»Was willst du denn tun?«

»Ich werde *gar nichts* tun.«

Mein Herz hüpfte, meine Stimme wurde leiser. »Das war nicht die Frage.«

»Aber es ist die Antwort.«

»Küss mich, Maxton James Irving«, beharrte ich. »Küss mich jetzt oder wir vergessen dieses Thema für immer.«

Maxton drehte langsam den Kopf, starrte mich an. Zwischen unseren Gesichtern waren nur noch Zentimeter Luft, der Ausdruck seiner Augen brannte auf meiner Haut. Die Oberfläche bestand aus Gereiztheit, Wut, Frustration und Verzweiflung, aber darunter lag etwas noch Glühenderes, noch Echteres, noch Bedeutenderes. Verlangen.

Ich erkannte dieses Gefühl, weil ich es selbst spürte. Ich spürte es so deutlich, während es sich durch jede andere Emotionsschicht meines Herzens fraß. Unsicherheit, Zweifel, Angst – und ganz dumpf die Erkenntnis, dass das hier ein riesengroßer Fehler war. Dieses Wollen in mir nagte an allem, bis nur noch unbedeutende Reste davon übrig waren. Da waren nur noch Skelettgefühle und dieses Verlangen, das ein eigenes Herz hatte. Es pochte heftig, in meinen Wangen, in meinem Brustkorb, zwischen meinen Beinen. Ich war erregt, ohne dass er mich berührte. Einfach, weil ich in Maxtons Blick lesen konnte, dass er es wollte, und weil das etwas war, das mir aus diesen Augen fremd war, und sich trotzdem vertraut anfühlte.

Ich wollte ihn küssen. Ich wollte ihn so sehr küssen, dass meine Lippen bebten, aber ich regte mich nicht.

Bis Maxton die Lider senkte und ausatmete. »Nein.«

Das Wort kam so entschieden, dass ich zusammenzuckte. Das Pochen war noch da und mit ihm ein Impuls: seinen Blick suchen, den Ausdruck darin finden, der dieses Wort als Lüge enttarnte, fragen: *Wieso nicht?* Aber ich tat es nicht. Über ein solches Nein diskutierte man nicht.

»Okay«, sagte ich stattdessen und konzentrierte mich mit ganzer Kraft auf die Dunkelheit vor uns. »Lass uns ...«

Meine Stimme brach ab, als ich an ihm vorbeigehen wollte. Maxton umfasste mit einer Hand meinen Oberarm und zog mich zu sich herum. Ich stolperte gegen seine Brust, fühlte seinen Herzschlag kurz an meiner Haut – hart, schnell. Auf dieselbe Art, auf die er seinen Mund auf meinen presste.

Es passierte so plötzlich, dass ich kurz gar nicht reagierte. Ich stand nur da und spürte Maxtons Lippen auf meinen, warm und ein bisschen rau, so wie der Ton, der mir herausrutschte. Maxton hielt inne und wich zurück – nur so weit, dass seine Lippen noch ganz schwach auf meinen lagen. Das Zögern war ein *Was willst du*? Und aus irgendeinem Grund berührte mich das in diesem Moment fast mehr als der Kuss an sich. Weil es mir deutlich machte, wen ich küsste. Weil Maxton selbst in seiner Impulsivität noch aufmerksam war – er achtete auch jetzt nicht nur auf sich, sondern auch auf mich. Maxton war kein Ausrufezeichen-Mensch, er dachte und handelte zu neunundneunzig Prozent in Punkt-Aussagen. Das hier war mehr als das, aber es schwang Zweifel darin mit. Eine Ausrufezeichen-Fragezeichen-Kombination. Zwei, drei Sekunden wummerte das Fragezeichen in meinem Kopf, dann zerfiel es zu Staub – und ich reagierte so, wie ich es oft tat. Viel zu heftig.

Ich legte die Arme um Maxtons Hals, versuchte, ihn weiter zu mir runterzuziehen und wippte gleichzeitig auf die Zehenspitzen. Erste Küsse waren meistens unbeholfen, im schlimmsten Fall unangenehm, aber das hier … das fühlte sich nicht so an. Denn ja, ich küsste keinen fremden Typen in irgendeinem Club oder einer Bar, ich küsste Maxton.

Wir waren seit fast zweieinhalb Jahren befreundet. Ich hatte ihn unzählige Male halb nackt gesehen, hatte das Tattoo an seinem Oberarm und die darunterliegenden Muskeln interessiert beobachtet, war mehr als einmal in seinem Bett eingenickt, versunken in Wäsche, die nur nach ihm roch. Und trotzdem hatte ich bis vor Kurzem nie darüber nachgedacht, wie es wäre, ihm näherzukommen. Vielleicht hatte ich diesen Gedanken unbewusst unter eine Glasglocke gestellt, damit ich mich nicht an ihn herantasten, heranfühlen konnte. Weil ich geahnt hatte, dass er mich reizen würde. Weil ich neugierig war. Und das hier war etwas Neues, und ich … empfand etwas, das man am ehesten als *gierig* beschreiben könnte.

Es fühlte sich einfach zu gut an. Vertraut und doch aufregend, intensiv und gleichzeitig kontrolliert, weil Maxton eben selbst in Momenten, in denen man mehr fühlte als dachte, immer noch eine gewisse Ruhe behielt.

Ich mochte das. Ich mochte es, wie er mir in die Unterlippe biss, sodass ich reflexartig stöhnte, ich mochte es, wie er seine Hände in meinen Nacken schob, fünf Finger auf meinen Halswirbeln, fünf Finger in meinen Locken, ich mochte es, dass er mich wie beiläufig gegen den Rahmen in meinem Rücken und ein Knie zwischen meine Beine drückte. Ich mochte es. Sehr. Aber es reichte nicht. Das Kribbeln, die Hitze, das, *Gott, ja*, das ich spürte, war zu viel für einen Kuss. Ich brauchte mehr. Ich brauchte *alles*.

Doch das würde nicht funktionieren, nicht, wenn ich schon nach wenigen Minuten dieses Stechen im Nacken bekam. »Du bist zu groß«, stieß ich anklagend hervor.

Maxton lachte an meinem Mund und ließ sich bereitwillig von mir mitziehen. Durch die Glastür, hinein in die Dunkelheit, die sich warm und weich über uns legte, und meinen Puls weiter hochtrieb. Ich sah kaum etwas, doch ich registrierte alles. Die Blätter, die an meinen Beinen kratzten, die Hitze, die unter meine Kleidung schlüpfte, Maxtons Hand, die in meiner lag. Ich erkannte vage die Umrisse einer Bank und schob ihn darauf, setzte mich auf ihn. Alle Konturen um uns herum verschwammen in der Lichtlosigkeit, die Zeit irgendwie mit ihr. Wir küssten uns, meine Hände unter seinem Shirt, seine an meinem Hintern. Er drückte ihn näher an sich, als ich mein Becken bewegte. Die Holzlehne rieb an meinen Knien, meine Mitte an seiner Härte. Da waren mehrere Schichten Stoff zwischen uns, aber ich spürte ihn so intensiv, als wären wir beide nackt. Ich konnte nicht mehr klar denken, weil ich nur noch fühlen konnte – wie sehr ich das hier wollte.

Ich stöhnte wieder, als er meinen Hals küsste, mein Schlüsselbein, mein Dekolleté. »Max, bitte …« Ich brach ab, weil ich selbst keine Ahnung hatte, was ich sagen wollte. *Bitte mach weiter, bitte zieh mich aus, bitte zieh dich aus, bitte fass mich an, bitte lass mich dich anfassen, bitte lass uns endlich miteinander schlafen, bitte, bitte, bitte.*

Handeln war leichter als Reden. Ich griff nach dem Gürtel seiner Hose und löste die Schlaufe – grob, ein bisschen ungeduldig. Maxton keuchte, doch als ich meine Hand in die Jeans schob und ihn über dem Stoff seiner Boxershorts berührte, verspannte er sich plötzlich.

Seine Hand umschloss meine, sein Gesicht wich von meinem zurück. Ich konnte es nicht sehen, aber fühlen: Er glühte genauso sehr wie ich. Er wollte das hier genauso sehr wie ich. Und deswegen ergaben seine nächsten Worte keinen Sinn. »Hör auf.«

Sofort zog ich beide Hände zurück und presste sie an meinen Hals, wo mein Puls bebte. »Wieso?«, brachte ich atemlos hervor. »Willst du nicht?«

»Nein. Scheiße.« Maxton umfasste meine Hüfte und drückte mich ein Stück nach oben, von sich weg. Seine Atmung ging schnell und flach, seine Stimme klang heiser und seltsam … brüchig. »Nicht so. Nicht, wenn es nichts bedeutet, nicht, wenn … es das ist, was du immer tust.«

Schlagartig wurde mir eiskalt. Die Erregung verebbte, mein Unterleib hörte auf zu kribbeln. »Was ich … *immer tue*? Was soll das heißen?«

Ich versuchte, mich von ihm wegzubewegen, aber Maxton hielt mich fest. Sein Blick suchte meinen, ich spürte es, obwohl es um uns herum so dunkel war. »Mach mich nicht zu einem von ihnen, Willow. Das ist nicht fair.«

»Und du findest es fair, mir quasi ins Gesicht zu sagen, dass du der Meinung bist, ich würde mit jedem schlafen?« Ich machte mich entschieden von ihm los und setzte mich neben ihn auf die Bank. Mein Shirt war verrutscht und irgendwas in mir auch. Irgendwas, das ich mit aller Kraft wieder zurechtzerren wollte, aber nicht wusste, wie.

»Das tue ich nicht. Und selbst wenn, wäre nichts daran schlimm. Ich will nur nicht, dass es mit mir so ist wie mit ihnen. Dafür ist das mit uns zu … wichtig.« Er legte eine Hand zwischen uns auf das Holz. Die Innenfläche war kaum auszumachen in der künstlichen Nacht, den Blick, der noch immer nach mir griff, nahm ich deutlicher wahr.

Wäre ich eine andere gewesen, hätte ich zumindest eines dieser Angebote angenommen. Doch ich war immer noch ich, und trotz allem, was gerade passiert war, rutschte ich zur Seite und starrte nach vorn. Vor wenigen Minuten hätte ich alles dafür getan, um mit ihm zu schlafen, doch die Vorstellung, nach dieser erneuten Fast-Situation seine Hand oder auch nur seinen Blick zu halten, löste einen so starken Fluchtreflex in mir aus, dass ich die Fersen in den Boden drückte. Das war eine andere Art von Nähe. Eine, die ich nicht ertrug. Nicht einmal – oder ganz besonders nicht – mit ihm.

»Was willst du dann?«, fragte ich gepresst.

Maxton schwieg. Die Hitze der Luft und die Stille zwischen uns trieben mir Schweiß in den Nacken. Dann zog er seine Hand zurück und presste sie auf sein Knie. »Option zwei. Wir vergessen dieses Thema für immer. Okay?«

»Das ist eine lange Zeit.«

»Ich hab nicht vor, kürzer mit dir befreundet zu sein, also …« Er zuckte mit den Schultern, und obwohl ich nach wie vor befangen war, musste ich lächeln.

»Das war ja richtig poetisch.«

Er lachte atemlos. »Vielleicht färbt Eden wirklich ab.«

Eine Weile saßen wir so da. Mein Körper fühlte sich noch immer erhitzt an, meine Impulse auch. Vielleicht war es das, was gerade passiert war: Diese Spannung, die sich zwischen uns in den letzten Wochen aufgebaut hatte, hatte sie in Flammen gesetzt, sodass sie jede Vernunft niedergebrannt hatten. Ich sehnte mich nach wie vor danach, Maxton zu berühren. Aber ich würde es nicht tun. Weil es etwas gab, das wichtiger war als das, was ich gerade wollte: das, was ich brauchte. Und das war Maxton. In meinem Leben. Und ich wusste selbst am allerbesten, dass es nur eine Weise gab, auf die das für mich möglich war.

Ich zwang mich, ihn anzusehen. »Das mit uns, das ist wirklich wichtig. Du bist mein bester Freund, Max. Mein … bester Mensch.«

Sein Lächeln wurde ein wenig breiter, gleichzeitig wirkte es stumpf und traurig. »Und du meiner.«

»Dann kümmern wir uns jetzt um diese Prüfung und verschwinden von hier. Und das … was wir gerade getan haben, das bleibt hier. Einverstanden?«

Maxton nickte und stand auf. »Einverstanden«, sagte er in einem Tonfall, der so emotionslos klang, dass ich eine Ahnung davon bekam, wie viel er wirklich fühlte.

Mit jedem Schritt, den er sich entfernte, glaubte ich, mehr zu verlieren. Bruchteile von etwas Warmem, Hellem und Heilem. Winzige Stückchen einer Möglichkeit, die keine war. Nicht für mich, nicht für uns.

13. Kapitel

MAXTON

Eine Stunde in einer Boxhalle und ich wusste wieder, warum ich mit diesem Sport aufgehört hatte.

Meine Fingerknöchel taten weh, obwohl Eden mir die Bandagen so eng geschnürt hatte, dass die Handschuhe nicht scheuern konnten. Mein Gesicht glühte, meine Lunge fühlte sich eng an. Eden hatte zwar eins der Fenster geöffnet, doch durch den Spalt kam nur spärlich Luft herein.

Es war Mitte November, und heute war das erste Mal Schneeregen gefallen. Gerade an einem Samstagvormittag hätte ich besser im Garten sein sollen, um die Johannisbeersträucher in Vlies einzuwickeln und die Wurzeln der Bäume mit Laub zu bedecken, als mich in einer Halle aufzuhalten, in der es nach Gummi und Schweiß roch.

»Pass auf.« Eden fing meine Faust ab, als ich versehentlich am Boxsack vorbei in seine Richtung schlug.

»Sorry.« Ich zog die Hand zurück und wischte mir mit dem Arm über die schweißfeuchte Stirn.

»Du bist unkonzentriert.« Es klang nicht anklagend, eher besorgt. So, wie sein Blick wirkte, seit ich gefragt hatte, ob er mir Auffrischungsstunden am Boxsack geben könnte.

Bisher hatte ich mich davor drücken können, Keenan und die anderen beim gemeinsamen Training zu begleiten, aber lang würden sie mir das nicht mehr durchgehen lassen.

Genervt schüttelte ich den Kopf, um die widersprüchlichen Gedanken darin zu ordnen. Vergebens. Die dichte Luft in der Uni-Boxhalle nagte an meiner Stimmung.

»Lass uns Pause machen«, schlug ich vor, und versuchte, den Handschuh abzuziehen – ohne Erfolg. Ich fluchte und war kurz davor, wieder auf den Boxsack einzuschlagen, als Eden dahinter hervortrat und nach meiner Hand griff.

»Wir hören ganz auf, solang du so gereizt bist, wird das nichts.« Er warf erst den einen, dann den zweiten Handschuh auf die Matte neben uns. »Was ist los in letzter Zeit?«

»Nichts.« Ich drehte mich weg und langte nach der Wasserflasche neben dem Ring. Als ich die Hälfte getrunken hatte und Eden mich immer noch abwartend ansah, holte ich widerwillig weiter aus. »Diese ganze Sache mit der Society ist einfach … stressig.«

Durch die Fenster fiel gräuliches Wintersonnenlicht herein und betonte Edens Augen. Und den unerträglich wachsamen Ausdruck darin. »Dann hör auf.«

»Kann ich nicht.«

»Natürlich kannst du. Es ist dein Leben.«

Nicht nur, dachte ich, aber ich schwieg und starrte auf meine bandagierten Hände. Erst heute Morgen hatte mir meine Mutter eine weitere Nachricht auf der Mailbox hinterlassen. Beginnend mit der Frage, wie es lief, weiterführend mit einem minutenlangen Monolog darüber, wie schlecht die Lage im Büro aussah, endend mit diesem Satz, der sich mittlerweile als Echo in meinen Kopf geschlichen hatte: *»Mach uns stolz, ja?«*

»Hör mal«, setzte Eden vorsichtig an, »ich hab gesagt, ich frag nicht mehr, woher dieser Wunsch kommt und so, aber … bist du sicher, dass es das wert ist?«

Ich verdrehte die Augen und tippte mit den Fingerspitzen gegen den Boxsack. »Fang du nicht auch noch damit an.«

»Willow?«

Es war so lächerlich, dass ich nur ihren Namen hören musste, um Hitze aufsteigen zu spüren. Ich wünschte, sie hätte sich wenigstens nur auf mein Gesicht beschränkt, doch bei den Erinnerungen an vergangene Nacht wurde mir so unerträglich warm in sämtlichen Körperbereichen, dass ich kurzerhand die Flasche wieder aufdrehte und das verbliebene Wasser in mein Gesicht kippte.

»Wer sonst?«, fragte ich mit geschlossenen Augen, während die Flüssigkeit in mein vom Schweiß feuchtes Shirt kroch.

Als ich blinzelte, ließ Eden sich gerade auf die Kante des Rings sinken. »Ihr habt euch vertragen, oder?«

»Wir haben nie gestritten.«

»Ich will nicht streiten«, hatte Willow gestern Nacht gesagt, auf diese aufrichtige, verletzliche Weise, die sie nur ganz selten zeigte. Solche Sätze aus Willows Mund waren die kostbarsten Risse in ihrer Maske.

Willows Mund. Zwei Worte, mehr Hitze. Frustriert rieb ich mir über die Augen, um die Bilder dahinter zu verwischen. Das alles war so ein riesengroßer, masochistischer Fehler gewesen. Ich hatte es gewollt, klar, immerhin dachte ich seit Monaten ständig daran. Ich wusste auch, dass sie es ebenfalls gewollt hatte. Aber mir war genauso klar, dass ihr Wollen nicht mein Wollen war. Und genau aus dem Grund hatte ich es mit dem letzten Rest an Vernunft abgebrochen, obwohl ein Teil von mir sich das nie verzeihen würde.

Edens Räuspern riss mich aus den Gedanken, ich zuckte zusammen und spürte noch mehr Hitze aufsteigen, als ich seinen Blick wahrnahm. Ein seltsam wissender Ausdruck lag auf seinen Zügen und schob seine Mundwinkel ein winziges Stück nach oben. »Aber irgendwas ist anders.«

»Wie meinst du das?«

»Die Art, wie sie dich ansieht. Das ist jetzt mehr die, wie du sie ansiehst, wenn du denkst, es bemerkt keiner.«

Das waren Momente, in denen ich wünschte, wir würden uns weniger gut kennen. »Wieso fühlt sich dieses Gespräch nach einem Déjà-vu an?«, fragte ich bemüht spöttisch.

Eden zuckte unbeeindruckt mit den Schultern. »Weil du letztes Jahr für mich da warst, als ich die Dinge nicht auf die Reihe bekommen hab. Und weil ich seitdem darauf warte, mich dafür zu revanchieren.«

Ich wusste, worauf er anspielte. Auf das Gespräch, das wir damals beim Besuch des anderen Herrenhauses in Falmouth am Strand gehabt hatten und bei dem ich ihm geraten hatte, die Sache mit Avery nicht zu zerdenken. Ich stand zu dem, was ich damals gesagt hatte. Wenn sich etwas gut anfühlte, war es auch gut. In der Regel. Doch mit Willow war nie etwas die Regel. Das war der Preis dafür, mit einer Frau Zeit zu verbringen, die in gefühlt allem die verdammte Ausnahme war.

»Das mit Willow und mir ist nicht mal im Ansatz vergleichbar mit der Sache zwischen Avery und dir damals«, erwiderte ich. »Es war offensichtlich, dass ihr einfach nie aufgehört habt, euch zu lieben.«

»Ihr liebt euch doch auch.«

Ich schüttelte den Kopf und fuhr mir mit dem bandagierten Handballen über die Schläfe. »Es spielt keine Rolle, was *ich* denke oder … fühle. Es ist alles okay, wie es ist.«

Eden blieb neben dem Boxsack stehen und verstaute die Hände in den Taschen seines Hoodies. Wir wussten beide, was ich gerade zugegeben hatte, doch er war rücksichtsvoll genug, es nicht auszusprechen. »Manche Dinge kann man nicht aussitzen, Maxton«, sagte er nur sanft. »Manchen Dingen muss man sich stellen.«

Ein bitteres Lächeln schlüpfte auf meinen Mund. »Glaub

mir, das habe ich gerade erst versucht, und es ist gründlich nach hinten losgegangen.«

Eden runzelte die Stirn. »Heißt?«

Kurz zögerte ich. Wenn ich es aussprach, konnte ich nicht mehr so tun, als wäre es nie passiert. Doch wie gesagt: Ich war schlecht darin, mir etwas vorzumachen. Außerdem war ich es leid, diesen Gedanken herumzutragen, ohne ihn mit jemandem zu teilen.

»Wir haben uns geküsst.«

Er wirkte nicht halb so überrascht oder schockiert, wie ich erwartet hätte. Er nickte nur, als hätte er sich etwas in die Richtung schon gedacht. »Verstehe. Wann? Und wie?«

»Hätte nicht gedacht, dass du der Typ für Details dieser Art bist«, murmelte ich.

»Spiel das jetzt nicht runter.«

Ich seufzte und ließ den Kopf in den Nacken sinken. »Gestern, bei der Herausforderung. Es war schon seit einer Weile irgendwie komisch zwischen uns, wir haben gestritten und dann ... ist es halt passiert.«

»So was passiert nicht einfach. Wer hat wen geküsst?«

»Ich sie. Aber sie hat gesagt, dass ich es tun soll, also ... keine Ahnung. Es war eine gemeinschaftliche, extrem dumme Idee.«

Extrem dumm, aber leider auch extrem gut.

Eden neigte den Kopf zur Seite, als könnte er mir das Gedachte aus dem Gesicht ablesen. »Und wie war's?«

»Ist doch egal. Es hat nichts bedeutet.« Das war zumindest Willows Bedingung für den Kuss gewesen. Und der Grund, weswegen ich erst Nein gesagt hatte, bevor mein Verstand ausgesetzt hatte. In diesem Moment hatte ich nur daran denken können, dass das vermutlich die einzige Chance für mich war, Willow jemals zu küssen. Machte das einen Lügner aus mir? Oder bloß einen Idioten?

»Komm schon«, meinte Eden mit einem Seufzen. »Sag mir jetzt nicht, dass du das echt denkst. Wir wissen beide, dass du seit langer Zeit darüber nachdenkst, sie zu küssen.«

»Sie ist meine beste Freundin.« Ich konnte nicht verhindern, dass sich ein verzweifelter Unterton in die letzten beiden Wörter schlich. Dieser Satz hatte mich über ein Jahr lang so zufrieden gemacht – wieso fühlte er sich neuerdings unerträglich an?

»Das eine schließt das andere nicht aus. Eigentlich sind das sogar gute Voraussetzungen für eine gesunde Beziehung.«

»Beziehung?« Ich lachte gepresst. »Mann, wir reden hier von Willow. Sie hat keine *Beziehungen*. Wenn überhaupt hat sie Typen, mit denen sie vögelt. Und ich ... will echt alles für sie sein, was sie braucht, aber das pack ich nicht.«

»Ich glaube nicht, dass sie das von dir will.« Das Mitgefühl in Edens Stimme war so deutlich zu hören, dass ich mir am liebsten die Ohren zugehalten hätte. »Wir wissen beide, wie Willow ist. Denkst du, sie hätte dich dazu aufgefordert, sie zu küssen, wenn sie es nicht wirklich gewollt hätte?«

»Lust und Liebe sind zwei verschiedene Dinge.« Ich verzog den Mund, weil es mir zuwider war, das auszusprechen.

Über Liebe zu reden war so platt. Jeder benutzte dieses Wort, ohne genau definieren zu können, was sie war oder wie sie sich anfühlte. Wenn ich Willow ansah, dann fühlte ich nicht *Liebe*. Ich fühlte Wärme, Zuneigung, Sorge, Frustration, Ruhe, Nervosität. Ich fühlte viel, ich fühlte intensiv. Ich fühlte mich lebendig. Was auch immer Liebe am Ende war – ein Hormonmix, ein Gefühl, eine Illusion, ein Wort, verknüpft mit einem Haufen unrealistischer Hoffnungen und Erwartungen –, es war in jedem Fall ... *viel*. Und wenn man sich in jemanden verliebte, den man schon längst liebte, dann war es vielleicht *zu* viel. Zu viel Liebe für einen einzigen Menschen.

Ich hatte das Gefühl, daran zu ersticken, weil ich so verdammt allein damit war.

»Nicht immer.« Eden lächelte – mehr mit den Augen als mit dem Mund, wie immer, wenn er an Avery dachte. »Hast du mit ihr darüber geredet, was du denkst?«

Allein die Vorstellung war absurd. Willow und ich waren nicht gut darin, über *uns* zu sprechen. Wir sagten uns nicht, was wir aneinander mochten, wir ließen einander einfach spüren, dass es *alles* war, indem wir uns so akzeptierten, wie wir waren. So war das eben mit Willow: Sie war ehrlich, aber sie wählte genau aus, welche Wahrheiten sie teilte. Ich wusste nicht, ob sie andere dadurch zu schützen glaubte oder nur sich selbst, aber ich wusste, dass die falschen Themen sie immer dazu bringen würden, zuzumachen.

»Damit sie Panik bekommt und sich zurückzieht? Wenn ich daran denke, dass sie irgendwann ganz abhaut, dann …« Ich schluckte und rieb mir mit dem Handballen über die Schläfe, wusste nicht, wie ich den Satz beenden sollte, weil sich allein bei dem Gedanken unendlich viel Leere in mir ausbreitete. »Es ist Willow«, wiederholte ich nur.

Eden lächelte schwach. »Ich weiß.« Es wirkte, als wollte er noch etwas dazu sagen, da ertönte ein Klingeln aus der Sporttasche, die er neben dem Ring abgestellt hatte. Sofort ging er davor in die Hocke. »Entschuldige, ich muss kurz drangehen. Avery wollte anrufen, wenn der Termin vorbei ist.«

»Lass dir Zeit.« Ich griff nach meinem Handtuch. Avery war gestern nach der Uni nach Redcar gefahren, um ihre Mutter heute irgendwohin zu begleiten. Sie war nicht ins Detail gegangen, doch so nervös wie sie die letzten Tage gewirkt hatte, musste es etwas Wichtiges sein.

Als ich mir das Gesicht abgerieben hatte, klingelte Edens Handy immer noch. Ich sah zu ihm hinüber und bemerkte, wie er völlig reglos auf das Display starrte. Innerhalb von Sekunden sog das Leuchten des Bildschirms jedes bisschen Farbe aus seinem Gesicht.

Ich machte einen Schritt auf ihn zu. »Eden?«

Er blinzelte. Seine Augen wirkten im blassen Gesicht plötzlich viel zu dunkel. »Ich kenn die Nummer nicht.«

Bei jedem anderem hätte ich nicht verstanden, wieso das Grund zur Sorge war. Hinter einer unbekannten Nummer konnten etliche Möglichkeiten stecken, aber für Eden gab es nur die schlimmsten Optionen. Eine Nachbarin, ein Familienangehöriger, die Polizei, das Krankenhaus: irgendjemand, der ihm sagte, dass etwas mit seiner Mutter passiert war. Dass *sein Vater* ihr passiert war.

Auch wenn ich seit einiger Zeit von seiner Kindheit und Familie wusste, redeten wir nicht oft darüber. Er erzählte manchmal, wenn er mit seiner Mutter telefoniert hatte, aber meistens filterte ich die Informationen darüber, wie es ihr ging, eher durch das heraus, was er *nicht* sagte. Eden wurde stiller, wenn er sich Sorgen machte. Und obwohl er in diesem Jahr mehr und mehr lautere Tage hatte, gab es immer noch die, an denen er so ruhig wurde, dass man kaum mitbekam, dass er da war. Während er auf sein Handy starrte, konnte ich dabei zusehen, wie innerhalb von Sekunden alle Lautstärkeregler in ihm heruntergedreht wurden.

»Soll ich drangehen?«, bot ich an.

Er schüttelte den Kopf und erhob sich. Nach einem letzten Luftholen nahm er den Anruf an. »Hallo?«

Ein erleichterter Ausdruck huschte über seine Züge, keine fünf Sekunden später spannten sie sich wieder an. »Mum, ich versteh dich nicht. Atme tief durch, ja?« Er presste die Finger in den Nacken, seine Schultern hoben sich, als würde er sich für etwas wappnen. »Was ist passiert?« Dreißig Sekunden Stille, die Finger wanderten vom Nacken zu seiner Nasenwurzel. »Du musst dich nicht entschuldigen. Es ist gut, dass du anrufst. Ich fahre gleich los. Schick mir die genaue Adresse, okay? Und … bitte bleib da. Bitte warte.« Er legte auf und blickte auf das Display, in dem sein kalkweißes Gesicht reflektiert wurde.

»Was ist los?«, fragte ich besorgt.

»Mein Vater hat …« Eden schüttelte den Kopf, hob den Blick, pure Überforderung in den Augen und den Bewegungen, mit denen er seine Taschen abklopfte. »Sie will weg.«

»Weg von zu Hause?«, hakte ich stirnrunzelnd nach. Ich wollte es glauben, weil ich genau wusste, wie sehr Eden darauf seit langer Zeit hoffte. Aber genau deswegen kam es mir fast zu gut vor, um wahr zu sein.

Eden wirkte, als ginge es ihm nicht anders. »Ja. Ich meine … weg von ihm. Sie ist bei einer Freundin, aber sie muss erst mal aus der Stadt raus. Ich hab gesagt, ich komm sie abholen. Ich …« Er hatte seine Schlüssel gefunden, seine Hand zitterte so stark, dass das Metall klapperte. »Scheiße, so kann ich nicht fahren. Könntest du … Ich meine, ich weiß, du hast zu tun …« Seine Stimme brach wieder, doch mehr musste ich eh nicht hören.

Ich griff nach den Schlüsseln. »Lass uns gehen.«

14. Kapitel

WILLOW

Es gab einen Grund, warum ich von Anfang an gewusst hatte, dass die Mulberry Mansion das richtige Zuhause für mich war.

Im ersten Jahr in Windsbury hatte ich in einer Einzimmerwohnung gelebt, in der es nur ein einziges Fenster gab, das noch dazu klemmte. Maxton hatte es nie länger als fünf Minuten bei mir ausgehalten, aber ich hatte es an sich gemocht. Es waren die ersten vier Wände gewesen, die wirklich nur mir gehört hatten.

Trotzdem hatte ich mich darin nie ganz entspannt. Alleinsein bedeutete nicht immer Ruhe. Nicht, wenn es in einem selbst so laut war. Letztlich hatte das dazu geführt, dass ich kaum Zeit in der Wohnung verbracht hatte. Ich hatte mich in Windsburys – zugegeben überschaubares – Nachtleben gestürzt, häufig verabredet und war ständig uneingeladen in Maxtons Wohnheim aufgetaucht. An einem dieser Abende hatte er mich das erste Mal *Catkin* genannt. Ich fragte mich bis heute, ob er wirklich an das Weidenkätzchen gedacht hatte oder eher an eine Streunerkatze.

Allein zu leben hatte mir nie das Gefühl gegeben, ganz zu mir vorzudringen, zu dem alten Ich, das ich wiederfinden wollte. Doch in jener Nacht, in der Maxton und ich das erste Mal vor der Villa gestanden hatten, hatte ich sofort gespürt, wie sich diese Unruhe legte. Ihr Chaos hatte meines geschluckt, ihre

Unvollkommenheiten hatten mich meine wieder lieben lernen lassen. Ich würde ihr für immer dafür dankbar sein. Ihr und den anderen, in deren Gesellschaft ich mich stürzen konnte, wenn mir meine eigene zu viel wurde. Und ganz besonders natürlich dem einzigen Menschen, der keine Unruhe brauchte, um meine zu besänftigen. Dem einzigen Menschen, dessen Stille mich nicht lauter drehte, sondern leiser. Maxton und die Mulberry Mansion teilten sich diese Wirkung auf mich.

Bis heute. Heute stand ich seit zehn Minuten vor der blassblau gestrichenen Eingangstür mit einem so heftig pochenden Herzen, dass ich nicht einmal das Ächzen der Maulbeerbäume in meinem Rücken hören konnte, die sich mit ihren breiten Holzbeinen gegen den Wind stemmten.

Ich hatte den Tag in der Bibliothek verbracht, obwohl ich der Überzeugung war, dass man das Wochenende nicht mit Lernen vergeuden durfte. Die staubige Luft der Bücherhallen war mir lieber gewesen als zu riskieren, meinem besten Freund über den Weg zu laufen.

Meinem besten Freund, den ich gestern geküsst habe.

Ich presste die Augen zusammen, um die Erinnerungen zurückzudrängen, und rieb mir die fröstelnden Arme. Meine Jacke war zu dünn für die niedrigen Temperaturen, doch ich hatte es nicht über mich gebracht, Maxtons anzuziehen. Genauso wenig, wie ich es über mich gebracht hatte, im Garten nach ihm zu suchen, obwohl der Schneeregen bereits am Vormittag angefangen hatte und ich sicher war, dass er nicht warm genug angezogen war. Obwohl ich bereits beim Aufwachen gewusst hatte, dass ich mich ihm stellen musste.

Ich musste Maxton sehen. Nicht, um über das zu reden, was gestern Nacht geschehen war, sondern um ihm zu zeigen, dass wir *nicht* darüber reden mussten. Was gab es auch zu sagen?

Weißt du noch, als wir in diesem Gewächshaus rumgemacht ha-

ben? Denkst du zufällig auch die ganze Zeit daran? Hast du vielleicht auch heute Nacht davon geträumt, bist aufgewacht und musstest dich davon abhalten, die Tür zwischen unseren Zimmern zu öffnen, um da weiterzumachen, wo wir aufgehört haben? Nein? Schade, ich nämlich schon.

Frustriert trat ich mir die Schuhe ab und kickte sie auf den Haufen im Flur. Der rechte landete auf einem von Maxton, und für einen peinlichen Zeitraum von zwei Sekunden spürte ich so etwas wie Neid auf meinen Schuh. Weil er etwas von ihm berühren durfte und ich nicht. Gott, das war so erbärmlich. Und falsch. So, so falsch. Und das Schlimmste daran war, dass ich niemandem die Schuld dafür geben konnte. Anders als auf der Party hatte es weder ein sinnesbetäubendes Setting gegeben, noch gedankenbetäubenden Alkohol. Da waren nur wir beide gewesen.

Aber wir waren auch *viel mehr* als das. Und deswegen würde ich nicht zulassen, dass sich dieser gedankenlose Ausrutscher zwischen uns stellte, so wie es in den letzten Wochen mehrmals passiert war – selbst, als das Ausrutschen nur ein loser Gedanke gewesen war. Wir würden dieses Thema einfach auf sich beruhen lassen, und früher oder später würden die Erinnerungen an gestern Nacht unter denen verblassen, die wir im Laufe der Zeit miteinander gesammelt hatten. Die so viel mehr wert waren als flüchtiges … Wollen.

Aus diesem Grund hatte ich meine Verabredung mit Lauren für heute Abend abgesagt. Ich würde das Aufeinandertreffen mit Maxton nicht länger hinauszögern. Entschlossen reckte ich das Kinn und ging auf die Küche zu, aus der ich Geräusche hören konnte. Geschirrgeklapper, Stimmen, Musik aus unserem alten Radio, Wind, der die Äste des Zwetschgenbaums wie Marionettenarme am Fenster kratzen ließ. Kurz vor der Schwelle hielt ich inne und schnupperte irritiert. Es war fast acht und damit Essenszeit, doch statt nach etwas Herzhaftem duftete es nach … Milch.

Bevor ich über die Schwelle treten konnte, tauchte May vor mir auf. »Hey, warte kurz«, sagte sie gedämpft und warf einen Blick über ihre Schulter, ehe sie mich sanft am Arm fasste und einen Schritt zurück in den Flur schob.

Ich versteifte mich. »Was ist los?«

»Entschuldige.« May nahm ihre Hand weg und zupfte an ihrem Haarband. Cremeweiß, minimal heller als ihre blasse Gesichtsfarbe. »Ich wollte dir nur sagen … Wir haben Besuch von Edens Mutter Mary.«

Ich runzelte die Stirn und sah an ihr vorbei zum Küchentisch. Zwischen Helen und Sienna saß eine Frau in den Vierzigern. Sie war so zierlich, dass sie fast in ihrem grauen Pullover zu verschwinden schien.

Grau – das war das Erste gewesen, das ich damals gedacht hatte, als ich Eden begegnet war. Nicht wegen seiner Augenfarbe, sondern wegen der drückenden Stimmung, die ihn damals meistens wie eine Wolke umgeben hatte. *Grau* war auch das, was ich als Erstes dachte, als ich seine Mutter sah. Es war ein anderes Grau, ein düstereres, traurigeres. Eines, das mir vage bekannt vorkam und das ich deswegen umso reflexartiger von mir wegschob.

Ich löste den Blick von ihr und streifte Maxtons, der am Herd in einem Topf rührte, aus dem Milchduft aufstieg. Selbst der Ausdruck in seinen Augen wirkte unruhig.

»Ist heute Elterntag?«, fragte ich bemüht locker.

Mays Mundwinkel zuckten nicht mal. »Sie hat einen Ort gebraucht, an dem sie vorerst unterkommen kann. Also bleibt sie ein paar Tage bei uns.«

Ich wollte etwas sagen, noch etwas halbherzig Lustiges, für das ich mich später verachtet hätte. Es blieb mir erspart, weil

Mary in diesem Augenblick ihren Kopf zur Seite drehte. Alles an ihr war so hell – die Haut, die Augen, die blonden Haare. Trotzdem war das, das mir besonders auffiel, das einzig Dunkle in ihrem Gesicht.

Der Bluterguss saß direkt unterhalb ihres Auges. Noch war er rötlich, was vermutlich bedeutete, dass er nicht allzu alt war. Die Haut begann anzuschwellen, ihr rechtes Auge wirkte kleiner als das linke. In ein paar Stunden würde sie es wahrscheinlich kaum noch öffnen können. Hässliches Blutblau statt freundlichem Augenblau. Irgendwie ergab das nur Sinn: Das war die Art von Dunkelheit, die nach und nach all dein Licht stahl.

Der Anblick schlug mir so heftig ins Gesicht, dass meine Wangen zu brennen anfingen. Blut darin, kein Blut mehr in meinem Herzen – es pochte kaum noch fühlbar. Mir war so übel, dass ich mich am liebsten gesetzt hätte.

»Ist es für dich okay, wenn sie hierbleibt?« May berührte zaghaft meine Schulter, ich zuckte dennoch so heftig zurück, dass ich gegen die Wand in meinem Rücken stieß.

»Ja, klar«, zwang ich mich zu sagen, halblaut, krächzend. »Solang sie will.«

»Gut.« May musterte mich sorgenvoll und deutete hinter sich. »Magst du auch einen Kakao?«

Ich schüttelte den Kopf und presste mich fester gegen die Tapete. Sie war auch grau, vielleicht stahl sie ebenfalls Licht, vielleicht fühlte ich mich deswegen so, als würde sich etwas Dunkles in mir ausleeren.

»Wo ist Eden?«, brachte ich hervor.

May runzelte die Stirn. »Er wollte kurz was aus seinem Zimmer holen. Ich glaube, er braucht einen Moment für sich.«

»Okay. Ich geh auch … hoch.«

May sagte noch etwas, doch ihre Stimme ging in dem Rauschen meiner Gedanken unter. Alles in mir schrie danach, wegzulaufen, stattdessen ging ich die Treppe hinauf. Ich hatte mal gelesen, dass es nichts brachte, vor einem Wirbelsturm davonzurennen, weil er sowieso zu schnell war. Vielleicht war es also das Beste, hineinzuspringen, und darauf zu hoffen, in seinem Kern innehalten zu können. Im Auge des Sturms, das nahezu windstill war.

Ich wusste nicht, ob ich nach diesem Auge suchte oder dabei war, mich geradewegs in den alles zerstörenden Wind zu stürzen, als ich vor Edens Zimmer innehielt.

Bisher war ich noch nie darin gewesen. Ein paarmal hatte ich einen Blick hineingeworfen, aber Eden hatte die Art Ausstrahlung, durch die auch offene Türen geschlossen wirkten. Jetzt klopfte ich an den Rahmen und schob mich, ohne zu zögern, durch den offenen Spalt hinein.

Eden saß auf dem Bett, und erst, als er aufsah, bemerkte ich, dass er weinte. Reg- und lautlos, als wäre er eine der Kalkstatuen im Garten, über deren Züge Regen tropfte.

Mein Herz wurde so schwer, dass es bis in meine Füße sackte. Ich blieb stehen, mitten im Raum.

»Hey«, sagte ich leise, und hörte selbst, dass es eines dieser *Heys* war, dem man das Gedachte anhörte. Ich sagte *Hey*, und Eden wusste, dass ich es wusste. Alles.

»Hey.« Er rieb sich mit der Hand über die Wange, aber er versuchte weder, die Tränen aus seinen Augen noch aus seiner Stimme fernzuhalten.

Ich fühlte mich elend. Elend für jeden Spruch, den ich in den vergangenen Jahren vor Maxton, den anderen oder Eden selbst über ihn abgelassen hatte. Elend für jeden spöttischen Gedanken, den ich gehabt, für jeden Funken Unverständnis, Gereiztheit oder Wut, den ich empfunden hatte. Ich hatte es nicht verstanden, obwohl ich die Anzeichen vielleicht hätte erkennen können. Immerhin wusste ich genau, dass leise Menschen oftmals die lautesten Geschichten hatten. Ich hatte schlichtweg nicht gut genug hingehört, weil ich mir vor Jahren angewöhnt hatte, das nur noch mit einem Ohr zu tun. Es war eben leichter, nicht jede Bedeutungsschicht auszugraben, wenn man Beziehungen nicht zu tief werden lassen wollte. Jetzt wünschte ich mir, ich hätte meine Hand viel früher vom Rand unseres gemeinsamen Beckens gelöst. Vielleicht wäre mir dann aufgefallen, wie schwer es Eden fiel, sich in all seinen Becken über Wasser zu halten.

Ich wollte so viel sagen, aber nichts davon hätte etwas besser gemacht. »Wo ist Avery?«

»Sie sollte gleich hier sein. Sie war in der Nähe von Redcar und hat ihre Mutter zu einem Termin begleitet.« Edens Stimme klang noch rauer als sonst. Eine solche Traurigkeit schliff jedes bisschen Fassade ab. »Ich hab sie erst angerufen, als wir wieder auf dem Weg hierher waren, und versucht, sie dazu zu bringen, erst morgen zurückzukommen.«

»Und du dachtest, das funktioniert?«

Er lächelte schwach. »Nein, wahrscheinlich nicht. Sie hat mir versprochen, vorsichtig zu fahren, aber … keine Ahnung, vielleicht hätte ich ihr nichts sagen sollen.«

»Natürlich hättest du. Sie würde dir die Hölle heißmachen, wenn du sie nicht für dich da sein lässt.«

Avery war zwar ein an sich zurückhaltender Mensch, doch sie konnte extrem stur und direkt werden, sobald es um Vorstellungen oder Menschen ging, die ihr wichtig waren. Das war ein Grund dafür, dass ich kurz nach ihrem Einzug bemerkt hatte, dass ich sie mögen könnte. Mehr, als ich es mir eigentlich in Freundschaften erlaubte.

»Ich weiß.« Eden nickte und presste die Handballen auf seine Augen. »Scheiße. Ich sollte wieder runtergehen, aber ich kann nicht aufhören zu weinen.«

»Das ist okay. Die anderen sind da. May hat Kakao gekocht. Im ganzen Erdgeschoss riecht es nach Milch.«

Eden lachte brüchig, als hätte ich damit unbeabsichtigt etwas gesagt, das sein Inneres weiter zerbröselte. Alles daran schlug auch gegen meine Schutzwände. Das hier war kein windstilles Auge, das hier war so stürmisch, dass ich bereits fühlte, wie sie wankten. Ich wusste, ich sollte gehen, bevor sie zusammenfielen, doch ich brachte es nicht über mich. Denn während Eden auf seinem Bett saß, vor dieser Wand mit den Zitaten aus seinen Lieblingsbüchern, einem Hintergrund aus Worten der Geschichten anderer, hatte ich zum ersten Mal das Gefühl, seine zu verstehen. Und ich verstand sie wirklich. Mehr als ich wollte.

»Deine Mum ist hier«, flüsterte ich. »Sie ist hier.«

»Ja.« Er barg das Gesicht in beiden zitternden Händen. »Ich will mich freuen, aber ich kann nicht. Ich hab Angst. So eine Scheißangst, dass sie es sich anders überlegt und zu ihm zurückgeht.«

Ich hätte ihn gern beruhigt, aber ich wollte nicht lügen. »Wenn es so ist, kannst du sie nicht davon abhalten.«

»Und was kann ich dann tun?«

Ich zögerte, dann setzte ich mich mit etwas Abstand neben ihn auf die Matratzenkante. »Du kannst ihr einen Grund geben, hierbleiben zu wollen. Und das tust du. Wirklich, du machst alles richtig.« Meine Finger zitterten, ich grub sie in die aschgraue Bettwäsche. *Grau, Grau, Grau.* Ich sah die Farbe, ich fühlte die Farbe, und ich zwang mich, mich hineinfallen zu lassen. »Das Ding ist … wir können niemanden dazu zwingen, eine Liebe als falsch zu erkennen«, fuhr ich heiser fort. »Aber wir können ihnen zeigen, wie gut sich Liebe *auch* anfühlen kann. Bis sie begreifen, dass sie es verdient haben, auf diese Weise geliebt zu werden. Von anderen, aber vor allem von sich selbst.«

Meine Stimme wurde mit jedem Wort tiefer. Das passierte manchmal, wenn etwas sehr Wahres hineinkroch. Etwas, das ich eigentlich nur mit mir selbst ausmachte, um nicht zu viel von mir herzugeben. Und diese Wahrheit barg einen so großen Teil von mir, dass sie kaum in Worte passte.

»Nur … nimm es ihr nicht übel, wenn sie eine Weile dafür braucht. Wenn dir jemand jahrelang einredet, dass du klein bist, dass du nichts wert bist, dass du zu viel, zu wenig oder zu falsch bist, dann nimmt er dir damit Teile deines Selbst weg. Und auch wenn du die Stärke findest zu gehen, bekommst du sie nicht sofort zurück. Du brauchst Zeit und gewaltige Kraft, um dich wieder zusammenzusetzen. Um dich aufzurichten und keine Angst vor deiner Größe zu haben.«

Ich hielt inne. Da waren düstere Töne, die sich an die Innenwände meines Bewusstseins klebten. Ich hatte sie lang nicht dermaßen intensiv wahrgenommen, doch ein Teil von mir hatte gewusst, dass sie noch da waren. Diese Art von Gedankentapete ließ sich zwar übermalen, aber irgendwann schien das Dunkle wieder durch. Meistens dann, wenn man es am wenigsten gebrauchen konnte. Wenn man für jemand anderen da sein und nicht über sich selbst sprechen wollte. Doch vielleicht konnte das eine auch das andere bedeuten. Vielleicht war manchmal alles, was man einem Menschen geben konnte, die Gewissheit, dass er nicht allein war.

Ich fokussierte mich auf Eden und sammelte den letzten Rest meiner Stimme zusammen. »Das Beste, was du in dieser Zeit für sie tun kannst, ist, ihr den Raum zu geben, sich selbst zu suchen. Also … sei einfach da und erinnere sie daran, dass du dieses Selbst liebst und darauf wartest, dass sie es wiederfindet. Mehr kannst du nicht tun.«

Ich brach ab und starrte auf meine Fingerknöchel, die sich hell vom Stoff abhoben. Aus dem einfachen Grund, dass Eden mich auf diese bestimmte Art ansah. Auf diese Art, die mir zu erkennen gab, dass mein Monolog noch mehr verraten hatte als mein »Hey« vorhin. *Zu viel*, dachte der Teil von mir, der in den letzten Jahren entschieden hatte, wie ich mich vor anderen zu geben hatte. *Gerade genug*, dachte der, der es müde war, vor dieser Form der Nähe davonzulaufen. Der sich bereitwillig in diesen Moment und das Gefühl von Verbundenheit hineinsinken ließ. Ich hatte eine Hand vom Beckenrand gelöst, und als ich zu Eden blickte, erkannte ich, dass er dasselbe getan hatte.

Er schluckte schwer, seine Finger bewegten sich auf meine zu. Ein paar Zentimeter neben meinen grub er sie in die Decke. Ich schloss die Augen, weil ich sie trotzdem spürte: die Umarmung, die er nicht über sich bringen würde. Ich war nicht umsonst eine Meisterin der gedachten Berührungen.

»Es tut mir so leid, Willow.«

»Ja«, ich lächelte, breit, zittrig, »mir auch.«

Wir sahen einander an. Es fühlte sich an, als würde ich in einen alten Spiegel starren. Leicht welliges Glas, zersprungene Ecken, trotzdem deutliche, vertraute Umrisse. Keine Gleichheit, aber unleugbare Ähnlichkeit.

Er wirkte so, als würde er noch etwas sagen wollen, da kamen Schritte im Flur auf.

»Eden?«, ertönte Averys Stimme, bevor Sekunden später die Tür aufflog und Eden gleichzeitig aufstand.

»Ever.« Er stieß einen Ton aus, der Seufzen und Schluchzen zugleich war. Der Rest seiner Worte ging in Averys Haar unter, weil sie bei ihm war und ihn umarmte.

Ich verließ das Zimmer, als sie in ihrer eigenen Blase verschwanden. Eine Blase bestehend aus geflüsterten Worten, tröstenden Berührungen und dieser spürbaren Nähe, die ich kaum aushielt. Ich musste hier raus. Nicht nur aus diesem Zimmer, sondern aus diesem Haus, eigentlich gleich aus meinem Kopf, aus meiner Haut. Ich hatte nur kurz tauchen wollen, jetzt fühlte ich mich, als würde ich ertrinken.

Ich brauchte laute Musik, grelle Lichter und fremde Menschen um mich herum. Alles, was mir dabei half, die dunklen Gedankentapeten in mir und die Leuchtabdrücke einer anderen Stimme als meiner zu verdrängen.

Es war gut, dass Edens Mutter hier war, doch ich konnte nicht hier sein, wenn sie es war. Bevor ich mich ein wenig besser verhüllt hatte, ertrug ich es nicht, in einen weiteren Spiegel zu blicken. Nicht, wenn er mir Teile von mir zeigte, die ich seit Jahren versuchte zu verstecken. Vor der Welt und vor allem vor mir selbst.

15. Kapitel

WILLOW

»Kannst du dir was Schöneres vorstellen, als deinen Samstagabend damit zu verbringen, einem Haufen Kerle zuzuhören, wie sie über Wein fachsimpeln?«

Maxton lächelte und nickte unauffällig zur anderen Seite des Raums, wo eine Gruppe Typen stand. »Ich glaube, die da reden über Whisky.«

»Rebellen.«

Ich wackelte mit den Augenbrauen und nippte an meinem Roséwein. Der Mann, der mir eingeschenkt hatte, hatte irgendwas von erdigem Grundton mit Kirschnote gefaselt, bis ich ihm das Glas aus der Hand genommen hatte und gegangen war. Meiner Meinung nach hätten sich die Typen die Mühe sparen können. Es war völlig egal, wie teuer die Weine waren, die in der Vorhalle ausgeschenkt wurden: Sobald man den Raum betrat, in dem die Stehtische standen, schmeckte alles nur noch nach Chlor.

Die Schwimmhalle befand sich in einem gläsernen Anbau direkt neben der Villa, und das Becken war aus goldenem Stein, sodass das Wasser darin schimmerte. Das Haus gehörte der Familie eines Mitglieds einer Studentenverbindung in Oxford. Ebenjene Verbindung, die sich regelmäßig mit ausgewählten Societies nahe gelegener Universitäten traf. Maxton hatte halbherzig versucht, mir auszureden mitzukommen, obwohl es ihm offiziell erlaubt war, jemanden mitzubringen. Natürlich vergebens. Wenn er schon einen Ausflug mit der Society machte, nutzte ich die Chance, um auf ihn aufzupassen.

An sich war der Tag ganz interessant gewesen: Wir hatten eine Führung durch die Universität bekommen, ehe wir gegen Abend in das etwas abseits gelegene Anwesen gefahren worden waren. Ein Anwesen, das unsere eigene Villa beschaulich wirken ließ. Trotzdem konnte ich mich nicht entspannen, nicht, solang ich bei jedem Schritt spürte, dass Maxton unter Beobachtung stand. Mittlerweile waren nur noch vier Anwärter dabei, und da die Hälfte der Herausforderungen – von denen ich offiziell natürlich nichts wusste – vorbei war, verkrampfte die Stimmung zwischen ihnen deutlich. Es war mir ganz recht, dass Maxton sich den Platz direkt bei der Schiebetür zum Garten und damit weit weg vom Pool ausgesucht hatte. Ich hätte nicht ausgeschlossen, dass jemand versuchte, ihn zu ertränken, um selbst bessere Chancen auf eine Aufnahme in der Society zu haben.

Tatsächlich war das Becken ganz leer, nur ein paar Frauen in herbstuntauglichen Kleidern saßen am Rand und ließen die Füße ins Wasser baumeln. Sanfte Kreise liefen über die Oberfläche, in denen nicht nur das Gold des Steins, sondern auch das der dicht mit Lichterketten behangenen Decke reflektiert wurde. In der Halle waren mindestens hundertfünfzig Menschen, aktive und ehemalige Mitglieder aus fünf verschiedenen Verbindungen mitsamt – vorranging weiblichem – Anhang. Immerhin hatte es diesmal keinen Dresscode gegeben, ich hatte trotzdem aus Prinzip eine weite Jeans und einen Kaschmirpullover angezogen, der mal Beckett gehört hatte, bevor Sienna ihn zu heiß gewaschen hatte.

»Du warst letzte Woche viel unterwegs«, sagte Maxton, nachdem ich mein Glas zur Hälfte geleert hatte.

Ich lächelte gezwungen, weil ich gerade nicht daran denken wollte, was mich von zu Hause fernhielt. »Irgendwie muss ich es ja ausgleichen, wenn ich meine Wochenenden mit so was verbringe.«

»Du weißt, dass du nicht hättest mitkommen müssen.« Maxtons Blick glitt immer wieder zu der Tür neben sich, hinter der in der Abenddämmerung ein karger Garten lag. Mir war durchaus aufgefallen, dass er vorhin als Erstes geprüft hatte, ob sie sich öffnen ließ. Trotzdem wanderte seine Hand immer wieder zum Kragen des hellgrauen Hemdes, in dem er mir seltsam fremd vorkam.

»Doch. Jemand muss auf dich aufpassen.«

»Ich dachte, wir haben geklärt, dass ich ganz gut auf mich selbst aufpassen kann.«

Ich schnaubte. »Bienenflüsterer hin oder her, ich habe vorhin beobachtet, wie du angefangen hast, in einer fremden Villa die Pflanzen zu gießen.«

Er zuckte wenig schuldbewusst mit den Schultern, dabei war an seinen Fingern immer noch ein bisschen Erde zu sehen. »Ein Akt der Nächstenliebe.«

»Ein Akt der Schrägheit, Max.« Ich biss mir auf die Unterlippe, um mir das Grinsen zu verkneifen – Maxton bemerkte es natürlich trotzdem.

Sein Blick streifte meinen Mund, das Lächeln von meinem schlüpfte auf seinen. »Schön, dass du hier bist«, sagte er leise. Nicht leise genug.

»Dem kann ich mich nur anschließen«, bemerkte eine Stimme, und im nächsten Moment blieb Keenan vor uns stehen. Er trug Stoffhose und Jackett, auf dem Hemd darunter blitzte das silberne S hervor.

»Verrätst du uns noch, was das hier ist?«, fragte ich betont freundlich, auch wenn mir das nach einem Tag in seiner Nähe umso schwerer fiel. »Trefft ihr euch öfter mit verfeindeten Banden?«

Keenan nippte an seinem Rotwein und ließ den Blick dabei durch den Raum wandern. »Wir sind nicht verfeindet. Die Studentenverbindungen anderer Universitäten sind viel mehr unsere entfernten Verwandten.«

»Also keine Brüder, sondern Cousins?«

»So ungefähr.« Keenan lächelte und konzentrierte sich dann auf Maxton. »Wir nehmen euch hierhin mit, um euch zu zeigen, wie ausgeprägt unser Netzwerk ist. Die Kontakte, die wir haben, sind so weit verzweigt, dass sie die gesamte britische Oberschicht umfassen. Einer von uns zu sein, bedeutet einer von *uns allen* zu sein.« Er zögerte und grinste dann breiter. »Außerdem plant Bash gerade den nächsten Boxkampf. Er wird unruhig, wenn er zu lang nur auf uns einschlagen darf – dabei muss er sich so zurückhalten.«

»Er hat mir letztens erzählt, dass er Ezra beim Training eine Rippe gebrochen hat. Interessante Interpretation von Zurückhaltung.« Maxtons Mimik verriet keinerlei Emotion, ebenso wenig wie seine Stimme. Mir wurde flau, als Keenan ihm eine Hand auf die Schulter legte und so zudrückte, dass Maxton sich sichtlich verspannte.

»Glaub mir. Wenn Bash sich wirklich gehen lässt, sieht das anders aus. Umso wichtiger, dass man ihm keinen Grund dafür gibt, hm?«

»Richtig«, sagte Maxton trocken.

»Gut. Dann tauchst du demnächst endlich beim Training auf? Damit weder du noch ich ihm erklären müssen, warum du dich seit Wochen davor drückst, obwohl wir ihm beide versichert haben, dass du unbedingt Zeit mit uns verbringen willst?« Keenan ließ die Hand höher wandern und tätschelte Maxtons Hals.

Ich grub meine Fingernägel in die Handinnenflächen. *Das geht dich nichts an, das geht dich nichts an, das geht dich nichts an.* Das Mantra wurde brüchiger, je länger ich dabei zusah, wie die beiden einander taxierten.

Schließlich senkte Maxton den Blick. »Klar.«

»Gut.« Keenan tätschelte ihn erneut – Gott, ich war so kurz davor, ihm gegen das Schienbein zu treten –, dann ließ er ihn los und nickte mir zu. »Viel Spaß noch. Genieß es, solang du ihn noch für dich hast.«

»Was für ein Mistkerl«, zischte ich, sobald er außer Hörweite war.

Maxton zuckte nur mit den Schultern und rieb sich mit der flachen Hand über den Hals. »Lass ihn reden. Das ist nur Machtgehabe. Außerdem hat er im Grunde recht. Ich sollte langsam anfangen, mich so zu verhalten, als wäre ich einer von ihnen – immerhin ist das das Ziel des Ganzen.«

»Du hast also echt vor, dich von einem Typen verprügeln zu lassen, dessen Spitzname *Bash* ist?«

Maxton seufzte und trank von seinem Rosé. Seinem Blick nach konnte nicht mal der *erdige* Grundton ihn beruhigen. »Boxen ist ein Sport wie jeder andere. Frag Eden.«

»Eden schlägt auf Boxsäcke ein, nicht auf die Brustkörbe seiner angeblichen *Brüder*.«

»Er ist ja auch ein Einzelkind.«

»Maxton.« Ich sah ihn streng an.

»Willow«, erwiderte er im selben Tonfall und schmunzelte dabei. »Ich weiß, was ich tue. Vertraust du mir?«

»Mehr als mir«, murmelte ich. »Wenn ich mitbekomme, dass dir einer dieser Typen eine Rippe bricht, breche ich ihm als Nächstes die Nase. Ich wäre bestimmt nicht die Erste: So wie Bash aussieht, hat er das schon ein paarmal erlebt.«

»Ich glaube, du bist in so ziemlich allem, was du tust, die

Erste. Es ist wirklich niemand auch nur annähernd wie du.« Er lächelte immer noch, nicht breit, dafür ehrlich.

Ich senkte den Blick und betrachtete seinen Mund. Seinen Mund, der Sachen sagte, von denen ich mich umarmt fühlte, seinen Mund, den ich manchmal, in schwachen Momenten, immer noch so deutlich auf meinem spüren konnte, dass mir heiß wurde. Ich setzte an, irgendetwas Unverbindliches zu sagen, das uns dabei helfen würde, so zu tun, als wäre das hier kein Flirten, als es passierte. In meinem Augenwinkel blinkte etwas.

Reflexartig wandte ich mich nach links, sah zur anderen gläsernen Wand. Zu dem Windspiel, das dort hing und dessen Spiegelscherben im Lichtermeer der Decke glänzten, während die Glöckchen gegeneinanderstießen. Mein Blick verfing sich an einem der Glassplitter, in denen Bruchteile der Gesichter der Gruppe darunter gespiegelt wurden.

Erst war da nur eine Farbe.

Flussgrün, selbst aus dieser Entfernung tief und intensiv und einnehmend. Mein Gehirn fügte der Farbe wie von selbst andere Tupfer hinzu. Ein paar blaue Sprenkel, ein paar braune, sogar ein paar gelbe.

Du bist alles. Für mich bist du alles.

Die Stimme in meinem Kopf war die, die mir am fremdesten und vertrautesten zugleich war. Ich hatte versucht, sie vor fast zweieinhalb Jahren abzuschütteln, aber in diesem Moment fühlte es sich an, als wäre sie nie weggegangen. Als wäre *ich* nie weggegangen. Ich hatte es immer gewusst: Man konnte nicht dem entkommen, was man getan hatte oder was man gewesen war. Doch was ich bis jetzt verdrängt hatte, war: Manchmal konnte man nicht einmal dem entkommen, der einen dazu gebracht hatte.

Das Gesicht bewegte sich, die Farbe verschwamm, dichtes schwarzes Haar wurde in der Scheibe reflektiert. Ich kniff die

Augen zusammen, weil mein Kopf das Bild von allein verselbstständigte. Ein paar Strähnen in der Stirn, ein Muttermal an der Schläfe. Drei Leberflecke am linken Nasenflügel, jeweils zwei Grübchen in jeder Wange.

Er ist hier.

Die Worte dehnten sich in meinem Kopf aus. Das war unmöglich. Ich zwang mich dazu, den Blick zu senken. Fort von dem sich drehenden Windspiel, hin zu dem Gesicht, dessen Einzelteile es spiegelte: schwarzes Haar. Muttermal an der Schläfe. Leberflecke am Nasenflügel. Doppelte Grübchen in jeder Wange. Und diese Augen, diese mehrfarbigen Augen.

Wurdest du Riven genannt, weil du Flussaugen hast?

Wieder diese Stimme, die mir so fremd war und die dennoch mehr von mir ausmachte, als ich zugeben wollte. Wenn mein Herz eine Stimme hatte, dann war es diese, denn in diesem Moment zersplitterte nicht nur sie, es fühlte sich so an, als würde mein Herz mit ihr zerbrechen.

Das waren die ersten Worte gewesen, die sie je zu ihm gesagt hatte. Das war der Anfang gewesen. Und jetzt begriff ich, dass das Ende noch immer andauerte. Er hatte recht gehabt: Manche Dinge waren endlos. Unser Ende war eines davon.

Da brach noch mehr, direkt in meinem Kopf. Hundert Wände aus Glas, die ich mühsam über Monate, ja, Jahre hinweg errichtet hatte, als wäre mein Kopf ein Museum und diese Erinnerungen die Gemälde, die ich verschließen musste, weil ich es nicht ertrug, ihnen zu nahe zu kommen.

Meine Gedanken traten in Scherben, ich hatte das Gefühl, jeder einzelne blutete aus, bis nur noch dieser eine übrig blieb.

Er ist hier. Riven ist hier.

Ich stieß einen Ton aus, den ich selbst nicht deuten konnte. Stöhnen, Schluchzen, Keuchen, vielleicht sogar Lachen, weil das absurd war. Unmöglich.

Ich wollte gehen, aber ich brachte es nicht einmal über mich, die Augen abzuwenden. So war das schon immer mit Riven gewesen. Sein Gesicht war ein Magnet und ich zu schwach, um seiner Anziehung zu widerstehen.

Zu schwach. Zu laut. Zu kompliziert. Zu …

»Willow?« Die Stimme, die an mein Ohr drang, war angenehmer und schöner als die in meinem Kopf, aber ich schaffte es trotzdem nicht zu reagieren.

Riven hob den Blick in dem Moment, in dem Maxton ein zweites Mal meinen Namen sagte. Ich wusste nicht, ob er es quer durch den Raum hörte oder ob er meine Anwesenheit spürte. Alles, was ich wusste, war, dass er innerhalb von Sekunden begriff, dass das hier real war.

Riven war nie ein Träumer gewesen. Er war ein Macher, ein Realist. Jemand, der nicht aufwachen musste, sobald Probleme auftraten, weil er sie selbst im Schlaf lösen konnte.

Er war nur einmal daran gescheitert.

Ich war sein größter Misserfolg, und trotzdem sah er mich an, als würde er etwas wiederfinden, das er seit langer Zeit verzweifelt gesucht hatte.

Renn weg, schoss es mir durch den Kopf, doch ich regte mich nicht. Wozu auch? Ich war hundertsiebzig Meilen weit weggezogen, um von ihm fortzukommen, und das hier geschah dennoch. Mitten auf einer elitären Veranstaltung in Oxford, einer Stadt, mit der uns früher beide nichts verbunden hatte, begegnete ich dem einen Mann, den ich unter keinen Umständen wiedersehen wollte.

Riven beugte sich zu der Person hinunter, die neben ihm stand. Eine zierliche Frau mit glattem, glänzend blondem Haar und pastellrot geschminktem Mund, der zu einem zaghaften Lächeln verzogen war.

Weißt du, wie schön du bist? Die Leute werden mich so um dich beneiden. Je weniger du redest, desto weniger verschmiert die Farbe, Liebling. Tu mir den Gefallen, ja? Gib dir dieses eine Mal ein bisschen Mühe.

Er küsste sie auf die Stirn, ehe er sich aus der Gruppe löste. Und auf mich zukam.

Mein Puls war immer noch seltsam dumpf, meine Muskeln zuckten nicht einmal. Ich war eine Marionette ohne Fäden, weil Rivens Anblick mir in Erinnerung rief, wer sie so lang gehalten hatte. Und mich vergessen ließ, dass ich sie doch eigentlich vor langer Zeit durchtrennt hatte.

Zehn Atemzüge, zweimal mein Name aus Maxtons Mund, seine Hand, die über meinem Arm schwebte und mich doch nicht berührte, dann war Riven bei uns.

Er war kleiner als Maxton, aber viel größer als ich. So fühlte es sich an: Als würde ich zusammenschrumpfen, einfach nur, weil er vor mir stand. Mit dem gebügelten Hemd, dem gleichmütigen Lächeln und dem ordentlich frisierten Haar.

Ich spürte, wie jeder Makel an mir pochte: jede kringelige Locke, jeder Mitesser auf meiner Nasenspitze, jedes ungezupfte Augenbrauenhärchen. Meine abstehenden Ohren, meine hervorstechenden Beckenknochen, meine kleinen Brüste. Riven sah mich an, und ich wusste nicht mehr, wer ich war, nur noch, was an mir falsch war.

»Willow.«

Mein Name aus seinem Mund war tödlich. Sekundentode, ich war so viele davon gestorben. Jedes Mal, wenn er meinen Namen ausgesprochen hatte und ich nicht sicher gewesen war, welcher Tonfall an den Buchstaben klebte. Jedes Mal, wenn ich innerlich sofort durchgegangen war, wie ich mich in den vergangenen Minuten verhalten hatte.

Meine Lippen öffneten sich, aber ich schaffte es immer noch nicht, etwas zu sagen. Das ergab keinen Sinn. Riven war mittlerweile vierundzwanzig, er war bestimmt schon fertig mit dem Studium. Alles andere als ein Abschluss in Regelzeit wäre eine Beleidigung für jemanden wie ihn.

»Ihr kennt euch?«, fragte Maxton in einem Ton, der sowohl freundlich als auch reserviert klang. Er spürte, dass etwas nicht stimmte, aber er konnte es nicht deuten. Natürlich nicht. Riven war die dunkelste Ecke in unserer Freundschaft. In meinem Leben. Das war nur logisch, wo er doch diesen lichtleeren Raum in mir hinterlassen hatte. Ich hatte so lang nach einem Lichtschalter gesucht, doch die Wände waren nackt. Wie ich, wenn er mich so ansah.

Riven hob die Mundwinkel höher. Er war einer dieser Menschen, bei denen ein Lächeln umso unechter aussah, je breiter es wurde. »Sehr gut sogar.«

»Willow?« Maxton machte eine Bewegung zur Seite, sodass sich unsere Handgelenke streiften. Ich fragte mich, ob er nach meinen Fingern gegriffen hätte, wenn ich eine andere gewesen wäre. Ich wünschte, ich wäre eine andere. Ich wünschte wirklich, ich wäre jeder andere Mensch in diesem Raum außer mir selbst.

»Du musst ihr nachsehen, dass sie etwas unter Schock steht. Wir haben beide nicht damit gerechnet, uns hier über den Weg zu laufen«, führte Riven aus, ohne mich aus den Augen zu lassen. Dann hielt er Maxton eine Hand hin. »Riven Campbell. Ich war bis zu meinem Abschluss letztes Jahr aktives Mitglied in der Verbindung der University of Kent. Du bist einer der Neuen aus Windsbury, nicht? Ich hab dich vorhin mit Bash sprechen sehen.«

Als Maxton weder Anstalten machte, nach seiner Hand zu greifen noch ihm zu antworten, zuckte er mit den Schultern und verstaute die Hände in den Hosentaschen.

Ich fühlte sie trotzdem auf mir. All seine Berührungen waren zart vernarbte Wunden, die unter seiner bloßen Anwesenheit wieder aufrissen. Alles wummerte, vor Panik, vor Sehnsucht. Wie krank, wie absolut krank, dass ein Körper, dass ein Herz nie vergaß. Aber wie hätte ich ihn auch vergessen können? Wie hätte ich jemals denken können, irgendetwas von ihm vergessen zu können? Er war es gewesen, mit dem ich meinen Körper und mich selbst das erste Mal so richtig gespürt hatte. Als hätten seine Berührungen mich geformt, in jeder Hinsicht. Riven hatte mir gezeigt, was ich mochte und was ich hasste, Riven hatte mir gezeigt, was ich … war. Er hatte mich gefunden, ich hatte mich verloren. In den letzten Jahren hatte ich gedacht, mich stückchenweise wiederzufinden, doch in diesem Moment zerbröselte diese Gewissheit wie jedes Wort auf meiner Zunge.

Also starrte ich ihn nur an, während er etwas sagte, das ich seit langer Zeit versuchte zu verdrängen. »Willow und ich waren mal zusammen. Vier ganze Jahre lang.«

Maxton reagierte nach wie vor nicht auf ihn, er sah immer noch mich an. Sein Blick brannte Löcher in meine Schläfe, Rivens welche in meine Brust. Alles verbrannte, mein Mund schmeckte nach Asche.

»Willow«, wiederholte Maxton ernst.

Ich klammerte mich an seine Stimme, um meine wiederzufinden. Langsam riss ich die Augen los und zuckte mit den Schultern. »Stimmt. Aber das ist schon lang her.«

»Zweieinhalb Jahre, um genau zu sein. Ich erinnere mich ziemlich gut an den Tag, an dem ich aufgewacht bin und du einfach weg warst.« Riven machte einen Schritt auf mich zu, Maxton verspannte sich, ich hielt die Luft an. »Mit meinem Bargeld und dem Verlobungsring meiner Großmutter am Finger, nicht wahr, *Luce*?«

Das letzte Wort schlug mir heftig auf den Magen. Ich würde ihm auf die Schuhe kotzen. Ganz sicher. »Soweit ich weiß, habe ich dir den Ring per Post zurückgeschickt.« Meine Stimme klang abgehackt, weil ich mich nicht traute, richtig zu atmen. Ich konnte ihn auch so riechen, ich hatte nie damit aufgehört. Wenn ich an frisch gepresstem Zitronensaft vorbeilief, wenn es nach Vanille-Waschmittel duftete, wenn jemand Honigtee trank. Dann war Riven wieder da. Weil Riven immer da war: Er war ein Teil von mir, weil er sich einen von mir genommen und nie wieder hergegeben hatte.

»Hm. Ich hätte mich persönlich dafür bedankt, aber leider hast du ja keinen Absender hinterlassen.« Sein Blick wanderte von meinen Augen – zu viel Wimperntusche – über meinen Mund – zu dunkles Rot – zu meinen Locken – zu wirr. Er rümpfte die Nase, es fühlte sich an, als hätte er mir ins Gesicht geschlagen.

Seine Züge verwischten, mir wurde so schwindlig, dass ich mich an Maxtons Arm abstützen musste. Er spannte sich weiter an, aber er regte sich nicht. Sein Schweigen war laut, darin lagen zu viele unausgesprochene Gedanken. So wie in Rivens Blick, so wie in meinem Kopf, in dem noch immer alles zu Staub und Asche zerfiel.

»Ich muss kurz …« *Hier weg*, vollendete ich den Satz innerlich, ehe ich mich umdrehte, zwischen den Umstehenden hindurchschob und die Halle verließ. Der Chlorduft verblasste, der von Riven nicht. Er verschleierte alles andere mit einem trüben Vorhang aus Erinnerungen. Halb blind griff ich an das Geländer einer Treppe und zog mich die Stufen hinauf. Ich wusste nicht, was dort oben war, ich wusste nur, dass ich so viel Distanz zwischen Riven und mich bringen musste, wie ich konnte.

Mechanisch lief ich durch den ersten Stock. Ich rüttelte an jeder Tür, an der ich vorbeikam, und stieß ein Keuchen aus, als sich endlich eine öffnen ließ. Vage nahm ich wahr, was sich in dem Raum dahinter befand, während ich die Tür zuknallte: ein Schreibtisch, Bücherwände, dunkelgrüne Wände.

Meine Augen fixierten die vertraute Farbe, ich atmete durch. *Moosgrün, Gartengrün, Maxton-Grün. Maxton ist unten, Maxton ist hier, Maxton, Maxton, Maxton.* Ich versuchte, mich an diesem Gedanken festzuhalten, an *ihm*, weil er normalerweise das Einzige war, was mich beruhigen konnte, aber in diesem Moment war er nicht stark genug. *Maxton ist hier* konnte nicht stärker sein als *Riven ist hier*. Nichts war stärker als Riven. Nichts, schon gar nicht ich.

Ich hatte wirklich gedacht, ich hätte das abgeschüttelt. Ihn und dieses Ich, dessen Hülle ich vor Jahren sorgfältig in einen Schrank meines Bewusstseins gesperrt hatte. Doch eine Minute in Rivens Nähe und es stülpte sich wie ein zu klein gewordenes Kleid über mich.

Es legte meine Hand auf meinen Mund, verschmierte den Lippenstift, es griff in meine Locken und versuchte, sie glatt zu kämmen, es presste die Handballen auf meine Augäpfel, um das Weinen zu unterdrücken, es ließ meine Knie weich werden, sodass ich mich in die Hocke sinken lassen musste. Seine Schwäche war stärker als meine Stärke. Vielleicht war alles andere, alles, was ich mir in den vergangenen Jahren eingeredet hatte, eine Illusion gewesen. Vielleicht war ich nicht gegangen, um mich selbst wiederzufinden, sondern, um mir selbst zu entkommen, und musste jetzt lernen, dass diese Flucht immer in eine Sackgasse führen würde.

Ich rutschte auf die Knie und drückte die Hände auf das Parkett, aber ich fiel weiter. Das Rauschen in meinen Ohren war so laut, dass ich erst bemerkte, dass jemand hereingekommen war, als sich ein Schatten über mich warf.

Langsam hob ich den Blick. Riven stand zwei Schritte vor mir und sah auf mich hinab. Hände in den Hosentaschen, Lächeln auf dem Mund. Breiter und unechter als unten. »Da werden Erinnerungen wach, hm?«

Ich wusste, worauf er anspielte – das erste Mal, das er mich wiedergefunden hatte, als ich versucht hatte zu gehen. Ein Versuch, der genau so geendet hatte: mein Schatten-Ich auf den Knien, mein Schattenherz in der Brust. Das war dreieinhalb Jahre her, aber ein Teil von mir war seitdem nie wieder aufgestanden.

Kurz spielte ich mit dem Gedanken, es ihm gleichzutun, einfach sitzen zu bleiben und darauf zu warten, dass dieser Moment verflog. Doch insgeheim wusste ich, dass er das nicht tun würde, wenn ich nicht selbst dafür sorgte. Denn irgendwo unter dieser Hülle meines alten Ichs war auch noch das Ich, das vor über zwei Jahren mitten in der Nacht das Haus verlassen hatte. Dass die Stadt hinter sich gelassen und kurz darauf den Ring in einen Briefumschlag gelegt und verschickt hatte. Es war noch da. *Ich* war noch da.

»*Wer man ist, ist immer auch eine Entscheidung*«, hatte mein Vater in jener Nacht gesagt. Ich hatte mich damals entschieden. Und jetzt, jetzt entschied ich mich wieder.

Mit Kraft stieß ich mich vom Boden ab und richtete mich auf. Schlüpfte in meine zweite Hülle, die ich in den letzten Jahren häufig gebraucht hatte, wenn all die Erinnerungen zu viel geworden waren: einen Tarnumhang der Leichtigkeit.

»Das wird dich jetzt schockieren, aber ich habe in den letzten Jahren einige Erfahrungen gesammelt, die beeindruckender waren als … das.« Ich ließ den Blick mit Absicht kurz auf seinem Schritt verweilen, ehe ich ihn gelangweilt anlächelte.

»Spar dir das Schauspielern. Ich kenne dich zu gut für so was.« Er klang ebenso gelassen wie ich, aber ich kannte ihn auch zu gut. Ich wusste genau, wie sehr ihm der Gedanke, ich könnte mit jemand anderem geschlafen haben, missfiel. Immer noch, nach all der Zeit. Und das war so krank, aber es war eben auch so sehr Riven.

»Du kennst mich nicht mehr«, flüsterte ich, weil ich mir wünschte, dass es stimmte.

Riven lachte, und in meinem Nacken breitete sich Gänsehaut aus. Wärme, Kälte, Angst, Sehnsucht. Die Gefühle vermischten sich, wenn Riven lachte, weil dieser Ton nie verriet, welche Emotion dafür sorgte.

»Ich kenne dich besser, als du dich selbst kennst. Und weißt du auch, wieso?«

Er kam auf mich zu, ich wich zurück und hasste mich dafür. Mein Rücken stieß gegen die Kante des Schreibtischs, ich hob eine Hand. »Bleib weg von mir.«

Riven ignorierte mich, blieb erst stehen, als er nur noch einen Schritt von mir entfernt war. Ich spürte den Stoff seines Hemds an meiner Handinnenfläche und seinen Blick unter meinem Pullover. Er sah mich nur an und zog mich so aus, kroch unter meine Haut, schlüpfte in diese lichtlosen Leerräume meines Inneren, die verlassen waren, seit ich ihn verlassen hatte.

»Weil du so weit wegrennen kannst, wie du willst, das ändert nichts daran, dass du nicht von mir loskommst. Und wieso, Luce?«

»Halt den Mund!« Ich machte einen impulsiven Satz nach vorn, an ihm vorbei.

Riven hielt mich fest und zog mich an sich. Seine Finger auf meiner Haut, und mein Körper entglitt mir. Jeder Muskel spannte sich an, ich erstarrte. Er lächelte seicht. »Komm schon. Sag es, Willow.«

Sag es, sag es, sag es.

Mein Mund war immer noch aschetrocken, ich schluckte.

Riven vertiefte sein Lächeln und neigte sich zu mir vor. »Weil du mir gehörst.«

»Fick dich, Riven«, zischte ich und riss mich los.

Ich versuchte, an ihm vorbeizugehen, aber er machte zwei Schritte zur Seite, sodass er direkt zwischen mir und der geschlossenen Tür stand. Mein Herz raste, ich rang mir trotzdem einen genervten Gesichtsausdruck ab. Riven hatte vieles getan, doch er war mir gegenüber nie handgreiflich geworden. Diese Situation diente nur dazu, sich die Kontrolle zurückzuholen, die ich ihm damals genommen hatte. Wenn er fünf Minuten brauchte, um zu sagen, was er seither loswerden wollte, würde ich das überstehen.

Ich atmete laut aus. »Okay, was soll das alles? Es ist ein Scheißzufall, dass wir uns hier begegnet sind, aber wir müssen daraus auch kein Riesending machen. Ich meine … du willst mir jetzt nicht ernsthaft erzählen, du hättest die Sache zwischen uns noch nicht abgehakt, oder?«

Ungläubig sah er mich an. »Die *Sache*? Das war keine kindische Beziehung. Wir waren vier Jahre lang zusammen, wir waren *verlobt*. Wir hatten ein gemeinsames Leben, eine Zukunft! Ich war bereit, dir alles zu ermöglichen, und du wagst es, einfach so abzuhauen? Nach allem, was ich für dich getan habe, war ich dir nicht mal einen Abschied wert?«

»Du hättest mich nicht gehen lassen.«

Ich ballte die Hände zu Fäusten. An meinen Fingern klebte Lippenstiftfarbe, ich hätte gern Blut daraus gemacht. Ich hätte ihm gern ins Gesicht geschlagen, nur ein Mal. Ich hätte ihm gern ansatzweise so wehgetan wie er mir, aber ich wusste, dass ich das niemals auf dieselbe Art schaffen würde. Rivens Kopf war eine Festung, niemand kam dort hinein. Mein Kopf hingegen hatte Wände aus Knetgummi. Sie waren noch immer voller Dellen, weil er von innen dagegen geschlagen hatte, vier beschissene Jahre lang.

»Oh, bitte. Ich habe dich nie gezwungen zu bleiben.«

Doch, hatte er. Ich hatte lang gebraucht, um zu begreifen:

Man brauchte keine Fesseln, um jemanden festzuhalten. Vier Jahre lang hatte Riven mich mit Worten und winzigen Taten geknebelt und an seine Seite gekettet. Vier Jahre lang hatte er mich missbraucht, ohne die Hände oder auch nur die Stimme zu erheben. Sein Lächeln, seine sanften Berührungen, seine liebevollen Worte – alles davon war eine Waffe gewesen.

Ich sagte nichts davon, weil ich wusste, auf welche Art er antworten würde: *Nichts davon habe ich je getan. Das hat dir dein Vater eingeredet. Es ist normal, dass Liebe ein wenig beängstigend ist, wenn sie echt ist. Wie kannst du so etwas nur denken, wie konntest du mir das antun?*

Ich verschränkte die Arme und zwang mich zu einem ruhigen Tonfall. »Was willst du von mir?«

»Ich will seit fast zweieinhalb Jahren mit dir reden! Dein Vater hat so ein Geheimnis daraus gemacht, wo du bist. Du hast keine Ahnung, wie lang ich nach dir gesucht habe.«

Doch, dachte ich. Ich hatte *jede* Ahnung. Ich hatte Dad gesagt, dass er mir Bescheid geben sollte, wenn Riven bei ihm auftauchte. Im ersten halben Jahr war das so oft vorgekommen, dass ich mehrmals kurz davor gewesen war, mich bei Riven zu melden, nur, damit er meinen Vater in Ruhe ließ. Das war der Grund dafür, dass Dad und ich zwei Jahre lang Weihnachten in Ferienwohnungen gefeiert hatten, weil ich Angst gehabt hatte, Riven könnte plötzlich vor der Tür stehen. Der Grund dafür, dass ich seit Jahren nur das Nötigste mit meiner Mutter besprach, weil ich ihr immer noch nicht vertraute, dass sie Dinge, die ich ihr erzählte, für sich behielt. Der Grund dafür, dass ich meine Heimatstadt nur noch für wenige Stunden am Stück besuchen konnte und es dann kaum über mich brachte, das Haus zu verlassen.

Riven war der Grund für so vieles in meinem Leben, das ich gern geändert hätte. Aber so funktionierte das nicht. Riven war meine Entscheidung gewesen, und das hier war die Konsequenz von allem, was dadurch passiert war. Ein Teil von mir hatte geahnt, dass es hierauf hinauslaufen würde. Dass wir uns eines Tages wiedersehen würden. Ich hatte nur gehofft, die Hülle würde einreißen, wenn sie es jemals wieder schaffte, aus dem Schrank zu schlüpfen und sich über mich zu stülpen. Ich hatte gehofft, ich wäre bis dahin so groß, dass sie einfach an mir zerriss. Stattdessen spürte ich ihr Einschneiden überall und mit ihr diese lang verdrängten Impulse. Vor allem diesen einen: mich bei Riven zu entschuldigen. Dafür, dass ich *so* gegangen war. Dafür, dass ich gegangen war. Dafür, dass ich … ich war.

»Es gibt nichts zu sagen«, flüsterte ich, um uns beide daran zu erinnern. Mein Blick fixierte die Tür in seinem Rücken, obwohl ich mich nach dem Dunkelgrün in meinem sehnte. Nach dem Gesicht, an das ich dabei denken musste.

»Das sehe ich anders«, fuhr Riven unbeirrt fort. »Das, was wir hatten, das endet nicht. Du bist für mich gemacht.«

Ich stieß ein fassungsloses Lachen aus. »Hab ich da unten nicht deine Freundin gesehen?«

»Sie ist nicht du.«

»Richtig, sonst hätte sie dich schon verlassen.«

Ich lachte noch einmal, obwohl ich lieber geschrien hätte. Mir war klar, worum es hier ging. Nicht darum, dass er mich zurückwollte, nur darum, dass er nicht akzeptieren konnte, dass ich diejenige gewesen war, die mit Wollen aufgehört hatte. Ich hatte in den letzten Jahren genug über Narzissmus gelesen, um Riven zu begreifen. Es ging hierbei nur um Macht. Das machte es trotzdem nicht leichter, damit umzugehen.

»Ein Abendessen, Willow. Lass uns reden.«

Fest krallte ich die Finger in meine Unterarme, um nicht nach ihm zu schlagen. »Du bist doch komplett durchgeknallt.

Ich will nichts mit dir zu tun haben, Riven! Ich bin aus der Stadt geflohen, um von dir wegzukommen.«

»Was nur ein Zeichen dafür ist, wie stark unsere Anziehung ist, wenn du so weit gehen musst, um sie ignorieren zu können. In wie vielen Beziehungen warst du, seit das mit uns aus ist?«

Ich wandte das Gesicht ab. *Moosgrün, Gartengrün, Maxton-Grün.* »Das geht dich nichts an.«

»Siehst du?« Er nickte. »Du kommst nicht von mir los. Du wirst mich immer lieben.«

»Was, wenn ich ihn für immer lieben werde, Dad? Was, wenn ich ihn so sehr und so falsch geliebt habe, dass da nichts mehr für einen anderen Menschen übrig ist?«

Ich presste die Augen zusammen, dann fixierte ich Riven. »Es reicht. Ich schwöre, wenn du mir nicht sofort aus dem Weg gehst, werde ich …«

»Ich lasse dich erst gehen, wenn du eingesehen hast, dass wir etwas zu klären haben«, fiel er mir ins Wort, so ruhig und entschieden, als wäre ich ein bockiges Kleinkind.

Etwas daran pustete die Asche in meinem Kopf beiseite, irgendwo unter all dem Staub lagen noch letzte Funken. »Geh mir aus dem Weg!«

Ich schrie jetzt, doch Riven runzelte nur die Stirn – genervt, verärgert und ein bisschen belustigt. Ehe er etwas sagen konnte, wurde die Tür hinter ihm geöffnet. Als Maxton in den Rahmen trat, hätte ich beinahe vor Erleichterung angefangen zu weinen.

Sein Blick streifte Riven nicht, er fand sofort mein Gesicht. »Alles okay?«

Riven drehte sich zu ihm. »Alles bestens, mein Guter.«

»Ich hab nicht mit dir geredet«, sagte Maxton ruhig. Sein Fokus lag noch immer auf mir. »Willst du gehen, Catkin?«

Ein warmes Gefühl regte sich in mir, ich nickte schwach.

Riven machte gleichzeitig mit mir einen Schritt auf Maxton zu. »Also, wie ist das? Fickst du mein Mädchen?«

»Ich gehöre dir nicht, du verdammter Mistkerl!« Mit zwei Schritten war ich bei Riven und stieß ihm gegen die Brust. So heftig ich konnte, aber natürlich war es nicht genug. Weil ich nie genug gewesen war, um mehr als Riven zu sein.

Er wankte nur schwach und fing sich in der nächsten Sekunde, starrte mich an. Ein bisschen erstaunt, vor allem aber … enttäuscht. »Sieh dich mal an, Willow. Was ist nur aus dir geworden?«

Er machte eine Bewegung auf mich zu, doch bevor ich erneut nach ihm schlagen konnte, stand Maxton zwischen uns. Fast zwei Meter Ruhe hatten noch nie so bedrohlich gewirkt wie in diesem Augenblick. Dabei blieb seine Stimme völlig beherrscht. »Denk nicht mal dran, sie anzufassen.«

»Witzig, dasselbe wollte ich dir auch raten.« Riven lachte, und diesmal konnte ich die Emotion dahinter sofort erkennen: Wut. Die Art von Wut, die mich an aufgeplatzte Fingerknöchel erinnerte und Panik in mir auslöste.

Ich griff nach Maxtons Arm, doch bevor ich etwas sagen konnte, ertönte ein Räuspern von der Tür. Keenan und Bash standen nebeneinander im Rahmen, im Flur dahinter erkannte ich Ezra und einen weiteren Verbindungsstudenten, dessen Namen ich vergessen hatte.

Bash machte zwei Schritte in den Raum hinein, sodass er dicht vor Riven anhielt. In seinem Gesicht war kein Funken Überheblichkeit oder schlecht versteckter Spott zu sehen, wie ich ihn dort bisher immer entdeckt hatte. Der Ausdruck darin war reiner Ernst. »Können wir hier bei irgendwas helfen?«, fragte er sachlich, aber ich sah genau, dass seine Hand sich zu einer Faust ballte.

Riven lächelte schmal. »Und ob. Ihr solltet eure Welpen besser im Griff behalten, sie sind sehr schlecht erzogen.«

»Unsere Welpen sind nicht dein Problem, Campbell. Du hast nur dann eins, wenn du ihnen zu nahe kommst. Wölfe treten immer im Rudel auf, du erinnerst dich?«

Nicht nur die alberne Metapher, auch die Tatsache, dass fünf Männer sich zwischen mich und einen anderen stellten, war eigentlich Grund genug, mich einzuschalten. Ich wollte keinen Schutz brauchen, aber als Riven erneut zu mir sah, war ich dennoch froh, nicht allein mit ihm zu sein.

»Gut, von mir aus. Ich hoffe, du weißt, was du tust, Willow. Du bist die Mühe nicht wert, ich hab genug Zeit mit dir verschwendet.« Er ging an Bash vorbei, stieß mit der Schulter gegen seine.

Ich war so erleichtert, dass mir ein leises Keuchen entwich, sobald Riven aus dem Raum verschwunden war.

Bash wartete, bis Rivens Schritte draußen verklungen waren, dann richtete er sich an mich. »Alles klar bei dir?«

Ich fragte mich, ob man mir ansehen konnte, wie ich mich fühlte. Verwischter Lippenstift, verwischtes Ich.

»Willow?«, hakte Maxton leise nach und riss mich damit aus meiner Starre.

»Ja. Alles gut. Ich will nur hier weg.« Mir fiel auf, dass ich noch immer Maxtons Arm umklammert hielt, aber ich schaffte es nicht, ihn loszulassen. Stattdessen ließ ich die Finger zu seiner Hand wandern und zwischen seine schlüpfen. Maxton sagte nichts dazu, er drückte nur sanft zu.

Bash betrachtete kurz unsere Hände, dann deutete er über seine Schulter. »Nehmt euch einen der Wagen, die draußen stehen, wir organisieren uns später einen weiteren Fahrer.« Er legte Maxton eine Hand auf die Schulter. »Und du meldest dich, wenn Campbell oder irgendjemand anderes dir noch mal dumm kommt. Solang du auch nur halb zu uns gehörst, legen sich die Leute auch mit uns an.«

Maxton nickte nur. Er wirkte weder verlegen noch positiv überrascht oder dankbar. Er wirkte so, als wäre es ihm völlig egal, was Bash sagte oder tat, weil ihm alles an der Anwesenheit der vier Verbindungsmitglieder egal war.

Und als er sich zu mir drehte und mir fragend zunickte, erkannte ich, dass das Einzige, was für ihn in diesem Moment zählte, ich war.

16. Kapitel

WILLOW

Ich konnte nicht aufhören zu zittern. Obwohl der Fahrer die Heizung anmachte, obwohl Maxton auf dem Rücksitz neben mir Platz nahm und ich seine Wärme spürte – die seines Körpers und die seines Blicks, der unablässig über mich tastete. Sorge war ein warmes Gefühl. Mir war trotzdem kalt. Denn Riven … Riven war ein kaltes Gefühl. Flussaugen, Eis-Wesen.

»Wohin?«, fragte der Fahrer von vorn.

»Willst du nach Hause?« Maxton sah mich immer noch an, ich schaffte es einfach nicht, seinen Blick zu erwidern. Ich schaffte es nicht einmal, meine eigene Reflexion in der Scheibe anzusehen. Ich konnte jetzt in kein Haus mit Spiegeln, weder mit gegenständlichen noch mit menschlichen.

»Können wir vielleicht noch woanders hinfahren?«

»Klar. Wo immer du hinwillst.«

»Ins … andere Zuhause. Nach Sturry«, erwiderte ich, ohne weiter darüber nachzudenken. »Ich will dir was zeigen.«

Ich nannte dem Fahrer die Adresse meines Elternhauses, die er trotz der mehrstündigen Entfernung kommentarlos ins Navi eingab. Ich wollte gar nicht wissen, wie viel Geld die Society ihm für diese Nacht zahlte.

Anschließend kramte ich das Handy aus meiner Tasche. »Hörst du mit?«, fragte ich und hielt Maxton einen Stöpsel meiner Kopfhörer hin.

Das war das erste Mal, dass er Ja dazu sagte. Maxton machte sich nicht viel aus künstlicher Musik, er hörte lieber natürliche. Das Ächzen der Bäume, das lautlose Atmen der Pflanzen, das Summen der Insekten und das Zwitschern der Vögel. Wenn ich raten müsste, würde ich sagen, dass sein Lieblingslied *Garten im Regen* war. Ich konnte nicht zählen, wie oft ich ihn dabei beobachtet hatte, wie er draußen auf der Veranda stand, wenn es regnete. Mit geschlossenen Augen und diesem entspannten Gesichtsausdruck, um den ich ihn so beneidete. Ich wusste noch, wie seltsam er mich angesehen hatte, als ich bei einem unserer ersten gemeinsamen Abende in seiner Wohnheimküche eine meiner Playlists angemacht hatte: *Gemütlichkeit.*

»Ich bin nicht so gut darin, über meine Gefühle zu reden, manchmal scheitere ich schon daran, sie zu benennen«, hatte ich erklärt. »Also habe ich angefangen, sie in Liedern zu suchen. Damit ich sie mir immer wieder anhören und das Gefühl besser verstehen kann. Musik ist der allerbeste Emotionsmaximierer.«

Maxton hatte belustigt die Stirn gerunzelt. »Ich bezweifle, dass das ein Wort ist. Und ich bezweifle, dass Gemütlichkeit ein richtiges Gefühl ist.«

»Mach so weiter, und ich stelle Genervtheit *an«, hatte ich trocken erwidert, und Maxton hatte seine Leberflecke weggelächelt und geschwiegen.*

»Welches Gefühl ist das?«, fragte er, während die letzten Töne von *Next to You* von John Vincent III verklangen. Sein Atem kitzelte meine Wange, mir wurde wärmer.

Ich hätte mich gern gegen ihn gelehnt, aber ich traute mich nicht. Ich traute *mir* nicht. Wenn ich ihn jetzt berührte ... vielleicht hätte ich ihn nicht mehr losgelassen. Wäre der Drang danach nicht so groß gewesen, hätte ich auf diese Frage wahrscheinlich nicht ehrlich geantwortet. Weil ich diese Wahrheit seit über zwei Jahren vor Maxton geheim hielt. Seit dem Moment, in dem ich nach unserem allerersten Gespräch das erste Lied zu einer neuen Playlist hinzugefügt hatte. Monatelang hatte sie als Titel nur ein Fragezeichen gehabt, weil ich selbst nicht genau wusste, was ich fühlte, wenn ich Zeit mit Maxton verbrachte.

Ruhe. Hoffnung. Zufriedenheit. Glück. Es war nichts davon allein, aber von allem ein bisschen. Es war sehr viel, es war sehr Maxton. Und deswegen hieß die Playlist mittlerweile so: *Maxton.* Die einzige Playlist, die ich jetzt hören wollte, das einzige Gefühl, das ich jetzt ertrug.

»Du«, sagte ich leise.

Es war nach eins, als wir Sturry erreichten. Das Haus, in dem mein Vater lebte, war einer von vielen lichtlosen Farbklecksen in der verlassen wirkenden Wohnstraße. Ich wusste, dass Dad auf einer Fortbildung war, und war dankbar dafür. Ich wollte nicht, dass er sich erneut Sorgen machte.

Nach dem Aussteigen erklärte ich dem Fahrer, wo er das nächste Bistro fand, in dem er warten konnte, dann führte ich Maxton ums Haus herum in den Garten. Er war nicht allzu groß und karg. Nicht nur, weil es November war, auch, weil sich niemand mehr darum gekümmert hatte, seit meine Mutter mit ihrem Chef, einem ziemlich wohlhabenden Zahnarzt, durchgebrannt war.

Ich erinnerte mich an diesen Sommer, in dem ich den Pflanzen und Dad gleichzeitig dabei zusehen konnte, wie sie eingingen. Während mein Vater sich im Laufe der Zeit wieder aufgerappelt hatte, hatte er den Garten so gelassen. Manchmal fragte ich mich, ob er ihn als Mahnmal betrachtete, als Erinnerung daran, was passieren konnte, wenn man sein Wachstum von anderen Menschen abhängig machte. Manchmal fragte ich mich auch, ob er deswegen seit Mum keine einzige Verabredung gehabt hatte.

Das Baumhaus befand sich am Ende des Grundstücks, eingebettet in die Armbeuge einer großen Buche. Die Holzleiter war morsch, eine der Stufen durchgebrochen, die Tür klemmte. Dad sprach trotzdem nie davon, es abzureißen, immer nur davon, es auszubessern. Ein Teil von mir war sicher, dass diese Mentalität der Grund dafür war, dass er mich nie aufgegeben hatte. Selbst dann nicht, als alles an mir so … kaputt gewesen war.

Im Inneren des Baumhauses angekommen schlug mir sofort dieser einzigartige Geruch ins Gesicht. Holz, Feuchtigkeit, Zimtduftkerzen, leicht muffiger Stoff. Ich suchte mit der Handytaschenlampe nach dem Schalter der batteriebetriebenen Lichterkette und lächelte, als sie flackernd anging. Es sah noch genauso aus wie früher: Der Boden war mit Decken und Kissen ausgelegt, von der Decke hingen die Traumfänger, die ich in dem Sommer gebastelt hatte, als Mum gegangen war und ich immerzu von ihr geträumt hatte. Es waren keine Albträume gewesen, nicht wirklich. Es waren Träume gewesen, in denen sie noch da war, weswegen es umso schmerzhafter war, aufzuwachen und zu erkennen, dass nichts davon real war. Ich hatte die kindische Hoffnung gehabt, dass die Traumfänger sie abfangen und nicht mehr in meinen Schlaf hineinlassen würden. So wie ich Mum nicht mehr in mein Leben hineinließ, indem ich ihre Kontaktversuche das erste Jahr über komplett ignorierte.

Ich war immer nur allein oder mit Dad hier gewesen. Nie mit meinen Freundinnen, nie mit Riven. Das hier war mein privatester Rückzugsort gewesen. Bis jetzt.

Ich klopfte gegen das Holz hinter mir und sah zu Maxton, der sich gegenüber an die Wand gesetzt hatte. »Mein Vater hat mir dieses Baumhaus gebaut, als meine Mutter uns verlassen hat. Er meinte, wann immer ich sie vermisse, sollte ich hierherkommen. Weil das eine Schutzburg gegen schmerzhafte Gefühle wäre.«

Maxton blickte auf das Schild, das über dem Eingang befestigt war. Die Buchstaben waren in tiefgrüner Farbe geschrieben, als hätte ich schon beim Aussuchen gewusst, wen ich einmal hierherholen würde.

»*Latibule.* Was bedeutet das?«

»Wir hatten früher so einen Kalender mit ungewöhnlichen Begriffen. Dieser war mein Liebling. *Latibule* steht für einen gemütlichen, sicheren Ort, an dem man vor allen Anforderungen oder Problemen der Welt sicher ist. Ein Versteck, an dem du … einfach du selbst sein darfst.«

Maxton betrachtete die Vogelfedern der Traumfänger. Sie bewegten sich in der Nachtluft, die durch die Holzbretter hineinschlüpfte. »So ein Ort klingt ziemlich gut.«

Ich nickte und rieb über die Lippenstiftreste auf meinem Handrücken. Mir war klar, dass Maxton nicht nachfragen würde, weil er so nicht war. Er setzte niemanden unter Druck, er gab allen die Zeit, die sie brauchten. Selbst wenn das bedeutete, für immer zu warten. Mir war allerdings auch klar, dass er darüber reden wollte. Dass er sich Sorgen machte, nicht erst seit heute. Vielleicht seit meiner Panikattacke auf dem Schiff, vielleicht schon länger, weil er mich in all meinen Details von Anfang an besser gesehen und verstanden hatte, als er es eigentlich hätte tun sollen.

Und obwohl ich seit fast zweieinhalb Jahren diejenige war, die unsere Grenzen immer wieder nachzog, die aufpasste, dass kein Lichtstrahl in unsere dunklen Ecken fiel, die den Sicherheitsabstand zum Boden unseres Beckens wahrte, war ich jetzt diejenige, die durchatmete und sich zwang, all das zu vergessen. Weil er, weil wir, das verdienten. Und weil ich es gerade brauchte. Ich konnte damit nicht allein sein, nicht schon wieder.

»Es war nett, wie deine … Brüder in spe vorhin reagiert haben«, setzte ich unsicher an.

Maxton nickte. »Man kann über sie sagen, was man will, aber das mit dem Zusammenhalt haben sie drauf.«

Ich rümpfte die Nase. »Mir gefällt es allerdings nicht, wenn sie dich *Welpen* nennen. Du bist kein Wolf.«

»Weil ich ein Feilenfisch bin?«

Ich musste lachen. Leiser als sonst, weil ich mich noch so fühlte: weniger. »Ja. Das schon eher. Du bist ein Schwarzsattel-Feilenfisch, der mithilfe von Mimikry versucht, wie ein giftiger Kugelfisch auszusehen, um besser zu überleben.«

Maxton lehnte den Kopf gegen die Wand, das Licht betupfte seine Haut mit goldenen Sprenkeln, in seinen Meeraugen gingen winzige Sonnen unter. »Und welcher Fisch bist du?«

Das Lächeln versickerte in meinen Mundwinkeln. »Ich hab Angst, dass ich ein Tiefsee-Anglerfisch bin.«

»Das sagt mir nichts.«

»Das sind Fische, die richtig tief im Ozean vorkommen. Sie haben Leuchtorgane, die dazu genutzt werden, Beute anzulocken. Und das Außergewöhnlichste an ihnen ist ihr Fortpflanzungsmechanismus.« Ich legte mir eine der Decken über die Beine und schlüpfte mit den Fingerspitzen zwischen die Mottenlöcher. »Die Männchen docken sich an die Weibchen an, indem sie sich an ihnen festbeißen. Sie wachsen regelrecht aneinander fest – mitsamt Haut und Blutkreislauf. Die Männchen sind danach nicht mehr allein überlebensfähig, sie sind quasi nur ein weiteres Organ des Weibchens. Sie leben nur mit ihnen, nur durch sie. Nennt sich Sexualparasitismus.« Ich hob den Blick. »Nett, nicht?«

Maxton schwieg einige Sekunden lang, dann holte er tief Luft. »Und du hast Angst davor, dass dir jemand so nahekommt, dass er sich an dir festbeißen kann?«

Ich lächelte, weil diese Frage viele von denen offenbarte, die er sich in den letzten Jahren gestellt hatte. Mir war klar, dass in einer Parallelwelt die Antwort so einfach gewesen wäre: *Meine Mutter hat mich verlassen, mein Ex-Freund war ein Mistkerl, dementsprechend habe ich Verlust- und Vertrauensprobleme, die dazu führen, dass ich Angst vor Nähe habe und mich schnell eingeengt fühle.*

Ich wünschte, es wäre so einfach. Ich wünschte, ich hätte meine Persönlichkeit in Frauenzeitschriften und Netflix-Filmen wiederfinden können. Aber leider waren meine Vertrauensprobleme anders als die, die ich oft in möchtegernpsychologischen Texten oder fiktiven Aufarbeitungen mit romantischer Verklärung von Traumata entdeckte. Meine Vertrauensprobleme hatten nichts mit anderen zu tun. Dafür alles mit mir. Ich vertraute *mir* kein bisschen. Und ich hatte gute Gründe dafür.

»Ich hab keine Angst davor, das Weibchen zu sein, Max«, erwiderte ich sanft. »Ich wäre eher das Männchen.«

Perplex starrte er mich an. »Das … wieso denkst du das?«

»Weil ich es erlebt habe.« Ich schloss die Augen und zwang mich, zwei weitere Wörter zu sagen. »Mit Riven.«

Eine Weile war es ganz still. Auch ohne ihn anzusehen, wusste ich, dass Maxton abwog, was er sagen sollte. »Wieso hat er dich vorhin Luce genannt?«, fragte er schließlich.

»Das war sein Spitzname für mich. Eine Abkürzung von *Luciole*, dem französischen Wort für Glühwürmchen. Rivens Mutter ist Französin. In der Nacht, in der wir uns kennengelernt haben, war ich mit einer Freundin in Canterbury. Wir waren fünfzehn und saßen abends an einem Kanalufer. Riven und seine Freunde waren auf der anderen Seite. Er hat später gesagt, er hat mich wegen meiner Haare bemerkt. Weil sie im Dunkeln geleuchtet hätten. Deswegen sind sie rübergekommen.«

Langsam blinzelte ich zu Maxton hinüber. Er hatte die Arme verschränkt, ich konnte sehen, dass sie angespannt waren. Trotzdem schaffte er es, die Atmosphäre zwischen uns mit seiner Ruhe und seinem Fokus so zu beeinflussen, dass ich es über mich brachte weiterzusprechen.

»Ich werde nie vergessen, wie unfassbar das Gefühl war, als dieser durch und durch anziehende Typ sich neben mich gesetzt hat. Bis dahin hatte ich keine Erfahrungen mit Jungs. Manchmal frage ich mich, ob alles anders gekommen wäre, wenn da jemand vor ihm gewesen wäre. Wenn er nicht mein erstes Mal gewesen wäre, in so vieler Hinsicht.« *Wenn ich es besser gewusst hätte*, fügte ich gedanklich hinzu. *Wenn ich … besser gewesen wäre.* »Er war so charismatisch und aufmerksam, weißt du? Wenn Menschen wie Riven dich beachten, dann fühlst du dich wirklich wie ein Glühwürmchen, weil du glaubst, von innen heraus zu leuchten. Ich kam mir so besonders vor, weil er mich auserkoren hatte, mit ihm Zeit verbringen zu dürfen. Er hat mir ständig Komplimente und Geschenke gemacht, mich überallhin mitgenommen und eingeladen. Nach einer Woche hat er davon gesprochen, verliebt in mich zu sein. Nach zehn Tagen waren wir offiziell zusammen. Es hat sich angefühlt, als würde mein Leben endlich wieder weiterlaufen. Nachdem meine Mutter Dad und mich verlassen hatte … Ich schätze, ein Teil von mir hat immer geglaubt, es wäre meine Schuld gewesen. Dass ich nicht liebenswert genug gewesen war, um ihr Grund zum Bleiben zu geben. Und dann kam Riven und … hat mich geliebt. Oder zumindest dachte ich damals, dass das Liebe ist.« Ich machte eine Pause und schluckte mehrmals. »Das

Ding ist aber … weißt du, was viele Menschen machen, wenn sie ein Glühwürmchen entdecken? Sie fangen es und sperren es in ein Glas, damit es nur noch für sie leuchtet.«

Maxton machte keine Anstalten, mich zu unterbrechen. Ich war dankbar dafür. Ich glaubte plötzlich, nicht mehr aufhören zu können, bevor alle Worte gesagt waren.

»Am Anfang fand ich es irgendwie gut«, fuhr ich tonlos fort. »Zu wissen, dass er mich so sehr wollte, dass er nicht bereit war, mich zu teilen. Er hat immer gesagt: *Du gehörst zu mir.* Klingt süß, oder? Aber der Satz hat sich mit der Zeit abgeschliffen, so wie sein ganzes Verhalten. Irgendwann hab ich nicht mehr *zu* ihm gehört, ich hab ihm gehört. Und ich fand das schön. Ich fand es … *romantisch.*«

Ich lachte bitter und zwickte mir in die Nasenwurzel, doch die Stimmen waren natürlich trotzdem da. Sie waren immer da. Scharfkantig und schmerzhaft und endlos. Rivens tiefer Basston: *»Sag es, Willow.«* Und meine eigene helle, so verliebte, so verblendete Stimme: *»Ich gehöre dir.«* Fest kniff ich die Augen zusammen, aber ich sah die Bilder noch. Wie durch Fliegengitter: ein bisschen überschattet, verpixelt, winzige Sichtbrocken fehlten immer. Manchmal war Glas davor – lautlose Münder, geruchlose Luft, nicht spürbare Berührungen. Und manchmal, an den sehr dunklen Tagen, war das Glas weg und ich konnte den Moment richtig wahrnehmen. Ich roch Rivens Aftershave und mein Parfum – Jasmin, Vanille, zu süß, gar nicht ich. Ich spürte seinen Blick auf mir, der mich entweder wie den schönsten Menschen der Welt fühlen lassen konnte oder den unvollkommensten, je nachdem, wie er gerade drauf war. Ich hörte seine Stimme – manchmal liebevoll, keine Spitzen an den Worten, manchmal härter, enttäuscht, genervt oder traurig. Nie wütend, nie zu laut, nie bedrohlich. Trotzdem zerfetzend.

Musst du wieder einen Streit provozieren? Musst du den Abend ruinieren? Meine Freunde wollen schon nicht mehr herkommen, weil du dich immer so aufführst. Ich werde dir nicht sagen, wie die anderen über dich geredet haben, aber bitte, benimm dich das nächste Mal besser. Ich hätte dich gern mitgenommen, aber wenn du dich wieder so verhältst, bringt das nichts. Du bist zu laut, Willow. Du bist zu kompliziert, Willow. Du bist zu viel, Willow.

All diese Sätze hatten an meinen Kanten geschliffen, bis sie ganz weg gewesen waren. Bis ich nicht mehr widersprach, wenn Witze gemacht wurden, die nicht lustig waren, bis ich nicht mehr dagegenhielt, wenn jemand eine Meinung vertrat, die ich nicht teilte, bis ich nicht mehr für Dinge einstand, die mir wichtig waren, bis ich nicht mehr sagte, was ich dachte, oder tat, was ich wollte. Ich verschleierte diese Kanten nicht, ich *verlor* sie. Ich verlor meine Meinung, meinen Charakter, mein ganzes, unperfektes, wertvolles Ich. Und das Schlimmste daran war: Riven war vielleicht der Auslöser, doch die Ursache, die war ich selbst. Ich hatte ihn so sehr geliebt, ich hatte ihm so sehr gefallen wollen. Ich hatte alles dafür gegeben – und dieses Alles war mein ganzes Ich gewesen.

Jedes Mal, wenn die Erinnerungsbilder kamen, starrte ich mich selbst an. Dieses fremde, entstellte Ich mit dem pastellfarbenen Lippenstift, dem geglätteten Haar und dem Diamantring am Finger, das den Regen aus Vorwürfen hinnahm, ohne auch nur daran zu denken, einen Schirm aufzuspannen oder woanders Unterschlupf zu suchen. Und ich dachte: *Du Idiotin. Du dumme, schwache Idiotin.*

»Er hat immer gesagt, ich wäre zu viel. Also wurde ich weniger. Und irgendwann war ich nicht mehr da«, flüsterte ich. »Er hat mir nie etwas befohlen, es war viel subtiler. Er hat mir ohne explizite Aufforderungen zu verstehen gegeben, was ich anziehen darf, wie ich meine Haare tragen muss, was ich in meiner

Freizeit tun kann und wie ich vor anderen Männern zu sein habe – Spoiler: am besten gar nicht. Wenn ich auch nur mit einem geredet habe, ist er ausgetickt.«

»Ich würde gern jeden Typen umbringen, der auch nur daran denkt, dich anzufassen.« Ich hatte ihn anfangs nicht ernst genommen, als er diese Sachen gesagt hatte. Nicht einmal, als er mir zum ersten Mal vorwarf, ich würde mit einem Kellner flirten. Oder später mit dem Kassierer an der Supermarktkasse, dem Typen, der mir einen Flyer reichte, meinen Freunden aus der Schule, die ich seit Jahren kannte und wegen denen er sich solche Sorgen machte, dass ich irgendwann aufhörte, auf ihre Nachrichten zu antworten.

Kein halbes Jahr nach Beginn unserer Beziehung führte jede Begegnung mit einem Typen unweigerlich zu als Fragen getarnten Vorwürfen. *»Ziehst du dich für solche Kerle so an?«*, *»Sollen die Leute glauben, du wärst leicht zu haben?«*, *»Willst du, dass sie denken, dass du Interesse an ihnen hast, oder warum lächelst du so?«*, *»Ist dir bewusst, wie lang du ihn gerade angestarrt hast?«*

Ich hatte immer mit einer Entschuldigung geantwortet. Weil ich wirklich das Gefühl gehabt hatte, es wäre meine Schuld. Es wäre *alles* mein Fehler, weil ich eben so fehlerhaft war, und er so vollkommen. Und das Schlimmste an alldem war, dass ich es zwar traurig gefunden hatte, dass Riven sich so sorgte, aber irgendwie auch … schön. Weil nach den Vorwürfen Sachen kamen wie: *»Ich liebe dich einfach zu sehr«*, *»Ich habe Angst, dich zu verlieren«*, *»Wie könnte irgendjemand dich nicht wollen?«*

Ich hatte nichts daran problematisch gefunden, oder zumindest nicht … unverzeihbar. Nicht einmal, als wir eines Abends auf einer Party waren und ich mich mit einem Kumpel seiner Freunde unterhielt. Es war alles harmlos gewesen, bis er seine Hand auf meine Schulter legte. Später saß ich wie versteinert in Rivens Auto und starrte die ganze Fahrt zwischen seinen aufgeplatzten Fingerknöcheln und seinem angespannten Kiefer hin und her. Er sagte nur: *»Du hast mich mit deinem Verhalten dazu gezwungen, das ist dir klar, oder?«*, und strafte mich dann mit Schweigen ab, bis ich anfing zu weinen und ihn anbettelte, mir zu verzeihen.

»Er hat es geschafft, dass ich wirklich dachte, dass das meine Schuld war. Dass ich *wirklich* dachte, dass seine Launen, seine Eifersucht, seine … Frustration, dass einfach *alles* an mir lag. Ich war nur noch damit beschäftigt, die Version von mir zu sein, die er sehen wollte. Ich habe den Kontakt zu meinen Freunden und Freundinnen verloren, weil ich so auf Riven fixiert war, ich habe meinen Vater zurückgestoßen, weil er Zweifel an der Beziehung geäußert hat, ich habe nach dem Abschluss nicht mal nach einer Ausbildung oder einem Studium gesucht, weil Riven mir eingeredet hat, ich wäre *nicht für so was gemacht*. Weil er mir eingeredet hat, ich wäre nur für ihn gemacht. Nur dafür, ihn zu unterstützen und zu … lieben.«

Ich zerrte die Decke etwas höher und grub die Finger in den Stoff, als die nächsten Satzschatten durch meinen Kopf huschten. *»Du brauchst keine Freunde, du hast mich. Du brauchst deine Familie nicht, wir gründen unsere eigene. Du brauchst keinen Job, ich sorge für dich, und Muttersein ist sowieso eine Berufung.«*

Trotz der Pause, die ich machte, sagte Maxton nichts. Als ich es wagte, einen Blick in seine Richtung zu werfen, traf er direkt auf seinen. In meinen Gedanken hatte ich seine Augen immer als *windstill* beschrieben, jetzt standen hohe Wellen im Blau. Ich schloss die Lider, weil ich das nicht ertrug. Weil ich alle Konzentration brauchte, um nicht in mir selbst unterzugehen. In diesen Erinnerungen.

»Er hat mich nie auch nur gröber angefasst, er hat mich nie direkt beleidigt oder mich in irgendeiner Form angegriffen.

Und das war fast das Grausamste, weißt du?«, fuhr ich mühsam fort. »Weil ich deswegen so lang gebraucht hab, bis ich es verstanden hab. Dass es genauso Missbrauch ist, wenn jemand deine Psyche verletzt und nicht deinen Körper. Als ich wieder anfing, Kontakt mit meiner Mutter zu haben, und mit ihr darüber geredet hab, wie ich mich fühle, hat sie oft gefragt: *Aber was genau tut er denn, das dir wehtut?* Und ich konnte es nicht begründen. Ich hatte nur dieses Gefühl und … das kam mir zu wenig vor. *Ich* kam mir zu wenig vor.« Angewidert verzog ich den Mund. »Direkt nach dem Abschluss habe ich es nicht mehr ausgehalten. Ich bin zu meiner Mutter, um Abstand zwischen Riven und mich zu bringen. Um mir darüber klar zu werden, was dieses Gefühl genau bedeutet. Von jemandem wegzuwollen, den ich doch eigentlich liebte.«

»Was ist passiert?« Maxtons Stimme klang heiser und seltsam gepresst, als versuchte er, alle Emotionen darin zu unterdrücken. Etwas, das ihm sonst deutlich leichter fiel.

»Meine Mutter hat Riven angerufen und ihm verraten, was mir durch den Kopf ging. Sie war immer ein Riesenfan von ihm. Vielleicht auch nur von der Tatsache, dass seine Familie eine erfolgreiche Hotelkette besitzt, keine Ahnung. Riven kam vorbei und … ich kann es nicht mal erklären. Wie er es innerhalb weniger Minuten geschafft hat, dass ich ihn angefleht habe, mich nicht zu verlassen.«

Maxtons Finger auf seinen Knien verkrampften sich. »Er hat dich manipuliert.«

Schwach schüttelte ich den Kopf. Ich hatte nicht nur viel über Narzissmus gelesen, sondern auch über toxische Beziehungen. Ich kannte all diese Begriffe: *Love Bombing*, *Gaslighting*, *Isolierung*, *Future Faking*, *Manipulation.* Ich kannte sie, aber sie wurden den Gefühlen, die daran hingen, nicht gerecht. Man konnte über Jahre hinweg täglich erlebte Herabwürdigung, Angst, Verunsicherung und Selbsterniedrigung nicht in Buchstaben pressen. Man konnte sie ja nicht mal in einen Menschen pressen, ohne dass dieser daran kaputtging. Denn genau das war passiert.

»Er hat mich *gebrochen*, Max«, korrigierte ich leise, aber entschieden. »Ich habe ihm einen geblasen, damit er mir verzeiht. Kannst du dir vorstellen, wie sich das anfühlt? Zu wissen, dass ich diese Demütigung nie ungeschehen machen kann? Dass ich immer diese Frau sein werde, die vor einem Kerl kniet, der ihr Sekunden vorher erklärt hat, er wüsste nicht, ob es möglich wäre, jemanden wie sie zu lieben?« Ich lachte, weil ich schon zu oft deswegen geweint hatte. Und weil es keine Rolle spielte, was ich sagte oder tat oder fühlte – die Erinnerung veränderte sich nicht. *Ich* veränderte mich nicht.

Maxton schluckte schwer. Ich konnte es hören, ich konnte es sehen, ich konnte es fast *fühlen*. Diesen Kloß in seinem Hals, der verhinderte, dass er aussprach, was ihm gerade durch den Kopf ging. Es hätte sowieso nichts gebracht, ich kannte all die Floskeln: *Das war nicht deine Schuld. Du konntest nichts dafür. Das ist jetzt vorbei.* Ich hatte sie oft gehört: von meinem Vater und von mir selbst, ganz am Anfang, als ich glauben wollte, dass auch nur eine davon stimmte. Heute wusste ich: Sie waren alle falsch.

Maxton richtete sich etwas auf, sein Fuß streifte meinen, ich schloss die Augen. Gedachte Umarmungen dauerten manchmal länger als echte. Ein, zwei Minuten saßen wir schweigend da. »Was ist danach passiert?«, fragte er dann tonlos.

»Ich bin mit ihm zurück nach Sturry und noch am selben Abend bei meinem Vater aus- und in Rivens Wohnung in Canterbury eingezogen. Dad hat versucht, mir das auszureden, aber zu dem Zeitpunkt hatte er mich schon verloren. Hatte *ich mich* schon verloren. Ein paar Wochen später hat Riven mir einen Antrag gemacht. Ich hab nicht mal gezögert, Ja zu sagen. Ich hatte irgendwie akzeptiert, dass das jetzt mein Leben war. Ich war so müde. Zu müde, um zu denken oder zu zweifeln. Also hab ich einfach … aufgegeben.«

Ich strich über meinen Ringfinger, dachte an die ersten Wochen in Windsbury, in denen ich den Abdruck des Verlobungsrings hatte sehen können. Mittlerweile war er längst verschwunden, natürlich, aber fühlen konnte ich ihn trotzdem noch viel zu oft.

»Das stimmt nicht, du hast nicht aufgegeben«, widersprach Maxton entschieden. »Du bist gegangen.«

Ich musste lächeln. »Weißt du, wieso? Das wird dir nicht gefallen, weil es so pathetisch ist.«

»Alles, was dich dazu gebracht hat, ihn zu verlassen, gefällt mir, Willow.«

Ich drückte meinen Knöchel leicht gegen seinen und wusste nicht, ob ich mich in den letzten Jahren jemals so intensiv berührt gefühlt hatte. Dieses Gespräch war ein einziges Einander-Berühren, ein Sich-berühren-Lassen, an Stellen, die ich seit langer Zeit sorgsam verbarg. Ich wusste, ich würde das nicht ungeschehen machen können. Ich würde diese Wände, die ich gerade Wort für Wort abbaute, nie wieder aufstellen können. Doch seltsamerweise machte es mir keine Angst. Maxtons Berührungen hinterließen keine Wunden. Sie verschlossen welche.

»Etwa zwei Monate vor der Hochzeit bin ich allein nach Folkestone gefahren, ans Meer. Da werden Surfstunden angeboten. Ich bin eingeschlafen, als eine Gruppe Jugendlicher ihre Einweisung bekommen hat, und erst wieder aufgewacht, als alle um mich herum angefangen haben zu schreien. Einer der Jungs hatte sich von der Gruppe entfernt und ist zu weit rausgeschwommen. Er ist beim Sprung aufs Brett gestürzt und da draußen fast ertrunken. Die Küstenwache hat ihn rausgeholt, er wurde ins Krankenhaus gebracht.« Wenn ich die Augen schloss, sah ich manchmal immer noch das blaue Leuchten an diesem Nachmittag. Das des Himmels, das des Meeres, das des Krankenwagens, das in mir, als ich begriff, was ich tun musste. »Ich weiß bis heute nicht, ob er es geschafft hat. Ich denke oft daran. Ob er gestorben ist, während er mir das Leben gerettet hat.« Sofort verzog ich den Mund. »Unangebracht, schon klar, aber so kam es mir vor. Ich hab ihn da draußen gesehen und es gefühlt. Dass ich so war wie er. Dass ich dabei war zu ertrinken. Dass ich mich aus diesem Wasser – aus dieser verdammten Beziehung – retten musste, wenn ich nicht ganz untergehen wollte.«

»Ein höheres Zeichen«, murmelte Maxton.

Ich lächelte, weil ich wusste, worauf er anspielte. Auf unser allererstes Gespräch, das mich in gewisser Hinsicht genauso gerettet hatte wie dieser Unfall am Meer. »Ja. Also habe ich zu Hause das Nötigste zusammengepackt, gewartet, bis Riven eingeschlafen ist, und mir mit seinem Geld ein Taxi genommen. Ich bin hierhergekommen, in dieses *Latibule.* Dad hat mich gefunden und es auf Anhieb verstanden. Er hat mir geholfen, das Ganze durchzuziehen.«

Maxtons Blick war noch immer im Dämmerlicht versunken, durch den goldbetupften Nachtschleier hindurch konnte ich unmöglich erkennen, was in ihm vorging. Irgendwann hatte er mir mal erzählt, dass Menschen kennenzulernen sich für ihn wie puzzeln anfühlte. Ich fragte mich, ob er eines dieser Puzzleteile von mir bereits erahnt hatte. Ob er die Kanten meiner Persönlichkeit gut genug gedeutet hatte, um die fehlenden Stücke zu erraten. Ich hakte nicht nach, weil es letztlich keine Rolle spielte. Was zählte, war, dass er es nie angesprochen hatte. Dass er gewartet hatte. Geduld war vielleicht die selbstloseste Eigenschaft, die es gab. Und von jemandem … geliebt zu werden, der so geduldig war, war vielleicht die schönste Art, geliebt zu werden.

»Gut, dass du gegangen bist.« Seine Stimme klang heiser, aber auch warm. Nicht stolz, sondern erleichtert.

Ich wünschte, ich würde mich auch so fühlen. »Ja. Nur … manchmal frag ich mich, ob ich hier je richtig weggekommen bin. Ob ich nicht einen Teil von mir hiergelassen hab. Nicht direkt in diesem Baumhaus, eher bei ihm. Ich hab mich mit ihm immer wie ein Schatten gefühlt, und es ist jetzt besser, aber irgendwie … nicht ganz weg?« Erschöpft schüttelte ich den Kopf. »Vielleicht hab ich nur eine Hälfte von mir zurückbekommen. Vielleicht bin ich kein Schatten mehr, aber trotzdem weniger … stark.«

Maxton stieß ein Lachen aus, so unerwartet laut, dass ich zusammenzuckte. Er streckte das zweite Bein auch noch aus, sodass er meinen Fuß zwischen seine nehmen konnte. Wären wir anders gewesen, hätte er dasselbe bestimmt mit meinem Gesicht und seinen Händen gemacht.

»Willow, hör mir gut zu«, sagte er dann – mit lächelndem Mund und sehr ernsten Augen. »Du bist der stärkste und intensivste Mensch, den ich kenne. Du hast so viel Meinung und Charakter, du bist so *heftig*, auf die wirklich beste Weise, dass ich oft das Gefühl hab, alles verblasst neben dir. Du bist alles andere als wenig, vertrau mir.«

Ich dachte, wie schön es wäre, wenn das die Lösung wäre: einem anderen Menschen zu vertrauen. Aber ich schwieg nur und sah Maxton an, weil es dann leichter war zu atmen.

Der Wind drängte sich nach wie vor eisig durch die Lücken zwischen den Holzbrettern, meine Finger und Nasenspitze kribbelten taub, trotzdem hatte ich aufgehört zu zittern. Als wäre das Gesagte eine Schicht Schnee gewesen, die ich über

Jahre hinweg festgeklopft hatte, indem ich mir verbot, darüber zu reden. Und jetzt, wo ich es getan hatte, war mir … ein bisschen wärmer. In mir ging nicht plötzlich eine Sonne auf oder so was Schönes, Poetisches, Heiles. Aber in mir waren nicht mehr so viele kühle Schatten. Ich wusste, dass das nicht daran lag, dass ich es überhaupt ausgesprochen hatte, sondern vor allem daran, vor wem. Maxtons Nähe war ein schützendes Gewächshaus für mich.

»Sorry, das war ein ganz schöner Monolog«, brachte ich nach einer Pause hervor. »Ich weiß, dass du es nicht magst, wenn ich zu viel rede.«

Maxton schüttelte den Kopf. »Denk so was nicht, Willow. Es gibt kein *zu* mit oder an dir.«

Ich nickte, weil ich mir diesen Satz seit Jahren sagte und in den guten Momenten davon überzeugt war, dass er stimmte. Doch das Leben bestand nicht nur aus guten Momenten. Selbst mit Maxton war dieser hier nicht gut. Aber er war zumindest ein bisschen besser.

»Tja.« Ich hob die Hände. »Und jetzt weißt du es. Die erbärmliche Geschichte von einem schwachen Mädchen, das um jeden Preis geliebt werden wollte und sich deshalb selbst aufgegeben hat.«

Ein Stirnrunzeln erschien auf seinem Gesicht. »Du gibst dir immer noch die Schuld daran.«

Ich hätte es gern verneint, doch ich wollte nicht lügen und kannte die Wahrheit selbst nicht genau. Ja, ich wusste mittlerweile, was Riven mir angetan hatte. Ich kannte die Begriffe, die psychologischen Hintergründe, all die Mechanismen. Ich verstand, wie und wieso er das gemacht hatte, aber ich verstand nicht, wieso *ich* es mit mir hatte machen lassen. Wieso *ich* es nicht eher begriffen, wieso *ich* nicht auf meine Intuition gehört hatte, wieso *ich* nicht früher gegangen war. Zu einer Beziehung gehörten immer zwei Menschen. Auch zu einer, die alles andere als gesund war.

Müde lehnte ich den Kopf gegen die Holzwand. »Du bist der erste Mensch, dem ich je davon erzählt habe.« Ich erwiderte zögerlich seinen Blick. »Siehst du mich jetzt anders?«

Vermutlich musste ich nicht erklären, dass dieser Gedanke einer der Gründe war, wieso ich seit meiner Flucht aus Canterbury nie wieder mit jemandem über Riven gesprochen hatte, Dad ausgenommen. Wie hätte jemand mich noch als Ganzes sehen sollen, wenn ich diesen Teil von mir zeigte?

Maxtons Augen lagen unverwandt auf meinen, als er den Kopf schüttelte. »Nein. Nur besser.«

Ich verstand, dass er damit nicht meinte, dass ich jetzt in irgendeiner Art attraktiver wirkte. Die hässlichen Wahrheiten machten uns nicht schöner, aber sie machten uns echter. Ich hatte in den letzten Jahren bewusst dafür gesorgt, dass Teile von mir verdeckt blieben. Als hätte ich mühsam eine Kletterpflanze um mich hochgezogen, deren Blätter die Bruchteile von mir verbargen, die genau das waren: *gebrochen.* Ich hatte gedacht, wenn ich sie jemals wieder beiseite wischen würde, würde das gesamte Dahinter direkt zerspringen. Doch in diesem Moment, in dem ich mit Maxton in meinem alten Baumhaus saß, kurz nachdem ich Riven wiedergesehen und unsere aus reinem Ende bestehende Geschichte erzählt hatte, hatte ich nicht das Gefühl, dass etwas in mir kaputtging. Sondern, dass etwas heilte. Als würden feine Risse in meinem Ich sich schließen, nur weil Maxton da war und mich auf diese Weise ansah, die ich allein von ihm kannte. Ruhe, Geduld, Verständnis und Sicherheit in zwei Augen gegossen. Und vielleicht ergab das ja auch alles Sinn. Maxton war ein Gärtner. Wenn jemand Pflanzenstränge von einer Seele abziehen konnte, ohne das Darunter zu verletzen, dann er.

»Denkst du, er wird nach dir suchen? Jetzt, wo er sich zusammenreimen kann, an welcher Uni du studierst?«, fragte er nach einer Weile.

»Nein, bestimmt nicht. Er hat vorhin ein paar Sachen gesagt, als wäre das mit uns noch nicht vorbei. Aber ich glaube, er weiß selbst, dass das nicht stimmt. Außerdem hat er ein neues Projekt. Er hatte seine Freundin dabei.« Mich überkam der Anflug eines schlechten Gewissens, als ich daran dachte, wie sie zu ihm aufgesehen hatte – in jeder Hinsicht. Ein Teil von mir wusste, dass ich mit ihr sprechen sollte, selbst wenn ich aus Erfahrung sagen konnte, dass meine Worte an den Wänden abgeprallt wären, die Riven vermutlich seit einiger Zeit dort errichtet hatte. Ich hätte es zumindest versuchen müssen, aber … ich *konnte* nicht. Ich konnte sie nicht retten, wenn ich immer noch dabei war, um mich selbst zu kämpfen. »Und wenn er doch auftaucht, bekomme ich das schon hin. Ich werde nicht mehr wegrennen. Nicht vor ihm.«

»Gut.« Maxton drückte leicht meinen Fuß mit seinem.

Erst da fiel mir auf, dass wir uns immer noch berührten und dass ich nicht einmal den leisesten Fluchtreflex empfand. Vielleicht, weil wir uns sowieso schon so nah waren, dass es keine Rolle mehr spielte. Es stimmte: Berührungen beim Tanzen, beim Küssen, beim Sex, die bedeuteten erst mal nichts. Aber Berührungen, die man ohne den geringsten Körperkontakt austauschte, die bedeuteten … alles.

»Und wenn er doch auftaucht, sind wir da«, fügte er hinzu. »Wir alle. Du bist nicht länger allein damit.«

Ein Lächeln schob sich auf meine Lippen. »Ich weiß.«

Und ich wusste es wirklich. Ich hatte es von dem Moment an gewusst, in dem ich mich vor gut zweieinhalb Jahren auf die Parkbank neben diesen seltsamen Mann gesetzt hatte, der später zu einem Bekannten, zu einem Freund, zu einem Mitbewohner, zu meinem besten Freund, zu meinem besten Menschen werden würde. Der mein Zuhause werden würde, ohne es zu wissen. Weil ich solche Dinge nicht laut sagen konnte, weil ich es kaum ertrug, sie in meinem eigenen Kopf zu hören. Ich hatte mich lang dagegen gewehrt, den Gedanken und das daran hängende Gefühl zuzulassen, aber in diesem Augenblick war ich dankbar dafür, dass ich ihn haben durfte. Den Gedanken, das Gefühl und Maxton.

Denn ich wusste es schon lang, vielleicht länger, als logisch erklärbar war, weil man manche Dinge eben nur fühlen und nicht begründen konnte: Maxton war mehr als ein Freund, Maxton war sogar mehr als ein Zuhause.

Maxton war mein ganz persönliches *Latibule*.

17. Kapitel

WILLOW

Kreios war der Titan der Stärke und Männlichkeit.

Als Maxton und ich den Namen nach dem Erhalt der Nachricht Mitte der Woche gegoogelt hatten, hatte ich gewitzelt, wir würden diesen Freitag sicher beim Gewichtheben landen. Rückblickend wäre mir das lieber gewesen als die Realität. Um zweiundzwanzig Uhr auf einem Grab zu stehen, verlieh mir nicht wirklich ein Gefühl von Stärke.

Ich zerrte den Kragen der Cordjacke höher und vergrub die Nase im gefütterten Innenstoff. Er roch nach Garten und Maxton. Besonders nach Maxton. Das lag vor allem daran, dass er sie bis vor Kurzem selbst getragen hatte. Erst als wir das Auto am Besuchereingang verlassen hatten und er sie nicht anziehen wollte, hatte ich sie mir anstelle meines Mantels übergestreift. In den letzten Tagen hatte ich oft etwas von ihm getragen. Es fühlte sich gut an, in Maxtons Nähe zu sein. Oder etwas von Maxton bei mir zu haben, auch wenn er selbst nicht da war.

Dabei war er oft da, bei mir. Seit der Verbindungsfeier in Oxford letzte Woche hatten wir den Großteil unserer Freizeit zusammen verbracht. Alles war wie immer und doch irgendwie anders. Ich wusste, dass Maxton es auch spüren konnte, auch wenn er es nicht kommentierte: Etwas wankte in mir. Es fühlte sich an, als würde ich über ein Seil balancieren – eine Waagschale mit der Erinnerung an das Gespräch mit Riven in der einen Hand, eine mit der an das mit Maxton in der anderen. Wenn ich einer Seite zu viel Macht gab, würde ich das Gleichgewicht verlieren und fallen. Also versuchte ich, beide zu verdrängen und mich auf die Gegenwart zu konzentrieren.

Das war gar nicht mal so einfach, wenn ich mich in dieser Gegenwart seit fünfzehn Minuten mit den Füßen in einem Busch Immergrün befand und an einen zwei Meter hohen Grabstein lehnte. So lang war es her, dass Maxton und ich das Friedhofsgelände erreicht hatten und er das Auto auf dem Parkplatz bemerkt hatte. Keenans Auto. In der Nachricht, die Maxton heute mit der Adresse erhalten hatte, hatte nur eine gewohnt pathetische Floskel gestanden: *Ewiges Leben beginnt mit einem kurzen Tod.*

Ich hatte es beunruhigend gefunden, das Wort Tod in Verbindung mit diesen exzentrischen Typen zu hören, Maxton hingegen hatte nur die Augen verdreht. Seit der Verbindungsparty war er zweimal mit den anderen unterwegs gewesen. Er sprach nicht darüber, was sie machten, doch ich spürte, dass seine Stimmung ihnen gegenüber sich langsam aufweichte. Er entspannte sich in ihrer Nähe. Und das sorgte dafür, dass ich mich anspannte. Es wäre mir lieber, seine neuen Freunde würden ihn nicht in einer Winternacht auf einen Friedhof bestellen für … ja, was? *Einen kurzen Tod?*

Maxton hatte mich dazu bringen wollen, im Auto zu warten. Ich hatte es schon verlassen, als er noch geredet hatte. Auch wenn ich ihn nicht begleiten konnte, würde ich ihn nicht allein lassen. Wenn jemand auf die Idee kam, ihn lebendig zu begraben, würde ich eigenhändig dafür sorgen, dass dieser Friedhof ein paar neue Bewohner erhielt.

Vorsichtig lehnte ich mich an dem Familiengrabstein vorbei, sodass mein Gesicht von den dichten Efeuranken verborgen wurde. Sie verharrten noch immer zu dritt vor dem Mausoleum, das sich im Zentrum des Friedhofs befand. Ich erkannte Keenan an seiner Körperhaltung – gerader Rücken, Hände lässig in den Hosentaschen –, Ezra hingegen nur an der weinrot leuchtenden Jacke, die er oft in der Uni trug. Maxton stand vor ihnen, die Arme vor der Brust verschränkt. Das schwache Licht der Taschenlampe, die Ezra über die Umgebung schwenkte, streifte gelegentlich sein Gesicht. Ich musste an Autorücklichter denken, die Zimmervorhänge erhellten, doch wann immer Maxtons Züge damit benetzt wurden, wirkte der Ausdruck darin nach wie vor dunkel. Eine seiner Hände lag an seinem Kragen. Das reichte aus, um zu begreifen, wie nervös er war.

Als ich mich gerade wieder zurückziehen wollte, ging Keenan auf das Mausoleum zu. Ezra und Maxton folgten ihm. Ich begriff erst, dass sie die Tür aufgebrochen haben mussten, als sie alle drei im Inneren verschwanden.

Ich atmete aus, feine Wölkchen tanzten vor meinem Gesicht. Alles in mir wollte ihnen nachgehen, doch ich zwang mich, stehen zu bleiben und langsam zu zählen. Ich kam bis vierhundertzwölf, da öffnete sich die Tür. Sofort verbarg ich das Gesicht und umklammerte den Stein vor mir fester. Ein orangegelber Funke glomm auf, Keenans Gesicht flackerte im Schein seines Feuerzeugs, als er sich eine Zigarette anzündete. Noch während er den ersten Zug nahm, tauchte Ezra hinter ihm auf und … zog die Tür ins Schloss. Erstarrt sah ich dabei zu, wie sie ein paar Worte wechselten und dann in Richtung Besucherausgang gingen. So gelassen, als hätten sie einen ganz gewöhnlichen Spaziergang gemacht und nicht einen Menschen auf einem Friedhof zurückgelassen.

Nur mit Mühe konnte ich mich davon abhalten, sofort zum Mausoleum zu rennen. Stattdessen zählte ich abermals bis hundert, dann stieg ich vorsichtig vom Grab.

Das gedrungene Steingebäude war nicht abgesperrt. Das

Schloss, das die Tür zuvor gesichert hatte, lag aufgebrochen auf der oberen von zwei Stufen. Ich horchte kurz, ehe ich die Klinke herunterdrückte und mich ins Innere schob. Kühler Stein, abgestandener Geruch und tiefes Grau – mehr nahm ich in den ersten Sekunden nicht wahr. Ich hielt inne, während die Tür hinter mir zufiel. Die Umrisse im Inneren waren grobkörnig und konturlos im Mondlicht, das durch die Fenster hereinschien.

»Max?« Meine Stimme klang unsicher. Ich hatte keine Angst vor der Dunkelheit oder Friedhöfen, nicht einmal vor verlassenen Grabmalen, aber hiervor schon. Davor, nicht zu wissen, wo Maxton steckte.

Stirnrunzelnd schwenkte ich mein Handylicht herum, sodass der bläuliche Schein die Steinwände und darin eingelassenen Urnenfächer bedeckte. Der Raum war nicht sonderlich groß und vor allem … leer. Mein Herz pochte so laut, dass es mir fast so vorkam, als hallte der Ton an den nackten Wänden wider. Maxton hatte das Mausoleum nicht verlassen, also musste er hier sein. Ich ging weiter hinein und ließ das Licht über die Wände und den Boden schweifen. Erst nach dem dritten Mal fiel sie mir auf: die Abzeichnung einer Falltür.

Sofort kniete ich mich hin und zog am Griff, der widerstandslos nachgab. Schwärze blickte mir entgegen, zersetzt von einem orangestichigen flackernden Schein, in dem sich Treppenstufen abhoben.

»Max?«, wiederholte ich lauter.

Von unten kam ein Ton, den ich nicht deuten konnte. Sofort zog sich das Knäuel aus Sorge in meinem Bauch fester. Ohne darüber nachzudenken, stieg ich in das Nichts hinab.

Es ging nicht weit nach unten. Vielleicht drei Meter, dann kam ich am Ende der Treppe an und hob den Blick. Der Schein meines Handys stieß auf den der heruntergebrannten

Kerzen, deren Flammen in zwei Windlichtern vor den Gitterstäben sacht flackerten. Gitterstäbe eines etwa zwei Meter breiten Tors, das das eng geschnittene Kellergewölbe zweiteilte. In den Bereich, wo ich stand: der Fuß der Treppe, ein Stuhl, ein Altar mit getrockneten Blumensträußen. Und in den Bereich, wo Maxton stand: ein von Steinwänden eingerahmtes Viereck, in dem kaum Platz war, weil sich darin mehrere Särge befanden. Selbst im dämmrigen Licht konnte ich erkennen, dass sie alt waren, leicht porös, mit Staub und Spinnenweben verziert.

Ich betrachtete sie nur kurz, dann fokussierte ich mich auf Maxton. Er hatte die Arme verschränkt und starrte mich an. Sein Gesicht wirkte so blass, dass es in der Dunkelheit leuchtete. Trotzdem musste ich erleichtert seufzen. Ich hatte mit weitaus Schlimmerem gerechnet als damit, dass sie ihn in der Gruft eines Mausoleums eingeschlossen hatten.

Ich verstaute das Handy in der Tasche. »Na, das ist ja ein gemütlicher Ort für eine Übernachtungsparty. Irgendwie makaber, oder? Gab's bei den alten Griechen nicht eigentlich dieses Tamtam um die Totenruhe?«

Maxton fixierte die Kerzenflamme neben meinem Fuß. »Ich hätte es wissen müssen«, murmelte er tonlos.

Grinsend lehnte ich mich gegen die Stäbe, sodass mein Knie gegen die massive Eisenkette stieß, die verhinderte, dass man das Tor öffnen konnte. »Dass du mit einem Haufen respektloser Typen rumhängst? Ja, vermutlich.«

Maxton schüttelte den Kopf. »Dass Keen mich bei unserem ersten Treffen nicht umsonst nach solchen beschissenen Sachen gefragt hat wie *meinen größten Ängsten*.«

Verständnislos versuchte ich, seine Worte und seine Reaktion auf diesen Ort mit irgendeinem Sinn zu verbinden. Soweit ich wusste, hatte Maxton vor irgendwie … gar nichts Angst.

Wenn wir im Sommer draußen frühstückten und Helen Panik vor den Wespen hatte, goss er Ahornsirup auf seinen Teller, um sie zu sich zu locken. Wenn ich mich wegen meiner Höhenangst nicht traute, auf die Leiter zu steigen, erfand er einen Vorwand, damit ich ihm die Aufgabe überlassen konnte, ohne meine Angst zugeben zu müssen. Wenn Beckett sich nach Sonnenuntergang nicht mehr in den Keller traute, weil Sienna uns wieder gezwungen hatte, einen Horrorfilm anzugucken, ging er kommentar- und taschenlampenlos nach unten. Ängste waren etwas Natürliches, aber ich hatte immer geglaubt, dass Maxton der Natur so verbunden war, dass ihn nichts aus der Ruhe bringen konnte.

»Und was hast du ihm gesagt? Denken die, deine größte Angst sind Spinnenweben?«

»So eine verdammte Scheiße«, erwiderte Maxton, ohne auf meine halbherzige Belustigung einzugehen. Er lachte heiser und barg das Gesicht in den Händen. Drehte sich dann von mir weg, machte zwei Schritte in den Raum und zuckte zurück, als er gegen einen steinernen Sarg stieß.

Hätte ich gekonnt, wäre ich auf ihn zugegangen, stattdessen umklammerte ich die Stäbe und bemühte mich um einen gelassenen Ton. So, wie er es oft für mich machte, wenn ich mich aufregte. »Maxton, beruhige dich. Das hier ist doch nur eine harmlose Gruft.«

»Es ist egal, was es ist! Es geht darum, *wie* es ist.« Er griff zum Saum seines Pullovers und zog ihn aus, schmiss ihn auf den Boden. Sofort danach tasteten seine Finger nach dem Kragen seines Shirts, und er zerrte daran, als wäre es nicht längst völlig ausgeleiert.

»Was ist mit dir? Bekommst du keine Luft?«

»*Fuck. Fuck, fuck, fuck.*« Seine Atmung beschleunigte sich, ich konnte jeden Zug so laut hören, dass ich mir am liebsten die

Ohren zugehalten hätte. Oder ihm. Ich hätte ihn so gern berührt, aber er stand mittlerweile in der Ecke, die am weitesten von mir entfernt war. Trotzdem erkannte ich, dass sich auf seiner Stirn Schweiß bildete und seine Schultern bebten.

Mein Herz zog sich zusammen. »Max, sieh mich an. Rede mit mir.«

Er ging in die Hocke, fuhr sich mit beiden Händen über den Kopf, als wollte er seine Haare raufen oder nur seine Gedanken, und keins von beiden ging. »Ich pack das nicht«, stieß er hervor und stand wieder auf. »Ich muss hier raus.«

Mit ein paar Schritten war er bei mir und umfasste die Stäbe, zerrte daran, als würde er sich wünschen, dass sie aus Knetgummi bestanden und nicht aus Eisen. Es war vollkommen irrational und passte nicht zu Maxton. Seine Bewegungen waren unkontrolliert, seine Atmung noch immer hektisch, sein Blick seltsam gehetzt.

Und da begriff ich es.

Maxton hatte keine Angst vor der Gruft oder den Begrabenen. Er hatte Angst, weil er das Gefühl hatte, hier selbst begraben zu werden. Es ging darum, dass es in diesem Raum weder ein Fenster noch eine Tür oder sonst eine Verbindung nach draußen gab. Und plötzlich verstand ich, dass das kein Tick eines frischluftvernarrten Typen war. Es war eine Überlebensstrategie von jemandem, der an Klaustrophobie litt.

»Max«, flüsterte ich entsetzt, weil ich nicht begreifen konnte, dass mir das in all den Jahren entgangen war.

Er drehte das Gesicht und starrte mich an. Seine Augen waren größer und dunkler, als ich sie je zuvor gesehen hatte. »Hol mich hier raus, okay?«

»Das geht nicht. Diese Stäbe sind massiv, genauso wie das Schloss, das bekomm ich nicht auf.« Ich griff durch die Gitterstäbe nach seiner Hand und drückte seine zitternden, feuchten

Finger. »Du musst ihnen schreiben, dass sie dich rausholen sollen. Jetzt, sofort.«

Maxton schüttelte den Kopf und riss sich von mir los, stolperte einen Schritt zurück. »Ich kann nicht.«

Klar kannst du, wollte ich erwidern. *Nichts auf der Welt ist es wert, dich selbst so zu quälen.* Doch ich zwang mich, es herunterzuschlucken. Ich war hier, um ihm zu helfen, und das würde ich tun. Wenn nicht auf meine bevorzugte Weise, dann auf jede andere, die mir einfiel.

Mein Blick wanderte das Gittertor hinab, hin zu dem Spalt zwischen seinem Ende und dem Einsetzen des Bodens. Er war nicht breit. Zu schmal für Maxton, aber – hoffentlich – gerade so groß genug für mich. Entschieden zerrte ich mir die Cordjacke von den Schultern und schob sie durch die Stäbe.

»Was hast du …?«, setzte Maxton hörbar verzweifelt an, aber ich unterbrach ihn.

»Alles wird gut, okay? Ich bin gleich bei dir.«

Ich legte mich längs dicht am Spalt auf den Rücken und hob eine Hand, um abzumessen, ob mein Kopf unterhalb der Stäbe hindurchpassen könnte. Es war knapp, aber möglich.

»Willow.«

Ich war nicht sicher, ob Maxton mich aufhalten oder zur Eile antreiben wollte, aber ich ignorierte ihn einfach. Mit zusammengebissenen Zähnen schob ich die Hüfte ein Stück zur Seite, um anschließend meine Beine und den Oberkörper hinterherzubewegen – Stück für Stück, Zentimeter für Zentimeter, bis sich das Ende des Tors direkt über meinem Gesicht auftat. Ich unterdrückte ein Stöhnen, als das Metall sich gegen meine Stirn presste, und kurz überkam mich Panik, stecken zu bleiben. Alles in mir wollte sich zurückziehen, stattdessen zwang ich mich, den Kopf gleichzeitig fest gegen den Boden und zur Seite zu drücken, sodass er sich gemächlich unter dem

Ende des Gatters hindurchschob. Ich hielt den Atem an, zog den Bauch ein, hatte mich noch nie so sehr darüber gefreut, wie klein meine Brüste und mein Hintern waren. Es war nur etwas unangenehm, jedoch nicht schmerzhaft, als ich den Rest meines Körpers durch den Spalt bewegte, bis ich auch noch den zweiten Fuß hinüberziehen konnte und ganz auf der anderen Seite der Gruft war. Kurz lag ich nur so da und atmete tief durch, dann streckte Maxton mir seine Hand entgegen.

Mit zittrigen Fingern ließ ich mir von ihm aufhelfen. Seine Atmung hatte sich beruhigt, und auch sein Gesichtsausdruck wirkte fokussierter. Trotzdem konnte ich ihm ansehen, dass es ihn alles an Selbstbeherrschung kostete, sich auf etwas anderes zu konzentrieren als auf die Panik.

Ich schüttelte meine Hände aus und ein bisschen Dreck von meiner Kleidung ab. »Gut, ich bin hier. Sag mir, was du brauchst. Soll ich leise sein oder laut? Soll ich den Mund halten oder dich ablenken? Was soll ich sein, Maxton?«

Er schluckte. »Sei … einfach du selbst, okay?«

Ich lächelte. »Okay. Aber das wird eher laut als leise.«

»Ich mag es, wenn du laut bist.«

»Seit wann gefällt dir Lärm?«

Maxton schüttelte den Kopf und trat an die Stäbe, legte die Hände erneut um das Eisen, als hätte er den Gedanken, sie auseinanderzubiegen, noch nicht ganz aufgegeben.

»Du bist der einzige Lärm, der mir gefällt«, sagte er, so leise und abwesend, dass ich nicht sicher war, ob er es selbst bemerkte. Sein Blick wanderte das Tor hinab.

Entschieden machte ich einen Schritt auf ihn zu. »Vergiss es. Du würdest stecken bleiben, und dann kommst du hier noch schwieriger raus.«

»Aber ich schaff das nicht.« Mit jedem einzelnen Wort beschleunigte sich seine Atmung wieder. »Ich kann nicht die ganze Nacht hier drinbleiben, ich kann nicht mal mehr fünf Minuten hier drinbleiben. Ich kann kaum atmen, weil es hier so verdammt …«

»Klar schaffst du das«, unterbrach ich ihn und umfasste seine Taille. »Du schaffst das, weil du mich hast. Du bist nicht allein damit, okay?«

Wäre ich in seiner Situation gewesen, hätte mich die Berührung noch unruhiger gemacht, Maxton hingegen entspannte sich ein wenig. Seine Schultern sackten hinab, er atmete laut aus. Kurz zögerte ich, weil ich selbst wusste, dass diese Idee nicht sonderlich klug war. Die Dinge zwischen Maxton und mir waren immer noch befangen. Es war zwei Wochen her, dass wir uns im Gewächshaus geküsst hatten, und erst eine, dass ich ihm den Teil meiner Vergangenheit anvertraut hatte, den ich ansonsten verbarg. Beide Momente waren so intensiv, so echt, so nah gewesen – auf verschiedene Weisen, die sich gleichermaßen schlecht verdrängen ließen. Ich wusste, dass es vernünftig gewesen wäre, erst einmal Distanz zu wahren – körperlich und emotional. Doch jetzt gerade wollte ich nicht vernünftig sein. Ich wollte sein, was immer Maxton brauchte, damit es ihm besser ging.

»Kannst du die Größe des Raums besser ignorieren, wenn wir unser … eigener Raum sind?«

Maxton spannte sich wieder an. »Was schlägst du vor?«

Ich lachte schwach. »Keine Sorge, Craven. Ich will dir nicht an die Wäsche, nur für dich da sein. Lässt du mich?«

Er blinzelte, als würde er ebenfalls versuchen, den letzten Rest Vernunft zusammenzusammeln und … gab auf. »Okay?«

»Gut, dann …« Ich griff nach seinen Händen, zog ihn mit mir zur Wand schräg gegenüber den Stäben und drückte ihn an den Schultern nach unten. Als er sich auf den Boden sinken gelassen hatte, die Beine ausgestreckt, die Hände verkrampft, setzte ich mich auf seinen Schoß. Ich verschränkte die Füße hinter ihm, sodass sie sowohl seinen Rücken als auch die Mauer berührten, dann legte ich die Arme um seinen Oberkörper und das Gesicht an seiner Schulter ab. Beruhigend strich ich mit den Händen über seine verhärtete Rückenmuskulatur. Unsere Körper berührten sich an etlichen Stellen, und obwohl alles um uns herum so kühl war, wurde mir von innen ganz warm.

»Hab dich«, flüsterte ich und lächelte, als ich sah, dass sich die feinen Härchen in seinem Nacken aufstellten.

»Hast du«, bestätigte er ebenso leise. Mit den Worten wich weitere Anspannung aus seinen Schultern. Er ließ den Kopf nach hinten sacken und schloss die Augen. Gleichzeitig legte er die Arme um mich und zog mich fester an sich.

Ich vergrub die Nase in seiner Halsbeuge und atmete ein. Noch viel tiefer als vorhin in seine Jacke, weil das hier wirklich nur er war. Kein Stoffeigengeruch, kein Alltagsduftanhang, nur Maxton.

Eine Weile saßen wir so da, während unsere Herzschläge gemeinsam langsamer wurden. »Das ist besser. Danke«, murmelte Maxton schließlich und ließ eine Hand in meinen Locken versinken, während die andere über die leicht hervorstehenden Knochen meiner Wirbelsäule tastete. »Aber … du musst das nicht tun. Ich weiß, dass du dich mit so was unwohl fühlst.«

»Daran liegt es nicht«, flüsterte ich, weil das einer der Momente war, in denen alles außer der Wahrheit falsch gewesen wäre. »Die Umarmung ist nicht das Problem. Sondern das Gefühl, was ich dabei bekomme.«

»Dass man dich festhält?«

»Nein. Den Drang, mich festzuhalten. Nicht mehr loszulassen.« Ich lächelte schwach und fragte mich, ob er die Bewegung meiner Lippen durch den Stoff seines Shirts hindurch spüren konnte. »Je mehr ich jemanden mag, desto stärker ist er. Ich ertrage es nicht, auf diese Weise berührt zu werden, weil mir dann klar wird, wie ... schön das ist. Wie sehr ich das will. Mich festhalten. Festgehalten werden. Man gewöhnt sich so leicht daran. Und als ich das beim letzten Mal zugelassen habe, da ... ich hab dir erzählt, wie das geendet hat.«

Meine Stimme wurde immer leiser, bis sie ganz abbrach. Es fühlte sich trotzdem so an, als hätte ich geschrien. Vielleicht, weil ich diese Wahrheit jahrelang so krampfhaft auf stumm geschaltet hatte, dass sie tief in mir längst den lautesten Teil ausmachte.

Maxtons Hand berührte meinen Nacken, dann meinen Hals. »Es ist aber nicht jeder so wie er, Willow.« Das Schweigen danach verriet etwas, das er vermutlich nie ausgesprochen hätte: *Ich bin nicht so wie er.*

»Das weiß ich«, wisperte ich. »Es geht auch nicht darum, dass ich Angst habe, dass alle Menschen, dass alle ... Männer so sind wie Riven. Es geht darum, dass ich Angst habe, dass *ich* noch dieselbe bin wie damals.« Vorsichtig löste ich das Gesicht von seinem Hals und sah ihm direkt in die schattenblauen Augen. »Ich weiß, alle denken immer, ich hätte diese ... nervtötend gefestigte Persönlichkeit, aber ich bin mir selbst nicht sicher damit. Ich hab sie einmal so schnell aufgegeben, bis nichts mehr von ihr übrig war. Wer sagt mir, dass sich das nicht wiederholen kann? Und ich darf mich nicht noch einmal so verlieren. Wenn ich das tue, dann ... finde ich mich diesmal sicher nicht wieder. Verstehst du?«

Maxton schwieg. Er umfasste mein Gesicht mit beiden Händen und sah mich an. Jede Sekunde Blickkontakt beinhaltete ein *Aber*, doch er sprach keines davon aus. Er diskutierte nicht, er akzeptierte. Seine Daumen strichen mir die Locken hinter die Ohren, fuhren über die Bogen meiner Ohrmuscheln, dann umfasste er wieder meinen Rücken und schloss die Augen.

Ich schob mein Gesicht neben seines und drückte meine Wange fest gegen seine. Ich hätte dasselbe lieber mit unseren Lippen getan. Ich hätte ihn gern geküsst.

Der Gedanke war da, weil er nicht mehr gegangen war, seit ich ihn beim Tanzen auf der Verbindungsparty zum ersten Mal gehabt hatte. Spätestens mit dem Kuss im Gewächshaus hatte er sich in meinem Kopf einquartiert und streckte sich von Zeit zu Zeit in all meine Bewusstseinsecken aus. Und seit unserem Gespräch im *Latibule* hatte sich dieser Drang so verstärkt, dass er beinahe permanent spürbar war. Es war absurd, weil Maxton nur dagewesen war, zugehört und meinen Fuß mit seinem gestreift hatte, und ich trotzdem seitdem das Gefühl hatte, er hätte mich nackt gesehen und jeden Zentimeter von mir mit den zartesten Fingerspitzenberührungen abgetastet.

Und das Gefühl gefiel mir. Es gefiel mir so sehr, dass ich mehr davon wollte. Ich wollte alles. Ich wollte Maxton küssen, ich wollte ihn berühren und von ihm berührt werden, ich wollte ihn ausziehen und mich auch. Ich wollte Sex mit ihm haben, wenn ich nachts hörte, wie er in seinem Zimmer auf und ab lief, ich wollte Sex mit ihm haben, wenn er mir auf dem Rückweg vom Bad auf dem Flur entgegenkam und kein Shirt trug, ich wollte Sex mit ihm haben, wenn er auf der Veranda mit behutsamen und doch bestimmenden Bewegungen Pflanzen umtopfte, ich wollte Sex mit ihm haben, wenn er im Garten saß und aufmerksam einer Sprache zuhörte, die nur er verstand. Ich wollte Sex mit ihm haben, hier und jetzt, auf dem kalten Boden einer Gruft, ein paar Meter neben Särgen, obwohl ich doch eigentlich nur auf unschuldigste Weise dafür sorgen sollte, dass mein bester Freund seine Panik vergaß.

Es war makaber und unpassend und falsch, aber ich war es leid, so zu tun, als wäre es nicht echt. Ich war nicht unschuldig, ich sagte, machte, dachte und fühlte nicht immer das Richtige.

Doch auch wenn ich zuletzt versucht hatte, mich selbst zu belügen, war ich generell ehrlich. Ehrlich genug, um zu verstehen: Ich wollte Maxton. Und ich wusste gleichzeitig, dass ich ihn auf diese Weise nicht haben konnte, wenn ich ihn nicht verlieren wollte.

Sex war die simpelste Sache der Welt, wenn man ihn mit jemandem hatte, der einem nichts bedeutete. Sex war die komplizierteste Sache der Welt, wenn man ihn mit jemandem hatte, der einem alles bedeutete. Und das tat Maxton. Aber dass er mir alles bedeutete, bedeutete nicht, dass wir alles haben konnten. Ich musste auf mich selbst achten und auf ihn auch. Ich durfte uns nicht wehtun.

Also saß ich still da und erwiderte seine Umarmung. Versuchte, mir nichts anmerken zu lassen, als ich zwischen meinen Beinen spürte, dass er auch daran denken musste, was er wollte und nicht haben konnte, rückte nur ein Stück weit nach hinten, um es für ihn erträglicher zu machen, wo ich es doch selbst kaum aushielt.

Mein Zeitgefühl löste sich auf, je länger wir so dasaßen. Mit jeder Minute beruhigte sich Maxtons Herzschlag an meiner Haut und seine Atmung an meinem Haar.

»Du bist gut hierin, sehr angenehme Umarmungs-Technik«, flüsterte ich nach einer kleinen Ewigkeit, die mir nicht ansatzweise lang genug vorkam. »Man fühlt sich gehalten, aber nicht erdrückt. Zehn von zehn Punkten. Lillian kann sich glücklich schätzen.«

Ich wusste nicht, wieso ich ihren Namen sagte. Vielleicht, damit wir uns beide daran erinnerten, dass es sie gab. Nicht speziell diese eine Frau, generell andere Frauen, andere Menschen. Andere Möglichkeiten, das zu tun, das uns beiden seit Wochen – und in diesem Moment ganz besonders – durch den Kopf ging.

Maxtons Stimme klang rau, als hätte er den Gedanken daran noch nicht abgeschüttelt, auch wenn sich sein Körper mittlerweile wieder entspannt hatte. »Wir machen so was eigentlich nicht. Sie ist nicht der Typ für das … Danach.«

»Verstehe.« Ich zeichnete den Saum seines Shirts mit den Fingerspitzen nach. »Und stört dich das?«

»Nein.«

»Magst du das Danach nicht?«

»Kommt auf den Menschen an, mit dem ich es teile.« Er neigte den Kopf, vergrub sein Gesicht in meinem Haar. Sein Atem streifte meinen Hals, mir wurde heiß, und ich war so dankbar dafür, dass Frauen Erregung besser verbergen konnten als Männer. »Das hier mag ich.«

Die Worte waren samten und trotzdem stachelig, sie pikten in meine Wangen, in meinen Brustkorb, in meinen Unterleib. *Ich auch*, dachte ich, aber ich brachte es nicht über mich, es auszusprechen. Also rutschte ich nur nach vorn, sodass unsere Körper sich noch enger aneinanderpressten.

Das hier fühlte sich nicht nach einem Danach an. Auch nicht nach einem Davor, eher nach einem Mittendrin. Ich wusste nicht, was für eine Mitte das war, was uns hierhergebracht hatte, oder was nach diesem Moment passieren würde, doch ich mochte es trotzdem.

»Es geht mich nichts an, aber … du solltest jemanden suchen, mit dem du das hier teilen kannst und willst«, wisperte ich irgendwann. »Du verdienst eine Freundin, die dieses Danach zu schätzen weiß.«

»Ich würde das nie tun.«

Fragend hob ich das Gesicht. »Was, eine Freundin haben?«

Er zögerte, holte tief Luft, sein Brustkorb bewegte sich so stark, dass er gegen meinen drückte. »Eine Freundin haben, während ich an dich denke, wie ich an dich denke.«

»Max«, flüsterte ich. Meine Stimme bebte vor Bedauern, vor unausgesprochenen *Es tut mir leid* und *Ich kann nicht, ich kann nicht, ich kann nicht.* Der Gedanke an Sex war eine Sache. Der Gedanke an das … eine ganz andere.

Er nickte schwach. »Ich weiß.« Und damit brach er den Blickkontakt und legte sein Kinn wieder auf meiner Schulter ab.

Es war nicht so, als würde es mich überraschen oder als könnte ich nicht eins und eins zusammenzählen. Ich ahnte schon länger, was all das bedeutete. Das, was wir getan hatten, zählte genauso viel wie das, was wir nicht getan hatten. Maxtons *»Mach mich nicht zu einem von ihnen«* war ebenso aussagekräftig wie seine eindeutige körperliche Reaktion auf mich, die ich heute zum wiederholten Mal gespürt hatte.

Das, was sich gerade zwischen uns auftat, war ein Schwellenraum. Wir waren Freunde, daran hatte sich nichts geändert. Aber in einer rein platonischen Beziehung dachte man nicht ständig darüber nach, wie es wäre, mit seinem besten Freund zu schlafen. Und selbst wenn man das mal tat, wollte man doch nicht *etwas anderes* als die Typen sein, mit denen die beste Freundin sonst schlief.

Vielleicht gab es keine offiziellen Bestimmungen dafür, wie beste Freunde sich einander gegenüber verhalten oder fühlen durften – aber es gab die, die wir selbst trafen. Und uns war beiden klar, dass diese Worte und das Gedachte dahinter etwas waren, das jenseits all *unserer* Grenzen lag.

Ich konnte dieses rosawattewolkige Wort nicht denken, weil ich sonst vielleicht gefragt hätte, ob es das Wort war, das er dachte. Und weil ich wusste, dass die Antwort mir ein Handeln abverlangen würde. Ein Gehen. Denn Bleiben – bei einem anderen Menschen zu bleiben – wäre eben nie eine Option. Nicht, wenn ich bei mir selbst bleiben wollte.

Ich schloss die Augen und verdrängte diese Stimme in mir,

die mir zuraunte, dass das hier grausam war. Dass eine gute – eine bessere, eine *beste* – Freundin ihn nicht so umarmt hätte, obwohl sie ahnte, welches Wort hinter seiner Schläfe und in seiner Brust pochte. Vielleicht war es egoistisch, aber ich wollte nicht nur für ihn da sein, ich wollte auch einfach *bei ihm* sein. Wenigstens für diese paar Stunden.

18. Kapitel

MAXTON

Im Schach ist es nicht erlaubt, sich selbst Schach zu setzen. Ein Zug, der dazu führt, gilt als ungültig und muss zurückgenommen werden. Als ich meinen Großvater früher fragte, wieso es diese Regel gab, sagte er: *»Weil Aufgeben keine Option ist.«*

Ich würde gern wissen, was er gedacht hätte, wenn er mich so gesehen hätte. Eingeschlossen in der unterirdischen Gruft eines Mausoleums, den Kopf voll mit Panikwellen, in denen mein Bewusstsein nur nicht ganz unterging, weil ich etwas hatte, woran ich mich festhalten konnte.

Willows Körpergewicht auf meinem, das war mein Mond, der mir wenigstens vorübergehend Panikebbe schenkte. Ich wusste trotzdem, dass ich gerade nasse Gedankenfüße bekam, die eine ganze Weile nicht trocknen würden. Dass ich nach dieser Nacht wochenlang nicht in Seminarräumen würde sitzen können, ohne mindestens einmal die Stunde nach draußen zu gehen, um durchzuatmen. Dass mir das Essen mit den anderen an einem Tisch, umgeben von Ellbogen, lachenden Gesichtern und aneinanderstoßenden Füßen alles an Konzentration abverlangen würde. Dass die Mitbewohnenden in meinem Stockwerk wieder mehrere Socken übereinander ziehen würden, weil aus meinem Zimmer permanent ein kalter Luftzug kommen würde und sie zu nett waren, mich zu bitten, das Fenster zu schließen. Dass ich noch schlechter schlafen und noch mehr Zeit damit verbringen würde, nachts im Pavillon zu sitzen und aufgewärmte Reste von Averys starkem Kaffee zu trinken. Klaustrophobie war ein kompliziertes Wort für eine simple Wahrheit: Von Zeit zu Zeit erstickte ich an mir selbst.

Normalerweise hätte ich alles getan, um so einer Situation zu entkommen. Doch als Ezra mich gefragt hatte, ob ich sicher war, dass es mir das wert war, hatte ich nur genickt und dabei zugesehen, wie er die Kette um das Gitter schloss. Und als Willow mir vorhin den einzigen Ausweg in Erinnerung gerufen hatte, war er mir trotzdem wie keiner vorgekommen. Ich hatte an meine Eltern gedacht, an das, was meine Mutter mir vor einem halben Jahr gesagt hatte. Nach zwei Gläsern Wein, mit alkoholträger Stimme und geröteten Augen. *»Du bist unser Sohn, wir haben dir alles gegeben, was du bist und was du hast. Denkst du nicht, du schuldest uns das?«* Am nächsten Morgen hatte sie sich dafür entschuldigt, aber die abgeschwächte Variante, die ich seitdem ständig hörte, hatte trotzdem denselben Kern aus Schuldgefühlen und Druck: *»Mach uns stolz, ja?«*

Ich versuchte es wirklich. Ich versuchte, nicht aufzugeben, doch das hier kam mir nicht wie Kämpfen vor, sondern wie Kapitulieren. Wieso fühlte es sich nicht gut an, jemanden stolz machen zu wollen, dem man sein Leben verdankte? Wieso fühlte es sich so an, als hätte ich mich mit dieser Prüfung endgültig schachmatt gesetzt und wüsste nicht, wie ich diesen Zug rückgängig machen konnte? Wieso wurde ich das verdammte Gefühl nicht los, dass die Partie längst entschieden war und ich hierbei nur verlieren konnte?

Ich wusste es nicht. Ich wusste nur, dass ich zu müde war, um an so etwas wie Spielzüge zu denken. Die Panik schwappte noch immer gegen meine Lider. Ich konnte sie nur von mir fernhalten, indem ich die Augen geschlossen und mich festhielt. An ihr. An Willow.

Wenn man ihr selbstsicheres Auftreten erlebte, vergaß man völlig, wie zierlich sie im Grunde war. Ihr Körper drückte zwar gegen meinen, doch es war an keiner Stelle unangenehm. Es war irgendwie einfach richtig. Ihre Arme um meinen Brustkorb, ihr Kopf auf meiner Schulter, ihr Haar in meinem Gesicht, ihre Wärme überall auf und in mir. Mit einer Hand streichelte sie über meine Schulter, und ich fragte mich, ob ihr klar war, was sie damit auslöste. Dass die Gänsehaut auf meinen nackten Armen nicht von der Kälte der Gruft kam, sondern von ihr. Sie strich mit zwei Fingern über den Ansatz des Tattoos an meinem Oberarm, und es war bescheuert und gleichzeitig tröstlich, dass es diesmal nicht pochte. Das Einzige, was heftiger pochte, war mein Herz. Ich war schon dankbar dafür, dass mein Schritt es nicht mehr tat, obwohl ich sie auch dort spüren konnte.

»Max?«, wisperte sie irgendwann.

Ich konnte nicht sagen, wie viel Zeit vergangen war, seit wir aufgehört hatten zu reden. Seit ich ihr gesagt hatte, dass ich verliebt in sie war, ohne es zu sagen. Seit sie mich mit diesem Blick angesehen hatte, der erwiderte: *Ich weiß.* Und: *Das ändert nichts, das ist dir klar, oder?*

Und natürlich war es das. Es ihr zu sagen hatte kein Ziel verfolgt. Es war nur … das Einfachste gewesen, ehrlich zu sein, besonders in einer Situation, in der mir alles so schwerfiel.

»Ja?« Ich blinzelte vorsichtig. Ihre Locken erhellten mein Sichtfeld, nur seine Ränder waren in tiefes Grau getunkt. Einige der Kerzen mussten bereits erloschen sein.

»Wieso hast du vorhin gesagt, du könntest sie nicht anrufen? Wieso hast du das Gefühl, das hier durchziehen zu müssen, auch wenn es dir dadurch schlecht geht?«

Fast hätte ich gelächelt. Es hatte länger gedauert als gedacht, dass sie dieses Thema wieder aufnahm. »Das ist eine lange Geschichte.«

»Nicht schlimm. Im Gruftfernsehen kommt heute wieder nur diese öde Knochen- und Urnenshow.«

Daraufhin musste ich doch leise lachen. Ich hörte selbst, dass ein bisschen verbliebene Anspannung damit aus meinem Mund schlüpfte. Sie kehrte nicht zurück, als ich weitersprach. Jetzt war sowieso alles egal. Wenn ich Willow die eine Sache gesagt hatte, konnte ich ihr den ganzen Rest auch erzählen. »Meine Familie hatte früher mal viel Geld. Also, nicht Wesley-Hastings-Verhältnisse, aber schon … gute Verhältnisse.«

Ruckartig hob sie den Kopf. »Was? Wirklich?« Als ich nickte, verzog sie das Gesicht. »Das ist so … unpassend. Du bist nicht nur bodenständig, du bist quasi *bodenverwurzelt*.«

Ich hob einen Mundwinkel. »Mein Großvater hat eins der führenden Architekturbüros des Landes geleitet. Meine Großeltern hatten eine große Villa am Stadtrand von Wallingford mit einem riesigen Garten. So wie unserer, nur gepflegter. Es gab ein eigenes Gewächshaus, in dem ich mit meiner Grandma Tomaten angepflanzt habe. Einen Wintergarten, in dem ich stundenlang mit Grandpa Schach gespielt habe. Meine Schwester und ich waren unsere halbe Kindheit da, weil unsere Eltern die meiste Zeit im Büro gearbeitet haben.«

Meine Stimme klang ein bisschen heiser – wie immer, wenn ich von dieser Zeit sprach. *»Erinnerungsbelegt«* hatte Eden mal gesagt, als ich mit ihm darüber geredet hatte, wie ich aufgewachsen war. Nicht im Detail, aber so viel, dass er sich vermutlich zusammenreimen konnte, wieso mich die Mulberry Mansion in Größe oder Pflegeaufwand nie überrascht oder überfordert hatte.

Willow schüttelte den Kopf. »Okay … *was*? Wieso hast du mir nie von damals erzählt?«

Mein zweiter Mundwinkel kroch nach oben, ich fühlte

selbst, dass es ein trauriges Lächeln war. »Wieso hast du mir nie von deinem Damals erzählt?«

Selbst in dem schlechten Licht konnte ich sehen, wie ihre Mimik sich veränderte. Ein Teil von mir rechnete damit, dass das bereits zu viel gewesen war. Dass sie aufstehen und sich von mir entfernen würde – auf alle ihr möglichen Arten.

Stattdessen schluckte sie. »Weil es nie nur *ein Damals* ist.«

Ich nickte. »Ich glaube, wenn du etwas Schlimmes erlebt hast, das dermaßen … prägend war, dann willst du unbedingt glauben, dass du es irgendwie hinter dir lassen könntest. Du redest dir ein, wenn du es abhakst, dann kannst du damit abschließen. Also sprichst du nicht darüber, weil, wenn es niemand weiß, dann kannst du es selbst auch vergessen.«

»Aber du vergisst es nicht.«

Ich wusste, dass sie es verstand. Diese alberne Hoffnung auf einen Neuanfang, die sich als absurd herausstellte, sobald man bemerkte, dass man sich selbst überallhin mitnahm. Seit letzter Woche begriff ich, *wie* sehr Willow das verstand. Der Vorfall auf der Verbindungsparty hatte mir offenbart, was der Grund für so vieles war, was sie tat oder eben nicht tat, und das, was sie mir vorhin gesagt hatte, bestätigte das nur. Es lag an *ihm*. Sie hatte ihn nie vergessen, und sie hatte nie vergessen, wer sie mit ihm gewesen war. Ich hätte ihr gern zu verstehen gegeben, dass man sich selbst zwar nicht loswurde, aber dass man sich trotzdem entwickeln konnte. Dass man keine Angst vor sich selbst haben durfte, weil man sonst Teile des eigenen Ichs wegsperrte. Dass eine Freiheit, in die man sich aus Furcht hineinzwang, letztlich auch nur ein Gefängnis war.

Doch wie hätte ich ihr das erklären können, während ich selbst nicht richtig wusste, was ich hier gerade tat? Was von dem, das ich machte, war meine freie Wahl, was davon war das, was ich wirklich wollte? Ich war mir viel zu oft unsicher, was ich fühlte oder was mir wichtig war – ob ich überhaupt etwas fühlte, ob mir überhaupt etwas wichtig war.

»Nein«, erwiderte ich deswegen nur. »Ich dachte trotzdem immer, dass es keine Rolle spielt. Darüber zu reden, meine ich. Die Dinge lassen sich ja eh nicht ändern. Nichts wird gut, nur weil man es ausspricht.«

»Dachte ich auch. Aber, und hör jetzt gut zu, denn diesen Satz wirst du nicht oft von mir hören«, sie neigte sich ein wenig zu mir vor, sodass ihre Nasenspitze vor meiner schwebte, sie dachte wahrscheinlich *verschwörerisch*, ich fühlte *verführerisch*. »Letzte Woche musste ich herausfinden, dass ich mich irre. Nichts wird gut, nur weil man es ausspricht. Trotzdem wird manches besser, wenn die richtige Person zuhört.« Sie deutete mit dem Daumen auf sich. »Falls es dir nicht klar ist: Ich bin die richtige Person.«

Ich musste lachen. *Als wüsste ich das nicht.* Jemand, der dich in einer Situation, in der es dir eigentlich beschissen ging, zum Lachen brachte, war die absolut richtige Person.

»Okay, gut«, gab ich nach. »In dem Sommer, in dem ich sechzehn war, hatte sich Grandpa seit einer Weile aus den aktiven Geschäften des Büros zurückgezogen. Nur die Buchhaltung hat er weiterhin gemacht. Dad meinte immer, sein Vater könnte die Kontrolle nicht abgeben. Wir haben erst später verstanden, dass es einen anderen Grund dafür gab.« Ich zögerte und schloss die Augen wieder. »In einer Nacht hab ich bei meinen Großeltern geschlafen. Allein, Isla war nach ihrem Abschluss für ein Jahr nach Australien gereist, meine Eltern hatten bis spät gearbeitet und mich danach nicht mehr abholen können.« Ich lehnte den Kopf gegen den Stein hinter mir. »Ich war in der Villa, als die Gerichtsvollzieher kamen. Früh am Morgen, sechs Uhr vielleicht. Ich weiß noch, dass ich dachte, was für ein absurder Job das ist, wenn man so früh aufstehen muss. Damals konnte ich mir nicht vorstellen, jemals freiwillig vor zwölf das Bett zu verlassen. Ironisch, dass das der letzte Morgen war, an dem ich mich über die Uhrzeit aufgeregt habe, zu der ich geweckt wurde. Ich hab das alles überhaupt nicht verstanden. Wieso diese Leute durch das Haus gingen, als gehörte es ihnen. Wieso sie Grandpa mitnahmen, wieso Grandma nicht aufhörte zu weinen, wieso ...« Ich brach ab, weil diese Worte Bilder nach sich zogen, die den Raum noch enger machen würden. »Es kam heraus, dass es seit langer Zeit schlecht lief in der Firma. Richtig schlecht. Einige große Aufträge waren gescheitert, es gab einen Skandal mit falsch verifizierten Baumaterialien und so ein Kram. Wir waren bankrott, und Grandpa hatte es einfach niemandem gesagt. Er hat die Verschuldung so lang geheim gehalten, bis das gesamte Vermögen des Unternehmens und somit auch das meiner Familie gepfändet wurde. Wir verloren die Firma, die Häuser, die Sparkonten, die Aktien ... alles. Wir verloren *alles.*«

Das war der Satz, den meine Mutter damals immer wieder gesagt hatte. »*Ich habe alles verloren.*« Ich hatte mich oft gefragt, wie sie das aussprechen oder auch nur denken konnte, während ihr Sohn ihr gegenübersaß.

»Meine Eltern und ich zogen in eine Zweizimmerwohnung. Für sie war das alles kaum aushaltbar. Nicht nur der Verlust des Wohlstands, vor allem auch der ihres gesellschaftlichen Ansehens. In so einem Kreis halten deine angeblichen Freunde nicht zu dir, wenn du in einen Skandal verwickelt bist. Sie drehen dir den Rücken zu, bevor du die Chance hattest, dich aufzurappeln. Und um ehrlich zu sein, haben meine Eltern das auch nie wieder geschafft. Statt sich mit allem zu arrangieren, trauern sie seit sieben Jahren ihrem alten Leben hinterher. Ich meine ... sie hätten sich andere Jobs suchen können. Trotzdem versuchen sie seitdem, in derselben Branche Fuß zu fassen. Aber es spielt keine Rolle, ob sie das neue Büro anders nennen, die Leute erkennen trotzdem, welcher Name – welcher Skandal – daran hängt.«

Jedes Mal, wenn Bash und die anderen mich mit meinem Nachnamen ansprachen, zuckte ich innerlich zusammen. Mir machte es nichts aus, wenn meine Freunde mich so nannten, weil ich wusste, dass es bei ihnen keine Hintergedanken gab. Doch bei den Leuten, denen klar war, wer meine Familie war, schwang dabei immer ein unangenehmer Beigeschmack mit. Hohn, Verachtung, Mitleid.

»Es gibt nur ein paar ehemalige Geschäftspartner, zu denen sie noch Kontakt haben. Der Einzige davon, den sie wirklich ihren Freund nennen, ist Thomas Hall.«

Willow brauchte kurz, bis sie scharf Luft holte. »Hall wie … Keenan Hall?«

»Ja.« Ich lächelte schwach. »Verdammter Zufall, was? Dass ich ausgerechnet mit seinem Sohn zur Uni gehe. Mit dem Sohn, der seinen Eltern regelmäßig von seiner Studentenverbindung erzählt und von diesem grandiosen Netz der Alumni, das aus vorteilhaften Verbindungen besteht, und unter jedem aufgespannt wird, der bei ihr aufgenommen wird. Meine Eltern fanden natürlich nicht, dass das ein Zufall ist. Es ist *Schicksal.* Es ist unsere Chance, unser altes Leben zurückzubekommen. Wenn ich es schaffe, an diese Kontakte der Verbindung zu gelangen, würde das neue Büro innerhalb kürzester Zeit laufen. Das ist zumindest ihre Theorie.« Ich verstummte, weil es mehr nicht gab. Das war das unspektakuläre Warum für alles, was ich in diesem Semester getan hatte.

»Dann … tust du das alles nur dafür?«, fragte Willow perplex. »Damit ihr wieder an Geld kommt?«

»So ein Leben ist mehr als Geld. Es hängt vor allem mit Ansehen zusammen. Deinem eigenen und dem, was andere von dir haben.«

»Aber … du machst dir nichts aus Geld, Karriere oder *Ansehen*, oder?«

»Nein.« Ich seufzte. »Aber meine Eltern schon. Ich kann ihnen helfen, wenn ich das hier durchziehe.«

»Das ist nicht deine Aufgabe, du trägst überhaupt keine Schuld an dem, was passiert ist.«

Ich zuckte mit den Schultern. »Spielt doch keine Rolle. Ich bin der Einzige, der das tun kann. Grandpa starb noch während des Prozesses an einem Herzinfarkt, Grandma zwei Jahre später. Isla ist einfach in Australien geblieben, als sie gehört hat, was zu Hause passiert ist. Und jetzt sind da eben nur noch wir. Meine Eltern, die mir seit sieben Jahren permanent erzählen, wie scheiße es ihnen geht, und ich, der die Möglichkeit hat, ihnen zu helfen. Also muss ich das tun, oder? Wieso auch nicht? Ich hab ja nichts zu verlieren. Bis auf Freizeit und Selbstachtung, meine ich.«

»Es geht nicht nur darum, ob du was zu verlieren hast, Maxton!« Ihre Stimme nahm diese spezielle Mischung aus entschieden, empört und wütend an, die ich nur von ihr kannte. Beckett nannte sie jedes Mal hinter ihrem Rücken *Simba*, wenn sie so klang. Ich hatte ihm schon oft gesagt, dass ich ihn nicht in Schutz nehmen würde, wenn sie herausfand, dass er sie mit einem Babylöwen verglich. Es war sowieso völlig absurd. So wie Willow mich gerade anfunkelte, war nichts an ihr niedlich oder nicht ernst zu nehmen. »Du musst nichts tun, nur weil es aushaltbar ist. Du solltest nur die Dinge tun, die du auch wirklich tun willst!«

Ich umfasste ihren Rücken fester, weil sie sich so weit aufrichtete, dass sie fast nach hinten rutschte. »Klar, aber so funktioniert das doch nicht im Leben«, erwiderte ich ruhig. Ich hatte diese Gedanken oft genug herumgewälzt, sodass sich der Boden darunter gefestigt hatte – und meine Meinung auch.

Zumindest versuchte ich, mir das einzureden. Denn auch wenn ich Zweifel zuließe, würde das nichts an den Fakten ändern. »Egal, was ich tue oder nicht tue, es ist scheiße. Ob ich bei ein paar dummen Herausforderungen mitmache oder meine Familie enttäusche und mir den Rest meines Lebens anhören muss, dass ich sie im Stich gelassen habe … es ist egal.«

»Es ist *nicht* egal.« Sie schlug mir gegen die Schulter. »Hör endlich auf, das immer zu sagen! Es ist absolut nicht egal, wenn du darunter leidest. Und wenn es nur Optionen gibt, durch die du leidest, dann stimmt etwas nicht. Dann musst du etwas tun, um sie zu ändern.«

»Und was?«

Sie reckte das Kinn. »Mit deinen Eltern sprechen. Ihnen erklären, dass du nicht lebst, um sie glücklich zu machen oder ihre Probleme zu lösen.«

Allein bei dem Gedanken, das zu tun, zog sich mein Hals zusammen. Ich griff erneut an den Kragen meines Shirts. »So einfach ist das nicht.«

»Ich habe nie behauptet, dass es einfach ist. Die wichtigen Dinge sind meistens scheißkompliziert.«

»Lass uns nicht darüber diskutieren, okay?« Ich schluckte schwer. »Ich kann mich gerade nicht konzentrieren, und wenn ich weiter darüber nachdenke, wird das hier schlimmer.«

Sofort wurde ihre Miene weicher. Die Spannung in ihrem Körper ließ nach, sodass sie sich wieder mehr auf meinem abstützte. Willow auf mir, Wärme im Bauch, Weite im Hals. Ich atmete durch, während sie ihre Handflächen auf meine Brust und ihren Kopf auf meine Schulter legte.

»Okay. Dann erzähl mir von was Schönem«, murmelte sie. »Erzähl mir von deinen Pflanzen. Was zeichnest du gerade?«

»Vergissmeinnicht.«

»Die mag ich am liebsten.«

»Ja, ich weiß.« Ich lächelte schwach, weil sie nur das *Und* in diesem Zusammenhang sah und nicht das *Weil.* Ich hätte es ihr erklären können, es hätte keine Rolle mehr gespielt. Stattdessen legte ich die Wange auf ihrem Scheitel ab und spürte ihren Atem an meiner Schulter.

»Hast du das schon immer gemacht? Pflanzen zeichnen, Pflanzen lieben?«

»Nein.« Ich zögerte. Das hier war ebenfalls nicht das angenehmste Thema, doch Willow hatte recht. Sie war die richtige Person. Und die Einzige, vor der es mir erträglich vorkam, selbst in dieser Situation darüber zu sprechen. »Als ich mit meinen Eltern in die neue Wohnung gezogen bin, haben sie sich dauernd gestritten. Die Wände waren *so* dünn. Es war, als würde ich immer zwischen ihnen stehen, selbst wenn ich mich im Bad eingeschlossen und die Hände auf die Ohren gepresst habe.«

Ich musste innehalten, weil diese Erinnerung mehr Gefühl als Gedanke war. Ich durchlebte sie nicht nur dann, wenn ich mich in abgeschlossenen Räumen befand, sondern auch beinahe jede Nacht, wenn ich mich ins Bett legte und die Augen schloss. Da war diese Schwere, die sich mit der Decke über mich legte und sich so tief in mich hineinpresste, bis es mir vorkam, als würde ich von Daunenfedern und meiner Vergangenheit erdrückt werden. Und so, wie ich mich jetzt zu Hause aus dem Bett in den Garten flüchtete, hatte auch damals nur eine Flucht geholfen.

»Irgendwann hab ich es nicht mehr ausgehalten und angefangen, die Umgebung zu erkunden. Nicht weit entfernt gab es einen Botanischen Garten. Ich hatte zu dem Zeitpunkt kaum was mit Pflanzen am Hut, außer mit dem Gras, das ich viel zu oft geraucht habe, und der gelegentlichen Gartenarbeit mit Grandma. Aber als ich das erste Mal dort war, war es, als würde ich nach Hause kommen. Es hat mich an das Anwesen meiner Großeltern erinnert, gleichzeitig war es wie ein eigener Kosmos. Eine Erinnerung daran, dass … die Welt so viel größer und bedeutender war als der Teil davon, den wir zu unserem Zentrum machen.« Ich musste lächeln, wie immer, wenn ich an den Garten dachte. An die Kräuterbeete, an die wild wuchernden Büsche, an die moosigen Bänke und Statuen. »Da war diese Ruhe, die trotzdem nicht still war, und in der ich mich selbst wieder hören konnte. Ich hab mich sicher gefühlt und – ich weiß, dass das komisch klingt – verstanden. Nicht von den Pflanzen, sondern von mir selbst. In ihrer Gesellschaft war es so leicht, mich daran zu erinnern, wer ich sein wollte, was mir wichtig war – und dass beides nichts mit dem zu tun hatte, was wir gerade verloren hatten. Ich hab den Garten gefunden und damit mich selbst. Also hab ich seitdem versucht, ihn nicht mehr zu verlassen.«

»Gärten sind dein *Latibule*«, stellte Willow fest, mit einer Stimme, die so voller Zuneigung war, dass sie ganz schwer und tief klang. Bauchstimme, Bauchkribbeln, als ihr Lächeln zusammen mit ihren Locken meinen Hals kitzelte.

»Ja.«

»Wolltest du deswegen in die Mulberry Mansion ziehen?«

»Hm. Und … wegen des Gefühls, das ich hatte, als ich sie gesehen hab.«

Ich konnte es nicht in Worte fassen, was mit mir passiert war, als Eden den Flyer des Wohnprojekts in der Mensa vor mir auf den Tisch gelegt hatte. Wortlos, aber mit wortvollem Blick. Als hätte er gewusst, dass ich verstehen würde, was das bedeutete. Bedeuten könnte. Und das hatte ich, ohne es richtig benennen zu können. Anders als meinen Eltern war es mir nie wichtig gewesen, ein großes Haus zu haben. Doch zu wissen, dass die Mulberry Mansion seit Jahrhunderten bestand, dass sie schwere Zeiten durch- und überlebt hatte, ohne ihr Wesen aufzugeben, das hatte etwas mit mir gemacht.

Richtig begriffen, was das war, hatte ich erst, als Willow und ich in der Nacht unserer Zusagen zusammen hingefahren waren. Sobald wir gemeinsam vor dem verwitterten Eingang unter einem Vorhang aus Blauregen standen, ich den Garten roch und Willow ansah, verstand ich es plötzlich. Wonach sich all das anfühlte. Nach etwas, nach dem ich suchte, seit ich an jenem Morgen bei meinen Großeltern aufgeweckt worden war und etwas verloren hatte. Nicht *alles*, wie meine Mutter sagte, aber das, was mir am wichtigsten gewesen war. Das, was ich sechzehn Jahre lang für selbstverständlich gehalten hatte. Sicherheit.

»Es hat sich angefühlt, als könnte sie etwas sein, das bleibt«, sagte ich rau.

»Hm«, machte Willow. »Ich weiß, was du meinst.«

»Und du? Wieso wolltest du dorthin ziehen? Wir haben nie darüber geredet.«

»Du weißt, wieso.« Sie sprach diese drei Wörter aus wie jedes Mal: schnörkellos, leicht ungeduldig, resigniert. Als beinhalteten sie eine Feststellung, die ich in- und auswendig kennen müsste, obwohl sie sie mir nie erklärt hatte. Doch vielleicht musste sie das tatsächlich nicht.

Willow war weder sonderlich an Geschichte interessiert, noch hatte sie handwerkliches Talent. Sie war zwar sozial, doch sie hielt die Menschen in ihrem Umfeld dennoch auf einer gewissen Distanz. Ich hatte das jahrelang nicht verstanden, jetzt schon, aber umso seltsamer war es, dass sie sich für die Mulberry Mansion beworben hatte. In dem Wissen, dass das Leben in dieser Villa sie unweigerlich an sieben andere Personen binden würde – in einem Maß, dem sie eigentlich aus dem Weg ging, seit sie nach Windsbury gekommen war.

Ich wusste noch, wie sie mich angesehen hatte, als ich ihr

von dem Projekt erzählt hatte. Wir hatten zusammen auf einer der Wiesen in unserem Park gesessen, ich hatte gezeichnet, sie eine ihrer Playlists sortiert: *Mauerbauertraurigkeit.* Als ich von der Villa und Edens und meinem Plan, uns zu bewerben, berichtet hatte, hatte sie sich aufgesetzt und die Augenbrauen zusammengezogen. Zehn, fünfzehn Sekunden lang hatte sie mich angestarrt, dann hatte sie laut ausgeatmet und gesagt: *»Großartig. Noch ein Essay, das ich schreiben muss. Danke für nichts, ihr Streber.«*

Ich hatte es nicht groß kommentiert. Mir war klar, dass Willow trotzdem bemerkt hatte, dass ich mich freute, und auch, dass sie verstanden hatte, dass ich ihr das bewusst nicht gezeigt hatte, um sie nicht zu verschrecken. Wir hatten diese Dinge von Anfang an übereinander gewusst, wir hatten uns erkannt, ohne alles voneinander zu sehen.

Erst später, als ich wieder in meinem Wohnheimzimmer auf der Bank vor dem geöffneten Fenster gesessen hatte, hatte ich im Internet nach dem Gefühl gesucht, nach dem Willow ihre Playlist benannt hatte. *Mauerbauertraurigkeit* beschrieb den unerklärlichen Drang, Menschen von sich zu stoßen, selbst jene, die man wirklich mochte. Ich hatte es nicht verstanden, weder wie Willow auf dieses Wort gekommen war, noch wieso es ein Gefühl war, das sie verstärken wollte, indem sie es in Liedern suchte. Doch irgendwie hatte das ihre Bewerbung bei dem Wohnprojekt noch bedeutender werden lassen. Dass sie den Drang hatte, sich von allen fernzuhalten, und trotzdem entschieden hatte zu versuchen, mit mir zusammenzuziehen. Nicht nur mit mir, natürlich nicht, aber irgendwie, vielleicht, wegen mir.

Also ja, wenn ich ehrlich war, dann wusste ich, *wieso* sie es getan hatte. Sie hatte sich wegen mir beworben. Vielleicht weil sie, auch wenn sie von Zeit zu Zeit das Bedürfnis hatte, wegzurennen, in mir – in uns – etwas gesehen hatte, das … bleiben könnte.

Ich wusste nicht, ob ich das nur denken wollte, weil es mir so ging. Ich wusste nicht mal, ob Willow noch würde bleiben können, nach dieser Nacht, in der wir uns auf jede erdenkliche Weise aneinander festgehalten hatten.

Also sagte ich nichts dazu, ich barg nur mein Gesicht wieder an ihrer Schulter. Ich dachte an die fast fertige Zeichnung des Vergissmeinnichts auf meinem Schreibtisch, ich dachte *Vergiss das hier nicht* an mich selbst gerichtet, weil ich wusste, dass dieser Moment flüchtig war, und *Vergiss uns nicht* an sie gerichtet, weil ich nicht aufhören konnte, zu hoffen, dass er trotzdem etwas hinterließ. Etwas, das blieb.

19. Kapitel

WILLOW

Mein feuchtes Haar hinterließ eine Tropfenspur auf den Dielen, als ich das Bad verließ. Es war kurz nach elf am Samstagmorgen, unser Haus summte träge vor sich hin. Ein leiser Geräuschfilm aus Radiomusik, Geschirrgeklapper und dem Wind, der von außen am Gemäuer kratzte.

Der Spätherbst war sanft, doch in mir wütete es. Alles in mir fühlte sich seltsam zerrüttet an, als bestünde mein Inneres aus Kartenhäusern und die letzte Nacht hätte Orkanatem gehabt. Nachdem Maxton und ich uns unterhalten hatten, war ich irgendwann in seiner Umarmung eingenickt. Da war dieses sichere, warme Gefühl gewesen, das ich bis in den Schlaf mit hineingenommen hatte.

Ich nahm es sogar mit, als Maxton mich behutsam weckte, sobald es auf die Uhrzeit zuging, zu der Keenan und Ezra ihn wieder rauslassen wollten, und ich aus der Gruft und zurück ins Freie kroch. Als ich am Rand des Friedhofs auf Maxton wartete, bis die Verbindungsbrüder ihn rausholten, beglückwünschten und gehen ließen. Als er auf dem Hügel zwischen den Gräbern auftauchte, wahrhaftig aussehend, als wäre er gerade von den Toten auferstanden. Als er mich entdeckte und lächelte – erschöpft, erleichtert und so schön. Als wir nach Hause fuhren und ich im Flur vor unseren Zimmern kurz innehielt und ein letztes Mal meine Stirn an seinen Hals drückte. Als wir beide ins Bett gingen, ich aufwachte und aus einem Impuls heraus im Halbschlaf aufstand und unsere Verbindungstür einen Spalt öffnete, ehe ich wieder unter meine Bettdecke kroch. Dieses Gefühl war geblieben, und es hatte mir keine Angst gemacht. Bis ich heute Morgen, wenige Stunden später, aufgewacht war.

Seitdem waren über vierzig Minuten vergangen, doch ich konnte nicht aufhören, innerlich zu zittern. Im Vorbeigehen warf ich einen Blick in eines der Zimmer im ersten Stock, das wir erst vor wenigen Wochen endgültig bewohnbar gemacht hatten, indem wir die Tapete erneuert und die Fenster abgedichtet hatten. Bald würde hier ein weiterer Studierender leben, fürs Erste tat Mary das. Seit sie hier war, war ich Edens Mutter kaum begegnet, was auch daran lag, dass ich die meisten gemeinsamen Essenszeiten mit Absicht verpasste. Allein der Gedanke, ihr gleich über den Weg laufen zu können, ließ mich am Treppenabsatz zögern. Das Knurren meines Magens brachte mich schließlich doch dazu, in Richtung Küche zu gehen. Eine von Siennas Räucherfiguren verströmte auf dem Beistelltisch am Treppenende Zimtduft, daneben standen Zweige vom Stechapfel in einem Tonkrug, die gestern noch nicht dagewesen waren. Das bedeutete, Maxton war heute schon im Garten gewesen – und ich könnte ihm ebenfalls gleich begegnen.

Beckett stand am Tresen und wog Schokolade ab, als ich eintrat. Seine Laune brauchte nach dem Aufstehen einige Stunden, bis sie gesellschaftstauglich war, deswegen wunderte es mich nicht, dass er allein hier war. Aus dem Wohnbereich hörte ich das unbeholfene Klimpern von Klaviertasten und mehrere Stimmen.

Beckett warf mir einen Blick zu und lächelte müde. Sein dunkelblondes Haar war durcheinander, sein Hoodie hatte einen Kaffeefleck auf der Brust. »Du hast das Frühstück verpasst. Avery und Edens Mum haben Pancakes gemacht. Es stehen noch welche auf dem Esstisch.«

Normalerweise hätte das ausgereicht, um mich ins Esszimmer eilen zu lassen. Ich liebte alles Süße, und Averys Pancakes waren die besten, die ich je gegessen hatte. Vor allem, wenn – wie an den meisten Wochenenden – Wes hier war und sie ihm zuliebe mehr Schokolade in den Teig gab. Doch jetzt hatte ich nicht das Gefühl, etwas davon herunterbekommen zu können. Nicht, wenn mein Platz direkt neben Maxtons lag und ich nicht sicher sein konnte, ob er noch dort saß. Das Problem war nicht, dass ich ihn nicht sehen wollte. Das Problem war, dass ich ihn so sehr sehen wollte, dass ich am liebsten geweint hätte.

Ich ging zum Schrank, um mir einen Becher herauszunehmen. »Erst Kaffee. Hatte eine kurze Nacht.«

»Maxton hat erwähnt, dass ihr unterwegs wart«, erwiderte er und reichte mir die Kanne.

»Hm.« Ich goss den Becher voll, bevor ich die Milchflasche aus dem Kühlschrank nahm. »Also ist Maxton … wach?«, fragte ich betont beiläufig.

»Ja und so wie er aussah, bezweifle ich, dass er überhaupt gepennt hat. Er ist mit den anderen im Wohnzimmer. Musste da nur kurz raus. Wes bringt Helen ein neues Klavierstück bei, und ich liebe die Kleine, echt, aber sie ist nicht unbedingt ein Wunderkind, was das angeht, auch wenn Hastings sich sehr bemüht, so zu tun.«

Ich musste lächeln. »Wir haben May versprochen, ihn nicht mehr so zu nennen.«

Er zwinkerte mir zu und kippte die Schokoladensplitter in die Schüssel neben sich. »Tja, nenn mich einen Rebellen, Süße.«

Normalerweise hätte er sich dafür einen Spruch eingefangen – wegen des überheblichen Lächelns, das er dabei aufsetzte, und wegen des Spitznamens, den ich fast ebenso wenig leiden konnte wie *Babe*. Doch bevor ich zu einer Antwort ansetzen konnte, trat jemand in die Küche.

Maxton hielt einen Teller mit Pancakes in der einen Hand, einen Tonkübel mit einer halb vertrockneten Pflanze in der anderen. Er stellte Ersteres ab, als er mich entdeckte. »Hey. Gut geschlafen?«

Besser als du, wollte ich sagen. Die Ringe unter Maxtons Augen waren immer dunkel, jetzt wirkten sie wie Veilchen. Nicht wie die, die im Sommer neben dem Schuppen gewachsen waren, sondern wie das, das unter dem Auge von Edens Mutter geblüht hatte. Schlaflosigkeit hatte einen festen Fausthieb.

Ich hätte ihn gern damit aufgezogen und etwas gesagt, das ihm ein Lächeln entlockte. Aber ich brachte es nicht über mich, denn alles, woran ich denken konnte, war, was ihn wohl wachgehalten hatte. Die Prüfung oder das, was währenddessen zwischen uns passiert war. Ich war in seinen Armen eingeschlafen – in jeder erdenklichen Hinsicht. In richtigen Armen, in Gedankenarmen, weil er mich zum ersten Mal ganz und gar in seinen Kopf hineingelassen hatte. Wir kannten nun beide das Damals des anderen, und das ließ das Jetzt mit einem Mal intensiver werden als jemals zuvor. Drei Meter zwischen uns, doch die Nähe war so spürbar, dass ich schlagartig den Impuls empfand, mich von ihm zu entfernen.

Was ich brauchte, war emotionale Distanz, nicht räumliche. Ich musste mir selbst beweisen, dass dieser beschissene Drang, auf ihn zuzugehen und ihn zu umarmen, zum Lächeln zu bringen, zu berühren, zu … was auch immer – dass das *alles* nichts bedeutete.

»Klar, prima.« Ich wich seinem Blick aus und schwang mich auf den Tresen dicht neben Beckett. »Was machst du da?«

Kurz noch spürte ich Maxtons Augen auf mir, dann ging er

zur Spüle und stellte den Kübel ins Becken. Das Engegefühl in meiner Brust nahm trotzdem nicht ab.

»Eine Tarte. Sag es May nicht, aber sie lässt die immer einen Tick zu lang im Ofen, da blutet mir das Herz.«

»Klingt lecker.« Ich nahm ihm den Kochlöffel aus der Hand und leckte den Teig ab. »Schade, dass es nicht so schmeckt.«

Beckett runzelte die Stirn. Neunzig Prozent Selbstsicherheit, zehn Prozent Zweifel. »Spiel nicht mit mir.«

»Würde ich nie tun.« Ich leckte den Löffel weiter ab, ohne ihn aus den Augen zu lassen. Ich hasste mich selbst dafür – weil ich wahrnahm, wie Becketts Blick reflexartig zu meinen Lippen huschte, vor allem aber, weil ich wahrnahm, wie Maxton zu uns herübersah. Ich hasste mich und konnte doch nicht aufhören. Ich konnte, ich *durfte* nicht stehen bleiben, wenn alles in mir danach schrie zu rennen.

»Obwohl ich immer dachte, dass du ganz gern spielst. Wenn der Einsatz stimmt, meine ich.« Ich streifte mit dem Fuß Becketts Bein entlang und lächelte betont arglos zu ihm auf.

Er legte den Kopf zur Seite und musterte mich, aber er schwieg. Gott sei Dank, weil ich mich nur auf das konzentrieren konnte, was ich eigentlich ausblenden wollte.

Maxtons Blick wog eine Tonne, mindestens. Unendlich viel Gewicht, das auf meine Schläfe drückte und sie zum Pochen brachte. Er warf die Schublade neben sich zu, heftiger als üblich. Maxton zeigte seine Gefühle in fast lautlosen Nuancen. Doch ich kannte ihn zu gut, um irgendetwas von ihm zu überhören. Mein Inneres zuckte zusammen, aber mein Lächeln wackelte nicht. Ohne ein Wort zu sagen, ließ er den Kübel in der Spüle stehen und verschwand im Esszimmer. Kurz darauf wurde die Verandatür aufgeschoben.

Beckett wartete, bis sie wieder ins Schloss gedrückt wurde, dann wandte er sich an mich. »Was soll das werden?«

»Was meinst du?« Ich zupfte an der Kordel seines Hoodies, bis er meine Hand mit seiner umfasste.

»Du flirtest mit mir«, stellte er sachlich fest.

Ich grinste unecht, meine Mundwinkel fühlten sich an, als würden sie gleich abfallen. »Und wenn, wäre das so schlimm?«

»Du flirtest nie mit mir.«

»Dafür flirtest du sehr oft mit mir.«

»Und du sagst mir jedes Mal, dass ich das vergessen kann.«

»Vielleicht hab ich meine Meinung geändert.«

Ich schaffte es kaum, diesen Satz zu sagen, so elend war mir zumute. Mir war schlecht, mein Kopf dröhnte, auf meiner Zunge hatte der Kaffee einen bitteren Geschmacksfilm hinterlassen, so, wie der vorangegangene Moment einen auf meinen Gedanken. Ich hätte mich gern übergeben, ich hätte auch irgendwie gern geweint, am allerliebsten wäre ich Maxton hinterhergelaufen. Um mich zu entschuldigen, um einfach bei ihm zu sein, um … keine Ahnung. Ich wollte mich nicht so fühlen. So, als hätte ich etwas Falsches gemacht, etwas Kindisches, etwas Unfaires. Ich schuldete Maxton nichts. Ich schuldete niemandem etwas. Nur mir selbst.

Beckett ließ meine Hand los und lehnte sich gegen den Tresen. »Ich weiß, warum du das tust.«

Mir wurde noch übler, ich zog mein Lächeln höher. »Ach?«

»Hm.« Er lächelte – viel sanfter als sonst. »Keine Ahnung, was zwischen Maxton und dir grad so abgeht, nur zieh mich da nicht mit rein, okay? Ich meine, du bist toll und extrem heiß, aber vor allem bist du meine Freundin. Ihr seid beide meine Freunde.«

Meine Mundwinkel sackten hinab. Ich ließ den Löffel neben die Schüssel fallen und verschränkte die Arme. »Da geht gar nichts ab. Hat er das etwa behauptet?«

Beckett seufzte. »Du weißt, dass er nie mit uns über so was

reden würde. Aber die Art, wie ihr umeinander herumschleicht, sagt alles.«

»Was sagt sie denn?«

Er verdrehte die Augen und machte eine Bewegung zur Seite, sodass er direkt zwischen meinen Beinen stand. Die Situation hatte nichts annähernd Anzügliches, weil er mich dabei ansah, als wäre ich seine trotzige Kleinkindtochter. »Komm schon, Willow. Ich meine … ich verstehe, dass es oft leichter ist, so zu tun, als wüsste man nicht, was man will. Weil man manchmal keinen Bock darauf hat, weil es entspannter wäre, anders zu fühlen. Aber du bist zu clever, um dir selbst was vorzumachen.«

Ich atmete laut aus. Ich mochte Beckett sehr, aber er war nicht der feinfühligste Mensch in diesem Haus. Wenn sogar er bemerkt hatte, dass sich die Dinge zwischen Maxton und mir veränderten, wollte ich gar nicht wissen, was beispielsweise May dachte. Doch wie sollte ich mit Beckett über etwas sprechen, das ich nicht einmal denken konnte, ohne das Gefühl zu haben durchzudrehen?

»Bist du doch aber auch, oder?«, fragte ich ablenkend. »Wann fragst du Audrey endlich, ob ihr was Festes daraus machen wollt?«

Beckett und ich gingen mit den schwersten Themen beide am liebsten mit betonter Leichtigkeit um. Ich war sicher, dass er auf dieselbe Weise reagieren würde wie sonst: mit einem lockeren Spruch oder einer abwehrenden Geste. Doch diesmal zuckte er nur mit den Schultern. »Wenn ich nicht mehr so viel Schiss habe, dass sie Nein sagt? Sie steht eigentlich nicht so auf dieses ganze Monogamie-Gedöns. Aber ohne das«, er verzog den Mund, »ohne das will ich das nicht mehr.«

Ich runzelte die Stirn. »Wieso benimmt sie sich dann hier immer so eifersüchtig?«

Beckett wischte sich mit dem Ärmel über die Schläfe und hinterließ damit eine Spur Mehl. »Ich glaube … manchmal will man jemanden nicht teilen, selbst wenn man ihn nicht ganz für sich haben will.«

»Das ist paradox.«

»Ja, vielleicht. Ändert aber nichts daran, dass es menschlich ist. Gefühle sind halt nicht logisch oder immer … ich weiß nicht, fair? Sonst würdest du nicht mit mir flirten, um deinem besten Freund sonst was zu beweisen. Das war nämlich ziemlich unfair für alle Beteiligten, Kätzchen. Dich eingeschlossen.« Er stupste mir mit dem Finger gegen die Nasenspitze.

Hitze stieg in mein Gesicht, aber ich weigerte mich, die Schuld auch in meine Worte fließen zu lassen. »Ich kann mir nicht vorstellen, dass sie Nein sagt, Beck«, erwiderte ich stattdessen. »Du bist ein wirklich toller Kerl. Du bist attraktiv und witzig und herzensgut.«

Beckett hob einen Mundwinkel, sehr ehrlich und ein wenig traurig, dann ersetzte er es durch ein verschmitztes Grinsen. »Weißt du, was? Ich hab's mir anders überlegt. Ein bisschen Flirten ist für mich völlig in Ordnung.«

Ich musste lachen. »Ich wusste, ich bekomme dich rum.«

Beckett zog an einer meiner feuchten Locken. »Er hat dich echt gern, Willow.«

Mein Lachen erstarb. »Ja, ich weiß.«

Er zupfte noch einmal, fester jetzt. »Und du ihn auch.«

Ich fokussierte mich auf den Kaffeefleck auf seinem Hoodie. »Ja, ich weiß«, flüsterte ich. »Das ist ja das Problem.«

Beckett ließ mich los und trat zur Seite. »Es ist Maxton. Der Typ, der Bienen aus der Wassertonne rettet und mit Zuckerwasser aufpäppelt, bis sie wieder fliegen können. Wenn es gut ist, gemocht zu werden, dann von jemandem wie ihm, oder?«

Es geht nicht um ihn, dachte ich, *es geht um mich.* Aber ich schwieg und trank meinen Kaffee aus.

Während Beckett sich der Schüssel widmete, zog ich mein Handy aus der Hosentasche und rief den Chat mit Lauren auf.

Gehen wir heute feiern?

Es dauerte keine dreißig Sekunden, bis sie antwortete. *Sei um zehn bei mir, und bring Tequila mit. Paul kommt allerdings auch. Und er hat hundertmal nach dir gefragt …*

Ich zögerte. Mein Blick wanderte zur Spüle, in der die halb vertrocknete Pflanze stand, die Maxton mit Sicherheit aus einem Zimmer der anderen geholt hatte, hin zum Fenster, hinter dem der Garten von kühlem Winterlicht beleuchtet wurde. Ich hätte am liebsten den Topf genommen und wäre nach draußen gegangen, hätte Maxton dabei zugesehen, wie er versuchte, etwas zu retten, das halb tot war. Doch ich wusste, dass das nicht ging. Nichts davon. Manches war einfach zu vertrocknet, um jemals wieder zu blühen.

Ich tippte ein einziges Wort. *Perfekt.*

Es war nach neun, als ich in einem engen Spitzentop und noch engeren Jeans aus meinem Zimmer ins Bad lief. Normalerweise hatte ich in Kleidung wie dieser das Gefühl, am besten atmen zu können. In den Jahren mit Riven hatte ich nur lockere Sachen angezogen, weil er mich jedes Mal mit dieser Enttäuschung angesehen hatte, wenn ich etwas trug, das ihm zu kurz oder figurbetont war. Doch obwohl ich eins meiner Lieblingsoutfits anhatte, bekam ich kaum Luft.

Den ganzen Tag war ich den anderen aus dem Weg gegangen. Ich hatte die Pancakes mit in mein Zimmer genommen und stundenlang durch Reiseblogs gescrollt und -magazine geblättert, um die besten Geheimtipps für die Route von Lissabon bis Barcelona zusammenzusuchen. An meiner Wand klebten jetzt etliche neue Schnipsel, mein Notizbuch war um einige Seiten mehr gefüllt. Ich war gedanklich gereist, doch ich hatte nach wie vor das Gefühl festzustecken. Und es gab nur noch einen Weg, der mir eventuell dabei half, dieses Gefühl loszuwerden.

Ich schaltete die Lautsprecherbox an, als ich die Tür zum Bad aufstieß – und blieb irritiert stehen, sobald mir auffiel, dass die Lichterkette an der Wand bereits leuchtete. Stirnrunzelnd ließ ich den Blick über die Fliesen und den goldumfassten Spiegel hin zur Wanne wandern und … stieß einen erschrockenen Schrei aus. »Scheiße!«

Avery drehte den Kopf in meine Richtung und grinste. »Auch sehr schön, dich zu sehen, Willow.«

Ich stellte die Box auf der Kommode ab, ehe ich zur Wanne lief. Es war kein Wasser darin, dafür – mitsamt Klamotten und einer Packung Zimtkekse – Avery und May. »Was macht ihr hier oben? In einer leeren Badewanne?«

»Beckett badet unten, deswegen mussten wir hierher ausweichen. Uns war gerade nach einem Badewannengespräch. Das ist unsere Spezialität.« May streckte die Hand nach mir aus. »Kommst du auch rein?«

Ich lachte. »Ihr seid manchmal echt schräg, wisst ihr das?«

Avery legte den Kopf in den Nacken, sah zu mir auf. »Und ich dachte, das wäre die beste Art, um durch dieses Leben zu kommen. Hast du das nicht mal zu mir gesagt?«

Ich grinste und scheuchte sie mit der Hand auseinander. »Dann macht mal Platz.«

Unsere Wanne war groß, aber nicht sonderlich bequem. May reichte mir eins der Kissen, das sie hinter ihren Rücken gestopft hatte, sodass ich es mir in den Nacken schieben konnte. Ihre Zehen berührten meine, so wie Averys Knie mein Bein. Eigentlich war alles an dieser Situation ein bisschen zu nah für mich, doch in diesem Moment störte es mich nicht. Stattdessen spürte ich, wie ich mich mit jeder Sekunde, jedem Gesprächsfetzen über die Uni, die Villa, die anderen, und jedem Kekskrümel, der auf meine Hose fiel, mehr entspannte. Ich war hergekommen, um allein zu tanzen, doch seltsamerweise gefiel es mir plötzlich besser, mit ihnen zusammen still zu sitzen.

Zumindest so lang, bis May mit ihrem Zeh gegen meinen stupste. »Wo ist Maxton eigentlich hin? Er war nach dem Essen so schnell aus der Tür, dass ich nicht fragen konnte.«

Sofort verspannte ich mich. Mir war durchaus aufgefallen, dass er weg war. Es war knapp zwei Stunden her, dass ich im Flur gestanden und die Abdeckplane über einem der letzten undichten Fenster festgeklebt hatte, als er unten durch die Einfahrt gelaufen und auf sein Fahrrad gestiegen war.

»Woher soll ich das wissen?«, fragte ich trotziger als beabsichtigt.

Avery sah mich spöttisch an. »Du kannst uns nichts vormachen. Wir merken genau, dass sich irgendwas zwischen euch verändert hat.«

Meine Fußsohlen kribbelten, so gern würde ich einfach aufspringen. »Was habt ihr denn heute alle? Zwischen Max und mir läuft nichts.«

»Aber willst du, dass was läuft?«

»Darum geht es doch gar nicht.« Der Satz war heraus, ehe ich darüber nachdenken konnte. Avery und May tauschten einen Blick, nicht überrascht, nur bestätigt.

»Worum dann?«, hakte Letztere sanft nach.

Ich stemmte die Füße gegen die Wanne. »Es ist alles gut, so wie es ist.«

Avery knabberte den Keksrand ab, während sie mich nachdenklich musterte. »Das heißt ja nicht, dass es nicht *noch besser* sein könnte. Wir bekommen alle mit, wie ihr miteinander seid.«

May nickte. »Sie hat recht. Und das ist so selten, Willow. So kostbar. Ich bin überzeugt, dass ihr euch aus einem Grund getroffen habt. Und dieser war sicher nicht, zusammen diese komischen Herausforderungen zu machen.«

Skeptisch runzelte ich die Stirn. So gern ich sie auch hatte, Mays Faible für Konzepte wie Vorherbestimmung und Karma war nichts, das ich nachvollziehen konnte. »Und Freundschaft ist nicht gut genug als Grund?«

»Doch, klar. Aber ist es wirklich gut genug für das, was du fühlst?«

Darum geht es nicht, dachte ich wiederholt, so heftig, dass Tränen in meinen Augen kitzelten. Ich blinzelte sie fort. »*Es ist alles gut, so wie es ist.*« Ich stockte, aber die Worte waren schneller als mein Verstand. »Warum sollte ich riskieren, unsere Freundschaft zu verlieren? Nur weil ich plötzlich so was wie … Interesse an ihm spüre?«

Avery lachte und spuckte damit ein paar Krümel in meine Richtung. »*Plötzlich?* Ernsthaft?«

»Was?«

»Willow, du hast Interesse an Maxton seit«, Avery runzelte die Stirn, »keine Ahnung, immer?«

Da stieg so viel Hitze in mein Gesicht, dass ich sicher war, sie konnten die Röte selbst im Lichterkettenschein erkennen. »Das ist doch absurd.«

May lächelte warm. »Absurd schön, stimmt.«

Ich wusste natürlich, welches Wort sie eigentlich meinten. Nur irrten sie sich. Was ich für Maxton empfand, passte nicht in ein Wort, aber wenn es das getan hätte, dann sicher nicht in dieses. Ich war erst einmal in meinem Leben *verliebt* gewesen, und das hatte sich ganz anders angefühlt. Als ich Riven kennengelernt hatte, war ich permanent nervös gewesen. Alles in mir hatte gekribbelt, manchmal auf schönste Weise, manchmal auf schlimmste. Ich war jeden Tag aufgeregt gewesen. Entweder, weil wir uns sahen und ich ihm unbedingt gefallen wollte, oder, weil wir uns nicht sahen und ich verunsichert war, ob er mich fallen lassen wollte. Mit Maxton waren die Dinge nie beunruhigend, sondern beruhigend. Er war ein wandelndes Sicherheitsnetz. Derjenige, der mich auffing, wenn ich fiel – ich musste ihm dafür nicht gefallen.

Selbst wenn sich die Stimmung zwischen uns seit einiger Zeit angespannt hatte, auf welche Weise auch immer, hatte ich trotzdem keine Angst. Nicht davor, etwas falsch zu machen, weil ich wusste, dass das mit uns irgendwie … richtig war. Und zwar genau so, wie es eben war.

Avery trommelte mit den Fingerspitzen auf dem Wannenrand. »Du bist anders, wenn er da ist. Du bist auch mehr da. Mehr bei uns, aber vor allem wirkt es so, als wärst du mehr bei dir.«

Ich lachte unecht. »Soll ich euch mal die Definition von Freundschaft vorlesen, Leute?«

May zupfte an der Samtschleife herum, die ihren Zopf zusammenhielt. »Okay, versuchen wir es anders: Wie würdest du es finden, wenn Maxton eine Freundin hätte?«

Der Satz löste ein seltsames Gefühl von Beklemmung in mir aus, weil ich sofort daran denken musste, dass er ja etwas in der Art hatte. Ich versuchte, mir nichts davon anmerken zu lassen, und lächelte süffisant. »Das Einzige, das mich daran eventuell stören würde, wäre die Vorstellung, mir ständig anzuhören, wie die beiden im Zimmer nebenan Sex haben. Ich weiß nämlich von euch zwei, wie sehr das nervt.«

May schüttelte den Kopf. »Ich glaube, dich stört viel eher die Vorstellung, dass Maxton mit jemandem Sex hat, der nicht du ist, Willow.«

»Das ist Unsinn. Ich würde Max nie verbieten, mit jemandem zu schlafen. Ich hab keine Besitzansprüche an ihn.«

»Es geht nicht um Besitz«, widersprach Avery gelassen. »Es geht um Liebe. Und daran ist nichts Verwerfliches.«

Sie hatten keine Ahnung, wie falsch sie damit lagen – und wie sollten sie auch? Sie konnten es nicht wissen, weil sie es nicht erlebt hatten.

Weil Eden und Wes nicht Riven waren.

Weil Avery und May nicht ich waren.

Weil sie keine Ahnung hatten, wie nah *Besitz* und *Liebe* sich standen, wenn du mit dem falschen Menschen zusammen warst. Wenn du der falsche Mensch warst.

Ich hievte mich hoch. »Ich geh jetzt.«

»Wohin?«

»Feiern, tanzen, trinken, vögeln – die Dinge, die ich eben immer tue. Weil alles *wie immer* ist. Klar?«

»Du musst uns nichts beweisen«, erwiderte May so sanft, dass meine Knie fast einknickten. Dass *ich* fast einknickte.

Ich wäre lieber hiergeblieben – in der Mulberry Mansion, in meinem persönlichen Tanzsaal, in einer Badewanne mit zwei Frauen, die mich ansahen, als würden sie Dinge verstehen, die ich nicht mal erklären konnte. Weder ihnen noch mir selbst. Aber es ging nicht. Es ging einfach nicht.

Euch nicht, dachte ich, und selbst in meinem Kopf klang meine Stimme so verzweiflungsgetränkt, dass sie verwässerte. Sie lief aus meinen Gedanken aus und schwappte in meinen Körper. Zerrte meine Mundwinkel höher und meinen Herzschlag an, während ich mit einem Winken aus dem Badezimmer verschwand und die Treppen runterrannte.

Aber mir schon.

Es ging einfach nicht weg. Das Gefühl, dass etwas nicht stimmte, blieb nicht zurück, als ich die Villa verließ. Auch nicht dann, als ich auf mein Rad stieg und so schnell ich konnte nach

Windsbury fuhr. Es verblasste nicht, als ich bei Lauren ankam, obwohl sie mir noch an der Wohnungstür einen Drink in die Hand drückte. Auch nicht, als wir eine Stunde später zum *Cinematic* aufbrachen und dort von einer Blase aus Musik, Lichtern und Menschen umhüllt wurden. Nicht einmal dann, als ich mich von Paul erst zu einem weiteren Getränk und dann zu einem Tanz überreden ließ, weil ich hoffte, dass irgendetwas davon helfen würde.

Doch trotz des Alkohols fühlte ich mich nüchtern und trotz der fremden Hände auf meinem Körper dachte ich an die, die mich letzte Nacht gehalten hatten. Mein Kopf war so voll von Maxton, dass ich alles andere kaum noch wahrnehmen konnte. Vielleicht bemerkte ich Pauls Finger an meinem Gesicht deswegen erst dann, als er sich bereits leicht zu mir herunterlehnte. Entschieden griff ich nach seinen Handgelenken und zog sie fort. Was auch immer gerade nicht mit mir stimmte, ich spürte, dass das hier nicht der richtige Weg war, um etwas daran zu ändern.

»Bin gleich wieder da.«

Ohne seine Antwort abzuwarten, verschwand ich zwischen den tanzenden Menschen um uns herum. Im Club roch es nach Backstein, Schweiß, Rauch und unendlich vielen Parfumnuancen, ich dachte trotzdem an Moos, Erde und Bleistiftstaub. Jemand schüttete versehentlich Bier auf mein Top, ich dachte an die erste Nacht, die Maxton und ich nach unserem Einzug im Garten verbracht hatten, als es angefangen hatte zu regnen und wir klitschnass geworden waren. Ein Pärchen versperrte die Treppe, weil es damit beschäftigt war, sich zu küssen, ich dachte an Maxtons Mund auf meinem, an seine Wärme unter mir, an meine Wange an seiner. Dieser Ort hatte rein gar nichts mit ihm zu tun, trotzdem erinnerte mich jede Ecke an ihn. *Alles* erinnerte mich an ihn.

Erleichtert atmete ich aus, als ich die Tür zu den Toilettenräumen aufstieß und feststellte, dass niemand da war. Hektisch drehte ich den Hahn auf und spritzte mir Wasser ins Gesicht, wartete darauf, dass die Kälte meine Gedanken beruhigen würde. Stattdessen schlugen sie so heftig gegen die Innenwände meines Kopfes, dass Röte hineinschwappte. Sehnsucht hatte dieselbe Farbe wie Panik, natürlich hatte sie das.

»Was ist los mit dir?«, fuhr ich mein Spiegelbild an. Fleckige Wangen, verschmierte Wimperntusche, gehetzt wirkender Blick. Ich kam mir so fremd vor, und das, obwohl ich in einer Situation war, in die ich doch gehörte. Diese Art von Nacht war mein Safe Space. Die Zeit, die mir bewies, dass ich frei war, dass ich nur mir gehörte. Doch wieso kam mir dann alles daran falsch vor? Wieso schwirrten meine Gedanken zu einem anderen Menschen, als würden sie aus winzigen Gefühlsmotten bestehen, die sich nur vom Licht einer einzigen Person angezogen fühlten?

»Alles klar bei dir?«

Ich hatte nicht bemerkt, dass sich eine der Kabinen hinter mir geöffnet hatte. Hastig ließ ich das Becken los und trat zur Seite, damit die Frau an den Wasserhahn konnte.

»Ja, danke.« Ich lächelte gezwungen und fokussierte mich auf ihr Gesicht – nur um das Gefühl zu haben, sie hätte direkt in meins geschlagen.

Lillian musterte mich, während sie das Wasser aufdrehte. Ihre dunkelbraunen Haare waren zu einem Zopf gebunden, die Ärmel ihres Blousons hochgekrempelt. Ich sah die Blüten auf dem Stoff und fragte mich automatisch, ob sie das angezogen hatte, weil sie sich mit Maxton traf. Sofort verwarf ich den Gedanken wieder. Nicht nur, weil Maxton nie freiwillig in einen Club gehen würde, vor allem, weil es mich nichts anging. Nichts angehen durfte.

»Du bist Willow, oder?«

Ich räusperte mich und griff nach ein paar Papiertüchern aus dem Spender. »Ja. Und du bist Lillian.«

Sie grinste hörbar. »Richtig.«

Kurz rang ich mit mir, dann gab ich mir einen Ruck und wandte mich wieder zu ihr. »Hör mal, es tut mir leid, wenn ich dir letztes Mal das Gefühl gegeben hab, dass du was falsch gemacht hast oder ich verurteilen würde, was du … was ihr tut. Ich war einfach überrascht und hab scheiße reagiert. Es lag nicht an dir.«

Sie schüttelte belustigt den Kopf und drehte den Hahn wieder zu. »Schon gut. Ich an deiner Stelle hätte mir den Drink ins Gesicht gekippt.«

»Wieso? Das wäre völlig unlogisch.«

»Seit wann haben Gefühle denn was mit Logik zu tun?«

Gott, hatte sich heute die ganze Welt gegen mich verschworen? Ich winkte ab. »Im Zweifelsfall hätte er den Drink abbekommen. Wenn ich sauer wäre, dann auf Maxton, weil er mir das Ganze verheimlicht hat, sicher nicht auf dich.«

»Aber vielleicht auf dich?«

Ich runzelte die Stirn. »Was?«

Lillian lehnte sich seitlich gegen das Becken. Ihre Augen wirkten glasig, ihr Blick trotzdem messerscharf. »Was denkst du, warum Maxton und ich ein Jahr lang miteinander geschlafen haben?«

Großartig. Das war nicht die Intention meiner Entschuldigung gewesen. Ich wollte Lillian nicht das Gefühl geben, die Ursache für meine Probleme mit Maxton zu sein, aber ich wollte auch wirklich nicht mit ihr über … *das* reden. Ich lächelte steif. »Na, hoffentlich liegt es daran, dass es euch Spaß macht.«

»Hat es. Aber das ist nicht der Grund. Nicht nur jedenfalls. Bei mir ging es vor allem darum, einen Ausgleich zur Uni zu finden. Orgasmen sind wahre Wunder, was das Steigern von Konzentration angeht.«

Allmählich verstand ich, wieso Maxton Gefallen an ihr fand. Die unaufgeregte Sachlichkeit, mit der sie darüber sprach, beeindruckte sogar mich. Trotzdem ... ganz gleich, wie emotionslos sie über Sex mit Maxton sprach, ich fühlte *viel zu viel*, wenn ich auch nur den Gedanken zuließ, dass sie ihn gehabt hatten.

»Mir ist gerade eher nicht so nach einer Biologie-Lehrstunde.«

Lillian lachte. »Sorry, das Studium schlägt durch. Bei Maxton ging es jedenfalls nicht um das Finden eines Fokus, sondern darum, einen zu verlieren.«

Ich brauchte einen Moment, um das zu übersetzen. »Er wollte sich ablenken?«

»Er wollte sich von *dir* ablenken«, korrigierte sie gelassen. »Maxton hat mit mir geschlafen, weil er mit dir schlafen wollte und es nicht konnte. Das hat er mir nach ein paar Malen gesagt, weil er sichergehen wollte, dass keiner von uns mehr in die Sache hineininterpretiert. Er hat mir erklärt, dass er in jemanden verliebt wäre – in seine beste Freundin, mit der nie was laufen wird. Dass er einfach abwarten will, bis es weggeht, und ihm das mit uns dabei helfen würde, aber dass er auch verstehen würde, wenn ich darauf keinen Bock hätte.« Lillian lachte erneut, während ich am liebsten geweint hätte. »Er ist manchmal seltsam, oder? Auf eine sehr nette, korrekte Weise.« Sie nahm Papiertücher aus dem Spender und trocknete sich die Hände ab. »Wäre ich auch so korrekt, hätte ich dir das jetzt nicht erzählt, aber na ja. Mir liegt was an Maxton. Er ist ein guter Kerl und von denen gibt es nicht viele. Und das weiß ich, weil ich nach einem Ersatz suche, seit er unser Arrangement beendet hat.«

Reflexartig zerknüllte ich die Tücher in meinen Händen. »Er hat ... was?« Maxton hatte Lillian zwar eine Weile nicht mehr von sich aus erwähnt, doch insgeheim hatte ich jedes Mal damit gerechnet, dass es um sie ging, wenn er eine Nachricht erhielt oder später als sonst nach Hause kam.

»Vor ein paar Wochen schon«, bestätigte sie. »Ich hab ihn gefragt, ob jetzt endlich was mit dir läuft, aber er meinte, daran würde es nicht liegen. Sondern daran, dass er sich selbst nichts mehr vormachen konnte. Dass die Tatsache, dass er etwas nicht haben könnte, nichts daran ändern würde, dass er es wollte. Also was auch immer zwischen euch passiert ist: Es hat Maxton gezeigt, dass er etwas anderes nicht will. Nicht mal zur Ablenkung, nicht mal bedeutungslos – weil ihm das mit euch zu viel bedeutet.« Sie warf die Tücher weg und zwinkerte mir zu. »Mach daraus, was du willst. Wenn du das überhaupt weißt.«

Ich blieb noch eine Weile dort stehen, als sie die Toilette längst verlassen hatte. Mein Blick verhakte sich erneut mit dem meines Spiegelbildes. Im dämmrigen Deckenlicht waren meine Augen bodenlose schwarze Krater. Und zum ersten Mal hatte ich nicht mehr das Gefühl, auf einem Seil zu balancieren, sondern das, bereits gestürzt zu sein – geradewegs in mich selbst hinein.

Denn Lillian irrte sich, ich wusste sehr wohl, was ich wollte. Aber zu wissen, was man haben wollte, war nicht immer die unüberwindbare Schwierigkeit. Zu wissen, was es einen kosten könnte, danach zu greifen, aber schon.

20. Kapitel

MAXTON

Meine Unterlippe pochte unangenehm, obwohl ich das Glas mit den Eiswürfeln bereits eine Weile dagegen drückte. Vorsichtig fuhr ich mit der Zungenspitze über das Zahnfleisch und zuckte zusammen, als das Brennen zunahm. Mit Sicherheit würde die Lippe anschwellen. Ich stellte mich schon jetzt darauf ein, Eden und seiner Mutter in den kommenden Tagen aus dem Weg zu gehen.

Resigniert trank ich einen Schluck Whisky und versuchte, das Brennen des Alkohols in der Wunde zu ignorieren, während ich mich im Sessel zurücklehnte. Der Raum, in dem wir saßen, lag im ersten Stock des Verbindungshauses. Die dunkel gestrichenen Wände waren mit Bücherregalen verdeckt, davor standen Sofas und Sessel aus Brokatstoff, ein Barwagen in Form eines aufklappbaren Globus und ein Billardtisch. Die meisten der Verbindungsmitglieder und anderen Anwärter standen darum herum, ein paar lehnten am geöffneten Fenster und rauchten, einer der Anwärter lag mit schmerzverzerrtem Gesicht und einem Handtuch mit Eiswürfeln auf dem Brustkorb auf einem Sofa.

Das Fenster in meinem Rücken war ebenfalls offen, die kalte Novemberluft löste Gänsehaut in meinem Nacken aus.

Wir waren hergekommen, sobald wir die Trainingseinheit in der Boxhalle beendet hatten. Ich hatte nicht mal versucht, eine

Ausrede zu erfinden, um mich ausklinken zu können. Zurzeit war mir jeder Grund recht, nicht sofort nach Hause zu müssen.

Ich bemerkte Ezra erst, als er sich in den Sessel neben mich setzte. Sein Haar war feucht vom Duschen und tropfte beständig auf den Kragen seines grauen Shirts. Ich versuchte, nicht auf das Emblem auf seiner Brust zu blicken, weil es mich daran erinnern würde, dass dasselbe auf meiner prangte. Keenan hatte mir das Shirt nach dem Duschen zugeworfen, und ich war zu müde gewesen, um mich dagegen zu wehren. Wozu auch, wenn das hier doch alles war, worauf ich hinarbeitete? Ein S auf meiner Brust, ein Glas Whisky in meiner Hand, ein Haufen reicher Typen um mich herum, die sich benahmen, als hätten sie die Welt begriffen, während ich daran scheiterte, mich selbst zu verstehen.

»Sorry noch mal.« Ezra stellte sein Kristallglas auf dem Mahagonitisch zwischen uns ab und deutete auf mein Gesicht.

Ich nahm das Glas von der Lippe. »Nicht deine Schuld, dass meine Abwehr eine Katastrophe ist.«

Bashs Wortwahl, nicht meine. Das änderte nichts daran, dass es stimmte. Ein Teil von mir war sich allerdings nicht sicher, ob ich einige von Ezras Schlägen absichtlich eingesteckt hatte, um irgendetwas zu fühlen. Etwas, das mich von diesem beständigen Schmerz ablenkte, der seit heute Morgen an meinem Inneren nagte.

»Hab schon schlimmere erste Einheiten erlebt. Außerdem ist es ein gutes Zeichen, dass Bash mich das hat machen lassen. Die Anwärter, die er raushaben will, verprügelt er oft beim ersten Mal so heftig, dass viele freiwillig aussteigen.«

Nur mit Mühe konnte ich ein Schnauben unterdrücken. »Ich bedanke mich später für diesen Akt der Gnade.«

Ezra grinste und griff an die Tasche seiner Sweatjacke, zog eine Blechschatulle hervor. Ich ahnte, was sich darin befand, noch bevor er sie öffnete und der herbe Geruch in meine Nase stieg.

Meine eine Hand griff fester um das Glas, die andere um die Lehne des Sessels. Hitze stieg in meinen Nacken, doch ich zwang mich dazu, sitzen zu bleiben und auf den Tisch zu blicken. Er hatte dieselbe Farbe wie der, an dem Grandpa und ich damals Schach gespielt hatten. Ich dachte an sein vergnügtes Lächeln, mit dem er mich einen meiner Züge bereuen ließ, noch während ich ihn ausführte, und an seine faltigen Hände, die über seine Figuren hinwegstrichen, während die Sonne durch das Wintergartenglas weißgoldene Lichtschatten auf seine Haut malte. Für ein paar Sekunden war es, als wäre ich wieder dort, dann zündete neben mir ein Feuerzeug, und der Joint glühte auf.

Ezra nahm einen tiefen Zug, Rauch zwischen uns, Beklemmung in meiner Brust. Meine Hand griff automatisch an den eng sitzenden Kragen meines Shirts. »Willst du?«

Ohne aufzusehen, schüttelte ich den Kopf und lehnte mich etwas zur Seite, als er erneut zog. Der Geruch kribbelte nicht nur in meinen Fingerspitzen, sondern auch in meinen Muskeln.

Ich hatte nicht mehr gekifft, seit ich siebzehn gewesen war, aber wenn man etwas lang getan hatte, hinterließ das Spuren. Da würde immer dieser Reflex in mir sein, nach dem Joint zu greifen, weil ich wusste, welches Gefühl hinter diesem trüben Nebel wartete. Ein bequemes Nichts.

Impulsnarben, dachte ich und strich über die an meinem Unterarm, die ich mir zugezogen hatte, als ich – zum letzten Mal high – über einen Zaun geklettert und an dem Ort gelandet war, der mich gerettet hatte. Ich hatte an dem Tag aufgehört mit dem Zeug, als ich den Botanischen Garten gefunden hatte. Als ich erkannt hatte, dass es da draußen auch noch ein Alles für mich gab. Das bedeutete nicht, dass ich nicht mehr daran dachte, dass es manchmal eben doch angenehmer war, nichts zu fühlen statt alles.

Heute war einer dieser Tage, an denen ich mir dessen mehr als bewusst war. Ich hatte es kommen sehen, bevor es passiert war. Eigentlich schon, während ich Willow in der Gruft in den Armen gehalten hatte, so nah auf jede erdenkliche Weise. Spätestens dann, als sie nachts die Tür zwischen unseren Zimmern geöffnet hatte, als wäre ihr jede Distanz zwischen uns zu viel. Das war auch der Grund dafür, warum ich letzte Nacht kein Auge zugetan, sondern bis zum Sonnenaufgang am Schreibtisch gesessen und gezeichnet hatte.

Ich hatte es gewusst: dass Willow am nächsten Morgen alles dafür tun würde, die Mauer zwischen uns eigenhändig wieder aufzubauen. Ein Stein durch Wortkargheit, ein Stein durch Blickausweichen, ein Stein durch Flirten mit unserem Mitbewohner.

Willow mit Beckett zu sehen war scheiße gewesen. Nicht, weil ich eifersüchtig gewesen wäre, immerhin wusste ich, dass die beiden nie etwas miteinander anfangen würden. Nur, weil mir klar war, wieso sie das gemacht hatte. Sie wollte mir und sich selbst beweisen: Das, was wir in den vergangenen Wochen gehabt hatten – beim Tanzen, im Gewächshaus, in der letzten Nacht und in all den leisen Momenten dazwischen –, das bedeutete nichts. Oder es bedeutete vielleicht doch etwas. Viel, zu viel, sodass sie alles davon wegnehmen musste.

Alles oder nichts, etwas anderes gab es mit Willow nicht. Sie war eben wirklich intensiv, extrem und heftig, auf die beste, aber manchmal halt auch auf die grausamste Weise.

Ich war nicht sauer auf sie. Ich war sauer auf mich selbst, weil ich gewusst hatte, wohin uns das alles bringen würde. Und weil ich es trotzdem zugelassen, gewollt und geliebt hatte. Weil ich sie gestern bereitwillig an mich gedrückt hatte, obwohl mir klar gewesen war, dass ich sie damit dazu bringen würde, mich letztlich von sich zu stoßen.

»Sonst alles klar bei dir?«, fragte Ezra plötzlich in meine Gedanken hinein. »Du wirkst heute irgendwie weniger gelassen als sonst.«

»Hm«, machte ich und nahm noch einen Schluck, um das Brennen meiner Gedanken mit einem anderen zu löschen.

»Liegt's an der Prüfung gestern? Oder hast du Stress mit deiner Freundin?«

»Sie ist nur …«, ich brach ab, weil mir das Wort falsch vorkam. Willow und ich waren vielleicht nicht alles, was ich am liebsten gehabt hätte, aber wir waren trotzdem ganz bestimmt kein Nur. »Sie ist meine beste Freundin.«

Als ich mich ihm zuwandte, lächelte er. Auf eine so mitleidige Weise, dass ich mich schlecht fühlte, noch bevor er antwortete. »Ich würde mir für dich wünschen, dass das stimmt. Ganz ehrlich. Aber Bash hat ein unheimlich gutes Gespür für Menschen. Er hat es gewusst, als er euch das erste Mal zusammen gesehen hat.«

»Was gewusst?«

Ezra griff nach dem Buch, das auf dem Tisch lag, und aschte auf dem Rücken ab. Spätestens jetzt hätte Eden das Zimmer verlassen, und auch ich musste dagegen ankämpfen. Das lag aber eher daran, was Ezra als Nächstes sagte: »Dass sie dein wunder Punkt ist.«

Noch mehr Hitze stieg in meinen Nacken. Ich war Unruhe nicht gewohnt, deswegen reagierte mein Körper umso heftiger darauf. Mein Puls erhöhte sich, meine Sicht flimmerte, ohne dass ich es wirklich begriff. »Was soll das heißen?«

Ezra warf einen Blick über seine Schulter, hin zum Billardtisch, wo Bash gerade am Zug war. Er lächelte triumphierend, als gleich mehrere Kugeln ins Loch rollten.

»Das wirst du früher oder später noch merken, fürchte ich«, erwiderte Ezra gedämpfter als zuvor. »Du schlägst dich gut. Auch wenn du Glück hast, dass ich dein Pate bin.«

»Mein … was?«

Ezra sah erneut kurz zurück, ehe er die Stimme weiter senkte. »Jeder der Anwärter bekommt einen Paten, der für die Anweisungen während der Prüfungen zuständig ist. Und dafür, die Ergebnisse zu überwachen. Ich dürfte dir das nicht sagen, aber ich bin deiner. Deswegen rate ich dir, dass du aufpassen solltest. Ich hab die Fotos vom Schiff gesehen, der Verlobte ist ein Freund meiner Schwester. Und auch mit geglätteten Haaren ist deine *beste Freundin* jemand, der auffällt. Liegt an ihren Augen, glaub ich. Hab selten so viel Ausdruck in einem Blick gesehen wie bei ihr.«

Mir wurde erst heiß, dann kalt, als ich begriff, was das bedeutete. Ezra wusste, dass ich Willow eingeweiht und damit gegen jede Regel verstoßen hatte, die Bash zu Beginn des Semesters so feierlich vorgetragen hatte. Und das schon seit einer Weile.

»Wieso hast du ihnen nichts gesagt?«

»Weil ich weiß, wie überfordernd all das am Anfang ist. Und anders als Bash glaube ich nicht, dass es ein Zeichen von Schwäche ist, um Hilfe zu bitten.« Er nahm einen weiteren Zug und lächelte, sodass die doppelten Grübchen in seinen Wangen hervortraten. Nicht zum ersten Mal fragte ich mich, wieso jemand wie Ezra in die Society gewollt hatte. Vielleicht war dieses Wieso genau der Grund, aus dem er mich deckte: weil er etwas ähnlich Unpassendes in mir wiedererkannte. »Jedenfalls glaub ich, deine Chancen stehen gerade mit am besten. Sogar Bash fängt an, netter über dich zu reden.«

»Welch Ehre.« Schon wieder schaffte ich es nicht, die Emotionen aus meiner Stimme auszuklammern. Ezra hatte recht: Ich war heute wirklich weniger gelassen als sonst.

Er grinste, breiter jetzt, trotzdem mit einer Nuance Traurigkeit darin, die ich nicht deuten konnte. »Er ist vielleicht nicht der beste Mensch, aber ein verdammt guter Freund. Das sind wir alle, weißt du? Ich hab das vorher auch nicht ernst genommen, dieses ganze Gerede von Zusammenhalt. Aber … wenn man ein Teil davon ist, so richtig, dann ist das einfach unbeschreiblich. Es geht nicht darum, dass wir uns in allem einig sind oder alles gutheißen, was die anderen tun oder sind. Es geht darum, dass wir uns mit jeder Macke akzeptieren und *immer* zusammenhalten. Unter uns können wir streiten, aber nach außen sind wir eine Einheit. Du bist nie wieder allein, wenn du zu uns gehörst.«

Seine Stimme verebbte, und ich konnte nicht verhindern, dass die letzte Welle davon bis an meine Zehen schwappte. Ich spürte die Gänsehaut, die meine Beine hinaufkroch, und verachtete mich selbst ein bisschen dafür.

»Klingt gruselig«, sagte ich trotzdem spöttisch.

Ezra zuckte mit den Schultern, nahm noch einen Zug und hustete gegen seinen Handrücken. »Ist aber schön. Es ist doch so: Eine Familie, die sucht man sich nicht aus. Freunde sucht man sich aus, diese Wahl ist allerdings oft nicht endgültig. Aber von der Society wirst *du* ausgesucht. Und zwar für immer. Mehr gewollt werden kannst du gar nicht.«

Ich presste das Glas wieder an meine Lippe, damit Ezra nicht sehen konnte, dass sie bebte. *Gewollt werden.* War es ein Zeichen von Schwäche, dass mich diese zwei Worte mehr trafen als alles andere an diesem Abend? Mehr als jeder Fausthieb, als jeder Spruch von den anderen, als jede Erinnerung an Willow? *Gewollt werden.* Vielleicht wollte ich das nur deshalb so sehr, weil ich heute einmal mehr bemerkt hatte, dass *sie* mich nicht wollte.

Meine Fingerspitzen tasteten über das Tattoo an meinem

Oberarm, hin zu dem gestickten S auf dem Shirt. »Und ich selbst habe keine Wahl?«

Ezra schmunzelte und drückte den Joint auf dem Buchrücken aus. »Natürlich hast du die. Aber du bist hier. Also hast du sie schon getroffen, oder?«

Nein, dachte ich. *Ich habe nichts hieran bewusst entschieden. Ich habe mich treiben lassen, wie ich mich immer treiben lasse, weil ich keinen Sinn darin sehe, gegen eine Strömung anzukämpfen, wenn ich sowieso kein eigenes Ziel habe. Immer passiv, immer ruhig, immer gleichgültig, immer … egal.*

In diesem Moment wusste ich nicht, ob ich damit meinte, dass mir alles egal war, oder ob ich vielleicht – auf eine unangenehme, tief verwurzelte Weise – dachte, dass *ich* egal war. Meinen Eltern, meinen Freunden, meinem Leben, mir selbst. In diesem Moment, erschöpft von einer schlaflosen Nacht, den letzten Panikpfützen in meinem Kopf, den Muskelschmerzen vom Boxen und irgendwie *allem*, wusste ich nur eines ganz sicher: Ich war es leid, Menschen etwas beweisen zu müssen, um sie stolz zu machen, und ich war es leid, mich um etwas zu bemühen, das ich nicht haben konnte.

Vielleicht wurde es also tatsächlich Zeit, mich auf etwas einzulassen, das ich nicht unbedingt wollte, das dafür aber bedingungslos *mich* wollte. Nicht für meine Eltern, sondern für mich. Um endlich anzukommen. Um endlich etwas zu finden, das blieb. Um endlich wieder schlafen zu können, ohne Angst davor zu haben, mit dem Aufwachen alles zu verlieren. Selbst das, was ich gar nicht richtig gehabt hatte.

21. Kapitel

WILLOW

Schnee tanzte in dünnen Flocken um die Mulberry Mansion. Die weißen Pünktchen verschwammen mit denen des Restalkohols in meinem Sichtfeld, je näher ich der Eingangstür kam. Im Flur brannte noch Licht, in Edens Erkerzimmer auch, ansonsten ächzte das Haus dunkel im Nachtwind.

Ich blieb auf der Stufe stehen und betrachtete unser Wappen über der Tür. Auf den hervorstehenden Ms war eine Schneeschicht zu erkennen, die blassblaue Farbe wirkte zu dieser Tageszeit grau. Meine Initialen standen am Rand, als hätte ich selbst beim Gravieren das Bedürfnis gehabt, abseits zu bleiben. Es hatte nur nicht geklappt, weil das P meines Nachnamens sacht Maxtons M berührte. Mir wurde flau zumute, ich wandte den Blick ab.

Die Villa umhüllte mich mit lauwarmem Atem. Ich streifte meinen nassen Mantel ab und warf ihn über die Bank, unter die ich meine Schuhe schob. An der Garderobe hielt ich inne und strich die Jacken auseinander, bis ich Maxtons gefunden hatte. Meine Augen brannten, als ich sie schloss und das Gesicht im Stoff vergrub. Fünf Sekunden Maxton einatmen, fünf Sekunden Tränen unterdrücken, dann trat ich aus der Nische und lief in Richtung Küche.

Im Flur roch es nach Fichtengrün, das zum Trocknen vor dem Kamin im Wohnzimmer lag, nach dem Gemüsegratin, das es mir vorhin schwer gemacht hatte, nicht zum Abendessen runterzugehen, und wieder nach … Milch. Erst an der Schwelle der erleuchteten Küche begriff ich, was das bedeutete.

Mary saß am Tisch in einem weißen Nachthemd, das dem Spitzensaum nach May gehörte. Darüber hatte sie einen weiten Kaschmirpullover angezogen und an den Handgelenken hochgekrempelt, um den Becher vor sich umfassen zu können.

Im Grunde wunderte es mich nicht, dass sie noch wach war. Ich hatte das Gefühl, sie zu verstehen, ohne dass wir je allein ein Wort miteinander gewechselt hatten. Von Gesprächen der anderen wusste ich, dass Mary vorhatte, Redcar zu verlassen und nach Bath zu ziehen, wo ihre Schwester lebte. Sie hatte sie jahrelang nicht gesehen, weil sie einmal zu viel etwas gegen Marys Ehe geäußert und James seiner Frau daraufhin den Kontakt zu ihr untersagt hatte.

Ich wusste nicht, wie lang es dauern würde, bis Mary alles für ihren Umzug in die Wege geleitet hatte, doch ich wusste, dass es Zeit brauchen würde, alle Stopp-Schilder in ihrem Kopf abzubauen. Hätte es keine mehr gegeben, hätte sie nicht nachts hier gesessen, Milch getrunken und an den Ärmeln eines Männer-Pullovers gezupft, der mit Sicherheit niemandem aus diesem Haus gehörte.

»Hi.« Meine Stimme klang krächzend, Mary zuckte zusammen.

»Oh, hallo. Ich hab dich nicht kommen hören.«

»Kannst du das morgen den anderen sagen?« Mit einem schwachen Lächeln lief ich in Richtung Kühlschrank, um mir eine Flasche Wasser herauszunehmen. »Die tun nämlich immer so, als wäre ich ein Elefant, wenn ich heimkomme.«

Zugegeben, an vielen Abenden stimmte das vermutlich. Wenn ich richtig gut gelaunt oder angetrunken war, konnte ich mich manchmal nicht so zügeln, wie es höflich gewesen wäre. Doch heute fühlte ich mich nicht laut, sondern leise. So wie der Schnee, der von außen an die Scheiben geweht wurde und die Reflexion meines Gesichts mit hellen Flecken übersäte.

Ich wäre gern weniger blass, viel bunter und lauter gewesen. Am liebsten wäre ich nach oben gegangen, hätte noch ein bisschen im B-Club getanzt, mir die Reisedokumentation von vorhin zu Ende angesehen, auf Laurens Nachricht geantwortet, die fragte, warum ich so plötzlich abgehauen war, oder auf Pauls, der schrieb, dass er diese Spielchen langsam satthatte. Doch ich konnte nichts davon tun, schon gar nicht das Letzte. Denn alles, was ich schreiben könnte, wäre: *Ich spiele nicht. Ich glaube, ich verliere nur.*

Also deutete ich auf den Stuhl gegenüber von Marys. »Macht es dir was aus?«

»Gar nicht, setz dich gern.« Ihr Blick tastete über mein Gesicht, während ich es tat, doch ich traute mich nicht, ihn zu erwidern. Der Bluterguss war in den letzten Tagen zwar abgeheilt, aber ich würde ihn immer sehen. Oberflächliche Wunden verblassten, der Schmerz dahinter blieb. Den erkannte man immer wieder, in sich selbst und in anderen.

»Du bist selten hier. Liegt das an mir?«

»Was? Nein!« Jetzt sah ich ihr doch fest in die Augen. »Ich freu mich, dass du da bist. Wenn es nach mir geht, kannst du direkt einziehen.«

Sie lächelte, mehr mit den Mundwinkeln als den Augen. Die Art, auf die Eden lächelte, wenn er es nur für die anderen tat, nicht für sich. »Ich schätze, es ist zu spät für mich, um noch mal zu studieren.«

»Ich glaube, es ist für dich für gar nichts zu spät«, erwiderte ich entschieden.

Marys Lächeln kroch höher und zeichnete Fältchen in ihre

Augenwinkel. »Die anderen haben recht. Du hast eine sehr besondere Art an dir. Dein Charakter ist deutlich spürbar.«

»Ich gebe mir Mühe«, sagte ich matt, und dachte: *Momentan spüre nicht mal ich mich.*

»Sie vermissen dich, wenn du nicht hier bist. Sie sagen das nicht direkt, aber ihre Gespräche streifen immer wieder deinen Namen, als wollten sie dich auf irgendeine Weise dabeihaben.«

Ich atmete laut aus. Mein Blick surrte von Mays getrockneten Blumenkränzen an der Wand über den Norwegerpullover, den Avery über einem der Stühle vergessen hatte, und eins von Edens zerfledderten Büchern, das auf dem Kühlschrank lag, hin zu Becketts abgedeckter Tarte-Form auf dem Tresen, Siennas umgedrehtem Theaterskript daneben und Helens selbst gestrickten Topflappen, die angekokelt über dem Herd baumelten. Mein Herz zog sich zusammen. Obwohl ich wusste, dass die anderen vermutlich alle in diesem Haus waren, fühlte ich mich plötzlich so weit weg von ihnen. Die letzten Wochen war ich immer wieder auf Distanz gegangen, um mir zu beweisen, dass ich das konnte, doch jetzt ... *jetzt konnte ich nicht mehr.*

»Ich vermisse sie auch«, gab ich leise zu. »Aber ... ich hab manchmal Angst, dass ich mich mehr vermissen würde, wenn ich sie weniger vermissen würde.«

Mary nickte langsam. »Du denkst, du machst dich von ihnen abhängig, wenn du zu glücklich mit ihnen bist.«

Ich wischte mir über die Augen. Sie waren feucht, ich wusste nicht, ob das Schnee oder Tränen oder beides war. »Ja, vielleicht.«

»Bist du ohne sie denn genauso glücklich?«

Ich schüttelte den Kopf. »Aber es ist ... leichter. Es ist leichter, allein zu sein. Manchmal hab ich das Gefühl, dass Nähe wie eine Sucht ist. Dass ich zu anfällig dafür bin, um ihr zu widerstehen. Und ich … ich hab das mit dem kalten Entzug einmal durch. Noch mal überlebe ich das nicht.«

»Es ist okay, dass du so fühlst.« Ihre Stimme wirkte weder überrascht noch mitleidig. Nur verständnisvoll. »Aber ich glaube, eine Sucht ist immer etwas Krankhaftes. Und gesunde Nähe hat nichts Krankes an sich.«

»Vielleicht schon, wenn man selbst das Kranke in sich hat. Wenn man selbst die Wurzel von diesem ganzen Übel war.« Zögernd sah ich ihr wieder in die Augen. Sie schimmerten auch, obwohl der Milchnebel ihre Züge leicht überfilterte. »Ich meine … fragst du dich nie, ob es irgendwie an dir lag? Nicht, weil du es verdient hattest, aber weil du es zugelassen hast? Fragst du dich nie, was mit dir nicht stimmt, dass du nicht stärker um dich selbst gekämpft hast?«

Meine Worte kamen so schnell, dass ich die Spitzen darin nicht abschleifen konnte. Doch ich sah Mary an, dass sie verstand, dass sie kein Vorwurf waren, sondern ein Flehen. Ein Flehen, dass sie mir sagte, dass ich nicht allein war.

»Natürlich frage ich mich das«, erwiderte sie sanft. »Aber ich glaube, dass es um diese Fragen überhaupt nicht geht. Was wir hätten anders machen können, wie wir hätten anders sein können, stärker, besser … das alles ist Vergangenheit. Es spielt keine Rolle für unsere Gegenwart, und nicht für unsere Zukunft. Das, was uns am meisten über uns verrät, ist das, was wir letztendlich getan haben. Dass wir uns für uns selbst entschieden haben. Dass wir gegangen sind. Und das ist so wichtig und gut, aber …« Sie zögerte und griff über den Tisch nach meinen zittrigen Fingern. Ihre Haut war zart, genau wie das Streicheln über meinen Handrücken. »Weißt du, es braucht einen Löwenmut, um zu gehen, wenn man es sich so angewöhnt hat zu bleiben. Aber ich denke, es braucht noch viel mehr, um wieder stehen zu bleiben, wenn man einmal angefangen hat zu rennen.«

»Es braucht ein Löwenherz«, sagte ich leise.

Mary lächelte still.

Wir blieben noch lang dort sitzen, während draußen der Garten im Schnee versank. Die Zweige des Zwetschgenbaums schlugen mit den stärker umherwirbelnden Flocken gegen das Fenster, die Bäume keuchten im Wind, hinter mir surrte der Kühlschrank, im Wohnzimmer tickte die Wanduhr. Und trotzdem war da diese Ruhe, die sich in mir ausbreitete.

Vielleicht lag es daran, dass Mary die mir fremdeste und gleichzeitig vertrauteste Person in diesem Haus war. Es fühlte sich an, als hätte ich es gebraucht, dass sie meine Hand hielt, damit ich endlich innehalten konnte. Mich in mir umsehen konnte. Begreifen konnte, welcher Gedanke dort seit langer Zeit gekeimt hatte. Er hatte nicht nur Wurzeln geschlagen, sondern auch Knospen ausgetrieben. Er blühte. In meinem Kopf, in meinem Herzen, in jedem Winkel meines Ichs.

Ich wusste, was ich wollte.

Und ich war es leid, davor wegzurennen.

Die Tür zwischen Maxtons und meinem Zimmer war geschlossen, unter dem Rahmen war kein Licht zu sehen. Ohne zu zögern oder zu klopfen, drückte ich die Klinke herunter und trat über die Grenze. In jeder Hinsicht. Das hier war ein Schritt in etwas Unbekanntes, und ich wusste: Ich würde nicht als dieselbe zurückkehren können. Ich machte es trotzdem. Ich ging in Maxtons Zimmer und zu seinem Bett, in dem ich die Umrisse seines Körpers erkennen konnte. Das Fenster war offen, die Vorhänge blähten sich im Wind. Auf dem Brett schmolzen Schneeflocken, über den Dielen schwebte der Duft nach Winter und den Pflanzen aus Maxtons Garten und Zimmer.

Meine nackten Füße verharrten am Bettende, mein Blick

auf seinem Gesicht. Die Helligkeit vom Mond und Schnee besprenkelte es und seine nackten Schultern mit Silber. Er lag auf der Seite, die Augen geschlossen, der Atem ruhig.

Ich erschrak trotzdem nicht, als er plötzlich etwas sagte. »Du kommst sonst nie rein.« Seine Stimme klang heiser und fast lautlos, als hätte er Sorge, er könnte einen Traum verscheuchen. Oder mich.

Es wunderte mich nicht mal, dass er mich bemerkt hatte, wenn ich nach dem Heimkommen in sein Zimmer hineinsah. Das war eben Maxton.

»Ist das okay?«, fragte ich ebenso leise zurück.

»Ja. Klar.« Er setzte sich auf und lehnte den Rücken gegen die Wand. Sein Gesichtsausdruck war sofort fokussiert. Er hatte noch nicht geschlafen, und ich fragte mich wieder, ob ein Teil von ihm auch immer darauf wartete, dass ich heimkam und nach ihm sah. Ich fragte mich, ob ein Teil von uns beiden seit so langer Zeit auf den anderen wartete.

Mein Mund wurde trocken, als ich bemerkte, dass die Decke hinabgerutscht war und seinen Oberkörper entblößte. Mondmuster über glatter Haut, Nachtschatten über angespannten Armmuskeln, sacht flackernde Ruhe in hellblauen Iriden. Wortlos ging ich auf ihn zu und ließ mich neben ihn auf die Matratze sinken. Ich zögerte kurz, dann zog ich die Decke ganz beiseite und setzte mich auf ihn, ließ das Becken über ihm schweben. Es war so albern und verrückt, aber allein der Anblick seiner Leistenmuskulatur löste einen heißen Stich zwischen meinen Beinen aus.

»Ist das auch okay?«, wisperte ich.

Maxton nickte nur, ohne sich sonst zu bewegen.

Behutsam strich ich über seine Brust, hoch zu seinem Hals, fünf Sekunden Puls fühlen, zwei Sekunden lächeln, weil er ein bisschen schneller war als üblich, dann zu seinem Gesicht.

Meine Fingerkuppen auf seinen Leberflecken, keine Dunkelheit mehr in seinem Gesicht und keine in mir.

Wolfsstunde. Löwenherz.

Ich schloss die Augen und griff an den Saum meines Shirts, zog es mir über den Kopf und ließ es neben dem Bett fallen.

Maxton holte tief Luft, aber er regte sich nicht. Erst als ich mich zu ihm vorbeugte. »Was hast du …«

»Sch.« Mein Mund war nur Zentimeter von seinem entfernt. »Sei einfach still, okay? Sag mir, wenn ich aufhören oder gehen soll, aber sonst … sei still.«

Maxton nickte und senkte die Lider. Ich legte die Finger an seine Wange, strich mit dem Daumen über seine Unterlippe, über den Bartansatz an seinem Kinn, über die Wölbung seines Kehlkopfs. Er hob sich, als Maxton schluckte.

Kurz bevor ich meine Lippen auf seine legen konnte, drehte er den Kopf zur Seite. Nur schwach, ich erstarrte trotzdem sofort. Als ich zurückweichen wollte, hielt er mich an der Hüfte fest. Ganz vorsichtig, ich bekam dennoch eine Gänsehaut.

»Warte. Ich will nur … ich *muss* eine Sache fragen. Wenn wir das tun … was ist dann morgen?«

»Was meinst du?«

Maxton sah mir fest in die Augen. »Bereust du das morgen? Wirst du so tun, als wäre nichts passiert, mich wegstoßen oder mir sagen, dass es nichts bedeutet hat?«

Ich schüttelte den Kopf. »Ich wäre nicht hier, wenn es so wäre. Es bedeutet was, Max. Ich weiß nicht, was es bedeutet, aber ich weiß, dass es das tut. Ich weiß … ich weiß, dass mir das hier so wichtig ist, dass ich wirklich versucht hab, es zu lassen, weil mir das solche Angst macht. Es ist vielleicht *zu* wichtig, aber …«

»… aber nichts an dir oder an uns ist *zu*«, beendete er meinen Satz heiser.

»Genau.« Ich ließ die Hände auf seinen Schultern ruhen, obwohl ich sie viel lieber tiefer geschoben hätte. Ich wollte es so sehr – alles von ihm, jetzt, sofort. Doch es ging hierbei nicht nur um mich. »Aber ich kann jederzeit verschwinden. Ich will dich ganz sicher nicht umstimmen.«

»Umstimmen?« Er lachte, ein bisschen atemlos, ein bisschen verzweifelt – zu unruhig für Maxton. Es gefiel mir trotzdem, weil ich wusste, dass ich der Grund dafür war. Dass ich ihn genauso nervös machte wie er mich. »Du hast ja keine Ahnung, Catkin«, murmelte er, ließ meine Hüfte los, umfasste mein Gesicht und zog mich zu sich heran.

Und dann küssten wir uns.

Einfach so, als wäre es das Natürlichste auf der Welt. Es fühlte sich auch so an, irgendwie.

Der erste Kuss war sanft und bedächtig, ein stilles Abwägen, ob das wirklich das war, was wir wollten. Als hätte einer von uns das noch gebraucht. Als wüssten wir nicht beide, dass wir das hier seit Wochen gedanklich taten.

Erst als ich ihm in die Unterlippe biss, zuckte er reflexartig zurück. »Bist du verletzt?«, fragte ich besorgt und tastete mit den Fingerspitzen über die Schwellung.

»Nur eine Blessur vom Boxen, nicht wild.« Er versuchte, mich wieder zu sich heranzuziehen.

Ich hielt dagegen. »Du weißt, dass ich jeden, der es wagt, dir wehzutun, mit faulen Äpfeln abwerfen würde, oder?«

Er lächelte. »Ja.«

»Gut. Dann sag das diesen Idioten.«

»Jetzt gleich, oder …?«

Statt zu antworten küsste ich ihn erneut. Ich versuchte, ihm nicht wehzutun, doch Maxton intensivierte den Kuss so, dass ich nicht mehr darüber nachdenken konnte. Ich konnte an gar nichts mehr denken, das jemals wehgetan hatte.

Das hier war anders als im Gewächshaus, nichts hieran war überstürzt. Es war freiwilliges Stürzen, weil Maxton eben ein Sicherheitsnetz war. In mich selbst hineinzustürzen machte mir Angst, aber vor Maxton konnte ich keine Angst haben.

Seine Hände berührten meine Taille, meinen Hintern, meinen Rücken, blieben auf dem Verschluss meines BHs liegen, während ich mich an ihm festhielt, weil ich ihn nicht verlieren wollte, während ich fiel. Wir küssten uns, immer drängender, atemloser. Doch Maxton machte keine Anstalten, mich – oder sich selbst – auszuziehen. Und das ließ mich allmählich unangenehm kribbelig werden.

»Nichts gegen ein gutes Vorspiel, aber ich kann nicht mehr warten.« Meine Stimme glühte genauso wie mein Gesicht. »Ich drehe durch, wenn du dich nicht endlich ausziehst.«

Maxton lächelte – schon wieder so unerträglich gelassen. »Wer hätte gedacht, dass deine Ungeduld sich sogar in diese Situationen erstreckt?«

»Pass bloß auf, Irving.« Das letzte Wort ging in einem Stöhnen unter, weil Maxton mich an der Hüfte packte, ein Stück nach vorn zog und ich ihn *so sehr* spüren konnte, als wären wir beide schon nackt. »Zieh dich aus«, befahl ich kratzig und schob die Hand in den Bund seiner Shorts.

Maxton lachte, aber der Ton erstickte, als ich ihn umfasste. Er keuchte, dann drückte er mich von sich weg und machte endlich, was ich sagte. Ich zog mir die Jeans und meine Unterwäsche aus, während er seine Boxershorts abstreifte, und setzte mich wieder auf ihn, kaum dass wir beide nackt waren.

»Du hast es wirklich eilig. Ich hätte dir gern damit geholfen.« Maxton fuhr mit den Lippen über meine Brust, mir wurde *so* heiß.

»Das nächste Mal darfst du das machen, versprochen«, murmelte ich und legte den Kopf in den Nacken, während sein Mund über mein Schlüsselbein zu meinem Hals wanderte.

Ich spürte, dass er über diesen Satz stolperte – auf eine Weise, die nicht Stürzen nach sich zog, sondern Fliegen. Er sagte nichts dazu, er küsste mich nur erneut, und dieser Kuss war so intensiv, so *glücklich*, dass ich genau wusste, ich würde ihn nie wieder vergessen. Ich würde nichts von alledem vergessen. Und das wollte ich auch gar nicht – nicht jetzt und ganz sicher nicht morgen. Das hier war viel zu gut, um einmalig zu bleiben. Und da es bei uns kein *zu* mehr gab, war es eben nur gut. Nur richtig.

»Sag mir, was du magst. Ich will nicht, dass ich …« Er brach ab, aber ich verstand auch so.

»Fass mich an«, flüsterte ich. »Nur … halt mich nicht richtig fest, okay? Ich bekomm nur dann Panik, wenn ich das Gefühl hab, nicht sofort wegzukönnen.«

Er nickte. Zwei Küsse auf mein Schulterblatt – unschuldig –, seine Hand zwischen meinen Beinen – überhaupt nicht unschuldig. Alles pochte. »Sag mir, wenn es zu viel ist.«

Ich stöhnte, als er über meine Mitte rieb, drückte mich seiner Hand entgegen. »Kein *zu* mehr, du erinnerst dich?«, murmelte ich. »Und … ich hab gerade eigentlich Lust auf viel. Ich hab Lust auf alles.«

»Ja.« Er lächelte, küsste mich. »Ich auch.«

»Nur … wäre das so okay für dich?« Ich machte eine vage Handbewegung, die uns beide umfasste.

Maxton hielt mit seinen Berührungen inne, umfasste stützend meinen Oberschenkel. »Was meinst du?«

»Manche Typen stehen nicht so drauf, unten zu sein.«

Ein ungläubiger Ausdruck schlich sich auf sein Gesicht. »Willow, ernsthaft. Du hast *keine Ahnung*, was du mit mir machst. Was du seit viel zu langer Zeit mit mir machst. Du könntest mich einfach weiter so angucken, und ich könnte problemlos kommen. Ich muss neuerdings ja nur an dich *denken* und könnte kommen.«

»Ich hab auch an dich gedacht. Ständig. Ganz oft, wenn ich mich angefasst hab. Ich hab mich gefragt, ob du dabei auch an mich denkst. Ich hab mir gewünscht, dass du es tust.« Es gefiel mir lächerlich gut, dass allein diese Worte dafür sorgten, dass er noch härter wurde.

»Fuck, Willow.« Er barg das Gesicht an meiner Schulter, atmete tief durch. »Wenn du nicht aufhörst …«

Ich grinste, bewegte das Becken auf und ab. »Dann was?«

»Scheiße.« Er umfasste meine Taille und drückte mich ein Stück nach oben, lachte heiser auf. »Ich kann nicht mehr klar denken, weil ich so unbedingt mit dir schlafen will.«

»Du meinst, du willst mich vögeln?«, spottete ich.

Er hob den Blick und brachte sein Gesicht so nah vor meines, dass sich unsere Nasenspitzen berührten. »Ich meine, ich will, dass du mich vögelst«, sagte er ruhig und kehlig.

»Hast du Kondome hier?«

Er nickte, schüttelte dann den Kopf. »Warte. Bist du dir sicher? Wir müssen nicht …«

»Ich muss, Max«, unterbrach ich ihn entschieden. »Ich *will*. Willst du auch? Ich meine … wirklich?«

»Ja. Scheiße, du hast keine Vorstellung, wie sehr ich will.« Er lachte schon wieder, sein Körper bebte unter meinem, und ich wünschte mir so sehr, dass ich es irgendwie auch in mir spüren könnte.

Ich neigte mich vor, küsste ihn, biss in die unverletzte Seite seiner Unterlippe. Ein bisschen grob, weil ungeduldig. »Gut, dann …?«

»Nachttisch.«

Ich lehnte mich zur Seite und öffnete die Schublade. Plastik zwischen meinen Fingern, meine empfindlichste Stelle unter seinen. Meine Hand zitterte leicht, als ich ihm das Kondom überstreifte. Vielleicht merkte er es, weil er mich plötzlich über sich festhielt.

Sein Blick sagte: *Sicher*, und ich wusste nicht, ob er es als Frage oder Versprechen meinte. Vielleicht spielte das keine Rolle, weil beides passte. Weil ich mir sicher war und mich sicher fühlte. Ich nickte und presste meine Stirn gegen seine, ehe ich mich sinken ließ.

Normalerweise hasste ich die ersten Sekunden von Sex. Ich hasste das Aneinander-Gewöhnen, das Austesten, das Rhythmus- und Gefühl-Finden. Aber das hier … das hier fühlte sich von Anfang an so vertraut an, dass ich kurz innehalten musste. Sein Atem an meinem Hals, die Hitze unter und in mir, dieser Herzschlag an meiner Haut, von dem ich mir nicht sicher war, zu wem von uns er gehörte.

Maxtons Hände lagen auf meinen Hüften, als ich mich zu bewegen begann, sein Mund unter meinem. Ich küsste ihn, ich fühlte ihn, ich wollte ihn. So sehr, dass meine Atmung innerhalb weniger Minuten immer flacher wurde. In diesem Moment begriff ich, dass wir kein Vorspiel gebraucht hätten. Das, was wir in den letzten Monaten fast getan hatten, hatte vollkommen ausgereicht.

Und ich wusste, er spürte das auch. Weil sein Griff zu meinem Hintern wanderte und fester wurde, meinem Tempo ein wenig nachhalf, weil er zwischen unseren Küssen keuchte und stöhnte und irgendwann leise fluchte.

»Warte«, murmelte er, hob mich ein Stück an, zog sich aus mir zurück und mich gleichzeitig näher an seine Brust. Presste seinen Mund an meine Halsbeuge und atmete tief durch, als müsste er sich konzentrieren.

Ich strich ihm über den Kopf. Seine nachwachsenden Haare kitzelten meine Finger, alles in mir kribbelte. Mein Puls wummerte heftig, zwischen unseren Körpern war nur Hitze, ein leichter Schweißfilm und Herzrasen.

»Alles okay?«, brachte ich hervor.

»Mehr als das.« Er legte den Kopf nach hinten, sah mich an. Seine Pupillen waren geweitet, seine Lippen noch geschwollener als zuvor. Er war so schön. »Ich will nur nicht vor dir kommen.«

»Max, das ist nicht …«, setzte ich an und brach direkt wieder ab, als er seine Hand zwischen meinen Beinen bewegte.

Sein Daumen rieb über meine Mitte, und meine Gedanken zerfielen. Nach und nach und nach, bis ich nur noch aus Gefühlen bestand. Nur noch aus diesem Pochen, das innerhalb von Sekunden so heftig anschwoll, dass mein Körper bebte. Maxtons Daumen auf mir, zwei Finger in mir, seine andere Hand stützend an meinem Hintern und sein Mund auf meinem Hals, meinem Schlüsselbein, der Wölbung meiner Brust.

»Jetzt«, flüsterte ich mit dem letzten bisschen an Konzentration, als ich spürte, wie sich diese Welle in mir so hoch aufbaute, dass ich kaum noch Luft bekam.

Maxton lockerte seinen Griff, kam wieder in mich, half mir dabei, zu einem Rhythmus zurückzufinden – einem, der jetzt viel fahriger und schneller war als zuvor. Zwanzig, vielleicht dreißig Sekunden nur, dann brach die Welle über mir zusammen. Flammen statt Wasser, ein Kribbeln, das durch meine Adern floss, ein Stöhnen, das aus meinem Mund in seinen kroch, als er mich küsste, genau in dem Augenblick, in dem ich kam. Vielleicht hatte ich noch nie etwas Intensiveres gespürt als das, vielleicht er auch nicht, weil er sich nur Sekunden später unter mir anspannte.

Wir bebten, wir atmeten laut, wir lächelten leise. Wir küssten uns, lang, selbst nachdem die Spannung längst fort war, der

Moment sein geladenes Kribbeln verloren hatte und alles ganz samtig geworden war.

Das Mond- und Schneeweiß warf kühles Licht auf unsere Haut, die Nachtluft Gänsehaut, trotzdem kam mir alles durch und durch warm vor. Ich sah Maxton an, registrierte jedes Detail von ihm. Das, was ich im Zimmergrau erkennen konnte, und auch das, was ich sehen konnte, weil ich ihn so gut kannte. Ich sah ihn an und spürte, dass er ebenfalls gerade ein bisschen untergegangen war. In uns. Und es war kitschig und vermutlich irgendwie gefährlich, doch in diesen flüchtigen Sekunden machte mir nicht einmal mehr Ertrinken Angst, solang wir es zusammen machten.

Mein Körper fühlte sich zittrig und weich zugleich an, als ich mich irgendwann von Maxton löste und auf die Bettkante setzte, um nach meinem Slip zu greifen.

»Gehst du?«, fragte Maxton leise.

Ich hätte am liebsten einen lahmen Witz gemacht, so was wie: *Klar, war nett mit dir.* Aber sein Blick ließ mich den aufgesetzten Spott herunterschlucken. Die Verletzlichkeit darin war derart greifbar, dass ich ihn nicht mal für Sekunden in die Nähe eines Wortmessers kommen lassen wollte.

»Nur kurz auf Toilette.« Ich küsste ihn auf den Mund, ehe ich zu seinem Schrank ging und mir eins seiner Shirts heraussuchte.

Die Lichterkette im Bad war an, ein verlassener Dancefloor, ich drehte drei schiefe Pirouetten auf dem Rückweg zur Tür. Einfach so, weil ich erschöpft und aufgekratzt und ... glücklich war.

Maxton sah genauso aus, als ich wieder in sein Zimmer kam und in sein Bett kroch. Er wartete, bis ich mich an ihn geschmiegt hatte – einen Arm über seinem Oberkörper, ein Bein über seiner Hüfte, Kopf an seiner Halskuhle –, erst dann legte er die Arme um mich und zog mich an sich heran.

Es war, als hätten wir selbst diese neue Erfahrung sofort mit unserer üblichen Routine versehen: Die ersten Schritte machte ich, ankommen taten wir zusammen. Ich spürte es deutlich: Wie sehr wir beide zur Ruhe kamen.

Minutenlang lagen wir nur so da. Sein Puls pochte unter meinem Ohr, seine Finger streichelten kaum spürbar über meine Locken. Ich hatte die Augen halb geschlossen und zählte die hellen Schatten, die das Schneelicht auf seiner Brust hinterließ, tastete über das Tattoo an seinem Oberarm. Am Anfang hatte ich nicht verstanden, warum er sich diese Figur hatte stechen lassen. Nicht den König, nicht die Dame, sondern einen Bauern.

»Das ist die schwächste Figur im Spiel, oder?«, hatte ich gefragt, als ich es das erste Mal gesehen hatte.

Maxton hatte gelächelt. *»Kommt drauf an, wie du Stärke definierst.«*

Also hatte ich angefangen zu recherchieren, einfach, weil da von Anfang an der Drang gewesen war, alles von ihm zu sehen. Nicht nur die wellenglatte Oberfläche, sondern auch den tief verborgenen Grund. Deswegen wusste ich mittlerweile, dass Bauern auch als *Seele des Schachs* bezeichnet wurden. Als ich das gelesen hatte, hatte ich begriffen, dass kein anderes Motiv für Maxton mehr Sinn ergeben hätte.

Maxton lachte so plötzlich auf, dass ich erschrocken zusammenzuckte. »Was ist los?«

»Nichts, nur … ich kann nicht glauben, dass das tatsächlich passiert ist. Ich hab mir das so oft vorgestellt. Erbärmlich oft.«

Ich richtete mich auf, um ihn besser ansehen zu können. »Und? Erwartungen ansatzweise erfüllt?«

»Übertroffen. Es war … es *ist* besser als gut.«

Die Zeitform löste Wärme in meinem Bauch aus. Weil ich wusste, worauf er anspielte: Das hier war das Danach, das man nicht mit jedem Menschen teilen konnte oder wollte. Das Danach, das ich seit Jahren mit niemandem geteilt hatte. Aber mit Maxton … mit Maxton war auch ein Danach immer noch irgendwie ein Mittendrin.

Theatralisch fasste ich mir ans Herz. »Herzlichen Dank. Hinterlass mir gern eine Bewertung auf Yelp.« Ich lächelte, als er leise auflachte. »Es ist wirklich besser, Max«, fügte ich dann ernster und ehrlicher hinzu.

Maxton zog mich wieder an sich heran und vergrub sein Gesicht in meinen Locken. »Mit dir ist *alles* besser, Willow.«

Schweigend schloss ich die Augen. Ich musste es nicht aussprechen, damit er wusste, dass ich dasselbe über ihn dachte. Es war mir seit Jahren klar: Mit Maxton war alles gut, besser, am besten. Womöglich war das der Kern von uns: Das mit den ersten Malen war nicht unser Ding. Aber das mit den besten Malen, das vielleicht schon.

22. Kapitel

WILLOW

Eine Woche verging und fühlte sich an wie ein langer Tag. Noch während sie anhielt, hatte ich das Gefühl, dass sie zu einer Filmszene aus zusammengeschnittenen unsagbar fragilen und doch intensiven Momenten wurde. Leicht diesiges Licht, Regenflimmern, zarter Raureif und ein verblassender Goldglanz über allem. Sehr viel Wärme, sehr viel Sanftheit, sehr viel Neues, das dennoch irgendwie vertraut war.

Vor den anderen verhielten Maxton und ich uns wie immer, aber sobald wir allein waren, versanken wir in unserem Wir, das mir noch nie so echt vorgekommen war. Die Nächte waren noch immer oft schlaflos, jetzt jedoch aus anderen Gründen. Es verging kaum eine, in der wir nicht zusammen waren, meistens in Maxtons Bett, weil er oft wieder aufstand und sich noch an seinen Schreibtisch setzte. Er ging selten raus in den Garten, wenn ich bei ihm schlief. Ich glaubte nicht, dass ein schöneres Kompliment existierte, das er mir hätte geben können.

Es war alles anders, aber irgendwie auch gar nicht. Irgendwie kam es mir so vor, als hätte sich etwas verschoben, das seit einiger Zeit schiefgelegen hatte. *Etwas wurde verrückt*, hatte ich in jener Nacht im Castle gedacht. *Etwas wurde geradegerückt*, glaubte ich jetzt.

Ich versuchte, nicht zu sehr darüber nachzudenken, was das alles bedeutete. Das, was ich am meisten versuchte auszublenden, war die Tatsache, dass sich die Dinge zwischen uns bald zwangsläufig wieder verändern würden. Zumindest, wenn Maxton es schaffte, auch noch die letzten Prüfungen zu bestehen. Mittlerweile waren vier von sechs um, und auch wenn ihm gesagt worden war, dass die letzten erst nach Weihnachten stattfinden würden, dachte ich oft darüber nach. Darüber, was sie von ihm verlangen würden, darüber, was er bereit wäre zu geben, um seine Eltern glücklich zu machen.

Ich hatte nicht noch einmal versucht, ihm die Sache auszureden. Letztlich wusste ich, dass das nichts bringen würde: Maxton glaubte, das tun zu müssen, und ich wusste, wie sich das anfühlte. Also bemühte ich mich, mein mulmiges Gefühl herunterzuschlucken, auch wenn es sich mit jedem Mal, das Maxton sich mit den Verbindungsbrüdern traf, mehr in meinem Magen verklumpte. Er erzählte nicht viel von diesen Treffen, ich nahm dennoch wahr, dass er sich zunehmend wohler mit ihnen fühlte. Das hätte mich freuen sollen, stattdessen wuchs meine Sorge. Da ich aber nicht sicher war, ob ich mich wirklich um ihn sorgte oder vielleicht irgendwie doch nur um uns, behielt ich es für mich.

Natürlich wusste ich, dass Maxton es trotzdem bemerkte. Ich wusste auch, dass er sich gerade fragte, warum ich nicht zurückkam, nachdem ich mich vor zehn Minuten aus dem Gespräch ausgeklinkt hatte, um mir einen Drink zu holen.

Der Abend in Oxford war erst zwei Wochen her, und obwohl diese Party wieder im Verbindungshaus in Windsbury stattfand, erinnerte mich alles daran. Ich hatte es bisher nicht einmal über mich gebracht, einen Schluck zu trinken, weil ein Teil von mir auf die nächste böse Überraschung wartete.

Deswegen lehnte ich auch allein mit meinem Drink an der Backsteinwand der Halle und beobachtete die Gruppe rund um Maxton. Ihr Umgang mit ihm hatte sich ebenfalls verändert, seit ich sie das letzte Mal zusammen gesehen hatte: beiläufige Berührungen an der Schulter, ehrliches Lächeln, wohlwollende Blicke. Wäre da nicht Maxtons Hand gewesen, die gelegentlich nach dem Kragen seines Shirts griff, hätte ich fast vergessen können, wie wenig er in diese Szene passte.

Ich bemerkte Haven erst, als sie vor mir stehen blieb und mich angrinste. »Willow, schön, dich wiederzusehen.« Sie musterte mein Outfit – Jeans und ein lockeres schwarzes Shirt. Eindeutig underdressed im Vergleich zu den Frauen um mich herum. »Ist das ein Dresscode-Boykott?«, fragte sie belustigt und strich mit der Hand über ihren eigenen eng anliegenden Rock.

Ich lächelte steif. »Kann man so sagen, ja.«

Ich hatte Maxton nicht mal nach dem Dresscode gefragt, der diesmal auf der ornamentverzierten Einladung gestanden hatte. Ebenso wenig, wie er mein Outfit auch nur mit einem Blick kommentiert hatte. Maxton hatte diese Art, mir immer direkt in die Augen zu sehen, wenn wir uns begegneten, die mir das Gefühl gab, auch nackt perfekt angezogen zu sein. Manchmal *vor allem* nackt. Mir wurde warm, ich hob mein Glas an, um einen ersten Schluck zu nehmen.

Havens Hand umfasste meinen Arm und hielt mich zurück. »Warte, trink das lieber nicht.«

Stirnrunzelnd senkte ich die Hand. »Wieso? Ich hab es mir eben erst geholt und keine Sekunde aus den Augen gelassen.«

»Okay, aber …« Haven ließ mich los, ihr Blick glitt an mir vorbei zur Bar, dann zu meinem Gesicht. Sie senkte die Stimme. »Du hast es nicht selbst gemischt. Und die Jungs mixen die Drinks manchmal stärker, als man … ahnen kann.«

Reflexartig schnupperte ich am Glas. Dem süßlichen Duft nach war mehr Pfirsichsaft als Vodka darin. »Er riecht nicht stark.«

»Ich rede auch nicht von dieser Art von Stärke.«

Ich verstand es nicht sofort. Aus dem einfachen Grund, dass es so absurd war. Selbst wenn ich nicht viel von der Society hielt, auch wenn ich mich unwohl in ihrer Nähe fühlte, selbst wenn ich Keenan und die anderen für einen Haufen sexistischer Typen hielt – das hier war nichts, das je auch nur in die Nähe meiner Gedanken gekommen war.

Als die Erkenntnis sich über mir ausleerte, war sie wie Eiswasser über meinem Kopf. Meine Hand begann zu beben, meine Stimme gefror, wurde tonlos. »Willst du mir sagen, dass hier womöglich etwas drin ist, das über Alkohol hinausgeht?«

Sie lächelte schief. »Ich will dir sagen, dass du sehr hübsch bist und ich nach dem letzten Mal gehört habe, wie die Jungs über dich geredet haben, und dass ich … denke, dass es klüger ist, wenn du dir ein geschlossenes Bier aus einem der Kübel holst. Oder du nimmst was hiervon.« Sie schwenkte den silbernen Flachmann in ihrer Hand. »Was denkst du, warum ich immer hiermit herumlaufe? Bash hat mir bei meiner ersten Society-Party dazu geraten, lieber meine eigene Barkeeperin zu sein.«

Ich war so perplex, dass ich kurz gar nicht reagieren konnte. Weil ich nicht einmal wusste, was ich fühlte. Fassungslosigkeit, Entsetzen, Ekel, Panik, Hass, Wut, Schock. Von allem etwas, von allem zu viel und doch nicht genug, um dieser Situation gerecht zu werden. »Haven«, brachte ich hervor. »Ist dir klar, was das bedeutet?«

Sie verdrehte die Augen und lehnte sich gegen die Säule in ihrem Rücken. »Das hier ist eine Party, Willow. Mach dich mal locker.«

»Locker«, wiederholte ich ungläubig. Ich verstand das nicht. Wie konnte eine *Frau* vor mir stehen und mir davon erzählen, dass die Mitglieder der Society gelegentlich Drogen in die Getränke ihrer Gäste gaben, und dabei so desinteressiert aussehen? Eine Frau, der mit Sicherheit schon früh eingetrichtert worden war, dass sie niemals ihr Getränk aus den Augen lassen durfte? Dass sie aufpassen musste, was sie von Männern annahm, dass sie aufpassen musste, wem sie wobei vertraute, dass sie verdammt noch mal *immer* aufpassen musste?

Havens Unterlippe schob sich trotzig nach vorn. »Die Jungs wollen doch nur, dass wir alle Spaß haben.«

Ihre Worte hämmerten heftiger in meinem Kopf als der Beat aus der Box über uns. Mein Blick schwirrte haltlos durch den Raum, über all die Gesichter der Frauen, die lachten und tanzten und *tranken*. Ich umklammerte mein Glas fester, um es nicht nach dem nächstbesten Verbindungstypen zu werfen. Oder nach ihr. »Und die *Mädchen*, die das trinken, wissen die auch, was für *Spaß* da auf sie wartet?«

Sie seufzte gedehnt und nippte an ihrem eigenen Drink. »Meine Güte. Hätte ich gewusst, dass du daraus so ein Riesending machst …«

»Was?«, unterbrach ich sie unwirsch. Es war mir egal, ob uns jemand hören konnte – am besten, es hörten alle in diesem Raum. »Hättest du es mir dann nicht gesagt? So wie du es all den anderen nicht sagst? Ist dir überhaupt klar, dass du dich damit mitschuldig machst?«

Haven richtete sich auf und funkelte mich an. »Woran? Einem Kater? Bitte, wenn du auf so eine Party gehst, weißt du, worauf du dich einlässt.«

Angewidert wich ich einen halben Schritt zurück. Diese Aussage war ein Abziehbild jedes *Du hast es doch gewollt*, das Frauen jemals gehört hatten. »Rechtfertigst du gerade *Vergewaltigung*, Haven?«

Sie runzelte die Stirn, doch ich nahm genau wahr, dass ihr

rechtes Augenlid leicht zuckte. Vermutlich, weil dahinter ein Gedanke zu zappeln anfing, den sie seit langer Zeit mühsam unterdrückte. »Wo nimmst du das denn jetzt her?«

»Tu nicht so. Wir wissen beide, dass Männer Frauen nicht irgendwelche Drogen in ihre Drinks geben, damit sie *bessere Laune* haben.«

Sie stieß sich von der Säule ab und trat so dicht an mich heran, dass ihre Brust meine streifte. »Ich weiß *gar nichts*. Und du auch nicht, klar? Ich habe weder von Drogen noch von Vergewaltigung gesprochen, also komm runter!«

Ich musste mich davon abhalten, sie von mir wegzustoßen, weil ich so angeekelt war. Das hier war schlimmer als jedes Gespräch mit einem aufdringlichen Typen, das ich je gehabt hatte. Was Haven tat, indem sie nichts tat, war auf eigene Art so perfide, dass ich mich von ihr verraten fühlte, obwohl es nicht direkt um mich ging. Aber vielleicht war das ja der Punkt. Wenn es um eine Frau ging, ging es um jede Frau.

»Was stimmt denn nicht mit dir? Wie kannst du sie in Schutz nehmen, wie kannst du auch nur in ihrer Nähe sein, wenn du davon weißt?«

Ihre Augen funkelten, nicht vor Reue, sondern vor Gereiztheit. Ehe sie antworten konnte, legte sich eine Hand auf ihre Schulter. Bash zog sie beiläufig, aber bestimmt von mir weg, an seine Seite. »Ist hier alles okay?«

Haven versteifte sich kurz unter seiner Berührung, dann fokussierte sie sich auf mich und lehnte sich demonstrativ gegen ihn. »Klar. Willow wollte gerade nur ein bisschen an die frische Luft.«

Ich lächelte bitter. »Richtig. Mir sind eure Drinks *zu stark*.«

Ohne groß darüber nachzudenken, ließ ich das Glas fallen. Direkt vor Bashs und Havens Füße. Das Kristall splitterte, die Flüssigkeit benetzte sowohl ihre Schuhe als auch meine. Haven sog scharf die Luft ein, da wandte ich mich bereits ab und verschwand zwischen den Tanzenden.

Ich wusste selbst nicht, wieso ich nicht geradewegs nach draußen lief, sondern stattdessen die Treppen hinaufstieg. Vielleicht, weil ich mir nicht erlauben konnte, dieses Haus zu verlassen. Nicht, bevor ich entschieden hatte, wie ich damit umgehen sollte, was ich gerade erfahren hatte.

Maxton hatte mir vor ein paar Tagen erzählt, dass man das Flachdach des Gebäudes betreten konnte. Die Tür zum Aufgang klemmte, ich musste mich mehrmals dagegenstemmen, ehe sie aufsprang. Die eisige Nachtluft stülpte sich so ruckartig über mein Gesicht, dass ich kurz nicht atmen konnte. Vielleicht aber auch nur, weil mir Havens Worte wie winzige Keile im Hals steckten.

Das Dach war von einer hüfthohen Steinmauer umgeben, ich stützte mich daran ab und atmete tief durch. Nicht weit entfernt lag der Fluss, die Laternenköpfe an seinem Ufer bildeten ein Sternenmeer im Wasser. In meinem Kopf hingegen war alles dunkel, während sich die Ereignisse der vergangenen Minuten mit den Möglichkeiten, die mir jetzt blieben, überschlugen. Nach unten gehen und eine Ansage vor allen Gästen machen? Maxton suchen und von hier verschwinden? So tun, als wüsste ich von nichts? Die Polizei anrufen und darauf hoffen, dass sie meine Aussage wichtiger nahmen als die von einem Haufen reicher Schnösel und dessen meinungslosen Anhangs?

Ich strich mir die Locken aus dem Gesicht und bemerkte da erst die Person, die ein paar Meter entfernt an der Mauer lehnte und rauchte.

Keenan lächelte, als ich zu ihm herumfuhr. Seinem gelassenen Blick nach hatte er mich bereits minutenlang beobachtet.

Jetzt aschte er am Stein hinter sich ab und kam auf mich zu. »Was macht Maxtons Freundin allein hier oben?«

Ich verschränkte die Arme, aber ich weigerte mich, zurückzuweichen. Selbst als er zu nah vor mir stehen blieb. »Wir sind nicht zusammen.«

»Aber ihr schlaft miteinander.«

Der Rauch seiner Zigarette kribbelte in meinen Augen. »Ich glaub nicht, dass dich das was angeht.«

»Wie man es nimmt. Wir haben keine Geheimnisse voreinander.« Er schmunzelte und nahm einen weiteren Zug. Das Glühen des Zigarettenkopfes legte tiefe Schatten auf sein markantes Gesicht. Seine Augen wirkten fast schwarz, die Pupillen auffällig geweitet. Ich fragte mich nicht mal mehr, ob er vielleicht mehr getan hatte als zu trinken. Nach dem, was ich gerade erfahren hatte, rechnete ich mit allem.

»Er ist aber keiner von euch.« Der Satz kam so heftig aus meinem Mund wie nie zuvor. Weil es mir *nie zuvor* derart wichtig gewesen war, das klarzustellen.

»Richtig. *Noch* nicht.« Keenan lehnte sich an mir vorbei zum Mauersims. Sein Arm berührte meine Taille, während er die Zigarette auf dem Stein ausdrückte. »Ich könnte ein gutes Wort für ihn einlegen, weißt du?«

Ich lächelte schmal und wich zwei Zentimeter zur Seite, um seiner Berührung zu entgehen. »Weil du so ein großherziger Typ bist? Wem willst du das erzählen?«

Er runzelte belustigt die Stirn. »Wieso bist du eigentlich hier, wenn du so wenig von uns hältst?«

»Weil es Maxton wichtig ist. Und weil Maxton mir wichtig ist. Ich würde alles für ihn tun.« Der letzte Satz war kaum hörbar, weil ich ihn erst fühlte, als ich ihn sagte. Und weil sein Gewicht so heftig in mich sackte, dass meine Stimmbänder sich nur noch schwer heben ließen.

Keenan nahm ihn trotzdem am lautesten wahr. Er lächelte und hob die Hand, strich mir die Locken über die Schulter. Seine Finger berührten meine Halsbeuge, ich fragte mich, ob er spürte, wie heftig mein Puls hämmerte. »Alles, hm?«

Zwei Wörter und ich fühlte mich so schmutzig wie in dem Moment, in dem ich auf der ersten Party in diesem Haus vom Dresscode erfahren hatte. Das hier machte erneut mehr als deutlich, welche Funktion Frauen für die Verbindungsbrüder hatten. Nach dem, was Haven mir unten gesagt hatte, war ich mir dessen noch bewusster als zuvor.

Ich neigte mich zu Keenan vor. »Ich gebe dir drei Sekunden, mich loszulassen, dann schwöre ich bei jedem beschissenen griechischen Gott, ich stoße dich eigenhändig von diesem Dach.«

Keenan hielt den Blickkontakt kurz, dann hob er die Hände und wich einen Schritt von mir zurück. »Du bist ein bisschen überempfindlich, meinst du nicht?«

Ich rieb mir über die Stelle meiner Schulter, an der ich seine Berührung noch spüren konnte. »Und du bist ziemlich scheiße, meinst du nicht?«

Er lachte. »Okay, sag schon. Womit hab ich dieses Urteil verdient?«

»Abgesehen von deinem Verhalten in diesem Moment oder davon, dass du und deine Freunde euch aufführt, als würdet ihr ernsthaft glauben, ihr wärt *Götter*?« Ich stockte, aber ich wusste, ich konnte nicht aufhören. Ich musste das jetzt ansprechen. »Mir wurde was erzählt.«

»Jetzt bin ich aber neugierig.«

»Ich hab gehört, dass ihr der Stimmung auf euren Partys ab und zu auf die Sprünge helft, ohne euch dafür eine Erlaubnis zu holen. Besonders bei euren weiblichen Gästen.«

Es war seltsam, aber man konnte Menschen ansehen, wenn

sie auf die Wahrheiten trafen, die sie am allermeisten verbergen wollten. Keenans Miene bröckelte mit jedem meiner Worte. Die Belustigung, die Arroganz, die subtile Genervtheit – all das zerfiel. Unter dem Maskenstaub konnte ich für Sekunden eine Emotion erkennen, die ich ihm bisher nicht zugetraut hätte. Unwohlsein, vielleicht sogar … Angst.

Dann glättete er sie wieder und hob die Augenbrauen. »Das ist Unsinn. Niemand wird hier zu irgendetwas gezwungen. Wenn jemand was anderes erzählt, muss er was falsch verstanden haben. Oder irgendjemand verbreitet wissentlich solchen Schwachsinn. Die Menschen lieben Gerüchte und Drama. Vergiss es einfach.« Jeder Satz kam so ruhig und flüssig, als hätte er ihn einstudiert. Und genau deswegen war ich mir mit einem Mal noch sicherer als zuvor, dass es stimmte.

»Es ist also wahr.«

»Was ist wahr?«

»Dass ich aufpassen sollte, was ich in eurer Nähe trinke.«

Keenan zögerte, dann machte er erneut eine Bewegung auf mich zu. Ich wich zurück, bevor ich es verhindern konnte. Der Backstein drückte in meinen Rücken, Keenans Knie gegen meine Oberschenkel, sein Blick in meinen. »Ich denke, es ist immer gut, aufzupassen«, sagte er tonlos. »Es passiert manchmal schneller was, als man ahnen kann. Vor allem, wenn man unüberlegte Sachen tut oder Lügen rumerzählt.«

Ich rang mir ein verächtliches Lächeln ab, obwohl mein Herz hohl pochte. Ich war mir des Abgrunds direkt hinter mir mehr als bewusst. »Du solltest das mit dem Mafia-Auftritt noch mal üben. Ich hätte mehr Angst vor dir, wenn du dir das Hemd nicht mit Tomatensoße vollgekleckert hättest.« Ich deutete vielsagend auf den Kragen, an dem die roten Spritzer das Grau beschmutzten.

Keenan grinste breit. »Das ist keine Tomatensoße, Süße.

Das Hemd lag nur zu dicht am Ring. Erkundige dich bei deinem Freund doch mal, was wir vor der Party gemacht haben. Dann sieh dir seine Nase an und frag dich, ob du willst, dass ich sie ihm das nächste Mal richtig breche, bevor du wieder den Mund aufmachst.«

Er legte seine Hand an meinen Hals, fast beiläufig, ich hatte trotzdem das Gefühl, er drückte zu. Ehe ich reagieren konnte, ließ er mich wieder los und trat einen Schritt zurück, sodass ich an ihm vorbeigehen konnte.

Ich wusste, ich hätte ihm nicht das letzte Wort überlassen sollen, aber in diesem Moment fand ich keine Erwiderung. Ich fand gerade so das letzte bisschen Kraft, um wortlos vom Dach und dieser Party zu verschwinden.

Mein Körper fühlte sich dermaßen taub an, dass ich nicht einmal spürte, wie kalt es war. Meinen Mantel hatte ich übergestreift, ohne ihn zu schließen, meinen Schal zerknüllte ich in den Händen, weil ich mir momentan nicht vorstellen konnte, jemals wieder etwas um meinen Hals zu legen, ohne an Keenan zu denken.

Ich hasste es, dass ich mich gerade so passiv, so leise verhalten hatte. Ich hasste es, dass ich diese Party verlassen hatte, in dem Wissen, dass dort womöglich etwas passierte, das abscheulich war. Ich hasste es, aber ich war so voll von Wut und Überforderung, dass kein Platz für vernünftige Entscheidungen war. Ich wollte nur noch weg.

Maxton holte mich erst ein, als das Verbindungshaus nur noch ein leuchtender Kasten war, aus dem der Beat der Musik wie ein Herzschlag herausdrang. »Willow, warte.« Er überholte mich und hielt vor mir inne, sodass ich stehen bleiben musste. »Was ist los? Keen meinte, er hätte dich auf dem Dach gesehen, und jetzt haust du einfach ab?«

Ich schaffte es nicht, ihm in die Augen zu sehen, stattdessen starrte ich auf den Kragen seines Shirts. Ich wusste, dass es dunkelblau war, aber es fühlte sich grau an. Aschegrau. Society-Grau. »Er ist dein Freund, sag du mir, was du denkst.«

Auch ohne ihn zu sehen, wusste ich, dass mein zynischer Unterton an ihm abprallte. »Sag mir, was er gemacht hat.«

Ja, dachte ich, *was? Was hat Keenan gemacht, was haben sie gemacht, was habe ich nicht gemacht, was hast … du gemacht?* Ich holte tief Luft. »Hast du vor der Party wieder mit ihnen trainiert? Hat Keenan dir … fast die Nase gebrochen?«

Maxton hob die Hand an sein Gesicht. Mir fiel erst jetzt der Schatten auf seinem Wangenknochen auf, der sich bis auf den Nasenrücken erstreckte. »Es hat nur leicht geblutet. Wieso?«

Meine Augen brannten, mir wurde übel, am liebsten wäre ich in die Hocke gegangen. »Du steckst da schon so tief drin«, flüsterte ich. »Und ich glaube, du hast keine Ahnung, was für ein Scheißsumpf sich vor dir auftut, wenn du noch weiter in diese kranke Verbindung eintrittst.«

Maxton kam näher auf mich zu. Sein Kiefer bewegte sich sacht. »Was hat er gemacht, Willow?«

Ich zögerte drei, vier Atemzüge, dann sagte ich es einfach. »Nicht nur Keenan. Sie alle. Diese Typen, die … mischen auf ihren Partys Frauen Drogen in die Drinks.« Ich konnte den Bedeutungsanhang nicht aussprechen, doch ich wusste, Maxton hörte ihn trotzdem.

Er zuckte schwach zurück. Sein Blick glitt zu dem Haus in meinem Rücken, dann zu meinem Gesicht. Mehrmals öffnete er den Mund und schloss ihn wieder, ehe er es schaffte zu antworten. »Hast du das mitbekommen?«

Ich umklammerte den Schal in meiner Hand fester. »Nicht direkt, aber Haven hat es angedeutet. Und als ich Keenan darauf angesprochen habe, hat er eindeutig reagiert.«

Maxton zog die Augenbrauen zusammen. »Er hat es zugegeben?« In seinem Gesicht spiegelten sich das Entsetzen und die Überforderung, die auch ich spürte, doch da war ein weiteres Gefühl. Eines, das ich nicht im Geringsten hatte, eines, das ich nicht bei ihm wahrnehmen wollte. Unglauben.

Diese Emotion schaffte es ein wenig, meine eigenen zu klären. Ich richtete mich auf. »Nein, er hat es abgestritten. Aber ich weiß, dass es so ist. Ich weiß es einfach. Und ganz ehrlich? Es wundert mich auch nicht.« Ich deutete über meine Schulter, weil dieses laute Haus auf diesem stillen Campus bereits ein Sinnbild für alles war, was ich ausdrücken wollte. »Sieh dir doch an, wie sie sich benehmen. Wie sie denken, dass sie sich alles erlauben können, dass sie einfach mit allem durchkommen, nur weil sie sind, wer sie sind. Diese Menschen haben keinerlei Anstand. Das sind verzogene, egozentrische, widerliche Mistkerle.«

Maxton senkte den Blick und atmete leise aus. »Du weißt, dass ich quasi einer von ihnen bin.«

Der Satz traf mich so sehr, dass jetzt wirklich ein paar Tränen aus meinen Augen liefen. Ich wischte sie nicht weg. Ich hatte Angst, die Hände zu heben, weil ein Teil von mir am liebsten auf Maxton eingeschlagen hätte.

»Nein«, erwiderte ich brüchig. »Bist du nicht. Und solltest du nie werden wollen. Das ist menschlicher Abschaum, Max.«

»Ich verstehe, dass du aufgebracht bist, aber bist du dir sicher, dass du da nicht übereilt etwas hineininterpretierst? Meinst du nicht, du bist manchmal zu …?« Er stockte mitten im Satz, aber die restlichen Wortscherben fielen mir trotzdem vor die Füße. Sie bohrten sich in meine Zehen, und der Schmerz kroch sekundenschnell höher in Richtung Brust. Herzschnitt, dann Blickschnitt, als er seinen senkte.

Die Verzweiflung in mir ebbte ab, wurde überspült von

einem heißeren Gefühl: Wut. Ich nickte ihm herausfordernd zu. »Sag es ruhig. Ich bin zu was?«

Er kniff sich in die Nasenwurzel, zuckte zusammen, als würde ein Brennen in seine verletzte Haut schießen. In diesem Moment war er mir so fremd. Ich wusste nicht mal, was mehr wog: die Tatsache, dass er sich freiwillig von solchen Idioten verprügeln ließ, oder die, dass er auch nur den Ansatz eines Bedürfnisses hatte, sie in Schutz zu nehmen.

»Willow, ich …«

»Nein«, unterbrach ich ihn hart. »Ich werde mir nie wieder sagen lassen, dass ich zu entschieden bin. Oder zu anstrengend. Zu laut oder zu viel. Ich bin weder zu viel noch zu wenig, ich bin ich. Und ich brauche niemanden, der mir das Gefühl gibt, dass das reicht, weil ich es verdammt noch mal weiß!« Schwer atmend hielt ich inne und hob jetzt doch die Hand, stieß ihn damit gegen die Brust. Genau gegen die Stelle, hinter der sein Herz schlug, und auf der ich doch nur ein Emblem sehen konnte, das dort einfach nicht hingehörte. »Und du solltest das auch wissen. Also wieso versuchst du so krampfhaft, etwas zu sein, das du nicht bist, nur um es deiner Familie recht zu machen? Du bist so viel mehr als jeder Einzelne da drinnen. Und wenn deine Eltern das nicht erkennen, dann ist das ihr Problem. Lass doch nicht zu, dass sie es zu deinem machen!«

Ich ließ von ihm ab und wich einen Schritt zurück. Meine Sicht war verschleiert, das Grau des Campus zerlief mit dem des Himmels. Orangefarbene Lichttupfer, dort, wo die alten Laternen brannten, hellblaues Augenglänzen, dort, wo Maxton mich ansah. Ich atmete schwer, bereit, ihm noch tausend andere Sachen an den Kopf zu werfen. Ich würde mir nicht sagen lassen, dass ich überreagierte, ich würde mir nicht sagen lassen, dass ich das Problem war, ich würde mir nicht sagen lassen …

Die Sätze überschlugen sich in meinem Inneren, doch Maxton brachte sie mit vier schlichten Wörtern zu Fall.

Er sagte: »Es tut mir leid«, so ernst und ehrlich, als wäre es die einfachste Sache der Welt. Als wüsste ich nicht, dass andere Menschen diesen Satz nie aufrichtig aussprechen konnten, weil sie gar nicht wussten, wie es sich anfühlte. »Das war scheiße von mir, du hast recht. Wir streichen das *zu* jetzt endgültig aus unserem Wortschatz.« Er kam auf mich zu, langsam, als wollte er mir Zeit geben zurückzuweichen.

Ich tat es nicht. Ich starrte ihn nur an, mit flatternden Locken und flatterndem Herzen. »Also glaubst du mir?«

»Ich glaube dir, dass du das so verstanden hast, natürlich. Und ich glaube dir, dass ich es auch so verstanden hätte. Ich glaube dir, dass es so wirkt, wie du es gesehen hast.« Er atmete laut aus, fuhr sich über den Kopf. »Es ist nur, ich … ganz ehrlich, keine Ahnung, was ich darüber denken soll. Ich hab davon nie irgendwas nur im Entferntesten mitbekommen, weder von ihnen selbst noch auf dem Campus. Du?«

Er hatte recht. In der Uni kursierten haufenweise Gerüchte über die Society, auch und besonders über ihre Partys. Doch in keinem einzigen davon hatte ich je etwas davon gehört, dass dort so etwas Schreckliches passierte. Aber das musste nichts bedeuten. Selbst wenn es Menschen geben würde, denen dort etwas derart Grausames widerfahren wäre, hieß das nicht, dass sie die Kraft hätten, es öffentlich zu machen.

Widerwillig schüttelte ich den Kopf.

Maxton umfasste meine Oberarme, zog mich näher an sich heran. »Aber das spielt keine Rolle. Wenn du dir sicher bist, dann tun wir etwas. Sag mir nur, was. Was soll ich tun? Sie damit konfrontieren? Zur Polizei gehen? Hinschmeißen? Ich mach alles davon. Ohne zu zögern, Catkin. Ich werde dir immer mehr vertrauen als ihnen.«

Ich glaubte ihm jedes Wort. Er sagte diese Sachen nicht, um mich zufriedenzustellen, sondern weil er sie so meinte. Aber in diesem Moment spürte ich, dass es mir darum nicht ging. Es ging nicht darum, ob er mir glaubte. Ich wollte wissen, woran *er* glaubte. »Und was ist mit dem Vertrauen in dich selbst? Was sagt dir dein Gefühl?«

Er zuckte mit den Schultern. »Vor ein paar Wochen hätte ich nicht gezögert, das zu glauben, aber jetzt …«

»Du fängst an, sie zu mögen«, stellte ich tonlos fest, was ich längst bemerkt hatte.

»Ich fange an zu erkennen, dass sie vielschichtiger sind als das, was man aufgrund ihrer Fassade denkt«, korrigierte er halbherzig. »Aber das ändert nichts. Sag mir, dass du dich besser fühlst, wenn ich aufhöre, und ich tue es.«

»Ich will nicht, dass du irgendwas *für mich* machst. Ich will, dass du das machst, was sich für dich besser anfühlt. Nicht für mich, nicht für diese Snobs, nicht für deine Eltern. Für dich, Maxton. Was willst *du* tun?«

»Ich … hab keine Ahnung.«

Ich löste mich von ihm. »Das ist das Problem. Du musst herausfinden, was du wirklich willst. Du musst herausfinden, wofür es sich lohnt, laut zu werden. Weil du nämlich sonst ein extrem leises Leben führen wirst, eines, das du nicht mal selbst hören kannst.«

Maxton schluckte, aber er wich weder meinem Blick noch meinen Worten aus. »Ich weiß. Und ich wünschte, ich wäre damit schon weiter, nur ich bin es halt noch nicht. Aber … das hier.« Er senkte die Lider, ich spürte seinen Fokus trotzdem noch. »Das will ich, okay?«

»Das ist nicht genug, Max.« Ich umfasste meine Unterarme fester. »Ich *kann* nicht genug sein. Du musst dir selbst immer ein bisschen wichtiger sein als jeder andere Mensch.«

Maxton hob den Blick und lächelte freudlos. »Vielleicht hätte ich dich dann nie treffen dürfen.« Ohne mir die Chance zu geben, darauf zu reagieren, griff er in seine Hosentasche und zog sein Handy hervor.

»Was tust du?«, fragte ich heiser, während er wählte.

»Ich rufe die Polizei und melde eine Ruhestörung. Dann war's das für heute mit der Party, und wir haben Zeit, uns zu überlegen, was wir tun wollen, okay? Ich rede mit Keen und den anderen. Wenn ich herausfinde, dass da was dran ist …«

Er brach ab, sein Mund eine gerade Linie. Die Worte, die dazwischen zerbröselten, reichten, um mir ein wenig Last von den Schultern zu nehmen.

»Okay. Gut.« Ich trat auf ihn zu und lehnte mich gegen ihn, vergrub die Stirn an seiner Halsbeuge.

Während das Haus hinter uns, Maxtons Puls an meiner Haut und das Tuten aus seinem Handy heraus dröhnte, dachte ich, dass das nicht ganz stimmte. Es war nicht gut. Aber immerhin besser.

23. Kapitel

WILLOW

Vielleicht war Schlaflosigkeit ansteckend. Zumindest fühlte es sich in dieser Nacht so an, als hätte meine Zeit mit Maxton mir die Fähigkeit geraubt einzuschlafen.

Wir hatten gewartet, bis die Polizeiwagen am Campus angekommen waren, dann waren wir mit einem Taxi zur Villa gefahren. Auf dem Flur vor unseren Zimmern hatten wir uns voneinander verabschiedet. Seitdem waren mehrere Stunden vergangen. Stunden, in denen ich mit offenen Augen in meinem Bett lag und unsere Verbindungstür anstarrte.

Wir waren nicht im Streit auseinandergegangen, aber die Tatsache, dass wir überhaupt auseinandergegangen waren, machte mich nervös. Maxton war so daran gewöhnt, die Dinge mit sich selbst auszumachen, dass ich nicht sagen konnte, was in ihm vorging. Für mich war es viel einfacher: Ich hätte nicht gezögert, die Society und alles, wofür sie stand, hinter mir zu lassen – am besten in Schutt gelegt. Aber für Maxton hing mehr daran. Mehr, als ich wahrscheinlich begreifen konnte.

Ich hatte es mir vor langer Zeit abgewöhnt, Menschen gefallen zu wollen, indem ich einfacher war – doch ich wusste, dass es ein weiter Weg bis hierhin gewesen war. Ich wollte niemanden dafür verurteilen, der noch nicht angekommen war. Schon gar nicht jemanden, der meinen eigenen Weg so viel leichter gemacht hatte.

Es war nach drei, als ich die Decke beiseite schlug und zur Verbindungstür lief. Ohne anzuklopfen öffnete ich sie.

Maxton saß am Schreibtisch. Seine Silhouette hob sich durch das Licht seiner Tischlampe von der schwarzen Wand dahinter ab. Seine Konturen wirkten genauso gestochen scharf wie die der Zeichnung, die sie bedeckten. Ich sah, dass er gerade an einer arbeitete, weil sich seine Schultern auf diese bestimmte Weise angespannt hatten. Ich sah auch, dass er mich bemerkte, weil sie ein Stück weit hinabsackten, als ich einen Schritt in sein Zimmer hineinmachte.

Er sprach, noch während er an seine Ohren griff und die lärmschluckenden Stöpsel herauszog. »Tut mir wirklich leid wegen vorhin.«

Mir wurde erneut klar, dass Maxton überhaupt nicht wusste, wie viel das wert war. Dass er in der Lage dazu war, sich zu entschuldigen, ohne eine Rechtfertigung oder Erklärung hinterherzuschieben. Er war so gut darin, Fehler einzuräumen. Als wären sie tatsächlich etwas, das man in Vitrinen zur Schau stellen konnte, und nichts, das man in der hintersten Schrankecke verstecken musste.

Ich ging auf ihn zu, umschlang von hinten seine Schultern und legte den Kopf auf seinem ab. »Mir auch. Ich hätte nicht so fies werden sollen.«

Er lehnte sich gegen mich. »Doch, du hattest recht. Ich muss mir darüber klar werden, was ich will, bevor ich die Konsequenzen einer Entscheidung tragen muss, die ich nur anderen zuliebe getroffen habe.« Er atmete laut aus. »Es ist nur … ich bin oft so müde.«

Ich trat neben ihn. »Kein Wunder, du schläfst ja auch kaum.«

Maxton blickte auf den Zeichenblock vor sich. »Du weißt, dass ich das nicht meine.«

»Ja.« Natürlich wusste ich, dass es einen Grund dafür geben

musste, dass Maxton, seit ich ihn kannte, so schlecht schlief. Dafür, dass ich ihn manchmal spätabends in der Küche sah, wenn er Kaffee kochte, so bitter riechend, dass mein Magen flau wurde. Dafür, dass er bei Eiseskälte bis in die Morgenstunden hinein im Garten saß oder zumindest vor seinem geöffneten Fenster. Es gab immer einen Grund. »Es hängt aber irgendwie zusammen, oder? Erschöpfung ist nie nur was Körperliches oder Psychisches, es ist immer beides.«

Er lächelte flüchtig. »Wer hätte gedacht, dass du so weise sein kannst, wenn du ab und zu Obst isst?«

»Pass bloß auf, Irving.« Ich grinste halbherzig und setzte mich auf die Schreibtischkante. Unsere Hände berührten sich, als wir gleichzeitig nach dem Schachbrett griffen, um es in Sicherheit zu bringen. »Raus damit. Wieso kannst du nicht schlafen? Hast du Angst vor Albträumen?«

Er drehte abwesend den Bleistift zwischen zwei Fingern. »Eher vor der Realität.«

»Wenn du weiter in Rätseln sprichst, brauch ich noch eine Orange.«

Noch ein flüchtiges Lächeln. Mit dem nächsten Windzug, der durchs offene Fenster hereinkam, war es wieder fort. »Schlafen ist nicht das Problem. Es ist der Gedanke ans Aufwachen, der mich daran hindert. Ich weiß, dass es komplett schräg klingt, aber jeden einzelnen beschissenen Abend, wenn ich ins Bett gehe, denke ich an diesen anderen Abend vor sieben Jahren. Den letzten, den ich bei meinen Großeltern verbracht habe. Den letzten, an dem alles heil war, bevor ich am nächsten Morgen geweckt wurde und … alles kaputtging.« Er schloss die Augen und rieb sich über die Wange, verteilte damit Bleistiftstaub.

»Als Kind denkt man irgendwie, dass es Dinge im Leben gibt, die einfach … gesetzt sind, oder? Du denkst, deine Eltern werden immer da sein, dein Zuhause wird immer dein Zuhause bleiben und dein Leben … dein Leben. Ich dachte, wenn sich Dinge verändern, dann, weil ich das entscheide. Aber so läuft das nicht. Manchmal entscheidet das Leben für dich. An diesem Morgen bin ich aufgewacht, hab in fremde Gesichter gestarrt, und keine Stunde später war mir mein ganzes Leben fremd. Alles, von dem ich dachte, es würde ewig bleiben, war plötzlich weg.«

Er lachte heiser, ein so brüchiger Ton, dass sich Gänsehaut auf meinen Armen bildete.

»Und mir ist klar, wie kindisch das ist, aber ich hab so eine Scheißangst, dass es wieder passiert. Dass ich aufwache und … irgendwas anders ist. Dass irgendwas verschwunden ist. Irgendwas, von dem ich dachte, von dem ich wollte, dass es … bleibt. Und das Schlimme ist, dass ich weiß, dass es wieder passieren kann. Das ist okay, weil im Leben eben nichts garantiert ist. Aber ich will nicht davon überrascht werden, verstehst du? Ich will es kommen sehen. Ich will es *gehen* sehen. Ich will nicht aufwachen und bemerken, dass es weg ist.« Er zuckte müde mit den Schultern. »Deswegen hab ich Angst vorm Schlafen. Ich weiß, es soll erholsam sein, aber für mich ist es pure Folter. Es ist, als würde ich mich in der kleinsten Blackbox, im engsten Raum der Welt einschließen: meinem eigenen Kopf. Ich kann da drinnen nichts von dem mitbekommen, was um mich herum passiert. Das ist schlimmer als jeder Albtraum. Es ist mein Leben.«

Maxton brach ab, Stille legte sich zwischen uns. Die Blätter seines Zeichenblocks und an der Wand raschelten, mein Herz pochte ganz leise. Zum ersten Mal hatte ich das Gefühl zu begreifen, warum Maxton so viel begriff. Warum er Dinge bemerkte, die man vertuschen wollte, warum ihm Details auffielen, die andere nicht registrierten. Es lag daran, dass er permanent aufpasste, ob sich etwas veränderte. Er suchte nach den winzigsten Umschwüngen, um sie zu erkennen, bevor sie passierten. Ich hatte immer gedacht, seine Aufmerksamkeit diente nur dazu, andere besser wahrnehmen zu können. Jetzt erkannte ich, dass er damit versuchte, sich selbst zu schützen. Und dass er sich gerade dadurch erst recht wehtat.

Es gab vieles, was ich dazu sagen wollte, doch ich wusste selbst, dass nichts davon etwas geändert hätte. Ich hätte alles getan, um Maxton diese Angst zu nehmen, aber ich konnte ihn nicht vor sich selbst schützen. »Du weißt, dass du dagegen etwas tun könntest, oder?«

»Komm mir nicht wieder mit deinem Baldrian.«

Uns war beiden klar, wovon ich sprach. Therapie war kein einfaches Wort. Ich wusste das, weil ich seit Jahren an diesen drei Silben scheiterte. Ich scheiterte daran, sie in den Mund zu nehmen, und daran, aus ihr eine Möglichkeit zu machen. Die Wahrheit war: Ich hatte auch Angst vor mir selbst. Und ich war noch nicht bereit, mich mir zu stellen. Ich hätte gern immerzu ein Löwenherz gehabt, aber manchmal war es eben doch nur ein Löwenzahnherz. Und ich hatte Sorge, dass es sich endgültig auflösen würde, wenn ich versuchte, es in die Hand zu nehmen und zu untersuchen. Also, wie hätte ich von einem anderen Menschen verlangen können, mutiger zu sein als ich?

Maxton lächelte schwach, weil er es verstand, ohne dass ich es sagte. »Es ist okay, ich komme klar. Ich hab mich damit arrangiert.«

»Es ist nicht okay. Und das weißt du.«

»Dann ist es eben einfach, wie es ist. Das Leben geht weiter.«

»Nicht richtig, oder? Wenn du solche Dinge immer nur hinnimmst, aber nie angehst, dann bleibt ein Teil von dir einfach stehen. Es ist, als würdest du auf Pause drücken.«

»Und das hast du nicht getan?«

Nein. Ich habe vor zweieinhalb Jahren angefangen zu rennen, und ich renne immer noch, wollte ich sagen. Doch etwas an Maxtons Blick oder eher seiner Nähe machte es unmöglich, diese Worte auch nur klar zu denken. Ich fühlte mich seit Tagen so, als würde ich … langsamer werden. Ich wusste nicht, ob das gut oder schlecht war. Nur, dass ich in diesem Moment zu müde war, um wieder an Tempo aufzunehmen, indem ich den nächsten Streit provozierte.

»Immerhin nutzt du die Zeit sinnvoll«, sagte ich deshalb, und betrachtete die Blüten auf seinem Block. »Was ist das?«

»Krokusse. Sie stehen für Frühlingserwachen, Hoffnung und«, er verzog den Mund, »leidenschaftliche Liebe.«

Mein Blick fiel auf die Zeichnung, die als Letztes an die Wand gepinnt worden war: Amorpfeile. »Ist bei dir momentan Motto-Zeit?«

»Könnte man so sagen.«

Irritiert betrachtete ich sein Gesicht, das auf einen Schlag … verlegen wirkte. Er schob sich die Kapuze seines Hoodies über den Kopf und verschränkte die Hände im Nacken, nickte zur Wand. »Die meisten der Pflanzen, die ich in letzter Zeit gemalt habe, haben ähnliche Bedeutungen. Die da zum Beispiel«, er deutete nacheinander auf drei Blätter in der untersten Reihe, »Wegwarte, Konrade und Augentrost, das sind sogenannte Schabab-Blumen. Frauen haben die früher in Körbe gelegt, um unliebsamen Verehrern klarzumachen, dass sie kein Interesse hatten.«

»Also stehen sie für verschmähte Liebe?«

»Hm. Daher kommt die Redensart ›jemandem einen Korb geben‹.«

»Heißt das, du hast nur noch Blumen gezeichnet, die Facetten von … Liebe symbolisieren?«, hakte ich nach, während ich versuchte zu verstehen, was das bedeutete.

Maxton verzog wieder den Mund. »Kitschig, schon klar. Aber ich hab festgestellt, dass man manche Dinge nicht mit sich herumschleppen kann. Man muss ein Ventil suchen. Nicht nur ein körperliches, vor allem ein psychisches.«

Die Art, wie er es dabei vermied, mich anzusehen, ließ mich endlich begreifen. »Du hast die wegen mir gezeichnet?«

Er lachte heiser, legte den Kopf weiter in den Nacken und hielt die Kapuze mit einer Hand fest. »Du wärst überrascht, wie viel ich in den letzten Monaten wegen dir getan, gedacht, gefühlt hab.«

Es war kalt im Zimmer, aber mir war *so* warm. »Zu viel?«, wisperte ich.

»Nein.« Er lächelte schief. »Nur sehr viel.«

Ich betrachtete erneut die Zeichnungen, die ich mit einem Mal noch besonderer fand als zuvor. Weil ich jetzt begriff, wie viel Gefühl in jeder einzelnen steckte. Ich musste an meine Playlist denken, die Maxtons Namen trug, und fragte mich, ob das meine Art von Zeichnen war. Ein Bleistiftstrich für ein Lied. Behutsam tastete ich nach dem Blatt einer Apfelblüte über dem Schachbrett.

»Die sind so gut, Max. Du solltest überlegen, sie online zu verkaufen.«

»Ich will kein Geld dafür. Das Zeichnen gibt mir schon genug. Manchmal glaub ich, wenn ich ihm einen anderen Zweck geben würde, dann würde der, den es für mich hat, irgendwie verblassen. Das ist es mir nicht wert.«

»Und dieser Zweck ist, dass du deine Gedanken unter einer Schicht Kohlestaub verbergen kannst?«, fragte ich belustigt nach und fuhr mit den Fingerkuppen über ebendiese dunkle Ablagerung auf dem Holz zwischen uns.

Maxton drehte sich ein wenig in meine Richtung. Sein Blick glitt mein Gesicht hinab, zwei Sekunden Innehalten an meinem Mund, zwei an meinem Schlüsselbein, drei am Saum meines Shirts, noch mal drei an der Lücke zwischen meinen nackten Oberschenkeln. Er machte einen Ton, der vermutlich ein »Hm« war, sich aber nach einem unterdrückten Stöhnen anfühlte. Ein einziger Ton – und mir wurde heiß.

»Auch. Aber vor allem der, dass es mich trainiert«, sagte er langsam und legte den Stift beiseite, den er noch immer in der Hand gehalten hatte. Ich wusste nicht, dass man sich berührt fühlen konnte, wenn jemand eine Berührung aufgab. Doch allein wie er seine Hände freimachte, löste in mir das Gefühl aus, als würde er damit nach mir greifen. »Weißt du, was man fürs Illustrieren braucht?«

»Gute Bleistifte?« Meine Stimme klang ein bisschen zu hoch. Es war absurd, weil ich eigentlich so gut darin war, cool zu wirken, aber jetzt gerade war dafür einfach alles zu warm. Alles in meinem Kopf, alles in meiner Brust, alles zwischen meinen Beinen. Und das, obwohl unser Gesprächsthema vor wenigen Minuten so ernst gewesen war, obwohl der Abend ein so ungutes Gefühl in mir hinterlassen hatte, obwohl, obwohl, obwohl. Maxton sah mich auf diese aufmerksame, gelassene Weise an, und mein Puls beschleunigte sich so sehr, dass ich die Kante des Schreibtischs fester umfasste.

»Präzision.« Er schob den Block beiseite, seine Hand streifte mein Knie. Ich erschauderte, seine Mundwinkel wanderten nach oben. »Geduld.« Zwei Fingerkuppen oberhalb meines Knies, zwei Quadratzentimeter Hautkontakt, mein ganzes Ich, das Gänsehaut bekam. »Aufmerksamkeit.« Seine Hand wanderte höher, sein Daumen fuhr über den Saum meines Shirts, ich presste die Knie unwillkürlich zusammen. Nicht, weil er aufhören sollte, sondern weil er anfangen sollte. Ich wollte mehr. Mehr Berührung, mehr Nähe, mehr … Maxton. »Hingabe«, beendete er die Aufzählung leise.

»Nützliche Dinge«, brachte ich hervor.

»Du hast ja keine Ahnung, *wie* nützlich.« Er lächelte, aber seine Stimme klang tiefernst. Dunkel, wie die Wand hinter uns, während sein Blick ähnlich detaillierte Bilder über meine Haut zeichnete, wie die, die daran hingen.

Ich biss mir auf die Unterlippe. »Dann zeig es mir doch.«

Maxton erhob sich, noch während ich sprach. Zwei Bewegungen und er stand zwischen meinen Beinen. Seine Hände an meinem Gesicht, dann zehn Finger in meinen Locken, ein Gedanke in meinem Kopf: *mehr.*

Ich schloss die Augen, während er seine Lippen von meiner Stirn zu meiner Wange schweben ließ, ehe er über meinen innehielt. Mit sanftem Druck zog er meinen Kopf nach hinten, bis ich zu ihm aufblinzelte.

»Vertraust du mir?«

»Ja«, erwiderte ich ohne zu zögern, weil das hier die klarste meiner Wahrheiten war. *Mehr als mir, mehr als jedem sonst.*

Maxton küsste mich, während er gleichzeitig mit beiden Händen meine Hüfte umfasste und mich vom Schreibtisch hob. Ich umschlang seinen Rücken mit meinen Beinen und seinen Hals mit meinen Armen, bis er mich auf seinem Bett wieder herunterließ. Er sah mir unaufhörlich in die Augen, während er mir das Shirt über den Kopf zog und es zu Boden fallen ließ. Hätte ich nicht schon gelegen, wäre ich vielleicht hinterhergefallen, weil meine Knie weich wurden, einfach nur, weil er mich auf diese Weise ansah. So aufmerksam, so konzentriert, so hingebungsvoll. So, wie er die Hände und seinen Mund über meinen Körper wandern ließ und mich berührte, ohne zu fest zuzufassen.

Maxton musste nicht fragen, was ich wollte, weil er mich erstens, so gut kannte und zweitens so gut darin war, mich zu erkennen. Weil er hörte, wenn sich meine Atmung veränderte, weil er spürte, wenn ich mich anspannte, weil er mir anmerkte, wenn ich etwas besonders genoss. Weil er mich sah. Die Details, das große Ganze, das große ganze detaillierte Ich.

Sein Mund hielt oberhalb des Bundes meines Slips inne. Sein Atem ruhte an der empfindlichen Haut unterhalb meines Bauchnabels, ich musste mich zusammenreißen, um mich nicht so zu winden, dass er tiefer wanderte. Und das, obwohl das hier eine Grenze war, die ich seit Jahren niemanden hatte überschreiten lassen. Beim Sex ging es für mich um Gleichgewicht – ich gab etwas von mir und bekam dafür etwas für mich zurück. Doch obwohl ich beim Oralsex theoretisch sogar mehr nur für mich bekommen hätte, fühlte es sich immer so an, als würde ich damit zu viel hergeben. Zu viel von meinen Empfindungen, zu viel von meinen ungefilterten Reaktionen, zu viel von meiner Kontrolle.

Ich hatte das Maxton nie gesagt, aber er hatte bisher auch keine Anstalten gemacht, es zu probieren. Erst jetzt, als er mit ungewöhnlich dunklen Augen zu mir aufsah, stürmisches Meer unter tiefschwarzen Wimpernwellen, verstand ich, dass das einen Grund hatte. Dass er wieder mehr gesehen hatte, als ich absichtlich gezeigt hatte.

»Darf ich?«, fragte er ernst.

Mein Mund wurde trocken, ich wich seinem Blick aus und starrte an die Decke. Versuchte, meinen Kopf mit meinem Bauch in Einklang zu bringen, einen Mittelweg zwischen dem deutlichen Gedanken-Nein und dem ebenso heftigen Gefühls-Ja zu finden.

»Ich muss nicht.« Er küsste mich auf den Bauch. Keine Schmetterlinge darin, aber Glühwürmchen – alles war warm und hell. Kurz nur, dann glomm etwas mit ihnen auf. Eine Erinnerung an jedes geseufzte *Luce*, das Riven von sich gegeben hatte, wenn ich nackt unter ihm lag. Mein Körper spannte sich an, Maxton hievte sich hoch, sodass das Gewicht seiner Nähe leichter wurde. »Ich muss nicht«, wiederholte er. »Ich würde gern. Aber nur, wenn du auch wirklich willst.«

Ich presste die Augen zusammen, bis die Erinnerung verblasste. Diese Situation war ein anderes Glätteisen. Ich hatte Angst, mich daran zu verbrennen, so, wie es beim letzten Mal passiert war, als ich auf dem Schiff die Kontrolle verloren hatte. Gleichzeitig wusste ich, dass Maxton vorhin recht gehabt hatte: Ich hatte auch auf Pause gedrückt, zumindest in mancher Hinsicht. Jedes Nicht-Einschalten eines Glätteisens im Jetzt war ein Innehalten im Damals, jedes Nicht-loslassen-Können mit anderen ein Festhalten an Riven. Ich wollte das nicht mehr. Ich wollte nicht mehr jedes Mal an ihn denken müssen, wenn jemand versuchte, es mir auf diese Weise zu machen, ich wollte mich nicht jedes Mal entmachtet fühlen, wenn ich die Kontrolle abgab. *Wahrscheinlich geht es nicht um Macht*, dachte ich und öffnete die Augen, *es geht um Vertrauen.* Ich vertraute mir immer noch nicht, aber Maxton … Maxton eben schon. Und vielleicht war das fürs Erste genug.

»Ich würde es gern versuchen«, flüsterte ich, »aber ich weiß nicht, ob ich es kann. Ob ich dabei kommen kann.«

Er musterte mein Gesicht, als suchte er darin nach etwas Ungesagtem. Dann lächelte er und fuhr mit den Fingerspitzen über meinen Slip. »Musst du doch auch gar nicht. Vielleicht ist es trotzdem schön?«

Jeder andere Typ, der etwas in die Richtung in den letzten Jahren zu mir gesagt hatte, hatte dieselbe Antwort bekommen: *niemals.* Auch jetzt fühlte es sich nicht nach einem *Unbedingt* an, aber nach einem … »Vielleicht.«

»Also, darf ich?« Er küsste eine Spur am Saum entlang, ich spürte seinen Mund oberhalb und auf dem Stoff und hätte alles dafür getan, ihn auch darunter zu spüren. Seine Lippen an meinem Hüftknochen, an meinem Oberschenkel, dann wieder ein Stückchen höher und näher und … besser. Hitze senkte sich glutschwer in meinen Unterleib, als er einen Daumen unter den Slip schob und Zentimeter über meiner empfindlichsten Stelle ruhen ließ. Er machte gar nichts, ich fühlte alles.

»Verdammt, Max.« Ich wölbte den Rücken durch, so furchtbar erregt, dass mein Gehirn watteweich und impulsgetränkt war, und das alles nur, weil sein Atem über meine Innenschenkel strich. »Ich fürchte, du musst.«

Ich spürte sein Lächeln, als er mich erneut sanft küsste, ehe er die Daumen unter den Slip hakte und wartete. Ich zögerte nicht, ich hob die Hüfte an, und dann war da kein Stoff mehr auf mir. Nur Maxtons Nähe, die irgendwie auch Stoff war: Samt, wo er mich streichelte, Cord, wo der Bartansatz seiner Wangen über meine Haut rieb.

Da war anfangs noch ein Zögern in seinen Bewegungen, ab und zu Zurückweichen, ein Blick zu mir hoch, ein stummes *Sicher?* Und das war es eben wirklich. Es war alles so sicher. Sein Gewicht, seine Hände, seine Nähe drückten mich in die Matratze, aber es machte mir keine Angst – ich spürte seinen Körper nie mehr als meinen. Die Art, wie Maxton mich berührte, war festes Halten, kein Festhalten. Und weil er mich hielt, hatte ich das Gefühl, selbst vollständig loslassen zu können. Ich hörte auf, auf meine Reaktionen zu achten, gab jeden Rest Kontrolle auf, je länger und tiefer und fester Maxton mich küsste und leckte und seine Finger in mich stieß.

Ich brauchte eine Weile, aber mit jeder Sekunde, mit jeder Berührung, mit jedem bisschen Wärme und Kribbeln wich die Anspannung von mir. Es war kein Von-jetzt-auf-gleich-Loslassen, es war schrittweises Fingerlösen. Und es war … schön. Es war auch herausfordernd, manchmal fast unerträglich viel, weil es so nah war, aber nie … *zu* viel. Es war genau richtig.

Alles Denken zerbröselte, bis auf einen kleinen Rest, der mich dazu brachte, mir eine Hand auf den Mund zu pressen, als ich so laut wurde, dass ich sicher war, man könnte es durch die Wände hören.

Maxton hielt inne und kam nach oben. Er zog die Hand von meinem Gesicht und drückte sie neben meinem Kopf ins Kissen. »Hör auf damit.«

Ich verkniff mir ein Keuchen, als er die Bewegung seiner Finger wieder aufnahm. »Ich bin zu laut.«

»Du bist der einzige Lärm, der mir gefällt, schon vergessen?«

Ich lachte und stöhnte im nächsten Augenblick, als er den Winkel veränderte. »Ob die anderen das auch so sehen?«

Maxton lächelte an meinem Mund, küsste mich, genauso innig, wie sich alles gerade anfühlte. »Die anderen sind mir in diesem Moment ziemlich egal.«

Es passierte etwas Seltsames, während er wieder eine Spur an mir hinabküsste und seine Berührungen immer härter und intensiver wurden, während er schneller atmete, während ich immer lauter stöhnte: In mir wurde plötzlich alles ganz leise. Ich nahm jeden Millimeter Hautkontakt wahr, jede noch so flüchtige Berührung, jeden Windhauch, der über uns hinwegstrich. Sex hatte für mich immer bedeutet, mich abzulenken und Zeit zu vertreiben. Hierbei hatte ich zum ersten Mal das Gefühl, dass ich die Zeit festhalten wollte. Jedes bisschen davon.

Ich kam nicht, aber ich spürte, was Maxton gemeint hatte: Ich musste auch gar nicht. Manchmal ging es eben tatsächlich nicht ums Ankommen, nur ums Losgehen. Und dieser Schritt, der fühlte sich so bedeutend an, dass ich vor Erleichterung fast geweint hätte.

Vielleicht nicht nur fast, vielleicht waren da wirklich Tränen, weil Maxton, als er wieder neben mir lag, sanft über meine Wangen wischte. »Alles okay?«

»Ja.« Ich lächelte und rollte mich zu ihm herum, um mein Gesicht in seiner Halsbeuge zu vergraben. »Wenn du willst, revanchier ich mich jetzt für die Yelp-Bewertung.«

Er umfasste meine Locken im Nacken, küsste mich auf den Scheitel. »Muss nicht sein. Hinterlass mir einfach ein paar Tankstellen-Coupons auf dem Nachttisch, bevor du gehst.«

Ich musste lachen, ich wollte lachen, ich konnte lachen. Und das war so schön, dass ich fast wieder geweint hätte.

Eine Weile lagen wir nur da, ich nackt, er vollständig angezogen, so nah beieinander, dass seine Wärme irgendwie meine war. Es fühlte sich an, als hätte Maxton mir ein Stück von mir selbst wiedergegeben, indem ich zugelassen hatte, dass er etwas von mir bekam, das ich eigentlich nicht teilte. Und jetzt spürte ich nicht nur mich so deutlich wie schon lang nicht mehr, sondern auch ihn.

»Es tut mir leid«, flüsterte ich irgendwann. »Dass ich dir das nicht so zurückgeben kann. Und … auch, dass du nie ganz den Ton angeben kannst mit mir. Ich würde das gern können, wirklich, nur …«

»Catkin, hör auf«, unterbrach er mich. Ich war dankbar dafür, weil ich kein gutes Ende für den Satz hatte. *Noch nicht* hätte sich angefühlt wie eine Lüge. Etwas, das ich ernst meinen wollte, aber nicht versprechen konnte. »Du musst was verstehen, okay?«, fügte er ernst hinzu. »Es gibt nichts, was ich nicht mit dir will. Aber es gibt nichts, was ich mit dir brauche, außer das hier. Außer dich. Bei mir.«

Ich lächelte schwach. »Du bist sehr genügsam.«

»Gott, Willow.« Er lachte rau und vergrub sein Gesicht in meinem Haar. »Du bist so viel mehr als ein *Genug*. Du bist ein Alles, warst du immer. Egal auf welche Weise, ich schlafe immer besser mit dir, weißt du?«

Ausgekühltes Zimmer, warme Körper, der Mond winterblass vor dem Fenster, eine kleine Sonne in meinem Bauch. »Mit mir oder neben mir?«, flüsterte ich an seiner Halsbeuge.

»Beides.«

Ich lächelte und schloss die Augen, während alles um uns herum erneut in Ruhe versank. Irgendwo dort, in diesen flüchtigen Sekunden, begriff ich etwas, das ich seit langer Zeit schon empfand: Stille fühlte sich mit jedem Menschen anders an. Und ich ertrug sie nur mit Maxton.

24. Kapitel

WILLOW

Als Maxton das erste Mal vor mir von Schach sprach, sagte er, es wäre damit wie beim Pokern: *»Wenn du nicht willst, dass dein Gegner deinen nächsten Zug oder deine ganze Strategie sofort durchschaut, musst du immer so aussehen, als hättest du gleichzeitig alles und nichts auf der Hand. Oder, im Fall von Schach, im Kopf.«*

»Also geht es letztlich ums Lügen?«, hatte ich gefragt.

»Nein. Es geht darum, in deinem Gesicht jede potenzielle Wahrheit zu spiegeln.«

Ich hatte seine Worte sehr lang nicht begriffen, und ich verstand erst auch nicht, wieso ich in den Wochen, in denen mehr aus uns geworden war, plötzlich immerzu daran denken musste. Vielleicht, weil ich oft in seinem Bett lag und das Schachspiel auf dem Schreibtisch anstarrte, vielleicht, weil ich ebenso oft mit den Fingerkuppen über das Tattoo an seinem Arm strich, vielleicht, weil Maxton mir in den trägen Momenten, die wir in unserem Mittendrin-Danach teilten, von seinem Großvater und seiner Kindheit erzählte, die mir so fremd vorkam, als würde er die Geschichte eines anderen erzählen. Vielleicht aber auch, weil ich das Gefühl hatte, ich würde mir mein eigenes Pokerface abziehen, je länger ich mit Maxton … war.

Seit ich in Windsbury angekommen war, hatte ich versucht,

ein Mensch zu sein, der nichts mit der Version von mir zu tun hatte, die Riven aus mir gemacht hatte. Ich hatte gedacht, ich hätte zu mir selbst zurückgefunden, aber nun bekam ich erstmals das Gefühl, dass ich auf diesem Weg etwas von mir zurückgelassen hatte. Und ich begriff: Durch das mit Maxton entglitt ich mir nicht, ich fand lediglich einen verschollen geglaubten Teil von mir wieder.

Es war der Teil, der lächelte, wenn Maxton mir in der Uni schrieb und fragte, wo ich war, um mich zehn Minuten später gegen die kalte Backsteinmauer hinter meinem Institut zu drücken und zu küssen. Mit Lippen, die nach Kaffee und einem *»Ich hab dich vermisst«* und *»Ich will dich«* schmeckten und ein Gefühl in meinem Bauch auslösten, das laut schrie: *»Ich dich auch.«* Der Teil, der nervös wurde, wenn ich mich durch kahles Geäst kämpfte, und sich erst entspannte, wenn Maxton in einem Geflecht aus Braun- und Grüntönen auftauchte, als wäre er nicht nur der Mittelpunkt des Gartens, sondern auch der meiner Wahrnehmung. Der Teil, der ein Kribbeln im Körper spürte, wenn Maxton am selben Tisch saß und mich so aufmerksam von der Seite ansah, als würden unsere Mitbewohnenden nicht um uns herum sitzen. Der Teil, der die Tür zwischen unseren Zimmern immer einen Spalt öffnete und jeden Abend unruhig schlief, bis Maxton aus dem Garten hochkam. Der Teil, der ständig Verabredungen mit Leuten aus der Uni vergaß oder absagte, mehr Freizeit in der Villa verbrachte, kaum noch ein Essen mit den anderen ausfallen ließ und auch so immerzu mit ihnen zusammensaß.

Der Herbst wurde ein Winter, und mein Ich wurde ein Wir. Mein Kosmos schrumpfte in sich zusammen, und ich sah lächelnd dabei zu. Ich saß auf dem löchrigen Teppich im Wohnzimmer und spielte Karten mit Beckett, ich half Helen bei Versailles' unnötiger Federpflege, ich sah mir mit Sienna

Horrorfilme an, während ich meine Playlists sortierte und peinlich viele Lieder zu *Glück* hinzufügte, ich half Avery beim Ausrichten des Lichts für das Projekt in ihrem neuen Foto-Kurs, ich ließ mir von Eden Bücher zum Vorlesen in der Hortgruppe empfehlen, ich versuchte May beim Backen von Gewürz-Muffins zu unterstützen und scheiterte kläglich, ich tunkte sie mit Wes in Schokolade und war darin sehr gut.

Wir schmückten die Villa mit Tannenzweigen und die Zweige der Tannen im Garten mit Kugeln, die wir selbst bemalt hatten. Spritzer der Farbe blieben auf dem Esszimmertisch zurück, ein weiterer Fußabdruck, den wir im Haus hinterließen. Das Kaminfeuer war beinahe ständig an, Versailles lebte wieder im Salon, im Erdgeschoss roch es permanent nach Brennholz, Stroh und heißem Apfelsaft mit Zimt. Die Kälte von draußen kletterte wie schon letztes Jahr durch jeden Riss im Fundament zu uns herein, aber zwischen uns war alles tröstlich warm. Gemütlich, geborgen.

May sprach vom Leben in der Mulberry Mansion immer als einer Art Villenblase, und erstmals hatte ich das Gefühl, sie auf die Weise zu betreten, wie die anderen es seit unserem Einzug getan hatten. Die Realität da draußen verschwamm hinter Milchglas. Da waren trotzdem noch Schatten, aber es waren allein unsere. Eden, der an den Wochenenden wegfuhr, um seiner Mutter beim Einrichten der neuen Wohnung in Bath zu helfen. Avery, die uns von dem Besuch im Gefängnis erzählte, bei dem Mann, der den Tod ihres Vaters verschuldet hatte – und die nicht wusste, wie sie mit alledem umgehen sollte. Sienna, die uns Nachrichten von Samira vorlas, die sich weder von ihrem Freund trennen noch Sienna in Ruhe lassen wollte. Beckett, der ungewöhnlich still wurde, sodass wir wussten, dass die Sache mit Audrey vorbei war, noch bevor wir sie Tage später beim gemeinsamen Essen in der Mensa mit einem anderen Typen Händchenhalten sahen. »*Offenbar ist sie nicht grundsätzlich gegen Monogamie*«, sagte Beckett auf diese schmerzerfüllte Weise nüchtern. Helen umarmte ihn unbeholfen von der Seite, ich warf einen von Maxtons Karottenschnitzen nach Audrey. Er verfehlte sie nur, weil Maxton im letzten Moment nach meiner Hand griff und sie unter dem Tisch mit seiner verschränkte.

Und ja, natürlich Maxtons Schatten. Maxton, der ab und zu verschwand, um etwas mit der Society zu unternehmen. Der spätnachts vor der Villa von protzigen Autos abgesetzt wurde, der auf dem Campus in einer Traube aus selbstsicheren Typen stand und unter ihnen unsichtbar wurde, der sein zweites Handy immer mit sich herumtrug. Er versicherte mir, dass er mit Keenan reden würde, sobald er mit ihm allein war, und ich glaubte ihm, dass er es vorhatte. Ich hatte nur das Gefühl, dass er nie allein war. Weder mit einem von ihnen noch ganz ohne sie zu Hause. Sie waren immer da. Die Society war ein Emblem auf all seinen Shirts, der dunkelste Schatten in unserer Villa und der, den ich am deutlichsten zwischen uns wahrnehmen konnte. Selbst dann, wenn wir zusammen nur hell waren, wenn wir gemeinsam lernten, die letzten Ausbesserungen an den leer stehenden Zimmern vornahmen, miteinander redeten, lachten oder schliefen.

Ich fühlte diesen einen Schatten immer. Vielleicht … vielleicht fühlte ich deswegen meine eigenen für ein paar Wochen gar nicht. Oder kaum. Nur als trübgrauen Schemen im Augenwinkel, wenn ich in Maxtons Bett, in seinen Armen, einnickte oder ich ihn von unserem Flurfenster aus dabei beobachtete, wie er in sein Auto stieg und in einer Wolke aus Abendlicht und Staub verschwand, während ich mit einem ähnlich dämmrigen Gefühl in der Brust zurückblieb.

Ich brauchte lang, bis ich es verstand. Als es aber so weit

war, reichte ein Tag, und es klärte sich alles auf einmal: Ich begriff jedes winzige Bedeutungsdetail. Auch warum ich plötzlich ständig an Maxtons Worte über das Schachgesicht denken musste. Das, woran ich eigentlich dachte, war eine Erkenntnis, die ich schon vor langer Zeit gehabt hatte: Manchmal bist du dein eigener Gegner.

Das brachte zwei Probleme mit sich.

Erstens, kannst du dich nicht ewig selbst täuschen.

Zweitens, kannst du nicht gegen dich selbst gewinnen.

Wenn du mit dir selbst in den Kampf ziehst, dann gibt es am Ende immer nur einen Verlierer: dich.

Es war ein Dienstag, der erste in den Weihnachtsferien, draußen waren es kaum null Grad, und statt im Warmen für meine Klausuren im neuen Jahr zu lernen, hatte ich mich mit meinen Unterlagen in den Pavillon im Garten gesetzt. Maxton war seit Stunden damit beschäftigt, rissige Fugen mit Mörtel auszubessern, damit der Frost sie nicht ausdehnen und das steinerne Gebäude zusammenstürzen lassen könnte.

Die Statuen daneben waren mit Raureif überzogen, einige von ihnen trugen Mützen, die Helen gestrickt hatte. Über dem Boden schwebte Nebel, über der Plattform des Pavillons der Dampf des entkoffeinierten Tees aus meiner Thermoskanne. Ich hatte ihn für Maxton als Kaffee-Ersatz gekocht, er hatte sich erst dazu bereit erklärt, davon zu trinken, nachdem ich ein Stück von dem geschnittenen Apfel aus seiner Blechbox gegessen hatte. Vielleicht wurden unverbesserliche Menschen wirklich nur dann besser, wenn sie aufeinandertrafen.

Keine Ahnung, wer von uns zuerst aufgehört hatte, zu tun, was wir sollten, und angefangen hatte, zu tun, was wir wollten. Fakt war: Ich saß auf einer Wolldecke im Pavillon, küsste Maxton mitten in unserem kargen Villengarten, dachte an blühende Herzgärten und fand mich selbst ein bisschen furchtbar deswegen. Nicht genug, um es sein zu lassen.

Ich rutschte auf seinen Schoß und schob die Hände unter seine Jacke, die wieder mal zu dünn war. Er hielt meine Hand auf, bevor ich den Knopf seiner Hose erreichen konnte. »Du wolltest lernen.«

»Die Prüfungen finden erst in ein paar Wochen statt«, murmelte ich und versuchte, ihn an mich heranzuziehen.

Er lehnte sich nach hinten. »Außerdem sind wir gleich mit den anderen verabredet, sie könnten uns hier suchen.«

Ich war nicht sicher, ob er sich seinetwegen oder meinetwegen darum sorgte. Wir hatten nie darüber geredet, wie wir uns vor den anderen verhalten sollten. Maxton hatte mich einfach weiter so behandelt wie immer, und ich hatte mich um dasselbe bemüht. Auch wenn es mich in letzter Zeit alles an Anstrengung kostete, Distanz zu wahren. Ich war es gewohnt, vor Berührungen zurückzuschrecken, jetzt sehnte ich mich bei jeder von ihm danach, mich dagegenzulehnen.

Trotzdem wusste ich, dass es ein Fehler wäre, wenn die anderen davon erfuhren. Das, was wir gerade hatten, fand in unserem eigenen Becken statt. Maxton und ich tauchten im windstillen Wasser, doch wenn jemand von außen Wellen schlagen würde … Ich wollte nicht darüber nachdenken. Wenn ich ehrlich war, verbot ich mir seit Wochen, über irgendetwas davon nachzudenken. Ich erlaubte mir zum ersten Mal seit Jahren zu fühlen. Und ich hatte kein Interesse daran, damit aufzuhören.

»Du hast Ohren wie ein Luchs, du wirst sie sicher vorher hören.« Ich bewegte mein Becken, bis ich ihn besser unter mir spüren konnte.

Maxton keuchte unterdrückt. »Vergiss es, meine Wahrnehmung ist eingeschränkt, wenn du … das machst.«

Er umfasste meine Hüfte und drückte mich ein Stück von sich weg. Seine Wangen waren gerötet, sein Haar mittlerweile wieder so weit gewachsen, dass ich die Finger hindurchfahren lassen konnte. Was ich jetzt tat, um seinen Kopf nach hinten zu ziehen.

»Und wenn schon. Das Risiko gehe ich ein. Außerdem verirrt sich niemand von den anderen freiwillig hierher. Schon gar nicht, wenn sie unser Abschiedsessen vorbereiten.«

»Jahresabschlussessen«, korrigierte Maxton an meinem Mund. Seine Hände glitten unter meinen Pullover, warm und schwer. So wie sein Mund, der von meinen Lippen über meinen Kiefer hin zu meinem Hals wanderte. Er küsste meine empfindliche Haut unter dem Ohr, zupfte sanft daran. Obwohl ich wusste, dass man die Liebkosung eventuell morgen sehen würde, kam mir nicht in den Sinn, ihn daran zu hindern.

Ich seufzte leise. Es stimmte: Maxton war aufmerksam – in allem, was er tat. In den letzten Wochen hatte er eine Landkarte über meinen Körper gezeichnet. Winzige Kreuze an all den Stellen, an denen ich ihn am allerliebsten spürte, die er mühelos wiederfand.

»Also, bleibst du heute Abend bei uns?«

Ich lachte. »Das fragst du noch? Ich stand ewig in der Küche, um den Punsch vorzubereiten. Beckett kündigt das Essen seit drei Wochen als ›legendärstes Menü, das die Mulberry Mansion je gesehen hat‹ an. Er und ich würden es mir nie verzeihen, das zu verpassen.«

»Okay.« Maxton zögerte und lehnte sich gegen die Säule in seinem Rücken. »Ich dachte nur, vielleicht unternimmst du danach noch was. Es sind Ferien, du könntest das irgendwie feiern. Mal wieder ausgehen, tanzen, trinken, so was.«

Irritiert drückte ich ihn von mir weg. »Willst du, dass ich das tue?«

»Nicht wegen mir.« Er malte beruhigende Kreise auf meine Schultern. »Nur … ich will nicht, dass du auf diese Sachen verzichtest, weil du denkst, sie würden mich stören. Denn das tun sie nicht.«

Ich schluckte. Er hatte recht, ich war schon länger nicht mehr ausgegangen. Aber nicht wegen ihm, sondern … wegen mir. Wegen dem Ich, das es schöner fand, hier zu sein. Bei den anderen, bei ihm. Ich tat, was ich wollte, und das hätte sich gut anfühlen sollen, doch irgendetwas an seinem wachsamen Blick und an meinem eigenen flattrigen Magen löste stattdessen Beklemmung in mir aus.

Mit aller Kraft drängte ich sie beiseite und schürzte die Lippen. »Wenn du mich loswerden willst, bitte schön.«

Bevor ich mich von ihm lösen konnte, festigte er seinen Griff um meine Hüfte und hob mich von seinem Schoß. Mühelos rollte er mich auf den Rücken und beugte sich über mich. Seine Hände lagen locker auf meinen Handgelenken neben meinem Kopf, und in mir war nicht mal ein schwacher Reflex, mich der Berührung zu entziehen. Ich fühlte mich dermaßen sicher, dass ich kurz nicht atmen konnte. *Käfigsicherheit*, dachte etwas in mir. Das Wortecho setzte sich in meinem Hinterkopf fest, bis Maxtons Stimme es verscheuchte.

»Es stört dich doch sonst nie, wenn ich dich loswerden will, Catkin.«

Ich drehte das Gesicht weg, als er mit den Lippen über meine streifte. »Ich meine es ernst. Wenn du deine Ruhe willst, sag mir jederzeit Bescheid.«

»Hm, mach ich.« Er küsste mich auf die Nasenspitze, die sich taub vor Kälte anfühlte. »Aber nach ein paar Jahren mit dir bin ich geübt darin, dich zu ignorieren.«

»Pass bloß auf, Ir…« Weiter kam ich nicht, weil er mich da endlich küsste.

Lippen auf meinen, Finger unter meinem Pullover, die Härte des Pavillons unter mir, Maxtons zwischen meinen Beinen. Es war so kalt um uns herum und so heiß in mir drin.

Ich musste an einen Begriff denken, den ich letztens durch einen von Siennas Horrorfilmen gelernt hatte: *Kälteidiotie.* Das Wort beschrieb das urplötzliche Wärmeempfinden von Menschen, die kurz vorm Erfrierungstod standen. In diesem kurzen Zeitraum direkt vor dem Ende fingen die Betroffenen an zu schwitzen und zogen sich die Kleidung aus, obwohl sie eigentlich längst tödlich unterkühlt waren. Und ich verstand sie. Ich hätte das auch gern gemacht, mich ausgezogen, Maxton an mich herangezogen, in mich hineingezogen, hier und jetzt, in einem steinernen Pavillon, umgeben von Dezemberwind und frostklirrender Luft. *Paradox*, dachte eine Stimme in mir. *Gefährlich*, eine andere.

Maxtons Mund verwischte sie alle zu nichtssagenden Bedeutungsschleiern, die wie Schattenfäden in meiner Brust herumflatterten, als er mit der Hand über ebendiese strich. *Nicht denken, nur fühlen*, sagte ich mir selbst und schloss die Augen. *Nicht denken, nicht denken, nicht denken.*

Und obwohl ich es da noch nicht verstand, war ich mir am Rande meiner Wahrnehmung darüber bewusst, dass diese Wortkette nur aus Verzweiflungsperlen geknüpft war.

Es war nach sechs, als wir unsere Mitbewohnenden mitsamt Wes im Haus trafen. Eden und Avery hatten uns im Gruppenchat in den zweiten Stock bestellt. Die beiden waren es auch gewesen, die vor ein paar Tagen die Mistelzweige, die Maxton von den Bäumen abgeschnitten und auf den Komposthaufen geworfen hatte, im Haus aufgehängt hatten. Unsere eigenen Kronleuchter, von denen es getrocknete Beeren regnete. Ich war mir relativ sicher, dass die damit verbundene Tradition nicht der

Grund dafür war, dass sie sich küssten, als Maxton und ich mit den anderen an der Treppe zum Dachboden ankamen.

Sienna räusperte sich. »Habt ihr uns hierher zitiert, damit wir euch anfeuern?«

Avery verzog den Mund. »Nein, wir wollten euch zeigen, woran wir in den letzten Wochen gearbeitet haben.«

»Klingt irgendwie nicht jugendfreier«, sagte Beckett und fing sich dafür einen Seitenknuff von Helen ein. Mittlerweile war er so geübt darin, sie vorherzusehen, dass er ihre Hand mühelos abfing und sie zu sich heranzog.

Ich unterdrückte ein Lachen, nicht nur, weil Averys Wangen sich rot färbten, ganz besonders, weil es mich erleichterte, dass Beckett nach der Sache mit Audrey zumindest ein solides Drittel seines Charmes zurückhatte.

»Wir dachten, nach all der Mühe, die wir letztes Jahr in den Dachboden gesteckt haben, können wir ihn auch nutzen«, fuhr Eden unbeeindruckt fort. »Für ein Schlafzimmer ist er zu kühl, aber für einen Aufenthaltsraum eignet er sich ganz gut. Und mehr Platz ist nie verkehrt, vor allem, wenn nächstes Semester weitere Leute hier einziehen.«

Seine Worte zogen schwere Stille nach sich – so wie jedes Gespräch, in dem dieses Thema aufkam. Avery regte sich als Erste und ging die Treppe hinauf. »Schaut es euch an.«

Ich war schon lang nicht mehr oben gewesen. Spätestens seit Eden und Avery sich bei den Arbeiten hier wieder nähergekommen waren, hatte ich den Dachboden als eine Erweiterung ihrer Zimmer betrachtet. Oder genauer: ihrer Betten. Trotzdem wusste ich noch, dass der loftähnliche Raum am Ende ihrer Ausbesserungen fast komplett leer gewesen war. Deswegen brauchte ich einen Moment, um zu begreifen, dass das derselbe Dachboden war wie damals.

An den Holzbalken rankte Königswein, bei dem Maxton

sofort unauffällig die Erde prüfte, Lichterketten mit Glühbirnen hingen quer über die schräg zusammenlaufende Decke und eine Seite des Raums war mit provisorischen Sofas aus Paletten, Matratzen, Decken und Kissen belegt.

Ein Sammelsurium aus Besonderheiten, vor allem aber aus Erinnerungen. Ein vergilbter Globus, ein Tisch, auf dem Trockenblumen und eine Schreibmaschine standen, Schnapsflaschen, in denen Kerzen steckten, halb auseinanderfallende Überseekoffer, in denen sich Bücher in ähnlichem Zustand türmten, die Eden mit Sicherheit aus dem Antiquariat gerettet hatte, weil sie nicht mehr verkauft werden konnten. Goldene Bilderrahmen mit Ölgemälden, die an der schrägen Wand gegenüber von den Paletten lehnten, Vasen voll mit Weizen und Tonköpfe, aus denen Efeu wuchs. Ich atmete tief ein: Orangenblüten, Patchouli, Staub.

Es war alles ein wenig chaotisch, nichts passte richtig zusammen, und genau deshalb liebte ich es auf Anhieb. Das hier war der Charakter der Villa, der Charakter unseres gemeinsamen Lebens hier in einem Raum.

Avery zog zwei der Glühbirnen über sich auseinander, die sich verheddert hatten. »Wir haben einiges aus dem Keller hochgeholt, was wir in den verbliebenen Zimmern nicht brauchen, und durchgesehen. Es ist ein bisschen durcheinander, aber auch gemütlich, oder?«

»Und wie.« May legte den Kopf in den Nacken, um die Papiersterne zu betrachten, die an einem der Balken befestigt waren.

»Die sind aus dem *Immernachtstraum*«, erklärte Eden. »David wollte die Dekoration austauschen, und ich hab's nicht über mich gebracht, sie wegzuwerfen. Einige sind ein wenig ramponiert, aber …« Er zuckte mit den Schultern.

Avery lächelte. »Sie sind genau richtig.«

»Wir könnten hier oben Filme ansehen. Wenn wir über die eine Wand ein Laken spannen, müsste mein Projektor dafür ausreichen«, meinte Sienna und ließ sich auf eines der Paletten-Sofas sinken.

»Vergiss es«, erwiderte Beckett und zog den Kopf ein, um nicht gegen die Sterne zu stoßen. »Ich lasse dich keine Horrorfilme auf einem alten Dachboden einschalten.«

»Ich begleite dich danach auch bis zu deiner Zimmertür, Kleiner«, erwiderte sie grinsend und wickelte sich in eine der umherliegenden Decken ein.

»Mir gefällt's auch«, ging ich dazwischen, bevor die beiden sich in einer Diskussion verlieren konnten. Ich setzte mich neben Sienna und nickte Eden und Avery mit einem Grinsen zu. »Ich darf nur nicht darüber nachdenken, wie oft ihr zwei hier Sex hattet, während ihr *gearbeitet* habt.«

»Als hätten in diesem Haus nicht ständig Leute irgendwo Sex«, antwortete Wes ungerührt. Er lehnte an einem der Balken und riss eine Tüte M&M's auf. »Manche sind dabei klüger als andere. Ich meine, ihr wisst, dass ihr euch sonst was einfangen könnt, wenn ihr euch bei diesen Temperaturen im Garten auszieht?«

Ich begriff nicht sofort, von wem er sprach. Erst, als ich bemerkte, wie Maxton sich anspannte, während May im selben Moment »Wes!« zischte.

»Was?« Er sah auf und erwiderte Mays entsetzten Blick. Kurz runzelte er verständnislos die Stirn, dann sah er von Maxton zu mir. »Scheiße. Tut mir leid, ich dachte … Tun wir ernsthaft immer noch so, als wüssten wir von nichts?«

Mir wurde kalt. So kalt, dass es unmöglich wurde, meine Gesichtsmuskeln zu bewegen. Oder meine Stimmbänder.

Edens Hand wanderte in seinen Nacken, er blinzelte zu Maxton hinüber. »Tut mir leid, ich hab's echt versucht.«

»Ja, schon gut, wir sind quitt.« Er winkte ab, doch ich konnte sehen, dass seine Ruhe flackerte. Ebenso wie sein Blick, als er unangenehm beiläufig nach mir tastete.

Ich schaffte es nicht, ihn zu erwidern. Ich schaffte es nicht, *irgendetwas* zu erwidern – weder in Worten noch in Gedanken. Wunderte es mich, dass die anderen etwas mitbekommen hatten? Keine Ahnung. Ich wusste selbst, wie hellhörig die alten Wände waren, und ich wusste auch, dass dasselbe für unsere Mitbewohnenden galt. Wir waren es gewohnt, aufeinander zu achten, es war im Grunde nur nachvollziehbar, dass sie das Umschwingen der Stimmung zwischen Maxton und mir wahrgenommen hatten. Vor allem, weil sie es viel länger hatten kommen sehen als ich.

Störte es mich, dass sie etwas mitbekommen hatten? Ich hätte gern wieder *Keine Ahnung* gedacht, aber da war dieses Kribbeln in meinem Nacken, das ich nicht ignorieren konnte. Es war, als würde die Anwesenheit der anderen in dieser Situation – mit diesem Wissen – den Raum zwischen uns verdichten. Und zum ersten Mal glaubte ich ansatzweise zu verstehen, wie sich Maxtons Klaustrophobie anfühlte. Jeder wachsame Blick, jeder unausgesprochene Gedanke, jeder Atemzug der anderen blockierte einen Fluchtweg in meinem Kopf. *Nicht gut*, schoss es mir durch den Kopf, während ich versuchte, meine Atmung ruhig zu halten.

Kurz war es ganz still. Die Dielen knarrten, sobald Avery das Gewicht verlagerte, die Holzbalken ächzten, während Beckett sich dagegenlehnte, die Papiersterne raschelten, als Helen in einer Übersprungshandlung anfing, sie auseinanderzuziehen. Und alles zwischen uns surrte, weil niemand sich traute zu reden.

Normalerweise wäre ich diejenige gewesen, die eine solche Situation auflockerte. Ich hätte etwas gesagt wie: *Es ist nur Sex, werdet erwachsen* – und das Thema gewechselt. Doch wir hätten alle gewusst, dass das gelogen wäre. Was auch immer Maxton und ich neuerdings hatten, alle in diesem Raum wussten, was wir zuvor gehabt hatten. Wir waren schon immer viel gewesen – und was es auch bedeutete, Sex hinzuzufügen, ganz sicher reduzierte es uns nicht auf ein *Nur*.

»Wir wollen uns da nicht einmischen«, brach May nach endlos zähen Sekunden die Stille. »Wir freuen uns einfach, wenn es euch gut geht.«

Sienna stupste grinsend mit dem Fuß gegen meinen. »Und *wie gut* es ihnen geht. Fragt mal Helen, wie oft ich mir in den letzten Wochen ihre geräuschunterdrückenden Kopfhörer leihen musste.«

»Es stört ja gar nicht«, meinte diese sofort und lächelte unsicher in meine Richtung. »Es war anfangs nur verwirrend einzuordnen.«

»Lassen wir das einfach«, warf Avery streng ein, doch Beckett winkte mit einem verschmitzten Grinsen ab.

»Ist doch nichts dabei. Wir wussten es ja alle im Grunde schon seit ... immer?«

Noch mehr Kälte in meinem Nacken, es kribbelte nicht mehr, es stach. Ich starrte auf meine Hände, die sich in das Kissen auf meinem Schoß gekrallt hatten.

»War's das jetzt?«, fragte Maxton ungewöhnlich barsch.

»War es«, bestätigte Eden.

»Sorry noch mal«, meinte Wes mit einem schiefen Lächeln. »Ich hol die Getränke hoch, damit wir uns betrinken und so tun können, als wäre das nicht passiert.«

»Ich komme mit.« Maxtons Blick streifte erneut mein Gesicht, ehe sie den Dachboden verließen.

Ich ignorierte ihn. Ich ignorierte sie alle, weil ich noch immer versuchte, nach diesem Gefühl zu greifen, das sich durch mein Inneres wand.

»Willow«, setzte May nach einem Zögern an, doch sie wurde vom Klingeln meines Handys unterbrochen.

Ich zog es aus meiner Hosentasche und starrte auf Laurens Namen. Am liebsten hätte ich ihren Anruf weggedrückt, aber in diesem Moment war mir ein Gespräch mit ihr lieber als die Aussicht, hier oben sitzen bleiben zu müssen.

»Muss kurz weg«, murmelte ich und hievte mich hoch. Ich nahm den Anruf erst an, als ich die Treppe heruntergestiegen war und vor dem Gemälde der Conteville-Frauen stand. Ihre Blicke bohrten sich in meinen Nacken, während ich mir ein Lächeln abrang.

»Hey. Was gibt's?«

»Oh, es geschehen noch Wunder.« Lauren klang so losgelöst, dass ich sofort wusste, dass sie angetrunken war. »Hallo, Lieblings-Fremde.«

Seufzend begann ich, die Stufen weiter hinabzulaufen. »Wir haben uns letzte Woche noch in der Uni gesehen.«

»Hm, aber selbst da warst du in letzter Zeit gar nicht richtig anwesend.«

Staub wirbelte von den Treppenstufen in meine Augen, es brannte. So, wie die Kälte noch immer in meinem Nacken. »Was meinst du damit?«

»Keine Ahnung.« Im Hintergrund fiel eine Schranktür zu, weiter weg hörte ich Musik und Stimmen. »Wenn ich es nicht besser wüsste, würde ich denken, dass du einen Kerl hast.«

Ich umklammerte das Treppengeländer und blieb stehen. Unter mir breitete sich das Foyer aus, über mir hing einer der buschigen Mistelzweige, in mir spannte sich jeder Muskel an. »Man kann keinen anderen Menschen *haben.*«

Lauren sog zischend die Luft ein. »Ach, Scheiße. Du hast echt jemanden? Wow, ich schulde Kelly zwanzig Pfund. Ich hab es nicht glauben können, aber das erklärt alles.«

Hör auf zu reden, dachte ich, und fragte trotzdem: »Wovon redest du?«

»Ähm, vielleicht davon, dass du in den letzten Wochen komplett abgetaucht bist? Du bist zu fast keiner unserer Verabredungen gekommen, und wenn, dann warst du jedes Mal raus, bevor der Abend richtig anfing. Du hast nicht mal mehr einen anderen Typen angesehen, geschweige denn mit einem getanzt oder sonst was getan. Und immer wenn dein Handy summt, mutierst du zur Disney-Version eines Koboldmakis.«

Irritiert runzelte ich die Stirn und griff im Vorbeigehen nach einer Tasse Hibiskus-Tee, die bereits seit Tagen vergessen auf dem Tisch am Treppenende stand. »Zur … was?«

»Diese Affen mit den riesigen Augen. Google die, denk dir Herzchen in den Pupillen dazu, und du weißt, was ich meine.«

Genervt lief ich den Flur in Richtung Küche entlang. »Jetzt komm aber mal runter. Nur weil ich gerade keine Lust habe, ständig feiern zu gehen oder mehrere Typen auf einmal zu treffen, bedeutet das nichts.«

»Oh, bitte. Bei dir bedeutet das *alles*.« Sie machte eine Pause, und ich wusste, ich sollte auflegen. Ich wusste es, noch bevor sie den nächsten Satz aussprach. »Sag es, Willow.« Pause, mein Herz ein Eisklumpen, und dann drei Worte, die endgültig alles gefrieren ließen: »Du bist verliebt.«

Ich blieb stehen. Da war so viel Kälte. In meinem Blut, in meinen Muskeln, um meine Stimmbänder. Ich musste mich mehrmals räuspern, ehe ich es schaffte, sie zu benutzen. »Ich bin nicht verliebt.«

Lauren lachte, im Hintergrund klirrte es. Eiswürfel in einem Glas, Eiswickel um meine Knie. Sie zitterten, ich lehnte mich gegen die Wand.

»Klar, red dir das ein, wenn du willst. So oder so, ich bin enttäuscht. Hätte nicht gedacht, dass du zu so einer Frau mutierst, kaum dass du jemanden findest, mit dem du mehr als einmal vögeln willst.«

»Was für eine Frau soll das sein?«

»Eine, die nichts mehr ohne ihren Kerl machen kann. Eine, die völlig vergisst, was oder wer ihr vor ein paar Wochen noch wichtig war. Ein Persönlichkeiten-Chamäleon, das plötzlich nur noch rosarot herumrennt.«

Ich hatte Lauren ihre direkte Art nie übel genommen, weil ich wusste, dass sie schlichtweg nicht darüber nachdachte, dass ihre Mitmenschen auf manches sensibler reagierten als sie selbst. Bis jetzt. Denn jetzt trafen mich ihre Worte unangenehm heftig. Sekunden vergingen, jede davon eine winzige Kälteverbrennung in meinem Inneren. Ich schwitzte und hätte am liebsten alles abgestreift – nicht nur meine Kleidung, auch mein Ich. Und ich wusste, das hier war die Hitze kurz vor dem Erfrierungstod.

Mein Herz pochte so stark, dass ich meine Stimme kaum hören konnte. »Das ist Schwachsinn. Wenn ich gerade keinen Bock auf dich habe, dann vielleicht, weil du betrunken bist und Scheiße redest.«

Ich legte auf, bevor sie etwas erwidern konnte. Mein Puls raste, meine Hand zitterte so, dass Tee über den Rand auf meinen Daumen lief. Ich dachte nicht nach, ich ließ einfach los. Die Tasse fiel zu Boden. Hibiskusrote Spritzer auf dem Saum meiner Jeans, der Tapete, dem Holzboden. Und in meinem Kopf. In meinem Kopf war nichts mehr rosarot, sondern alles blutrot. Panikrot.

Ich atmete durch, zwang mich, die Hand an der Hose abzuwischen. *Einen Lappen*, dachte ich. *Hol einfach einen Lappen.* Mechanisch lief ich weiter und hielt erst wieder inne, als ich Wes' Stimme hörte.

»Und … wie läuft's mit der Society?«

Maxton seufzte. »Hat May dich beauftragt, das zu fragen? Sie schleicht seit Wochen um mich herum.«

Ich ging vorsichtig näher, sodass ich einen Blick in die Küche werfen konnte. Maxton und Wes standen am Tresen und stellten mit Bowle gefüllte Becher auf ein Tablett.

Letzterer zuckte gerade mit den Schultern. »Sie macht sich Sorgen um dich.«

»Sie macht sich Sorgen um alles und jeden.«

Diesmal war es Wes, der seufzte. »Ja, ich weiß. Ich arbeite daran. Ändert nichts daran, dass es in dieser Sache gerechtfertigt ist. Keenan …«

»… ist ein Arschloch, schon klar. Ich erinnere mich an deine Einschätzung.«

Wes stützte sich mit beiden Händen an der Spüle ab und betrachtete Maxton nachdenklich. »Ich wollte sagen, dass er kein einfacher Mensch ist. Dass diese ganze Gruppe nicht … einfach ist. Ich weiß das, weil ich Kontakte zu ihr habe und weil ich generell weiß, was ein Leben in diesen Kreisen mit sich bringt. Da geht es nicht nur um Vorteile, die sie dir verschaffen, sondern auch um Erwartungen, die sie an dich richten. Du solltest dir echt gut überlegen, ob du ein Teil davon sein willst. Schon klar, sie tun immer so, als würde ein Dasein mit Verbindungen und Geld und allen Möglichkeiten pure Freiheit bedeuten, aber für mich … für mich war das immer gleichzeitig ein Gefängnis.«

Ich konnte sehen, dass seine Worte Maxton nähergingen, als er zeigen wollte. Kurz stand er mit geschlossenen Augen da, dann drehte er sich um. »Lass uns einfach hochgehen, okay? Und sag May, sie soll sich keine Sorgen machen.«

»Klar, als würde das was bringen.« Wes schnaubte und nippte an einem der Becher – nur um den Mund zu verziehen. »*Jävlar*, deine Freundin macht verdammt starke Drinks.«

Maxton lächelte. Und schwieg. Kein Kopfschütteln, kein müdes Abwinken, kein: *Sie ist nicht meine Freundin.*

Dieses stille Lächeln hallte so laut in mir, dass ich kaum noch etwas wahrnehmen konnte. Bevor die beiden sich in meine Richtung wenden konnten, löste ich mich von der Wand und verschwand um die Ecke. Statt wieder hochzugehen, lief ich in den Salon und stieg über die Absperrung in Versailles' Winterzuhause. Sie hockte in einem Nest aus Stroh und gluckste, als ich mich neben sie setzte. Mit zittrigen Fingern streichelte ich über ihre Federn und versuchte, einen klaren Gedanken zu fassen. *Nicht denken, nur fühlen* – das war mein Mantra der letzten Wochen gewesen. Jetzt bereute ich es. Ich fühlte so viel, und meine Gedanken waren nicht dazu in der Lage, allem auf einmal hinterherzukommen.

Das Summen meines Handys ließ Versailles und mich synchron zusammenzucken. Wie in Trance öffnete ich die Nachricht meines Vaters.

Es fällt mir schwer, dir das zu zeigen, aber ich will, dass du es von mir erfährst. Ruf mich an, wenn du darüber reden willst. Oder wenn ich vorbeikommen soll. Jederzeit.

Seine Worte verschwammen vor meinen Augen, ebenso wie das Bild, das noch lud. Ich wollte es nicht sehen. Ich wollte es nicht wissen. Noch mehr ertrug ich einfach nicht. Doch noch bevor ich den Chat schließen konnte, wurde das Foto scharf.

Der Text darauf grub sich zuerst in mein Bewusstsein.

Wir freuen uns, die Verlobung von Riven Jonathan Campbell und Annabelle Browning bekannt zu geben.

Mein Handy fiel mir fast aus der Hand, im letzten Moment umfasste ich es fester und starrte auf das Foto unter der Überschrift der Annonce. Ich erkannte alles. Den Ring, der an ihrem Finger steckte, das vorsichtige Lächeln, das auf ihrem

Mund lag, der Ausdruck, mit dem er sie ansah. Kontrolle, getarnt als liebevolle Wachsamkeit.

Es war wieder so, als würde ich in einen Spiegel sehen. In einen, dessen Bild vor zweieinhalb Jahren eingefroren war. Ich hatte gedacht, ich hätte das Glas zerschlagen, aber in diesem Moment war es, als würde es sich wieder zusammensetzen.

Sag es, Willow. Sag es. Sag es.

Die Worte schwollen in meinem Kopf an, überlagert mit Collagebildern der vergangenen Wochen. Kein Maxton und ich, nur noch ein Wir. Die Tage, die Nächte, die dämmerstillen Momente dazwischen. Die Küsse, die geflüsterten Worte, das unterdrückte Lachen im Bauch. Das Kribbeln im ganzen Körper, das Wegbröseln von so vielen Dingen, die mir eigentlich wichtig waren.

Ich schloss die Augen und dachte an die Katalogausschnitte an meiner Wand. Der Gedanke schaffte es eigentlich immer, mich zu beruhigen, jetzt spürte ich, wie mein Puls sich weiter beschleunigte. Die dazugehörigen Hefte lagen neben meinem Bett, aber ich konnte nicht sagen, wann ich sie das letzte Mal aufgeschlagen hatte. Ich konnte nicht sagen, wann ich das letzte Mal mit den Fingerspitzen über Wasserfälle und schwarze Sandstrände gefahren war, gedanklich über Panoramalandstraßen gereist war oder Tapas in winzigen Küstenstädten gegessen hatte. Wie lang war es her, dass ich ewig durch Reiseblogs gescrollt hatte auf der Suche nach den besten Tipps für einen Trip, den ich machen wollte, sobald ich genug gespart hatte? Wie lang war es her, dass ich überhaupt ans Gehen gedacht hatte? Lang. Zu lang.

Das *Warum* zu dieser Antwort war so offensichtlich, dass ich es nicht länger leugnen konnte: Ich hatte angefangen zu bleiben. In meinen Gedanken, in meinen … Gefühlen. Diese letzten Wochen hatten nicht mir gehört, sondern uns. Ich hatte nicht mir gehört, sondern uns. Oder … ihm?

Mir wurde warm, ich konnte spüren, wie mein Gesicht von roten Flecken besprenkelt wurde. Ich dachte an den Hibiskus-Tee im Flur, an Maxtons Blut auf Keenans Hemd, an Rivens aufgeplatzte Fingerknöchel in jener Nacht in seinem Auto, an den roten Striemen auf meinem Finger, den das Abziehen des Rings hinterlassen hatte.

Und dann dachte ich gar nichts mehr.

Ich fühlte wieder nur.

Hitze, Hitze, Hitze.

Bis

ich

erfror.

Ich hatte meine Hüllen nicht verloren, ich hatte sie nur in die hinterste Ecke meines Bewusstseins gestopft. Für heute Abend zerrte ich eine davon heraus – gute Laune, schlechte Witze, Sorglosigkeit – und zog sie mir über. Ich trank so viele Gläser Punsch, bis sich vor meinen Augen das flackernde Kerzenlicht als weicher Schleier über das ganze Esszimmer ausbreitete. Ich aß mich durch Becketts Fünf-Gänge-Wintermenü und behauptete, es wäre das Leckerste, das ich je gegessen hatte, obwohl ich kaum etwas schmeckte. Ich unterhielt mich über Dinge, die ich sofort wieder vergaß, besiegte die anderen beim Kartenspielen und tanzte bis weit nach Mitternacht mit ihnen auf dem Wohnzimmerteppich. Unsere Silhouetten waren konturlose Schemen vor dem Nachtschwarz des Gartens, das hinter der Verandascheibe lauerte, die Musik stammte aus einer meiner liebsten Playlists, zu der ich seit Monaten kein Lied mehr hinzugefügt hatte: *Freiheit*.

Es hätte ironisch sein können, vielleicht auch traurig, aber so nahm ich es nicht wahr. Ich nahm gar nichts richtig wahr. Da war einfach zu viel Eis in mir, und ich hatte keine Kraft, es wegzukratzen. Also funktionierte ich nur und tat, was ich getan hätte, wenn nicht alles in mir zersplittert wäre. Wenigstens noch an diesem einen Abend.

Als Maxtons Hand beim Essen unter dem Tisch meine streifte, hielt ich sie fest. Als wir uns auf dem Flur begegneten und er mich auf diese Weise ansah, die verriet, dass er den Vorfall mit den anderen ansprechen wollte, drückte ich ihn gegen die Wand und küsste ihn. Und als die Gruppe sich auflöste und wir uns in unsere Zimmer zurückzogen, folgte ich ihm in seines.

Maxton ließ sich aufs Bett fallen und versank in der hellblauen Leinenwäsche. Dunkler Pulli, dunkle Haare, aber viel weniger dunkle Augenringe als noch vor einigen Wochen.

Ich schlafe immer besser mit dir, hatte er gesagt. *Können Albträume auch grausam sein, indem sie zu schön sind?*, fragte ich mich jetzt.

Wortlos setzte ich mich neben ihn und streichelte ihm über die Wange. Der Alkohol hatte sie erhitzt und seine Pupillen geweitet, ich sah es, als er blinzelte. Seine Hand strich über den Streifen nackter Haut unterhalb meines Pullovers, sein Blick über meinen Mund.

Dann fuhr er sich über das Gesicht. »Scheiße. Ich glaub, ich hab zu viel getrunken, um jetzt noch zu können. Sorry.«

Ich zog die Hand fort. »Entschuldige dich nie für so was.«

»Hab mich eher bei mir selbst entschuldigt.«

»Wieso das?«

Er lächelte schief. »Weil du jetzt nicht hier schlafen wirst. Du schläfst immer nur bei mir, wenn wir vorher Sex hatten.«

Das ist nicht wahr, dachte ich. *Ich schlafe nicht bei dir, weil wir Sex hatten. Wir haben Sex, weil ich bei und mit und neben dir schlafen will, weil ich alles mit dir will.* »Ich bleib heute Nacht hier, wenn du willst«, flüsterte ich.

»Wenn ich will.« Maxton lachte heiser. »Du hast immer noch keine Ahnung, oder?«

»Wovon?«

»Wie heftig verliebt ich in dich bin, Catkin.«

Der Satz traf mich kaum, er fiel genau in die Kuhle, die Laurens Worte vorhin in mir hinterlassen hatten.

Sag es, Willow. Du bist verliebt.

Ich kniff die Augen zusammen. »Max …« Meine Stimme brach. Meine Hülle bröselte, und ich wusste, was darunter wartete. Welche Entscheidung sich in all meine Züge gefressen hatte, auch wenn ich es noch nicht über mich brachte, sie Maxton zu zeigen.

Er umfasste meinen Fußknöchel und drückte leicht zu. Ich musste an den Abend im *Latibule* denken, an diese erste echte Berührung, die wir dort geteilt hatten. Ein Anfang, ein Ende, ein Anfang vom Ende.

»Ich weiß, ich sollte das nicht sagen, aber du bist hier und ich … ich kann an nichts anderes denken, als dass ich mir wünsche, dass du bleibst. Dass das bleibt. Das mit uns.«

Ich spürte die Tränen in meinen Augen und presste sie fester zusammen, ehe ich blinzelte. »Du bist betrunken. Ich hab dich seit Jahren nicht mehr so viel trinken sehen.«

Er lachte erneut und fuhr sich mit den Handinnenflächen übers Gesicht. »Ich musste ja auch aufpassen. Dass ich dir nichts sage, was du nicht wissen darfst.«

»Du konntest mir immer alles sagen«, erwiderte ich, obwohl ich selbst wusste, dass das geheuchelt war. Ich hatte unsere dunklen Ecken geschützt, und erst jetzt begriff ich, warum mir das so wichtig gewesen war. Ich hatte damit *uns* geschützt. Vor dem, was nun passieren würde.

»Konnte ich nicht. Aber jetzt … jetzt schon, oder?«

Mein Mund war trocken, der süße Punsch lag als bitterer Belag auf meiner Zunge. Ich wusste, welche Worte sich darin abgesetzt hatten, aber ich wusste auch, dass ich sie noch nicht aussprechen konnte. Nicht nach diesem Abend, nicht, wenn Maxton betrunken und so … verletzlich war. Ich wollte ihm keine schlaflose Nacht verschaffen. Und das größte Problem war: Ich wollte nicht gehen.

Es braucht einen Löwenmut, um zu gehen, wenn man es sich so angewöhnt hat zu bleiben, hatte Mary gesagt. Es brauchte noch viel mehr davon, wenn man mit allem, was man war, bleiben wollte. Nach heute Abend war ich keine Löwin, auch keine Wölfin. Allerhöchstens ein Weidenkätzchen.

»Schieß dich jetzt trotzdem nicht immer so ab, okay?«, sagte ich deshalb und streichelte über seinen Handrücken, auf dem der Garten Kratzer hinterlassen hatte.

»Ich bereue es längst, glaub mir. Hatte nur vorhin ein anstrengendes Telefonat mit meiner Mutter.«

»Macht sie dir immer noch so einen Druck?«

Er rollte sich auf die Seite und schloss die Augen. »Ich will gerade nicht drüber reden. Okay?«

Ich nickte, obwohl er das nicht sehen konnte. »Dann lass uns schlafen.« Ich zog mir den Pullover über den Kopf und half ihm dabei, seinen auszuziehen, ehe ich mich neben ihn legte und mit dem Rücken an ihn heranrutschte. Wir hätten Zähne putzen müssen, aber ich wagte es nicht, dieses Zimmer zu verlassen. *Noch nicht, noch nicht, noch nicht.*

Maxton zog mich mit einem Arm um meinen Oberkörper enger an sich heran. Sein Atem eine Decke für meinen Hinterkopf, warm und schwer, so wie die Worte, die er leise sagte. »Ich liebe dich wirklich, Willow.«

»Max.« Tränen brannten in meinen Augen, diesmal ließ ich

sie laufen. Wäre er weniger betrunken gewesen, hätte er sie sicher bemerkt – hätte er sicher *alles* bemerkt.

So küsste er mich nur auf den Nacken. »Ich weiß. Und du musst auch nichts darauf erwidern, und am besten vergisst du es bis morgen früh wieder, weil ich das wahrscheinlich auch tue, aber … ich wollte es dir trotzdem gesagt haben. Weil ich keine Angst mehr davor hab.«

Seine letzten Worte gingen fast unter, weil er mich da noch enger an sich heranzog und sein Gesicht in meinen Locken vergrub. Es dauerte nur Sekunden, dann beschleunigte sich seine Atmung, um sofort danach ruhiger zu werden.

Maxton schlief ein, und ich war hellwach.

Ich liebe dich auch, dachte ich, aber ich sagte es nicht, weil sich der Satz auf meiner Zunge verflüssigte. Es fühlte sich an, als hätte ich Teer im Mund. Im Kopf, im Herzen. Alles fühlte sich schwarz und zäh an, selbst meine Gedanken.

Je länger ich neben Maxton lag, desto schneller rannte alles in mir. Mein Puls raste, meine Muskeln kribbelten, dazwischen fuhr immer wieder dieser bekannte spitze Schmerz. *Vernichtungsschmerzen.*

Und ich wusste, woher sie kamen. Wenn ich ehrlich zu mir war, schon seit Langem. Ich hatte versucht, diesen Gedanken auszusperren, aber heute hatte er sich Zutritt verschafft. Ein Tritt gegen die Tür, als die anderen Maxton und mich auf uns angesprochen hatten. Ein Tritt bei dem Telefonat mit Lauren. Ein Tritt, als Wes mich Maxtons Freundin genannt hatte. Ein heftiges Dagegenwerfen, als Dad mir die Annonce geschickt hatte. Die Tür war zersplittert, ich spürte die Kanten, die sich in jedes weiche Gefühl der letzten Wochen rammten. Bis da nur noch ein Meer aus zerfetzten Illusionen war, in dem ich hoffnungslos unterging.

Auch ohne Maxtons Worte gerade eben hatte ich verstanden, warum er Wes nicht widersprochen hatte, als dieser mich seine Freundin genannt hatte. Es hatte sich für ihn wie die Wahrheit angehört – *angefühlt*. Und das Ding war: Für mich tat es das auch. Doch was Maxton einen Ausdruck von Ruhe und Glück ins Gesicht zeichnete, löste bei mir ein anderes Gefühl aus – heiß stechende, alles zerfressende Panik.

Es stimmte: Ich liebte ihn. Ich hatte ihn immer geliebt. Doch das, was wir gerade taten, das … intensivierte alles. Ich fühlte *so viel*. Ich liebte jedes bisschen davon. Und genau deswegen konnte ich nicht aufhören zu weinen.

Da war diese Wärme an mir, dort, wo Maxton mich berührte, und irgendwie auch sonst überall *in* mir, weil er mir längst unter die Haut gegangen war. Unter jede Schicht, jede Hülle, jedes bisschen Tarnumhang oder Schutzpanzer. Es war ganz gleich, welche Metapher ich wählte, weil es zwischen uns keine verschleiernden Bilder gab. Vor Maxton war ich nackt. Ich schälte mich aus allem, was ich mir antrainiert hatte zu sein, heraus, bis nur noch mein Kern übrig war. Dieser winzige Kern, den ich seit Jahren nicht dermaßen intensiv gespürt hatte. Seine Weichheit, seine Formbarkeit, seine … Schwäche.

»Du wärst überrascht, wie viel ich in den letzten Monaten wegen dir getan, gedacht, gefühlt hab«, das hatte Maxton gesagt. In diesem Moment begriff ich, dass das auch für mich galt. Ich würde alles für ihn geben – alles von mir. Doch ich wusste genau, wie das ausgehen würde. Ich würde geben und geben, und eines Tages wäre ich gar nicht mehr da.

Genau deswegen hatte Maxton sich geirrt: Es gab immer noch ein Zu, auch zwischen uns. Das, was ich für ihn fühlte, das, worauf wir zusteuerten, das war eben doch: zu viel. Zu viel für uns. Ich fühlte, wie unsere Umrisse sich ausdehnten, dass wir kurz davor waren zu zerreißen. Oder vielleicht nicht wir. Nur ich.

Denn letztlich ging es doch immer wieder um mich, wenn ich nach der Ursache des Problems suchte.

Maxton traf keine Schuld an alledem.

Es war nicht sein Fehler.

Es war mein Fehler.

Ich *war* der Fehler.

25. Kapitel

MAXTON

In den letzten Jahren hatte ich alles dafür getan, um Ereignisse passieren zu spüren, bevor sie eintraten. Ich hatte Momente auf dieselbe Weise gezeichnet wie Pflanzen, hatte jedes winzige Detail schraffiert, bis sich das große Ganze ergeben hatte. Ich war gut darin geworden. Ich hatte gedacht, es gäbe nichts mehr, was mich richtig überraschen oder überfordern könnte. Ich nahm die Dinge, wie sie kamen, weil ich sie in der Regel einfach viel länger kommen sah als andere. Vielleicht hatte ich mich deswegen zu sicher gefühlt, obwohl ich es insgeheim immer geahnt hatte: Ganz gleich, wie aufmerksam und vorsichtig man war, manchmal erwischte es einen dennoch eiskalt.

Mein Kopf dröhnte, als ich morgens aufwachte. Weißer Sonnenschein kratzte an meinen Lidern und meinen Schläfen, die sofort heftig pochten, als ich die Augen aufschlug. Keine Ahnung, was zuerst passierte: Meine Hände, die über die Matratze tasteten und feststellten, dass das Laken ausgekühlt und verlassen war, oder meine Augen, die die Umrisse am Ende des Zimmers wahrnahmen. Der Gedanke, den sie auslösten, war derselbe: *Sie ist weg.*

Willows Silhouette zerfranste vor dem kühlen Winterlicht, das durch die Fensterscheibe hineinfiel. Ich starrte sie an, obwohl meine Sicht halb verschleiert war, unfähig, auch nur zu blinzeln. Ihre Locken, schlafzerzaust, abstehende Goldfäden, die aussahen, als würden sie brennen. Ihre dunklen Augen, deren Ausdruck seltsam verwässert wirkte. Normalerweise war es leicht, Willow ihre Emotionen anzusehen, weil sie diese meistens besonders stark und eindeutig spürte. Wut, Freude, Genervtheit, Neugierde. Diesmal zerliefen mehrere schwache Emotionen zu irgendetwas, das ich nicht lesen konnte.

Und damit wusste ich es endgültig.

Es war unmöglich, es nicht zu wissen. Willow war so intensiv, dass ihr Wesen sich in jede Situation einbrannte. Und wenn sie dabei war zu gehen, dann verblasste alles.

Ich schloss die Augen, hoffend, dass das nur ein Traum war, wissend, dass es keiner war. Das hier war die Realität, die ich wochenlang versucht hatte auszublenden.

Wortlos richtete ich mich auf und rieb mir über die Augen, ehe ich die Beine aus dem Bett schwang und mich am Matratzenrand abstützte. Mir war so übel, dass ich mich am liebsten übergeben hätte. Ich wollte nicht aufstehen. Ich wollte nicht auf sie zugehen. Ich wollte sie nicht mal ansehen. Nicht, wenn ihr Gesicht Abschied ausstrahlte, obwohl ich gerade das Gefühl gehabt hatte, wir würden dort ankommen, wo ich so lang hingewollt hatte.

»Ich hab die ganze Zeit damit gerechnet, aber irgendwie … auch nicht.« Mein Mund schmeckte nach dem Alkohol der letzten Nacht, als ich schluckte, sackte die Bitterkeit in meinen ganzen Körper.

Sie holte tief Luft. »Max …«

»Was?«, unterbrach ich sie hart.

Zögerlich, fast taumelnd kam sie auf mich zu. Vielleicht war sie auch verkatert, sie hatte nicht viel weniger getrunken als ich gestern Nacht. Sie hatte außerdem viel geredet, gelacht, getanzt, sie hatte mich geküsst, sie hatte bei mir geschlafen. Als wäre alles in Ordnung. Vielleicht hätte es mir zu denken geben müssen, dass sie sich so … *normal* verhalten hatte, obwohl unsere Mitbewohnenden gesagt hatten, dass sie von uns wussten – und ich ihr hatte ansehen können, dass das etwas mit ihr machte. Es war so durchschaubar: Ich hatte die Details nicht sehen wollen. Ich hatte das hier nicht kommen sehen wollen.

»Es tut mir leid.«

»Und was genau tut dir leid?«

»Dass ich so kaputt bin«, flüsterte sie.

Ich stieß ein Lachen aus, ohne sie anzusehen. »Benutz solche Floskeln nicht als Ausrede, um es dir leichter zu machen.«

»Das ist keine Floskel.« Sie zögerte, dann machte sie noch einen Schritt auf mich zu, bis ich sie nicht mehr ignorieren konnte. Sie trug die Sachen vom Vortag, Jeans und Pullover in Vergissmeinnichtblau, es war alles ein bisschen grausam. »Das, was ich mit Riven erlebt habe, hat mir gezeigt, wie ich tief in mir bin. Und … auch wenn er weg ist, bin ich immer noch da. Verstehst du? Das ist wie mit den Pflanzenabdrücken an Häuserfassaden. Meine Zeit mit ihm hat welche davon auf mir hinterlassen. Sie sind eine permanente Erinnerung daran, wer ich mit ihm war – wer ich *bin*. Ich kann das nicht verdrängen, und ich kann es nicht ändern. Du weißt es doch selbst, Max. Nicht einmal ein Gärtner wie du kann diese Skelettabdrücke entfernen.«

Ihre Worte klangen so emotionslos, dass ich dafür umso mehr fühlte. Etwas, das ich in ihrer Nähe selten gespürt hatte: Wut. Ich hob den Blick und bohrte ihn in ihren. »Das ist Schwachsinn! Nichts an dir ist auf irgendeine Art kaputt. Und nichts an dir ist … nicht liebenswert.«

Sie blinzelte an mir vorbei. »Aber vielleicht nicht liebensfähig. Zumindest nicht auf … gesunde Weise.«

»Glaubst du das wirklich?« Ich runzelte die Stirn, bis feiner

Schmerz in meine Schläfen schoss. Ich wusste nicht, ob ich ganz verstand, was sie sagte oder meinte. Mein Kopf fühlte sich wund an, von innen und außen.

»Ich denke, dass das hier nicht funktionieren kann. *Ich* kann hierin nicht funktionieren.«

»Du sollst nicht funktionieren, nur … sein. Du sollst einfach du sein.« Die Wut war längst wieder verpufft, ich fühlte mich seltsam leer. Ich war erschöpft, obwohl ich zum ersten Mal seit Wochen richtig durchgeschlafen hatte. Das hier war der Beweis: Der Schlaf und das Träumen, das war nie mein Problem gewesen. Das Aufwachen war es.

»Das versuche ich gerade«, erwiderte Willow leise.

Ich senkte den Blick auf den Saum ihres Pullovers, an dem lose Fäden baumelten. Ich stellte mir vor, wie ebensolche an dem Rand dieses Moments hingen, und wusste, mit den nächsten Worten würde ich anfangen, daran zu ziehen. Aber das war jetzt auch egal. »Dann sag es einfach.«

Sie umfasste ihre Unterarme. »Ich will, dass wir das zwischen uns beenden. Ich will, dass wir zu dem zurückkehren, was wir hatten. Ich will, dass wir wieder Freunde sind. Ich will, dass wir alles andere abhaken, weil es nicht funktionieren kann. Weil es zu viel ist.«

Ein freudloses Lächeln schlüpfte auf meinen Mund. »Ich dachte, wir streichen das *Zu* aus unserem Wortschatz.«

Sie schloss die Augen. »Ich kann nicht.«

Ich wollte ihr das nicht durchgehen lassen. Ich wollte aufstehen, ihre Schultern umfassen und sie dazu zwingen, es mir besser zu erklären. Ich wollte sagen: *Ich bin nicht er. Und deswegen bist du mit mir nicht wie mit ihm.* Ich wollte auch sagen: *Doch kannst du*, weil ich in den letzten Wochen gesehen hatte, dass sie das tat. Ich wollte ihr erklären, dass ich mehr doch gar nicht wollte, nur das, was wir gehabt hatten, nur dieses Uns, das sich zwischen uns gebildet hatte. Ich wollte nicht aufgeben, ich wollte kämpfen, ich wollte den nächsten Zug planen und nicht einsehen, dass sie uns gerade einfach so schachmatt setzte, ohne dass es dafür einen Grund gab.

Ich wollte, aber ich konnte nicht mehr. Ich war es leid, jemandem zeigen zu wollen, dass ich es wert war, gewollt oder geliebt zu werden. Ich war es leid, mich beweisen zu müssen. Ich war es leid.

Also erwiderte ich schlicht: »Okay.«

»O… okay?«

Ich hob die Schultern, aber nicht den Blick. »Was soll ich sagen, Willow? Wenn du gehen willst, werde ich es dir einfach machen.«

Es ist nicht einfach, sagte ihr Schweigen, aber dann verschränkte sie nur die Arme vor der Brust. »Also … sind wir noch Freunde?«

Beste Freunde, wollte ich sagen, halb im Ernst, halb im Spott, aber ich konnte nicht. Weil sich nichts an dieser Situation zwischen uns besser anfühlte, nicht einmal gut, nicht einmal okay. Nur schlimm, so extrem schlimm, dass meine Stimme völlig tonlos war, als ich antwortete. »Klar.«

Und das war's dann.

Etwas, das so kompliziert begonnen hatte, das so lang gebraucht hatte, um anzufangen, endete auf die schnellste, einfachste Weise.

Willow ging.

Und das Einzige, was von uns blieb, war ich.

Die nächsten Tage zogen an mir vorbei, ohne dass ich einen von ihnen greifen konnte.

In der Villa verbreitete sich Aufbruchsstimmung, je näher es auf die Feiertage zuging. In den Fluren reihten sich Reisetaschen aneinander, und ständig irrte jemand durch die Zimmer und suchte nach seinem Zeug. Wir dichteten die Terassentür ab, damit das Haus während unserer Abwesenheit nicht noch mehr auskühlte, und strichen die letzten Zimmer, damit sie in Ruhe trocknen konnten. Ich kümmerte mich um die Pflanzen, die wir zum Überwintern hereingeholt hatten, und sah im Garten nach dem Rechten, damit jene überlebten, die dort auf den Frühling warteten. Ich war die meiste Zeit draußen, obwohl es drinnen niemanden gab, dem ich aus dem Weg gehen musste.

Willow war als Erste nach Hause gefahren, einen Tag nachdem sie ... ja, was? Mit mir Schluss gemacht hatte, ohne dass wir je offiziell zusammen gewesen waren? Das mit uns beendet hatte, obwohl sie darauf bestanden hatte, dass unsere Freundschaft weiterlief? Sie hatte sich nicht richtig von mir verabschiedet, bevor sie gegangen war. Ein Winken in die Runde am Frühstückstisch, ehe sie zur Bushaltestelle aufgebrochen war, mehr nicht. Seitdem hatte sie weder geschrieben noch angerufen, und ich wusste nicht, ob mich das erleichterte oder noch ... schwerer werden ließ.

Ich bemerkte, dass die anderen ahnten, was passiert war, aber keiner von ihnen sprach es an. Nicht einmal Beckett oder Sienna thematisierten es, dafür verhielten sie sich in meiner Nähe ungewohnt sanft. Eden leistete mir oft im Garten Gesellschaft und half bei den letzten Arbeiten am Pavillon, Avery kam morgens mit Kaffee vorbei und saß schweigend neben mir auf der Stufe des Schuppens, obwohl sie vor Kälte zitterte und ich ihr mehrmals sagte, sie könnte reingehen. May umarmte mich, bevor sie nach Hause aufbrach, besonders lang und fest, Helen setzte mir zum Abschied eine der efeugrünen Mützen auf, die die Kalkstatuen seit dem Herbst getragen hatten, und sagte: *»Damit du nicht vergisst, dass du ein Teil vom Garten bist.«* *Vom*

Garten hieß *von uns*, ich wusste das. Trotzdem fühlte ich mich in diesen Tagen einsamer als seit Langem.

Fast war ich erleichtert, als ich am vierundzwanzigsten nach Wallingford fuhr. Und das, obwohl die Feiertage in den letzten Jahren der Zeitraum gewesen waren, den ich am liebsten übersprungen hätte. Manche Familien nutzten Weihnachten, um sich aufs Gute zu besinnen. Meine wusste nicht mehr, wie das ging. Meine Eltern sahen nicht das, was sie hatten, sondern das, was sie einst gehabt hatten – an diesen Tagen mehr als ohnehin schon. Wenn sie keinen drei Meter hohen Weihnachtsbaum in einer Eingangshalle haben konnten, dann wollten sie nicht mal einen ein Meter hohen in einem zwanzig Quadratmeter großen Raum.

Auch dieses Jahr hatte die Zeit mit ihnen nichts von Besinnlichkeit, dafür alles von Beklemmung. Wir aßen Braten und Kroketten, spazierten abends über den Friedhof und besuchten das Grab meiner Großeltern, wir guckten *Der kleine Lord*, ohne dass einer von uns hinsah. Ich versuchte mehrmals, Isla anzurufen, sie schob es auf die Zeitverschiebung, dass sie nie dranging, sondern nur mit aufgesetzt fröhlichen Nachrichten antwortete. Ihrem Instagram-Profil nach feierte sie Weihnachten bei der Familie ihrer Freundin. Ich versuchte, mich für sie zu freuen. Ich versuchte generell, etwas zu empfinden, das über Leere hinausging. Es klappte nicht.

Es war der sechsundzwanzigste, als wir bei Kaffee und Apfelkuchen in der Küche saßen. Im Radio lief ein Konzert des Royal Philharmonic Orchestra, so leise gestellt, dass es unter dem beständigen Klopfen des Regens am Fenster unterging.

Ich bekam kaum etwas vom Gespräch meiner Eltern mit, erst, als Mum mich an der Hand berührte und anlächelte. Selbst diese Regung wirkte erschöpft, als kostete es ihre Mundwinkel alles an Kraft, sich an die Bewegung zu erinnern. In den letzten Jahren hatte ich ihr dabei zusehen können, wie sie alterte, obwohl sie jeden Morgen Make-up auftrug und sich das Haar regelmäßig färbte, um die grauen Strähnen zu verdecken. Es lag an ihren Augen. Mit jedem Jahr seit dem Bankrott verloren sie mehr an Glanz und Farbe. Mittlerweile war das Braun seltsam abgestumpft, als hätte man Kastanien zu lang im Staub liegen gelassen.

»Nächstes Jahr wird alles besser. Nicht wahr, Maxton?«

Die Frage wunderte mich nicht. Ich musste die Gespräche meiner Eltern nicht mitbekommen, um zu wissen, worum sie sich drehten. Normalerweise hätte ich meine gewöhnliche Rolle gespielt, genickt und den folgenden Monolog über mich ergehen lassen, doch in diesem Augenblick brachte ich es nicht über mich.

Stattdessen zog ich meine Hand zurück und umklammerte die Tasse. »Inwiefern liegt das an mir?«

Mum runzelte die Stirn. »Das weißt du. Mit den Kontakten, die du uns ermöglichen kannst, können wir schon bald wieder besser leben.«

Ich lehnte mich im Stuhl zurück. Das Holz drückte in meinen Rücken, der Blick meines Vaters gegen meine Schläfe. Ein müdes *Bitte, lass das*, lag darin, ich ignorierte es. »Wieso denkt ihr das eigentlich? Ich meine, selbst wenn ich es in die Verbindung schaffe, euer Büro dadurch besser läuft, ihr wieder mehr Geld habt und umziehen könnt und … keine Ahnung, was ihr alles wollt. Selbst wenn – das würde vielleicht gar nichts ändern.«

»Es würde *alles* ändern, Maxton.« Mum stellte ihre Tasse ab, Kaffee perlte über den Rand auf den Tisch. »Wir könnten endlich wieder unser Leben führen. Glücklich sein.«

»Ich glaube nicht, dass die Sache mit dem Glück an Geld hängt.«

»Woran denn dann?«

Ich zögerte. Es war seltsam, über so was wie Glück zu sprechen, wenn ich momentan selbst so weit davon entfernt war, wie es nur ging. Doch das Ding war … bevor Willow und ich kurzzeitig mehr als Freunde gewesen waren, in diesem Zeitraum, in dem ich es schon gewollt, aber mich damit abgefunden hatte, dass ich es nicht haben konnte, da war ich nicht unglücklich gewesen. Es war anstrengend gewesen, manchmal schmerzhaft, ja, aber es war … trotzdem schön gewesen. Es war genug gewesen. Denn das kleinste bisschen mit Willow hatte mir mehr bedeutet als ein potenzielles Alles mit einer anderen.

»Daran, was du aus dem machst, das du hast, ganz egal, wie viel das ist«, sagte ich leise.

Mum lächelte schmal. »Und was hab ich? Außer Schulden, die ich nicht abbezahlen kann? Außer diesem Ruf, der mich erstickt? Ich habe *nichts*.«

»Deine Familie sollte kein Nichts sein.«

Meine Mutter blinzelte, blickte Hilfe suchend zu meinem Vater, der immer noch reglos neben mir saß und nach draußen sah. Als wäre er am liebsten weit weg – dabei war er das eh schon seit Jahren.

»Du hast recht, entschuldige, so war das nicht gemeint«, ruderte Mum schließlich zurück. »Es ist nur … ich will das doch auch für euch, Maxton. Für dich und Isla. Damit ihr endlich das Leben bekommt, das euch bei eurer Geburt versprochen wurde.«

Ich lachte auf. »Das ist Bullshit. Niemandem wird irgendwas versprochen, Mum.«

»Doch, dir. Die Society verspricht dir eine Sicherheit, die dir nie wieder jemand nehmen kann, mein Schatz. Das ist ein Versprechen für die Ewigkeit.«

Ich atmete tief durch. In meinem Kopf wiederholten sich die Worte meines Großvaters: *Denk immer nach, denk immer nach, denk immer nach.* Ich wusste, wenn ich das täte, würde ich die folgenden Worte nicht aussprechen. Allein, weil ich ahnte, welche Floskeln mich erwarten würden, und ich es leid war, sie mir anzuhören. Aber womöglich war genau das der Punkt. Zum ersten Mal hatte ich nicht das Gefühl, passiv in dieser Situation bleiben zu können – zu dürfen. Es war nicht einfach, aber Willow hatte vermutlich recht gehabt: Die wichtigsten Dinge im Leben waren eben *scheißkompliziert.*

»Vielleicht. Aber … ich bin nicht sicher, ob ich das annehmen würde, selbst wenn sie es mir anbieten würden.«

Mein Vater drehte den Kopf in meine Richtung. »Bist du an den Herausforderungen gescheitert?«

»Nein. Ich meine, es fehlen noch zwei, aber … nein.«

»Was ist dann das Problem?«

Ich stellte die Tasse ab und verschränkte die Arme. »*Das Problem* ist, dass ich nicht weiß, ob ich Teil von etwas sein möchte, das mir nicht in allen Facetten gefällt.«

»Was gefällt dir nicht?«, hakte Mum unruhig nach.

Ich zögerte. Es war schwer, dieses Gefühl zu benennen, das mich überkam, wenn ich mit Keenan und den anderen zusammen war. Insbesondere, weil es sich in den letzten Wochen zunehmend verändert hatte. Willow hatte auch hierbei recht gehabt: Je mehr Zeit ich mit ihnen verbrachte, desto mehr … mochte ich sie. Vielleicht gar nicht so sehr jeden Einzelnen von ihnen, aber das, was sie zusammen waren. Was sie *füreinander* waren. Ihre Dynamik erinnerte mich in mancher Hinsicht an die, die ich mit meinen Mitbewohnenden hatte. Dieser Zusammenhalt, das unausgesprochene Versprechen, füreinander da zu sein und einander so zu akzeptieren, wie man eben war – das war besonders und … tröstlich. Gerade für jemanden wie mich, der bei seinen Eltern permanent das Gefühl hatte, sich dafür zu rechtfertigen, was er wollte, machte oder war.

Und doch, obwohl ich nicht leugnen konnte, dass ich anfing, mich in ihrer Gesellschaft zu entspannen, konnte ich den Anflug eines unguten Gefühls nicht ignorieren. Schon gar nicht, seit Willow mir auf der letzten Party von diesen Gerüchten erzählt hatte. Ich glaubte nicht, dass sie stimmten, sonst hätte ich längst nicht mehr mit ihnen in einem Raum sein können. Aber Gerüchte hatten meistens einen wahren Kern. Und so lang ich nicht einschätzen konnte, was dieser war, konnte ich nicht so tun, als wäre alles okay.

»Zum einen benehmen sie sich so, als wären sie was Besseres. Als wären sie mehr wert, als dürften sie tun und lassen, was sie wollen.«

Mein Vater nippte an seinem Kaffee, sodass etwas Milchschaum an seinem Bartansatz hängen blieb. Früher hatte er behauptet, ein ungepflegter Bart wäre das Ende des Stolzes, heute konnte ich mich nicht mehr daran erinnern, ihn frisch rasiert gesehen zu haben. »Ist dir in den Sinn gekommen, dass das nur Fassade ist?«

»Klar. Aber was sagt es über ihren Kern aus, wenn sie so eine Fassade bewusst aufrechterhalten?«

»Du weißt ja nicht, wie angreifbar man wird, wenn man derart erfolgreich ist«, kam meine Mutter ihm zu Hilfe. »Neid führt Menschen dazu, dich hassen zu wollen – es ist nachvollziehbar, dass man sich davor schützt, indem man versucht, unantastbar zu wirken.«

»Es ist ja nicht nur das«, beharrte ich. »Es gibt Gerüchte, es heißt …«

»Ignorier sie.«

Ich umfasste die Tischkante vor mir. »Was?«

»Hässliche Gerüchte sind ebenfalls etwas, das Neid nach

sich zieht.« Mum zuckte desinteressiert mit den Schultern, aber ich sah den harten Zug um ihre Mundwinkel. Sie wollte das nicht hören – nicht, weil sie sicher war, dass nichts dran sein könnte, sondern weil sie nichts davon wissen wollte, wenn dem doch so wäre.

»Vielleicht sind es keine Gerüchte. Vielleicht ist die Wahrheit einfach hässlich.«

»Ignorier sie.« Diesmal kamen die Worte von meinem Vater, nicht weniger entschieden, fast verbissen.

Mir wurde kalt, dann heiß. Die Küchenwände drückten gegen meine Augen, gegen meine Gedanken. Mein Puls beschleunigte sich. Das Fenster war in der Nähe, aber geschlossen, ich wäre gern aufgestanden und hätte es aufgerissen oder wäre zur Tür rausgestürmt. Stattdessen atmete ich durch und fixierte nacheinander meine Eltern. »Ich soll so tun, als gäbe es nichts, was mir Sorgen macht? Ich soll mich auf etwas einlassen, das ich nicht ganz begreife? Was für ein Mensch wäre ich, wenn ich so etwas tue?«

»Einer, der nicht nur an unrealistische Moralvorstellungen denkt, sondern auch an seine Familie.« Mum schob sich ein Stück Kuchen in den Mund.

Am liebsten hätte ich ihr die Gabel aus der Hand geschlagen. Ich hatte mich vor einiger Zeit damit abgefunden, dass vieles in meinem Leben ihnen mehr oder minder egal war, aber ich wollte nicht einsehen, dass das auch für alles andere galt. Dass sie sich selbst so wichtig waren, dass sie die Augen vor allem verschlossen, das für sie schwierig werden könnte.

»Werde erwachsen, Maxton«, sagte Dad leise, als könnte er das Entsetzen aus meinem Schweigen heraushören.

»Und was bedeutet das?«

»Zu erkennen, dass du nicht immer nur Dinge tun kannst, die dir *in allen Facetten* gefallen. Dass du manchmal ein Auge zudrücken musst, wenn du halbwegs angenehm durchs Leben kommen willst.«

»Ich will kein Auge zudrücken, ich will sehen, was ich tue! Ich will mich dafür entscheiden, was für ein Mensch ich bin, und nicht einfach den angenehmsten Weg wählen.«

Mum sah mich an, die Augen voller Unverständnis. »Und ich dachte wirklich, du willst uns stolz machen.«

Mit einem harten Lachen stand ich auf und schob den Stuhl zurück. »Ich bin euer Sohn. Ich sollte nicht tun müssen, was ihr von mir verlangt, damit ihr stolz auf mich seid. *Ich* sollte genug sein. Aber vielleicht ist das auch egal, weil es eh wichtiger ist, dass ich auf mich selbst stolz bin.«

Der Kiefer meines Vaters bewegte sich, sein Blick bohrte sich in meinen. »Und bist du stolz auf dich, wenn du deine Familie im Stich lässt?«

»Wenn es bedeutet, das zu tun, was ich selbst für richtig halte, dann ja.« Ich fuhr mir mit den Handflächen übers glühende Gesicht. Meine Platzangst kratzte nur noch dumpf an meinen Schläfen. Vielleicht, weil ich das Gefühl hatte, gerade aus dem engsten aller Räume ausgebrochen zu sein. »Ich fahr nach Hause.«

Mum versuchte, nach meinem Arm zu greifen, als ich an ihr vorbeilief. »Du bist zu Hause, Maxton.«

Ohne mich zu ihr umzudrehen, ging ich in Richtung Tür. »Ich wünsche mir wirklich, dass es sich irgendwann wieder so anfühlt. Aber jetzt gerade … brauch ich Abstand.«

Ich ging ins Wohnzimmer nebenan und packte meine Sachen zusammen, während die Wohnung in Stille versank. Als ich kurz darauf wieder in der Küche stand, hatten meine Eltern sich nicht gerührt. Mein Vater blickte erneut aus dem Fenster, hinter dem die Welt in schiefergrauem Regendunst versank, meine Mutter sah mit zusammengepressten Lippen zu mir auf.

»Ihr wisst, dass ihr mir wichtig seid. Aber ihr solltet darüber nachdenken, wie wichtig diese Familie euch ist. Nicht das, was sie hat, sondern das, was sie ist.« Wie komisch, dass es so einfach war, alles auszusprechen, was man jahrelang in Gedanken konserviert hatte, wenn man einmal damit begonnen hatte. »Ich glaube, ihr wisst das längst, aber ich sag es jetzt mal laut: Isla ist nicht in Australien geblieben, weil sie dieses neue Leben nicht akzeptieren konnte. Sie ist nicht zurückgekommen, weil sie nicht ertragen konnte, dass *ihr* es nicht akzeptieren konntet. Ich hab versucht, damit umzugehen, echt. Aber ich will das nicht mehr. Wenn ihr so weitermacht, dann habt ihr bald kein Kind mehr. Ruft mich an, wenn ihr wisst, ob es euch das wert ist.«

Der Regen verwischte die Grenzen des Asphalts mit denen des Himmels, als ich das Haus verließ. Ich verstaute meinen Rucksack im Auto und ging noch spazieren, obwohl meine Kleidung innerhalb von Sekunden durchnässt war. Die Kapuze klebte an meinem Kopf, die Gedanken drückten sich von innen dagegen. Sie wurden erst leichter, als sich die Mauer des Botanischen Gartens vor mir erhob.

Meine Narbe am Unterarm pochte auf, wie immer, wenn ich den Ort sah, an dem ich sie mir zugezogen hatte, aber mein Herz tat es noch so viel heftiger. Es war auf schönste Weise unerklärlich: Ich musste nur hier stehen, und ich erinnerte mich daran, dass ich lebte. Ich lebte dieses eine, verwirrende, manchmal extrem ermüdende Leben, und es war ganz allein mein Ding, auf welche Weise ich das tat. Was für ein beschissen einfacher Gedanke, wie absurd, dass ich erst jetzt das Gefühl hatte, ihn ganz und gar zu begreifen.

Ich hatte immer noch keine Ahnung, was ich wegen der Society tun wollte. Aber zum ersten Mal, seit das alles begonnen hatte, überkam mich das Gefühl, dass es tatsächlich meine Entscheidung war. Mein Spielbrett, mein freier Zug.

Jetzt musste ich nur noch herausfinden, welchen ich wählen wollte, wenn es eigentlich keinen Unterschied zwischen Gewinnen und Verlieren gab. Wenn alles, was ich überhaupt hatte gewinnen wollen, längst verloren war.

26. Kapitel

WILLOW

Ich hatte den Dezember nie gemocht. Weihnachten hatte etwas Nostalgisches an sich, und je näher es auf die Feiertage zuging, desto mehr musste ich an Vergangenes denken. Sie waren dazu da, das Schlechte des Jahres auszublenden und sich auf das Schöne zu besinnen. Vielleicht war es mir deswegen zu dieser Zeit immer am schwersten gefallen, Riven zu hassen, und vielleicht hasste ich sie deswegen am meisten.

Doch dieses Jahr war etwas anders gewesen. Nicht, dass ich auf einmal wild auf all den Lichterkettenkitsch gewesen wäre, aber ich hatte immerhin kein Gefühl von Beklemmung gespürt, wenn Helen Weihnachtslieder auf dem Klavier geübt, Sienna abends einen Film mit Schneegestöber und Nächstenliebe angemacht oder es im Haus permanent nach Zimt und Sternanis gerochen hatte, weil May es sich zum Ziel gemacht hatte, jedes Plätzchenrezept dieses Planeten auszuprobieren.

Dieser Winter war mir nicht grau und eiskristallbesetzt vorgekommen, dieser Winter war die wärmste Jahreszeit gewesen, die ich mir überhaupt hatte vorstellen können. Im Rückblick war es kaum erträglich, an all die Hitze zu denken, die es gegeben hatte, bevor ich zu Eis erstarrt war.

Dieser letzte Morgen mit Maxton war vier Tage her. Vier Tage, die ich größtenteils bei meinem Vater in Sturry verbracht hatte. Ich schlief jeden Abend in meinem alten Kinderzimmer ein und wachte in Maxtons Zimmer auf. In diesen verschleierten Sekunden nach dem ersten Blinzeln sah ich ihn wieder vor mir sitzen. Helle Augen, dunkler Ausdruck. Kaum noch Ringe in seinem Gesicht, dafür welche, die sich um meinen Hals schnürten, je länger er mich einfach nur anstarrte und begriff, was gleich passieren würde.

Ein Teil von mir hatte damit gerechnet, dass dieses Gespräch hässlich werden würde. In den letzten Monaten hatte ich gelernt, dass Maxton durchaus streiten konnte – doch diesmal war er ruhig geblieben. Er hatte es akzeptiert. So, wie er immer alles akzeptierte. Ganz gleich, wie uneinig wir uns manchmal auch waren, Maxton hatte mir mein Wesen oder mein Handeln nie übel genommen. Er hatte es nicht verstehen müssen, um es hinzunehmen. Und doch hatte ich etwas in seinen Augen erkannt, das darin noch nie gelegen hatte: Enttäuschung.

Dieser Ausdruck war der Grund dafür gewesen, dass ich die Villa einige Tage früher als geplant verlassen hatte. Es war das erste Weihnachten seit meiner Trennung von Riven, das Dad und ich zu Hause verbrachten. Er hatte das Airbnb an der Küste eher widerwillig storniert, aber ich spürte, dass ich so weit war. Nach allem, was zwischen Maxton und mir passiert war, hatte ich erkannt, dass Riven nicht das war, wovor ich jahrelang geflüchtet war. Das war immer nur ich gewesen. *Ich gehöre nur mir* – mein Mantra der vergangenen Jahre. Und jetzt war ich hier, gehörte nur mir allein, und kam mir plötzlich vor wie eine Fremde.

Mit beiden Händen zog ich die Wolldecke bis zur Brust hoch. Trotz des dicken Pullovers und drei Paar Socken war es so kalt im Baumhaus, dass ich permanent ein Zittern unterdrücken musste. Das lag vor allem am Schnee, der den ganzen Abend gefallen war. Eine dicht gewebte Decke, die sich über dem Garten ausgebreitet hatte. Deswegen hörte ich Dad auch sofort, als er gegen Mitternacht auf das Baumhaus zulief – jeder Schritt ein dumpfes Knatschen im Schnee.

Ich rang mir ein Lächeln ab, als er kurz darauf die Leiter hinaufkletterte, und sich mit einem Ächzen auf die Plattform hievte. »Hab mir gedacht, dass ich dich hier finde.« Er setzte sich gegenüber von mir an die Wand, fast genau an die Stelle, an der Maxton vor ein paar Wochen gesessen hatte. Vermissen hatte ein Gewicht, mein Herz wurde kaum aushaltbar schwer.

Eine Weile saßen wir schweigend da, dann nickte Dad mir zu. »Gut, was ist los? Du bist seit vier Tagen hier und hast so viel geredet wie sonst in einem Telefonat.«

»Es ist halt eine besinnliche Zeit«, erwiderte ich lahm.

Dad musterte mich eindringlich. »Ist es … wegen ihm?«

Ich beeilte mich, den Kopf zu schütteln. »Eigentlich hab ich dieses Weihnachten kaum an Riven gedacht.«

Er lächelte. Selbst im dämmrigen Licht betonte das die Fältchen um seine Augen. »Ich hab auch nicht von Riven gesprochen. Sondern von deinem Gartenjungen. Du hast bisher noch nichts von ihm berichtet.«

Schuld teilte sich eine Gewichtsklasse mit Vermissen, am liebsten hätte ich mich auf dem Boden zusammengerollt. Ich wich Dads Blick aus und zupfte ein paar Fussel von der Decke. »Hab es verbockt«, flüsterte ich.

»Was ist passiert?«

Ich hatte Dad nie explizit davon erzählt, wie sich die Dinge zwischen Maxton und mir entwickelt hatten. Doch ich ahnte, dass er sich seinen Teil gedacht hatte – vermutlich sogar schon länger als ich selbst. Im ersten Augenblick wusste ich nicht, was ich antworten sollte. *Was war passiert?* In den Momenten, in denen ich Maxton besonders intensiv vermisste, wusste ich es selbst nicht. Das zwischen uns war einfach zu groß, zu echt, zu nah geworden. Ich hatte gespürt, wie ich mich in seiner Nähe veränderte, und das hatte Panik in mir ausgelöst. So heftige Panik, dass ich nicht mehr innehalten und alles durchdenken konnte, sondern handeln musste. Ich musste mich retten. Und deswegen war ich gegangen. Gerannt. Geflohen.

»Es war ... zu gut. Maxton ist irgendwie alles, was ich nicht bin, aber gern wäre, weißt du? Ruhig, geduldig und rücksichtsvoll. Er lässt mich so sein, wie ich bin. Weil er überhaupt kein Interesse daran hat, mich zu ändern, und ich gleichzeitig in seiner Nähe nicht mehr aufpasse, wie ich bin, und dadurch zeige, was ich *wirklich* bin. Was ich in Teilen seit Jahren zu unterdrücken versuche, weil ...« Ich brach ab, wir wussten beide, was ich meinte. *Wen* ich immer meinte, wenn mir die Worte fehlten.

»Riven sollte kein Weil mehr sein dürfen, Willow«, sagte Dad sanft. »Du solltest ihm kein Wort, keinen einzigen Buchstaben mehr in deinem Leben einräumen.«

»Ich weiß.« *Es ist nur so schwer, weil er mal mein ganzes Alphabet war.* »Ich hab einfach Angst, dass das, was ich mit Riven war, mein wahres Ich ist. Der Kern von mir, zu dem ich immer zurückkommen werde, wenn ich nicht aufpasse.«

Dad sah mir streng in die Augen. »Das, was mit Riven passiert ist, lag nur an ihm. Nicht im Geringsten an dir. Glaub mir: Du warst von klein auf furchtbar charakterstark und dickköpfig.«

Ich musste lachen. »Ich war frech.«

»Ja. Und mutig. Loyal, offenherzig und ehrlich. Du warst schon als Kind *so viel.* Deine Mutter hat immer gesagt, dass versehentlich die doppelte Portion an Charakter in diesen kleinen Menschen gegossen wurde.«

Ich schluckte schwer. Das war das erste Mal seit einer Ewigkeit, dass einer von uns sie in einem Gespräch erwähnte. Selbst als ich am Weihnachtsmorgen kurz mit ihr telefoniert hatte, war Dad im Garten verschwunden.

»Meinst du, sie ist deswegen gegangen? Weil ich zu viel war?«

»Das, was deine Mutter entschieden hat, lag auch nur an ihr. Daran, dass ihr das mit ihr und mir zu … wenig war.« Dad lächelte auf dieselbe Art, mit der er mich in jener ersten Wolfsstunde in unserer Küche angesehen hatte. Dieses Lächeln war der Grund dafür, dass ich Mum einfach nicht vollständig verzeihen konnte. Dass sie damals zu Riven gehalten hatte, hätte ich vielleicht überwinden können, aber dass sie Dads Lächeln so traurig hatte werden lassen … das nicht.

»Ich glaub, sie war einfach zu wenig. Für dich. Für uns.«

Er schüttelte den Kopf. »Du weißt, dass ich nicht will, dass du dich auf eine Seite stellst, Willow. Ich will nur, dass du verstehst, was ich schon vor einer Weile eingesehen habe: Wir dürfen uns von den Menschen, die uns verletzt haben, nicht einreden lassen, dass es unser Fehler gewesen wäre. Du bist nicht für die Entscheidungen oder Persönlichkeiten anderer verantwortlich. Und es ist keine Schwäche, geliebt werden zu wollen. Oder zu lieben.«

»Aber gerade, wenn wir jemanden lieben, müssen wir doch auf ihn aufpassen, oder?«

Ich starrte auf die Traumfänger, die sich neben Dads Kopf im Nachtwind drehten. Am liebsten hätte ich einen davon über Maxtons ganzes Leben gewebt – einen, der alles Schmerzhafte einfach abfing. *Pass bloß auf, Irving.* Ich konnte nicht zählen, wie oft ich diesen Satz zu ihm gesagt hatte. Ich fragte mich, ob er verstand, dass ich es wirklich so meinte. Dass ich mehr als alles andere wollte, dass es ihm gut ging. Dass ich alles tun würde, um dafür zu sorgen. Um auf ihn aufzupassen.

»Selbst wenn ich nicht in einer Kurzschlussreaktion abgehauen wäre, vielleicht hätte ich es trotzdem irgendwann getan. Ich hätte Maxton nie versprechen können, dass es funktioniert. Dass ich nicht eines Tages aufwache und wieder solche Panik bekomme, dass ich anfange zu rennen.«

»Niemand weiß, wie sich die Dinge, das Leben oder die eigene Persönlichkeit entwickeln. Es geht in der Liebe nicht um Versprechungen.«

»Und worum dann?«

Dad lächelte wieder, ehrlicher jetzt. »Ums Versuchen.«

Frustriert sah ich ihn an. »Aber Versuche können scheitern. Hättest du dir nicht gewünscht, Mum hätte von Anfang an Zweifel gehabt, ob sie das mit euch wirklich kann und will, und es dann gleich gelassen?«

»Nein. Selbst wenn wir dich nicht bekommen hätten – ich würde keinen einzigen Tag mit ihr ungeschehen machen. Nur weil manche Dinge nicht funktionieren, ist die Zeit, in denen sie es tun, nicht weniger wertvoll.«

»Ich weiß nur nicht, ob es das immer wert ist. Ob man sich selbst oder jemand anderem bei diesem Versuch nicht unnötig wehtut – vor allem, wenn man sowieso schon so unterschiedlich ist wie Maxton und ich. Er sehnt sich nach Beständigkeit und etwas Bleibendem. Und ich bezweifle, dass ich dafür die Richtige sein kann, wenn ich genau davor Angst habe.«

Meine Stimme brach vor Verzweiflung, weil es mir so leidtat. Für ihn und irgendwie auch für mich. Dieses Ende, das ich vor ein paar Tagen gesetzt hatte, das war nicht das, was ich für uns gewollt hatte. Wir verdienten mehr als das. Wir verdienten etwas *Besseres* als das. Aber wie sollte ich ihm das geben, wenn ich mir selbst in keiner Hinsicht vertraute, gut genug zu sein?

»Das wirst du nie wissen, wenn du es gar nicht erst versuchst. Und, weißt du, wenn wir geliebt werden, dann ist das immer etwas Bleibendes. Auch dann, wenn es sich irgendwann verändert, verblasst oder nicht gut endet.«

Mein Herz stach. Womöglich setzten Vernichtungsschmerzen auch ein, wenn an einer Überzeugung gerüttelt wurde, die man mühsam aufgebaut hatte. »Du bist ganz schön weise geworden«, stellte ich widerwillig fest.

Dad lachte, schwieg jedoch dazu.

Draußen fing es wieder an zu schneien. Feine Flocken, die das Nachtdunkel wie fallende Sterne zersetzten. Eine Weile sah ich ihnen stumm zu, dann wandte ich mich wieder an meinen Vater. »Ich muss morgen nach Canterbury, Dad.«

Er seufzte. »Hab befürchtet, dass du das sagst. Ich muss wahrscheinlich nicht ausführen, warum ich das für keine gute Idee halte, oder?«

Ich grinste schwach. »Nein. Fährst du mich trotzdem?«

»Sicher.« Er nickte, obwohl ich die Sorge in seinem Gesicht deutlich bemerkte. Sie hatte es sich vor Jahren dort bequem gemacht und sich Falten gegraben.

»Danke.« Ich zögerte und holte tief Luft. »Und … auch danke dafür, dass du dieses Baumhaus nie aufgegeben hast.« Ich wusste, dass er verstand, was ich damit meinte.

Seine Augen schimmerten, er lehnte sich vor und knuffte mir durch die Decke in den Fuß. »Niemals.«

Seit fast drei Jahren war ich nicht mehr in Rivens Elternhaus gewesen, trotzdem konnte ich in Gedanken jedes Zimmer vor mir sehen. Ich hatte gedacht, es würde sich schlimmer anfühlen zurückzukommen. Doch während ich die Fassade des modernen Familienhauses betrachtete, überkam mich kein Panikgefühl. Nur Beklemmung, wenn ich daran dachte, dass jemand dort drin war, der sich eventuell so fühlte, wie ich es damals bei jedem Besuch getan hatte. Als müsste ich permanent beweisen, dass ich es verdient hatte, dieses Gebäude an Rivens Seite betreten zu dürfen.

Es war noch früh, Dad und ich waren direkt nach dem Frühstück aufgebrochen. Er parkte auf der anderen Straßenseite, sein Blick auf mir fühlte sich an wie ein unterstützender Händedruck. Dennoch lief ich seit einer halben Stunde vor dem Eingangstor auf und ab und wusste nicht, was ich tun sollte. Wenn ich klingelte, würde Riven mitbekommen, dass ich hier war. Und dafür sorgen, dass ich kein Wort mit Annabelle wechselte.

Ehe ich einsehen konnte, dass ich diesen Plan wenig durchdacht hatte, hörte ich ein Bellen aus dem Garten hinter dem Haus. Im nächsten Moment sprang das Fellknäuel schon am Tor hoch. Ich musste lächeln, weil sie tatsächlich die Einzige dieser Familie war, die ich gern wiedersehen wollte. Behutsam streckte ich eine Hand durch das Gatter, ließ sie daran schnuppern und kraulte sie dann hinter den Ohren.

»Hallo, Knopf.«

Die Dackelhündin bellte mich erneut an, sodass ich die helle Stimme erst bemerkte, als sie näher auf das Tor zukam. Ich verspannte mich und wich einen Schritt zurück. Rivens Mutter hatte mich zwar gut behandelt, aber ich war mir sicher, dass er ihr mittlerweile genug über mich erzählt hatte, um das zu ändern. Doch statt einer Frau Ende fünfzig trat eine in den frühen Zwanzigern zwischen den kahlen Obstbäumen hervor und kam auf mich zu.

Annabelles blondes Haar war zu einem ordentlichen Dutt hochgesteckt, an ihren Ohren baumelten Perlenohrringe. Es ließ sie älter wirken, wahrscheinlich lag das aber vor allem an dem reservierten Ausdruck auf ihrem Gesicht, mit dem sie mich musterte. »Kann ich dir helfen?«

Ich starrte sie an. Die Morgenkälte hatte ihre Wangen rosig

gefärbt, der Stein an ihrem Ringfinger funkelte kühl. Mir wurde flau. Ich hatte das hier geübt, aber plötzlich wusste ich nicht mehr, wie ich anfangen sollte. *Ich würde* dir *gern helfen*, dachte ich, *ich weiß nur nicht, ob ich das kann.* Aber wahrscheinlich zählte auch hier, was Dad gestern gemeint hatte, und es ging nicht um sichere Versprechungen. Nur ums Versuchen.

»Sorry, ich wollte dich nicht erschrecken. Es ist nur, ich …« Ich atmete tief durch und sagte dann den Satz, für den ich hergekommen war: »Du solltest ihn nicht heiraten.«

Ihre feinen Gesichtszüge verhärteten sich vor Überraschung, sie wich zurück. »Wie bitte?«

Ich wusste, dass ich das hätte behutsamer aufziehen sollen, aber dafür fehlten mir Zeit und Kraft. Das hier war eben keine sanfte Wahrheit. Sie war kratzig und kantig, sie hatte mein Inneres so aufgeschürft, dass es nie wieder ganz heilen würde.

»Du solltest Riven nicht heiraten. Niemand sollte das tun. Er ist niemand, mit dem man sein Leben verbringen sollte, weil man es damit quasi aufgibt. Ich weiß, er kann einem das Gefühl geben, dass es das wert ist – dass er allein alles wert ist –, aber das ist nicht wahr. Er ist nicht gesund. Und deswegen kann man mit ihm auch keine gesunde Beziehung führen. Du verdienst mehr als das.«

Fassungslos starrte sie mich an. Ihr Blick zuckte über ihre Schulter, dann machte sie eine Bewegung auf mich zu und ballte die Hände zu Fäusten. Der Ring schnitt dabei in ihre Haut, ich wusste das. »Keine Ahnung, wer du bist, aber woher nimmst du das Recht, hier aufzutauchen und so über meinen Verlobten zu reden?«

»Ich verstehe, wenn du das nicht hören willst. Aber … ich hätte das damals hören müssen. Deswegen bin ich hier.« Ich zuckte mit den Schultern. »Und um dir zu sagen, dass, wenn du mal reden willst … Über die Sachen, die du spürst, aber dich nicht traust zu denken, über diese kleinen Zweifel, die dir so albern erscheinen, dass es dir zu peinlich ist, sie vor deinen Freunden anzusprechen, über das Gefühl, das dich überkommt, wenn du an manchen Tagen das Haus verlässt – diesen absurden, aber seltsam intensiven Gedanken, einfach nicht mehr zurückzukommen ... Wenn du über irgendwas davon mal reden willst, dann ruf mich an.«

Ihre Mimik veränderte sich kaum sichtbar. Maxton hätte das sicher besser einordnen können, doch selbst ich glaubte zu erkennen, welches Gefühl dafür sorgte: ein ganz leises Wiedererkennen. Sie sagte nicht: *Ich weiß nicht, wovon du sprichst.* Sie sagte: »Ich kenn dich doch gar nicht.«

»Doch, tust du.« Ich lächelte schwach. »Ich war mal du.«

Ich streckte den Arm durch das Tor und hielt ihr den Zettel hin, auf den ich vorhin meine Nummer geschrieben hatte. Annabelle stand dreißig Sekunden nur da und starrte auf meine zittrige Hand. Dann, zögerlich, machte sie zwei Schritte auf mich zu und griff danach. Unsere Finger streiften sich flüchtig, unsere Blicke auch. Und das war es. Das war alles, was ich tat, weil es alles war, was ich tun konnte. Ein Versuch.

Ich nickte ihr zu, drehte mich um und überquerte die Straße. Dad lächelte, als ich einstieg und die Tür hinter mir zuzog. Ich erwiderte es, obwohl ich spürte, dass sich Tränen in meinen Augen aufbauten. Welche aus Erleichterung, weil ich es geschafft hatte, das hier durchzuziehen – für Annabelle und mich selbst. Welche aus Verzweiflung, weil ich wusste, dass es womöglich nicht genug war, um sie auch nur zum Nachdenken zu bringen.

Dad startete den Motor, während ich mich anschnallte und aus dem Fenster schaute. Annabelle starrte noch immer zu uns hinüber. Ihre Silhouette verschwamm in der Scheibe mit meiner Reflexion. Ein Draußen, ein Drinnen, ein Damals, ein

Jetzt. Ein Spiegel, in den ich schon so oft geblickt hatte, aber nie mit diesem Gefühl. Ich hatte mich in all den Erinnerungen immer verachtet. Ich hatte mich als schwach empfunden, als armselig, naiv und dumm.

Diesmal fühlte ich nichts davon. Diesmal sah ich mich und dachte: *Es tut mir leid. Es tut mir so leid, dass du das erleben musstest. Es tut mir leid, dass ich dir kein besseres, kein stärkeres Ich war.* Und: *Ich bin stolz auf dich, dass du nicht geblieben bist. Ich bin dankbar, dass du mutig warst und uns da rausgebracht hast. Danke, dass du angefangen hast zu rennen.*

Und dann war da dieser sanfte Gedanke, der es kaum bis an die Oberfläche meines Bewusstseins schaffte. Auch wenn ich insgeheim ahnte, dass er vielleicht der wichtigste von allen war: *Ich versuche herauszufinden, wie das mit dem Bleiben auf gute Weise funktioniert.*

27. Kapitel

MAXTON

Das Konzept von Neujahr widersprach allem, was ich wollte. Ich hatte kein Interesse an Neuanfängen, Veränderungen oder Vorsätzen, die doch nicht anhielten. Seit ich sechzehn Jahre alt war, hatte ich Silvester deshalb genauso verbracht wie jeden anderen Abend auch. Und dann kam Willow.

Willow, die von Silvester so sprach, als wäre es ein heiliges Ereignis, und bereits Tage vorher anfing, in glitzernden Strumpfhosen herumzulaufen. Im ersten Jahr versuchte sie vergebens, mich für irgendwelche Partys zu begeistern, knickte schließlich ein und ging allein. Nur um später, mitten in der Nacht, an meiner Wohnheimzimmertür zu klopfen – mit windzerzausten Locken, sektgeröteten Wangen und Wunderkerzen in der Hand – und zu sagen: *»Nicht, dass du denkst, dass du mich dieses Jahr loswirst.«*

Vielleicht kam es mir deswegen so symbolträchtig vor, dass dieses Silvester verging, ohne dass ich sie sah oder von ihr hörte. Ich verbrachte die Zeit zwischen den Jahren allein in der Villa. Der Garten versank im betäubenden Schnee, meine Gedanken auch. Alles war kalt und farblos. Normalerweise machte es mir nichts aus, für mich zu sein, aber momentan fühlte sich die Stille nicht nach Ruhe an. Nur nach der Abwesenheit der anderen. Nach *ihrer* Abwesenheit.

Daran konnte auch die Gesellschaft anderer Menschen

nichts ändern. Andernfalls wäre es mir nicht so schwergefallen, mich auf die drei Typen zu konzentrieren, die schräg hinter mir Billard spielten.

Seit einer Stunde saß ich auf einem Sessel und drehte ein Glas Whisky in der Hand. Keenan hatte mich zu diesem Neujahrsumtrunk im Verbindungshaus auf dem verlassenen Campus eingeladen. Es war der vierte Januar, und bis auf die Leute im Supermarkt waren Keenan, Ezra, Bash und Firat die Ersten, die ich in diesem Jahr sah.

Ich war heute aus drei Gründen hergekommen. Erstens, weil ich in jeder leeren Ecke der Villa Erinnerungen an Willow wahrnahm und es deswegen zu Hause kaum aushielt. Zweitens, um mich zu betrinken und ein angenehmeres Nichts zu fühlen. Drittens, um mit Keenan über das zu sprechen, was vor wenigen Wochen auf der Party passiert war. In ein paar Tagen waren die Weihnachtsferien vorbei, und mit dem Semester würden auch die Herausforderungen der Society weitergehen. Es wurde Zeit, dass ich mir darüber klar wurde, ob ich überhaupt daran teilnehmen wollte.

Ich hatte es nicht vergessen, nur in die hinterste Ecke meines Bewusstseins geschoben. Ich hätte gern gesagt, dass das nur daran lag, dass mir die Sache mit Willow wichtiger gewesen war, doch ich hatte begriffen, dass das nicht stimmte. Es war einfach bequemer gewesen. Dass ich nicht davon ausging, dass die Gerüchte stimmten, bedeutete nicht, dass es mich kaltließ, sie zu kennen. Mich mit ihnen auseinanderzusetzen war selbst in meinen Gedanken so anstrengend, dass ich es am liebsten vermeiden wollte. Doch ich wusste, dass das keine Lösung war.

Ich hatte das erst richtig verstanden, als ich es vor meinen Eltern ausgesprochen hatte: Ich wollte kein Mensch sein, der immer den leichtesten Weg ging. Und ich wollte nicht Teil von etwas sein, das mir nicht voll und ganz gefiel.

Genau deswegen wurde es Zeit herauszufinden, was es mit den Drogen-Gerüchten auf sich hatte.

Ich musste nur den richtigen Zeitpunkt finden, unter vier Augen mit Keenan zu reden. Mit Ezra war ich in den letzten Wochen ab und zu allein gewesen, aber ich ahnte, dass es nichts bringen würde, ihn darauf anzusprechen. In der Society gab es unausgesprochene Hierarchien. Wenn Bash ihr Kopf war, war Keenan die rechte Hand. Mitglieder wie Ezra hingegen waren einzelne Muskeln, die sich nur bewegten, wenn sie den Auftrag dazu erhielten.

»Du bist still heute. Gab's daheim Stress mit deinen Eltern?« Bash setzte sich vor mich auf einen Sessel. Offenbar hatten sie das Spiel beendet.

Ich lächelte matt. »Kann man so sagen, ja.«

»Mach dir nichts draus, davon können wir alle ein Lied singen. Mein Vater liegt mir zum Beispiel seit Monaten in den Ohren damit, dass ich meinen Schnitt bis zum Abschluss um zehn Prozent heben sollte. Als würde er mich nicht eh in der Firma aufnehmen. Sonst würde ich dieses todlangweilige Zeug ja nicht studieren.«

»Willst du überhaupt in die Firma einsteigen, wenn dich das alles nicht interessiert?«

»Lieber das, als enterbt zu werden. Ein gutes Leben hat seinen Preis. Dachte, jemand wie du wüsste das besser als jeder andere.« Sein Blick fügte spöttisch hinzu: *Bist du nicht deswegen hier?*

Ich betrachtete den Whisky in meiner Hand, um ihm nicht die Antwort geben zu müssen, die er längst kannte. Bash exte seinen eigenen und stellte das Glas auf dem Tisch zwischen uns ab. Er tauschte einen Blick mit Keenan, der knapp nickte und ihm nachschenkte.

»Lassen wir das«, meinte dieser dabei. »Nach den Feiertagen hatte ich genug Familienkram für das ganze Jahr. Reden wir über … erfreulichere Dinge. Irving, wie heißt deine kleine Freundin noch mal, die du ständig mitschleppst?«

Innerlich spannte ich mich an, äußerlich hob ich nur die Augenbrauen. »Willow.«

Ihr Name klang gebrochen, so, wie sich irgendetwas in mir anfühlte, wenn ich an sie dachte. Fünfzehn Tage, seit ich sie das letzte Mal geküsst hatte. Und, was schwerer zu verkraften war: dreizehn Tage, seit ich das letzte Mal mit ihr geredet oder sie gesehen hatte.

»Richtig.« Keenan lächelte und setzte sich in den Sessel neben Bash. »Du liebst sie, nicht wahr?«

Ich liebe dich wirklich, Willow. Ich wusste nicht mehr viel von diesem Abend, an dem sie das letzte Mal bei mir geschlafen hatte, aber dieser eine Satz hatte sich in mein Gedächtnis gebrannt. Wäre ich weniger betrunken gewesen, hätte ich das nicht laut ausgesprochen. Wir hatten es sowieso beide gewusst, doch mir war immer klar gewesen, dass das Dinge waren, die man Willow nicht sagen durfte. Vielleicht hätte sie die Sache mit uns nicht beendet, wenn ich weniger ehrlich gewesen wäre. Vielleicht hätte sie sich nicht so bedrängt gefühlt, wenn ich mich anders verhalten hätte. Vielleicht …

Ich schluckte die Gedankenschleifen mit Whisky hinunter. Ich wollte mir nicht die Schuld an dem geben, was passiert war. Ihr auch nicht, niemandem. Es war nicht mein Fehler, dass ich fühlte, was ich fühlte. Und es war nicht ihrer, dass sie nicht damit umgehen konnte. Wir waren keine Fehler, nur Menschen. Menschen, die sich irgendwie liebten, aber vielleicht wirklich zu verschieden waren, um zusammen sein zu können. Wahrscheinlich war es so simpel: Manchmal liebte man jemanden, zu dem man nicht passte. Das machte die Gefühle nicht weniger echt. Nur einen Tick schmerzhafter.

»Seine Freunde liebt man in der Regel, oder?«, erwiderte ich verzögert, als mir auffiel, dass die anderen mich abwartend ansahen. Aus dem Augenwinkel nahm ich wahr, dass Ezra mit verschränkten Armen gegen den Billardtisch lehnte, Firat hingegen stand am Barwagen.

»Klar«, stimmte Keenan mir zu und ließ den kleinen Finger über den Rand seines Glases kreisen. »Ganz besonders, wenn sie so aussehen. Habt ihr euch ihren Hintern angesehen?«

Mir wurde erst heiß, dann kalt. Ehe ich reagieren konnte, kam mir Firat mit einem Lachen zuvor. »Und ob. Sie ist letztens in der Uni vor mir die Treppe hochgelaufen. Drei Stockwerke Kopfkino.« Er schlenderte auf uns zu und setzte sich auf die Lehne des freien Sofas neben meinem Sessel.

Ich sah von ihm zu Keenan und kurz zu Ezra, der aus dem Fenster starrte, als würde er uns nicht zuhören. Seine Wangenmuskulatur war ungewohnt angespannt, die meiner Arme machte es ihr nach. Ich umfasste die Lehnen und zwang mich zu einem ruhigen Tonfall. »Ist das euer Ernst?«

Bash zuckte mit den Schultern. »Was denn? Wenn nichts zwischen euch läuft, können wir doch darüber reden, dass sie heiß ist, oder? Wenn du schon nicht mit ihr vögelst, solltest du uns das Vergnügen nicht verbieten.«

Etwas im Raum veränderte sich. Die Wände wurden enger, ich spürte ihre grau gestrichenen Hände gegen meine Gedanken drücken. Der Geruch nach Alkohol und Rauch verdeckte jedes bisschen vom Papier und Holz der Bücherregale in unserem Rücken, das Licht der gelbstichigen Deckenlampen wurde von der hereinbrechenden Nacht überlagert. In meinem Nacken breitete sich kalter Schweiß aus. Die Panik zupfte schwach an meinen Nervenenden. Trotzdem brachte ich es nicht über mich zu gehen. Ich wollte nichts von Willow allein mit diesen Menschen in einem Raum lassen – selbst wenn es nur ihr Name war.

»Ich verbiete niemandem irgendwas«, antwortete ich beherrscht. »Ich bezweifle nur, dass Willow Lust hätte, mit einem von euch zu schlafen. Sie hat gewisse Ansprüche an das Verhalten anderer.«

Keenans Mundwinkel zuckten, er tauschte erneut einen belustigten Blick mit Bash. »Daran kann man arbeiten. Wir sind geübt darin, die Ansprüche von Frauen … auf ein spaßverträgliches Level zu senken.«

Mein Magen zog sich zusammen, langsam richtete ich mich auf. »Was soll das bedeuten?«

Bash neigte den Kopf, sodass das Deckenlicht einen scharfkantigen Schatten quer über sein Gesicht zeichnete. »Dass du sie bei der nächsten Party wieder mitbringen und sie uns überlassen solltest. Wir machen ihr ein oder zwei Drinks und unterhalten uns mit ihr.«

Mein Herz schlug mittlerweile so heftig, dass es Bashs Sätze in Fragmente zerlegte. Nur ein paar davon blieben in meinem Bewusstsein hängen. *Party, uns überlassen, Drinks.* Mein Verstand weigerte sich, den Kleber hinzuzugeben, der fehlte, um diese Worte zu einem Sinn zusammenzufügen.

»Was soll das bedeuten?«, wiederholte ich stumpf.

Bash lehnte sich zu mir vor und sah mir direkt ins Gesicht. Sein Mund lächelte, seine Augen waren todernst. In seinen Pupillen schwammen winzige Lichtkreise, ich hatte trotzdem nie etwas Dunkleres gesehen als den Ausdruck darin. »Brüder teilen alles. Das bedeutet es.«

»Das … ihr seid doch völlig krank.« Ich stand auf und wandte mich Richtung Tür, aber Bash war bei mir, noch bevor ich zwei Schritte gehen konnte.

Er legte mir eine Hand auf die Schulter und drückte mich zurück. »Was stört dich daran? Ich hab mich ein bisschen umgehört, sie ist wirklich kein Kind von Traurigkeit.«

Ich stieß seine Hand weg und wich nach hinten. »Und damit willst du was sagen?«

Firat lachte. »Campbell war jedenfalls nicht der Letzte, der sie gefickt hat.«

»Wäre ja auch eine wahnsinnige Verschwendung.« Keenan seufzte gedehnt. Er hatte sich zurückgelehnt und fuhr sich mit dem Daumen über die Unterlippe. Allein der Gedanke daran, dass sich diese Hand jemals auch nur in Willows Nähe befunden hatte, gab mir das Gefühl, er hätte sie mir in den Magen geschlagen.

Ich wollte etwas sagen, aber mein Mund war so trocken, dass kein Wort herauskam. Ich begriff nicht, was hier passierte. Wie sich dieser Abend innerhalb weniger Minuten in etwas so Dunkles, Widerliches hatte verwandeln können. Es ging hierbei nicht allein um Willow – es ging um *alles*. Das hier war eine Version dieser Menschen, die ich in den vergangenen Monaten krampfhaft ignoriert hatte. Weil mir klar war, dass es keine Möglichkeit gab, sich mit solchen Leuten zu umgeben, ohne dass es etwas über mich aussagte.

Ich versuchte erneut, an Bash vorbeizugehen, er hielt mich auf, indem er mir die flache Hand auf die Brust presste. Er machte einen Schritt auf mich zu, bis wir einander so dicht gegenüberstanden, dass ich seinen Atem in meinem Gesicht wahrnahm. »Sie ist erfrischend bissig«, raunte er mir lächelnd zu. »Ist bestimmt eine nette Herausforderung, sie zu zähmen.«

Ich wusste nicht genau, was davon es war. Seine Worte, sein Blick oder seine Hand direkt auf der Stelle, an der ich das Emblem der Society fühlte, auch wenn ich keines ihrer Shirts trug. Die Zeit mit ihnen war eine Nähmaschine gewesen, ich spürte eine dünne Fadenbahn unter meiner Haut und hätte alles dafür getan, sie herauszureißen. Ganz egal, was für eine Wunde das zurücklassen würde.

Mit der ersten Bewegung stieß ich Bashs Hand weg, mit der zweiten schlug ich ihm meine gegen die Schulter. In diesen flüchtigen Sekunden, in denen sich meine Finger um Bashs Hals schlossen und ihn mit ganzer Kraft gegen die Wand in seinem Rücken drückten, begriff ich, wieso Eden nie gegen Menschen boxte. Es war gefährlich, etwas tun zu können, das man eigentlich nicht tun wollte.

Mein Puls raste, meine Sicht flimmerte. Das hier war eine neue Art von Panik, eine, die an der Schwelle zu alles verschlingender Wut balancierte. Meine Muskeln brannten, so sehr wollte ich zuschlagen. Stattdessen zwang ich mich, meinen Griff zu lösen und zurückzuweichen. »Noch ein Wort über sie«, brachte ich hervor, »und ich schwöre, ich breche dir weit mehr als die Nase oder ein paar Rippen.«

Kurz war es ganz still im Raum – so still, dass ich beinahe vergaß, dass Bash und ich nicht allein waren. Er starrte mich sekundenlang ausdruckslos an, dann breitete sich ein zufriedenes Grinsen auf seinem Mund aus. »Na also, geht doch. Keen?«

Hinter mir erklang ein Stöhnen. »Unter fünf Minuten, du hast gewonnen. Ich hätte schwören können, er hält länger durch.« Als ich mich umdrehte, bemerkte ich gerade noch, wie Keenan in seine Jackentasche griff. Im nächsten Moment warf er einen zusammengerollten Stapel Scheine in Bashs Richtung und einen angefressenen Blick in meine. »Du bist doch sonst so gelassen, Irving. Vielen Dank auch.«

Verständnislos sah ich zwischen ihnen hin und her. Sie wirkten alle eher belustigt als verärgert – nur Ezra schaute noch immer in Richtung Fenster. »Was soll das alles?«

»Wir wollten nur sichergehen, dass ich mich nicht irre. Nicht, dass das je vorgekommen wäre.« Bash klopfte mir auf die Schulter und schob mich zurück zum Sessel. Ich war so überfordert, dass ich mich bereitwillig darauf sinken ließ. »Was auch immer zwischen euch läuft, du bist auf jeden Fall verliebt in sie.«

Ich schaffte es nicht mal, es abzustreiten. »Und was, wenn?«

Keenan grinste. »Dann können wir dir jetzt sagen, was die sechste Herausforderung sein wird.«

»Die sechste? Es fehlt doch noch die fünfte.«

Bash nickte und nahm wieder gegenüber von mir Platz. »Aber bei unserer letzten Herausforderung sind wir immer so gnädig und räumen unseren Anwärtern ein wenig Bedenkzeit ein. Der sechste Titan war ihr Anführer: Kronos, der Vollstrecker. Derjenige, der seinen Vater tötete, damit er und seine Geschwister regieren konnten. Derjenige, der bereit war, alles für seine Herrschaft zu opfern: selbst seine eigenen Kinder. Was denkst du, lehrt uns das?« Bash machte eine vielsagende Pause, aber ich starrte ihn nur verständnislos an. Er seufzte. »Es geht darum, zu erkennen: Alles im Leben ist austauschbar. Freunde, Freundinnen, Menschen und Dinge, die man liebt … nichts davon ist unersetzbar. Aber diese Verbindung, die ist einmalig. Und Mitglied von ihr zu sein ist etwas, das für immer bleibt. Du musst etwas Altes loslassen, um Teil von etwas Neuem zu werden. Das haben wir dir von Anfang an gesagt. Haare wachsen nach. Eine Trennung von etwas, das du liebst, die ist endgültig. Zumindest, wenn du zu uns gehören willst. Das ist der letzte Preis, den du zahlen musst.«

»Das ist …« Ich brach ab, weil es kein passendes Wort für diesen Unsinn gab.

»Tradition, mein Lieber. Wir haben das alle gemacht.« Bash sah an mir vorbei zum Billardtisch. »Wie hieß deine Freundin letztes Jahr noch mal, Ez?«

»Demi.« Ezras Stimme hörte sich genauso brüchig an wie meine, als ich eben auf eine ähnliche Frage geantwortet hatte.

Bash nickte. »Hübsches Mädchen. Zumindest bis sie mit völlig verheultem Gesicht rumlief, weil unser guter Ezra ihr zwei Wochen vor dem Zusammenziehen das Herz gebrochen hat.«

Langsam drehte ich mich zu ihm um. Ezra lächelte matt und fuhr mit dem Finger über den Rand seines Glases. Ich war sicher, dass er gerade Bilder darin reflektieren sah, die er seit Langem zu verdrängen versuchte.

Bash deutete zu Keenan. »Als Hall eingestiegen ist, hatte er einen Hund. So einen richtigen Kläffer. Foucault oder so?«

»Kafka.«

»Genau.« Bash legte den Kopf in den Nacken und stöhnte. »Gott, du warst unerträglich vernarrt in ihn. Keen war der Einzige, der jemanden nicht ganz aus seinem Leben streichen musste: Wir haben ihn zu unserem Verbindungsmaskottchen gemacht und abwechselnd auf ihn aufgepasst, aber das hat er nicht ganz so gut überstanden.«

Er sah kurz zu Firat, der abwehrend die Hände hob. »Ich hab euch gesagt, vertraut mir das Vieh nicht an, wenn ich verkatert bin. Nicht meine Schuld, wenn es sich losreißt und auf die Straße rennt.«

Keenan lächelte steif. »Wir haben vereinbart, wir reden nicht mehr darüber.«

Bash winkte ab. »Schon gut. Was ich damit sagen will, ist: Wir haben das alle durchgemacht. Wir haben uns alle bewusst hierfür, füreinander entschieden. Die Frage ist, wofür du dich entscheidest. Für sie oder für uns?«

»Du musst das nicht sofort entscheiden, Maxton. Die letzte Herausforderung ist offiziell erst in ein paar Wochen«, schaltete Ezra sich leise ein. Das war das Erste an diesem Abend, das er direkt an mich richtete. Jetzt begriff ich auch, wieso. Sie hatten alle gewusst, dass unser Treffen auf dieses Gespräch hinauslaufen würde – vermutlich fand es nur aus diesem Grund statt. Im Gegensatz zu den anderen schien Ezra von dieser Tradition zwar nicht begeistert zu sein, aber er hatte sie dennoch befolgt.

Ich erstarrte, als mir bewusst wurde, dass jeder Einzelne, der je in dieser Verbindung gewesen war, diesen Preis bezahlt hatte. Jeder Einzelne hatte etwas oder jemanden, den er liebte, gehen lassen, um hierbleiben zu dürfen. Diese letzte Herausforderung setzte kein Meistern voraus, sondern ein Aufgeben. Ein Aufgeben von allem, was mir wichtig war. Ein Aufgeben von dem, was ich sein wollte, für das, was ich anderen zuliebe sein sollte.

Plötzlich war alles ganz einfach. So lächerlich einfach, dass ich fast gelacht hätte, weil ich tatsächlich monatelang gedacht hatte, irgendetwas hieran wäre *scheißkompliziert*. Nichts an dieser Situation war kompliziert. Es war ausschließlich scheiße.

»Du solltest trotzdem anfangen, dir darüber Gedanken zu machen«, sagte Bash in einem Ton, der verriet, dass es für ihn nur eine mögliche Entscheidung gab. Und für mich galt dasselbe.

Ich blinzelte und fokussierte mich auf ihn. »Das muss ich gar nicht.« Ruckartig stand ich auf. »Ich würde mich nie für jemanden entscheiden, der mich vor so eine Wahl stellt.«

Ohne eine Antwort abzuwarten, ging ich in Richtung Tür. Diesmal hinderte mich keiner von ihnen daran. Erst als ich schon die Klinke berührte, hielt mich Bashs Stimme zurück. Angespannt, genervt, wütend und … ungläubig. »Wenn du jetzt gehst, dann ist es für immer.«

Ich sah über meine Schulter. Mein Blick streifte Ezras, der auf traurigste Weise lächelte. So, als würde er sich an den winzigen Teil von sich erinnern, der ein Jahr zuvor gern dieselbe Entscheidung getroffen hätte. »Gut. Denn das ist so ziemlich das einzige Für Immer, das ich mit euch will.«

Mit dem Verlassen des Raums musste ich daran denken, was mein Großvater immer gesagt hatte, wenn einer von uns schachtmatt gesetzt wurde: *Der König fällt zuletzt.* Meine Finger fuhren über das Tattoo an meinem Arm, und zum ersten Mal bereute ich die Wahl des Motivs. Ich begriff, dass ich in diesem Spiel immer nur ein unwissender, machtloser Bauer gewesen war. Und ich hasste mich für jeden Zug, den ich Bash und die anderen mich hatte setzen lassen.

Meine Schritte hämmerten auf der Treppe, mein Puls in den Ohren, beides so laut, dass ich Keenan erst wahrnahm, als er nach mir rief. »Maxton, jetzt warte.«

Ich hielt inne und drehte mich zu ihm um. Er stützte sich am Geländer ab und kam auf mich zu, bis er zwei Stufen über mir stehen blieb. »Überleg dir noch mal in Ruhe, was du gerade tust. Denk an deine Familie, Mann. Denk an dein Leben. Keine Frau der Welt ist es wert, so eine Chance verstreichen zu lassen.«

Ich konnte ihn nur anstarren. Ich hätte ihm erklären können, dass Willow nicht einmal eine Option war, dass das aber auch völlig egal war. Dass es einfach darum ging, dass ich kein Teil von etwas sein wollte, das mir vorschrieb, welche anderen Teile von mir ich loswerden musste. Dass ich mir nicht länger sagen lassen wollte, was ich zu tun hatte, und ganz sicher nicht, mit wem ich mein Leben – in welcher Form auch immer – verbrachte. Ich tat es nicht, weil ich wusste, dass Keenan es nicht verstanden hätte. Und im Grunde war es mir auch komplett gleichgültig, ob er das tat. Es gab nur eine Sache, die ich noch von Keenan wollte: die verdammte Wahrheit.

»Jemand hat auf der letzten Party was angedeutet«, sagte ich geradeheraus. »Und zwar, dass ihr manchmal heimlich was in die Drinks der Gäste mischt.«

Keenan blinzelte, dann verzog er den Mund zu einem spöttischen Lächeln. »Brauchen wir eine schriftliche Erlaubnis für die Partyschirmchen?«

»Verabreicht ihr anderen K.-o.-Tropfen?«, fragte ich, ohne zu zögern, zurück. Tonlos, aber so laut, dass die Worte an den Wänden widerhallten und auf uns zurückfielen.

Keenan schwieg, bewegte den Kiefer ein paarmal hin und her. Und ich wusste es. Ich wusste es, noch bevor er antwortete. »Dieses Wort ist so daneben. Wer hat schon Bock, mit einer Bewusstlosen zu vögeln? Wir knocken sie nicht aus, wir … verbessern nur ein wenig ihre Stimmung. Liquid Ecstasy ist völlig harmlos, wenn du es richtig dosierst.«

Mir wurde eiskalt, gleichzeitig spürte ich, wie sich Schweiß im Nacken und auf meiner Stirn bildete. »Harmlos.«

Keenan nickte. »Du wärst überrascht, wie offen und willig die schüchternsten Mädchen werden, wenn du ihnen ein bisschen auf die Sprünge hilfst. Und glaub mir, alles, was dann passiert, wollen sie auch.«

Das Lächeln, das beim letzten Satz an seinen Lippen hing, zog mich ruckartig aus meiner Starre. Ich ging eine Stufe nach oben, sodass wir auf Augenhöhe waren. »Ihr setzt sie unter Drogen, verdammte Scheiße! Nichts von dem, was sie in diesem Zustand sagen oder machen, hat etwas damit zu tun, was sie selbst entscheiden oder wollen!«

»Komm runter, Maxton.« Die Worte waren leise, die Warnung in ihnen laut.

Ich dachte gar nicht daran, auf sie zu hören. »Das ist Vergewaltigung, Keenan«, setzte ich hinterher. »Ihr missbraucht diese Frauen. Ihr gehört angezeigt, ihr alle.«

Keenans Hand war schneller in meinem Nacken, als ich zurückweichen konnte. Er grub die Fingernägel in meine Haut und fixierte meine Augen. »Und du willst dafür sorgen? Auf welcher Grundlage? Diese Mädchen wachen nach einer exklusiven Party, zu der sie schon immer wollten, mit Kater-Symptomen und maximal einem Filmriss auf. Denkst du ernsthaft, eine von denen würde behaupten, wir hätten ihr was angetan?« Er lachte, Whisky und kalter Rauch in meinem Gesicht, mir wurde schlecht. »Die sind doch dankbar dafür, dass sie beachtet werden. Dass sie auf unsere Partys kommen und mit uns reden und tanzen und ja, verdammt, vielleicht auch vögeln dürfen! Keine von denen bereut irgendwas. Es ist eine verfickte Ehre, überhaupt im selben Raum zu sein wie wir!«

Das Licht über uns flackerte und ließ seine dichten Wimpern brennen – so wie den Ausdruck, der in den Augen darunter lag. Da war kein Funken Reue oder Zweifel: nur felsenfeste Überzeugung und … Genugtuung. Macht hatte verschiedene Masken, das hier war ihre hässlichste.

Ich schluckte. »Du glaubst den Scheiß wirklich, oder? Du siehst gar nicht, wie krank das ist.«

Ich versuchte, mich von ihm loszumachen, er festigte seinen Griff und neigte sich so weit zu mir vor, dass seine Stirn meine berührte. »Wenn du dich mit uns anlegst, wird das übel für dich ausgehen, Irving«, flüsterte er. »Wir können dafür sorgen, dass du die beschissenste Zeit an dieser Uni hast, die du dir vorstellen kannst. Ganz zu schweigen davon, dass du später nur in irgendwelchen Spelunken arbeiten können wirst, wenn wir deinen Namen erst mal durch den Dreck gezogen haben. Und vergiss nicht, dass das auch der Name deiner Familie ist.«

Ich verstand die Drohung, und ich verstand sogar, dass sie nicht leer war. Ich verstand es, aber ich fühlte es nicht. Keine Angst, keine Hilflosigkeit, keine Sorge um mich oder meine Eltern. Was ich fühlte, war Ekel. Ich widerte mich selbst an. Einfach, weil ich in den vergangenen Monaten ein Mensch gewesen war, von dem Keenan jetzt noch dachte, ihn kontrollieren zu können.

Mit entschiedenem Griff löste ich seine Hand aus meinem Nacken und trat rückwärts eine Stufe nach unten. »Ich hoffe, du wachst irgendwann auf, Keen.«

Das hoffte ich wirklich, aber das Wichtigste war, dass ich aufwachte. Und das tat ich. Ein für alle Mal. Mit jedem Schritt, den ich mich von den Mitgliedern der Society entfernte, spürte ich, dass sich meine Atmung erleichterte. So, als würde ich aus einem Traum hochschrecken, in dem ich monatelang gerannt war, ohne vom Fleck zu kommen.

Wenn ich nach diesem Abend eines begriffen hatte, dann das: Ich litt lieber für den Rest meines Lebens an Schlafstörungen, als in einem Albtraum festzuhängen.

28. Kapitel

WILLOW

Ich hatte mir geschworen, nie wieder einen Ort Zuhause zu nennen, bei dem sich Heimkommen unbehaglich anfühlte. Über ein Jahr lang war ich sicher gewesen, dass mir das mit der Mulberry Mansion nie passieren würden. Wegen ihres angeknackst perfekten Charakters und wegen der Menschen, mit denen ich sie mir teilte. Wegen Maxton. Wenn ich ehrlich war, vor allem wegen ihm. Und trotzdem war ausgerechnet er jetzt der Grund dafür, dass es mir ungewohnt schwerfiel, die Villa zu betreten.

Heute war der achte Januar, und ich befand mich in einem Jahr, in dem ich mit meinem besten Freund noch kein Wort gewechselt hatte. Ich hatte ihm schreiben wollen, aber ich hatte nicht gewusst, was. Wie erklärte man etwas, das man selbst nicht ganz verstand? Wie rechtfertigte man etwas, das man zwar bereute, von dem man aber nicht wusste, wie man es hätte vermeiden können? Ich hatte keine Ahnung. Und genau deshalb klopfte mir das Herz bis zum Hals, als ich eintrat.

Im Eingangsbereich stand Reisegepäck, Winterjacken formten einen Haufen auf der Bank, schneeschmutzige Schuhe einen zweiten darunter. Aus dem Wohnbereich hörte ich Stimmen und Musik, dazwischen hingen Geruchsspuren von Kaminfeuer, Kaffee und Kuchen. Mein Herz wurde weich, als ich mir vorstellte, dass ein Großteil der anderen dort zusammensaß. Durch unseren Gruppenchat wusste ich, dass bis auf Beckett und Helen schon alle zurück waren. Wir hatten uns vor ein paar Tagen darauf geeinigt, dass wir – wie letztes Jahr schon – unser Neujahr gemeinsam Ende Januar nachfeiern würden, sobald die Uni-Prüfungen vorbei waren.

In mir war der Drang, sofort ins Wohnzimmer zu laufen und mich zwischen die anderen aufs Sofa zu setzen. Ich wollte mir ihre Weihnachtsgeschichten anhören und einen dieser kitschigen Filme ansehen, wollte mich in dieser Blase aus Kaminwärme und Kerzenlicht einschließen, während unser Haus im Schneegestöber versank. Die Gespräche mit Dad und das Treffen mit Annabelle hatten etwas in mir verändert. Ich konnte es nicht benennen, ich wusste nur, dass es mir plötzlich keine Angst mehr machte, zuzugeben, dass meine Freunde mir gefehlt hatten. Ich hätte nie gedacht, dass Vermissen sich flaumig anfühlen konnte, fast schön. Vielleicht war das so, wenn man die richtigen Menschen vermisste. Ganz sicher: Wenn ich das mit dem Bleiben irgendwo üben konnte, dann hier, bei und mit ihnen.

Trotzdem stieg ich bemüht lautlos in den zweiten Stock. Bevor ich den anderen und eventuell Maxton gegenübertrat, wollte ich mich zumindest kurz frisch machen. Im Vorbeigehen berührte ich das Gemälde unserer Schutzpatroninnen, der Contevilles, die mit ausdruckslosen Gesichtern auf mich hinabstarrten. Das Fenster am Ende des Flurs ächzte unter der Kraft des Winterwindes, ein Luftzug fuhr durch meine Locken, dazwischen hing der Duft unserer Etage. Siennas Räucherstäbchen, Helens herb duftender Wollvorrat, die Pflanzen in Maxtons Zimmer, mein Parfum, das über den Dielen schwebte, obwohl ich wochenlang nicht hier gewesen war.

Zuhause, dachte ich und lächelte, bis ich die Geräusche wahrnahm, die aus dem hintersten Raum kamen.

Ich blieb zwei Meter von meiner eigenen Tür entfernt stehen und starrte auf die daneben. Mein Herz sank in meinen Bauch, meine Tasche zu Boden. Maxton verließ sein Zimmer mit dem Rücken zu mir und bemerkte mich erst, als er sich zu mir umdrehte. Dunkle Jeans, grauer Sweater, keine Socken. Sein Haar war in den letzten Wochen gewachsen, seine Augenringe hatten sich vertieft. Er sah müde aus, auf eine intensivere, tiefergehende Weise als sonst.

Maxtons Blick flog an mir auf und ab, als wollte er prüfen, ob ich okay war, dann sah er an mir vorbei. »Hey.«

»Hey und … frohes neues Jahr.« Es klang so lahm, dass es mich nicht wunderte, dass Maxton nur nickte. »Wie war es in Wallingford?«, schob ich hinterher.

»Ging so. Ich bin nur ein paar Tage geblieben und dann zurückgekommen.« Er fuhr sich mit dem Unterarm über die Stirn. Da war Bleistiftstaub auf seiner Haut, ich hätte ihn so gern weggewischt.

Stattdessen grub ich die Finger in meinen Pullover. Es war der, den ich angehabt hatte, als wir das letzte Mal miteinander geredet hatten. Zerfranster Saum, ausgeleierte Ärmel, Maxton-Blau. Ich hätte ihn nicht anhaben müssen, um das Gefühl zu haben, noch in diesem Moment von vor zweieinhalb Wochen festzustecken. Es war so komisch: Das Bleiben hatte mir Angst gemacht, jetzt hing ich im Gehen fest, und es war furchtbar.

»Hast du dich mit deinen Eltern gestritten?«

Maxton zuckte nur mit den Schultern. Ich wollte nachfragen, aber sein Blick verriet mir, dass er sowieso nicht antworten würde. Sein Blick, der an mir vorbei im Flur verschwand, als wäre es das, was er selbst gern tun wollte. Kurz standen wir uns stumm gegenüber. Im Stockwerk unter uns knallte eine Tür zu, ich hörte Averys Lachen und Edens Bassstimme, darunter die

Musik aus dem Wohnzimmer eine Etage tiefer. Und meinen eigenen Atem, der schneller wurde, je länger wir schwiegen.

»Und … wie war es hier so?«, hakte ich zögerlich nach.

»Still. Eden war dieses Jahr bei seiner Mum, und Helen hat Versailles mit zu ihrer Familie genommen. Ich war allein.« Seine Stimme brach beim letzten Wort weg. Ich fragte mich, ob er auch an den Satz denken musste, den wir einander in den vergangenen Monaten immer wieder gegenseitig gesagt hatten: *Du bist nicht allein damit.*

»Du bist doch manchmal gern allein«, flüsterte ich.

Maxton sah auf die Dielen, auf denen die Feiertagseinsamkeit eine Staubschicht hinterlassen hatte. »Richtig.«

Er machte Anstalten, an mir vorbeizulaufen, ich stellte mich ihm in den Weg. »Gehst du weg?«

Sofort wich er zur Seite, sodass unsere Arme sich nicht berühren konnten. »Nur nach draußen, die Kletterhilfe vorm Schuppen reparieren. Die anderen wollen einen Film ansehen und die mitgebrachten Plätzchen ihrer Familien ranken, aber … mir ist nicht danach.«

»Willst du … Gesellschaft?«

Er lächelte unecht. »Lass mal. Wie du gerade sagtest, ich bin gern allein.«

Wieder ein Schritt an mir vorbei, diesmal hielt ich ihn am Arm fest. »Max.«

Seine Oberarmmuskulatur spannte sich an. »Was?«

Der Ausdruck in seiner Stimme war derselbe wie in seinen Augen. Er wirkte so aufgeladen, dass ich fast zurückgezuckt wäre. Etliche widersprüchliche Gefühle zerliefen darin ineinander, aber ich war so mit meinen eigenen überfordert, dass ich es nicht schaffte, sie einzuordnen.

Da war wieder dieses bohrende: *Ja, Willow, was?*, das ich mir in den letzten Monaten wieder und wieder gestellt hatte. Ich hatte immer noch keine Antwort. Ich wusste nur, dass dieses *Was*, das sich gerade zwischen Maxton und mir aufbaute, keines war, das mir gefiel. Auch wenn ich nicht auf diese Weise mit ihm zusammen sein konnte, ertrug ich es nicht, wenn wir so weit voneinander entfernt waren.

»Können wir kurz … ich weiß nicht, reden? Oder was miteinander machen? So wie immer.«

»Wie immer«, wiederholte er tonlos.

Ich ließ seinen Arm los. »Du hast gesagt, wir …«

»Ich kann das gerade nicht, okay? Ich hatte eine Scheißwoche. Richtig scheiße.«

Besorgt versuchte ich, seinen Blick einzufangen. »Wieso? Was ist passiert? Gab es wieder eine Herausforderung?«

»Nein.« Er zögerte. »Ich hab hingeschmissen. Ich bin raus.«

Kurz war ich sicher, mich verhört zu haben. Das ergab keinen Sinn. Seit Monaten gab es für Maxton nur dieses eine Ziel: in die Society aufgenommen zu werden. Er hatte durchgehalten, obwohl diese Menschen ihm so oft Anlass gegeben hatten aufzuhören. Jede Herausforderung, jede elitäre Veranstaltung, jeden überheblichen Spruch, jedes verdammte Boxtraining hatte Maxton hingenommen. Er hatte sich von ihnen mit seiner größten Angst konfrontieren lassen und sie lieber ertragen, als zu riskieren, seine Eltern zu enttäuschen.

»Wieso hast du das getan?«, fragte ich perplex.

»Ist egal.«

Ich hielt ihn erneut fest, als er an mir vorbeigehen wollte. Entschieden trat ich an ihn heran. »Es ist nicht egal! Dir war das *so* wichtig. Also, was zur Hölle hat dich jetzt dazu gebracht aufzugeben?«

Er starrte mich einen Moment lang an, dann senkte er die Lider und atmete tief aus. Sein Atem streifte mein Gesicht, seine Brust meine, ich hätte mich gern dagegen gelehnt. In dem Augenblick griff er schon nach meiner Hand und zog sie fort. »Etwas, das noch wichtiger war«, sagte er leise.

»Max«, setzte ich verwirrt an, doch er schüttelte den Kopf.

»Willow, noch mal: Ich kann das gerade nicht. Ich muss über so vieles nachdenken, und dich zu sehen ist ... zu viel *zu fühlen*, um das gleichzeitig hinzubekommen. Ich weiß, du willst, dass wir einfach wieder Freunde sind, aber ich kann das nicht. Nicht so schnell, vielleicht ...«

Das *Nie*, das er nicht aussprach, tat mehr weh als alles andere. »Max«, wisperte ich erneut. »Für mich ist das auch nicht leicht.«

»Wieso nicht?«

»Du weißt, wieso.«

Maxton lachte trocken. »Nein, Willow. Ich weiß es nicht. Es ist einfach, es gibt nur eine Frage, die du dir beantworten musst: Willst du mich?«

Er sprach den Satz so schnell und klar, als wäre es eine ganz normale Frage. Als wäre es nicht die komplizierteste, die ich mir vorstellen konnte. Mein Kopf dröhnte, mein Brustkorb auch, weil mein Herz so heftig schlug. Keine Vernichtungsschmerzen, pure Überforderung.

»Ich ...«

»Ja oder nein.« Er sah mir direkt in die Augen, diesmal war ich diejenige, die es nicht aushielt und an ihm vorbeistarrte.

Das hier passte nicht zu Maxton. Seine Ruhe hatte feine Risse, seine Geduld bröckelte. Und ich verstand es, natürlich tat ich das. Es war nicht fair, ihm zu sagen, dass mir das zwischen uns zu nah geworden war, nur um jetzt wieder seine Nähe zu suchen.

Aber ich machte das nicht mit Absicht. Ich konnte nichts dafür, dass Wollen und Können in diesem Fall verschiedene Dinge waren. Ich konnte nichts dafür, dass das Wort *Bezie-*

hung so sehr an mir zog, dass ich nicht mehr atmen konnte, ich konnte nichts dafür, dass das Wort *Freundin* mein schlimmster Feind war. Ich konnte nichts dafür, dass Maxton und ich auf unterschiedliche Weise Verlustängste hatten – dass er sich davor fürchtete, etwas zu verlieren, das er liebte, und ich mich davor, mich selbst zu verlieren. Aber ich wusste selbst, es ging hierbei nicht um Absicht oder Schuld. Es ging um Verantwortung. Egal, was Dad gesagt hatte: Bei Maxton reichte kein Versuch. Er verdiente jede Sicherheit der Welt. Und die konnte ich ihm nicht geben.

»Max, bitte«, sagte ich nach einem zähen, stillen Moment.

Maxton nickte. »Siehst du? Deswegen ist es für dich leicht und für mich nicht.«

Tränen brannten in meinen Augen, weil er sich so sehr irrte. »Ich wollte dich nie verletzen.«

»Hast du aber.« Er hob die Mundwinkel, ein müdes Lächeln. »Und das ist okay, weil ich wusste, worauf ich mich einlasse. Aber wenn du mich jetzt zwingst, so zu tun, als würde es nicht scheißwehtun, dich anzusehen und mir permanent klarmachen zu müssen, dass ich nicht so fühlen darf, wie ich es tue … dann ist das einfach nur grausam.« Er schluckte. »Tu mir das nicht an, okay? Ich brauch jetzt erst mal Luft. Gib mir ein bisschen Luft.« Da lag Flehen in seiner Stimme, ganz schwach Wut und am dominantesten und schwersten auszuhalten: Verzweiflung.

»Okay«, flüsterte ich und wich beiseite. Mit beiden Händen umfasste ich meine Arme, um sie nicht noch einmal nach ihm auszustrecken, als er an mir vorbeiging. Ich blieb im Flur stehen, bis die Geräuschkulisse des Hauses ihn verschluckt hatte.

Es ist besser so, dachte ich. *Das ist nicht wahr*, fühlte ich. *Es kann nicht besser sein ohne ihn.*

Ich presste die Augen zusammen, um die widersprüchlichen Gedanken auszublenden, dann hob ich meine Tasche auf und betrat mein Zimmer. Die Heizung gluckerte, was bedeuten musste, dass einer von den anderen sie heute früh aufgedreht hatte. Auf dem Zeitschriftenstapel, der mein Nachttisch war, standen Mistelzweige in einer alten Bierflasche neben einer Tafel meiner Lieblingsschokolade. Am liebsten hätte ich mich im Bett verkrochen und sie direkt aufgegessen, stattdessen steuerte ich auf die Verbindungstür zu.

Maxtons Zimmer war ausgekühlt, vermutlich, weil das Fenster stundenlang auf gewesen war. Geschmolzener Schnee auf dem Brett darunter, ein Wirrwarr aus Skizzen, Blei- und Kohlestiften auf dem Schreibtisch. Gepresste Farnblätter, die zwischen Zeichenblöcken hervorlugten, das Schachbrett mit der immergleichen Position der Figuren. Einer der Bauern war umgefallen, ich stellte ihn wieder an die richtige Stelle und sah mich weiter um. Betrachtete die Zeichnungen an der schwarzen Wand, deren lateinische Namen ich mir nicht merken konnte, deren Bedeutungen ich jedoch umso stärker spürte, seit Maxton mir davon erzählt hatte.

Mit wundpochendem Herzen hob ich das Päckchen an, das ich mitgenommen hatte, und schlug das Seidenpapier auseinander. Der Ring des Traumfängers war verbogen, das Netz unsymmetrisch gesponnen, zwei der Federn fehlten. Es war trotzdem immer der gewesen, den ich am liebsten gemocht hatte, vielleicht gerade, weil er so unperfekt war.

Maxton und ich schenkten uns eigentlich nie etwas zu Geburtstagen oder Weihnachten, aber als ich heute Morgen im Baumhaus gesessen hatte, hatte ich das Bedürfnis gehabt, ihm etwas von dort mitzubringen. Von einem *Latibule* zum anderen.

Ich hätte ihn am liebsten über seinem Bett befestigt, so, wie man es dem Brauch nach tun musste, aber nach unserem Gespräch eben traute ich mich nicht. *»Gib mir ein bisschen Luft«* bedeutete vermutlich auch *»Geh nicht heimlich in mein Zimmer* *und belästige mich mit albernen Geschenken*«. Also zog ich stattdessen die unterste Schublade seines Schreibtischs auf. Ich schob Büroklammern und Kassenzettel beiseite und legte den Traumfänger hinein.

Gerade, als ich meine Hand zurückziehen wollte, stieß ich damit an ein kühles Gehäuse. Ich holte es heraus und erkannte es sofort: das Handy, das die Society Maxton gegeben hatte. Monatelang hatte er es herumgetragen, um keine Nachricht zu verpassen. Er hätte es nie so weggelegt, wenn er nicht die Wahrheit gesagt hätte: Er war wirklich ausgestiegen.

Es war seltsam, aber ich wurde das Gefühl nicht los, dass das etwas mit mir zu tun hatte. Dass auch das hier meine Schuld war. Ich wollte nicht so egozentrisch sein und denken, dass unser … Bruch ihn so mitgenommen hatte, dass er keine Kraft mehr für die Aufnahmerituale hatte, doch ein Teil von mir hielt es für möglich. Vielleicht hatte ich ihn mit meiner Meinung über die Society auch so verunsichert, dass er glaubte, diese Entscheidung treffen zu müssen. Eher für mich als für sich. Nur wenn es so war, dann würde er das irgendwann bereuen. Er hatte so viel für die Aufnahme getan. Es war nicht fair, dass er jetzt alles hinwarf, nur weil ich uns … weggeworfen hatte.

Meine Augen verengten sich in der Reflexion des Handydisplays, als ich den Entschluss fasste. Ich wusste nicht, wie ich das, was zwischen Maxton und mir zerbrochen war, jemals wieder reparieren konnte. Was ich wusste, war, dass ich nicht zulassen würde, dass er wegen mir etwas anderes zu Bruch gehen ließ, das ihm so wichtig war. Ich wollte immer noch nicht, dass er Teil der Verbindung wurde. Doch mehr als das, was ich nicht wollte, zählte das, was ich wollte: Maxton glücklich sehen. Und es war gefährlich und widersprach allem, woran ich mich die letzten Jahre gehalten hatte, aber der Gedanke, der an dieser Erkenntnis hing, war dieser: *Ganz egal, was es mich kostet.*

29. Kapitel

WILLOW

Unser Dachboden hatte kein Dach mehr. So sah es zumindest aus, als ich mich auf der Wolldecke ausstreckte und nach oben sah. Wir hatten die Fenster verhängt, sodass der Boden vollkommen dunkel war. Bis auf das Deckengewölbe, über das schwarzblaues Licht und gelbweiße Punkte tanzten.

Ich rollte den Kopf zur Seite, um Helen anzusehen, die neben mir an den Rädchen des silbernen Kastens drehte, sodass die falschen Sterne sich schärften. Es war absurd, dass sie diesen Projektor selbst gebaut hatte, während ich nicht mal eine Glühbirne wechseln konnte.

»Das ist gruselig beeindruckend, Helen.«

Sie schenkte mir ein schiefes Lächeln. Das blaugelb gemusterte Licht bestrahlte von unten ihr Gesicht, ich sah trotzdem, dass ihre Wangen sich ihren roten Haaren anglichen. »Du solltest mal sehen, was die anderen in meinem Kurs hergestellt haben. Dagegen ist das hier albern. Die Sternanordnungen sind nicht mal astronomisch korrekt.«

»Es ist nicht albern, es ist besonders«, widersprach May, die mit zurückgelegtem Kopf in der Mitte des Raums stand und sich im Kreis drehte. Ihr weitschwingender Rock wirbelte immer wieder Staub auf, sodass ich ständig ein Niesen unterdrücken musste. »Ein ganz gewöhnlicher Sternenhimmel würde doch auch gar nicht zu unserer Villa passen.«

»Eben«, stimmte Wes May zu und deutete auf einen der schrägen Dachbalken. »Das da zum Beispiel ist eindeutig das Sternbild des Großen Huhns.« Dabei strich er Versailles neben sich über das Köpfchen. Sie gluckste und plusterte ihre Flügel so auf, dass sie aus dem Hundekorb herausragten.

Wir waren nur zu fünft hier oben. Sienna und Beckett waren jeweils mit Freunden unterwegs, Avery leistete Eden in seiner Schicht im *Immernachtstraum* Gesellschaft, und Maxton … war irgendwo, wo ich nicht war. So, wie in den meisten Stunden der letzten Woche. An jedem anderem Tag tat das weh, heute war ich dankbar dafür. So konnte ich das Society-Handy im Blick behalten, ohne dass er es bemerkte.

Es war über eine Woche her, dass ich eine Nachricht an die unbekannte Nummer geschrieben hatte: *Hab es mir anders überlegt. Wenn ihr mich lasst, bin ich wieder dabei.*

Ich war nicht sicher gewesen, ob die Verbindungsbrüder mir diese Nachricht abkaufen würden, vor allem, weil ich nicht wusste, wie sie mit Maxton auseinandergegangen waren. Doch gestern hatte ich eine Antwort erhalten.

Eine letzte Chance. Hyperion, morgen Abend.

Ich hatte es gegoogelt: Hyperion war der Titan des Lichts, der Weisheit und Wachsamkeit. Dazu passend ließ ich das Handy seitdem nicht mehr aus den Augen, um die weiteren Anweisungen nicht zu verpassen. Anweisungen – ich verachtete das Wort immer noch, aber das Problem war, dass ich Maxton eben mehr liebte, als dass ich etwas anderes hasste.

Gerade, als ich das Smartphone sinken lassen wollte, traf eine Nachricht ein. *Zwischen dem Dasein von Göttern und Menschen liegt ein schmaler Pfad* stand da, und dazu eine Adresse, die mir vage bekannt vorkam. Als ich sie mir bei Google Maps anzeigen ließ, stutzte ich: Es war der Astronomie-Turm der Universität am Rand des Stadtkerns.

»Ist alles okay?«

Ich sah auf und bemerkte, dass die anderen mich allesamt beobachteten. May war auf mich zugekommen und musterte mich besorgt – so wie sie es durchgängig tat, seit ich zurück war. Ich rang mir ein Lächeln ab und stand auf.

»Ja, ich muss nur los.«

Sie nickte langsam. »Ich komm mit runter, ich wollte den Rest vom Kuchen holen.«

Mit einem Winken verabschiedete ich mich von den anderen und folgte May hinunter ins Erdgeschoss. Je tiefer wir kamen, desto wärmer wurde der Atem des Hauses, trotzdem wurde ich innerlich mit jedem Schritt zittriger. Ich wusste, dass man immer erst vor Ort erfuhr, was man tun sollte, aber die Aussicht, an einem Freitagabend allein zum abgelegensten Gebäude des ganzen Campus zu gehen, reizte mich nicht. Vor allem, wenn ich nicht wusste, was mich erwartete.

»Schade, dass du den Abend nicht mit uns verbringen kannst«, sagte May, als wir in der Küche angekommen waren. Sie ging zum Herd und nahm die abgedeckte Kuchenform heraus, während ich nach meiner Tasche auf einem der Stühle griff.

Normalerweise hätte ich darauf irgendetwas Scherzhaftes geantwortet, aber nicht einmal das bekam ich noch hin. Deswegen lächelte ich schwach und erwiderte: »Ich wäre auch lieber hier. Ich glaube, ich hab das noch nie gesagt, aber … ich bin das gern. Bei euch, meine ich.«

May hielt überrascht inne, dann lächelte sie auch. »Du musst das nicht sagen, damit wir es wissen. Hast du schon mal von den fünf Sprachen der Liebe gehört?« Als ich den Kopf schüttelte, holte sie weiter aus. »Menschen zeigen Liebe auf verschiedene Weisen: durch Worte der Anerkennung, Zeit zu zweit, Geschenke, Hilfsbereitschaft oder körperliche Zärtlichkeiten. Es gibt dabei kein besser oder schlechter, weißt du? Liebe ist Liebe. Und wir wissen alle, dass wir uns immer auf dich verlassen können. Du bist einer der hilfsbereitesten Menschen, die ich kenne. Ich zweifle nie daran, dass du alles für uns und die Villa tun würdest.«

Ich verzog den Mund und betrachtete den Kuchen, der an den Rändern dunkel geworden war. Was daran lag, dass ich wieder mal vergessen hatte, dass May mich gebeten hatte, ihn im Blick zu behalten. Manchmal fragte ich mich, wieso sie mich immer noch darum bat, wenn sie doch wusste, dass ich es in neunzig Prozent der Fälle vermasselte.

»Auch wenn ich ständig dein Zeug im Ofen vergesse?«

May lachte und legte die geschnittenen Stücke auf einen Servierteller. »Es geht ja nicht darum, immer alles richtig zu machen. Es geht nur …«

»… ums Versuchen«, beendete ich ihren Satz leise.

Sie nickte und platzierte das letzte Stück Kuchen auf einem separaten Teller. »Und Maxton weiß das auch.«

Allein bei der Erwähnung seines Namens zog sich alles in mir zusammen. Mein Blick wanderte zum Fenster, hinter dem sich tiefes Winterabendgrau ausgebreitet hatte. Ich wusste nicht mal, ob Maxton im Garten oder ganz woanders war, und das tat so weh, dass ich am liebsten geweint hätte. Ich vermisste ihn so, und ich vermisste mich so. Das Ich, das ich mit ihm sein konnte. Mein echtes, kompliziertes, lautes, unperfektes Ich, das ich in den letzten Jahren mit ihm lieben gelernt hatte.

»Da bin ich mir nicht sicher.«

May sah mich nachdenklich an. »Was denkst du, wieso er dir am Anfang nichts von der Society erzählt hat?«

»Weil er wusste, dass ich ihn nerven würde?«

»Weil er wusste, dass du ihm helfen würdest. Weil er wusste, weil er *weiß*, dass du ihn liebst.« Sie zögerte und warf mir einen schuldbewussten Blick zu. »Ich muss die ganze Zeit daran denken, ob es unsere Schuld ist. Weil wir euch darauf angesprochen haben, meine ich.«

Ich lächelte matt. »Nein. Es ist nur meine Schuld. Ich kann ihm nicht geben, was er will.«

»Ich glaube, er will nur dich, Willow. Er wollte doch irgendwie immer nur dich. Und ich dachte eigentlich, dass es dir auch so geht mit ihm.«

Sofort stand ich wieder zwei Etagen höher in unserem Flur. Dunkle Tapete um uns herum, dunkler Ausdruck in Maxtons sonst so warmen Eisaugen. *»Willst du mich?«* Er hatte die Frage so resigniert gestellt, als wüsste er, dass die Antwort ein Nein wäre. Ich verstand nicht, wie ihm nicht klar sein konnte, dass die Antwort immer ein Ja gewesen war. Aber dass es darum eben nicht ging.

Entschieden hängte ich mir meine Tasche um die Schulter. »Ich muss los.«

May nickte und lächelte sanft. Sie hob den Teller mit dem einzelnen Kuchenstück an. »Ich versteck das hier für dich im Ofen vor den anderen.«

»Danke.« Kurz zögerte ich, dann ging ich um die Theke und umarmte sie. Einfach so, obwohl ich das noch nie gemacht hatte, obwohl sie den Kuchen in der Hand hielt, obwohl ich dringend losmusste. In diesem Moment konnte ich nur daran denken, dass May der einzige Mensch war, den ich kannte, der alle fünf Sprachen der Liebe gleichermaßen beherrschte. Mein Vokabular war in den meisten davon unzureichend, aber vielleicht konnte man auch das üben. Vielleicht konnte ich wirklich *versuchen*, besser zu werden. Nicht nur mit Maxton, sondern irgendwie auch … für ihn. Für alle, die ich liebte und denen ich das unbedingt stärker zeigen wollte.

»Oh.« May stutzte, dann erwiderte sie die Umarmung, mit

einem Arm nur, aber so innig, dass ich mich reflexartig entspannte. »Du magst meinen Kuchen ja echt.«

Ich musste lachen und drückte sie fest an mich, ehe ich mich löste. »Dich mag ich mehr, aber verrate es ihm nicht.«

Der Astronomie-Turm ragte schwarz in den Himmel hinauf, als ich ankam. Ich hatte mein Rad am Rand der Innenstadt angeschlossen und war zu Fuß hergekommen, um sicherzugehen, dass niemand mich hörte. Das Tor zum Kiesplatz vor dem Gebäude war zwar zu gewesen, doch ich hatte eine Stelle im Zaun gefunden, die breit genug war, um hindurchzuklettern.

Jetzt stand ich vorm Eingang, starrte an der rund fünfundzwanzig Meter hohen Fassade hinauf und hätte mich gern übergeben. Es war so krank, dass Höhenangst auch wirkte, wenn man hinauf- und nicht hinuntersah.

Das Summen des Smartphones in meiner Hand riss meine Konzentration zurück aufs Display. Ich hatte das Foto vom Turm erst vor ein paar Minuten an die Nummer geschickt, aber es wunderte mich nicht, wie schnell sie reagierten. Offensichtlich verbrachten die Mitglieder der Society ihre Freitagabende mit Vorliebe damit, vorm Handy zu sitzen und schwülstige Aufgabentexte vorzubereiten.

Einst ein Preis für den Übergang zwischen Leben und Tod, nun der, der zwischen Aufstieg und Fall entscheidet.

Stirnrunzelnd überflog ich den Text mehrmals, ehe ich das Video anklickte, das mitgeschickt worden war. Das Bild war verschwommen, ehe herausgezoomt wurde. Die Umrisse schärften sich: markante Linien auf Metall, das Profil eines Gesichts auf einer … Münze. Kurz fixierte die Kamera sie, dann wechselte das Bild. Der Blickwinkel kam mir so vertraut vor, dass ich stutzte, bis ich begriff, dass dieses Video von meinem Standpunkt aus aufgenommen worden war. Die Kamera schwenkte hinauf, bis sie in etwa acht Metern Höhe innehielt. Mitten an der dunklen Fassade, an der etwas Silbernes reflektiert wurde.

Mir wurde schlecht, noch bevor das Video endete und ich es wagte, den Blick zu heben. So weit hinauf, dass mein Magen sich krampfhaft zusammenzog, obwohl ich hier unten stand und nicht dort oben über einem Kragstein hing – so wie diese verdammte Münze.

Von hier unten war sie nur ein Schemen, der im Mondlicht glänzte, wann immer sich das Bändchen darum im Wind bewegte. Ich begriff nicht, wie sie die Münze dort befestigen konnten. Der Abstand zum Boden war viel zu hoch für eine Leiter, und die Fenster waren zu weit weg, um von dort aus an den Vorsprung zu kommen. Magensäure stieg meinen Hals hinauf, als mir klar wurde, dass es nur einen Weg gab herauszufinden, wie man an diese Münze kommen konnte: Ich musste in den Turm.

Ich schluckte mehrmals und ging dann auf die Tür zu. Zu meiner Überraschung war sie nicht verschlossen, vermutlich, weil es bei dieser Herausforderung nicht um Hausfriedensbruch ging. Eher um Genickbruch.

Im Turm gab es abgesehen von der großen Sternwarte im Dach nur eine weiter unten liegende Ebene, die man betreten konnte. Die Holztür, die dorthin führte, war so unscheinbar, dass ich sie von der Wendeltreppe aus fast übersehen hätte. Sobald ich sie geöffnet hatte, legte sich der Geruch nach Staub und Papier um mich, ich nieste mehrmals. Von Wes wusste ich, dass diese Fläche ursprünglich als Informationsraum genutzt worden, aber unbenutzt war, seit der Turm seine Funktion als Museum aufgegeben hatte. Dennoch waren die Wände mit verbliebenen Plakaten und Schaubildern von Planeten, Sternen und anderen Himmelsphänomenen vollgeklebt. Nachdem ich die Ebene umrundet und mich versichert hatte, dass niemand hier war, lief ich zu dem Fenster, das ich von unten gesehen hatte.

Der Rahmen knarzte, als ich den Riegel umlegte und es öffnete. Winternächtliche Kälte grub ihre Zähne in meine Wangen, ich spürte, wie meine Gesichtsfarbe durch die winzigen Bissspuren hinaussickerte, als ich einen Blick hinabwarf. Der Boden war acht Meter entfernt, ein kahler Platz aus Stein und Erde. Schwindel pochte gegen meine Schläfen, ich drängte ihn zurück und sah zur Seite. Die Münze hing rund vier Meter von mir entfernt. Sie war mit einem Bändchen um einen der Kragsteine gebunden worden, die den Turm in gleichmäßigen Abständen zierten. Probehalber lehnte ich mich raus, aber zwischen der Münze und meinen Fingerspitzen befanden sich mehrere Meter Luft.

Ich wagte es, noch einmal einen Blick hinabzuwerfen. Und da sah ich ihn. Den Vorsprung, der etwa zwei Meter unter dem Fenstersims um den Turm entlang herumlief. Er war so schmal, dass ich ihn von unten nicht hatte sehen können, so schmal, dass mein Fuß mit Sicherheit nur quer darauf passen würde.

Ich trat zurück, mein Atem hallte in dem steinernen Raum. Das mit dem Preis, der zwischen Aufstieg und Fall unterschied, war offensichtlich wörtlich gemeint. Diese Typen erwarteten ernsthaft, dass ihr Anwärter es riskierte, von diesem Turm zu stürzen, nur, um eine bescheuerte Münze zurückzuholen. Ich konnte das nicht tun. Unmöglich. Ich schaffte es ja nicht mal, auf eine Leiter zu klettern, ohne Angst zu bekommen. Ich würde fallen, bevor ich den ersten Schritt gemacht hatte.

Wäre Maxton bei mir gewesen und hätte darüber nachgedacht, das zu tun, hätte ich gesagt: *Das ist es nicht wert.* Aber jetzt, wo er nicht hier war, wo er vielleicht *wegen mir* nicht hier war, schaffte ich es nicht, mir dasselbe zu sagen. Es musste einen Weg geben, an diese Münze zu kommen, ohne dass es mich umbrachte.

Frustriert griff ich in die Jackentasche, um mein Handy herauszuholen. Heutzutage konnte man immerhin so gut wie alles googeln. Bevor ich es fand, stießen meine Finger gegen eine Papierkante, zu fest, um einer der Kassenzettel zu sein, die ich dort oft vergaß. Verwirrt zog ich sie heraus und hielt den Briefumschlag ins Licht meines Displays, um die Worte darauf entziffern zu können. Mein Herz setzte ein paar Schläge aus, als es mir gelang.

Frohe Weihnachten nachträglich, Catkin. Dass ich erst mal Zeit allein brauche, heißt nicht, dass ich unsere ungeschehen machen würde. Keine Sekunde davon.

Ich blinzelte mehrmals, ehe ich es hinbekam, den Umschlag zu öffnen und das Blatt Papier herauszuziehen. Trotz des blaustichigen schwachen Lichts erkannte ich es sofort. Es war eine Zeichnung. Nicht irgendeine, sondern die, die Maxton als allererste für mich angefertigt hatte. Die Zeichnung, mit der er mich ein bisschen gerettet hatte, bevor er mich überhaupt gekannt hatte. Sekundenlang starrte ich auf die Bleistiftumrisse, während ich das Gefühl hatte, dass sich andere in mir schärften. Ich schaffte es nicht, sie zu einem Sinn zusammenzusetzen, aber ich spürte, dass sie etwas bedeuteten. Dass sie *alles* bedeuteten.

Bevor ich weiter darüber nachdenken konnte, hörte ich es: die Schritte, die durch die Tür in meinem Rücken drangen. Die Schritte, die langsamer wurden und … lauter. Weil sie auf mich zukamen.

Mein Blick flog sekundenschnell durch den Raum, aber ich wusste sofort, dass ich keine Chance mehr hatte, mich zu verstecken. Wer auch immer da gerade kam, würde mich entdecken, sobald er die Ebene betrat.

Mein Verstand setzte einfach aus. Anders konnte ich mir nicht erklären, dass ich den Umschlag zurück in die Tasche steckte, den Fensterrahmen umklammerte und mich im nächsten Moment auf das Brett schwang. Der einzige klare Gedanke, der blieb, war: *Sie dürfen mich nicht finden. Sie dürfen nicht wissen, dass Maxton gegen ihre Regeln verstoßen hat.*

Der Wind zerrte Locken aus meinem Zopf, die Dunkelheit vermischte Boden und Himmel zu einem schwarzen Schleier, der mich bereitwillig aufnahm. Die Sekunden, in denen meine Füße nach dem Vorsprung tasteten, waren die schlimmsten. Sobald er ihn gefunden hatte, atmete ich laut aus. Ich hatte mich nicht geirrt, ich konnte nur seitlich auf dem Gesims stehen, aber immerhin war der nächste Kragstein so dicht neben dem Fenster, dass ich problemlos danach greifen konnte. Während ich mich vorsichtig entfernte – in die entgegengesetzte Richtung der Münze – kamen von drinnen Stimmen auf.

»Ich verstehe nicht, warum du dich so aufregst. Er hat uns doch gerade erst das Foto geschickt.« Ezra seufzte, während ich nach dem nächsten Vorsprung griff und mich weitere zwanzig Zentimeter zur Seite bewegte. Es knirschte unter meinen Schuhen, mein Atem ging so schwer, dass ich die Antwort im Turm kaum hörte.

»Deswegen rege ich mich ja auf«, erwiderte eindeutig Keenans Stimme. »Wenn Bash sagt, dass Haven Maxton vor einer halben Stunde in der Innenstadt gesehen hat, wie zur Hölle hat er mir dann vor exakt fünfundzwanzig Minuten ein Foto von diesem Turm schicken können?«

»Vielleicht hat Haven sich geirrt.«

»Vielleicht aber auch nicht und das hier ist irgendein Scheißversuch, uns dranzukriegen.«

Die Stimmen wurden lauter, mein Herzschlag auch – ich schaffte es nicht mal, mich auf ihre Aussagen zu konzentrieren. Bis zur Wölbung des Turms waren es noch etwa zwei Meter. Wenn jemand jetzt rausblickte, würde er mich sofort entdecken.

»Wofür denn, Keen? Dafür, dass wir Münzen am Astronomie-Turm aufhängen?«

»Erstens dürften wir gar nicht hier sein. Wenn die Uni erfährt, dass wir uns in den Server von Livia West gehackt haben, um in den Instituten ein und aus zu gehen oder uns verdammte Prüfungsunterlagen runterzuladen, sind wir geliefert. Und zweitens sind das Münzen, die ich meinem Onkel aus dem Archiv des Museums für Altertum gestohlen habe. Der bringt mich um, wenn das rauskommt.«

»Vielleicht gibt es in dem Archiv ja auch gemütliche Mumiensärge aus dem alten Ägypten.« Ezra grinste hörbar, Keenan hingegen stieß ein Schnauben aus.

»Das ist nicht witzig. Ich hab euch gesagt, dass wir Maxton keine zweite Chance geben sollten. Er hat nicht das Zeug dazu, einer von uns zu sein.«

»Du weißt, wie stur Bash ist, wenn er jemanden dabeihaben will. Und immerhin hast *du* Maxton angeschleppt, erinnerst du dich? Ich dachte, wir waren uns alle einig, dass er Potenzial hat. Was ist letztens zwischen euch vorgefallen, dass du jetzt so anti bist?«

Kurz war es still. So still, dass ich mich nicht traute, mich zu bewegen. Meine Finger fühlten sich längst klamm an, meine Nase lief, meine Augen tränten. Ich wagte es weder zurückzusehen noch nach unten. Stattdessen wartete ich darauf, dass Keenan antwortete. Gedämpfter als zuvor.

»Er hat sich in Dinge eingemischt, die ihn nichts angehen.«

»Was …«

»Hör auf zu fragen, wenn du die Antwort nicht wissen willst«, unterbrach Keenan ihn unwirsch. »Du hast vor langer Zeit klargemacht, dass es ein paar Dinge gibt, über die du nichts hören willst, weißt du noch? Das bedeutet aber nicht, dass sie nichts mit dir zu tun haben. Jedes Problem, das ein paar oder nur einer von uns hat, haben wir alle. Und Maxton ist so ein Problem. Verstanden?«

Erneute Stille. Das Adrenalin in mir rauschte zu laut, als dass ich einen klaren Gedanken fassen, geschweige denn verstehen könnte, wovon Keenan sprach. Etwas an Ezras Tonfall verriet mir, dass er es durchaus verstand.

Er wurde ebenfalls leiser, fast schuldbewusst. »Schon gut. Gib mir den Greifstab. Ich hol die Münze.«

Ein Greifstab. Gott, ich hätte mir denken müssen, dass diese selbstverliebten Typen niemals ihr eigenes Leben hierfür riskiert hätten. Es war fast peinlich, dass sie klüger gewesen waren als ich.

Mit zittrigen Fingern umklammerte ich den nächsten Kragstein und atmete tief ein, ehe ich den bisher größten Schritt machte. Unter meinem Fuß knirschte es, Bruchstücke des Vorsprungs bröselten ab und fielen in die Tiefe. Allein das gab mir auch das Gefühl zu fallen.

»Was zur … Hast du das Fenster vorhin aufgelassen?«

Die Antwort hörte ich nicht, weil ich es in diesem Moment schaffte, den Schritt zu machen, der mich hinter der Wölbung und damit aus dem Sichtfeld des Fensters verschwinden ließ.

Ich presste den Körper gegen die Fassade. Der Stein kratzte an meinen Knien, meinem Becken, meinen Schultern, meiner Stirn. Ich regte mich trotzdem nicht, ich verharrte stocksteif mit geschlossenen Augen und versuchte, nicht zu denken. Nicht daran, dass Ezra und Keenan im Turm waren, nicht daran, dass ihr Gespräch vermuten ließ, dass hinter Maxtons Ausstieg aus der Society mehr steckte, als ich geahnt hatte, nicht daran, dass unter mir … rein gar nichts war.

Ich konnte nicht sagen, wie viel Zeit vergangen war, als ich mich schließlich zwang zu blinzeln. Der schwarze Stein verschwamm vor meinen Augen, der Wind biss aggressiver in meinen Nacken. Am liebsten wäre ich für immer hier stehen geblieben, aber mir war klar, dass das keine Option war.

Entschieden biss ich die Zähne aufeinander und machte mich vorsichtig auf den Rückweg. Kragstein für Kragstein, Schritt für Schritt, Atemzug für Atemzug. Die Panik war zu einem tauben Prickeln geworden, mein Gesicht auch. Die Kälte hatte alles weich gebissen, meine Gedanken, meine Empfindungen. Und leider auch meine Muskeln. Je weiter ich kam, desto mehr begannen meine Knie und Finger zu zittern.

Als ich das Fenster sehen konnte, hätte ich vor Schreck fast den Vorsprung über mir losgelassen. Es war geschlossen. Scheiße, natürlich war es das. Eiskalte Panik besprenkelte meinen Nacken und meine Gedanken, doch ich zwang mich, sie zurückzudrängen. Es war nur eine Scheibe. Ich musste mich einfach irgendwie aufs Brett hochziehen und sie kaputt schlagen. Das war möglich, musste es sein.

Ich hielt erst wieder inne, als ich schräg unter dem Fenster stand. Um nach dem Brett greifen zu können, musste ich den Kragstein loslassen. Und vor allem musste ich leicht hochspringen. Während sich unter meinen Füßen nur zwanzig Zentimeter Vorsprung und etwa sechs Meter tiefer Abgrund befanden.

Meine Knie wurden noch weicher, ich hielt mich stärker fest. *Ich kann das nicht, ich kann das nicht, ich kann das nicht.* Die Gedankenendlosschleife wurde nur von einem einzigen lauteren Satz durchbrochen: *Du musst es versuchen.*

Ich erinnerte mich an den letzten Sprung, den, den Maxton und ich gemeinsam gemacht hatten. Von dem Schiff, an diesem Abend, an dem ich mir erstmals eingestanden hatte, dass ich mehr in ihm sah als nur meinen besten Freund.

Keine Ahnung, hatte Maxton gesagt, als ich ihn gefragt hatte, ob er bereit war. Und wir waren trotzdem gesprungen. Es war keine Option gewesen zu warten, weil das Leben nicht auf uns wartete. Nicht darauf, dass wir so weit waren, nicht darauf, dass die Dinge leichter oder erträglicher wurden. Wir mussten mit dem klarkommen, was wir hatten, mit dem, was wir waren. Wir konnten nicht darauf warten, dass es besser wurde. Wir mussten das Beste aus dem machen, was da war. Wir mussten es wirklich einfach versuchen.

Ich hatte gedacht, ich würde spüren, wenn ich so weit war, aber vielleicht war dieses Gefühl keines, das kam, wenn man darauf wartete. Vielleicht würde ich nie springen, wenn ich darauf wartete, bereit zu sein. Vielleicht würde ich hundert schöne Möglichkeiten verpassen, weil ich Angst vor dieser einen hatte. Aber so funktionierte das Leben nicht. Maxton hatte recht gehabt: Vom Schlimmstmöglichen auszugehen schützte einen nicht davor, es zu erleben. Es hielt einen nur vom Bestmöglichen ab. Und ich wusste doch längst, was mein Bestmöglichstes war. Dass das mit Maxton immer besser, am besten war.

In diesem Moment begriff ich, dass May vorhin recht gehabt hatte. Es war so, wie ich es vor einigen Wochen schon einmal zu Keenan gesagt hatte: Ich würde tatsächlich alles tun, wenn es um Maxton ging – aber nicht nur für ihn, sondern auch für mich. Ich war bereit, alles zu riskieren, weil ich wusste, dass wir beide das verdient hatten. Wir hatten ein Vielleicht verdient. Ganz sicher.

In einem anderen Leben hätte ich diese Erkenntnis früher gehabt. In seinem Bett zum Beispiel, als Maxton mir sagte, dass er mich liebte. In dieser anderen Version wäre ich am nächsten Morgen nicht aus dem Bett geklettert und hätte darauf gewartet, ihn mit seinem persönlichen Albtraum zu konfrontieren: ein Aufwachen, das mit Verlieren einherging. In dieser anderen Version hätte ich darauf gewartet, ihm zu sagen, was wir doch längst wussten: *Ich dich auch.* In dieser anderen Version hätten wir beide gewonnen. Doch das Problem war, dass das Leben, das wir führten, eben nicht immer die beste Version war. Ebenso wenig wie wir selbst immer unsere beste Version waren. Wir waren fehlerhaft und ängstlich und launisch und kompliziert. Wir waren echt, und echt war nie perfekt, aber trotzdem richtig.

Auch wenn es dich manchmal auf einen Backsteinvorsprung an der Außenfassade eines Astronomie-Turms führte. Ein schwarzes Himmelslaken über, ein graues Kiesmeer unter dir.

Die Farblosigkeit verschwamm vor meinen Augen, aber in meinem Kopf blühte alles. Ich dachte an die Zeichnung in meiner Jackentasche, an jede, die Maxton je angefertigt hatte, für mich oder nur für sich, weil das in unserem Fall nie eine Rolle gespielt hatte. Unser Uns war immer ein Er und ein Ich gewesen. Als ich ihn vor zweieinhalb Jahren getroffen hatte, hatte ich gleichzeitig angefangen, mich in mich selbst und in ihn zu verlieben. Genau das war der Grund dafür, dass ich kein Uns kannte, das so schön war wie unseres. Und ich wusste, dass ich ein Teil davon sein wollte – so gut ich es eben hinbekam. Ich wollte nach Hause, ich wollte zu ihm. Auf der Stelle.

Doch dafür musste ich zurück in diesen Turm. Ganz gleich, ob die Verbindungsmitglieder mich entdeckten, ob sie dafür Tinte oder rote Grütze über mich kippten. Es war mir egal. Maxton war immer das Einzige gewesen, das mir bei diesen Herausforderungen wichtig gewesen war.

Entschlossen löste ich eine Hand vom Kragstein und ging einen halben Schritt weiter. Der Stein unter mir knirschte, winzige Bruchstücke fielen hinab. Mein Blick folgte meiner Hand, die nach dem Rahmen des Fensters tastete. Da waren nur zwanzig Zentimeter Abstand zwischen Fingerspitze und Kante. Ein gezielter Satz nach oben und ich könnte sie erreichen.

Ich musste an diesen Tag am Meer denken, an die Stimme des Surftrainers: *»Es ist nur ein Sprung. Du springst und du stehst oder du fällst. Und dann stehst du wieder auf.«*

Es ist nur ein Sprung, dachte ich und löste ein paar Finger der zweiten Hand vom Stein. Ich fragte mich, ob der Junge an die Worte gedacht hatte, als er an diesem Nachmittag hinaus aufs Wasser gepaddelt war. *Nur ein weiterer Sprung. Stehen oder fallen.* Ich fragte mich, ob er auch nur den entfernten Gedanken gehabt hatte, dass es manchmal danach kein Aufstehen gab.

Es ist nur ein Sprung, Willow. Nur ein Versuch.

Ich atmete tief ein. Stieß die Zehenspitzen vom Vorsprung ab. Ließ gleichzeitig den Kragstein ganz los. Riss die Hände so weit nach oben, wie ich konnte.

Und wusste schon in dem Moment, in dem ich nach der Kante des Sims griff, dass ich sie nicht erwischen würde.

Meine Finger glitten am kühlen Stein hinab, federleicht und chancenlos, sodass ich es nicht mal richtig wahrnahm. Was ich wahrnahm, war der bröckelnde Stein unter meinen Füßen, als ich wieder darauf landete. Der Boden, der unter mir wegbrach, als wäre er nie wirklich da gewesen.

Aber vielleicht war das ja der springende Punkt: Alles, das Halt versprach, war eigentlich nur eine Illusion. Das Leben schuldete niemandem etwas, und egal, wie vorsichtig man war, Sicherheit war nichts, was man dauerhaft erhalten konnte. Egal, wie viele feste Brücken man sich baute, ab und zu musste man springen. Und manchmal war ein Sprung eben nur ein haltloses Abrutschen.

Die Konsequenz blieb trotzdem dieselbe:

Stehen oder fallen.

Stehen oder fallen.

Stehen oder fallen.

Ich fiel.

30. Kapitel

WILLOW

Damals

Es war windstill in Windsbury. Das war mein erster Gedanke gewesen, als ich den Zug verlassen hatte.

Die Luft roch nach Juni, süß und schwer von den blühenden weißen Büschen, die überall wucherten und deren Namen ich mir nie merken konnte. Die Sonne hing fast ebenso weiß am Himmel zwischen zerfransten Schäfchenwolken und ließ mich die Augen mit der Hand abschirmen, während ich mir meinen Weg durch die Innenstadt bahnte.

Leere hieß die Playlist auf meinem Handy, die seit meiner Abreise in Swindon lief. Ich wünschte, das Gefühl würde weniger treffend beschreiben, was ich empfand. Nicht nur, seit ich meinen letzten Halt, sondern seit ich Canterbury verlassen hatte. Seit ich Riven verlassen hatte.

Es war zwei Wochen her, dass ich gegangen war, aber es fühlte sich an, als wäre ich keinen Schritt weitergekommen. »*Finde einen Ort zum Ankommen, Willow*«, hatte mein Vater gesagt, bevor ich am Bahnhof in einen Zug gestiegen war, der für mich kein Ziel hatte. Nichts war mehr ein Ziel, wenn man denjenigen verloren hatte, der einem seit Jahren den Weg vorgegeben hatte.

Verlassen – nicht verloren, korrigierte ich mich innerlich schnell und bereute es, als die anderen Sätze hinterherkrochen, die ich seit vierzehn Tagen versuchte zu ignorieren. *Du bist gegangen. Es ist deine Schuld, dass du dich jetzt so fühlst. Es ist alles deine Schuld.*

Wie automatisch wanderte meine Hand zur Brusttasche meines offenen Hemdes. Es gehörte Riven, so wie der Ring, den ich unter dem Stoff spüren konnte. Und ich hasste mich dafür, dass ich beides nicht weggeschmissen hatte, kaum dass ich unsere Wohnung verlassen hatte. Ich hasste es, dass ich den winzigen Türspalt in meinem Kopf offenhielt, hinter dem dieser eine Gedanke lauerte: zurückgehen. Zurück zu ihm, zurück zu unserem gemeinsamen Leben, das sich nie wie meins angefühlt hatte, zu einem Ich, für das dasselbe galt.

Ich wusste, warum ich gegangen war. Ich wusste nur nicht, wie ich jemals woanders ankommen sollte. Jeder Ort, an dem ich seit zwei Wochen aus dem Zug stieg, fühlte sich falsch an. Das Geld, das Dad mir gegeben hatte, würde nicht mehr allzu lang reichen, und ich wollte ihn erst um mehr bitten, wenn ich wusste, wofür ich es nutzen wollte. Eine neue Wohnung, ein neues Zuhause, ein neues Leben.

»Du bist jetzt frei«, hatte Dad geflüstert, als er mich zum Abschied umarmt hatte, mit Tränen in den Augen und in der Stimme. Ich wusste, dass er vier Jahre lang gehofft hatte, diesen Satz irgendwann aussprechen zu können, aber ich wusste auch, dass ihm nicht klar war, dass es nicht stimmte. Man wurde nicht frei, nur weil man ging. Gedankenfesseln nahm man überallhin mit. So wie sich selbst. So wie alles, was man getan, gesagt, gefühlt hatte. Riven war meine Vergangenheit und meine Gegenwart, und ein Teil von mir war sich sicher, dass er auch meine Zukunft war – ganz egal, ob ich zu ihm zurückging oder nicht.

Also, warum machst du es dir schwerer als nötig? Wenn du eh nicht von ihm wegkommst, kannst du auch bei ihm bleiben.

Weil ich … Ich unterbrach mich selbst in Gedanken und wiederholte laut: »Weil ich.« Denn das war letztlich die Begründung für all das hier. Ich. Ich, ich, ich.

Du benimmst dich egoistisch, Luce, hörte ich Rivens Stimme in meinem Kopf, und es war albern und an der Grenze zu absurd, aber ich reckte das Kinn und dachte mit aller Entschiedenheit: *Und das ist auch verdammt richtig so.*

Ich straffte die Schultern und bog in den Eingang eines Parks ein. Ein Weiher lag in einer Kuhle, einige Weiden standen ringsherum. Menschen lagen auf Decken darunter oder saßen auf den Bänken, die zwischen angelegten Beeten platziert waren. Blumen wuchsen darin in sämtlichen Farben, ich erkannte nur Klatschmohn und Margeriten. Weißköpfige Kletterpflanzen wucherten an dekorativen Steinbögen, in denen man sitzen konnte, Stockrosen an Durchgangstoren aus Gitter, die über die Gehwege gebaut worden waren. Kurz blieb ich stehen und atmete die Luft ein. Dann sah ich mich nach einer Sitzgelegenheit um. Meine Füße schmerzten, mein Kopf auch – Leere klang sehr laut, wenn man lang genug hinhörte.

Es waren noch zwei Bänke frei, trotzdem steuerte ich wie von selbst auf eine besetzte zu. Vielleicht, weil ich es allmählich beunruhigend fand, wie viel ich gedanklich mit mir selbst sprach, vielleicht, weil ich nach zwei Wochen Alleinsein diese peinliche, irrationale Sehnsucht nach Nähe hatte, vielleicht auch nur, weil der Typ, der dort saß, etwas Seltsames ausstrahlte.

Sein Haar war braun und ein bisschen zu lang, ein paar wirre Strähnen hingen in seine Stirn und über seine Ohren. Das Chaos passte nicht zu der stillen Konzentration, die in seinem Gesicht lag, während er den Park beobachtete. Nicht so, als würde er auf etwas warten, eher so, als würde er sehen, dass es längst begonnen hatte. Ich wusste nicht, was dieses *Es* war, doch ich wusste, dass es mir gefiel, wie er es ansah. Aufmerksam, bewundernd und … liebevoll. Von ihm ging eine so greifbare Ruhe aus, dass es mich nicht überraschte, dass auf der Lehne der Bank drei Pfauenaugen saßen und ihre Schmetterlingsflügel sonnten.

Sie flogen fort, als ich mich ans andere Ende der Bank setzte und die Hände unter die Oberschenkel schob. Der Mann hingegen sah nicht mal auf. Aus dem Augenwinkel musterte ich ihn noch einmal – die kantige Kieferstruktur, die Leberflecke auf Schläfe und Wange, die dichten Wimpern. Er war ungefähr so alt wie ich, vielleicht etwas älter. Seine Jeans waren an den Knien mit Erde bedeckt, seine Turnschuhe mit Schlammspritzern übersät, auf seinem Schoß lag ein dunkelgrünes Notizbuch, aus dem ein Bleistift hervorblitzte.

Nichts an ihm war herausstechend, aber ich konnte trotzdem nicht aufhören, ihn anzustarren. Aus irgendeinem Grund wurde mit jeder Sekunde das nervöse Kribbeln in meinem Kopf und meinen Muskeln schwächer. *Wie sonderbar*, dachte ich, und wusste nicht, ob ich ihn oder mich selbst meinte. Nur, dass ich mich wieder daran erinnerte, dass ich als Kind geglaubt hatte, dass *sonderbar* eine Zusammensetzung aus *besonders* und *wunderbar* war.

»Du bist laut.«

Ich zuckte zusammen. Ertappt blinzelte ich, er sah mich noch immer nicht an. »Ich hab nichts gesagt. Oder mich auch nur bewegt.«

»Ich meinte auch nicht, dass du etwas Lautes tust. Nur, dass du laut bist.« Seine Stimme klang tief und heiser, als hätte er sie lang nicht benutzt.

»Soll ich mich woanders hinsetzen?«

Einer seiner Mundwinkel hob sich. »Es stört mich nicht. Es war nur eine Feststellung.«

Unsicher sah ich zur nächsten freien Bank. »Soll ich jetzt gehen oder nicht?«

Er drehte mir das Gesicht zu, und ich wäre fast erneut zusammengezuckt, einfach nur, weil seine Augen so unnatürlich blau waren: Meer, Dezembermorgenlicht, keine Wellen. »Das solltest du selbst entscheiden können.«

Und damit wandte er sich wieder ab und betrachtete den rot blühenden Azaleenbusch vor uns. Kurz wägte ich ab, mich umzusetzen, schließlich ließ ich es bleiben. Aus einem einfachen Grund, der mich selbst verwunderte: Ich wollte nicht gehen. Und ich wollte ebenso wenig, dass dieses Gespräch schon endete.

»Wartest du auf jemanden?«, fragte ich bemüht leise.

»Nein.«

Ich folgte seinem Blick, der durch den Park streifte. »Also … sitzt du hier einfach rum und starrst ins Nichts?«

»Das ist kein Nichts. Hier gibt es rund hundertfünfzig verschiedene Pflanzenarten.« Er drehte sich zu mir und deutete an mir vorbei auf ein Beet, in dem sich ein lilafarbener Teppich aus Thymian ausgebreitet hatte. »In jeder Jahreszeit verändert der Garten sein Aussehen, und mit jedem Jahr kommen neue Pflanzenarten hinzu, entweder, weil die Gärtner sie anlegen, oder, weil die Natur zufällige Bestäubung vornimmt. Dieser Park ist das perfekte Zusammenspiel aus Wandel und Konstanz. Klingt eher nach einem Alles als nach einem Nichts, oder?« Seine Stimme wurde mit jedem Wort wacher, so wie sein Gesicht wirkte. Selbst die Schatten unter seinen Augen schienen zu verblassen. Fast so, als wären Pflanzenfakten für ihn kleine Gedankensonnen.

»Du bist eigenartig«, stellte ich fest. Er hob die Augenbrauen, ich räusperte mich. »Das war nicht abwertend gemeint, gar nicht. Ich meine, das ist … gut. Sehr gut. Es gibt nichts Besseres, als wenn Leute … eigen sind.«

»Hm.« Er musterte mich flüchtig, es fühlte sich trotzdem so

an, als würde sein Blick mir unter die Haut kriechen. Mir wurde ein bisschen warm. »Und du bist neu hier.«

»In diesem Park?«

»In dieser Stadt.«

Ich runzelte die Stirn. Im Zug hatte ich mir ein paar Informationen über Windsbury durchgelesen, bevor ich mich zum Aussteigen entschieden hatte. Die Studierendenstadt war zwar recht klein, aber sicher nicht so klein, dass er jeden Menschen hier kennen konnte. »Woher weißt du das?«

Er zuckte mit den Schultern, der ausgeleierte Kragen seines Shirts verrutschte und entblößte weitere Leberflecke unter seinem Schlüsselbein. »Du wirkst so.«

»Wie, allein und verloren?« Ich versuchte zu lachen, es klang kratzig und unecht.

»Glaubst du echt, dass man automatisch verloren ist, wenn man allein ist?«

Du wärst verloren ohne mich, Willow. Und ich ohne dich. Wir wären nichts ohne einander.

Ich presste die Augen zusammen, um Rivens Stimme in meinen Gedanken zu zerbröseln. So fein, bis ich den Erinnerungsstaub wegpusten und mich auf den Typen vor mir konzentrieren konnte. »Nein. Tu ich nicht.« Ich zögerte und holte tief Luft. »Also … ja, ich bin gerade erst in der Stadt angekommen. Aber ehrlich gesagt weiß ich noch gar nicht, ob ich bleibe.«

»Wovon hängt das ab?«

Wenn ich das nur wüsste, dachte ich. »Keine Ahnung. Einem höheren Zeichen?«

»Klingt nach einer ziemlich unsicheren Art, Lebensentscheidungen zu treffen.«

»Ist nicht alles im Leben unsicher?«

Er lächelte, jetzt mit beiden Mundwinkeln. Und mir wurde noch ein bisschen wärmer. »Hätte dich nicht unbedingt für eine Philosophin gehalten.«

Ich schnaubte und verschränkte die Arme vor der Brust. »Und du bist wohl so ein richtiger Pragmatiker, was? Dann verrat mir doch, wovon sollte ich diese Entscheidung abhängig machen?«

Er legte einen Arm über die Lehne in unserem Rücken und drehte sich ganz zu mir. Sein Körper war meinem so nah, dass ich ihn riechen konnte. Moos, Erde, kräuterschweres Aftershave. Er duftete, als wäre er ein Teil vom Park. »Das kommt darauf an, wonach du suchst.«

»Weiß ich eigentlich auch nicht so genau«, sagte ich und dachte: *Nach mir. Ich suche nach mir.*

Er sah mich kurz abwartend an, doch als ich nicht ausholte, nickte er langsam. »Windsbury ist nett. Es gibt alles, was man braucht, gleichzeitig ist es nicht zu groß, als dass man seine Zeit damit vergeudet, ständig von A nach B zu pendeln. Es gibt schöne Ecken hier, viel Natur, die Stadt hat irgendwie eine gemütliche Art. Die Uni ist gut. Bis auf die Mensa, aber ich glaube, das muss so sein.«

»Studierst du dort?«

»Ja, Umwelt- und Landschaftsgestaltung. Willst du studieren?«

»Ich denke nicht, dass das was für mich ist.«

»Wieso?«

Weil ich nicht diszipliniert genug dafür bin, nicht geduldig genug, nicht klug genug, nicht interessiert genug, nicht … genug. Weil ich mir das nicht antun sollte, wenn ich eh scheitern werde. Weil es Menschen gibt, die dafür gemacht sind, eine Karriere anzustreben, und die, die diese Menschen dabei unterstützen sollten.

Meine Gedankenstimme klang fremd, so übersät war sie von Rivens Wortabdrücken. Es war absurd: Ich hatte meine

Stimme verloren wegen ihm, ich hatte mich verloren wegen ihm. Und ich wusste einfach nicht mehr, was von dem, das ich dachte, meine eigene Meinung war und was seine. Ich wusste gar nichts mehr. Nicht, was ich war, nicht, was ich wollte.

»Keine Ahnung«, sagte ich und schämte und hasste mich dafür.

Der Typ hob nur die Schultern. »Wenn du nicht weißt, was genau du willst, ist es eigentlich egal, wo du anfängst, danach zu suchen. Vielleicht musst du dich dann nur fragen: Spricht etwas dagegen hierzubleiben?«

Mein erster Impuls war ein riesengroßes, entschiedenes Ja. Es gab so vieles, was dagegensprach: Dad, der über hundertsechzig Meilen entfernt lebte und den ich nur noch selten sehen würde, wenn ich hierblieb, meine Heimatstadt, in der ich jeden Winkel kannte, und die Fremdheit dieser neuen Stadt. Und Riven. Riven, Riven, Riven. Seine Hände, die ich noch auf meiner Haut spüren konnte, sein Geruch, der auf meinen Kleidern haftete, seine Stimme, die mehr in meinem Kopf war als meine eigene. Der Ring in meiner Tasche und der um mein Herz, der so zudrückte, dass ich fast sicher war, er würde es zermatschen, wenn ich es wagte, es zu heftig schlagen zu lassen. Ich hasste ihn, ich liebte ihn, ich vermisste ihn, ich vermisste mich. Und ich hatte mich entschieden, was davon mehr wog. Ich hatte mich entschieden zu gehen. Jetzt musste ich mich nur noch entscheiden, irgendwo zu bleiben.

Vermutlich hatte dieser Kerl recht, und es war egal, wo dieses Irgendwo lag. Solang es weit weg von zu Hause, von Riven war, hatte es das Potenzial, nah an mir selbst zu liegen. Ich hatte nicht viel von Windsbury gesehen, aber in diesem Moment hatte ich das seltsam untrügliche Gefühl, dass ich es hier mögen könnte. Es war einen Versuch wert.

Ich lächelte. »Nein, vermutlich spricht nichts dagegen.«

Er erwiderte das Lächeln, und mit dem Anheben seiner Mundwinkel verschluckte sein Grübchen die Leberflecke auf seiner Wange. Keine Dunkelheit mehr, nur noch freundlich geschwungene Lippen und ein sehr offener Blick aus Augen, die wintermeerhellblau waren und trotzdem warm wirkten.

»Na dann. Willkommen in Windsbury. Ich bin Maxton.«

»Willow.«

Er zog die Augenbrauen zusammen. »Wie die Weide.« Es war keine Frage, ich nickte dennoch. Maxton schüttelte den Kopf und klappte sein Notizbuch auf der Seite auf, wo der Bleistift klemmte. Stumm hielt er es mir hin.

Mein Gehirn brauchte kurz, um die Ansammlung aus feinen Linien und Schattierungen zu einem Bild zusammenzusetzen. Als es so weit war, machte mein Herz einen kräftigen, impulsiven Hüpfer. Es tat ein bisschen weh, aber es fühlte sich nicht so an, als würde der Ring einschneiden. Eher so, als würde er abspringen.

Maxtons Zeichnung war eine Weide. Die Weide, die schräg hinter uns am Weiherufer stand und mit langen Astfingern über die Wasseroberfläche strich.

»Reicht dir das als höheres Zeichen?«

Ich musste lachen. Es war wacklig, trotzdem lauter und ehrlicher als jedes Lachen der letzten Wochen, Monate, Jahre. Maxtons Lächeln wurde breiter, unsere Blicke verhakten sich.

Wir kannten uns nicht, doch in diesem Augenblick fühlte ich mich mit ihm auf eine Weise verbunden, die ich nicht in Worte hätte fassen können. Ich wusste nicht, woran es lag: an ihm, an seiner Gesellschaft, an dem, was er gesagt hatte, oder einfach daran, dass ich *mich* plötzlich so deutlich wahrnehmen konnte. Ich wusste nur, wonach es sich anfühlte.

Nach etwas, das dafürsprach zu bleiben.

31. Kapitel

MAXTON

Meine Hand blutete, und ich fühlte es kaum. Nach mehreren Stunden, die ich frühmorgens im Garten verbracht und möglichst trockenes Holz zusammengesucht hatte, war meine Haut rissig und taub. Ich presste das Taschentuch an meine Handinnenfläche und umfasste die Holzscheite dann aufs Neue, während ich den Weidentunnel hinter mir ließ und mich durch knorrige Büsche schob. Der Himmel über mir war von einem zarten Fliederton, auf dem Steinpfad, über den ich lief, lag Frost. Ich bemühte mich, nicht auf den Rasen zu treten, damit die Grashalme nicht brachen und im Sommer eventuell nicht nachwachsen würden. Trotzdem rutschten meine Füße immer wieder von den Gehsteinen ab. Ich fluchte unterdrückt und blieb kurz stehen, atmete durch.

Seit Tagen schon konnte ich mich nicht konzentrieren. Weder auf die Haushaltspflichten in Villa und Garten, noch aufs Lernen für meine Prüfungen, geschweige denn auf mein Sozialleben. Ich zog mich von allen und allem zurück und hatte trotzdem das Gefühl, einfach nicht zu mir selbst vorzudringen. Meine Gedanken fühlten sich verworren an. So, als hätten sie jahrelang in zu kleinen Töpfen gewurzelt, und bei dem Versuch, sie herauszunehmen, rissen die Wurzelstränge haufenweise ab.

Es tat körperlich weh zu denken. An Willow zu denken, der

ich aus dem Weg ging, weil ich so sehr bei ihr sein wollte und das keine Option war – nicht so, wie es sich richtig anfühlen würde. Und an die Society zu denken, von der ich seit meinem Ausstieg vor über zwei Wochen nichts mehr gehört hatte und die trotzdem permanent in meinem Kopf war. Seit ich herausgefunden hatte, dass die Gerüchte stimmten, versuchte ich mir darüber klar zu werden, was ich machen sollte. Machen *konnte*. Denn mit einem hatte Keenan recht gehabt: Wie sollte ich etwas anzeigen, für das ich keine Beweise oder Zeugen hatte?

Ich wusste, dass ich etwas tun musste, spätestens, bevor die nächste Verbindungsparty stattfand, eigentlich sofort. Doch ich hatte keine Ahnung, was. Ich schaffte das nicht allein, ich brauchte jemanden, der entschiedener, mutiger und lauter war als ich. Ich brauchte Willow.

Mein Blick glitt an der Mulberry Mansion hinauf, hin zu den Fenstern unserer Etage, dann erinnerte ich mich daran, dass Willow gar nicht da war. Sie war gestern Abend schon weg gewesen, als ich zurückgekehrt war, nachdem ich Eden bei einer Spätschicht im *Immernachtstraum* Gesellschaft geleistet hatte. Ich hatte die halbe Nacht wach gelegen und auf ihre Zimmertür gehorcht, aber sie war nicht nach Hause gekommen.

Eifersucht war ein seltsames Gefühl, weil es an verschiedenen Grenzen zu balancieren schien. An denen zu Unsicherheit, Wut, Zweifel und Verletztheit. Oder, in meinem Fall: Traurigkeit.

Ich schüttelte es ab und schulterte das Holz auf der anderen Seite. Auf der Veranda legte ich die Scheite auf Zeitungspapier zum Trocknen, dann trat ich mir die Schuhe ab und öffnete die Schiebetür. Erst beim Eintreten bemerkte ich, dass jemand im Wohnzimmer war. Wes und May wichen auseinander, als ich die Tür hinter mir zuzog. In Mays grünen Augen warf die Sorge so tiefe Schatten, dass die Farbe mich an lichtlose Waldwege erinnerte. May sah oft besorgt aus, doch es kam nie vor, dass sich der Ausdruck verschlimmerte, wenn sie mich bemerkte.

Ich runzelte die Stirn. »Hey. Ist was passiert?«

Sie tauschten einen Blick. Wes hob die Augenbrauen, May schüttelte den Kopf. Ich verstand erst, dass das ein *Wer sagt es ihm?* war, als May einen Schritt auf mich zumachte.

»Wes hat mit seiner Mutter telefoniert und etwas gehört.«

»Und was?«, fragte ich, obwohl ich es gerade nicht wissen wollte. Wenn wir jetzt wieder Probleme mit der Förderung des Projekts bekämen, würde mein Kopf endgültig wegen all der Gedankenwurzeln aufbrechen.

May zögerte, Wes kam ihr zu Hilfe. »Mum wurde heute Nacht darüber informiert, dass es auf dem Campus zu einem Unfall gekommen ist. Jemand ist aus dem Astronomie-Turm gestürzt und ins Krankenhaus gebracht worden.«

Ich erstarrte. »Ist der Turm nicht am Wochenende geschlossen?«

May nickte, in ihren Augen glänzten Tränen. »Ein paar Studenten kamen … zufällig vorbei und haben es mitbekommen.«

»Was für Studenten treiben sich nachts am Astronomie-Turm rum? Ist das nicht ein Ding von deinen Freunden?« Ich sah zu Wes, aber er wich mir aus. Und das war schlimmer als Mays sorgenvoller Blick, der auf meinem Gesicht brannte.

»Es waren Leute aus der Society. Wir wissen nicht genau, wer alles, aber … Ezra Heaton hat den Notarzt angerufen.«

Mir wurde schlecht, ich drückte das Papiertuch fester auf die offene Wunde an meiner Hand. »Das war eine Herausforderung, oder? Scheiße, sie sind so …« Ich brach ab und atmete tief durch. »Welcher der Anwärter ist gestürzt?«

»Keiner von ihnen, Maxton.« May machte einen Schritt auf

mich zu, hob die Hände, ließ sie doch wieder fallen und umklammerte ihre Unterarme. »Es war … Willow.«

Ein Wort, und meine Wahrnehmung kippte. Der Raum folgte ihr, meine Sicht verwischte vor den tiefgrünen Tapeten und Samtmöbeln sämtliche Erinnerungen, die ich hier gesammelt hatte. Vor allem die mit ihr, weil sie immer mein *vor allem* gewesen war. Willow, die mit Farbe vom Streichen im Gesicht auf dem Sofa lag und kopfüber zu mir aufblinzelte. Willow, die sich auf der Einweihungsparty auf dem Perserteppich im Kreis drehte, bis ihr so schwindlig war, dass sie sich auf den Rücken legen musste. Willow, die mich bei Stromausfällen über den Couchtisch hinweg ansah, mit breitem Lachen und dunklen Augen, in denen Kerzenlicht brannte.

May sagte noch etwas, aber ich verstand sie nicht.

Ich verstand einfach nicht.

Ohne ein Wort ging ich an ihr vorbei, schüttelte Wes' Hand ab, die nach mir griff, verließ das Wohnzimmer und den Flur, umklammerte das Treppengeländer und … begann zu rennen. Mein Puls rauschte in den Ohren, meine Gedanken hasteten hinterher.

In meinem Zimmer stand das Fenster sperrangelweit offen, ich fing trotzdem an zu schwitzen, als ich den Schreibtisch erreichte. Ich riss die unterste Schublade auf und schob losen Kleinkram auseinander, bis ich ihn entdeckte.

Der Traumfänger lag in der Ecke, verborgen unter ein paar Kassenzetteln. Ich erkannte ihn sofort, weil ich nichts von jenem Abend im *Latibule* jemals vergessen würde.

Kein Handy, dafür ein Traumfänger. Es fühlte sich an, als hätte das Ding meinen schlimmsten Albtraum eingefangen und direkt in mich gepflanzt. Innerhalb von Sekunden streckte er seine knorrigen Äste in jede meiner Gedankenfasern.

Ich packte den Traumfänger fester, dann warf ich ihn quer

durchs Zimmer. Mein Verstand setzte völlig aus, da war nur noch dieses riesengroße brennende Gefühl in mir, das jedes bisschen Ruhe oder Vernunft zerfraß.

Ich fuhr herum und trat gegen den Stuhl, riss meine Blöcke vom Schreibtisch, so heftig, dass das Schachbrett auch herunterfiel. Die Figuren sprangen in alle Richtungen, die Dame rollte mir direkt vor die Füße. *»Lass mich deine Dame sein«* – das hatte Willow damals zu mir gesagt. Und ich hatte es zugelassen, weil ich doch genau das gewollt hatte. Es war lächerlich symbolträchtig, dass ich jetzt nur denken konnte, dass mein Großvater sich geirrt hatte. Nicht der König fiel zuletzt. Die Dame tat das.

Wieso? Ich schloss die Augen, versuchte, in mir irgendeine Erklärung zu finden. Wieso sollte sie das getan haben? Wieso sollte sie das Handy genommen haben und zu einer weiteren Herausforderung gegangen sein? Ohne mich, ohne mit mir darüber zu sprechen? Und das, obwohl ich ihr gesagt hatte, dass ich fertig mit dem Scheiß war? *Wieso?*

Noch während ich diese Fragen dachte, wusste ich die Antwort. Willow hatte sie mir oft genug gegeben. *»Du weißt, wieso.«* Wegen mir. Das war einzig und allein meine Schuld.

Ich bemerkte Wes erst, als er zwei Schritte in mein Zimmer hineinmachte. »Mum hat mir gesagt, auf welcher Station sie liegt. Ich bring dich hin. May weckt die anderen und kommt mit ihnen nach.«

Hätte ich den Mund geöffnet, hätte ich angefangen zu schreien oder zu weinen. Also nickte ich nur.

Die Pflanzen im Wartezimmer waren aus Plastik. Ich konnte an nichts anderes denken, seit wir hier saßen. Es kam mir so beschissen bedeutend vor: An einem Ort, an dem ums Überleben gekämpft wurde, wurde etwas Totes aufgestellt. Als würde man schon im Vorzimmer kapitulieren und den Angehörigen sagen, dass es vergebens war zu hoffen.

Ich wollte so nicht denken, aber alles in mir fühlte sich dermaßen zerfressen von Sorge, Angst und Wut an, dass ich nichts dagegen tun konnte. Mit aller Kraft wandte ich den Blick ab und umfasste meine pochenden Schläfen.

Erst als der Sitz neben mir heruntergeklappt wurde, sah ich wieder auf. Eden hielt mir einen Plastikbecher mit Kamillentee hin, ich schüttelte den Kopf. Er stellte ihn zusammen mit seiner neongrünen Limonade auf den Boden, ehe er mir eine Hand auf die Schulter legte.

»Sie wird das schaffen, Maxton.«

Ich presste meine Handballen auf die geschlossenen Lider. »Woher willst du das wissen, wenn sie uns nicht mal sagen, was mit ihr ist?«

Wir saßen seit über einer Stunde hier, und alles, was wir herausbekommen hatten, war, dass Willows Vater verständigt und auf dem Weg hierher war. Wenn er erst aus Sturry herfahren musste, würden Stunden vergehen, ehe er eintraf und erzählen konnte, was die Ärzte uns nicht sagen durften.

Die anderen versuchten, das schönzureden, indem sie mich daran erinnerten, dass das nichts mit der Schwere der Verletzungen zu tun hatte, doch ich konnte jedem Einzelnen von ihnen ansehen, dass sie ebenfalls mit dem Schlimmsten rechneten. Willow war kein Mittelmaß-Mensch, sie war intensiv und extrem und viel in allem, was sie tat. Und wenn sie etliche Meter in die Tiefe stürzte, wie Wes' Mutter erzählt hatte, dann brach sie sich mit Sicherheit nicht nur den kleinen Zeh – auch wenn ihr Fall von einem Busch am Fuß des Turms abgefangen worden war.

»Weil es Willow ist.« Eden drückte meine Schulter. »Sie ist der sturste, anstrengendste und willensstärkste Mensch, den ich kenne. Wenn jemand das schafft – und mit *das* meine ich *alles* – dann sie.«

»Ja. Ich weiß.« Ich richtete mich auf und legte den Kopf in den Nacken, fixierte die weiße Decke. Das Wartezimmer war nicht sonderlich groß, und die Fenster an den Seiten waren allesamt alarmgesichert, aber das Engegefühl kam dieses Mal dennoch ausschließlich aus meinem Inneren. »Es ist meine Schuld«, sagte ich leise.

Er schüttelte den Kopf. »Hör auf. Das ist nicht wahr.«

Ich erwiderte seinen Blick. Seine Augen wirkten dunkler als sonst, ich war nicht sicher, ob das bei ihm und Avery nur an Willow lag oder auch an den Erinnerungen, die sie selbst an ähnlichen Orten gesammelt hatten.

»Doch, ist es. Weil sie wegen mir da war, verstehst du? Sie ist *für mich* dorthin gegangen. Um diese Scheißherausforderung zu machen, weil ich ihr gesagt habe, dass ich hingeschmissen habe, ohne ihr zu erklären, wieso. Weil sie das Gefühl gehabt haben muss, dass es irgendwie ihr Fehler gewesen wäre, und sie mir helfen wollte und deswegen sechs verdammte Meter in die Tiefe gestürzt ist.« Meine Stimme brach mit einem seltsamen Ton, von dem ich selbst nicht sagen konnte, ob er verzweifeltes Schluchzen oder bitteres Lachen war.

Ich bemerkte, dass die anderen uns von der anderen Seite des Wartezimmers aus beobachteten, aber es kümmerte mich nicht. Ich wollte nicht ruhig bleiben, ich wollte nicht bedacht oder entspannt oder vernünftig sein. Ich wollte durchdrehen, ich wollte so laut und auffällig sein, bis Willow den Kopf aus irgendeinem dieser Zimmer steckte und grinsend sagte: *»Willst du mir Konkurrenz machen, Craven?«*

Stattdessen war es wieder Eden, der mir widersprach. »Es ist nicht deine Schuld, Maxton. Das war ein Unfall. Wenn überhaupt jemand Schuld hat, dann die Society, die sich diese Herausforderung ausgedacht hat. Weder Willow noch du könnt irgendwas dafür, was passiert ist. Klar?«

Ich versuchte, seinen Blick zu erwidern, doch meine Sicht verschleierte. Vielleicht weinte ich, vielleicht waren meine Augen überanstrengt von dem Weiß um mich herum. Ich konnte nicht mal darüber nachdenken, weil es so egal war. Weil alles egal war, solang ich nicht wusste, was mit Willow war.

»Ich pack das nicht, wenn …«

»Sie schafft das«, unterbrach er mich entschiedener, als ich es von ihm gewohnt war. »Und du hilfst ihr nicht, indem du dir die Schuld gibst, okay? Du hilfst ihr nur, indem du für sie da bist, wenn sie dich braucht.«

Ganz tief in mir wusste ich, dass er recht hatte. Aber ich kam einfach nicht an diese Gewissheit heran, wenn sie völlig überwuchert war von Verzweiflung, Angst und Ohnmacht.

Draußen vor dem Fenster schwankten Birken, die von Misteln befallen worden waren. Ein Teil von mir hätte gern die Krankenhausleitung gebeten, ihre Bäume zu beschneiden, um sie zu retten. Viele hielten Misteln für Glücksbringer, für mich waren sie Pflanzen, die als Halbschmarotzer ihrem Wirt Wasser und Nährstoffe und damit Leben entzogen.

Vielleicht war das mit dem Verliebtsein letztlich irgendwie dasselbe. Ob es schön war oder dich kaputtmachte, war immer nur eine Frage des Blickwinkels. Ich schüttelte leicht den Kopf. Ich wollte so nicht denken. Dass ich in Willow verliebt war, war nicht die Ursache für diese Katastrophe. Hätte ich nicht aufgehört, sie dementsprechend zu behandeln, hätte ich weiterhin mit ihr geredet und nicht nur beschissen feige eine Zeichnung in ihrer Jacke versteckt, dann wäre nichts hiervon passiert. Erneut schüttelte ich den Kopf und presste die Handballen wieder gegen meine Lider.

Eden hatte recht. Willow hätte nicht gewollt, dass ich mich

in Schuld oder Selbstmitleid ertränkte. Sie hätte gewollt, dass ich aktiv wurde. Dass ich etwas tat. Dass ich herausfand, wofür ich laut sein wollte. Und im Grunde wusste ich das längst. Es spielte keine Rolle, dass ich keinen ausgeklügelten Plan hatte. Den konnte es eben nicht immer geben. Manchmal musste man einfach handeln, sich einfach trauen, es einfach versuchen. Ich schuldete es Willow. Ich schuldete es mir selbst. Und ich schuldete es außerdem etlichen Menschen, die ich nicht mal kannte, die ich aber vielleicht vor etwas Schlimmem bewahren konnte.

»Ich kann hier nicht nur rumsitzen.« Entschlossen rutschte ich an die Kante des Stuhls. »Ich muss was tun.«

»Du kannst gerade nichts tun.«

Mein Blick glitt über unsere Freunde hinweg. Helen hatte sich auf zwei Stühlen zusammengerollt und den Kopf in Becketts Schoß gelegt. Er streichelte abwesend über ihr Fuchshaar, während er mit Sienna auf seiner anderen Seite redete. Avery tigerte nervös den Flur auf und ab und zog an den Ärmeln ihres Norwegerpullovers, während sie jeden Mitarbeiter fixierte, als wollte sie ihn damit zum Reden bringen. May stand schon wieder am Informationsschalter und sprach mit gedämpfter Stimme auf den Pfleger dahinter ein, während Wes ihr über den Rücken strich.

Sie waren alle hier. Ich hoffte, dass Willow klar war, dass sie wirklich nie allein gewesen war. Auch jetzt nicht.

»Doch.« Ich stand auf. »Ich kann das tun, was ich schon längst hätte tun müssen. Hilfst du mir?«

Eden zögerte weder noch hinterfragte er. Er erhob sich einfach und nickte mir zu. »Lass uns gehen.«

Zwei Stunden später standen wir auf dem verlassenen Campus. Schnee hatte die Pfade zwischen den Instituten in weiße Linien verwandelt, die aus dem monotonen Bild aus rotem Backstein und grauem Himmel herausstachen.

Ich hatte meine Jacke ausgezogen und über den Pappkarton in meinen Armen gelegt, um den Inhalt zu schützen. Es war keine zwanzig Minuten her, dass ich das Verbindungshaus mit der Kiste verlassen hatte.

Auch wenn ich nie einer von ihnen gewesen war, hatte ich in den letzten Monaten genug mitbekommen, um zu wissen, wo ich finden würde, was ich suchte. Neben dem Billardzimmer befand sich ein Raum, den Bash immer belustigt »das Büro« genannt hatte. Ein schmal geschnittenes Zimmer mit Wandschränken voller Erinnerungen an die vergangenen Jahre der Society. Darunter auch sämtliche Handys, die in den letzten Semestern an die Anwärter rausgegeben worden waren. Ich hatte ein paar davon angeschaltet und festgestellt, dass die Fotos von den Prüfungen noch gespeichert waren. Vermutlich behielten sie diese als Druckmittel gegen jene, die ausgeschieden waren, damit sie nicht mit der Idee spielten, etwas von den *Traditionen* der Society öffentlich zu machen.

Während ich sie in einen herumliegenden Karton schob, fragte ich mich, ob ihnen nie in den Sinn gekommen war, dass diese Druckmittel genauso gut gegen sie selbst verwendet werden könnten. Auf dem Schreibtisch fand ich außerdem Aktenordner mit Abrechnungen vom letzten Jahr, die ich dazulegte. Ich hatte nicht die Nerven, mich damit auseinanderzusetzen, aber ich war mir sicher, dass sich mit einer schnellen Prüfung herausstellen würde, dass die Society die Gelder der Uni für wirklich alles nutzte, jedoch nicht für das Führen eines Debattierclubs.

Als ich fertig war, machte ich mir keine Mühe zu verbergen, dass ich im Büro gewesen war oder den Ersatzschlüssel gefunden hatte, der neben der Eingangstür im Maul eines steinernen

Wolfkopfs aufbewahrt wurde. Nach dem Verlassen ließ ich ihn auf der Schnauze liegen. Ich würde mich nicht dafür schämen, das Richtige getan zu haben. Ich schämte mich nur, so lang dafür gebraucht zu haben.

Eden hatte vorm Gebäude gewartet, bis ich wieder herausgekommen war. Das hier war allein meine Sache. Ich hatte es zugelassen, dass Willow mit hineingezogen wurde, aber ich würde es nicht riskieren, auch noch Eden damit zu belasten. Es gab nur noch eine weitere Person, die ich um einen Gefallen bitten musste.

Während Eden und ich warteten, griff ich nach dem Briefpapier, das ich ebenfalls aus dem Büro mitgenommen hatte. Genau das, auf dem damals die erste Einladung geschrieben worden war. Das war der Anfang gewesen, das hier war das Ende. Bevor ich den Stift in die Hand nahm, tastete ich erneut nach dem Tattoo an meinem Arm. Ich hatte mir den Bauern damals aus einem bestimmten Grund gestochen: Wenn er das Ende des Bretts erreicht hatte, konnte er sich, mit Ausnahme vom König, in jede beliebige Figur verwandeln.

Ich hatte diesen Gedanken tröstlich gefunden: *Wenn du dich genug anstrengst, kannst du sein, was du willst.* Nun, das hier war das Ende des Spiels, richtig? Und ich wusste vielleicht noch nicht, was ich sein wollte – aber ich wusste genau, was ich sein *musste.*

Ich schrieb fünf Seiten lang alles auf, was ich über die Society wusste. Alles, was man sich auf dem Campus erzählte, alles, was ich in den letzten Monaten mitbekommen hatte. Ich ließ auch das, was ich über das Liquid Ecstasy erfahren hatte, nicht aus. Ich nannte Keenans Namen, ich nannte Bashs Namen, ich nannte meinen Namen, ich nannte jeden Namen. Keine Vorsicht mehr, kein Abwägen. Nur die unbequeme, hässliche Wahrheit.

Gerade, als ich fertig war, tauchte Wes' Silhouette in unserem Sichtfeld auf. Es war eine Stunde her, dass ich ihn angerufen hatte. Mir war klar, dass ich irgendwann selbst mit Livia West sprechen musste, doch ich hatte keine Kraft dazu, solang ich nicht wusste, was mit Willow war. Das bedeutete allerdings nicht, dass ich mehr Zeit verschwenden wollte. Sie musste jetzt davon erfahren, was auf dem Campus vor sich ging. Wes hatte nicht gezögert herzufahren, sobald er herausgefunden hatte, dass seine Mutter in der Uni war. Eden und ich standen genau unter jenem efeuumrankten Bogen, in dem Wes und ich uns vor einigen Monaten in den Semesterferien begegnet waren, als ich mich heimlich mit Keenan getroffen hatte.

Ich war sicher, dass er auch daran dachte, wie er mich schon damals vor ihm gewarnt hatte, aber er sprach es nicht aus. Er begrüßte uns nur knapp und streckte die Arme nach dem Karton aus. »Ist es das?«

Ich nickte und reichte ihm die Kiste.

Wes warf einen kurzen Blick hinein, dann sah er mir direkt ins Gesicht. »Die werden sich denken können, dass du das warst. Bist du sicher, dass du das tun willst?«

Ich musste nicht mal mehr überlegen. »Absolut sicher.«

Wes lächelte, es wirkte genauso stumpf, wie sich alles in mir anfühlte. »Gut. Ich rede mit Mum und versuche, deinen Namen da rauszuhalten.«

»Musst du nicht. Mein Name ist mir scheißegal. Sag ihr, ich bin zu jeder Aussage bereit, die sie oder die Polizei brauchen.«

»Gut.« Er gab mir meine Jacke zurück. »Du machst das Richtige. Und wenn sie dir irgendwie dumm kommen, sind wir da.«

Mir war klar, was er meinte. So albern und pathetisch ich das Gerede der Society oft gefunden hatte, ich zweifelte nicht daran, dass sie so einen Verrat nicht auf sich sitzen lassen würden.

Ich wusste nicht, was sie tun sollten, aber ich wusste, dass sie bestimmt irgendetwas tun würden.

Das Gute war: Es war mir wirklich egal. Ich hatte gedacht, es wäre eine Schwäche, dass mir so vieles gleichgültig war, jetzt fühlte ich mich dadurch seltsam stark. Es war mir nicht egal, weil mir nichts wichtig war. Es war mir egal, weil ich endlich herausgefunden hatte, was mir am allerwichtigsten war. Und das war eben nicht, möglichst angenehm durchs Leben zu kommen oder immer zu versuchen, es den falschen Menschen recht zu machen.

Ich wusste jetzt, wofür es sich lohnte, laut zu werden. Und dafür nahm ich es auch hin, dass mein Handeln ebenfalls auf Lärm stoßen würde. Ich hatte keine Angst davor. Denn Wes hatte recht: Ich war nicht allein.

»Fahren wir zurück?«, fragte Eden mich, nachdem Wes sich verabschiedet hatte und durch den Torbogen verschwunden war.

Ich nickte und trat unter dem schützenden Stein hervor in den immer stärker fallenden Schnee. Eden legte mir kaum spürbar eine Hand auf die Schulter, während wir zurück zum Auto liefen. Da war jetzt wirklich nichts mehr, was ich tun konnte, außer zu hoffen, außer zu denken: *Sei laut, Willow.*

Als hätte er es gehört, sah Eden mich von der Seite her an. Schneebesetzte Wimpern, aber ein warmer, tröstlicher Blick. »Es gibt dieses Gedicht von Dylan Thomas, *Do not go gentle into that good night*, kennst du das?«

Ich schüttelte den Kopf, und Eden zitierte ein paar Verse, die mir vage bekannt vorkamen. Sie handelten davon, dass man um das Leben kämpfen musste, dass man alles tun musste, um auch noch das letzte bisschen Licht am Ende des Tages zu erhalten. Davon, dass man niemals aufgeben durfte.

»Willow hat es vor ein paar Wochen in einem meiner Gedichtbände gelesen und angestrichen. Sie hat es nicht zugegeben, aber ich weiß, dass sie es war. Klingt nach ihr, oder?«

Ich lächelte schwach. »Ja«, sagte ich, und dachte: *Sei laut, Willow. Sei laut, sei laut, sei laut.*

32. Kapitel

WILLOW

Weißes Licht tat mehr weh als Dunkelheit. Ich hatte nie darüber nachgedacht, wie absurd das war. Dass Düsteres einem behaglicher und erträglicher vorkommen konnte als etwas Lebendiges.

Es drängte sich spitzzüngig durch den Spalt meiner Lider, als ich zu mir kam. Mit ihm schoss greller Schmerz in meine Schläfen. Ich stöhnte und verteilte ihn damit nicht nur im Kopf, sondern auch im Brustkorb.

»Willkommen zurück, Miss Pierce.«

Die Stimme war freundlich, sie grub sich trotzdem wie Fangzähne in meine Wahrnehmung. Vorsichtig blinzelte ich und bemerkte das Gesicht, das über mir schwebte. Große blaue Augen hinter dichten Wimpern. Mehr sah ich nicht, bis meine Lider wieder zufielen. *Maxton*, dachte ich und versuchte reflexartig, mich aufzurichten, aber da waren sofort zwei Hände, die sich auf meine Schultern legten und mich behutsam zurück ins Kissen drückten.

»Ganz langsam«, sagte die Stimme. Nicht die von Maxton, sondern die einer Frau, die ich noch nie gehört hatte.

»Wo bin ich?«, fragte ich krächzend.

»Sie sind im Krankenhaus.«

Ich brauchte kurz, um zu verstehen, wovon sie sprach. Mein Bewusstsein fühlte sich seltsam benebelt an, meine Glieder schwer und fast taub. Probehalber versuchte ich, die Finger und Zehen zu bewegen. Es tat weh, irgendwie überall, aber es funktionierte. Eine leise Stimme raunte mir zu, dass das gut war. Dass das fast … zu gut war, um wahr zu sein. Sekundenlang bemühte ich mich zu begreifen, was sie meinte, dann kamen die Erinnerungen zurück. Langsam und schwerfällig, als würde man sich einen Schwarz-Weiß-Film auf einer altmodischen Spule ansehen, die immer wieder hakte.

Die Herausforderung, der Astronomie-Turm, die Münze. Ezras und Keenans Stimmen, mein Körper, der sich wie von selbst aus dem Fenster schwang. Der Stein unter meinen Fingerkuppen, der Nachtwind in meinem Nacken, der Abgrund, der an meinen Knöcheln nagte. Das Springen, das Fallen. Und dann … Schwärze.

»Ich bin vom Turm gestürzt.« Ich sprach hinter jedem Wort einen Punkt, so mühsam war es.

»Richtig.«

»Und … wie … ich meine, was ist mit mir?«, brachte ich mühsam hervor. Am liebsten hätte ich selbst nachgesehen, aber ich traute mich nicht.

»Ein paar Ihrer Rippen sind gebrochen, außerdem haben Sie ein leichtes Schädel-Hirn-Trauma, mehrere Prellungen und ein angebrochenes Fußgelenk. Aber das bekommen wir alles wieder hin. Sie hatten da oben einen Schutzengel.«

Ich blinzelte erneut, während ihre Worte bedeutungslos an mir vorbeischwebten. Meine Gedanken waren viel zu porös, um sich zu irgendetwas formieren zu können. Langsam drehte ich den Kopf zur Seite, wo ein anderes Gesicht auf Augenhöhe mit meinem war. Dads Züge verwischten zu einer undeutlichen Fläche aus tiefbraunen Iriden, wirrem Haar und sorgenblassem Gesicht. Ich kniff die Augen mehrmals zu.

»Wir müssen später noch einige Tests durchführen, aber fürs

Erste sollte sie in Ruhe zu sich kommen«, sagte die Ärztin an ihn gerichtet und trat vom Bett zurück. »Rufen Sie nach jemandem, wenn die Schmerzen zu stark werden. Ich sehe später wieder nach ihr.«

»Vielen Dank.« Dads Stimme klang so gedämpft, dass ich sie fast überhörte.

Die Ärztin warf mir einen Blick zu, vielleicht ein Lächeln, meine Sicht verschwamm zu sehr, um es richtig zu erkennen. Dann verließ sie den Raum, während ich mich erstmals darin umsah. Er war klein und cremefarben. Ein Bett, in dem ich lag, ein Stuhl, auf dem Dad saß, ein Nachttisch, auf dem Plastikblumen standen, ein Fenster, hinter dem Kopfschmerzweiß strahlte. Das Wintersonnenlicht wurde durch die Wolken wattig verpackt, es stach trotzdem in meinen Augen. Ich kniff sie halb zusammen und holte tief Luft – nur um es sofort zu bereuen. Der Schmerz war so intensiv, als würde sich jemand auf meinen Brustkorb setzen. Ich presste eine Hand darauf und zuckte zurück, als meine Haut unter dem Kittel wummerte.

»Scheiße«, brachte ich zwischen zusammengebissenen Zähnen hervor.

Dad stieß einen Ton aus – Stöhnen oder unterdrücktes Schluchzen. »Das kannst du laut sagen.«

»Du hast mir doch immer gesagt, ich soll nicht fluchen.«

»Ich hab dir auch gesagt, du sollst nicht aus Türmen springen. Das zählt also nicht.«

Ich rollte den Kopf zu ihm und biss mir in die Wange, um nicht zu keuchen. Allein diese kleine Bewegung fühlte sich an, als würde mir jemand heftig gegen den Oberkörper und gleichzeitig gegen die Schläfe treten. »Tut mir leid, Dad«, flüsterte ich.

Er schloss die Augen und griff nach meiner Hand. »Hauptsache, du wirst wieder. Und hältst dich in Zukunft von Astronomie-Türmen fern.«

Ich versuchte zu lächeln, mein Mundwinkel riss spürbar ein. »Keine Sorge. Meine Lust darauf, nach den Sternen zu greifen, ist fürs Erste gestillt.«

»Wirst du mir erzählen, wie es zu diesem … Unfall kam?«

Mir entging sein besorgtes Zögern nicht, und ich gab mir Mühe, schnell und entschieden zu antworten. »Es *war* ein Unfall, Dad. Versprochen.«

»Und warum warst du da oben?«

Ja, warum? Die Antwort war so banal: Ich hatte Maxton zeigen wollen, was er mir bedeutete. Ich wünschte, ich hätte früher bemerkt, dass es dafür bessere, weniger lebensgefährliche Möglichkeiten gab. Die Szene auf dem Turm kam mir in den Fragmenten aus Bildern in meinem Kopf so seltsam vor, dass ich es kaum schaffte, sie als Erinnerung und nicht als Albtraum einzustufen. Ich konnte jetzt nicht darüber nachdenken oder reden.

»Später, okay?«, bat ich matt.

Er zog die Augenbrauen zusammen, aber schließlich nickte er und drückte meine Hand. Eine Weile saßen wir einfach nur so da, während sich meine Wahrnehmung klärte. Ich traute mich nicht, mich zu bewegen, gleichzeitig war ich dankbar dafür, dass ich es überhaupt noch konnte. Ich hätte gern behauptet, dass ich mich an die Sekunden des Falls erinnerte, dass mein ganzes Leben an mir vorbeigezogen wäre und ich dadurch erkannt hätte, was wirklich zählte, aber … da war nichts. Ich war einfach gefallen und hatte dieses absurde Glück, danach wieder aufstehen zu dürfen. Ich brauchte aber eh keine filmreife Nahtoderfahrung, um zu wissen, was zählte. Das hatte ich schon lang davor gewusst. Sonst wäre ich nie auf diesen Turm gestiegen.

»Ich hab deinen Gartenjungen kennengelernt«, sagte Dad, als hätte er meine Gedanken gehört und gewusst, wovon sie handelten. Von wem. »Netter Kerl. Wahrscheinlich noch netter, wenn er nicht vor Sorge durchdreht. Das mit der Gelassenheit konnte ich bisher nicht unbedingt erkennen.«

Mein Herz war vielleicht auch geprellt. Es tat allein bei diesen Worten lächerlich weh. »Er ist hier?«

Dad lächelte schief. »Was denkst du denn? All deine Mitbewohner sind hier. Deine Mutter ist auch auf dem Weg. Sie wird gegen Abend da sein.«

Ich verzog den Mund. »Sie hätte nicht kommen müssen.«

»Sie liebt dich. Gib ihr wenigstens die Chance, dir das besser zu zeigen, als sie es bisher gemacht hat.«

Ich widersprach nicht. In diesem Moment war ich einfach zu müde, um mich an einem energiefressenden Gefühl wie Wut festzuhalten.

Dad musterte mich wachsam, dann seufzte er. »Die Ärztin erklärt mich wahrscheinlich zum Rabenvater, wenn ich das zulasse, aber … soll ich deine Freunde holen? Sie belagern das Krankenhaus seit heute früh. Der Snackautomat in diesem Stockwerk ist schon so gut wie leer.« Er zögerte und lächelte. »Lustiger Haufen, irgendwie. Der erste Kerl beklagt sich seit drei Stunden über die Qualität des Automatenkaffees, der zweite hat innerhalb eines halben Tages ein Buch ausgelesen, der dritte hat nur seinen Namen erwähnt und damit dafür gesorgt, dass du ein Einzelzimmer bekommst. Ein Mädchen sagt irgendwelche Gedichtverse vor sich hin, zwei andere sprechen jeden Arzt an, der vorbeiläuft, und das vierte hat schon einen halben Schal gestrickt.«

Ich lachte kratzig, weil das so sehr nach meinen Freunden, nach meinem Zuhause klang. Und dieses Gefühl war sogar das brennende Pochen in meinem Brustkorb wert. »Wie war das: Man sucht sich seine Familie nicht aus?«

»So eine schon«, erwiderte mein Vater ernst. »Und ich glaube, deine Wahl war sehr klug, Willow. Ich bin stolz auf dich. Wenn du nicht gerade aus Häusern springst.«

»Aus *Türmen*, Dad. Häuser sind was für Anfängerinnen.« Er sah mich warnend an, ich grinste entschuldigend. »Und ich will sie alle sehen, aber erst … erst ihn.«

»Dacht ich mir. Um ehrlich zu sein, weiß ich auch nicht, ob ich ihn davon abhalten könnte, hier reinzuplatzen. Seit er gehört hat, dass du langsam aufwachst, tigert er vor dem Zimmer auf und ab.«

Dad küsste mich auf die Stirn, ehe er den Raum verließ. Ich versuchte halbherzig, mich aufzurichten, als die Tür schon wieder geöffnet wurde.

Maxtons Gesicht war unnatürlich bleich, es hob sich kaum von der Wand ab, vor der er innehielt. Sein Blick tastete sekundenschnell meinen Körper ab, ich traute mich nicht, ihm zu folgen. Die Art, wie sich sein Ausdruck vor Schmerz zuzog, sagte mir mehr, als ich wissen wollte.

Ich lächelte zaghaft. »Hey.«

Maxton schüttelte nur den Kopf, ehe er das Bett umrundete und sich auf den Stuhl daneben setzte. Er verschränkte die Hände im Schoß und starrte darauf. Es war das erste Mal, dass ich sie so sehr zittern sah. Ich war nicht sicher, ob er schockiert, erleichtert oder einfach überfordert war.

»Das wird wieder«, sagte ich bemüht optimistisch, obwohl alles in mir ebenfalls bebte. »Es ist nichts Schlimmes passiert.«

»Nichts Schlimmes.« Seine Stimme klang eingerostet, so wie in den Momenten, in denen er nach Stunden draußen zurück in die Villa kam. Gartenrau, nachtheiser. Er fuhr sich über die Augen, als ertrüge er meinen Anblick nicht. Als er mich wieder ansah, hielt ich es wiederum kaum aus. Sein Gesicht war so blass, dass das Blau unnatürlich grell hervorstach. »Wieso hast du das nur getan, Willow?«

»Du weißt, wieso.«

Ich hoffte, dass er das wirklich tat. Dass er wusste, dass dieses *»Du weißt, wieso«*, das ich immer wieder gesagt hatte, jedes Mal nur eines bedeutet hatte: *Weil ich verliebt in dich bin und das schon seit einiger Zeit. Weil ich es sehr früh gefühlt und sehr spät gedacht hab, weil ich es nicht gewohnt war, dass es sich auch so anfühlen kann. So … ruhig und sanft. So richtig. Weil ich alles für dich tun würde und mir das so viel Angst macht, und dann wieder gar keine, weil* du *mir überhaupt keine Angst machst.*

Ich war mir sicher, dass Maxtons Detailblick all die ungesagten Worte hören konnte. Trotzdem wollte, musste ich ihm diesmal mehr geben. Ich war nicht von diesem Turm gefallen, um jetzt dieselben Fehler wieder zu machen. Mühsam schob ich mich mit den Händen ein Stück weiter hoch und verzog das Gesicht, als heißer Schmerz in meine Rippen stach.

»Was tust du denn?«, fragte er entsetzt.

»Ich versuche, ein bisschen würdevoller auszusehen, weil ich dir was sagen muss«, stieß ich hervor und lehnte mich gegen das Bettgestell. Schwindel verzerrte die Umrisse um mich herum, ich bemerkte trotzdem, dass er den Kopf schüttelte.

»Musst du nicht.«

»Aber ich will.«

Maxton musterte mich unsicher, doch er schwieg.

Ich holte tief Luft, im Wissen, dass der Atemzug ein bisschen wehtun würde. Ebenso wie die Worte, für die ich mit ihm Anlauf nahm. Aber wahrscheinlich war das manchmal so. Manchmal musste man riskieren, verletzt zu werden, oder vielleicht, auch wenn man das nicht wollte, zu verletzen. Manchmal musste man es wirklich einfach versuchen.

»Der Tag, an dem wir uns getroffen haben«, begann ich stockend. »Das war der Tag, an dem ich es geschafft habe, Riven den Ring zurückzuschicken. Und ich meine … es war nicht so, als hätte ich dich angesehen und gedacht, dass ich mal das für dich empfinden würde, was ich jetzt empfinde, aber ich hab dich angesehen und was gespürt. Was Gutes. Du hast gesagt, ich wäre laut, obwohl ich seit Jahren so leise gewesen war, und ich … ich hab mich so *gesehen* gefühlt. Du hast mich gesehen, Max. Ohne, dass du mich auch nur angesehen hast. Und das war so heftig, so gruselig, so verdammt schön.«

Ich musste lachen, und Tränen schossen in meine Augen, ich konnte nicht mal sagen, ob das an meinem wundpochenden Körper, der Erschöpfung oder einfach der Wahrheit dieser Worte lag.

»Also bin ich abends zur Post zwei Städte entfernt gefahren, hab diesen Ring zurückgeschickt und mich am nächsten Tag in der WU eingeschrieben. Ich wusste, dass ich bleiben wollte. Weil ich dachte, dass Windsbury ein Ort wäre, an dem ich einfach wieder ich sein könnte. Und … weil du hier warst. Keine Ahnung, mir ist klar, dass das so scheißkitschig klingt, aber … ich hab's halt irgendwie sofort gewusst.«

Ich zuckte schwach mit den Schultern und sah Maxton an. Und das war sie, meine umständliche Art *Ich hab dich immer geliebt* zu sagen. Ich war nicht sicher, welche Sprache der Liebe das war, aber dass Maxton der einzige Mensch war, der sie problemlos verstand.

Sekundenlang sah er mich nur aus glänzenden Augen an. Maxton-Blau, Lieblingsblau. Dann sagte er ungewohnt kehlig: »Ich hab's auch sofort gewusst, Willow.«

Ich musste lächeln, weil das das schönste *Ich dich auch* war, das ich mir vorstellen konnte. »Ja?«

Er nickte und legte eine Hand auf das Bett. Dicht neben meine, ohne mich zu berühren. Ich spürte ihn trotzdem, überall. »Ich meine, ich wusste, dass du mir von Zeit zu Zeit extrem auf die Nerven gehen würdest. Aber ich wusste irgendwie auch, dass ich das hinnehmen würde, um in deiner Nähe zu sein.«

Ich lachte erneut brüchig auf. Noch mehr Schmerz, noch mehr Tränen, die mir übers Gesicht liefen. »Ich wünschte, ich wäre besser hierin, Max«, flüsterte ich nach einigen Sekunden. »Ich will es so gern versuchen zu werden. Weil ich sicher bin, dass, wenn ich es kann, dann nur für … nein, dann nur *mit* dir. Mit niemandem sonst. Aber ich weiß nicht, ob ich schon so weit bin. Ich hab so eine Riesenangst.«

Maxton runzelte die Stirn. »Wovor denn?«

»Vor dem Gefühl, jemand anderem mehr zu gehören als mir.«

»Hab ich dir das Gefühl gegeben?«

»Nein, hast du nicht, aber … ich hab Angst, dass es kommt. Ich hab Angst, dass ich einfach so bin. Dass ich mich aufgebe, wenn ich mich diesem Gefühl hingebe. Ich fange gerade an zu verstehen, dass das vielleicht Unsinn ist, dass ich nicht das bin, was Riven aus mir gemacht hat, aber … ich bin wahrscheinlich noch nicht bereit. Wenn wir es benennen, wenn mich Leute deine Freundin nennen, wenn ich jede Planung mit dir absprechen muss, wenn ich nicht mehr tun kann, was ich will, weil ich immer Rücksicht auf dich nehmen muss, wenn ich immer verständlich, immer nahbar, immer nett sein muss: Ich hab Angst, dass ich mich dann wieder verliere.« Meine Stimme wurde so schnell und hoch, dass sie am Ende nur noch ein lautloses Krächzen war.

Bevor ich noch mehr sagen konnte, bewegte Maxton seine Hand. Sein kleiner Finger schob sich unter meinen, und es war die verrückteste Sache der Welt, dass allein diese winzige Berührung meinen Puls beruhigte. »Du musst nichts davon tun oder sein, Willow.«

»Aber eine … *Beziehung* besteht aus Kompromissen.«

Er schmunzelte. »Wer sagt das denn?«

»Ähm … alle? Liegen im Wartezimmer keine Ausgaben der *Cosmopolitan*?«

Maxton ging nicht auf meinen spöttischen Tonfall ein. »Beziehungen sind doch keine feste Form, in die man sich pressen muss. Das ist nur ein Wort. Ein Konstrukt. Niemand kann einem vorschreiben, wie man sich in einer Beziehung verhalten soll. Das geht nur die Menschen was an, die sie führen.«

Es war so gut, jemanden zu haben, der einen dazu zwang, die ernsten Themen auszuhalten. Der einen nicht immer wegrennen ließ. Nicht, weil er einen festhielt, sondern weil er einem Grund gab zu bleiben. Es war gut, doch nicht die Lösung für alles. Egal, wie sehr ich mir das wünschte.

»Trotzdem«, flüsterte ich. »Ganz gleich, wie man es definiert, ich weiß nicht, ob ich momentan eine *Beziehung* führen kann. Vielleicht bekomm ich es irgendwann hin, an das Wort zu denken, ohne durchzudrehen, aber momentan … nicht.«

Maxton betrachtete mein Gesicht, dann unsere kleinen Finger, die sich wie von selbst ineinander gehakt hatten. Wir zitterten beide ein bisschen, aber zusammen war das aushaltbar.

»Das ist okay«, erwiderte er nach einer Pause.

»Nein, es ist *nicht* okay«, widersprach ich wütend und entzog ihm meine Hand, um sie zu einer Faust zu ballen. »Nicht, wenn ich jede Nacht vor deiner Tür stehe und mir wünsche, klopfen zu können, nicht, wenn es mich auffrisst, wenn wir ein paar Tage nicht miteinander reden, nicht, wenn ich dich ansehe und durchdrehe, wenn ich mir vorstelle, dass du mit jemand anderem … Es fühlt sich *nicht* okay an.«

Maxton griff erneut nach meinen Fingern, diesmal nach allen. Er nahm meine Faust zwischen seine Hände und strich mit den Daumen über meine Haut. »Hör zu«, sagte er und suchte meinen Blick. »Willst du das hier? Das mit uns. Was auch immer es ist. Willst du das?«

Ich zögerte nicht. »Ja.«

»Und willst du das mit jemand anderem?«

»Nein.«

»Willst du … irgendwas davon mit jemand anderem?«

Ich schnaubte kläglich. »Ich will mich nicht durch die Gegend vögeln, Maxton. Danke der Nachfrage.«

Sein unterdrücktes Lächeln löste einen Teil der Anspannung aus meiner Brust. »Gut. Dann sehe ich kein Problem. Wir machen, was wir wollen, in dem Tempo, das sich für uns richtig anfühlt. Scheiß auf eine *Beziehung*. So ein Wort ist mir nicht wichtig.«

Skeptisch erwiderte ich seinen Blick. Da war kein Funken Zweifel, nur diese tröstliche Sicherheit. »Aber wenn es keine Beziehung wäre, was wäre es dann?«

Maxton schwieg, dann lächelte er. »Was wir haben ist ein *Latibule*.«

Hätte ich mich bewegen können, hätte ich ihn spätestens jetzt umarmt. Ich hätte mein Gesicht in der Kuhle seines Halses vergraben und ihn ganz tief eingeatmet. So drehte ich nur die Hand in seiner, um meine Finger mit seinen zu verschränken.

»Und das reicht dir?«, wisperte ich.

Maxton sagte nur: »Willow.«

Ruhig und entschieden, kein Raum für Diskussion oder Unsicherheit. Nur Raum für uns, weil das vielleicht wirklich genug war. Egal, wie man es etikettierte.

»Ich werde dir nie versprechen können, dass es funktioniert«, flüsterte ich dennoch mit einem Rest Zweifel.

Maxton schüttelte den Kopf und führte meine Hand an sein Gesicht, drückte es leicht dagegen. Dreitagebart an den Wangen, Drei-Tage-Schlaflosigkeit in den Augen, trotzdem ein wacher, warmer Ausdruck darin. »Ich will kein Versprechen«, sagte er leise, »ich will nur einen Versuch.«

Ich nickte und lächelte und weinte ein bisschen, ohne es verhindern zu können. Meine Augen schmerzten, meine Brust auch, das Herz darin sowieso. Doch es war okay. Das mit ihm, das mit uns, das war das alles wert. Aus dem einfachen Grund, dass ich endlich etwas verstand: Ich wollte wirklich unbedingt auf Maxton aufpassen. Aber nicht zu dem Preis, ihn zu verpassen.

»Versprich mir nur, dass du mit mir redest, ja?«, fügte er nach einer Weile hinzu. »Wenn dir was zu viel wird, wenn du das Gefühl hast wegzumüssen. Dann sprich vorher mit mir. Gib mir wenigstens die Chance, dir zu zeigen, dass es keinen Grund gibt abzuhauen.«

»Das bekomme ich hin.«

»Gut.« Er beugte sich vor und strich mir mit der freien Hand über die feuchte Wange. Die Berührung war zart, meine Haut fing dennoch an mehreren Stellen an zu brennen.

Trotzdem hielt ich seine Finger fest, als er sie zurückziehen wollte. »Tut mir leid für das Drama.«

Er streichelte mit dem Daumen über meinen Wangenknochen. »Ich hab's dir schon mal gesagt: Manches ist das Drama wert.«

»Sag bloß, du hast damit mich gemeint.«

Er lächelte. »Ich hab doch immer dich gemeint, Catkin.«

»Ich hab auch immer dich gemeint.«

Vielleicht hörte er meine Antwort nicht mehr, weil es in diesem Moment gegen die Tür klopfte. Im Grunde war das aber auch nicht wichtig. Er wusste es sowieso.

Ebenso wie ich wusste, wer das Zimmer betreten würde, noch bevor es passierte. Maxton wahrscheinlich auch. Er versuchte, mir seine Hand zu entziehen, aber ich hielt ihn fest. Zum allerersten Mal hatte ich das Gefühl, dass mich an jemand anderem festzuhalten nicht bedeutete, mich selbst loslassen zu müssen. Und das war der größte Gewinn, den ich mir vorstellen konnte.

Meine leicht dämmrige Wahrnehmung kam in den nächsten Minuten nicht ganz hinterher. Da war dieses Wirrwarr aus den Gesichtern und Stimmen und Berührungen meiner Freunde, ein buntes lebendiges Mosaik aus glänzenden Augen und angespannten Mündern, aus unbeholfenen Floskeln und leicht verzweifeltem Lachen. Mays Weinen, das zwischen Erleichterung und Sorge balancierte, Becketts Fluchen, als Helen ihm auf die Füße trat, weil der Raum zu klein für neun Menschen war.

»Du hast die Sache mit den neun Leben wohl ein bisschen zu ernst genommen, Kätzchen«, meinte Sienna mit leichtem Spott, während sie sich ans Fußende des Betts setzte.

»Hab daraus gelernt.« Ich lächelte. »Dieses eine reicht mir völlig.«

Vielleicht lag es an den Schmerzmitteln, aber in diesem Moment kam mir das seltsam bedeutungsschwer vor: neun Menschen, neun Leben, und dieses eine, das wir uns dank unserer Villa teilten.

Ich drückte Maxtons Hand fester, während die anderen wieder anfingen, durcheinanderzureden. Ich bekam nicht viel davon mit, was sie sagten, doch es reichte mir, zu wissen, dass sie da waren. Dass sie immer da waren.

Wir wussten alle, dass das Krankenhauspersonal nicht lang zulassen würde, dass sie sich alle in diesem Zimmer aufhielten. Aber auch das war okay.

Ich würde bald nach Hause kommen.

Epilog

WILLOW

Vier Monate später

Die Zeit unter der Herrschaft von Kronos wurde als Goldenes Zeitalter bezeichnet. Das lag daran, dass – der griechischen Mythologie nach – die Menschen in dieser Epoche friedlicher und glücklicher lebten als jemals davor oder danach.

Ich musste daran denken, als ich mich in dem fast leeren Zimmer umsah. Die Nachmittagssonne brach durch die Scheiben und bepuderte die Dielen mit Goldstaub, auf dem Fensterbrett lagen getrocknete Blüten vom Immergrün aus dem Garten. Maxton hatte mir gesagt, dass sie glückliche Erinnerungen symbolisierten. Ich fragte mich, ob sie absichtlich hier oben vergessen worden waren.

Es war seltsam, den Raum so zu sehen. Bis auf das Bett, den Schrank und einen Tisch, die zur Villa gehörten, war er leer geräumt worden. Mein Blick glitt aus dem Fenster über die Maulbeerbäume, die buschig in den blauorange getupften Himmel hineinragten. Die Früchte fingen gerade an zu reifen, in einem Monat könnten wir sie ernten. So wie die Himbeeren und Erdbeeren im Garten, die mit jedem Sonnenstrahl des Spätfrühlings größer und röter wurden.

Es ging auf Ende Mai zu, und ich hatte das nie mehr gehasst als heute. Das Ende vom Frühling, das Ende einer Ära.

Vielleicht hatte ich deswegen an die Sache mit dem Goldenen Zeitalter denken müssen. Ich wusste, dass sich die Dinge nach heute verändern würden. Und ein Teil von mir war sicher, dass sie nie wieder so golden werden würden, wie sie gerade waren.

Ich drehte mich nicht um, als die Schritte aufkamen. Ich wusste auch so, dass es Maxton war, der das Zimmer betrat. Er blieb dicht hinter mir stehen, sodass ich mich mit dem Rücken gegen seine Brust lehnen konnte.

Sein Shirt roch nach den Maiglöckchen und den ersten Rosen, die im Garten zu blühen begannen. »Die anderen warten draußen.« Er legte einen Arm um meine Hüfte und das Kinn auf meinem Kopf ab. »Bereit?«

»Keine Ahnung.« Ich seufzte, drehte mich dann in seiner Umarmung um und wippte auf die Zehenspitzen, um ihn zu küssen. »Aber wir tun es natürlich trotzdem.«

So wie immer.

So wie wir es getan hatten, als wir vom Schiffsbalkon aus in die nachtdunkle Themse gesprungen waren.

So wie ich es getan hatte, als ich aus diesem Turmfenster geklettert war.

So wie Maxton es getan hatte, als er die Society bei der Universitätsleitung angezeigt hatte. Und damit einiges in Gang gesetzt hatte.

Livia West hatte sofort eine Untersuchung eingeleitet und auch die Polizei hinzugezogen. Die Ermittlungen liefen noch, aber der Debattierclub war bereits fristlos aufgelöst worden. Keine Fördergelder mehr, kein Verbindungshaus, keine Erlaubnis, auf dem Campus zusammenzukommen oder Partys zu veranstalten. Wir wussten natürlich, dass sie sich weiterhin trafen. Die *Silent Storms Society* hörte nicht auf zu existieren, doch durch Maxton war es für sie deutlich unbequemer geworden. Etwas, worüber sie nicht allzu glücklich war.

In der ersten Woche des neuen Semesters war Maxton eines Abends mit aufgeplatzter Lippe, blutverkrusteter Nase und etlichen Schwellungen im Gesicht und am Oberkörper heimgekommen. Er hatte tagelang kaum etwas essen oder liegen können, aber er hatte sich nicht beschwert. *»Das war es wert«*, sagte er nur, als wir nachts nebeneinander auf der Veranda saßen und in den graublauen Garten hinausblickten. Er erstattete Anzeige wegen Körperverletzung, doch natürlich deckten sich die Mitglieder der Society gegenseitig. Aussage gegen Aussage, keine Beweise, Verfahren eingestellt. Vor allem Avery wurde blass vor Zorn, als sie davon erfuhr. Eden hingegen ließ Maxton seitdem fast keinen Schritt allein durch die Uni machen. *»Ich brauche keinen Bodyguard«*, hörte ich Maxton mindestens einmal die Woche sagen. *»Du hast aber einen besten Freund«*, erwiderte Eden jedes Mal unbeeindruckt.

Seit dem Vorfall hatte Maxton kaum noch etwas von den Verbindungsmitgliedern mitbekommen. Nur mit Ezra hatte er sich ein paarmal getroffen und versucht, ihn dazu zu bringen, gegen die Society auszusagen. Ohne eine Aussage von jemandem aus der Verbindung konnten wir nicht beweisen, was Haven und Keenan uns gegenüber zugegeben hatten. Ich streute die Gerüchte so gut ich konnte auf dem Campus, in der Hoffnung, dass es die Leute dazu brachte, auf sich aufzupassen, aber wir wussten, dass das nicht genug bewirkte. Maxton war sich sicher, dass Ezra mit den Drogen und Missbräuchen nichts zu tun hatte, doch er hielt trotzdem zu seinen Freunden. Wir wussten nicht, ob sich irgendwann etwas ändern würde. Ich wollte denken: vielleicht. Ich dachte: wahrscheinlich nicht.

Das war auch das, was mir in den Sinn kam, wenn ich an Annabelle dachte. Es war fast fünf Monate her, dass ich ihr meine Nummer gegeben hatte. Monate, in denen ich täglich meine Anrufliste durchforstete, weil ich mir wünschte, eine unbekannte Nummer dort zu finden. Vergebens.

An manchen Tagen war das erträglicher als an anderen. An den schlechten begann alles in mir zu rasen, so sehr, dass ich es nicht mehr aushielt, still zu sitzen. Manchmal ging ich dann aus und tanzte, lachte und redete, bis ich weniger dachte. Aber manchmal verbrachte ich stattdessen auch einfach Zeit zu Hause mit meinen Mitbewohnenden, und es wurde … besser. Nicht gut, nur weniger schlecht. In beiden Fällen endeten meine Nächte bei Maxton. Entweder mit einem Blick durch seine Zimmertür oder mit einer Umarmung in seinem oder meinem Bett, die mir nur noch in seltenen, düsteren Momenten Angst machte. Aber da waren immer ein offenes Fenster für ihn und eine offene Tür für mich. Damit das Bleiben eine Entscheidung war, nie ein Zwang.

Eden hatte letztens so was gesagt wie: »*Geschichten enden nie mit ihrem letzten Satz.*« Ich versuchte, mich immer wieder daran zu erinnern, wenn ich das Gefühl hatte, nur das zu sehen, was ungelöst und schmerzhaft war. Unsere Geschichte war noch nicht auserzählt. Uns blieb noch Zeit.

Während Maxton und ich die Treppe hinunterliefen und durch die Verandatür in den Garten gingen, wünschte ich mir wiederholt, wir hätten mehr davon gehabt, um uns auf diesen Tag vorzubereiten. Das hier war unsere persönliche Herausforderung, die, vor der ich mich seit Monaten fürchtete. Es war ein wenig ironisch, weil sie so gut zu der passte, die Maxton als letzte Prüfung für die Society hätte machen müssen. *Kronos, der Vollstrecker: die Trennung von etwas, das du liebst.*

Die anderen saßen alle am gedeckten Tisch, den wir nach draußen getragen hatten. Auf der Platte standen nicht nur Limonade und Bowle, sondern auch mehrere Kuchen, deren süßer Ofenduft seit gestern im Haus schwebte. Maxton und May hatten aus den blühenden Sträuchern und Blumen des Gartens Sträuße gebunden, die in Milchflaschen dazwischen platziert waren. Hummeln und Bienen krochen auf dem Gartenbunt herum, Amseln saßen auf den breiten Ästen des Apfelbaums über dem Tisch. Ein paar letzte weiße Blüten rieselten ab und zu auf die silberbestickte Tischdecke und die Köpfe der anderen. Es hätte friedlich aussehen können, wäre da nicht die greifbar bedrückte Stimmung, die über der ganzen Szene hing. Sie schwappte auch über meinem Kopf zusammen, nachdem Maxton und ich uns auf die letzten freien Stühle gesetzt hatten.

Kurz war es ganz still, dann holte May am anderen Tischende tief Luft. »Hört bitte auf damit, so traurig auszusehen. Ich habe nicht vor, den Planeten zu verlassen, nur die Stadt.«

»Und das Land«, fügte Helen gegenüber von ihr hinzu. Versailles gluckste zustimmend auf ihrem Schoß, in dem Moment, in dem Sienna betont anklagend sagte: »Und uns, was um einiges verheerender ist.«

Mehr brauchte es nicht: Mays Augen begannen, verhängnisvoll zu glänzen. Wes bemerkte es und legte ihr einen Arm um die Schultern, während er uns nacheinander warnend ansah. »Ihr habt mir versprochen, das zu lassen. Wenn ihr May das Gefühl gebt, sie könne nicht gehen, bekomme ich sie morgen früh nie in diesen Zug.«

»Erklärt mir noch mal, warum ihr unbedingt Interrail machen und in heruntergekommenen Hostels schlafen wollt, wenn du dir einen Chauffeur und Fünf-Sterne-Hotels leisten kannst.« Unter Becketts Spott klang Besorgnis mit, wie schon in dem Moment, in dem uns May von Wes' und ihrem Plan erzählt hatte, den Sommer über mit dem Zug durch Europa zu reisen.

Mich hatte das von Anfang an gefreut. Es war so perfekt untypisch für May, nicht sofort nach dem Abschluss ihres

Grundstudiums weiter zu studieren oder etwas anderes Pflichtbewusstes zu tun. Es war ihre Idee gewesen, eine Weile zu reisen und sich frei zu denken, bevor sie beide entschieden, ob und wo sie ihren Master machen wollten. Sie hatte letztens erklärt, sie hätte herausgefunden, was sie wirklich wollte. Oder genauer gesagt – was sogar schwieriger einzugestehen war –, dass sie selbst noch gar nicht genau wusste, was sie wollte. Und dass das auch absolut okay war.

»Ich finde das gut.« Bemüht fröhlich grinste ich May zu. »Ein bisschen Abenteuer und Freiheit schaden nie.«

»Und du bist ja bekanntlich die Anlaufstelle für kluge Entscheidungen«, erwiderte Beckett trocken.

Ich streckte ihm die Zunge raus, auch wenn ich schlecht etwas dagegen sagen konnte. Dabei war von meiner letzten wenig klugen Entscheidung nicht mehr viel übrig. Mein Brustkorb schmerzte zwar noch, wenn ich mich ruckartig bewegte, doch ansonsten waren die Verletzungen gut verheilt.

»Aber es stimmt.« Avery senkte ihre Kamera, mit der sie den Tisch fotografiert hatte. »Du hast dich so lang um uns alle gekümmert, May. Du hast es dir mehr als verdient, eine Weile nur zu tun, was du willst.«

Mays Augen schimmerten immer noch, doch sie nickte. »Ich hab auch das Gefühl, dass es okay ist. Ich meine, ein Teil von mir wird hier nie weggehen, aber … für den Rest ist es an der Zeit, mehr von der Welt zu sehen. Und für die Mulberry Mansion wird es auch Zeit. Zeit für neue Geschichten.«

Sie blickte zum Haus, als stellte sie sich bereits vor, welche neuen Geschichten in Form von Studierenden hier in ein paar Monaten einziehen würden. Durch ihr frei werdendes Zimmer und die drei, die wir in letzter Zeit fertig renoviert hatten, war im kommenden Semester Platz für vier neue Mitbewohnende entstanden. Die Stiftung war derzeit noch dabei, die Bewerbungsunterlagen zu prüfen, bevor sie uns eine Auswahl zukommen lassen würde, aus der wir uns unsere neuen Familienmitglieder aussuchen durften.

Einige von ihnen würden sicher bleiben, wenn wir nach und nach auszogen. Der Nächste würde Maxton sein, er hatte nach diesem nur noch ein Semester vor sich. Ich versuchte, nicht darüber nachzudenken, dass es eine Zeit geben würde, in der ich ihn nicht mehr im Garten finden würde. Mit blau gefrorenen Zehen und diesem friedlichen Gesichtsausdruck, den ich so liebte.

Helen presste ihr Gesicht in Versailles' Federn, sodass wir ihre Stimme kaum hören konnten. »Die Vorstellung, dass unsere Geschichten irgendwann einfach in Vergessenheit geraten werden, ist so traurig, oder?«

Ich drängte meine eigene Wehmut fort und fasste mir theatralisch an die Brust. »Also bitte, unsere Geschichten werden *niemals* vergessen werden. Denk bitte mal an jeden Farbspritzer und jeden Brandfleck, den wir da drinnen schlecht kaschiert hinterlassen.«

Die anderen lachten, mein Herz wurde leichter.

»Willow hat recht«, sagte Avery. »Die Villa wird unsere Geschichten für uns aufheben. Unser persönlicher Glücksbewahrer.«

Ich musste lächeln, weil das Bild so passend war. Avery warf glückliche Momente in ein Marmeladenglas, und wir alle hatten unsere eigenen in dieses Haus geworfen – nicht nur die guten, auch die dunklen, schwierigen. Sie zählten dennoch alle gleich viel.

Wahrscheinlich war das der Kern von allem, irgendwie. Dinge veränderten sich, Menschen veränderten sich, wir veränderten uns. Was blieb, waren die Erinnerungen, die wir sammelten. Die glücklichen, die schmerzhaften, die großen und vor allem die kleinen. Diese letzten über anderthalb Jahre in der Mulberry Mansion waren ein Mosaik aus Erinnerungen. Die meisten davon waren klein, aber zusammen bedeuteten sie alles. Und das würden sie immer tun. Vielleicht war man am Ende die Dinge, die man erlebt hatte: das Lachen, das man gelacht hatte, die Tränen, die man geweint hatte, die Menschen, die man geliebt hatte, die Lieder, zu denen man getanzt hatte, die Nächte, in denen man wach gelegen hatte, die Tage, die man durchträumt hatte. Vielleicht war man das Leben, das man gelebt hatte, und die letzten anderthalb Jahre, die waren ein so buntes Leben gewesen. Eines, das für immer ein so großer Teil von mir, von uns sein würde. Und ganz gleich, wie sich ab morgen alles ändern würde, das würde uns bleiben. Wir würden einander bleiben.

»Also dann, ein letzter Toast«, sagte Eden und hob seine pinke Limonade an. »Auf meine Zitatwand, die keine weiße Farbe der Welt je ganz wird verdecken können.«

Wes grinste und griff nach seinem Glas. »Auf all die Pence-Stücke, die in die Ritzen der Dielen im Foyer gerutscht sind, als mir mein Geldbeutel runtergefallen ist.«

Helen hatte keine Hand frei, weil sie immer noch Versailles' Köpfchen streichelte. »Auf die Kratzer im Salonboden, die unsere Lieblingsmitbewohnerin dort hinterlassen hat.«

Maxtons Hand streifte meine, als er nach seinem Kristallglas griff und es in die Mitte führte. »Auf den Pavillon, dessen eine Säule heute Nacht schon wieder eingestürzt ist.«

»Auf das Loch im Flur, vor das Beck und ich einfach nur ein Gemälde gehängt haben, weil wir es nicht zubekommen haben«, sagte May und stieß ihr Glas gegen Becketts.

Dieser grinste verschmitzt. »Auf die Fettspritzer an der Küchenfront von jedem Gericht, das ich für euch Banausen gekocht habe.«

»Auf die Steckdose im Bad, die ich letzte Woche beim Tanzen endgültig rausgerissen habe«, verkündete ich feierlich. »Möge sie in Frieden ruhen.«

»Auf unser Wappen, das genauso unperfekt ist wie der Rest von uns.« Averys Glas klirrte gegen meines, so laut, dass ich Sienna fast nicht hörte.

»Auf uns: Die chaotischste und beste WG, die diese Villa je beherbergen wird.«

Und das war er, der letzte Toast. Für jetzt zumindest.

Wir redeten, wir lachten, wir aßen und tranken und waren einfach sehr da. Wir ritzten Mays Namen unter ihrem zögerlichen Protest in den Sockel der Treppe im Foyer, wir machten ein letztes Gruppenbild auf den Eingangsstufen für unsere Galerie. Als es zu dämmern begann, räumten wir den Tisch ab und stellten Kerzen auf. Wir spielten Karten im flackernden Licht, wir tauschten immer wieder die Plätze und fingen neue Gespräche an. Beckett und Helen brachten Versailles in ihr Sommergehege und auf dem Rückweg Marshmallows mit, die wir über den Kerzen rösteten. May setzte Wes einen Gänseblümchenkranz auf, Sienna und Eden diskutierten über Shakespeares Identität, während Avery Bilder machte, auf denen man dank der Dunkelheit später sicher keine Umrisse erkennen würde, vielleicht aber ein Gefühl. Unser Gefühl.

Ich sah Maxton über die Kerzen hinweg an. Seine Gesichtszüge verschwammen hinter einer feinen Wolke aus Hitze und Rauch, aber der Blick aus seinen Augen war trotzdem gestochen scharf und sicher. Sicher auf mir, sicher mit mir. Ich lächelte, weil ich mich genau so fühlte. Sicher mit mir und sicher mit ihm.

Seit unserem Gespräch im Krankenhaus hatten wir noch einige davon geführt. Wir redeten viel, wir stritten manchmal, vor allem dann, wenn ich das Gefühl hatte, dass es irgendwie zu gut lief. Ich testete meine Grenzen aus, und Maxton machte es mir leicht, indem er sie so weit zog, wie ich sie brauchte, damit ich mir nicht eingeengt vorkam.

Gleichzeitig gab ich mir Mühe, seine zu respektieren. Ich versuchte, offen damit umzugehen, was ich fühlte – auch wenn ich es oft selbst nicht verstand. Manchmal fing ich für eine Weile an zu rennen, doch ich kam jedes Mal wieder zu ihm zurück. Und er wartete, weil er das wusste. Wenn ich mich falsch verhalten hatte, sagte ich nach jedem Streit *»Es tut mir leid«*, bevor wir ins Bett gingen, damit er keine Angst vorm Aufwachen haben musste. Ich sagte auch manchmal *»Ich liebe dich«*, aber meistens dann, wenn er schon schlief. Für manches brauchte ich mehr Zeit als er, und ich wusste, dass es stimmte, wenn er behauptete, das wäre in Ordnung.

Wenn mich jemand fragte: *»Ist er dein Freund?«*, antwortete ich jedes Mal: *»Er ist mein Mensch.«* Ich glaubte nicht, dass die Leute das verstanden. Aber glücklicherweise spielte das keine Rolle dafür, dass wir es taten.

Ich griff nach meinem Handy und verband es mit Siennas Musikbox auf dem Tisch, ehe ich meine Playlists durchsuchte. Ganz oben war die, die noch immer Maxtons Namen trug, obwohl ich längst erkannt hatte, dass sie genauso gut einen anderen tragen könnte. *Verliebtsein* hörte sich für und mit jedem Menschen anders an. Was mich betraf, war ich sicher, es hatte nie so schön geklungen wie mit ihm.

Ich wählte eine Playlist weiter unten aus, die in den letzten Monaten mehr und mehr gewachsen war. Ein Lied für jeden Moment, den wir in der Villa verbracht hatten, für jedes bisschen von Uns. Von uns allen.

»Welches Gefühl ist das?«, fragte Maxton neben mir, als das erste Lied erklang.

Ich hatte nicht bemerkt, dass er rübergekommen war, aber ich lehnte mich sofort gegen ihn und lächelte. *»Zuhause.«*

Ich fragte mich, woran er bei diesem Wort zuerst dachte. An das Anwesen seiner Großeltern, das er vor Jahren das letzte Mal gesehen hatte, oder an die Zweizimmerwohnung, in der er die Zeit danach verbracht hatte. An seine Eltern, mit denen er sich langsam wieder annäherte, seit sie akzeptiert hatten, dass er seinen eigenen Weg ging, oder vielleicht auch an seine Schwester, mit der er in den letzten Monaten öfter geskypt hatte. Oder eben doch an diese Villa, an dieses große, bunte Uns, das wir hier gefunden hatten. Vielleicht auch an alles gleichzeitig. Man konnte mehr als ein Zuhause haben. Wenn mich die letzten anderthalb Jahre eines gelehrt hatten, dann das.

Ich fragte mich auch, woran ich selbst in ein paar Jahren denken würde, wenn ich diese Playlist hörte. Bestimmt an Dad und an Mum, auch wenn es mir noch schwerfiel, Letzteres zuzulassen. Manchmal wahrscheinlich an Riven, weil sich manche Dinge nie vergessen ließen, nur verarbeiten. Und ganz sicher immer an diesen Moment. Das Gefühl würde sich verändern, neue Facetten dazukommen, neue Gesichter, neue Erinnerungen. Aber ich hoffte und wusste irgendwie, dass diese hier dennoch bleiben würden.

Vielleicht war das ganze Leben ja nur das: eine nie endende Aneinanderreihung aus Laufen, Innehalten, Weiterlaufen. Vielleicht gab es keinen Ort, an dem man für immer ankommen konnte, weil Leben Veränderung bedeutete und Veränderung Bewegung. Vielleicht würde ich mein Leben lang das Gefühl haben, nicht zu lang an einer Stelle verharren zu dürfen, vielleicht würde dieser Drang, in Bewegung zu bleiben, nie dauerhaft verblassen. Ich glaubte jetzt zu verstehen, dass das in Ordnung war. Es ging nicht darum, stehen zu bleiben, nicht mal für einen anderen Menschen. Nur darum zu erkennen, dass man, wenn man ganz viel Glück hatte, einen Großteil des Weges nicht allein gehen musste.

Ich sah zur Seite und betrachtete meine Freunde. Das hier war kein richtiger Abschied, das hier war das letzte Mal Luft holen, bevor wir ein Stück weiterliefen – was nicht bedeutete, dass wir einander zurückließen. Wege konnten sich trennen, das hieß nicht, dass sie nicht irgendwann wieder aufeinandertrafen.

Sienna, Beckett, Helen, May, Wes, Eden, Avery. Maxton. Und ich. So viel ich, wie ich noch nie gewesen war. Wahrscheinlich war eine Familie genau dafür da. Um dich das sein zu lassen, was du immer sein solltest, wolltest, konntest. Mir war klar, dass das nicht selbstverständlich war, dass wir die Ausnahme waren, das vierblättrige Kleeblatt in einem Meer aus dreiblättrigen.

Ich lächelte, weil ich es einfach wusste: Ich hatte ziemlich viel Glück. Ganz egal, wie oft wir uns noch trennen würden, ich war nicht länger allein.

Mit einem tiefen Atemzug griff ich nach Maxtons Hand. Er wandte mir den Blick zu und lächelte ebenfalls – sanft und so ehrlich, dass jede Dunkelheit aus seinem Gesicht verschwand. Und das letzte bisschen davon auch aus diesem Augenblick.

Ich ließ los, was wir alle in diesem Moment hatten, und hielt mich an dem fest, was wir füreinander waren. Ich ging weiter und wusste, ich würde nicht aufhören zu bleiben. Nicht jetzt und, wenn es stimmte und man manchmal doch bekam, was man wollte, vielleicht ja nie.

Ich blieb.

Bei ihnen.

Bei ihm.

Bei mir.

Bei uns.

Danksagung

Ich glaube, Eden hat recht: *Geschichten enden nie mit ihrem letzten Satz.* Ein Teil von mir wird immer zwischen diesen Seiten bleiben, weil die Mulberry Mansion für mich längst ein Zuhause geworden ist. Dass ich es schreiben durfte und konnte, wäre ohne einige Menschen nicht möglich gewesen.

Großer Dank wie immer an meine Agentur erzähl:perspektive für die Unterstützung und das Vertrauen in mich.

Ebenso großer Dank an das gesamte Team LYX und ganz besonders an Stephanie Bubley für wirklich alles. Diese Reihe mit euch veröffentlichen zu dürfen war das Beste, was meiner Kopfvilla und mir passieren konnte. Sarah Braun: Danke, dass du mir dabei geholfen hast, diese Geschichten so zu erzählen, wie ich es mir gewünscht habe. Für deine klugen Gedanken, dein Verstehen von dem, was ich zwischen die Zeilen binden möchte, und natürlich für deine Geduld beim Kürzen. Steffi Röder: Danke für deine Sorgfalt und dein Verständnis gegenüber dem Text und meinem Stil. Ich könnte mir kein schöneres Lektorats-Team vorstellen als unseres.

Meinen Lieblingsmenschen: Danke, dass ich wegen euch nie allein bin. Theresa: Danke, dass es in unserer Freundschaft niemals ein *Zu* gibt und ich mich immer auf dich verlassen kann. Manchmal kommt alles ganz anders, als man denkt – ich liebe unser Manchmal. Silja: Danke an das TEAM, du weißt, wofür und wieso. Kevin: Danke, dass du immer Grund zu bleiben bist. Almedina und Marie: Danke, dass das Leben sich zwar verändert, man manche Menschen aber nicht loslassen muss. Meiner Familie: Danke für meine Liebe zu Büchern, eure Liebe zu meinen Büchern und den Glauben an mich.

Danke an meine schreibenden Freundinnen, was es so viel besser trifft als *Schreibfreundinnen*, weil ihr in erster Linie einfach tolle Menschen seid. Besonderer Dank an: Fam (für all die Kuchen-Tee-Dates, ob produktiv oder nicht), Lena (dafür, dass du mir in manchen Dingen so ähnlich bist und in anderen überhaupt nicht, weil ich dadurch viel von dir lernen kann – vor allem aber einfach dafür, dass du immer da bist), Rebekka (dafür, dass du für alles ein offenes Ohr und einen Rat hast), Sarah (für dein Verständnis für jedes noch so ambivalente Gefühl – nicht nur aufs Schreiben bezogen), Tess (für sowieso alles: Du bist der beste Beweis dafür, dass mein Bauchgefühl mich nie täuscht).

Jule und Marie: Ich werde nie die richtigen Worte finden, um euch für alles zu danken. Ich bin so glücklich, dass ihr mich von Anfang an auf diesem Weg begleitet habt und ich euch kennenlernen durfte. Ihr seid wundervoll. Dasselbe gilt für Charlie, Esther und Sarah: Danke für alles, was ihr für diese Bücher und mich getan habt. Eure Liebe zu Geschichten ist mehr als inspirierend, und ich werde für immer dankbar dafür sein, dass ihr dieser Reihe eine Chance gegeben habt.

Mein letzter und wichtigster Dank geht wie immer an alle, die das hier lesen. Danke für eure Liebe, eure Nachrichten, eure Rezensionen, eure Unterstützung. Diese Reihe war das Persönlichste, was ich bisher veröffentlicht habe: Danke, dass ihr mir das so leicht gemacht habt, weil ich das Gefühl haben durfte, dass ihr meine Charaktere und mich wirklich versteht. Diese Geschichte wird für mich immer ein *Latibule* bleiben, und ich hoffe so, dass das vielleicht auch für euch gilt. Ich würde mein Gedankenzuhause mit niemandem lieber teilen als mit euch. Hoffentlich bis ganz bald.

Triggerwarnung:

Dieses Buch enthält Elemente, die triggern können.

Diese sind:
Toxische Beziehung, emotionaler Missbrauch, Panikattacken, Substanzmissbrauch, K.-o.-Tropfen, Klaustrophobie, Erwähnungen von häuslicher Gewalt und sexuellem Missbrauch